剧本写作训练

彭 涛 主编

中国戏剧出版社

图书在版编目（CIP）数据

剧本写作训练 / 彭涛主编 . -- 北京：中国戏剧出版社，2023.7
ISBN 978-7-104-05188-6

Ⅰ．①剧… Ⅱ．①彭… Ⅲ．①剧本—创作方法—教材 Ⅳ．① I053

中国版本图书馆 CIP 数据核字（2021）第 265047 号

剧本写作训练

责任编辑：曹　静
责任印制：冯志强

出版发行：中国戏剧出版社
出 版 人：樊国宾
社　　址：北京市西城区天宁寺前街 2 号国家音乐产业基地 L 座
邮　　编：100055
网　　址：www.theatrebook.cn
电　　话：010-63385980（总编室）　010-63381560（发行部）
传　　真：010-63381560

读者服务：010-63381560
邮购地址：北京市西城区天宁寺前街 2 号国家音乐产业基地 L 座

印　　刷：北京鑫益晖印刷有限公司
开　　本：787mm×1092mm　1/16
印　　张：32
字　　数：470 千字
版　　次：2023 年 7 月　北京第 1 版第 1 次印刷
书　　号：ISBN 978-7-104-05188-6
定　　价：128.00 元

版权专有，违者必究；如有质量问题，请与出版社联系调换。

前　言

这本书是中央戏剧学院戏剧文学系"戏剧创作"专业及相关写作训练教程的一个总结，同时，也是戏剧文学系"融通理念与阶梯式训练结合的创新型编剧人才培养"教学改革项目的成果。

这本书是一部教学参考用书，既可以满足"戏剧影视文学专业"学生学习剧本创作的需求，也可以供有志于戏剧、影视剧本创作的爱好者学习剧本创作，有着很强的实用性。

本书的第一章主要介绍了中央戏剧学院戏剧文学系在培养编剧人才时的教学理念，其中的两个关键词是：融通理念和阶梯式训练。教学理念的形成，是中央戏剧学院戏剧文学系几代教师教学实践经验的总结。这里特别要提到两个关键节点：一是1978年恢复高考，中央戏剧学院戏剧文学系招收了"文革"后的第一届本科生，这个班培养出了肖复兴、朱晓平、乔雪竹、陆星儿等著名作家，也培养出了何冀平、谢丽虹、黄维若等著名剧作家。从1978年到1993年，戏剧文学系初步形成了一套行之有效的培养编剧人才的教学模式。第二个关键节点是1993年，戏剧文学系开始进行一系列重大教学改革，由几位中青年骨干教师担任主讲教师，招收了1993本科班（主讲教师：黄维若）、1994本科班（主讲教师：张先）、1995本科班（主讲教师：杨健）、1996本科班（主讲教师：郭溆）。通过这四个本科班的教学，完善了中央戏剧学院戏剧文学系独具特色的编剧人才培养模式。2020年，由我担任项目负责人，曲士飞、张先、李亦男、王亚娜、陈小玲、胡薇、张端、陈斯远、王弈、孙雪晴等老师共同参与的"融通理念与阶梯式训练结合的创新型编剧人才培养"教学改革项目正式立项，并在2021年获得了北京市教育教学成果二等奖。

本书的第二章"散文写作"、第三章"小品与短剧"、第四章"多幕剧写作"、第五章"影视剧本写作"四个章节对应了戏剧文学系"戏剧创作专业"的"写作课"教学训练进程。这是一个由浅入深、渐进式的写作训练过程。从体例上来说，每一个章节包括两部分：第一部分为教学理念、教学重点、教学手段等方面的知识总结，第二部分则以有代表性的学生作业为案例，教师具体分析、点评作业中哪些方面值得肯定，存在哪些问题，应该如何加以改进和提高。通过这些具体案例，学生可以对照自己的习作，得到有针对性的指导，进而提高自身的写作技巧。需要说明的是：第三章"小品与短剧"包括六小结，其实，也是按照这一体例展开的，只不过这六小结分作三个部分：小品、短剧、小品短剧排演。小品和短剧的写作是在"写作课"进行的，"小品短剧排演"则是在"戏剧工作室"的课堂上完成的。在"戏剧工作室"课上，学生要学习表导演知识、技巧，亲自参与排练，自己写、自己导、自己演，把自己的作品"立在舞台上"。本书的第二章至第五章，具体呈现了教学理念中"阶梯式训练"的相关内涵。

本书的第六章"文献剧创作"是近年来教学改革中"创新性"写作教学实践的重要组成部分。2012年以来，李亦男教授在戏剧文学系开设了"戏剧构作"课程，将德国的"戏剧构作""文献剧"等创作理念引入中国。在李亦男教授的带领下，戏剧文学系的学生先后完成了《有有》《家》《水浒》等文献剧创作。在第六章中，李亦男、张岩两位老师梳理了文献剧的概念与历史、文献剧戏剧构作的工作方法以及在2017级"戏剧策划与应用"专业"戏剧构作实践工作坊"中的教学与应用。对于国内的相关专业的老师和学生来说，这一部分内容是极具吸引力的。

戏剧文学系从1978年恢复高考招生至今，已经走过了45年的历程。在此期间，中央戏剧学院戏剧文学系为党、为国家、为人民培养出了大批优秀的剧作家、戏剧影视文学人才，事实证明，我们取得了巨大的、瞩目的教学成果。然而，从官方公布的"戏剧影视文学专业"的排名来看，我们的成绩并不理想。一方面，作为专业艺术院校，与综合性大学相比，在一些指标分数的评估方面，我们比较吃亏。另一方面，同时也要看到我们自己存在的不足：教师对于教学改革的科学总结不够，教材建设比较滞后，教师队伍在科研、教学改革方面的进取心需要加强和提高。回望历史、总结经验、展望未来——我们有责任传承中央戏剧学院戏剧文学系深厚的学术传统，有责任担负起为国家、为人民培养优秀戏剧影视文学人才的重任，我们要胸怀"国之大者"，秉承"求真、创造、至美"的校训，在新的历史时期，奋力拼搏，努力提高教育教学质量，创造新的辉煌！

中央戏剧学院戏剧文学系主任、教授　彭涛

2023年7月　北京

目 录

前　言 /001

第一章　教学理念 /1

  第一节　"融通理念"与"阶梯式训练"结合的创新型编剧人才培养 /1

  第二节　阶梯式训练：戏剧创作专业的"写作课" /19

  第三节　"新文科"背景下的阅读与鉴赏课的课程建设 /25

  第四节　英国戏剧编剧教学现状研究 /37

第二章　散文写作 /50

  第一节　散文教学进程 /50

  第二节　散文学生作业与点评 /65

第三章　小品与短剧 /94

  第一节　小品写作 /94

  第二节　小品作业与点评 /98

  第三节　短剧写作 /104

  第四节　短剧作业与点评 /108

  第五节　小品短剧排演 /118

  第六节　原创剧目排演与点评 /121

第四章　多幕剧写作 /161

  第一节　多幕剧创作的教学目的 /161

  第二节　多幕剧教学改革与创新 /163

　　第三节　多幕剧与点评 /168

第五章　影视剧本写作 /257

　　第一节　影视写作教学思路 /257
　　第二节　影视剧本与点评 /263

第六章　文献剧创作 /470

　　第一节　文献剧的概念与历史 /470
　　第二节　文献剧的戏剧构作 /474
　　第三节　文献剧戏剧构作作为创作方法在 2017 级戏剧策划与应用专业"戏剧构作实践工作坊（四）：文献剧工作坊"中的教学与应用 /478
　　第四节　文献剧学生作业与点评 /492

第一章 教学理念

第一节 "融通理念"与"阶梯式训练"结合的创新型编剧人才培养

彭涛

全国戏剧影视文学专业的构建,在专业培养定位方面比较明确的有三种类型:一是专业类艺术院校,如中央戏剧学院、北京电影学院、上海戏剧学院等,具有分科明确、专业对口、重视知识结构的专业性、重视实践操作与理论相结合的特点,致力于培养职业化的戏剧与影视专门人才,这几所高校偏重培养的是"专业型"人才;二是综合性大学,如北京大学、南京大学、北京师范大学、武汉大学、厦门大学、中国传媒大学等,这类综合性大学依托其较为雄厚的文科专业背景,致力于培养宽口径、复合型、高层次的影视产业研究性人才,偏重培养"通材型"人才;三是职业学院,如浙江艺术学院、吉林艺术学院、福建艺术学院等,旨在培养学生较强的动手能力和专业技能,这类学院培养的是"技能型"人才。

教育部在《普通高等学校本科专业目录和专业介绍》中明确指出，戏剧影视文学专业培养的目标是："培养具备戏剧、戏曲和影视文学基本理论及剧本创作能力，能在剧院（团）或电视台、电影厂、编辑部等部门从事文学创作、编辑和理论研究工作，以及能在国家机关、文教事业单位从事实际工作的高级专门人才。"根据教育部对于戏剧影视文学专业培养目标的定义，实际上，我们培养的是三类人才：一是职业编剧人才，二是编辑、记者、创意文案人才，三是理论研究人才。编剧人才是其中最为专业化的一类人才，在中央戏剧学院戏剧文学系每年的毕业生中，能够真正成为职业编剧的大约有20%，这个比例看起来并不高，但是，了解编剧行业规律的人都懂，实际上，这已经是非常高的一个比率了。

中央戏剧学院戏剧文学系从1953年9月第一届学生入学以来，至今已有近70年的历史，这数十年的建系历史，使戏剧文学系的毕业生成为中国戏剧影视文学的中坚力量。经过数十年的艰辛探索，中央戏剧学院戏剧文学系逐渐摸索出了一种适合中国国情的"创新型"编剧人才培养模式。实践证明，这种培养模式是成功的，为中国社会主义文艺事业的发展作出了重大贡献。教学理念、培养模式的形成，不是一朝一夕一蹴而就的，凝聚着戏剧文学系几代教师的学术思索与辛勤汗水。通过长期的教学实践，我们逐渐探索形成了"融通理念"与"阶梯式训练"结合的创新型编剧人才培养模式。这种教育理念的核心是什么？其课程体系是如何建设的？在教学进程中的关键点、难点与创新点在哪里？我们试图通过对这些问题的探讨与回答，来总结多年来的教学改革与探索。

一、"融通理念"与"阶梯式训练"结合的教育理念形成的历史过程

编剧技术是否是一种可以被传授的技艺？或者说，编剧人才是否可以被培养？对这一问题的回答，涉及对编剧艺术的观念性认知。有人认为，从西方的莎士比亚、易卜生、契诃夫，到中国的关汉卿、汤显祖、曹禺，这些戏剧大师，他们并没有受过专门的编剧技术训练，但是，他们却成了伟大的戏剧家；甚至一些当代的电影、电视剧编剧也没有受过专业的科班

编剧训练，却仍然可以成为编剧。显然，这样的观念认为，编剧的才能是一种天赋，是无法被传授和培养的——所谓"天才"是无法培养的。的确，我们无法培养"天才"，但是，编剧艺术有其内在的艺术规律，即使是"天才型"编剧，也无一例外，是通过对前人作品的学习、借鉴、融合，从而确立了自己的创作风格。曹禺先生在写作《雷雨》之前，大量阅读了西方戏剧作品，"清华图书馆的戏剧特别是外国戏剧的藏书是十分丰富的。这便给曹禺系统地钻研中外戏剧史、戏剧理论和外国戏剧名著提供了条件。他几乎把全部时间都泡在图书馆资料室里，连图书馆的管理员都成为他熟悉的朋友"[1]。也就是说，剧作家的创作，肯定是建立在对前人编剧艺术、编剧理论的学习基础上的，无论这种学习是通过自身的努力，还是通过专业性院校科班训练而获得。美国剧作家尤金·奥尼尔于1914年进入哈佛大学"第47号戏剧研习所"，在贝克教授的指导下，进行了系统学习，从而成为一代戏剧大师。尽管我们无法培养"天才"，但是却可以通过系统的训练，让具有一定艺术天分的学生，掌握编剧的技术，从而走上职业编剧的道路。"实践证明，剧本写作课是可以有规章可循，有规律可依，有手段可操作的。这从本质上动摇了——剧本写作是无法言说，只能在实践中由个人的努力来解决的——这个曾经根深蒂固的传统认识。"[2]

"融通理念"与"阶梯式训练"结合的教育理念包含以下三层意思：第一，注重人文素养、艺术鉴赏力的培养，通过系统的学习，使学生具有较为丰富的知识结构，并以此为目标，设计课程体系；第二，注重文本写作与舞台、影视实践的结合，让学生了解并熟悉戏剧舞台，掌握视听语言，从而使创作出来的剧本不仅有文学性，同时适合舞台演出与影视拍摄——我们创作的剧本，最终是为"舞台"而创作，是为影视拍摄实践而创作；第三，在人才培养过程中，我们的训练，从散文写作开始，经过小品、短剧、独幕剧的写作训练，再到多幕剧及电影、电视剧剧本的创作，这一阶梯式训练过程，是一个由浅入深的训练过程。这种训练过程，一方面是要让学生打下扎实的文字写作功底，另一方面要让学生不断深化对编剧理论、编剧技巧的认知与把握，最终成为一名专业的"创新型"编剧人才。"融

---

[1] 田本相、刘一军：《曹禺评传》，重庆出版社1993年，第37页。
[2] 杨健、张先：《剧本写作初级教程》，文化艺术出版社2009年，序言。

通理念"是指一名编剧要有"广度",一方面,不仅有编剧技术技巧,还要懂舞台,不仅要有文学素养,还要有理论素养,有扎实的文史知识背景;另一方面,在教学实践中,"阶梯式训练"最终要落实到"深度"上,落实到"专业性"上,我们培养的是专业化的编剧,而不是综合性大学"戏剧影视文学"专业培养的通识型人才。我们的毕业生毕业后,可以直接从事戏剧影视剧本创作,经过三五年的创作实践,就完全可以独当一面,成为成熟的职业编剧。

中央戏剧学院戏剧文学系目前有两个编剧创作专业:戏剧创作专业和电视剧创作专业,戏剧创作专业自1953年第一届学生入学起,就已经建立,电视剧创作专业自2004年开始招生。目前,两个创作专业基本上每年招收20—22名学生,其中,电视剧创作专业是全国唯一一个电视剧编剧方向的本科专业。

戏剧文学系的编剧教学模式经历了一个漫长的历史沿革过程。自1978年恢复高考以来,戏剧文学系招收了"文革"结束后的第一个本科班。从1978—1991年,可以视为新时期编剧人才培养模式的初始阶段。这一阶段的特点是:第一,生源结构,从社会文学青年与应届毕业生各占一半,慢慢地逐渐过渡为以高中应届毕业生为主;第二,课程体系的构建从处于不稳定的状态逐步稳定下来,基本奠定了以写作课为课程主体,以中国话剧史、外国戏剧史、中国戏曲史及戏剧概论为主要课程,艺术概论为辅助,以外国文学史、中国现当代文学史、中国古典文学史为补充的总体课程体系建设,从而培养出新时期以来的一批剧作家、小说家、导演及文艺理论批评工作者。

戏剧文学系1978级是一个特殊的群体,当时,刚刚恢复高考,"文革"十年中大量的知识青年特别是爱好文学的青年踊跃报考中央戏剧学院,入学时,有的人已经年过三十,有的却只有十八九岁。戏剧文学系的老教授诸如莎士比亚研究专家孙家琇教授、欧美戏剧研究专家廖可兑教授、中国戏曲史研究专家祝肇年教授、著名戏剧理论家谭霈生教授、布莱希特研究专家丁扬忠教授、曹禺研究专家晏学教授等,都给这个班上过课。这个班不仅培养出了著名的小说家肖复兴、乔雪竹、陆星儿、朱晓平等,还培养出著名剧作家何冀平、黄维若,电影编剧康健民(曾任中国电影家协会副主席），著名戏剧理论家、评论家张先教授等。这个班的大部分学生，在入学前已经有一定的文学积淀，入学后进行了系统的理论与创作训练，为日后的艺术创作奠定了基础。

78班毕业后，1983、1985年戏剧文学系又招了两个班，自这两个班开始，"写作课"逐步成为专业主课，且初步建立了从散文写作开始，逐渐过渡到小品、短剧及多幕剧创作的阶梯式训练模式。1986年，戏剧文学系招收了"综合班"，当时的教学理念是：戏剧文学系、导演系、舞台美术系在一年级打通教学壁垒，共同学习剧本创作、戏剧表导演及舞台设计等专业性课程，二年级后逐步回归各自的专业性学习。应该说，"综合班"的教学理念是具有超前性的，类似于美国综合性大学的戏剧专业学习模式，当时86班戏剧文学系的带班导师是高芮森教授，导演系的带班导师是鲍乾明教授，舞台美术系的带班导师是刘元声教授。正是在这样一种强调"综合性"的教学理念下，戏剧文学系86、87班培养出了刁奕男、蔡尚君、张一白等著名影视导演。从1987年开始，戏剧文学系生源结构发生了本质性变化：从以前的社会文学青年和应届毕业生各占一半的生源结构，变成了应届毕业生占比90%以上。在1987、1988、1989、1991年四个班的写作课教学过程中，阶梯式训练模式已经形成，培养出了以史航、束焕、柳桦、李梦等为代表的一批职业编剧，同时，也为国家培养了诸多记者、编辑、文化部门管理者及戏剧理论研究与评论人才。

从1993—2003年的十年时间，是戏剧文学系编剧培养模式的探索与成熟阶段。特别是戏剧文学系自1993—1996年这四年，实行了带班"导师制"，黄维若教授、张先教授、杨健教授、郭涤教授分别作为93、94、95、96四个班级的"写作课"带班导师，组织教学，对人才培养负主要责任。也就是在这个时期，戏剧文学系逐步认识到："厚基础、重实践"是我们培养编剧人才的基石，在一、二年级的学习过程中，必须要求学生大量阅读文学作品与剧本，加大写作训练的强度与密度，通过大量的写作实践，培养学生高水平的实践能力；同时辅以"表导演基础"课的训练，让学生自己动手，将创作的剧本搬上舞台。93班—96班的教学改革实践为戏剧文学系人才培养模式的形成奠定了基础，几位带班导师在学生一、二年级期间督促学生大量阅读文学和戏剧名著，同时督促学生写读书笔记，期末进行考试。高密度的文学阅读，培养了学生较高的文学素养，为日后的创作打下了坚实的文学基础。黄维若教授总结认为："现阶段学生对世界名著的阅读极其重要，这实际上是在补他们十二年来的缺失。通过散文写作学生会对阅读产生强烈的专业性需要，这种专业性阅读，是指一个人以写作者的心理从作品内部向外看，而不是一般消费性阅读。"正是在这样的一种认知下，诞生了戏剧文学系日后的一门重要课程——阅读与鉴赏课。同时，张先教授在1994班的教学实践中特别重视学生的舞台实践，导表演基础课程不仅贯穿大学一、二年级，且在该班毕业时，排演了四部由学生自编自导的毕业演出剧目：《血色玄黄》（刘深编剧）、《为了狗与爱情》（申捷编剧）、《昔日重现》（王天宁编剧）、《巴士夫妻》（周钦波编剧）。在这样的教学理念下，"导表演基础"与"戏剧工作坊"也逐渐固定为戏剧文学系重要的舞台实践课程。实践证明，这四个班的教学成果极其显著，93班培养出了兰晓龙、汪海林、阎刚、高大勇、郭俊立等著名编剧，94班培养出了申捷、刘深等著名编剧，还培养出了张挺、敖小艺等著名戏剧影视导演，95班则培养出了著名戏剧编剧林蔚然等。

值得一提的是，戏剧文学系在20世纪八九十年代至2008年期间，还曾经多次办过学制为2~3年的编剧进修班或成人教育进修班，教学体系基本沿用本科教学体系，但更侧重编剧实践的课程训练。这期间，培养出了著名编剧李樯、宋方金等。2000年还曾经招收过一个"高级编剧研修班"，著名戏剧编剧李宝群、陈国峰、廉海平等均曾经在这个班学习过。

1997、1998、1999三个班级虽然在入学时依然实行了"导师制"（带班教师分别为卢敏、彭涛、刘淑捷），但是自2000年起，全校教学模式由"导师制"改为"年级制"：作为专业主课的写作课不再由导师一人从入学到毕业负责到底，每年轮换写作课主课教师。这样，经过2000—2003年三年的教学改革，逐步完成了由"导师制"向"年级制"的转型。

"融通理念"与"阶梯式训练"结合的教育思想，是在总结戏剧文学系编剧人才培养经验的基础上建立的。教育理念的实现，必然会落实到课程体系的建设上来。目前，戏剧创作与电视剧创作专业的课程类型有以下几种：专业课、专业基础课（含必修课与选修课）、公共课、专业实践课、公共实践课。其中，专业课与专业基础课是编剧人才培养的核心课程。戏剧创作与电视剧创作两个专业的专业课均为写作课，专业基础课虽分为必修课与选修课两类，但根据中央戏剧学院实际教学情况，其中的选修课也是指定选修课，在实际教学过程中，与必修课一样，是每一个学生必须学习的课程。戏剧创作专业自2013年起，学制由四年制改为五年制。延长一年学制主要基于两点考虑：第一，将戏剧创作专业打造成戏剧文学系的精品核心专业，深化教学改革；第二，戏剧创作的技术难度更高，在四年制的学习过程中，学生对于戏剧形式的把握尚弱，对于音乐剧、歌剧、戏曲剧本的写作不够熟悉，有必要进一步加强写作训练。

二、融通理念与阶梯式训练：课程体系建设

教学理念是课程体系建设的灵魂，同时，课程体系又具体地将教学理念落实到教学进程之中。

请看"戏剧创作"专业与"电视剧创作"专业的教学进程表：（下页）

戏剧文学系教学计划进程表

专业：戏剧影视文学（戏剧创作）
2020年11月6日修订

课程类别	修读性质	序号	课程名称	总教学学时数	总学分数	第一学年 上学期 周学时	第一学年 上学期 学分	第一学年 下学期 周学时	第一学年 下学期 学分	第二学年 上学期 周学时	第二学年 上学期 学分	第二学年 下学期 周学时	第二学年 下学期 学分	第三学年 上学期 周学时	第三学年 上学期 学分	第三学年 下学期 周学时	第三学年 下学期 学分	第四学年 上学期 周学时	第四学年 上学期 学分	第四学年 下学期 周学时	第四学年 下学期 学分	第五学年 上学期 周学时	第五学年 上学期 学分	第五学年 下学期 周学时	第五学年 下学期 学分
专业课程	必修	1	写作	1152	64	8	8	8	8	8	8	8	8	8	8	8	8	8	8	8	8				
专业基础课程	必修	2	中国古典诗词赏析	54	3	3	3	3	3																
		3	阅读与鉴赏	108	6	3	3	3	3																
		4	中国古典散文赏析	54	3	3	3																		
		5	中国现当代文学	54	3			3	3																
		6	外国文学	108	6	3	3	3	3																
		7	中国话剧	72	4					2	2	2	2												
		8	外国戏剧	108	6					3	3	3	3												
		9	艺术概论	36	2	2	2																		
		10	表导演基础	216	12	6	6	6	6																
		11	戏剧概论	36	2					2	2														
		12	影视写作	144	8							2	2					4	4	4	4				
		13	当代西方剧场艺术	72	4					2	2	2	2												
	选修	14	中国戏曲	108	6					6	6	6	6												
		15	戏剧工作室	324	18									3	3	3	3								
		16	编剧理论	36	2									3	3	2	2								
		17	视听语言	54	3									3	3										
		18	经典作品分析	108	6									3	3	3	3								
		19	电影经典研究	144	8													4	4	4	4				
		20	中外电影史	144	8													4	4	4	4				

剧本写作训练

（续表）

类别		序号	课程名称	学时	学分	1	2	3	4	5	6	7	8
		21	中国古代小说	54	3					3			
		22	评论写作	108	6			3	3	3	3		
公共课程	必修	23	毛泽东思想和中国特色社会主义理论体系概论	72	4			2	2				
		24	思想道德修养与法律基础	36	2	2							
		25	马克思主义基本原理	36	2			2					
		26	中国近现代史纲要	36	2		2						
		27	★形势与政策	36	2	0.5	0.5	0.5	0.5				
		28	英语	288	16	4	4	4	4				
		29	体育	144	8	2	2	2	2				
		30	★心理健康教育		1	1							
		31	★军训		2	2							
		32	★大学生职业发展		2							2	
		33	★创业基础		2							2	
		34	★新生安全知识教育讲座		1	1							
专业实践	必修	35	毕业实习	108	3								6
		36	毕业论文（创作）	108	3								6
		37	艺术实践（戏剧创作写作）	144	4						3	3	3
公共实践	必修	38	毛泽东思想和中国特色社会主义理论概论（实践）	36	1				1				
		39	思想道德修养与法律基础（实践）	36	1	1							
		40	马克思主义基本原理（实践）	36	1			1					
		41	中国近现代史纲要（实践）	36	1		1						
			必修课合计	3114	169	35	31	32.5	24	23	24.5	8	6
			选修课合计	1296	72	0	0	0	8	8	8	12	15	15	0
			总　计	4410	241	35	31	32.5	32	31	32.5	20	22	23	23	23	6
备注						★只计学分不计学时，※为指定选修课，全院统一安排上课时间，未做学期教学安排的根据各系部实际学期申报执行。公共实践不做周学时数规定。此培养方案自2018级学生起执行。

剧本写作训练

戏剧文学系教学计划进程表

专业：戏剧影视文学（电视剧创作）

2020年11月6日修订

课程类别	修读性质	序号	课程名称	总教学时数	总学分数	第一学年 上学期 周学时	第一学年 上学期 学分	第一学年 下学期 周学时	第一学年 下学期 学分	第二学年 上学期 周学时	第二学年 上学期 学分	第二学年 下学期 周学时	第二学年 下学期 学分	第三学年 上学期 周学时	第三学年 上学期 学分	第三学年 下学期 周学时	第三学年 下学期 学分	第四学年 上学期 周学时	第四学年 上学期 学分	第四学年 下学期 周学时	第四学年 下学期 学分
专业课程	必修	1	写作	720	40	6	6	6	6	6	6	6	6	8	8	8	8				
专业基础课程	必修	2	中国古典诗词赏析	54	3	3	3														
		3	中国古典散文赏析	54	3			3	3												
		4	中国古代小说	54	3					3	3										
		5	中国现当代文学	54	3							3	3								
		6	外国文学	108	6	3	3	3	3												
		7	中国话剧	72	4					2	2	2	2								
		8	外国戏剧	108	6					3	3	3	3								
		9	阅读与鉴赏	108	6	3	3	3	3												
		10	电视剧作品分析	216	12					3	3	3	3	3	3	3	3				
		11	电视剧编剧理论	54	3							3	3								
		12	视听语言	108	6	3	3	3	3												
		13	戏剧概论	36	2					2	2										
		14	影视剧叙事研究	108	6							2	2								
	选修	15	DV实践	216	12					6	6	6	6								
		16	评论写作	108	6									3	3	3	3				
		17	中外电影史	144	8									4	4	4	4				
		18	中国戏曲	108	6									3	3	3	3				
		19	艺术概论	36	2	2	2														

（续表）

	序号	课程名称	学时										
公共课程													
必修	20	毛泽东思想和中国特色社会主义理论体系概论	72	4				2	2	2			
	21	思想道德修养与法律基础	36	2	2	2							
	22	马克思主义基本原理	36	2			2	2					
	23	中国近现代史纲要	36	2		2							
	24	★形势与政策		2	0.5	0.5	0.5	0.5					
	25	英语	288	16	4	4	4	4					
	26	体育	144	8	2	2	2	2					
	27	★心理健康教育		1	1								
	28	★军训		2	2								
	29	★大学生职业发展		2						2			
	30	★创业基础		2						2			
	31	★新生安全知识教育讲座		1	1								
专业实践	32	毕业实习	108	3						6	3		
必修	33	毕业论文（创作）	108	3							3		
	34	艺术实践（电视剧艺术实践）	144	4							6	3	
公共实践 必修	35	毛泽东思想和中国特色社会主义理论体系概论（实践）	36	1					1				
	36	思想道德修养与法律基础（实践）	36	1	1								
	37	马克思主义基本原理（实践）	36	1			1						
	38	中国近现代史纲要（实践）	36	1		1							
必修课合计			2970	161	25	23	24.5	28	28.5	30	31.5	17	14
选修课合计			612	34	2	0	0	6	6	6	6	10	10
总计			3582	195	27	23	24.5	34	34.5	36	37.5	27	24

备注：★只计学分不计学时，※为指定选修课，全院统一安排上课时间，未做学期教学安排的根据各系部实际学期申报执行。公共实践不做周学时数规定。此培养方案自2018级学生起执行。

我们看到，在"戏剧创作"和"电视剧创作"两个创作专业的课程安排中，"写作课"是贯穿始终的专业主课。戏剧创作专业一年级的课程有：阅读与鉴赏、中国古典散文赏析、中国古典诗词赏析、外国文学、艺术概论、表导演基础、戏剧概论等。电视剧创作专业的课程设置基本与戏剧创作专业课程设置一致，只不过电视剧创作专业减去了"表导演基础"，戏剧概论课没有安排在一年级，而是放到了二年级。我们看到，以"阅读与鉴赏"课为核心，还设置了两门文学赏析课：中国古典散文赏析、中国古典诗词赏析。"阅读与鉴赏"课撷选中外文学、中国话剧、中国戏曲、中国古典小说和外国戏剧名著，引导学生进行自主阅读、自主思考，系统训练戏剧文学专业学生的阅读习惯和分析能力，这门课的特点，是结合阅读书目调动学生的主动精神进行大量课下阅读，同时撰写大量读书笔记，相关的课堂讲授与学生的课下阅读同步进行。"阅读与鉴赏"课程对于戏剧文学系学生的专业学习至关重要，可以扩大学生知识面，全面提高学生文学艺术修养。中国古典散文赏析、中国古典诗词赏析则作为配套课程同步展开。这样的课程设置不同于综合性大学的中国文学史、古代汉语的课程设置。这样的课程安排是由于我们要培养的是创作人才，对于创作者来说，一方面要积淀文学史知识，另一方面，更重要的是要从"创作者"的立场来阅读文学作品。到三年级的时候，又设置了一门"经典作品分析"课，这门课主要是分析经典的戏剧作品，比如，曹禺、莎士比亚、奥尼尔、契诃夫、布莱希特等的戏剧作品，目的是让学生更为深入地理解经典戏剧作品的思想内涵和形式特征，提高学生的艺术鉴赏力。文学史方面，则设置了外国文学、中国现当代文学、中国古代小说的课程；戏剧史方面则设置了中国戏曲、中国话剧、外国戏剧及当代西方剧场艺术的课程，通过文学史、戏剧戏曲史的学习，学生们打下了坚实的文学基础，把握了戏剧艺术发展的进程与规律。戏剧创作专业在三、四年级时开始了影视写作、视听语言、电影经典研究三门课程，目的是适应时代发展的需求，使得我们的学生在毕业后不仅可以从事舞台剧的编剧工作，而且可以从事影视编剧工作。从文化产业的布局来看，影视编剧的需求量大于戏剧编剧的需求量，事实上，我们的学生毕业后，大多数也是从事影视编剧的工作。三年级编剧理论课程的开设，目的是对于一些重要的编剧理论问题进行梳理，比如关于戏剧矛盾冲突、戏剧动作、戏剧情境、戏剧场面、戏剧人物、戏剧的情节与结构等。通过理论问题的梳理与讲授，学生对于编剧艺术有了较高的理论认知，同时理论可以指导学生的创作实践。在戏剧创作专业的课程设置中，我们还可以注意到，一年级开设了表导演基础课，二、三年级则开设了戏剧工作室课程，目的是培养学生的舞台实践能力和舞台思维，让学生懂得舞台，始终牢固树立"为演出而创作"的理念，自己写，自己演，自己导，把自己创作的小品、短剧排演出来，立到舞台上，接受舞台演出的检验。多年的教学实践证明，对于编剧来说，这种训练无疑是极其重要的。

电视剧创作专业的课程体系更加侧重影视类课程的设置，增加了电视剧作品分析、视听语言、中外电影史、影视剧叙事研究等课程，强化学生对于电影、电视剧相关知识与叙事技巧的研究。三年级的写作课，安排训练学生完成电视剧构思、大纲（8集）写作，直至完成2~3集电视剧剧本创作。与戏剧创作专业不同，电视剧创作专业没有开设表导演基础课，而是开设了DV实践课，学生在教师的指导下，自己编、导、演、剪辑，完成一部10~15分钟的DV短片拍摄。我们认为，DV短片的拍摄，对于电视剧编剧人才的培养，同样是非常重要的。学生在这一过程中，通过亲自动手，亲自经历影视拍摄的整个过程，通过实践，把握"视听语言"，从而为成为一名职业电视剧编剧打下良好基础。

综上所述，我们的课程体系建设，以高密度的文学阅读提升学生的文学素养；通过艺术概论、戏剧概论以及中外文学史、中外戏剧史、中外电影史的学习，让学生构建起较为丰富的知识体系；通过高强度、有步骤、阶梯式的写作训练，锤炼学生扎实的编剧基本功；通过表导演基础、戏剧工作室、DV实践等课程，强化学生戏剧与影视实践训练；"融通理念"与"阶梯式训练"结合的编剧人才培养，正是通过科学的、有强烈实践意义的课程体系构建得以实现的。

三、融通理念：教学多样化实践

编剧人才的培养，不限于课堂教学，在"融通理念"的指导下，中央戏剧学院戏剧文学系进行了多方面的努力：多次聘请国外知名教授进行短期或长期讲学活动，提升国际化办学水平；行业与教学融通，聘请业内专家来校举办专场讲座,并引导学生参与创作实践活动;课堂教学与校园文化活动融通,积极支持学生参加中央戏剧学院"小品大赛",在校园文化活动中,拓展学生的编剧实践,提升学生主动学习的积极性。

1. 国际化办学

秉承"融通理念",中央戏剧学院戏剧文学系积极推进国际化办学,近五年来曾邀请多位国际知名专家来系为学生进行短期教学讲座活动。比如:

2016年10月,波兰戏剧专家托马兹·基伦祖克(Tomasz Kirenczuk)来到戏剧文学系,为学生进行了以"波兰新戏剧"为题的戏剧讲座。在讲座中,基伦祖克先生为同学们介绍了波兰新戏剧的代表性导演及作品。

2016年11月,德国著名戏剧学者凯·图赫曼(Kai Tuchmann)为2015级戏剧策划与应用专业学生进行了为期十天的"戏剧构作"工作坊。凯·图赫曼将德国文献剧的创作方法介绍给了学生,并围绕文献剧《水浒》的创作实践,带领学生进行了创作示范。

2017年10月21日—11月4日,希腊亚里士多德大学著名戏剧学者萨瓦·帕特沙里迪斯(Savas Patsalidis)来我系进行学术访问,为我系本科生、研究生进行了七次讲座,讲座题目为"古希腊戏剧及其当代演出",取得了良好的教学成果。

2017年10月,英国大卫·格拉斯剧团艺术总监大卫·格拉斯(David Glass)为2015级戏剧策划与应用本科班举办为期五天的文本与集体即兴创作工作坊,该讲座活动拓展了学生文本创作的思维。

2018年6月,我系邀请美国籍英国戏剧家大卫·格拉斯先生来进行AB计划,他带领我系戏剧策划与应用专业学生完成了一个创新文本创作与演出项目《我们中的一员》。该剧由大卫·格拉斯与我系赵志勇老师共同指导学生完成文本创作,并进行了两场汇报演出。

2019年12月,我系邀请美国音乐剧导演托马斯·杜威(Thomas Dewayne Barrett)和旅法翻译家宁春艳为戏剧创作专业学生开展"中国音乐剧创作与研究"系列讲座,该讲座有效推动了我系音乐剧创作人才的培养。

我系自2015年起,聘任德籍华裔教授李亦男为长聘教师,并作为"戏剧策划与应用"教研室主任,将德国"戏剧构作"创作、教学理念引入我系教学体系。自2018年起,我系聘请德国戏剧学者凯·图赫曼为长聘教师,加强"文献剧"创作与"戏剧构作"课程的建设。

立足中国,放眼国际,开放的国际化办学模式,使得我系编剧人才培养不仅很好地继承了中央戏剧学院戏剧文学系的教学传统,而且使得我系的编剧人才培养具有了国际视野,让学生在学习阶段就开始探索如何"讲好中国故事"。我们以为,必须拥有开放性的学术眼光,才能培养出能够服务国家文化战略的、具有国际视野的中国创新型编剧人才。

2. 行业与教学的融通

课堂教学固然是编剧人才培养的主阵地,但是编剧人才的培养离不开与行业的互动,特别是业内领军人物对于学生的言传身教。戏剧文学系近年来通过举办学术论坛,组织演出观摩,鼓励学生参加校外创作实践等多种方式,带动课堂教学。比如:

2016年6月11日—12日,中央戏剧学院戏剧文学系、国际戏剧评论家协会中国分会与天津大剧院联合举办了"中国当代艺术的现代性与现实性暨《阿波隆尼亚》演后谈"学术研讨会,会议邀请了中国艺术界十余位著名艺术家、评论家参加,戏剧文学系2013级部分本科学生也参加了研讨会。这一学术活动获得了非常好的效果,既让我们的学生有了观摩与学习的机会,也使得学生关注国际前沿演出实践,提升艺术素养。

2016年9月20日,中国儿童艺术剧院副院长冯俐(一级编剧)为戏文系2014级戏剧创作班开展了关于儿童剧剧本创作的讲座。此后,戏文系与中国儿童艺术剧院进行合作,由指导教师顾岩老师带领学生们进行《成语魔方》的创作实践。2016年11月28日,在中国儿童艺术剧院召开了学生剧本创作讨论会,同学们的创作得到了剧院领导的肯定,剧本进入创作修改阶段。最终由我系戏剧文学系研究生孙梦竹参与编剧的《成语魔方·四》,由我系本科生章雪滢、刘德正参与编剧的《成语魔方·五》被搬上中国青年艺术剧院的舞台,极大鼓舞了在校学生参与创作实践的热情,也起到了示范性作用。

2018年,戏剧文学系主办了第三届华语剧作家论坛活动。这次活动,我们分别请著名导演兼编剧田沁鑫、剧作家过士行、剧作家王宝社等为我系创作专业学生进行了专题讲座,此论坛活动拓展了学生的实践创作思路,同时，业内知名编剧的言传身教，丰富了戏剧文学系的课堂教学活动。

戏文系还聘请中国儿童艺术剧院院长冯俐为客座教授，与彭涛教授共同指导编剧理论与实践方向的艺术硕士研究生。目前，该方向的2018级研究生郭旌创作的《送不出去的情报》，入选文化和旅游部"庆祝中国共产党成立100周年舞台艺术精品创作工程"重点扶持作品。

3. 课堂教学与校园文化活动、创作实践的融通

戏剧文学系的编剧教学不限于课堂教学和学生课下完成创作作业，还依赖于打造全方位、立体的校园文化环境，依赖于积极为学生搭建校外创作实践扶持平台。中央戏剧学院每年都会举行小品大赛，这个传统的校园文化活动，积极推动了学生的编剧创作实践活动。学生们参与这个校园文化活动的积极性非常高，并且打破了专业与院系的壁垒，导演系、表演系、戏剧文学系、舞台美术系、戏剧管理系的学生自由组合，共同完成创作。在"小品大赛"中，戏剧文学系的学生不仅仅完成剧本创作的工作，往往也上台演出，或者是自编自导，甚至参与海报设计、服装设计……在两年一度的"中央戏剧学院小品大赛"活动中，学生以极高的热情参与其中，展现出令人惊叹的多方面艺术才华和创意创新能力。

另外，自2009年开始，由当时国家新闻出版广电总局电影局主办，委托北京电影学院、中央戏剧学院、中国传媒大学等七所著名艺术院校，实施"扶持青年优秀电影剧作计划"，倡导青年电影编剧坚持弘扬先进文化、和谐文化的创作方向，坚持三贴近的创作原则，激励他们以敏锐的目光、创新的意识和新颖的艺术手法创作出弘扬时代精神、传承中华优秀文化、观众喜欢的电影剧本，并借此建立奖励优秀剧本、扶持青年编剧人才的资助机制。戏剧文学系积极推进该计划的实施，每年都有学生创作的优秀剧本入围获奖，为培养青年编剧人才作出了积极的贡献。比如，2009年，戏文系2005级毕业生游晓颖在"青年优秀电影剧作计划"中获奖，而后，她在此基础上，终于创作出电影《相爱相亲》（导演：张艾嘉），并获得第三十七届香港电影金像奖"最佳编剧奖"。

四、编剧人才培养的创新举措

2012年以来，我系李亦男教授在戏剧文学系开设了戏剧构作课程，将

德国的"戏剧构作"创作理念引入中国。在李亦男教授的带领下,2012级戏剧学专业率先开始了一种新的戏剧文本创作与剧场实践的探索。在她的带领下,2012级戏剧学专业学生集体编创了实习演出剧目《有伟》,2013级戏剧学专业学生集体编创了实习演出剧目《家》。而后,戏剧文学系在2015年设立了戏剧策划与应用专业,并开始招收本科生。

2015级戏剧策划与应用专业在李亦男教授、彭涛教授以及德国戏剧教师凯·图赫曼的带领下,集体编创排演了教学实习演出剧目《水浒》,这次实验性演出在北京戏剧界的一个小范围内引起强烈反响,剧评人奚牧凉称这部学生演剧与王翀导演的《茶馆》并列"走在了中国戏剧最前沿"①。

"戏剧构作"与"文献剧"的创作理念与传统的编剧理念有很大不同,不再延续亚里士多德式戏剧对于"情节整一性"的追求。将"戏剧构作"与"文献剧"创作的理念引入传统的编剧教学实践中,不仅拓宽了师生的学术视野,同时也带来了戏剧文本创作的新思路、新方法、新路径。

"文献剧"的创作理念与方法不同于传统的编剧创作,在此,有几方面需要加以强调。第一,传统的剧作法创作的是以情节为基础的文本,是对于"行动的模仿",是基于"幻觉剧场"理念的,而"文献剧"的创作,重点在于对历史(曾发生过的事件)的认识和再现。在此,历史事件不必以"幻觉"的方式被呈现在舞台上,"文献剧"创作的重心在于对历史事件的"认识"和"讨论"。第二,"文献剧"的创作方法与传统编剧方法有很大不同。传统编剧的创作,往往是从一个故事或一组人物形象出发,编剧的材料尽管大多也是从生活中来的,但经过编剧的加工和虚构,重新创造出一种"虚幻的真实",而"文献剧"的创作首先排斥"虚构",强调对文献材料的收集、整理以及再认识,在文本创作过程中,往往采用"拼贴"的方法,将不同的材料剪接在一起,从而产生一种"惊奇",引发一种"陌生化效果",并进而引起观众对于历史事件的反思。第三,尽管"文献剧"的创作不注重"情节"的编排和虚构,但是却同样重视不同材料之间的"冲突"和"对抗"。比如,在文献剧《水浒》的文本创作中,李亦男教授将中美两国领导人的新年贺词与《水浒》中的文本进行了拼贴,从而产生

---

① 奚牧凉:《两部学生演出的〈水浒〉和〈茶馆〉走在了中国戏剧最前沿》,澎湃新闻,2017年8月24日。

一种内在的矛盾性,造成一种"陌生化"的美学效果。第四,在"文献剧"的文本拼贴中,尽管不试图呈现完整的故事情节,但是,却同样注重文本的开始、发展和结局的运动过程。也就是说,文本拼贴是有着内在叙事结构的,同时也有着内在的节奏,学生在进行文献材料拼贴实践的过程中,需要具有一种新的结构意识,这种结构不同于故事情节的开端、发展、高潮和结局,但是却具有相似的运动过程。关于这一点,德国戏剧构作塞巴斯蒂安在"新冠疫情文献剧创作"的教学实践中,为学生进行了详尽的分析和指导。

目前,"戏剧构作"课程的教学实践,在戏剧文学系已经较为成熟,李亦男教授完成了《戏剧构作概论》的教材写作,填补了中国戏剧理论与编剧教学实践的空白,取得了开创性成果。"文献剧"的教学创作实践,开拓了学生的创作理念,丰富了学生的文本创作技巧,拓展了"创新型编剧人才"的培养路径。

五、结语

中央戏剧学院戏剧文学系戏剧影视文学专业于2019年入选国家级一流本科专业,这是对戏剧文学系数十年教学成果的肯定。2011年,在上海戏剧学院陆军教授的推动下,编剧学学科列入上海戏剧学院戏剧与影视学一级学科下的二级学科。陆军教授认为:"编剧学的学科构架应从理论研究、实践研究和历史研究三个层面展开,即在编剧学科体系中建立编剧理论、编剧史论、剧作评论和编剧技能的研究。"[①]

编剧学学科建设对编剧人才培养有着重要意义。然而,目前无论是从学科本体的理论总结来看,还是从跨学科研究来说,中国编剧学学科建设仍然任重而道远。总结教学经验,研究人才培养规律,探索学科前沿,是摆在我们面前的课题和挑战。

---

① 陆军:《编剧学的源流、现状与开创性探索》,《编剧学论稿》,中国社会科学出版社2018年,第4页。

第二节　阶梯式训练：戏剧创作专业"写作课"①

黄维若

戏剧写作课是中央戏剧学院戏剧文学系本科舞台剧创作专业的核心专业课程。行课时间为从一年级到四年级，前三年每周行课八课时，四年级时由教师辅导学生进行毕业创作，并以此为前提撰写毕业论文。与此同时在一、二年级还有附属于写作课的表导演训练课，每周四个课时。

戏剧写作课是一门实践性极强，同时理论修养要求较高的课程，目的是为社会培养合格的专业编剧人才，毕业生能够胜任话剧、电视剧及电影的专业剧本创作。

本课程有其独具特色的教学定位及专业培养方式，同时也是教学过程至为复杂而艰难的一门课程。

我们所招收的是以应届高中毕业生为主的学生，文理兼收。我国高中教育，尤其是语文及史地等学科教学，近年来取得了很好的发展。但是，高中教学受到高考的直接制约也是不争的事实，因此高中生的语言文学基础，与我们戏剧创作所要求的文学基础有着很大的差距。这个差距表现在以下三方面。

1. 现在的高中毕业生文学基础普遍差，学生高中三年，甚至初中三年，都被淹没在考试与题海之中，完全没有时间去阅读世界文学名著。他们对古今中外文艺作品的了解几乎是一片空白。戏剧创作是需要文学修养做基础的，而这方面现有的高中教育完全不能给我们提供支持。

2. 现在的高中毕业生写作能力差，他们的写作训练完全针对高考。高考那几百字的议论文几近八股，与真正的戏剧和文学创作完全不是一回事。

3. 现在的高中毕业生在文艺观念上存在着极大的误区，他们在文艺作品、生活、创作者这三者的关系上，有着许多非艺术的认识，而创作是应该有正确的文艺观的。

我们的生源就是如此。怎么样把他们培养成为国家和人民所需要的创

---

① 本小节以中央戏剧学院戏剧文学系四年制本科教学体系为基础编写。

作专才？经过多年的摸索和几代人的努力，现在已大致形成了一整套针对我们实际情况的、有中国自身特色的舞台剧写作教学模式，在四年教学的每一个阶段，都精心设计了与学生相适应的教学方式及行之有效的教学内容。

首先是一年级的教学。

对于创作专业的学生来说，刚进校的他们在专业基础上最缺乏什么？综上所述，可以说他们什么都缺。针对他们的实际情况，我们先从散文写作抓起。通过散文写作，要达到以下目标。

1. 要唤起他们对自身生活的重新关注。其实缺乏生活这一种说法是不存在的。我们每个人都有自己的生活，我们缺乏的是对生活现象的高度敏感及对生活的仔细审视。其实这是一种专业习惯，是可以通过学习与强调培养起来的。我们通过大量的散文写作，鼓励学生写自己最熟悉的人、最熟悉的事，写他们生活中最有感触的、自己最想写的东西。这样让他们对以往被淹没在考试与作业中的生活产生自省与回忆，重新去挖掘其表象下有意味的东西，去表达他们自己的真情实感。这其实是文学创作最基本的范畴。

2. 通过散文写作提升学生的文字能力。确切地说，文字能力的提高是一个漫长的过程，不过通过一个阶段的散文写作，可以明确所谓好的文字能力的标准。从文学的角度看文字，就会有许多特定的要求，这些要求会在行课的过程中反复地被提出来。

3. 通过散文写作调整学生的文艺观。作品、生活与作者三者之间的关系，还有作品与读者与观众的关系，始终是美学的基本课题。应该说，对学生上述认知的指导是开放性的，学生可以有自己不同的观点，但是老师会指出，不符合创作自身规律的文艺观点是有害无益的。

4. 通过散文写作带动学生阅读。现阶段学生对世界名著的阅读极其重要，这实际上是补他们十二年来的缺失。通过散文写作学生会对阅读产生强烈的专业性需要，而这种专业性阅读，是指一个人以写作者的心理从作品内部向外看，而不是一般消费性阅读。阅读有教师开出的阅读书目单，而且有教师专门进行阅读辅导。

散文写作的教学方式，是每一轮写作先由教师与学生共同讨论，再由学生写出来，教师阅读并写下评语；之后进行一对一的评议与辅导，同时结合大课讲评，再进行学生间的互相讨论。然后是下一轮。

在散文写作进行到第九周或更多一点时间时，写作训练便开始向戏剧剧本文体转换。比如说，会在适当的时候要求学生们写一种只使用对话的散文，不许使用描述性文字。此时上述四种目标仍然不变，但同时写作也开始了从散文向戏剧文体的转化。

再接下来，会有观察生活练习一类的写作训练。这时让学生们走出课堂，到生活中去进行观察，然后再到课堂上把自己观察来的生活以片断的形式写出来。

此时附属于写作课的表导演训练课也进行了一段时间。戏文系的表导演训练课的目的，就是要让学生们把自己所写的东西演出来，导出来，把自己的作品在舞台上立起来以进行评判与检验。因为戏剧创作是一门实践性极强的课，创作的最高目的就是让作品在舞台上演出。

因此这一阶段学生的作业，就可以安排他们自导自演，在舞台上演出，这时学生在案头阶段存在的许多问题就看得更清楚了。

从一年级第二学期开始，学生便进入戏剧小品的写作。

小品写作是戏剧创作的基石。从一年级第二学期开始，到二年级第二学期期末，本专业的学生主要就是从事大量的小品写作训练。小品本身有简单小品到复杂事件小品的渐进过程，也有事件小品到音响音乐小品、道具小品、画面小品等分类。

在这一阶段，教师开始在课堂上讲述编剧理论与技巧。

这一阶段教学的基本形式就是先组织学生讨论构思，与此同时教师要一对一地与学生讨论其构思的可行性及技术问题等。然后由学生写出来，教师阅后写评语，再一对一进行讨论。之后将学生作业中有特点和有价值的小品，拿到表导演训练课上进行排演。进而在这些排演过的小品中挑选出一部分，在期末时要在剧场公演，向全校师生汇报，当然演员与导演也是学生们自己来担任。

在这样一个写作过程中，教师要就学生中出现的带有普遍性的问题进行总结，从而上升到理论的高度进行概括，将其转换成一种编剧理论与技巧课的讲授。

从一年级第二学期初到二年级第二学期末，这是学生最重要的打基础阶段，也是写作生涯的开始。这个时期会出现总体化的问题，比如说体察生活的敏感与细腻程度不够，或者表现戏剧内容的能力欠缺，或者修养跟不上来等，但是更多的表现为个体性的问题。每一个学生都有其优点，也有他自己的毛病，有他认识的误区，还会出现特定时段的不稳定性。所以，作为打基础的最重要阶段，教师对学生一对一的具体指导特别重要。上大课解决带普遍性的问题，一对一解决学生个人的具体问题。

这一时期要求的练习量大，每学期要不少于六轮的写作。与此同时阅读量要上来，知识面要扩大，对舞台的理解要加深。

而这一阶段的教学目的，总体来说是打基础，具体说来有以下这样几条。

1. 通过大量小品写作练习，让学生明了戏剧最基本的规律，或者说让他们明白，什么是戏。

2. 通过大量练习，使学生有营造一个完整的相对复杂的戏剧事件，并生动地将其表现出来的能力。

3. 通过大量练习，使学生有把握戏剧不同风格体裁的基本能力。

4. 通过大量练习，使学生的台词达到基本能准确表现戏剧内容的水平。

从三年级开始，学生便转入本科学习的第三个阶段。这个阶段是要让每个学生基本具有写一出完整大戏的能力。

三年级教学又分为两个阶段。

三年级第一学期写作短剧。短剧不是一个学术概念，而是一个教学概念。它比小品大多了，要达到二十多分钟的演出时间，在文字量上要达到印刷符号一万字左右。更为重要的是，我们在进行短剧写作时规定，学生必须采取一种复线结构，也就是说在一条动作线之外还要有动作副线。因为这个时候的学生，有足够的能力把一个独立的甚至复杂的戏剧事件呈现出来。但是一出大戏演出时间长达九十分钟以上，学生要写作一出大戏，首先面临的将是戏剧结构问题。大戏也有从头到尾只有两个人物的，但毕竟是极少数。绝大多数大戏会有众多的人物，会出现多条动作线，对戏剧动作的组织方式就是结构。所以短剧写作首先要使学生在戏剧结构方面得到锻炼。与此同时，一出大戏中人物的心理层次，人物关系的复杂程度，人物行动的跨度等，都远大于戏剧小品中的相似内容。短剧就是要在一定程度上解决这些问题。

三年级第一学期五轮短剧的长度是逐步递增的。由学期开始时的前两轮 25 分钟左右，到后一轮将达到 45 分钟。当然，其难度也在逐步加大。

编剧理论及技巧课程在三年级同时展开，在三年级一年中，教师将在课堂上讲授：

1. 关于戏剧构思；

2. 关于戏剧的开场；

3. 关于主要的舞台事件；

4. 关于情境危机的产生及反复推进；

5. 关于戏剧的高潮及结尾；

6. 关于戏剧场面；

7. 关于戏剧中的时间与空间；

8. 关于戏剧悬念；

9. 关于戏剧的先行事件；

10. 关于戏剧结构。

以上十个单元将在三年级一个学年内讲授完成。

三年级第一学期五轮短剧写作的教学程序是这样的：先由学生讨论谈构思，再由教师一对一辅导，接下来写出短剧；之后每一轮要挑出一定数量的作品进行坐排，即在排练室或教室由作者自己充当导演，由学生们半立体地将其排演出来。排演的学生可以拿剧本，但不是照本朗读，而是有人物感觉的演出；可以有简单的走位，以强调人物的某种内心动作，而不是真正的舞台调度；可以有简单的音响与音乐，也就是说让一个剧本简单地立在舞台上。之后讨论：首先是扮演者发表意见，哪个地方不舒服，扮演者的这个感觉是最准确的了，这样的地方就是剧本有问题的地方。教师要做引导性发言，但要跟同学们进行平等讨论。接下来另外安排课时，教师与学生一对一细谈本轮作业，理论课要插在这中间进行。

三年级第二学期的教学内容是大戏正式写作。这是整个四年教学的制高点，是最关键的一役。

大戏写作时先与学生讨论，再加一对一地辅导构思。一出大戏的构思特别重要，所以前三周几乎全部在谈构思，其中有的学生会多次反复修改。

接下来，就是写出分场提纲。所谓提纲就是用舞台思维的方式将你的构思用场面形态表达出来。此前小品与短剧都不强调写提纲，但大戏必须写提纲。

提纲通过后开始写剧本，教师每三周审阅一次剧本，同样挑出一定数量的作品进行片断坐排，同样组织讨论，同样安排一对一的细谈，同样在此期间安插理论课讲授，直至期末完成整出大戏。

最后是第四年的毕业创作，这仍然可以看作是写作课在高阶阶段的延伸，同时又可以看作是学生走向社会剧作者的过渡。这时候，毕业创作在题材和体裁上有一定的放开，同时也要与社会有一定程度的接轨。要注意好好地总结四年来学习过程中的经验，同时相对三年级写大戏时的水平要有所提升。

以上大体就是我们写作课在整个四年过程中教学的内容与思路。

目前这一教学方式及内容仍然在不断发展与改进过程中。同时，这样一套教学方式也取得了很好的成绩，目前国内大多数著名的话剧作家和电视剧作家，都出自这一教学体系，他们给国家与社会带来了很好的创作成果。

这样一整套写作教学方式，相对国外欧美的泛专业训练，有着极具专业性的特色，同时在国内也有很大的影响。上海戏剧学院、沈阳音乐学院等兄弟院校，曾经派专业教师全程跟课进修学习本写作课，回去后在他们学校结合实际予以推行。我们在已有的基础上，一定尽最大的努力，将这个课程的水平不断提高，以期培养出更多更好的戏剧创作专业人才，为国家服务。

第三节 "新文科"背景下的阅读与鉴赏课的课程建设

王昇

2020年11月,教育部新文科建设工作会议发布《新文科建设宣言》,提出"进一步打破学科专业壁垒,推动文科专业之间深度融通"等系列部署[①],预示着新文科建设将在2021年跨入新阶段。过去一年,围绕"新文科"的讨论呈现出以学科层级为脊,多维切入、共时推进的景象,虽然空谷足音不绝于耳,但研究视角仍偏于宏观,多以概念界定、理念设计、方略建议为主要内容,当涉及中观层面时便浅尝辄止,更缺乏微观视角以及更为具体的策略支持。

从学科层级图示(图1)可以更直观地看出"新文科"作为"四新"之一所具有的特殊性:以艺术学门类下的"戏剧与影视学"为例,其下又包括13个二级学科,它们"过多地坚持个性强调差异,使得一级学科戏剧与影视学,具体在专业交融、课程设置的实处上没有得到应有的反映"[②],于是当新文科建设的理论触角探及二级学科时就难以具体和深入。理论研究现状与学科建设现状生动揭示出原有精细、成熟的学科分割同"新文科"理念的矛盾:消弭学科壁垒本是新文科建设的精神意旨,然而在构建自身理论体系时却又不自觉地囿于学科层级。因此,时至今日就不能仅仅寄希望于自上而下的理论观照。

---

① 《新文科建设宣言》,网址:https://www.eol.cn/news/yaowen/202011/t20201103_2029763.shtml。
② 周星:《新文科建设语境中"戏剧与影视学"学科建设的得失与改进》,《戏剧》,2020年,第3期,第12页。

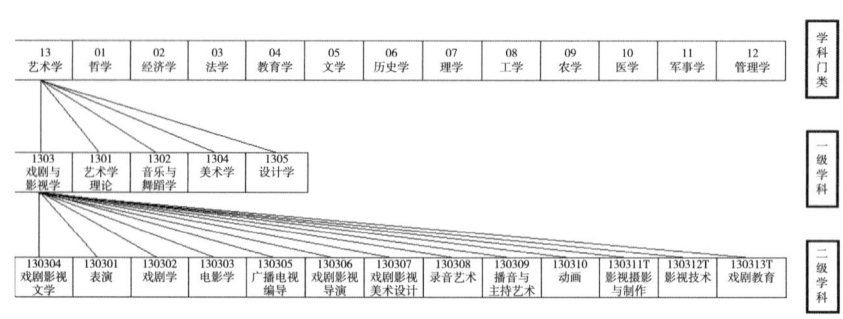

图1 学科层级图示

《新文科建设宣言》已指明，须"紧紧抓住课程这一最基础最关键的要素，持续推动教育教学内容更新，将中国特色社会主义建设的最新理论成果和实践经验引入课堂、写入教材，转化为优质教学资源"[1]。在《新文科建设宣言》的指引下，基于新文科建设的理论成果，不妨把视线投回基层教学单位的实践，通过研究鲜活的教学案例、总结生动的课程革新经验来"反哺"新文科理论体系。要言之，新一轮"新文科"理论探索应是宏观研究与微观研究双向推进的。

中央戏剧学院戏剧文学系承担着戏剧影视文学的教育教学工作，在"新文科"背景下如何对传统专业课程进行升级革新以适应新时代的需求，这是教学团队一直思索的问题。本文以戏剧文学系阅读与鉴赏课程的革新实践为例，从课程理念和课程设计两方面进行阐述，探讨如何更好地适应新时代戏剧影视专业人才的培养需求，以期"反哺"新文科建设的理论体系。

一、"阅读与鉴赏"课程理念革新

2003年，戏剧文学系开设阅读与鉴赏课程，作为专业基础课程，它强调"培养学生的剧本解读能力和文学鉴赏水平"[2]。在之后的十年里，阅读与鉴赏课程（以下简称"阅鉴"）在人才培养方面取得了显著成效，例如，2005级戏剧影视文学创作专业毕业生游晓颖在工作多年后回忆："当时在

---

[1] 《新文科建设宣言》，网址：https://www.eol.cn/news/yaowen/202011/t20201103_2029763.shtml。

[2] 杨健、张先：《剧本写作初级教程》，中国戏剧出版社2003年，第283页。

学校的时候，中戏有一个阅读与鉴赏的书单，我们照着那个书单训练了两三年。……从文本上来说是非常经典的叙事、结构，包括人物塑造，都会在里面看到。"① 但同时，教学团队也感受到来自时代发展的挑战，进而形成了对以下两个问题的思考。

第一，如何唤醒学生真正的个性？在艺术生张扬个性、追求自由、乐于表达的乐观表象后，其实是思维方式一元化、思想内容同质化、学习目的功利化的严峻现实。这一点越来越鲜明地反映在2012年以来的读书笔记中：学生不约而同地以相同的思维框架、"总分总"的论述范式来分析同一个戏剧人物。应该思考的是如何用阅读来唤醒他们真正的个性。

第二，如何正视互联网对传统阅读习惯的冲击？互联网时代，学生获取知识的途径越发多元，但是科技同样会放大"懒惰""畏难"等人所共有的心理，导致负面效果伴生于"阅鉴"教学中。例如，当在网上检索文献时，一年级学生容易陷入"信息茧房"而不自知：关键词检索看似有助于获取不同观点，实则是反复接受同质观点的不同表述。将碎片化呈现的网络信息视为知识体系是一种亟待澄清的误区。又如，曾有学生在网上搜索到署名"郁达夫"的《迟桂花》，并认真撰写笔记，但他搜索到的小说实为网友假托之作。此个案从侧面揭示了学生在日常生活中对互联网的过度依赖，以致对网络信息的可靠性产生了不恰当的信任。

针对上述问题，"阅鉴"教学团队自2014年起就启动了对课程的升级革新，在原有扎实的课程结构内进行微小但更富针对性的调整。进入2019年，"阅鉴"的革新思路终于在"新文科"的总语境中得以廓清：课程革新既是"阅鉴"谋求良性发展的内在冲动，同时也因应了新文科建设的外在需求。

1. "融通介质"的课程定位

戏文系教学团队在新一轮教学改革中已逐渐形成了对"融通理念"的共识，这与新文科战略"多维、跨界、交叉、融合"②的主导思想不谋而合。如果把知识比作草原，那么长久以来的学科分割就如同圈地，界碑之下的

---

① 搜狐网：《〈相爱相亲〉编剧游晓颖："创作到最后，拼的是你对生活和人物的理解有多深"（上）》，2017年12月23日，网址：https://www.sohu.com/a/212376144_815422。
② 张燕：《新文科建设背景下戏剧与影视学三种课程的圈层建设》，《戏剧》，2020年，第3期，第40页。

土壤虽依旧肥沃，但也因碑石深植而寸草不生。在教学中，教师思维中的"界碑"同样需要拔除，而"融通理念"正是一种通过打破思维定式来认识事物的创新视角，关键在于相信知识本身没有界限。"新文科"之"新"在于守正而创新，是要懂得发现和开掘既有传统中长期遭到忽视的"荒地"，使之成为新的价值增长点，令草原最终连成一片。从这个意义上讲，"融通理念"可以运用在不同维度和层面。宏观来说，戏文系在过去几年里已进行过中国化与国际化的融通，行业与教学的融通，课堂教学与校园文化活动、创作实践的融通等多种实践，促进了教学多样化。微观来说，"阅鉴"在专业基础课程体系中的重新定位同样是"融通理念"的必然结果。

"阅鉴"在设置之初就包含中外文学、中国戏曲和古典小说、中国话剧、外国戏剧四个部分，然而在专业基础课体系中，它又同一年级的中国古典散文赏析课程、外国文学课程，以及二年级的中国现当代文学课程、中国话剧课程、外国戏剧课程存在一定重叠。鉴于此，教学团队发掘并放大了"阅鉴"自身两个独特优势：第一，"阅鉴"与写作课的教学思想有直接的联系，同时"阅鉴"的教师也皆为有写作课授课经验者；第二，"阅鉴"的四个部分在设置之初就隐含相对独立又相互融通的可能性，而经过十几年的教学实践，它们之间的融通点已经愈发清晰。基于上述考量，"阅鉴"在"新文科"背景下获得了重新定位，即专业基础课、专业核心课以及专业方向课之间的"融通介质"。在实现课程定位后，总体教学思路便清晰起来。

2. "四点两线"的教学思路

人学观是贯通"阅鉴"与写作课的精神脉络。首先，戏剧艺术的对象是"具有感性丰富性的人""戏剧的基本任务就是赋予这一取之不尽的对象以感性的形式"[①]，而阅读能引导学生体悟人、人性和人的命运，获取不同人生经验——这是教学内容上的人学观。其次，阅读也在潜移默化地提升戏剧影视文学人才感受生活的能力，退一步说，即使不从事艺术创作，生活的感受力也同样能够引导人更好地生活，正如日本导演浅利庆太所言："所谓教育，固然要传授知识，但更为重要的则是在学习过程中让他们发

---

① 谭霈生：《谭霈生文集·戏剧本体论》，中国戏剧出版社2005年，第313页。

现人生,培养他们生存下去的精神活力。"①——这是教育思想上的人学观。

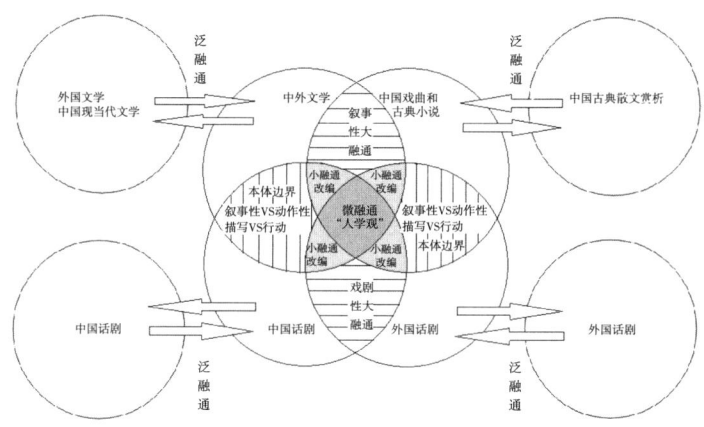

图2 "四点两线"教学思路图示

在找到"人学观"这一精神传承脉络后,进而形成了"四点两线"的教学思路。如图2所示,"阅鉴"四个部分之间,及其同其他专业基础课之间存在四个融通点,它们的互动关系形成了"微融通带动泛融通""大融通带动小融通"的教学思路。

首先谈"微融通带动泛融通"。人学观是"阅鉴"四个部分交叉的微融通点,亦是与写作课贯通的精神脉络。尽管戏剧、戏曲、文学在艺术形式上有诸般相异,但无一不以人学观为起点和归宿,由此便打通了学科之间的壁垒。泛融通点是"阅鉴"与中国当代文学、外国文学、中国话剧、外国戏剧、中国古典散文赏析等同质性的专业基础课的交叉所在,彼此将从文学、历史、哲学、心理学等平级或差级学科辐射互渗。而"微融通带动泛融通"即指通过发挥"阅鉴"与写作课直接联系的优势,形成以人学观为磁石的专业基础课与专业核心课的"课程共振",从而构建起戏剧影视文学专门人才的文化共同体基石。

再来谈"大融通带动小融通"。以本体论为学理标尺,从"阅鉴"四个部分中找到它们两两之间的"大融通"点:文学和戏曲的叙事性本体,以及戏剧的戏剧性本体;在找到共性的同时,本体边界也浮现出来。无疑,"融通"应当是尊重艺术本体的"融通",而认识本体边界既是实现各艺术

---

① [日]浅利庆太:《忽视培育的教育》,《浅利庆太随笔集——艺术·人生·社会》,帅松生译,中国文联出版社2002年,第39页。

形式之间全面交叉、跨界、互补的学理保证，同样也是超越艺术与社科、工科之间森严壁垒的前提。基于大融通点和本体边界，力求在教学中让学生感受艺术形式之间变幻莫测而又有迹可循的"和"与"同"，逐渐打破那些限制学生创新的思维定式。总之，"大融通带动小融通"的教学思路，即立足本体边界的前提下，着眼于艺术形式之间的改编转换，实现跨形式的小融通。

"四点两线"的教学思路促进了艺术形式之间、学科之间、课程之间的有效联动，令"阅鉴"在各维度的融通中焕发出新的活力。

3. "一强双创"的课程升级导向

"一强"是指对"阅鉴"初心的强化。为训练学生养成从自觉到不自觉的阅读本能，"阅鉴"建立了"强迫性阅读"的训练传统，不仅要求学生保持每周40万~50万字的负荷阅读，而且要求养成随时记录的专业阅读习惯。在课程革新中，不仅要继续坚守这一传统，更应将其强化。强化，并非通过加大阅读量实现，而是将学生从以往被动参与"强迫性阅读"转化为引导他们主动迎合。例如，在行课时有机融合某个作者的阅读经历，或突出"阅读"对这位作者创作的有益影响，以便让学生对于"严苛"训练心悦诚服，这比不对训练做出解释，或是仅讲道理更奏效。

"双创"是从课程传统中挖掘出的两大创新点，即突出对学生"作者思维"和"反思性思维"的培养意图。先来谈"作者思维"的培养。学生在阅读过程中能否尽快由"接受者思维"转换到"作者思维"是写作能力质变的关键。因此，教师在行课时力求渗透两个问题：作者写了什么？作者的意图是要对接受者产生何种影响？通过引导学生思考，从而帮助其树立起"作者思维"。如此，当学生在创作时同样会以"作者思维"为指导，思考：我要对接受者产生何种影响？为了实现这个意图，我该写什么？如何写？这有助于他们从初期模仿走向未来的独立创作，从学以致用深入到学以致知。再来谈"反思性思维"的培养。王一川教授谈到艺术教学时强调培养学生的"反思性思维"，亦即训练学生"善于质疑已知的知识，以求知态度去发现或创造新知"[①]。"反思性思维"的培养有助于规避人才同质

---

① 王一川：《互联网时代艺术学子的通识素养——"艺术学原理"课教学札记》，《中国大学教学》2020年，第4期，第55页。

化的倾向。"阅鉴"行课中，学生有权利不接受教师的观点，但需要寻找新的观点来支持自己的看法。通过培养"反思性思维"有助于帮助学生在思考时主动发现可能存在的反面意见，并考虑如何通过丰富自身观点来解决问题。

综上，2014年以来，"阅鉴"在不断的实践中逐渐摸索出了"融通介质"的课程定位，形成了"四点两线"的教学思路；2018年起，确定出"一强双创"的课程升级导向，并将这三方面的课程理念革新进一步落实到课程设计层面。

二、"阅读与鉴赏"课程设计革新

"阅鉴"最初的课程设计分为三部分，即《阅读书目》设计、课堂导读与讨论设计和读书笔记设计，其中《阅读书目》是另两部分的设计蓝图。虽然长期的教学实践印证了此种设计的合理性，但"阅鉴"亦需要从自身优势里孕育出创新点以适应时代需要，因为课程设计的逻辑本质上就是人才培养的逻辑。

为了适应新时代戏剧影视文学人才的培养要求，"阅鉴"在课程设计上做出三点调整。首先，将原本内含于读书笔记设计下的"读书笔记考核"升级为"考题"设计。如此，"阅鉴"的课程框架就成为包括读书笔记、《阅读书目》、考题以及课堂导读与讨论在内的四个部分。其次，将读书笔记设计提升到整体设计思路中的核心地位。最后，也是最重要的一点创新是"工程模块"的设计理念。

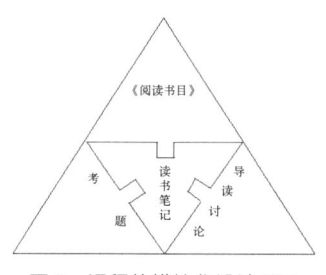

图3 课程的模块化设计图示

如图3所示，基于"融通理念"，四部分被设计为具有明确功能的"工程模块"，目的是借助不同模块的工程理性引导学生自觉融入经过总体设计的训练之中。如果以掘渠引水作比，模块的设计应遍布"暗渠"，一方面体现出极强的教学目的性，但对学生来说这种目的性又并不可见。一旦进入课程，学生将不由自主地被导入需要的训练方向，从而确保教学效果的最大化。多年的教学实践证明，教育界虽然总是在提倡启发式教育，然而"成效却不是很显著"[①]，而强化课程设计中的工程理性或许能够成为落实启发式教育的助推器。

1. 读书笔记设计

读书笔记模块的设计理念，是为引导学生尽快从"接受者思维"向"作者思维"转化。如表1所示，此模块又分为5组小型模块，它们都具有明确的训练目的。

表1 读书笔记模块的内容构成及训练目的

	模块内容	具体要求	训练目的
1	故事梗概	剧本、中短篇小说200字以内；长篇小说不少于600字	此模块对字数的限定近乎苛刻，但主要目的并非训练归纳能力，而是为引导学生发现"主题"是讲述故事的"磁石"，如意识不到此点，故事就无法在有限字数内形成有效概括
2	分幕分场大纲	以剧本的幕/场为单位撰写全剧结构大纲	引导学生感知"行动"之于结构戏剧的意义
3	人物分析	结合事件、描写、对话或唱词来分析人物的个性特征	引导学生发现"动作"是塑造戏剧人物的主要手段，"描写"是塑造文学人物的主要手段，借此廓清戏剧性与叙事性的本体边界
4	个人理解	选择感兴趣的角度，谈论对作品的看法；有论有据，不必畏惧经典	培养学生独立思考的习惯
5	内容摘抄（可选）	摘抄感兴趣的场面、描述、对话或唱词	培养学生随时记录的习惯

显然，这五个模块旨在为学生模拟出一般意义上的创作流程。"人物"与"故事"最初是相互杂糅着浮现在作者脑海里的，而暗中统合二者的便是作者对生活的独特见解，它既是作者不自知而又确实存在于作品中的"主题"；为表达自己的感受，作者势必想方设法在一定时空范围内完成对人物行动的组织，结构相应产生。撰写读书笔记，有助于引导学生实现"作

---

① 高雅：《针对舞蹈表演专业学生的舞蹈史论课教学模式探索》，宫宝荣主编：《舞蹈评论（一）》，上海世纪出版集团2015年，第65页。

者思维"的转化及其与写作课的无缝衔接。通过完成上百篇读书笔记，学生终将在潜意识里形成思考路径，最终成为肌肉记忆，训练目的即为训练成效。

2.《阅读书目》设计

以 2019 年版《阅读书目》为例，它要求学生在一年中阅读 147 部作品，这些作品中又内嵌着两组小型模块，借助工程理性引导学生达到相应训练目的。

表 2 《阅读书目》模块的训练目的及书目举例

	模块内容	具体要求	推荐书目
1	融通模块	引导学生打破思维定式和对艺术形式的固化认知	①长篇小说《家》、话剧《家》（曹禺） ②明传奇《牡丹亭》、短篇小说《游园惊梦》、话剧《游园惊梦》 ③元杂剧《窦娥冤》、话剧《关汉卿》 ④元杂剧《唐明皇秋叶梧桐雨》、明清传奇《长生殿》
2	思政模块	引导学生形成正确的历史观、文化观，从"历史"与"剧史"两个维度加强文化自信	①《阿Q正传》《春风沉醉的晚上》《林家铺子》《雷雨》《家》《战斗里成长》《小井胡同》《狗儿爷涅槃》《桑树坪纪事》 ②《获虎之夜》《雷雨》《上海屋檐下》《屈原》《芳草天涯》《茶馆》《蔡文姬》《WM 我们》《绝对信号》《思凡》《暗恋桃花源》

如表 2 所示，首先是贯彻"四点两线"教学思路的融通模块。例如，安排汤显祖的《牡丹亭》，白先勇的小说《游园惊梦》及其同名话剧，意在引导学生一方面关注艺术形式间的转换方式，另一方面理解艺术心理学的内容，懂得三部作品不仅存在形式上的改编关系，而且还存在着作者文化心理结构的共性。总之，"新文科建设要更加强化国家的价值观，更加强化国家的文化传统构成"①。基于同样的考虑，《阅读书目》里还有如元杂剧《窦娥冤》和话剧《关汉卿》，巴金的《家》和曹禺的《家》等一系列适合小融通教学的配套作品。

其次是课程思政模块。只有夯实戏剧影视人才的思政素养，才能真正为中国参与全球治理提供精准、可靠的文化支撑。课程思政模块的设计秉持《高校思想政治工作质量提升工程实施纲要》的要求，通过梳理《阅读

---

① 周星、任晟姝：《"新文科建设背景下戏剧影视学科的融合化、中国化与国际化发展"笔谈》，《辽宁大学学报（哲学社会科学版）》，2020 年，第 5 期，第 177 页。

书目》中经典作品所蕴含的思想政治教育元素，发挥其教育功能，"实现思想政治教育与知识体系教育的有机统一"[①]，从而赋予"阅鉴"以隐性思政教育的创新属性。此模块的设计融会了"新四史"与话剧史两个维度，以作品内容所涉及的时代变迁为经，引导学生通过阅读不断熟悉和加深对中华民族由弱变强的伟大奋斗历程的理解与感悟；同时，以作品诞生的历史背景为纬，实现"阅鉴"与中国话剧史课程的"课程共振"。

3. 考题设计

"阅鉴"每学期进行期中、期末两次考试。以往，考试是教学环节的终端，目的是督促学生完成负荷阅读和读书笔记撰写，因此考题设计以对聚敛性思维的考查为主，关注学生对作品的综合理解，一般占考试题总量的95%。当然，题目的设计初衷并非检查学生的记忆力，而是检验学生在阅读时对聚敛性思维的运用情况。可表面上看，考题似乎总需要回答诸如人名、时间等细节问题，这就容易让学生误会，令他们在阅读时越来越机械地去牢记作品细节以应对考试，然而当问及这些细节在艺术上为何重要时，他们却不明所以。由此形成的经验是：不论考试是要考查学生的何种思维能力，作为命题人必须首先放弃聚敛性思维的定式，而运用发散性思维来设计考题。换言之，只有将课程测评的重心转移到对创新能力的考核上，才会激发学生在日常学习中对创新思维的重视。因此，考题设计革新必须淡化考试"检测终端"的意义，强化其训练意义，进而将考题设计提升为与读书笔记、《阅读书目》、课堂讲授与讨论同级别的训练模块。

自2019年起，教学团队在中外文学部分的考题设计上进行了革新试验。首先，从图4可以看出主观题题量与分值有了显著增加。主观题具有较大的开放性和自由度，反而能"收敛"学生依赖的"应试自由"，将他们引向"思考自由"。其次，在考题模块中内嵌了聚敛性思维训练、发散性思维训练和作者思维训练三个小型模块。以2019年第一学期期中考试题目为例，中外文学部分共13道题目，三个小型模块的比例大致如图5所示：虽然聚敛性思维训练依旧占最大比重，但是它一方面融入了发散性思维训练和作者思维训练，另一方面题目的设计皆以命题人的发散性思维为引导。

[①]《高校思想政治工作质量提升工程实施纲要》，网址：http://www.moe.gov.cn/srcsite/A12/s7060/201712/t20171206_320698.html。

例如下面这四道题目：

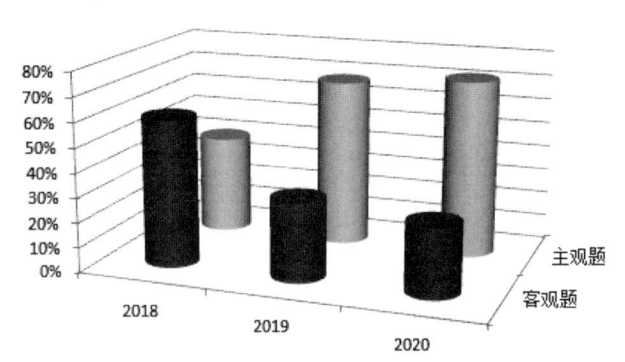

图4　中外文学部分第一学期期中考试主客观题分值比重变化图示（2018—2020）

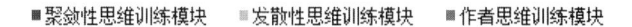

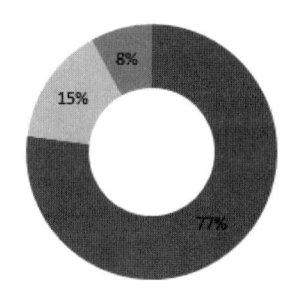

图5　2019年第一学期期中考试中外文学部分考题模块比值图

（1）《在一个春天的晚上》的作者是：_____；

（2）简述《春风沉醉的晚上》的主要情节；

（3）结合具体情节，谈谈《林家铺子》中林大娘的"打呃"；

（4）画出《哈克贝利·费恩历险记》中你认为"国王"和"公爵"应有的相貌。

前两道是典型的聚敛性思维训练题，但它们的设计却出于发散性思维的考量。考生首先必须清楚《阅读书目》里这两篇题目相近的作品及作者，否则就很难写出正确答案。这两道搭配出现的题目实则是一种对不良阅读习惯纠偏的动态训练。第三道题是对"作者思维"的考查，其前身仅是要求学生回答小说里"林大娘"的特质为何，经过修改，原来的答案变为题目，从而更有效地引导学生完成从"接受者思维"到"作者思维"的转换。第四题则是典型的发散性思维训练，马克·吐温并未在小说中明确描写两个人物的样貌，但对人物的所作所为却有着清晰的叙述，势必给学生带来某种印象，而考题则试图外化这种印象，令考生明确感知这种感性形象在阅读和写作中的重要性。

4. 课堂讲授与讨论设计

强调"模块化"并非忽视或压制教师的能动性，相反，安排四位有写作课教学经验的教师分别对"阅鉴"四部分进行经典作品导读与讨论，正是"一强双创"课程升级导向的重要枢纽。因此在课程革新中，不仅不要求教师统一他们原本各具特色的研究视角、教学风格、手段，而且还试图将之发扬光大。

对课堂讲授与讨论模块的设计只做了两个方面的统一：首先统一了"四点两线"的教学思路，其次是取得教学理念上的共识。为了让课程革新的种种努力产生预期效果，"讲授"与"讨论"就必须切实避免流于形式。因此，教学过程需要被明确地纳入行为表演学视域来进行设计：教师将教学行为视作某种"行为表演"，教师有意地由"讲授者"变为"发起者"，学生无意地由"接受者"变为"参与者"，唯其如此才能令原本作为"观众"的学生因经历了"表演"而理解了"表演"。这就要求教师在适当的环境将学生卷入某个"事件"中，不妨称这种教学过程为"反思性思维的植入"。例如，行课时先行讲授关于古希腊三大悲剧作家对歌队人数的调整，进而选择《被缚的普罗米修斯》来进行导读，于是就产生一个人为制造的"疑问"：剧本提示的在场人物与教师提到的一般性情况并不相符。其实，在图书馆的某本外文书籍中解释了这种情况出现的原因。可是，如果教师将这一知识和盘托出，就很容易成为效果不确定的"灌输"。相反，通过有意制造和引导氛围，"疑问"在学生眼中被鲜明化，进而引起师生讨论，最终实现"反思性思维的植入"。

总之，课堂讲授与讨论是"阅鉴"课程设计中最依赖"人"这一因素的模块，因此仍有必要在今后的实践中不断总结新的规律，发挥教师的能动性，令课程四大模块健康长久地运行下去。

三、结语

"新文科"视域下,戏剧影视文学人才培养仍在探索中前进。进入 2021 年,新文科建设理论体系的完善有赖于对专业课程的革新经验保持持续关注和重点研究。因为,专业课程是人才培养的最小单元,而课程革新是新文科建设的重要实践,归根结底,戏剧影视文学人才培养的目标即是向社会不断输送能够讲好中国故事、塑造中国形象、传递中国声音的应用型、复合型人才,本质上与新文科建设的归宿是一致的。值得坚信的是,"人学观"是艺术各学科突破专业屏障,实现学科互涉的前提,"要努力重点研究新的信息智能化时代中的人具有怎样的本质变化和表现特点,其生活形态和方式是什么,其精神追求是什么,其喜怒哀乐的情感和心理特点是什么,并以此作为开展学术研究、创作实践与教学活动的核心要求"[①],这既是"新文科"背景下中央戏剧学院的总体方针,也是戏剧文学系融通理念在课程革新实践中的思想保障。

第四节　英国戏剧编剧教学现状研究

曾夏琰

随着中国国际影响力的不断扩大,国民物质水平得到稳步提升,随之而来的是国民对精神文明、文化发展的关注。戏剧作为文化传播的重要载体之一,其编剧的艺术水准将直接影响整部作品的艺术价值。而影响编剧创作水平的一大因素,则是编剧教学水平。

英国的戏剧传统,自 15 世纪英国进入文艺复兴以来就不曾间断过,其对戏剧的推崇以各种创作、演出形式一直延续至今。自 20 世纪 60 年代起,英国的戏剧教育开始蓬勃发展,并于 60 年代中期—70 年代中期形成了颇具规模的戏剧态势。在英国的中学里普遍设有戏剧选修课,学生们可以从

[①] 郝戎、孙大庆:《关于"新文科"背景下"戏剧与影视学"建设之破题与破局》,《戏剧》,2020 年,第 3 期,第 23 页。

中了解戏剧，生发对戏剧的兴趣。随着大学课程体制的逐渐完备，戏剧也被纳入英国高等教育的范畴，无论是专业类艺术院校还是综合性大学，都开设了戏剧编剧课程，以期能培养编剧的扎实专业基础，深入研究戏剧创作的技法，延续英国的戏剧传统。如今，英国的戏剧作品、编剧技巧、戏剧教育体系都走在世界顶尖行列。因此，针对英国戏剧编剧教学现状的研究，无疑可以为中国戏剧编剧教学添砖加瓦。

本文将对英国戏剧编剧教学进行分类与介绍，结合具体案例，辐射到相关学校的课程设置、教学内容与教学方式。通过平行研究的方法，横向比较英国部分院校在编剧教学方面的异同点；再从纵向剖析英国编剧教学体系的系统性与侧重点，分析其在编剧教学领域成功背后的深层原因，以期为中国戏剧编剧学科教学提供借鉴与参考。

在戏剧编剧的教学上，英国既有高等院校开设相关专业，也有剧场面向社会开设编剧课程。而高等院校又可分为专业类艺术院校和综合类大学两类。因此，本文将英国戏剧编剧教学分为学院教学模式与剧场实践教学模式两个模式进行对比分析与阐述，其中学院教学模式又分为专业类艺术院校与综合性大学两类。每种情况都筛选出三个具有代表性的学校或剧场，作为具体案例进行分析。

一、学院教学模式

（一）专业类艺术院校

这类专门针对戏剧或艺术开设相关课程的艺术院校，多数在本科与研究生阶段均设有戏剧编剧类课程，也有部分院校因自身定位或不可抗力（如新冠疫情）而只对研究生开设相关课程。

1. 英国皇家中央演讲与戏剧学院（Royal Central School of Speech and Drama）

英国皇家中央演讲与戏剧学院隶属于伦敦大学，是英国最早成立的戏剧学校之一，其教授的专业课程以及可授予的学位项目包括编剧创作、戏剧评论、表演艺术、导演艺术、舞台设计等，其科目种类数量为欧洲之最。该学校在本科生和研究生阶段均设有戏剧编剧类专业。

本科生课程（BA）：舞台文学创作（Writing for Performance）

授课时间：三年

授课地点：伦敦

授课内容：

	第一年 （探索戏剧概念与想法）	第二年 （工作坊、大师班）	第三年 （专注个人专业发展）
授课内容	通过讲座、研讨会与工作坊，探索舞台文本创作的相关概念，学生构思自己的剧本想法	进一步通过讲座，探索剧本和表演如何推动当代戏剧变革	独立创作戏剧剧本，以及个人论文
	学习剧本写作的基础元素，以及对当代戏剧的批判性研究	在专业剧作家的指导下，创作短剧片段	实践项目：演出全剧
	表演实践	围读自己的短剧片段	
		通过学校与社会单位的合作项目，在伦敦或其他地方进行社会实践	

研究生课程（MA/MFA）：舞台与广播媒体文本创作（Writing for Stage and Broadcast Media）

授课时间：一年（MA）/两年（MFA）

授课地点：伦敦

授课内容：

	第一年	第二年
授课内容	戏剧写作基本元素，包括戏剧结构、叙事方法、戏剧动作、流派、人物性格、对话等	工作坊/研讨会，深入探讨戏剧创作
	大师班或工作坊，学习戏剧专业知识，并了解业内项目运转流程	在导师的指导下，进一步完善个人创作项目
	组建团队（包括戏剧、短剧、广播剧、电视剧等），共同坐排学生的剧本	
	在导师的指导下，独立完成一项创作任务	

2. 伦敦艺术大学（University of the Arts London）

伦敦艺术大学是全世界最优秀的艺术学院之一，常年在世界大学艺术与设计排行榜高居前三。

但是因新冠疫情的影响，伦敦艺术大学对戏剧类课程进行了减缩，尤其是本科课程，原先的创作类课程被改为短期课程，课程类别也从原来的戏剧创作（Playwriting）、影视创作（Screenwriting）、创意写作（Creative Writing）浓缩为"创意写作"一门课程。至于研究生课程，并未出现太大变动。

短期课程：创意写作（Creative Writing）

授课时间：6~8周

授课地点：伦敦/线上

授课内容：通过工作坊、研讨会等形式，与专业编剧或业内人士进行交流，探讨相关编剧理论技巧，包括如何寻找故事创意、如何写对话、如何塑造人物性格等

研究生课程（MA）：舞台演出：剧本创作（Performance Writing）

授课时间：两年

授课地点：伦敦

授课内容：主要分为理论与实践两部分，通过这门课程探索戏剧创作的理论与舞台实践，其形式包含戏剧、电影、电视、广播和数字媒体等。理论课为编剧理论技巧，该课程围绕戏剧创作理论、舞台实践的技术性问题等展开授课与讨论。实践课为编剧的视野与声音，该课程通过导师、业内人士的指导，辅助学生推进个人的创作项目。

3. 英国皇家戏剧学院（Royal Academy of Dramatic Art）

英国皇家戏剧学院隶属于伦敦大学，是世界上顶级戏剧学府之一，也是英国历史最悠久的戏剧学院。该戏剧学院要求学生具有一定戏剧基础，或为专业人士回炉再造提供平台，因此其招收的学生要具有一定的专业性，且以研究生为主。

其中，与戏剧编剧相关的专业是戏剧文本与表演，该课程属于与伦敦大学伯贝克学院的合作项目。学生们在伯贝克学院与戏剧专家研讨戏剧文本与理论的同时，又能在一路之隔的皇家戏剧学院进行舞台实践。在对剧本进行更为深入的研读与批判性思考的同时，又能更深层次地探讨戏剧文本与舞台实践之间的关联。

研究生课程（MA）：戏剧文本与表演（Text and Performance）

授课时间：一年

授课地点：伦敦

授课内容：

核心课程	戏剧和表演实践的方法（Approaches to Theatre and Performance Practice）	戏剧场面研究（Scene Study）	当代戏剧理论（Theorising the Contemporary）
授课内容	学习相关戏剧理论框架，包括戏剧流派、方法论等	在皇家戏剧学院学习从戏剧文本到表演实践——以小组讨论的形式，学员可以担任改编者、演员、导演或舞台监督，将经典剧本搬演到舞台上	联系前面两门课的实践与理论学习所得，对舞台艺术进行分析和评价，深入探索戏剧文本与舞台表演之间的关联
	工作坊与小组研讨，解放身体与情感，提高自身表演技能	在伯贝克学院对皇家戏剧学院的舞台实践进行理论研究与总结	
	探讨什么是剧本，演出的核心是什么，在现当代如何搬演经典剧目等		

从以上三所世界闻名且具有代表性的英国专业类艺术院校的课程设置上不难发现，无论是本科生课程，还是研究生课程，戏剧编剧类专业基本上都由三类课程组成。

第一类，工作坊或研讨会。这类课以实践教学为主，通过表演实践让学生切身体会戏剧元素及其风格流派。通过与业内不同领域的专业人士接触，学生可以充分了解整个演出流程与行业情况。

第二类，理论类课程。通过第一类实践课程，学生进行归纳总结，教师提炼教授理论重点。这类课程不仅有助于辅助学生消化实践课程，还提升了学生对理论知识的理解与归纳能力。

第三类，个人实践项目。该项目除了独立创作剧本之外，有的学校甚至要求学生将创作出的剧本搬演到舞台上，最后以全剧的演出收尾。

这三类课程的设置基本上遵循一个公式——从实践到理论再回归实践，即从剧本本身出发到舞台呈现，通过实践对戏剧理论进行归纳总结，最后将这些总结反馈回舞台实践本身。实践——理论——再实践，这种"圆圈"式的教学体制能让学生不断进行尝试与归纳总结，从而达到让学生在专业领域内不断进步、不断创新的目的。

戏剧艺术是一门综合性艺术，与小说、诗歌、电影等其他文学形式最大的不同是：它需要被呈现在舞台上，与观众面对面交流。因此，学习戏剧编剧，归根结底都需要落回到"实践"二字上。不难发现，英国的许多戏剧编剧类课程在课程名称设置上多与表演（Performance）或实践（Practice）有关，显示出英国戏剧教学对舞台实践的重视。

至于本科生与研究生课程设置上的差异，大体上可以归纳为：本科生阶段的戏剧课程，"戏剧"二字并不限于舞台艺术，它是相对广义的"戏剧"，包括舞台剧、电影、电视、广播与数字媒体等，有点类似于国内综合类大学的艺术"通识"教育。这是因为许多英国高校的教育者认为本科生学习戏剧，是一个入门的过程，是一个对戏剧领域充分了解的过程。只有当本科生对"戏剧"本身有了充分的认知之后，才能确认自己对哪一方向最感兴趣，以便在研究生阶段选择方向，进行更为深层次、更为专业的研究。

（二）综合类大学

英国的综合类大学在戏剧编剧的课程设置上以研究生课程为主，包括戏剧编剧、戏剧导演、影视编剧等专业。之所以这样设置，一大原因是高校管理者们认为戏剧艺术不是一蹴而就的，是需要大量阅读与阅历的积累的。而研究生从年龄、阅历和心理成熟度上来说，都比本科生更为适合。

其次，在上文中笔者也提到过，哪怕是专业类艺术院校，它们在本科生阶段也大多停留在艺术"通识"教育的层面，在研究生阶段才会进行深入学习，而大多数综合类大学并没有如此庞大的艺术师资队伍进行通识教育。因此，聘请专业人士在精专领域对研究生展开教学更符合综合类大学的定位，也更加经济实惠。

在综合类大学这部分，笔者选择了约克大学、爱丁堡大学和伦敦大学皇家霍洛威学院对戏剧编剧教学进行分析，这三所综合类大学都与戏剧艺术有着密不可分的关系。

1. 约克大学（University of York）

约克是一座拥有1900年历史的古城，它融合了英国不同时代的特色文化，可以说是英国历史的缩影，而其坐拥的约克大学则是英国排名前十的顶尖大学。

研究生课程（MA）：戏剧创作（Playwriting）

授课时间：一年

授课地点：约克

授课内容：该门课程一共分为三个学期（共计一学年）。第一、二学期四门必修课，共计80学分；第三学期是独立实践创作，共计100学分。从学分设置上不难看出，该门课程最后的认定考核以最终实践，即剧本呈现为主。其四门核心课程设置如下：

核心课程	思考戏剧创作（Thinking Through Playwriting）	市场中的剧本创作（Playwriting in the Marketplace）	舞台形式与实践（Form & Realisation）	引导创作（Guided Writing Project）
授课内容	剧本创作技巧（如人物塑造、情节、对话、故事世界观架构等） 经典剧本鉴赏 剧本写作、讨论与课堂反馈	戏剧工作坊。了解从剧本创作到舞台呈现的全过程，包括编写故事梗概、初稿创作、剧本围读等	舞台实践的拓展课。结合"思考戏剧创作"课程中的剧本创作技巧，加上"市场中的剧本创作"课程中的实践方法，在本课程中用不同形式对剧本进行不同的舞台呈现，包括后戏剧剧场、戏剧构作、文学改编等	独立创作5000—6000字短剧，为最后的独立实践创作（100学分）试水

2. 爱丁堡大学（The University of Edinburgh）

爱丁堡大学是英语世界第六古老的高等学府，也是苏格兰最高学府，坐落在苏格兰首府爱丁堡。该城市每年举办的"爱丁堡国际戏剧节"吸引全球顶尖剧团前来进行展演，加之全市拥有多家剧院，为戏剧从业者、戏剧爱好者提供了得天独厚的物质与人文条件。

研究生课程（MSc）：戏剧创作（Playwriting）

授课时间：一年

授课地点：爱丁堡

授课内容：该课程有两门必修课，最后成果是一部完整的戏剧作品与实践性论文

核心课程	剧本创作技巧（The Craft of the Playwright）	演出的时间与空间（Time and Space of Performance）	最终呈现（Final Element）
授课内容	剧本创作的基本元素：人物塑造、故事世界观构建、故事情节、戏剧结构等	舞台演出与制作经验讲座。与爱丁堡戏剧节的实际演出和制作相关，内容涉及从文本到翻译再到舞台呈现的各个方面	独立创作100分钟的戏剧剧本。其间包含导师辅导、小组讨论、与专业演员和导演研讨剧本。优秀剧本将有机会在爱丁堡戏剧节进行展演或剧本朗读
	研讨会。每周对2—3个不同流派的剧本进行围读与讨论		
	独立创作50分钟长度戏剧剧本		
	工作坊。邀请专业演员与导演和学生一起排演他们创作的剧本		基于自身实践的总结性论文

3. 伦敦大学皇家霍洛威学院（Royal Holloway, University of London）

皇家霍洛威学院是伦敦大学选定的专门进行科学教学与研究的五所院校之一，与其他综合类大学相比，其更偏向于多专业的研究型学院，是一个多领域的研究院结合体。因此，该学院的戏剧研究发展得更加深入，师资也更为全面，设有戏剧与创意写作（Drama and Creative Writing）、戏剧与舞蹈（Drama with Dance）、戏剧与音乐（Drama and Music）、戏剧与哲学（Drama and Philosophy）等多门与戏剧相关的艺术课程。所以，皇家霍洛威学院成为为数不多的在本科阶段就设有戏剧编剧课程的综合类大学。

本科生课程（BA）：戏剧与创意创作（Drama and Creative Writing）

授课时间：三年

授课地点：伦敦

授课内容：

授课内容	第一年	第二年	第三年
	戏剧文本研读	创意写作。从戏剧、小说、诗歌中任选其二	独立创作。从戏剧、小说、诗歌中任选其一，在导师指导下深入创作
	了解剧场与演出制作		

研究生课程（MA）：戏剧创作（Playwriting）

授课时间：一年

授课地点：伦敦

授课内容：

核心课程	剧本创作技巧	莎士比亚研究	剧本写作	戏剧构作
授课内容	自然主义剧作家作品剖析，以易卜生、霍普特曼、斯特林堡、契诃夫等剧作家为专题，展开对剧本创作技巧的研究	分小组展开对莎士比亚剧作的研究	每周一个核心写作训练要素，如诗学、莎士比亚、英国现当代、戏剧结构、时空、情境、风格流派等	工作坊。邀请著名导演或编剧对学生进行创作训练

（由于客观原因，该门课程已停招）

结合综合类大学和艺术学院的研究生课程可以发现，研究生阶段的戏剧编剧教学在专业知识的划分上更为详细和具体。在核心课程的设置上，几门课程往往是互为因果、相辅相成的关系，以期让学生们在不同课程的交织和影响下，充分、扎实地掌握编剧理论技巧与实践要素。

但无论是本科生课程还是研究生课程，无论是专业类艺术学院还是综合类大学，无论是理论类的课程还是实践类的工作坊与研讨会，其戏剧编剧的相关教学最终也是最重要的着眼点都是学生自身的"实践"作品。脱离了剧本的舞台演出是没有根基的，而脱离了舞台实践的剧本同样是苍白的。因此，各类大学，各种不同名字的课程，其课程设置都不约而同地重视最后的实践结果。它们往往通过从文本到舞台呈现，再回到理论层面进行归纳总结，最后反馈回学生本身的创作当中——这样一个循环公式，对课程进行设置。

二、剧场实践教学模式

除大学、学院之外，英国的剧院教学体系也非常完善，许多知名剧院有常年聘任或长期合作的编剧与导演，有固定且设备完善的实践剧场，如英国国家剧院、皇家宫廷剧院等，它们也会不定期地面向社会以及戏剧从业者开展戏剧编剧类课程，培养大众的戏剧爱好，提高戏剧从业者的专业能力。

在这一部分，笔者也筛选了具有典型性的三个剧场项目，对英国戏剧编剧教学进行"非学院"方面的补充说明。

1. 英国国家剧院（National Theatre）

英国国家剧院是英国戏剧的地标性建筑，在该剧院上演的剧目具有文本、导演、表演等方面的专业保证。该剧院每年都会举办"在国家剧院创作"（Writing at the NT）的项目，为期10周，由知名编剧教授写作技巧课、写作训练课，通过小组交流、专业指导等方式开发每个人的故事创意，提升学员的创作能力。

该剧院还为14~19岁的青少年举办一年一度的"新观点"（New View）戏剧创作项目。每年，来自英国各地的数百名学生都会在专业剧作家的指导下，撰写自己的30分钟剧本，其中一些剧本还能入围剧院的朗读环节，进一步由剧院专业演出和制作团队进行后续孵化和实践。

2. 皇家宫廷剧院（Royal Court Theatre）

皇家宫廷剧院是一所将剧本视为一剧之根本的剧院，每年在这里上演的大多是在剧本比赛中脱颖而出的剧目，为有潜力的当代青年剧作家提供实践和演出平台。皇家宫廷剧院每年会从各种剧作比赛中挑选出大约100名青年剧作家，由专业编剧带队，将这100名作家进行分组，通过指导、讲座、工作坊、小组讨论、剧本朗读等形式，重新构建、完善他们各自的作品。

3. 利物浦人与剧院（Everyman & Playhouse）

人与剧院在1979年前后成立了"剧作家"项目（The Playwrights' Programme），这个项目的成立代表了利物浦在戏剧教学这一领域的巨大转折——在这个项目成立之前，利物浦的编剧领域没有班级、工作坊或教学团队，许多写作爱好者更多的是创作诗歌、短篇故事等。而这个项目的成立充分激发出人们对戏剧创作的兴趣。

该项目主要分为两学期。第一学期伊始，学员会收到一份剧本阅读清单，他们还可以免费观看在剧院上演的所有剧目。在这一学期当中，剧院每两周会举行一次工作坊，学员可以同专业编剧、导演、制作团队，以及其他从业者一起探讨戏剧创作的基本知识，最后学员需要在阅读积累和工作坊的基础上，提交一部完整作品的初稿。第二学期，该项目会偏重学员自身的创作过程，并予以一对一的专业指导。学员们还能参加剧本朗读工作坊，在工作坊中专业演员将会朗读学员的创作成果。

除此之外，人与剧院在"剧作家"项目良性运营的基础上，还制订了一系列青年作家计划，为18~25岁的青少年提供戏剧编剧课程。报名的青少年也能参加每周由剧院举办的剧本朗读会与研讨会，并在项目团队的帮助下独立创作一部舞台剧。

这些剧场实践的教学项目不再拘泥于学校课堂内，而将目光放到社会——戏剧不再是阳春白雪的高等教育，它来自生活，来自人民。同时，这些剧场项目的出现也改变了受众群体的想法，让许多人对于如何写戏、怎么写戏的观念发生了改变——编剧的终点不再止步于完成剧本或是掌握多少编剧理论，而是以表导演的思维、以舞台实践的角度去创作剧本，乃至将其搬上舞台。也正是因为这些剧院提供了这样的项目，许多戏剧爱好者甚至是戏剧从业者获得了继续学习或再深造的机会。他们有更多的方式可以去探讨政治、个人或社会问题，有更多的途径去提高自身的写作技巧，探索自己的创造力。

但这并不代表戏剧编剧教学已经能够从高等教育转移到社会实践当中来，二者的存在并不是相互矛盾的，而是为戏剧创作多开辟了一条道路。人们可以通过高等教育获得编剧理论知识，在学校提供的平台上参与演出或实践；也可以直接在剧院参与戏剧创作。前者并不比后者更专业，后者也并不比前者更优秀。恰恰是高等教育与剧场实践并驾齐驱这一现象，力证了英国戏剧编剧教学的关注重点——创作与实践。

中国戏剧影视文学专业的构建，专业培养定位比较明确的有三种类型：

一是专业类艺术院校，如中央戏剧学院、北京电影学院、上海戏剧学院等，具有分科明确、专业对口、重视知识结构的专业性、重视实践操作与理论相结合的特点，致力于培养职业化的戏剧与影视专门人才，这几所高校，偏重于培养的是"专业型"人才；二是综合性大学，如北京大学、南京大学、北京师范大学、武汉大学、厦门大学、中国传媒大学等，这类综合性大学依托其较为雄厚的文科专业背景，致力于培养宽口径、复合型、高层次的影视产业研究性人才，偏重于培养"通材型"人才；三是职业学院，如浙江艺术学院、吉林艺术学院、福建艺术学院等，旨在培养学生较强的动手能力和专业技能，这类学院培养的是"技能型"人才。根据教育部对于戏剧影视文学专业培养目标的定义，实际上，我们培养的是三类人才：一是职业编剧人才，二是编辑、记者、创意文案人才，三是理论研究人才。编剧人才是其中最为专业的一类人才。经过多年的实践探索，中国的编剧人才培养已经形成了具有自身特色的模式。对比中英两国戏剧编剧人才的培养模式，我们发现有共同之处也有不同之处。其中，剧场实践教学模式，是我国编剧人才培养过程中尚待培育和发展的环节。一般来说，国家院团会有意地培养演员，但是对编剧人才却不够重视，加强戏剧院校（特别是中央戏剧学院与上海戏剧学院这样的专门戏剧院校）与剧院的合作，可能是中国戏剧编剧人才培养的一个有发展前途的路径。

参考文献

论文：

[1] Paul Joseph Burns. The Teaching and Learning of Scriptwriting in Adult Education: The Liverpool Experience[D]. Liverpool: The University of Liverpool, 2004.

[2] Paul Gardiner. Rethinking feedback: Playwriting pedagogy as teaching and learning for creativity[J]. Teaching and Teacher Education 65, 2017, 117-126.

[3] Tony Jackson, Anthony Jackson. Learning through theatre: New perspectives on theatre in education[M].Psychology Press, 1993.

[4] Lawrence O'Farrell. Involving Theatre Professionals in the Drama Curriculum: Playwrights on Playwriting[J].Youth Theatre Journal 4 (4), 1990, 3-6.

[5] Paul Gardiner.Teaching Playwriting: Creativity in Practice[M]. Bloomsbury Publishing, 2019.

［6］Gabriella Bedetti.Collaborative college playwriting and performance: A core course "trespassing" onto the dramatic arts[J]. International Journal of Education & the Arts 16 (19), 2015.

［7］Noël Greig.Playwriting: A practical guide[M].Routledge,2004.

［8］李婴宁. 英国的戏剧教育和剧场教育 [J]. 戏剧艺术 ,1997,（1）:56-61.

［9］张克明, 张金梅. 国外戏剧教育模式对我国学校戏剧教育的启示 [J]. 戏剧文学 ,2017,（4）:118-125.

网站：

https://www.rada.ac.uk/

http://www.bbk.ac.uk

https://www.royalholloway.ac.uk/

https://www.arts.ac.uk/

https://www.ed.ac.uk

https://www.york.ac.uk

https://www.nationaltheatre.org.uk/

https://royalcourttheatre.com/playwriting/

https://www.everymanplayhouse.com/new-works/the-playwrights-programme

https://www.educationguardian.co.uk.

第二章 散文写作

第一节 散文教学进程

孙雪晴

散文写作相较于戏剧文学系本科四年甚至五年（戏剧创作专业现已规定为五年制）的写作课专业教程而言，不算是一个特别长期的训练。它的教学阶段处于开学伊始，贯穿了大一的上半学期，有些专业课教师也会在大一上半学期将散文写作训练与小品写作训练相结合。因此该时段的教学在本科整体的写作课程安排中，时长不长，然而对于戏文系学生日后的专业化创作、人文素养的培养，以及写作课整体教学实践、教学目的而言，它又十分重要，具有不可替代性。

一、散文写作的教学传统与教学理念

写作课是戏剧文学系的专业主课及核心课程，自1953年9月戏文系的第一届学生入学，再经由1978年戏剧学院恢复招生，历经几十年，几代教师团队的共同努力、发展、探索与创新，戏剧文学系写作课程逐渐形成了一套相对稳定，具有特色，可以度量，可被规划，可以预期的教学体系。

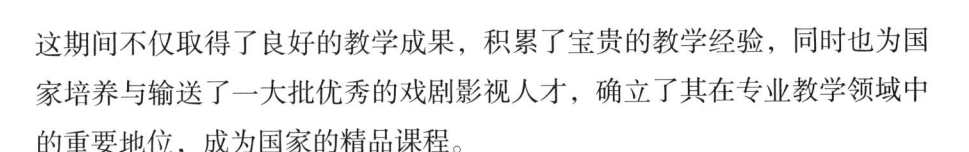

这期间不仅取得了良好的教学成果，积累了宝贵的教学经验，同时也为国家培养与输送了一大批优秀的戏剧影视人才，确立了其在专业教学领域中的重要地位，成为国家的精品课程。

1993年是一个重要的时间节点。由黄维若老师带班的戏文93本科班，率先对散文写作进行了革新，引入了"训练"的教学理念，同时聘请表演系教师开设表导演基础课程。由张先老师带班的戏文94本科班建立了编导演综合的教学体制，招收了戏剧学院有史以来第一个编剧导演综合班，为戏剧艺术的综合性教学提供了全面、有力的论证。此后，杨健老师带班的戏文95本科班在此基础上推进写作教学向系统化和规范化发展。

也是自1993年开始，散文教学正式纳入戏文系写作课的基础课程，也是其重要组成部分。散文写作是学生接触戏剧影视艺术，走进艺术殿堂的"第一道门"，而跨入门槛的"第一步"走得好不好，实不实，即一年级的散文教学成效，也直接影响到高年级的教学衔接。因此一年级散文训练的重要性不言而喻。

根据多年的教学实践，写作课对于学生创作训练的难度是逐步递增的：从一年级的散文训练、简单事件小品训练，到二年级的复杂事件小品训练、小说改编训练，再到高年级的短剧训练、独幕剧训练以及多幕剧（大戏）训练。

同时，散文写作的教学理念也在逐步成熟，其中有两个重要组成部分。

其一，融通理念。"融"指的是在写作教学过程中，引入表导演课程，阅读与鉴赏等课程，最大限度地拓宽学生视野，而这个视野不仅仅指阅读的剧目、书籍，舞台思维的拓宽也应如是。目的在于，提高学生的艺术鉴赏能力、形象思维能力、具体写作技法以及舞台实践能力。

"通"则要求，在一年级的散文教学中，最大限度地为高年级的小品写作打基础。同时，剧本写作也不应仅限于戏剧文本，影视剧文本也要纳入其中。毕竟，编剧理论在这两类剧本创作中的很多地方是共融共通，可相互借鉴的。

其二，训练性教学。训练性教学的目的是澄清以往艺术创作教育中的神秘性、模糊性，我们可称之为为艺术"祛魅"，更改了以往"写作不可教"的惯常思维，将其中可把控的艺术创作规律明确化、系统化，但不拘泥于形式，也并不宣扬"唯技术论"。

训练性教学是从学生出发，从学生个体的体验出发，鼓励他们表达自我，发现自我，带有一定专业素养地去感悟周遭事物，同时在此期间有效地结合训练的趣味性、游戏性，加大学生的参与度，用一种更为平等且有效互动的交流方式"拨开"艺术的神秘面纱。

这就要求散文训练不仅仅是对文字表述、叙事能力的培养，教师也应在教学过程中，尤其是单元训练以及具体学生散文的讲评过程中，注重散文写作与小品写作的过渡与衔接。事实上，一些事件小品写作阶段频频出现的问题，诸如人物形象不具备特殊性，人物关系、人物动机不清晰，"事"与"事件"概念不明确，难以通过人物关系、人物矛盾构筑准确的戏剧场面等，早在散文写作阶段已初露端倪。

二、散文写作的教学目的以及所面临的问题

散文写作在文学创作领域是一个相对宽泛的概念，可抒情可叙事也可述理，然而将其放到戏剧影视文学的具体学科，并作为专业写作课的基础课程，戏剧文学系对于散文写作的要求是明确的：以塑造人物形象为主要目的，注重的是表述人物内心体验，从生活原型出发，要求写作者怀着真情实感，运用细节来展现人物。相应地，对于文字也有要求：流畅、达意、准确、生动、简洁，文字量应达到千字以上。

我们可以对照写作课的第一篇命题散文，来看看散文写作要求与实际完成度之间的差距，而这个差距需通过大一散文写作"训练性教学"得以缩小进而弥合。

大一新生入学的第一堂写作课，教师会要求其完成一篇命题散文，具体要求如下：具有一定人物形象的叙事散文，字数在800左右。从完成度上看，往往会出现以下几个典型的问题。（1）对于文字不敏感。停留在"概念化"写作阶段，或是过于随意，停留在"流水账"阶段。（2）缺乏清晰的人物形象。无论这个人物形象是文中的第一叙述者"我"，还是散文中与"我"有过交集的人物，均表现得"面容模糊"，仅仅作为经历之事的串联者，无性格、无特点。（3）"事"与"事件"的概念不清

晰。造成连篇赘述,"事"很多,但是这其中没有人物,也缺乏人物关系。(4)缺乏细节。多为概念化的表述,使文章成为"空"对"空"的呼喊,没有了真实性,"真情实感"也无从谈起。(5)不会"解题",找不准命题散文的"红心"。以命题散文《校园一日》为例,这个所谓的"一日"仅为虚指,它可以是某一时刻,也可以是某一瞬间,并非真正的"一日"流程。然而在学生的散文作业中却难寻这个时刻、这个瞬间的特殊之处,或是成为简单的"感恩""想念""牵挂"等概念化输出,或是流为描写校园景观的潦草"一日游"。

可以想见,在以上五类典型问题中,缺乏人物形象以及不明确何为"事",何为"事件"(问题2、3),是其中的根本性问题;而缺乏细节以及抓不准命题"红心"(问题4、5)则是手段、理解上的问题,最终导致了"概念化"写作(问题1)。文字状态与文字表述是散文写作阶段最后的"试金石",对照散文教学中对于文字的要求——流畅、达意、准确、生动、简洁,归纳起来便是以下三点:清晰化、形象化、个性化。

事实上,文字出了问题,问题的根源却不仅仅停留在文字层面。在以往的散文教学中,教师强调完成一篇优秀的散文,应当从生活原型出发,从人物内心体验出发,运用细节,写出写作者的真情实感。这固然十分重要,但对于刚刚从应试教育(无论是高考应试化还是艺考应试化)中脱身,踏入艺术院校大门的大一新生而言,仅仅要求"真情实感"的散文写作仍过于抽象。一方面,他们渴求知识,希望快速掌握创作规律,踏入艺术殿堂;另一方面,他们又固守在旧有应试教育的窠臼中,希望"一本万利","习得真经"。散文写作处于一年级教学的打基础阶段,更应当调整学生的学习状态,避免"功利心"过强,且错误运用技巧。

由此我们应当进一步明确大一散文写作的教学目的。

1. 唤醒对于自身体验的重视

"真情实感"是一切创作的基础。伯格森在《情感及其推动力》[①]一文中这样谈及情感:它经常从对家庭的爱、对祖国的爱、对人类的爱这三种态度取向,来推断出某一种情感。这三种情感都是以相同的态度和取向对

---

① 亨利·伯格森:《道德和宗教的两个来源》,彭海涛译,安徽人民出版社2013年。

外界表达，而且都使我们倾向于某一种情感意念这一事实，促使我们把这三种情感都归结到"爱"这一概念上，而且用同一个词语来表达它们。

而一年级的散文教学需要做的就是让学生去发现这份"爱"，找到这份"爱"的原初动力。它一定是源于创作者自身的。写作不是概念，"真情实感"才能打动人，动人心弦是第一要义。在大一散文教学过程中，往往有学生表示，自己缺乏生活，无事可写；或是误以为要表达自己的内心情感，非得以一个大事件为依托。其实不然，学生缺少的不是"大事件"，而大事件学生也并非一定能表述情感；他们缺乏的也不是"生活"，而是观察生活的眼睛。情感不是技巧，也不是手段，它是你的生活内容；情感也不是拿来渲染，拿来哗众取宠的，情感就是人的一种本质状态。

关于写作过程中的情感匮乏问题，究其原因，根源上的一点是对于周遭事物的漠不关心，同时极其不敏感，这种不敏感指写作状态中的不敏感。实际上"缺乏生活"这种说法是不存在的，我们每个人都有自己的生活，我们缺乏的是对生活现象的高度敏感以及对周遭生活的仔细审视。然而这是一份专业素养，更是一份专业习惯，完全可以通过写作课的"训练性教学"培养和建立起来。我们通过大一散文课的放松练习、元素练习结合大散文练习，鼓励学生去写自己最熟悉的人、最熟悉的事，写他们生活中最有感触的、自己最想表述的东西。这样使得他们对以往被淹没在考试与作业中的生活，进行自省与回忆，重新去挖掘其表象下更有意味的东西，尝试去表述属于他们自己的"真情实感"。而这，正是迈向艺术创作的第一步。

那么，通过散文写作，唤醒学生对于自身生活、自身体验的重新关注，重拾多年被应试教育"磨损"的创作热情，重拾写作的"企图心"，也就是表述自己的"企图心"。这也是散文写作教学的第一步。

同时，应当如何切实地引导学生以"真情实感"去完成"真情实感"的创作？后一步的教学措施就显得更为重要。

谭霈生先生在谈及戏剧情境时提到，戏剧情境中有三个构成要素：人物活动的具体环境，对人物发生影响的具体事件，特定的人物关系[1]。简言之，就是特定时间和空间、具体事件以及特定的人物关系，而特定的人物

---

[1] 谭霈生：《戏剧本体论》，北京大学出版社 2009 年，第 109 页。

关系又是其中最为活跃的因素。诚然，戏剧情境是小品写作时出现的概念，但在大一阶段散文的写作中，强调具体事件以及特定的人物关系却是十分必要的。"真情实感"意味着写作者需要真实地传递个人感受、对事对物对人的观点和态度。具体如何传递呢？通过事件，通过人物关系，通过有效细节来传递。

2. 重视"事件"而非"事"

一年级的散文教学需要引导学生了解这样一个事实：在散文中任何一件被叙述、被提及的事件，它的作用都是为了彰显人物性格，体现人物情感，再现人物关系的。若不是如此，那就仅仅是"事"，而非"事件"，就丧失了表述的意义。举例说明，在散文中简单叙述"打电话""取快递""吃饭"等日常行为，这仅仅是"事"，要将这个事放到具体的时间和空间中、具体的人物情感中、具体的人物关系中，它才可以称为"事件"。如果你被迫和一个自己极度厌恶的人一同用餐，过程中你压根儿不抬眼看他就自己一个人在那儿吞米饭，那么，这是一个事件；你全程死死地盯着他一口口地咽米饭，这也是一个事件。叙事散文的教学重点在于，首先得让学生明确"事件"在哪里，学习如何选取"事件"，如何去判断这是一件具备表述价值、情感饱满的"事件"。个人的情感因素，背后暗藏的人物关系，以及找准哪个瞬间、哪个切入口去表述这件事，都是这一阶段散文写作过程中需要明确的"事件"之内涵。

基于以上对于"事件"的理解，即"事件"从属于"人物关系"，又会加深学生在二年级进行复杂事件小品创作时对于"舞台事件"和"戏剧场面"的理解。那么，正是基于这层对"事件"和"人物关系"的理解，大一散文所要求的"具有一定人物形象的叙事散文"，才被赋予了更为明确的指向性。

3. 关注人物关系

我们说，选取事件，表述事件是为了表现人物，揭示人物关系。很显然，具体人物在具体时间和空间中历经"事件"（也就是情境）的反应与选择体现了他/她的性格，同时多个人物在具体情境中的互动，以及"事件"发生前后人物关系的变化，也是值得重视的。

倘若在大一散文阶段不强调人物关系，仅仅通过描述性文字表述人物内心（也就是仅仅关注散文中的第一人称"我"），势必会消减学生对于戏剧情境的领悟，形成散文写作就是写"我"的内心所感这样一个有些许偏差的认知。而这将会造成散文写作与小品写作训练脱节，导致在日后的小品写作当中，这个通过艺术加工，由"我"发展而来的人物形象无法在具体戏剧场面中行动，并开展有效的人际互动。

"人"是具有社会属性的，"人"这个概念是指社会中的"人"，人际交往中的"人"。脱离了这些，"人"就无从谈起。散文中的第一叙述者"我"也是如此。如何去丰富"我"这个形象？要通过"我"与外界（这个外界不仅仅是自然界，还有人际关系网络，社会网络）的互动实现。外界会给"我"以反馈，同时这个反馈投射回自身后，自身又会有所反馈。散文中"我"的遇事反应，待人态度等，都和与之相关的"他人"密切相关。正如拉康所言——没有"他者"就没有主体。

在一年级的散文阶段，需要向学生传递这样一条创作规律：去写散文中的"我"，同时也不要忽略与"我"有着人际互动的他人，两者的人物形象是互为成就的，要学会"借力打力"。而这也同样适用于二年级的小品写作，特定的人物关系一定是戏剧情境中最为活跃的因素。

4. 捕捉有效细节

发现细节，捕捉细节，是达成"真情实感"写作的手段之一。同时，我们也可以说，这是其中最行之有效的手段。放到散文写作当中，捕捉细节意味着两个层面。其一，对于事件，它要求在表述一个事件的过程中，不求"全"，不求通篇转述，不停留在对于事件来龙去脉的表述中，而是去找一个合适的切入点，找其中最为触动作者的瞬间或几个连续的瞬间。其二，对于人物，要求找准人物此时此刻的内心感受，以及被外化了的动作姿态，声音语调，甚至一个眼神。

"细节"绝不等同于连篇赘述，也不等同于事无巨细的外貌或是对周遭景致的描写。在大一散文写作阶段，需要让学生明确，捕捉细节是为了捕捉瞬间，事件的高潮瞬间、人物情感最为饱满的瞬间、人物关系即将更改的瞬间，尔后去放大这个瞬间。

从某种程度上说，散文写作中的"细节训练"与戏剧编剧理论中

"三一律"的运用殊途同归。"三一律"也称"三整一律",是一种关于戏剧结构的规则,16世纪由意大利文艺复兴时期戏剧理论家基拉尔底·钦提奥(Giovanni Battista Giraldi)提出,17世纪由法国新古典主义戏剧家确定并推行,要求戏剧创作在时间、地点和情节三者之间保持一致性。简言之,"三一律"要求一出戏所叙述的故事发生在一天(一昼夜)之内,地点在一个场景,情节服从于一个主题。

关于"三一律"在真正的戏剧中的功能,斯丛狄(Peter Szondi)在《现代戏剧理论》一书中这样谈道:从静止的内心世界和外在世界中除去纯粹的辩证——动态的过程,创造那个绝对的空间,满足完全再现人际事件的要求[①]。因而,从创作的角度看,"三一律"受到推崇的真正原因恐怕在于,它要求维护戏剧的原生性,因而确立了每部戏剧的发生时间都是当下,都是此时此刻。戏剧展现的永远是这个当下,戏剧的魅力也在于此:让过去的时间完全成为我们观剧的当下时间,让过去成为一个个的当下展现给我们,戏剧艺术要去弥合过去与当下的距离。

对于"此时此刻"的关注,同样也是细节训练的目的。在散文练习中要求学生去寻找这些有效细节,寻找击中人心的瞬间,也是为了延长这一时刻,表述这一时刻。同时,捕捉有效细节也意味着让学生去关注"事件",关注"人物",关注变化中的"人物关系"。写作者需要去直面它们,而不是在散文写作中完成讲述一个故事的简单操作。对特定人物关系的关注,远重要于对故事情节的关注。

朱自清先生的《背影》,那个捡橘子的父亲笨拙的背影就是细节,而那个瞬间,即"我"看着父亲攀越栅栏去捡滚落的橘子,就是展现人物形象,预示人物关系变化的瞬间。再举一个例子,戴锦华老师在回忆自己少年时代时,她说曾有过那么一种声音,让她记忆犹新,一直无法忘怀。"常常是深夜,走廊里响起平车的车轮声——那是在运送死者。这种时候,每个病房会亮起灯,大家无言地坐在病床上,倾听这声音远去。"这同样也是细节,作者没有去细致化地描写病床上每个病人的表情、动作,她只说了一个状态:无言,倾听那声音远去,但是她要表述的东西都在里面了。

---

① 彼得·斯丛狄:《现代戏剧理论(1880—1950)》,王建译,北京大学出版社 2006 年,第 36 页。

细节不代表事无巨细，而是有效地抓住情感点。它注定不是钝角，而会成为一个锐角，它将击中你，也将击中文章背后的读者。

5. 重拾想象力

奥地利作家斯蒂芬·茨威格（Stefan Zweig）在《一个女人一生中的24小时》里说了这么一段话，他说："世人大多想象力贫乏，只要事情和他们没有直接联系，不像尖锥似的猛刺进他们的肌肤，他们绝对无动于衷；可是若在他们眼前出了点事，哪怕只是小事一桩，直接触动他们的感觉，他们便情绪激动，激动得异乎寻常。平时漠不关心，此时一反常态，感情暴烈。冲动得不合时宜，又相当过火。"[①]

而大一的散文写作要练就的，就是创作者敏锐的神经，敏锐的观察力以及必要时刻的克制。当然这其中还有一个重要的因素：想象力。

一百多年前的作家茨威格谈及世人匮乏的想象力，这可能与相对闭塞的人际交往、外部世界的信息匮乏有关。那么，身处当下，热烈拥抱互联网时代的我们，何尝不是陷入了另一种想象力的匮乏之中？高尔基说过"文学是人学"，艺术创作是由创作者与读者/听者/观者一同组成的，它的对象是"人"，艺术教育也如是，对象是"人"，而不是所谓的技法。而我们处在怎样的一个时代呢？我们处在一个消息"过曝"的时代，信息量的高清度使得一切皆可被定义，互联网又"伪装性"地表现为一切知识与教育资源似乎"唾手可得"，然而这其中并不包含想象力缔造的必然可能。

当下我们想象力的匮乏，首先受制于消费品市场和大众文化，这是一个无法回避的事实。信息量与想象力是完全对立的两组力量，"过曝"的信息量告诉我们"一切皆可定义"，而想象力却应居于"不可定义"的空间，因此不存在"信息量大"的想象力，因为信息的密集反而会使我们无所适从。从某种意义上讲，当代艺术和文学的危机就是想象力的危机。边界感被无限延展，无形中丧失了"自我"。

当然，这是一个比较大的话题，回到艺术院校的教育上来，专业艺术院校对于将来即将从事这一领域创作的学生而言，是有责任与义务帮助学

[①] 斯蒂芬·茨威格：《象棋的故事》，张玉书译，上海译文出版社2007年，第45页。

生去重拾创作者的想象力的。这不是一个简单的技术公式我说你听，而是要通过有效的训练达到的。那么，怎样引导艺术学院的学生去重拾"想象力"呢？大一阶段的散文写作是非常重要的一步，回到我们谈论的第一个问题，仍旧是从重视自身的情感体验开始，同时重视这种独特情感体验的表述，而非"人云亦云"。学生不再是在"艺术的海洋"中不知方向地遨游，而是在写作课专业老师的引导下逐步拓宽自身的体验。

一年级散文写作中有一个训练，处在由散文向小品过渡的单元中，叫作规定情境写作。内容是相对灵活的，教师可根据行课班级学生的散文写作情况规定具体情境，如：摹写一段"全城停电""学校关门""30、40、80岁生日"的联想写作，目的是最大限度地开发学生的想象力。

以"30、40、80岁生日"的联想写作为例。怎样去写未来？抓住生活中某些"变"与"不变"的东西去写。不变的有如爱好、理想、习惯等，那些是现在的你与未来的你之间的联结，可以运用具体事件，动用特定人物关系来体现。同时也应该注意自己与世界的变化。这其中就需要动用想象力，而且是"合情合理"的想象力。训练的目的不是让学生去描绘对于未来生活的期许，而是对于未来生活的想象。日常生活中的想象力则更为难写。想象力是什么？它可能是对未来、对现实的一种假设，但是它表明了你现有的世界观。

以上五点：唤醒对于自身体验的重视，区分"事件"与"事"，关注人物关系，捕捉有效细节，重拾想象力，是针对戏文系散文写作的具体教学目的，同时根据一年级散文写作学生完成的大量散文作业中总结出的缺陷与短板，也是学生需要通过"训练性教学"提高的部分。

三、如何通过"训练性教学"的创新与实践解决现有问题

前一部分，我们探讨了散文写作教学，学生的作业反馈中出现的实际问题。那么，联系新生入校时的学习状态，以及下一阶段（小品写作）中呈现的问题，我们可将一年级散文教学所面临的问题做一归纳。

其一，学生的应试化严重。这个应试化指高考应试化，同时也涉及近些年来浮现的艺考应试化。艺考应试化与层出不穷的艺考培训班不无关系，

但究其根本，背后还是一种思维方式的僵化，创作热情的消退以及日常生活想象力的极度匮乏。自主的创作被"功利心"的考学所替代，这是极其可怕的现象。相应地，需要教师在散文写作课中教授的不仅仅是写作技巧，还应该包括一份良好的审美判断力，以及对于写作者初心的唤醒。

一年级的散文写作是非常特殊的阶段，我们可将这一阶段称为"建立信任"的阶段。信任不仅仅是建立在教师与学生，学生与学生之间的（戏文系写作课一直延续、保留了师生课堂共同讨论，共同学习的良好氛围），这份信任还应建立在写作者与写作者自己之间。从某种程度上说，写作课教师的职业就是一份帮助学生保护自我的职业，要善于发掘并启迪学生关于表述自身、表述外部世界的那份企图心。针对散文训练阶段，与其对应的单元就是入校伊始的放松练习单元（课程内容后文会详细展开），而事实上，"建立信任"的过程应当贯穿整个大一的写作课程。

其二，散文写作与小品写作脱节。有一个怪圈，很多散文阶段完成度很高的学生在进入小品写作阶段后，往往会方寸大乱，一时之间无法快速建立对于"场面"的认识，对于人物塑造仍停留在表述内心的阶段，即场上人物没有动作，也没有基于人物动机与人物关系的"行动与反行动"，多表现为自言自语，或是通篇仅有人物对话。

究其原因，还是对于"戏剧场面""戏剧情境""戏剧冲突"等概念的理解不够深入。对此，散文教学也应有所调整，不应仅仅在大一上半学期专注散文训练，还需重视散文到小品过渡单元的训练（课程内容后文会详细展开）。我们可以对照前文散文写作的教学目的，通过散文来提升学生的文字能力是其中的一部分，但绝对不是最重要的一部分。散文阶段的所有训练都是为后续的小品写作打基础的。

其三，经典作品的阅读、观影和观剧量的匮乏。基于戏文系的生源大都为应届生（不排除少量的往届复读生源），他们在此前的学习经历中，阅读与接触的书目均与升学、考学关系密切，对于文学作品的感知和理解还处在"业余兴趣爱好"水平，观影也大多出于休闲娱乐目的，观看戏剧演出的机会更是少之又少（当然这一现象，随着近年来戏剧演出的普及化有所改变）。阅读经典，建立良好的审美趣味是十分必要的，散文写作阶段与戏文系的另一门专业主课"阅读与鉴赏"的课程时间都安排在大一阶段，两者之间相互配合，其教学目的，是要提高学生的艺术鉴赏能力，形象思维能力以及具体的写作技法。

具体而言，散文写作课中教师对于经典文学作品、影视作品以及戏剧作品的推荐、导读、导影的倾向性更为明确，既是针对散文写作的，又是针对个体学生的。散文教学不同于"阅读与鉴赏"的整个年级大班化，写作课是小班教学，每个班级平均20人左右，这就要求写作课教师针对本班同学在散文写作时出现的各类具体问题，布置观摩与之对应的文学作品以及影视作品。在这一阶段，课堂集体观摩的作品以影视作品为宜，可参照少量的经典剧目演出。

观摩作品的目的也相当明确。一方面，将学生的"兴趣爱好"转变为"专业素养"，让"爱好"成为"习惯"。卡夫卡说过，让日常阅读成为砍向我们内心冰封大海的斧头。散文写作课便是要教会学生去打造属于自己的这把"斧头"。通过有针对性的作品推荐、观摩，培养与建立学生对于风格化、个性化经典作品的专业敏感度；另一方面，通过对于经典作品的观摩，提高学生辨别不同细节的审美判断力，在寻找优秀作品中生动细节的同时，要求学生同时寻找自我生活中具备表述价值的细节。简单来说，不仅仅是"被感动""觉得好"，而是明白"好"在何处。配合集体观摩的还应有课堂讨论环节，对于优秀作品不仅仅停留在"欣赏"的阶段，而是进阶到学习、借鉴的阶段，解决学生在散文写作中出现的实际问题。

教学方案

一年级的散文写作由三个大板块构成：课堂练习、课堂讲评、作品观摩。其中课堂练习包含三个单元：放松练习、元素练习、向小品过渡练习，内容难度由浅入深，循序渐进。课堂讲评则包括学生的课后大散文讲评，以及课堂练习的即时点评。作品观摩穿插在整个散文写作课程中间，一般以每个单元的练习完成为节点，任课老师结合本单元的练习成效以及课后散文的完成情况，选择适合的影视、戏剧作品进行课堂观摩与讨论。

放松练习大体由自我介绍、语言禁忌、讲述梦境、分享恐惧感与安全感等内容组成，具体内容可由任课老师自行选择。练习方式以学生讲述为主，例如，谈及安全角落时，教师需注意引导学生关注引发恐惧感或导致安全感的具体环境与具体的人、事物，切忌泛泛而谈。而这些内容同样是与学生课后大散文练习中的发现具体事件、发现特定人物关系、找寻有效细节——关联的。再如自我介绍与语言禁忌环节,一般安排在开学伊始的第一堂写作课。学生围圈而坐,进行自我介绍。自我介绍可以快速地让学生了解彼此,拉近交流距离,同时也是教师与学生建立信任,帮助学生找寻写作初始动机、初始热情的重要环节。语言禁忌则可请学生上台,于黑板上写下入学初期学生所认为的,在创作中或是与旁人交流时可能出现的禁忌话题,可以针对其个人,也可以针对日常生活中观察到的身边人。

放松练习的内容多样,但其目的是解放学生身心,解除不必要的戒备心,开发其情感生活与直觉能力。

元素练习是在放松练习的基础上进行的,大体可以从听觉、视觉、触觉三方面进行,是一种官能性训练。例如,音乐联想练习、图片实物素描练习、实物触觉感知练习等,这部分练习重在强化学生的官能敏感性,为全方位地感知外部世界提供手段和渠道。这一阶段的训练是讲述与当堂写作相结合,同时在教师的点评过程中,引导学生去关注细节。需要明确的是,放松练习与元素练习的重点并不在于文字训练,更倾向于一种思维训练。纵向来看,这两个单元的练习成效通过课后由教师布置的大散文作业集中反馈;横向来看,放松单元与元素单元的训练目标,又与"表导演课"的"解放天性"相配套。

根据以往的教学经验,向小品过渡的练习单元是一年级散文写作中需要大大加强的部分。这一单元包含了四块内容:人物素描——初级人物小传练习,观察生活——具体情境认知,规定情境写作——进一步加深对于"场面"的认识,短对话练习——从日常生活中提取"潜台词"。

以人物素描为例,学生可进行对镜的自我写生,在观察生活练习中对于陌生人的"素描",对班上同学的"素描",对身边亲人的"素描",这是一种循序渐进的练习方式。练习目的并不仅限于对于人物外貌特征的摹写上,尤其到了后期对于同学以及身边亲人的人物素描,教师应引导学生学会用一两件"我"与他/她之间发生的事尝试去写这个人物。人物素描的训练是为二年级小品写作的人物小传服务的,让学生逐步了解一份有效的人物小传应包含的内容,即从具体的"人"出发,涉及这个人背后特定的人物关系,人物前史以及人物快乐与悲伤的两极极限(人物底线)等。

课后的大散文练习是检验课堂练习与教师讲授最为有效的手段。第一学年的写作课应完成至少四轮的大散文写作及讲评，大散文写作分为命题散文与规定范围内的自命题散文，要求均是具有一定人物形象的叙事散文。在这一过程中，学生写作是一部分，教师的课堂讲评是更为重要的。这是一种有效的沟通与回馈，在散文写作讲评过程中，教师需引导学生去关注具体事件、特定的人物关系以及有效细节。如前文所述，这些都是日后小品写作中构置戏剧场面的重要组成部分，也是抒发"真情实感"的唯一可靠手段。当然，除开发现存在的问题，教师也应关注此阶段学生的写作状态，鼓励学生去书写内心真正的所感、所想。这也是戏文系写作课小班化教学的优势所在。

一年级的写作课分为前后九周，前九周的课堂练习重点在于放松练习单元与元素练习单元，后九周则应该将重点放在向小品过渡的练习单元。大散文的写作与讲评以及作品观摩贯穿于三个单元的练习中。

四、新的展望

散文写作是写作课程中一项最为基础的训练。对于学生，其目的在于突破应试教育带来的理念方面的束缚，鼓励学生以新的视角去发现自我，关注周遭，与此同时改变固有的思维程式，扩宽视野，提高学生的观察力、感知力、想象力以及反思能力，寻找写作初心；对于教学实践，它是一次"融通教学"理念下对于编剧人才培养模式的探索与创新，又与训练性教学手段相结合，其目的在于为高年级的小品写作打基础，做准备。与此同时，更重要的，也是对于学生专业技能、人文素养的双重培养。

我们看到，戏剧艺术教育不同于一般的理工科教学，并没有精准的尺度、条律；戏剧艺术教育也区别于综合性大学的文史科教学，它是从戏剧艺术的领域出发去研究人、描写人，对人产生无限想象的专业。因此，注重学生技能的传授与注重学生人格的养成，两者同等重要。戏剧艺术教育，培育的不仅仅是戏剧影视艺术的从业人员，更要培养一个个独立的"人"。在一个更高层面的教学要求上，戏剧文学系通过写作课的专业教学培养的又不仅仅是艺人、匠人，而是具有社会责任感、良好审美判断力、独立价值观的戏剧艺术家。这一过程必定是艰难的，而这也是"双一流"艺术教育学府一系列教学实践的初心。

社会责任感为何？知识技能固然重要，更重要的是引导学生去关注我们所处的这个时代。萨特有一段关于"知识分子"的表述很有意思。他说，"一位原子能科学家在研究原子物理时不是知识分子，但是当他在反对核武器的抗议信上签字时就是知识分子"[1]。知识分子是在公共话语空间里，持续发声，用智慧和批判为人们的公共思考提供参考价值的人。而作为新时代的戏剧影视艺术从业人员，这份社会责任感也同样是不可或缺的。艺术作品不能直接改造世界，但经由作品表达出的对世界的新的认识，却能够影响和改变大众的世界观、价值观。社会责任感的培育关乎个体与社会，关乎个体的表述与公共事务的探讨；也关乎艺术的真实功用，关乎学习知识的真实用途。

审美判断力又为何？如桑塔耶纳所言，"美是一种价值，它不是对一件事实或一种关系的知觉；它是一种感情，是我们的意志力和欣赏力的一种感动"[2]。人的审美都是主观的，主观便意味着教条的对与错、好与坏失去了权威标准。与此同时，如何引导与树立学生独立的审美判断力，并将其与学生欲传递的世界观、价值观相结合，也成为一年级散文写作的教学重点与难点。

实际上，一年级的散文教学，考验的也是教师的专业水准、精力投入以及教学热情。教师对待教学，需要不断改进和摸索教学方法，设计调整出更好的与学生互动交流的方式，同时结合个人创作积累的必要亲身经验，并将相关专业的理论研究结合自身的经验来保证教学的高质量。这一切都要求教师具有孜孜以求的执着精神与奉献精神，饱有对艺术的崇敬与对学生的热情，唯有这样，才能更好地投入到高质量的教学实践当中去，保持教学的神圣性与纯粹性。

最后，让我们以杨健、张先老师合著的《剧本写作初级教程》中后记[3]作结：

---

[1] 徐贲：《知识分子：我的思想和我们的行为》，华东师范大学出版社2005年，第4页。
[2] 乔治·桑塔耶纳：《美感》，缪灵珠译，中国社会科学出版社1982年，第30—33页，有改动。
[3] 杨健、张先：《剧本写作初级教程》，中国戏剧出版社2003年，第301页。

对于真正的剧本来说还有很多的路程要走。这期间，我们也仍然在探索更加深入的教学手段和方法。虽然我们无法穷尽戏剧创作的全部内在规律，并且似乎也不应该对这种极其个性化的劳动产生穷尽的念头，但当我们面对戏剧史上那一部部经典，特别是当我们面对一个个热爱戏剧，并为之努力学习的学生的时候，我们又觉得，我们的努力是一件有价值的事情。

第二节 散文学生作业与点评

散文作业

英 雄

（2017 戏创　曾泉桂）

"我站在，烈烈风中，恨不能，荡尽绵绵心痛——"小时候，我印象里的父亲常站在白浪滔天、黄沙滚滚的江里，一边游泳，一边高歌。

五岁以前，每逢立秋，我爸总会骑着摩托车带我来长江边洗澡，我爸穿着一条大裤衩，我穿着一条小裤衩，袒胸露乳，绝类弥勒。他给我套个游泳圈，游泳圈上系着一根绳，绳子一头紧紧地系在他的腰间，另一头的我，安心套着游泳圈在江里戏水。他有时看我玩得尽兴，会故意把绳子往回扯，我便撒泼赖皮般泼他水。江边纳凉的人看到我们父女戏水玩乐的场面，总忍不住给我分点瓜果零食吃，又摸我的小光头，问我爸这么机灵的小孩儿，是男孩儿还是女孩儿，我爸每每把我一捞，高举过头顶骄傲地说："这是我儿子！"

在年幼的我眼里，父亲无所不知，无所不能。无论我游多远，浪头翻来几次，我都知道游泳圈的绳子另一头紧紧地系在他的腰间。

我越长大，扎起了小辫子，父亲望着我抽烟的时间就越长。父亲信命，他认为生不出儿子是他的命，抵抗了也没什么用。不知道从什么时候开始，父亲迷上一款游戏——《热血传奇》，每天废寝忘食，不再在我的世界里顶天立地，而在虚拟世界里称王称霸。

家里的生意忙不过来，父亲索性将门面盘给别人，收取一点租金作为工资，妈妈上班时会将我和打游戏的父亲反锁在家，且收走家里所有的钥匙，因为她知道即使我偷溜出去玩一整天，父亲也不会管我。

我曾极力想引起父亲的关注。一次父亲打游戏正入迷，我拔掉电脑插头。屏幕一黑，他马上把腿边的我一脚踹开，连忙去检查线，我被踹倒在地，带翻了一把凳子。他看到线被拔，脸噌地红了，举起手边的烟灰缸往我头上砸，当时我没感觉到多疼痛，更多的是惊吓，我愣在那里，都不知道如何反应，当时有种错觉，我以为砸的不是我的脑袋，而是我的手还是腿断了。砸完之后，他看着我呆呆地不说话，自己也吓蒙了。我妈冲上来，他瞟了眼我妈，指着我吼："你再伸一次手，打死你。"我妈揪着我出去，留他一个人在房间里："跟你说了多少次？他就是个疯子，不许惹他！"

从那以后我和他的接触都在我妈紧张敏感的监视下，我也捂着头逃离他的世界。

父亲一玩就是十四年。

他永远一个人光着上身坐在电脑前，狼一样的眼神盯着屏幕，一面朝话筒吼着"跟上跟上法师符府符"，嘴上叼的烟就一面嗤嗤落下烟灰，露出被烟熏得焦黄的牙。父亲越是不理睬我，我凝视他的时间就越长。

母亲常爱拉着我坐下说说家长里短，我感到无聊时，总会望向在另一端默默打着游戏的父亲。他看似极其专注地盯着屏幕，但不断闪动的瞳仁暴露了他其实正仔细地听着我和母亲的对话。无论对话是枯燥也好，好玩也好，他都不会放过任何一个字、一个情绪，并以此小心地窥测着我和母亲的生活与外面的世界。

因为母亲刻意隔绝他，是常有的事。他曾在醉后将电话打给我妈的领导，追问我妈有没有受排挤，有本事出来跟他干，欺负女人算什么本事，我听了觉得好笑，觉得他是语言的巨人，行动的矮子。

自我进入高二，很少有机会再凝视一段生命，直到去年过年，父亲挑我心情还不错的时候挪到我面前，小心地询问我，该怎么样发红包。我教会他，他唯唯诺诺，恍然大悟。我心里却像被扯下一块，看似常年浸在网络上的他，却被时代抛下这么远。

我出发去北京考试前一夜，他又坐在电脑桌前喊打喊杀了一整晚。早上出发时我跟他告别，拍了半天他才迷迷糊糊从被子里探出头，揉着惺忪的眼睛，喊道："好好考，当个大明星！"我没法跟他解释我学的是什么，否则他会说："好！当个大导演！"于是我走到床前，摸了摸他的头。他已安心打起了鼾，我站在他床前，仿佛第一次如此仔细地凝视他，他的两颊渐显松弛，胡子稀稀拉拉。我抚着他的眉毛，又将手贴在自己眉毛上，听说这是我唯一最像他的地方：两道浓眉，怒就是怒，喜就是喜，还没张口，眉毛先显了形。他哭时眉毛是什么样？我只见过一次他唱"我站在，烈烈风中，恨不能，荡尽绵绵心痛"时偷垂的眼泪。

我想了解他，了解后来解开游泳圈绳子的他，了解他不惜缺席我成长而逃离去的那个世界。

我打开他的电脑，点开他玩了十四年的《传奇》，人物角色是一个身着白银盔甲执长剑的战士，我爸取的名字叫"英雄"。美人迟暮，英雄末路，自古都是话本里最引人入胜的环节，我却宁愿我爸不是英雄，只要他做我爸。

教师点评

父亲的形象很生动，起先是有江湖气，很洒脱的形象，后来变成一个沉溺游戏的父亲。这个父亲一玩游戏就玩了整整十四年，而在这十四年中，父亲必然是变化了，有意思的是，文中的"我"并不知道为何父亲变了。文章里反复出现"凝视"这个词（"我越长大，扎起了小辫子，父亲望着我抽烟的时间就越长""父亲越是不理睬我，我凝视他的时间就越长"），这样读来，"凝视"的背后就是人物关系。人物关系的改变，不一定是由好到坏，由不理解到理解，完全可以是关注对象的改变。父亲在"我"儿时把"我"捧在手心，教"我"游泳，而随着"我"的长大，父亲不再关注"我"，甚至不再关注外面的世界，他把自己逼进一个壳里，这时"凝视"的主体不再是父亲了，而变成了作者"我"。"我"想要了解父亲，"我"想要接近父亲，但是尝试无果。他看"我"变成了"我"看他，这就是人物关系的变化。

读来让人难受的是，其实"我"并不了解父亲为何会改变，只能屡弱地认为因为"我"是女儿而非儿子。有时，真正了解一个人并不容易，即使这个人是你的父亲，谁能说，你真正了解自己。当然这是一个更大的话题，这篇文章有意思的就是，作者给出了她以为正确的那个解释，同时，也留给我们解释之后的那份无言。

文中"我"临别时对比父亲眉毛的一段，写得让人动容。而动容的原因在于前文有足够的铺垫，让我们明确了这组特殊的人物关系，带入了"我"的视角。

最后一段虽说是扣题了，但是某些状态或者情感逻辑还是显得有些刻意。

此篇散文处在大散文练习阶段的第二篇，也是开学命题散文后的第一篇，作者的情感表述还处在充沛期，文字也较为老练。

散文作业

约 会

（2017 戏创 陈英男）

少年时代，我们总会商量一个难题，那就是班级里哪个女生最漂亮，这个问题可能是一帮自以为是的小屁孩凑在一起讨论最多的。答案自然是一人一个，几乎很多的答案收到的回应都是"我去，那还算漂亮啊，你可真是……"或者"对对对，我也觉得挺漂亮的"。

但对于刘晓曼我从来不会在这里面提及，只是觉得说出来让大家议论实属不好，并且在那时候，你说哪个姑娘漂亮了，就是在一群压抑自己感情的少年中放射了一个信号，你喜欢人家，但是又没有什么用，因为我们之中大部分还都是过嘴瘾罢了。

刘晓曼，沈阳本地姑娘，老家丹东的，父亲常年在外面做生意，和母亲一个人住，家住沈阳同泽小区，至于我为什么会知道这么多，因为我初中三年有两年和她是同桌。那时候班级里面都是按学习成绩排座位，我小

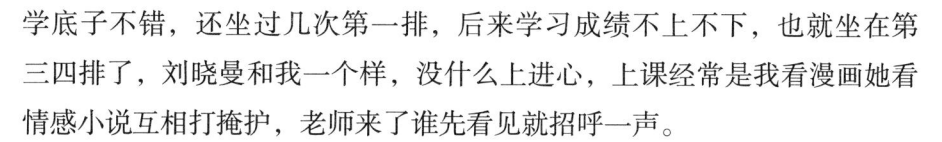

学底子不错，还坐过几次第一排，后来学习成绩不上不下，也就坐在第三四排了，刘晓曼和我一个样，没什么上进心，上课经常是我看漫画她看情感小说互相打掩护，老师来了谁先看见就招呼一声。

我最开始也没觉得这姑娘有多漂亮，但她却是哪个姑娘漂亮中的高票人选。记得初一的时候我和哥们儿去网吧，心里很紧张，一长发网管把我俩领到包间就让我俩等着，每个包间都是一个小格子，这里面什么人都有，而且做的事情也很随心所欲，似乎以为隔着一个小竹帘子就隔绝了全世界。里面有长年租用包间的炒股老哥，生活在一个小包间里，沙发上有自己的被褥，两台电脑一台炒股一台玩游戏，经常可以在网吧中听见他声嘶力竭的呼喊和股市不好的怒吼；还有高中的小情侣，在肮脏的环境里散发着强烈的荷尔蒙，空调风机的风不时吹过，透过竹帘子的缝隙你可以看到里面的暧昧；也会有一些小插曲，社会小混混来到包间看到初中生上网，以我帮兄弟把人砍了要跑路但兜里没钱为由来让你帮忙……

总之，那一次我和哥们儿坐在幽暗的小包间里面，我俩都很紧张，他不知道从哪里掏出了一包烟，"立群"，很不熟练地点上，一边喷着烟一边问我问题："你觉得我们班哪个姑娘最漂亮？"

"啊，高笑莹吧，不都说她漂亮吗，还是跳舞的，我们班就她没剪头发。"

他很做作地摆了摆手，脸上那贱兮兮的笑容就是在说一帮俗咖，眼界低。

"我和你说，其实刘晓曼是最漂亮的。"

就这样，我从一个哥们儿的嘴里知道了刘晓曼漂亮，于是我就在和她同桌的时光里经常暗中观察她，时间长了，我不知怎么的，确实觉得她还是挺好看的，皮肤白，脸盘小，桌布永远干干净净的，吃饭吃不了多少就扔了，脖子上还有一颗痣，就像是雪白的宣纸上滴了一滴墨，听我讲笑话开玩笑总是捂着嘴偷偷地乐，真可爱。

后来在初二的时候，我们班级里已经没有了初一时候的陌生，大家已经打成一片，班级里谁是老大，谁是最丑的姑娘，谁最爱开玩笑，谁打篮球最好，谁最没人缘也都基本上确立了下来，我和刘晓曼也一直做了一年的同桌。初一那会儿，家离得远，上下学都是骑自行车回家，到初二了，搬家了，我就每天走路回家，也就是这种机会，我每天晚上都会和她有一次约会。

那是我第一次步行回家，从学校旁边的小卖店里出来，手里还拿着串鱼豆腐，看见有恬不知耻要过来咬一口的，立刻快速地把串吃进了肚。记得那天下雪，我和几个哥们儿走到小巷子，忽然我旁边的哥们儿来了一句："唉，前面背书包的那个不是刘晓曼吗？"我顺着他手指的方向看过去，还真的是，她背着一个书包，穿着黑色的长款羽绒服，一个人走在我们的前面。

我跑到她身后，忽然从她的侧面蹿了出来，她吓了一大跳，看见是我，就用手在我肩上象征性地打了一拳。

"吓我一大跳。"

"这都能吓着你，你咋一个人回家啊，没有顺路的？"

"我家住得偏，没有和我一道的。"

"啊，那你不害怕啊？下这么大雪。"

"咋地，要不你送我？"她戴着一个小兔子的耳罩，笑着看着我说，有点挑衅的味道。

"行啊，走，我送你！"我一下子就答应了的态度似乎让她有点措手不及。

"得了吧，真挺远的，要走二十多分钟呢。"

"没事，反正我回去也不写作业，走吧，咋地你回去还要写作业？"她摇了摇头，就这样我们俩并排走在街上。一路上，其实我们俩也不知道说些什么，但是就是都很开心，她一直在笑，皮肤很白的脸被冷空气冻得有点红扑扑的，说话的时候透过昏黄的路灯可以看到呼出的哈气，送到她家楼底下，我转身就要走了，她忽然叫住了我，我回头一看她在楼道门口有点扭捏，"要不你再送我到四楼吧，二、三楼灯坏了，我有点害怕"，那一句可能是我之前人生中第一次听到温柔的请求，我一刹那的开心中还带有一些新鲜感。

上楼的时候，我走在前面，她跟在我身后，她家住在六楼，我在五楼的缓步台上停下来，她就这样进了家门，下楼的时候其实我也很害怕，因为我对于没有亮光漆黑的楼道也有些恐惧，于是一鼓作气地跑了出去。

这样的约会持续了一个多月，有的时候她在值日扫除，我就站在教室的门口等着她,我们俩的关系似乎也因为这件事情更近了一步,那是一种很模糊的感觉,这里面夹杂着一些暧昧但又不是全部,更多的是每次更近一层的新鲜感受。

她忽然之间有了男朋友,我不知道为什么,我送她回家的任务也终结了,隔了一段时间,我还在她那白净的脖子上发现了一个吻痕,她刻意地遮掩,把校服领子立起来,怕同学们老师看到,可是坐在她旁边的我却会看得一清二楚。

每次看青春电影的时候,我都会回想我的青春期在干什么,我好像什么事情都是后知后觉,没有什么热血举动,有的话也就是忽悠一大帮同学和我逃晚自习上网吧,结果还不让进。我没有什么爱情,有的话也就是在送她回家的路上看着她红红的脸和呼出的哈气,我也没有什么梦想,有的话可能也就是把那隔壁班老大痛打一顿。

初三的时候,我退了学,到老师办公室里办手续,老师问我之后干什么,我说可能会到父亲的厂子里帮忙吧,老师还笑着对我说,那你可能是我们班第一个挣钱养活自己的人啦。出了办公室的门,我默默地走到班级的后门,夏日的午后,同学们都昏昏欲睡,刘晓曼一个人低着头,她旁边我的位置空着,她正偷偷地看着自己喜欢的鬼故事或者情感小说。我没站多久,就离开了学校。

等我上高中的时候,我已经很久没有联系刘晓曼了,我退了学之后,被父母送到了艺校,她成绩不好去了一个私立高中,我们之间再没有什么交集,联系方式也不知道,唯一的一次是一年的元宵节,我不知道为什么拨了她的电话,没想到还打通了。但是我正在沈阳一个城乡接合部的街头,和我父亲工厂里的工人,一群比我还小的少年们闲逛,她在丹东老家,互相寒暄之后免不了提起之前的事情,聊得都很开心,但也就这样了。我邀请她参加之前几个初中同学计划的聚会,但是那时候家家户户放烟花,街上还有地铁在施工,我根本没听清她说啥。后来她给我发了一条短信,我才知道她说了啥:"我知道那个时候你也怕黑,每次我回到家一关门,就听见你在楼道里跑下去的声音。"

🞯 教师点评

文字的分寸感拿捏得很好，语言状态不错，表述也较为流畅。这一件小事，稀里糊涂约的这一个来月的会，淡淡几笔就出来了。男孩的状态，女孩的状态，那种懵懂、年少、青涩还有某些故作轻松的在意，全都出来了。有点北野武《坏孩子的天空》的意思。当然说的完全不是一个故事，最怕的就是所谓的"坏孩子"动情嘛。

《坏孩子的天空》是特别不北野武又特别北野武的一部片子。北野武说过，一个人能有多不正经就能有多深情，说的就是他自己。有理的无情就是长情。《坏孩子的天空》开头，小马和新志在操场上骑自行车，最后还是他俩在操场上骑自行车。新志问，小马，我们完蛋了吗？小马说，笨蛋，我们还没开始呢。很长时间以来，这是我脑海中青春片的范本。

再回到散文本身，几个场面和细节都把控得较好。当然也存在缺陷，文章前半段关于网吧幽暗小包间的那段叙述有些游移于重点之外，显得累赘且语义不明。

文中的"我"是处在一段回忆视角里的，自然有很多过往，现在看就明白一些，但当时却是懵懂的。几个细节：网吧得知女孩名字后对于女孩的观察"真可爱"；女孩让"我"送她上四楼的温柔请求，文末那个短信，把该有的，还没来得及有的，有了也没什么用的状态和情绪都表达出来了。人物关系是相对清晰的，主要事件的选择也合情合理。"我"那份大大咧咧背后的矜持，装作无所谓背后的在意，但是时过已惘然。这是属于"坏孩子"的纯情。

此篇散文处在大散文练习中的第三篇，教学环节即将进入向小品过渡的阶段。整体而言，表述还略带口语化，但完成得较为清新，情感也真挚。

散文作业

在一个夏天的晚上

(2017 戏创 郑笑阳)

老郑为了带我到上海去看拜仁比赛,专门借了一辆奔驰。他把车停在楼下,把车窗摇下来,使劲按着喇叭"嘟嘟"地催我,好像要所有人知道他开了这么一辆车来接女儿出去玩似的。

老郑自己没有车,他和文琴分居的时候,车子被文琴拿去了。这次出去是我让老郑带我去的。之前还犹豫过很久,我在有些事情上是和老郑有大隔阂的。但是文琴不懂球,还不让我自己一个人去,于是我只能叫老郑。老郑很高兴地问他不知道哪里的朋友借来了车,横在他之前称作"家"的楼下。

走之前,文琴絮絮叨叨地念:"你去陪陪你爸也好,他也蛮可……"我没听完文琴讲话,就出了门。我对此有些厌烦了。文琴不厌其烦地旧事重提,而我,早没了小时候下意识竖起耳朵听隔壁房间吵架声的不安。

夏天的上海是闷热的。老郑那天特意穿了一件不合时宜的烫得很平的衬衫和一条西装裤子,却搭了一双突兀的凉鞋。我也不好意思提醒——若说了,他一个快四十五岁的中年男人,就要像个小姑娘似的说我嫌弃他。因为这身"体面"的衣服,老郑在夕阳下的上海街上走的时候,衬衫的胸口和腋窝都晕开了一片印子,额头上也满是汗水。

一路上他有话没话地说着,和我讲着金庸这类的武侠小说,我有时候插着耳机,偶尔抬起头才发现他嘴巴在那里张合着,于是茫然地取下一只耳塞,算是听着他讲话。街上的声音很杂乱,于是他提高了音量,唯恐我听不见他讲话。

"笑阳,我上次给你带的书,你要去看啊!"他忽然讲到他塞给我的一大本《中国文学史》,我心里苦笑了一下,于是放缓了声音,慢吞吞地说:

"啊……我到时候看看……"

"我还知道一个电台,讲《天龙八部》的,你不要看段誉这么一个……"

"我不喜欢段誉。"我掐断了这个话题,想把耳塞再次戴上。

老郑不讲了,把手背到后面,略微瞪了我一眼,埋低了头加快步子往前走了。我忽而有一些不好意思,但是又不好说出来,于是装作无所谓地哼着歌,只管自己走着。

"年纪大了,样子是越没有了。"他在前面嘟嘟囔囔,估计以为我戴着耳机听不到。奇妙的是,我在后面隔着耳机还是听到了——我心里一阵无奈,却发不出脾气。眼前这么一个半老的老头子,和强势的妻子闹翻了,又没什么钱,还在这种年纪住到了集体宿舍里,却还把自己年轻时候的一点小志气当作宝贝!算了,就让他说去吧。我吗,也不像小时候,他一个咬嘴唇的动作,我就捂着耳朵,唯恐被他扭耳朵却还假装有气势地瞪着他,现在我只是苦笑了一声——老郑好像听到了我在后面苦笑,于是不安地转过头来看我,我赶紧把头转向体育场附近的拜仁巨幅海报,假装高兴地自拍起来。

"我懂的可比你和你妈多呢……"他还是觉得我听不到他,继续发着牢骚。上海街头夜色初降,车喇叭声嚣张聒噪,老郑瞧着身边经过的锃亮的车,摸了一把汗,不屑地朝它们扬过去。"这车贵,但是车型真难看,车主估计没什么品位。"

"当然还是你的摩的帅喽。"我没忍住,还是说话了。老郑年轻的时候喜欢骑摩托车,还做过一些收藏,不过为了买房子,他把那些涂得花里胡哨的摩托车都卖了。好玩的是现在那幢房子却对他锁上了门。

在他回头无力地看我前,我飞快地把耳塞拉下来,佯装刚刚掏耳朵才听见他说话。

在体育馆里,老郑抱怨我票买得太差了——侧面的位子,最便宜角度太差,他像个婆子一样念了很久,还说到他以前看球都是最前排,哪有我这样看球,不专业不专业。

我心里出现这么一幅画面,满头大汗的老态的他,因酒喝了太多而肥胖的身躯挤在最前排,挺着脖子张望着,一身汗染湿的衣服,倦怠的眼神——简直让我想笑!

比赛开始了,我在位子上蠢蠢欲动,开始想讲话,而老郑却在这时候沉默了，他紧盯着球场。快要进球的时候我预备站起来，一时间却没喊出来——四周人太多……

"你刚刚怎么不喊的，球迷怎么能不喊的，有什么关系的？"他忽然数落起我。我有点诧异，瞬间觉得有点愤愤不平。

"我想喊就喊，有啥啊！"

"那随你。"

比赛进行到一半，我越发觉得场上热起来，热得竟让我不想再待下去。想掏出手机来玩玩，却发现濒临没电，想转头看看老郑该是怎样的疲惫，却看见他眼睛直勾勾地盯着球场，这双眼睛里闪着的光比他尝试和我聊金庸聊文学时更光亮，我故意发出了一些噪声，他没转头理我。

"你在干吗啊，"我憋不住直接说出来，"你能看出什么啊！"

老郑没动。场内聒噪的喇叭声伴随着刺眼的聚光灯的白光打到他脸上，汗水从他脸上滑下来，他五官舒展，没有不安，也没有想和人交流或想被我被文琴等一切人认可的试探样，只是眼光聚着向绿茵场上奔去，仿佛——他也成了场上的一员。在这样的夏天的晚上，不是因为心躁而流汗，而是因为其他什么才流汗，可是这样一个人，能有其他什么东西！我心里不知为何气极，好像是不服气，却又不能讲出来，如何讲出？

于是我转头继续管自己，一瞬间，我抬头，看见老郑唰的一下从位子上站起来，像一根要往天上发射的火箭，"好——好！"他先喊出来了，紧接着整个球场都开始燃烧，"一比零！好——好！"这喊声像撞槌一样撞在我热得冒汗的脑门上，我这才看见我的拜仁进球了。于是我也站起来喊，却发现我身边的老郑——他的呐喊声像飓风的咆哮，席卷着我周遭的一切，我的那一点声音，像一点沙子一样淹没在他的声音之海里。我是正值年轻的人啊，他是什么人，半老的行将入土的可怜中年人！我的心不平衡了，也想喊，却发现我的声音像作假的热情，悻悻泄露在燃烧的夏日夜晚。

放弃了！我转头看向钟楼一般发出排山倒海般喊声的老郑，他脖颈上凸起的青筋一直连到满是汗水的额头上，涨红的双颊，明亮得像个年轻人一样，那一双布满血丝的眼球向外暴突着，黑眼圈在睁大的眼睛下面显得很渺小……年轻的人啊，激烈的呐喊，我看见满场吼叫着的，愤怒着的年轻人们，他们神色各异，却都像极了老郑。

他喊得过瘾了，忽而停嘴，拍打海岸的巨浪重回平静，郁结的狂风终于在一阵怒号中停下脚步。他一屁股坐在椅子上，嘿嘿笑着，面色红润，眼光炯炯脖颈高仰，像一个胜利归来的战士。

我在一旁泄了气，手机没电，我也听不了歌了，只能瘫倒在位子上，看着老郑像一个胜者一样发出一阵又一阵高亢嘹亮的呐喊。

在夏天的晚上，我以为行将枯了的老郑却炸开了，溅了我一脸火星。在回去的路上，我听着他激动的念叨，望着车窗外的天空上，火亮的星星，明晃晃地挣扎在漆黑色天幕上。

还是相信了老郑的胡话，我又有什么权力，去蔑视任何一个人最后的激情呢。

教师点评

这篇文章比较有意思的是，前面大半段，作者一直在絮絮叨叨地讲述父亲带女儿去看球赛这一路上的事，絮叨到后半段，突然经由父亲的一声叫好，整篇文章炸了。也就从"此时此刻"开始，我们作为读者，完全跟随着文中"我"的心理变化而变化。老郑的形象出来了，由前面那个有点窝囊、不合时宜，甚至一路在讨好女儿的中年男人，变成了球场上眼光炯炯，脖颈高仰的愤怒青年。看球、为球叫好，以及随之而引起的父女关系的转变，这个点抓得非常准确。事件并非大事件，但因有了细节，有了特定的人物关系，继而将日常生活片段变得十分具有戏剧性。

日常生活，日常事件，日常对话，越是普通日常的题材，越是要看作者的特殊视角和特殊感受。在人物刻画和细节把控上没什么太大问题，几处细节也抓人，问题在于语言太碎，过于口语化，出现的日常对话也略多，内心想法的直接表露过多，影响了文章的流畅度。

此篇散文处在大散文练习阶段的第二篇，是关于亲人的自由命题散文，作者较为个性化的写作已初具风格。

散文作业

鸡

（2018 戏创　阮文悦）

姑姑卖鸡，这仿佛是一种命运的安排。我偷看过爸爸的日记，他专门写过一篇关于姑姑的，说她从小就喜欢吃鸡，因为以前即便是自己家亲手养大的鸡，也是逢年过节才能吃上的稀罕物。从此我便记住了她喜欢吃鸡，饭桌上总观察着她吃了多少鸡来揣摩她的心情，但后来发现她的吃相无甚美感，夹菜的筷子在盘里挑来翻去，咀嚼得很用力，说话大笑时会有一些饭菜渣从口中飞喷而出，严重影响我的食欲，只好就此作罢。而对于爸爸日记中同样提到的"她命很苦，丈夫去世，改嫁后又生了孩子，工作劳累"，等等，则由于与我对她的印象着实不符，那个她仿佛离我很遥远，因此我一律在心中打上四个字——按下不表。

姑姑从头到脚由里到外都是一位典型的农村妇女，手脚粗大，五官粗犷，皮肤粗糙。她的牙齿向外突出，嘴唇常包不住地露出上齿，幸好她常咧开嘴笑，否则龅牙看上去完全是一种外貌的缺陷。我第一次清楚认识她，是在奶奶的葬礼上，她出嫁后不常回老家，我也随爸妈在城里长大，两人是"纵使相逢应不识"。那天我独自待在奶奶之前住的屋子里，里面很昏暗，摆了一张积满灰尘的麻将桌，奶奶的床和柜子已经被清出去了，好像从来没有在这个空间里存在过。我呆呆地看着屋顶的砖瓦破了一条缝，一道细细的阳光漏到室内。突然有一个人从屋外进来，我最先看到的是她脚上那双红色胶凉鞋，灰的裤子上粘着些细小绒毛，裤脚吊到小腿处。她扶着门框挡住所有阳光，轻轻喘着气，好像赶了很远的路风尘仆仆而来。看到只有我一人在里面她有点惊诧，问我别的大人都去哪儿了，我朝门外的小山坡下面指指。她走进屋来，手在麻将桌边缘稍微干净点儿的边上摩挲，她的手很大，指节粗，指甲是钝钝的扁平横向发展的，让人联想到忠厚老实。我不怎么怕她，见她神色有点茫然，眼睛直在屋里四处逡巡，便轻声对她说："我奶奶死了。"她回过头来愣愣地看着我，很迅速而机械地回答："我妈妈死了。"

听爸妈说，一两岁时她带过我一段时日，但由于我年纪太小而完全没有记忆。两岁正是学了走路后跑跳兴致最浓的时候，姑姑也经常跟我提起那些往事，说她总是陪我到小区楼下的草坪去玩，我跑得可快了，到处乱走，她提心吊胆怕一不留神我就不知到哪里去了。她说起这些事很激动，嘴角扬起的弧度很大，身体直向我这边倾，说到高兴处手便伸过来轻巧地拍拍我的手背，目光紧紧盯着我，眼神中透露出一股考察我是否同样对那段往事满怀深情的意味。在这种热烈的期待下，我只好也露出一个尴尬而不失礼貌的笑容，猛点头的同时嘴上附和"是啊是啊"，以防被她看出其实我只记得一幕：我躺在草坪上，后脑勺的草有点扎人，天空很蓝，没有云，时间好像流逝得很慢，我旁边坐着的大概是她。

我知道她盼望着我们的关系会一直像小时候那样亲密无间，也尝试去以最热情亲昵的态度去对待她，但年岁渐长后，我发现自己除了见面时热切地喊一声"姑姑"之外别无他法。因为我见过她杀鸡，心里总嫌她有那种血腥肃杀之气。那次到她家做客，父母在厨房里帮忙，让我到养鸡场去喊姑姑来开饭。我走进用树枝和竹条做的歪歪斜斜的围栏，到昏暗的地下室去找她。室内只有一个昏黄的电灯泡，孤零零从屋顶瓦缝中悬吊下来，把姑姑的脸色照得蜡黄。她戴着手套在给一只鸡拔毛，那只鸡已被开膛破肚，脖子耷拉在盆边，随她用力的动作被毫无生机地拖动。我站在屋外不敢进去，远远地在门边喊她，她回过头来，用肩膀上的衣服蹭蹭脸上的汗，大声回答我马上就来。我看到里面的地上有零星血滴落在泥土里，还散发出一股鸡粪和动物羽毛热烘烘的臊臭味。这让我有些难以面对，赶紧转身往回跑，姑姑好像在屋里喊了几句让我等等她，但我没有回头。

最近一次与她碰面，是在高考后的暑假，妈妈突然给我发微信说姑姑一会儿进城卖鸡，顺路送一只鸡到我们家。刚看到消息，我就听到楼下一声刹车响，往窗外看去，只见姑姑就在楼下停了她那辆有不少剐蹭痕迹的面包车，大步流星往楼上走来。我手忙脚乱，以至于听到她粗鲁急促的敲门声时内心十分懊恼，因为当我脸上挂着僵硬的笑打开门时，我还穿着睡裤，一个长辈到来总归应该以待客之礼衣冠楚楚地去见她。但姑姑没有介意，手里提着一只不住扑腾的鸡，鞋也不脱地奔进厨房去，把那只绑起脚来的鸡安置在厨房一角。我看见她的头发上挂了一团鸡的小绒毛，我们家遗传的自然卷使她的头发蓬松而粗糙，或许是年轻时染过黄发，发尾还带着一些棕黄的分叉，显得很杂乱。我下意识地伸出手去想替她摘下来，走近几步后又突然刹住脚步，抬起的手又放下，缩在背后，我们之间好像有个屏障，使我再也不能去靠近她。我只好想着提醒她一句，但她转过身来后，看着她我又莫名说不出口，不知道该用何种语气去说这句话让我的脸窘迫得发烫。幸好她也没有多留的打算，谢绝了我"进来坐坐喝杯水"的客套招呼，她要赶着去集市卖鸡，转身就踏出门去。我穿着睡裤站在门口目送她，在她身上也不会上演什么一步三回头的戏码，她猛然拉开车门，干脆利落地打火，左手娴熟地一转方向盘，就此离开我的视线。我想起她刚才穿的好像是红胶靴，就像我第一次对她有印象时那双红凉鞋，市场上杀鸡的一般都穿黑胶靴，可她总喜欢穿这双明亮艳丽的红胶靴。

我走进厨房，与那只鸡对峙片刻，它的喉咙里发出咯咯的轻响，突然高鸣一声向前扑腾，热情地落到我脚边。我慌乱地后退几步，慌忙躲到厨房门边，在远处观察着它，它圆圆的小眼睛审视地翻了翻，似乎看了我一眼，又缩起脖子，暗自咯咯。我毕竟不能像那双粗壮大手一样制服它，只能无奈地扬起一丝苦笑。

教师点评

从小爱吃鸡的姑姑，长大后去卖鸡。而卖鸡的姑姑却总是爱穿红色，红胶靴、红凉鞋。作者以"红""耀眼"来写这位看上去粗犷却又稍显木讷的杀鸡姑姑，找到了这个人物身上独特的东西，而"红"又与"我"所惧怕的杀鸡之"血红"形成了有效的互动。

作者着重选取了三件与姑姑相关的事件。头一件是奶奶的葬礼，"我"与风尘仆仆赶来的姑姑一场见面戏，"我"轻声告诉她"奶奶死了"，而姑姑则回过头来愣愣地看着"我"，迅速机械地回答"我妈妈死了"。在这一特定的情境中，姑姑的形象与以往有了一些变化，多了一份沉淀和平静。其中倚着门框挡住阳光的细节写得不错。

第二、三件事都与杀鸡有关,由于年幼的"我"目睹了姑姑杀鸡,因而对她有些敬而远之。可惜的是,在杀鸡事件中,作者写了"我"的害怕和动物的腥臭味,却唯独漏了环境中的那份"热",若是再着笔墨去写那份"热烘烘"叫人难受,那场戏会更加出彩。最末写的是"我"最近一次与姑姑碰面,两人都有些生疏和客套。有趣的是文末写了一段"我"与"鸡"的对视,回应此前作者的铺垫,那只热情却又独独审视着"我"的鸡此刻仿佛成了姑姑,这份"对视"就显得很有意思。

　　文章在事件的选取和人物的塑造上花了一些心思,但仍有一些解释性的语言,诸如开头段落的"而对于爸爸日记中同样提到的'她命很苦,丈夫去世,改嫁后又生了孩子,工作劳累'",又或是"她的手很大,指节粗,指甲是钝钝的扁平横向发展的,让人联想到忠厚老实",等等,影响了文章的流畅度,在文字上还需再下功夫。文末最后一句也稍有些语义不明,状态含混。

　　此篇散文处在大散文练习的第二篇,是关于亲人的自由命题散文。几处细节运用到位,人物刻画具有特点,情感真挚。

散文作业

伙 伴

（2018 戏创　刘小钰）

　　2007年,陈玮一家搬到了我的对门,她和我一样于2000年出生,但是看起来比我瘦小很多,嘴巴周围永远是红彤彤的,有唇炎,个子只到我的肩膀,怯生生的。她第一次和我们一群孩子玩儿猫抓老鼠的时候跑得飞快,于是我就叫她小老鼠。每次这么叫,她就要打我,一边打一边大声吼说她不是小老鼠。

　　小时候的陈玮永远是那副营养不良的样子,她跟我们一群人玩永远是跟在我们的屁股后面,于是演七仙女她也只能当宫女的角色。那时候我有一支隐形笔，就是笔写在本子上看不见，得用笔帽上的光照了才看得着。陈玮特别喜欢，对它爱不释手，每次来我家都一定要我拿这支笔给她玩儿，到后来我干脆把笔送给她。她跟着我也开始大胆了一些，敢跟着我一起在家里的沙发上蹦跳，或者一起去爬小区里四五米高的建筑。几栋楼这么多人，她只和我一块儿玩，我也就因此特别照顾她。每周六我会去敲她的家门找她一起下楼，绕着小区溜达几圈，我请她喝汽水她请我吃辣条。两个人坐在楼底下的双杠上一起聊天，我说我想变成唐三成为斗罗，她说那她就做小蓝帮我赶走黑魔仙，两个人鸡同鸭讲，也很快活。

  但2010年的那个夏末，陈玮的弟弟出生了，她得学会怎么做一个姐姐，我也被我妈关在家里。不幸中的万幸是，我们两家的厨房是正对着的，只要打开窗户我们就可以短暂聊上几句。于是不能出门的暑假，我没事总会往厨房溜达一圈，以防什么时候陈玮也碰巧站到窗前，这样我们好歹可以聊上几句。一次她正在冲奶粉，整个人被宽大的校服盖住，头发被汗水打湿，一绺一绺粘在脸颊上。我问她怎么不开空调。她说她的房间空调坏了，她妈让她吹风扇将就一下。可你不是和你爸妈睡一起的吗，我话音还没落，就听见她弟弟刺耳的号哭，她赶紧拧上奶嘴，丢下一句现在我弟和他们睡，拉开了厨房的门连再见也来不及说。我还站在窗前等了好一会儿，她没再回来。

  这之后我考上了深外，她则去了全市最烂的一所学校读书，我妈不止一次告诫我少和她来往，但我不听。陈玮开始把校服改短，开始每日浓妆艳抹还喷上厚重的香水，烫了波浪的头发。而我梳着贴头皮的马尾还戴个绿色的发箍，校服能盖过屁股，还背着能有三十斤重的书包。

  有一天夜晚，陈玮带我去小区的裁缝铺里把我长到盖住屁股的校服改短，七十岁的大爷戴着老花镜，让我穿着校服，拿着把软尺在我身上来回比画。逼仄又狭小的铺面只有我头顶上一个橙黄的灯泡，墙上糊着些香港老报纸，电视机上供了一尊观音，观音眼睛垂着，我一抬头就能跟她对上视线。观音旁两支红色的大蜡烛燃烧着，蜡泪一滴一滴掉在地上。大爷嘟囔着踩缝纫机，我和陈玮一人倚着一边的门框，吸着装在塑料袋里的汽水，夏夜闷热，汗顺着头顶蜿蜒下来，痒痒的。我拽起衣服的下摆抹一把脸，陈玮看着我，开始笑，说，我又把你带坏了，你妈肯定要骂你。

我们俩就这样一起长大，可是长大以后，陈玮的生活就离我很远了。比如她的一个同学得罪了黑帮老大，在老街拿着刀和人对砍，被警察追捕，躲到云南一去不回；或者是她的另一个同学被一个四十多岁的老男人包养，前几天被人家老婆找上学校，现在不知如何自处。她自己则和学校的保安谈恋爱，被主任抓到，保安被开除她受处分。我问她为什么要和保安谈恋爱，她说一开始很简单，她真的只是想知道学校的 Wi-Fi 密码。

但我周六有空还是去找她，她有些时候因为要照顾弟弟出不了门，我就和她窝在她杂乱的小房间里。她的双层床上铺永远被她妈堆满了东西，简直就跟住在储物间没什么两样。我们并肩坐在她的床上，翻着她自己打工挣钱买来的化妆品，或者随手送我一支口红，或者我俩一起就着小台灯化个妆，刚化好不到十分钟又被她没空调的小房间里蒸腾的热气融化。

前几天和我妈微信上聊天，忽然得知陈玮家要卖房了。我立马截图问陈玮，她回得很快，说自己为这个事哭了好几天。可十几年了啊，我说。可不是十几年了吗，她说，我也没办法啊，我爸因为买股票把房子抵押了。正如她 2007 年那样毫无预兆地搬进来，2018 年，她就又要这么毫无预兆地走了，这十一年里我们喝的汽水能把日本都淹了，可接下来的十一年里我们喝的汽水可能还不够把一只蚂蚁给淹死。那咱们还咋一起溜圈啊？我话都到嘴边了，又不说了，还能咋办呢？

我想起和她在顶楼公共天台看过好多次的夜景，港深大桥就在眼前，闪着漂亮的黄光长长连接着深圳和香港。大桥下海水是黑色的，翻滚的，我们不说话，吸一口气都能闻见海水的咸腥味。

教师点评

作者写的是儿时玩伴，从 2007 年相识，与玩伴成为对门邻居，一直写到 2018 年，玩伴由于家庭原因彻底搬走。十一年的光景，写她的变化，也写"我"与她关系的变化。时光本就是一个最不好表述的东西，因为它很抽象，但同时时光又能改变很多东西。作者写伙伴，选取了几个重要场面来写：初识的小玩闹，伙伴还是一个"怯生生"的小矮个；伙伴弟弟出生，两人隔着窗户的简短交谈，"我"让她开空调，她却淹没在弟弟的哭闹声中；盛夏，两人去逼仄的裁缝店改校服，倚着门框嘬汽水……隔窗对话以及裁缝店改校服是作者着重笔墨去写的，这两处的人物状态也刻画得较为准确，时间改变了很多东西，但又有一些是无法改变的。

最后朋友搬家的消息是"我"母亲微信告诉"我"的。搬家意味着告别，而"我"与她没有真正意义上的告别，甚至好多"我"想说的话也没说出口，但是这并不妨碍作者对于这一组人物关系的刻画。没说出口的话，女生朋友之间"鸡同鸭讲，也很快乐"的友情，都在十一年间一同喝过的汽水里了。

作者文字相对克制，不矫情，也没有选择诸如"逃课""恋爱处分"之类的"大事件"去写伙伴，而是选择了"我"与她几乎不值得一提的小事来写。"我"对她有喜爱，有羡慕，有同情，有不解，最后是那份"舍不得"。但是作者没有直言不舍，这才使得文末的那段话有动人之处："我想起和她在顶楼公共天台看过好多次的夜景，港深大桥就在眼前，闪着漂亮的黄光长长连接着深圳和香港。大桥下海水是黑色的，翻滚的，我们不说话，吸一口气都能闻见海水的咸腥味。"

装作无所谓就是一种最要命的深情。

此篇散文处在大散文练习阶段的后期，第五篇练习，是关于伙伴的自由命题散文。教学环节已经进入向小品过渡阶段。作者也已开始有意识地通过选取具体场面、具体事件来展开人物关系了，文笔流畅，情感自然。

散文作业

一次别离

（2018 戏创　沈玥）

全县唯一一家书吧倒闭了。黑的尘土，车轮印和相继而来的广告无章法地印在卷帘上，"店面转让"的字样格外小，留的号码是东叔的。

东叔和我差不多大，是姑婆从别处抱来的小孩。从前政府幼儿园有免费校车，我们总坐前后排。我被外婆牵上车后又眼巴巴地看外婆拎着小包着急下车去买菜。经过一排淌油水冒热气的早餐店，车停在隧道口的灰墙前，东叔就捧着早餐慢吞吞地上车，水汽模糊的塑料袋里包子被咬去了几口，兜着漏出的馅儿，粉条的香气也直往外冒。他站都没站稳就先环顾一圈找我，叫一声我的小名，在前排或是后排坐下。隧道口附近只有姑婆家一户，他等车时总是孤零零的，又是个肤色黝黑的矮个头，一走神就抠树皮，起先有几次司机看不见他就径直往前开，我心里知道东叔被丢下却没敢作声，还是姑婆雷厉风行去找学校，把东叔从午休房里叫出来狠狠揪住他耳朵，当老师的面斥咄他："躲躲躲，躲在树后面，鬼看得见你喽。"

现在回想起来，曾经讨厌东叔是有明确原因的。那次在幼儿园，我急着冲进厕所，女生队伍长得排到了门外，东叔从另一头走出来洗手，我望着他放声哭了起来，东叔手湿淋淋的就来牵我，把我带到办公室脸红红地说"她要上厕所"，女老师一把拽住我，指甲像铁荆棘锢住我，质问道："你来这儿干吗，怎么不去厕所？"园长婆婆从座位上弹起，赶忙把我拉到角落的一个红色大塑料桶前，抽抽搭搭的我拼命摇头，转身要逃，"我去院子……我去院子……"女老师冲上来想捞我，挣脱时我的手臂被抓挠出了几道指甲痕，我拼命地逃，累到全然不顾蹲在草上，做那件罪事。小蚂蚁都在用头部上的黑眼睛看我。我全身沁出了厚厚的汗，脸上涕泪齐下，手臂挠痕火辣辣地疼。后来姑婆竟在饭桌上说起这事来，"甚得了，女崽面皮薄，都不和高婆说的啊"。外婆边给我夹菜，边拿我不同她提过这事开玩笑。我大概懂了其中的原委，筷子重重一摔，扫一眼惊愕地望着我的众人，覆上热气的人脸都看不大真切。短暂的沉默后姑爷打了个哈哈，手指头点点我，招呼我吃点好菜。东叔正在别处帮忙，我撂下一句"有的人嘴也真多，怎么好意思提这个"，快步去门口换鞋，却正好撞上当事人。东叔的厚嘴唇翻起来，像是要说话。他土色的皮肤散发干燥的气息，眼睛湿漉漉的，像只负伤的黑麂蹑着步子退到另一间房。那间房专门用来放过节时招待客人的零嘴，成袋的麻花和米炮，会被吐得满院子都是的瓜子，会被小孩用脏兮兮的手握住的劣质包装玉米棒。房门上贴着娃娃头，风景名胜的宣传画，绿的红的紫的。东叔在视线不及处急促地翻找，从贴海报的门旁探出头，"吃不吃旺旺雪饼？"

姑婆说东叔以前像女崽一样好吃，他在县一中念书的时候咬破了学校发的被褥，吃里头的棉花，那床被褥似乎还在，上面还有一个大洞。我印象中东叔总是随身带吃的。幼儿园的免费校车一般先接到乡镇的孩子再开往县里，放学也先送家住得远的，再送县里的。因此我和东叔坐十分钟的车就能到学校，回家则需要多半个小时。他在座位上不那么安分，有时把嘴里含的硬糖咀嚼得很大声，干瘪的塑料袋被鼓捣得窸窣作响，分给我好些散装的零嘴，或是常见的桂花茶油饼，我把里头的红绿丝挑出来吃掉，剩下的饼塞给他。回家途中透过蓝色的塑料车窗能看到几排土砖房和黄狗欢腾的菜市场，车再往前开是大片的油菜地，黛色的山和映着山的小泊，一停车吵吵嚷嚷的乡镇孩子就推挤着奔向满地鞭炮屑的小广场，跑向河流的那头。我下车时东叔总是着急地替我找外婆，而后郑重地目送我，而我偶尔会发现他附近的车窗或是扶手处粘着一颗黏腻的糖。

　　后来姑婆说东叔出去学美术，复读一次落榜两次，钱花完了也不敢告诉家里，谈的女朋友嫌他电影票都不肯买，两人就这么吹了。东叔回到家，全县就有了唯一一家书吧。书吧也在隧道口，和姑婆家靠得近，也和那排早餐店靠得近。我回县城时常在一家卖粉丝包的铺子里见到他，在家跟姑婆闹出了不愉快之后，我和他生疏了许多，见面时他主动叫我的小名，我不咸不淡"唉"一句。他的样子越发像县城人，穿街上小店卖的衣服，戴同一款式的帽子，背影和街景混在一起叫我分辨不出，但其他人待他就更亲切了，"阿东阿东"地唤他，他也大方地答应，同他们聊县里的事。并且，只要东叔碰着了我，他是不让我自己出早餐钱的。有次我端着白粥咽萝卜干，他忽然叫一声我的名，有些紧张地告诉我他开了一家书吧，有吃的有奶茶，还有零零后喜欢看的书。我有些混乱地点头："吃完我可以去看看吗？"东叔抢着说："我叫人给你留最好的位置。"他连语气都完完全全带上了县城人的急躁和趋奉，让我想到一些其他的事情。五六年以前，也是在这家早餐店，那时桌椅是店家自己削竹子做的，桌子高，长凳也高。有很多肩上挑着鞋油和刷子的老汉和妇女，看见路边坐着的人就蹲下身去拿布条来回擦他们的鞋尖，不想当顾客的人就须从底下那双忙活的手中抽回他们的脚，跷二郎腿的换个方向，踩在地上的就把腿架起来，挑鞋油的人自然知趣离开。有次我见到一个擦鞋老汉的后脑勺挂着个花生壳，大概是谁不小心随手丢的。我很小的时候，有个高大的女人在我跟前蹲下，握住我吊着的脚，细细擦起我的运动鞋的白边。我吓坏了，女人安慰似的同我搭话，县城话说得并不好："你一个人吃两个大馒头啊，你是东北人吗？"她忙活完就在我身边等着，我想找外婆又怕她不让我走，不一会儿女人自己挑着东西离开了。东叔也被擦过鞋吗？他是怎么想的？我起身跟在他身后，他领着我去他的书吧。我有些难受，没问出口。

东叔的书吧并没有多少书，另一端有一群一中的学生在座位上打牌，有人来蹭言情小说看，不一会儿就径直出去了。东叔问我在学校过得怎么样，开玩笑说我年龄太小，不怎么懂事。听见我反驳"我们不是只差两三岁吗"，东叔摇头，把冲好的奶茶送到我面前："我比你大好多的。"东叔又说："在外面读书还是有在外面读书的好处。你什么时候回学校呢？"我坐了许久，不想再将对话进行下去，答大后天就走，东叔起身说："我送送你。"他看到我妈后打了声招呼，热情地将我引向门外，站在门口目送我，就像幼儿园时他看着我下车那样。

教师点评

作者写"我"不喜欢的东叔，有意思的是，通篇甚少看到"我"对东叔的厌恶，有的却是不解，而这份不解不单单是对于东叔的，更多的是，对于"我"成长起来的小县城的。

东叔长"我"几岁，是同个县城里姑婆抱来的孩子，无父无母，儿时"我"与东叔的接触更多是在幼儿园的班车上。作者很巧妙地用了"贪吃"去做串联东叔这个人物形象的金线。诸如因为贪吃而误了校车；因为示好而分给"我"的桂花茶油饼；下车后车窗或是扶手处粘着的糖，等等。这样的东叔，在长大后开了书吧，见了我仍旧要抢着给"我"付早饭钱，甚至连唯一一件"我"与东叔有"过节"的厕所事件，事后东叔也尴尬地问"我"想不想吃旺旺雪饼。东叔总是一个人偷偷地吃，"吃"的背后是说不出口的孤独，而"我"即便声称讨厌东叔，却还是会留意观察东叔的"吃"，东叔给"我"食物，代表着简单的喜欢、亲近和示好，而"我"却总是不自在或是不在意。这些在作者克制的文字中都有流露，我看到的是这组微妙的人物关系。因为作者写的是自己眼中的东叔，这个东叔就有了一些神秘感，"我"不清楚东叔在想什么，他经历过什么，只是隐约觉得东叔对

"我"很友善，但行为却还是不解的。在"我"漫不经心地观察东叔的过程中，除了不解，还有怜惜，这是作者在文章中没有去明写的，在"擦鞋"这一段，"我"没有问出口，而这个木讷的东叔却还是像儿时幼儿园班车目送"我"下车一样，说了"我送送你"，回应了题目"一次别离"，而这个"一次"也可能是永久。联系前后的语境和东叔书吧倒闭的现状，是挺动人的。

文中着重写的是"我"与东叔发生矛盾的厕所事件，但很明显，这其中东叔不是重点，反倒是镇上的那些人，"我"的家人对于这件事的态度，被作者拿出来细细地揣摩，写得很有意思。最后混得不怎么样的东叔回了县城，开了书吧，遇上了读大学的"我"，东叔也只是答应给"我"留个好位置，请"我"喝奶茶，没有过多的"越界"。而此时的"我"与东叔却早已是两个世界的人了，我离开了小县城，而他留了下来。作者对于特定情境下人物状态的拿捏较为准确，却没有过多的所谓"总结""拔高""解释"的语词句子，读来舒服。

此篇散文处在大一上的期末散文阶段，是《一次别离》的命题散文。作者有意识地选取了较为有新意的人物关系，并善于抓住人物瞬间的状态，文字较为克制，行文流畅。

散文作业

旁观者

（2018 戏创　张倚铭）

假期。带着笔记本电脑出去写作业，朋友相中了这个款式，问了无数和选购有关的问题。我没了解过这些，坦诚地告诉她，这是我哥哥去年送的礼物。她撇撇嘴，自己搜索片刻，突然从屏幕上露出半边眼睛，给我指了指报价，哎，你哥肯定很有钱吧。

我有两个表哥，姑家和姨家各一个。我经常跟朋友们说起姨家表哥，哈工大学生，爱穿白T恤，过马路会牵我的手，还会对着镜头露出好看的大眼睛，我告诉他们，我有世界上最好的哥哥。

张凯旋是被我故意忽略掉的那一个，若不是非介绍不可，我不会主动向别人坦露他的身份。有时当着生人，我想扯开话题，可爷爷突然出来插话："这是她哥哥。"于是我的笑只好伴随他方言的尾音，尴尬地凝固在脸上。

我和张凯旋关系并不亲近，因他不爱说话，而我也不健谈。小的时候，我甚至不知道他的大名叫张凯旋。

在我们老家，所有人都叫他大浩，大浩或张浩，我不知道是哪个字，听习惯了也想不到去追究具体的写法。我不爱叫他哥，张嘴就是张浩，张浩你看到遥控器了吗，张浩奶奶去哪儿了，张浩！他从不反驳，听到我叫，急火火地停下手头的事情，从炕上翻下来，趿拉着踩扁的鞋，一路蹭过来找我，好像我的事永远排最先行列。很少时候他也会不耐烦，但也没发过脾气，最多只是从牙缝里轻轻地嘶溜一声。

认字多了，我在老家到处翻旧物看，有一天突然翻到了奶奶的电话本，他家的号码旁边方方正正地躺着两个字"张好"，我这才知道，原来那个我叫了多年的小名是"好"。

我反反复复地念叨着他的名字，"好"，好啊好，听起来那么正直又那么惹人喜欢，怎么也想不通原来这才是他的名字。后来我想，也许家里人是真的很盼他要好的吧。

民间有说法，起下贱名字有好命，如此推算，叫好名字兴许是坏命。有时我躺在老家的炕上想我的这位好哥哥，他的所作所为似乎从未与他的名字沾过边。

我十六岁那年郁热的夏天，悠长假期里一个平常到有些窒息的下午，姑妈和我正在老家看电视。突然，门口的弹簧猛地撞到铁门上，嘭，巨大的撞击声后，爸爸和东屋两个大爷冲进来，钉子似的打成一排。姑妈下意识警觉地站起来，手在裤子上擦着，原本无聊且安宁的空气在逐渐变质，爸爸看了我一眼，一句话飘在空气中，张浩和朋友吸毒被抓了。

一时间，所有人都没有吭声，气氛凝滞了一秒又一秒，让电视综艺里的笑显得有些愚蠢。我悄悄地伸出手去摸遥控器，调小声音的空当，他们恢复谈话，叫着姑妈就要走，我说我也去，他们制止，叫我看家。我只好点点头，又一点点把电视声音调大了。

　　屋子里顿时只剩下我一个人，屋里陈设如旧，只是天一点点变黑，照得所有东西都笼着层阴影。地上放着一盆水，用脚踹一下，表层的波纹就一点点震荡着向里回旋，有一只苍蝇嗡嗡地掉了进去，我嫌恶心，但又想救，去抽纸巾的时候突然想起张浩。他要是在的话，肯定会把纸巾从我手上接过去，听见我道谢却不敢回以直视。他会讨好似的笑着，眼神却一直瞥在地上，他会突然蹲下身来，猛地把苍蝇头按进水里。

　　我在这间房里走来走去，从小到大，我对这儿最熟悉不过，大人们总是在外面忙，一般就我们俩待在屋里。在记忆中，他的痕迹总是和这间屋子联系在一起，和这些陈设一样，静止、脏旧、有痕迹，内里却总是模模糊糊，也许永远不会看清楚。

　　屋里的炕很硬，可舒服的靠枕只有一个，不像其他兄妹，我们从不因这些产生争执。我进屋后，张浩会很自觉地抬起屁股，把大靠枕扔给我。我跟他说谢谢，他就呵呵地笑，"昂哟莱"，他发出一种有点心虚的调侃。

　　很多时候，我们在炕上一瘫就是整个下午，我写作业，他看电视。我偷偷地瞥他是否也会偷看我，写东西时余光总粘在他那里，可他的注意力全在电视上，乖得如同老狗，连动都懒得动。到了饭点，我不愿起身，长辈哄我下炕，我不，他就先一步跳下去，不一会儿搬来一张小桌。小碟里每样菜都盛来一点，他看看我，顶着满脸颊的雀斑和颧骨上两坨高原红，抿着嘴像在等夸赞，等我拿起筷子挑第一口，他便鼓起劲来冲外面喊："别等了，俺俩在炕上吃中了！"

　　张浩把每个盘子往我这儿推。以狼吞虎咽代替语言，我盯着他红红的指关节、粗大的手掌和短小的指甲。很久之后，礼貌地说声谢谢，他低下头来，跟我敲敲桌子。

　　有时我跟他找话题说学校里的事，他捉不到我要表达的点，总在奇怪的节骨眼上发出不合时宜的感叹："昂哟莱，俺妹妹真厉害。"我尴尬地住了嘴，开始打量他。他的小眼已笑出纹路，掺杂着浑浊的自豪，像村头任何一个打闹中的小孩，遗留下的呵呵声会持续很长时间。他的夸赞应当是真诚的，只是他始终望着别处，一种不符合哥哥身份的羞怯和低微。

　　我小学快毕业时，他有了自己的第一部智能手机。那时他已经在高中了，青春期男孩，个头没长，头发倒长了不少，他留了一头挺厚的刘海，校服外面不搭嘎地披着件绿风衣。手机的出现使聊天得以避免，我坐在炕沿写作业，他就躲在炕头看手机，摁键时不时响两声，我余光继续粘着他，他过于静止了，我不知道他在看什么。

老家屋的正上方只有一盏小灯泡，有点朦胧的黄光打在墙上赤裸着性器官的年画宝宝上，使干燥的空气中泛着一种土腥味的暧昧。张浩要出门，我就求他把手机借我查作业。他仍不拒绝我的请求，将手机丢给我，带上门，我转眼就开始用浏览器查黄色小说看。

我颤抖着手指，搜索着当时我认为绝不可能有人了解的最私密体验，却在搜索历史里直接看到了文章的链接，我几近窒息地点进去，他标记的书签还在上面。我一页页向下翻着，无数露骨的词汇刺激着我的大脑，我紧张地咬着手指，张浩一言不发的样子突然一下弹跳到我眼前，我猛地合上手机，耳边响起他在房间里均匀的呼吸声。

张浩之前看手机时，都把手放到哪里？

突然间无法抑制地回头去想，就像在从旧书里找书签，我问自己，他表现正常吗，呼吸有没有很沉重。可答案没能从大海中被翻找出来，只是这个男孩模糊地陌生起来，而自己也变得罪恶。

墙壁上，娃娃还笑着，脸上弧度诡异，盯得我头皮发麻，而回看过去，注意力却被牢牢粘在他双腿中间。情色的想象力烤得人双手发凉。我爬起来，飞速删除了浏览记录，合上盖子的一瞬间，我浑身疲倦。也许他永远不会再那样乖顺、沉默和腼腆了。

从水淋淋的记忆里浮上来，盯着新一年的年画发呆，院子里突然传来打架和劝解的声音。我跑出去看，爸爸按着张浩的背，一把将他丢进院子。他看起来那么瘦，头发剃得几近寸头，经过那一掷都没有站稳。我猫腰，在铁网后面看他，爸爸不顾众人劝阻扇了他一巴掌，他的头歪向一侧，耷拉下去，爸爸又扇了他一巴掌。姑妈哭了，但她没去拉架。张浩持续地耷拉着脑袋，驼背，不知睁没睁眼。狗在笼里死命地吠，爪子扑得笼子响，鸡在大棚里咯咯乱叫，羽毛到处飞，空气极其腥浊，张浩和周围的一切一样狼狈。爸爸再次揪起他的领子，众大爷们拦住他，我往铁网后躲了躲，闭上眼，怕哥哥发现我在看。

那天之后，家里的气氛一直沉闷着，妈妈嚷嚷着要回家，再没出过好脸色，爷爷气病了，吃饭时饭桌上的人都不齐整。爸爸跟我说张浩其实没吸毒，但在那堆不三不四的朋友里打架。我没有再问下去，我装作对他的错误毫无兴趣。

张浩收拾了南屋，暂时到那儿住，吃饭时我才能见到他。我和往常一样，每次抬起脸来夹菜，余光都悄悄往他那儿看一眼，他的眼睛肿着，鼻子周围有瘀青，嘴角也破了。

回青岛前的那顿饭，他坐在我旁边，饭后大家都撤了，我还在看手机。抬手要拿椰汁，杯子空了，他先我一步拿起大罐给我添满，我正眼瞧过去，对他说了句谢谢哥哥。张浩呵呵地垂着眼睛，估计是不知道说点什么，他撇撇嘴复又抿上，"昂哟莱，妹妹。"他的脸红扑扑的，这句感叹说得依旧不合时宜，语气也从未变过。

黄色小说事件过后，我有时会刻意到别屋写作业，而他几乎没有呈现变化，仍旧是给我搬小桌、陪我吃饭，我让他拿什么他就跑去拿，硬聊起天来，他瞥着别处，垂着眼低低地冲我笑。妈妈看着他时总板着一张脸："回老家离他远一点，"她揪着我的袖子，声如哑猫，"不知道第几次了，又嫌弃工资少、和老板打架。你瞧瞧他身上那个文身，哪个女的名字都不知道，这过了年，还指不定干出点什么来……"

去年我升学宴，他来我们家，那时他的工作还算稳定，亲戚们终于敢跟他哈哈地开玩笑，像他是一个好青年。酒过三巡，他突然过来冲我招手，我走出去，他从面包车里拿出一台电脑，苹果 mac pro，512g，我摆摆手说太贵了我不要，他持续地笑，阳光下他眼角全是干涸的皱纹，"昂哟莱，考这么好，恁哥得给你奖励。我给你买的最新最好的，拿出去恁同学都羡慕。"

我礼貌地道谢，然后坐在车里僵持。他低着头，一直盯着新机看，我便拆开来，开机。他也许没碰过，凑近，想戳戳上面的屏保，那指头上有点脏，我下意识地用屏幕膜挡了一下，张浩突然缩回了手。看着我，干干地笑了两声。

我想道歉，又害怕说重，空气静止般干燥而闷热着，好在他的电话突然响了，他跳下车去接，是视频通话，我不动声色地偷偷瞄过去，电话那头是个女人，吊带背心露着半个胸，她咯咯地笑，开头第一句话就是，"你在哪呀，一个人吗？"

突然间，我回到多年前年画娃娃的那个晚上，我发现我始终没有捞出答案，我的困惑只多不少。世界持续割裂着，就好像我一直叫他浩，但别人都叫他凯旋，纸上写的却是好。

咖啡厅里，朋友挥挥手，神秘兮兮地问我，唉，是不是那个经常带你出去玩的，在哈尔滨的哥哥？

我眼前突然浮现起张浩的手，他想摸我的电脑屏幕，却突然缩回去。抬起眼来，那一瞬间一下子又闪走了。

我冲朋友点点头，嗯。

教师点评

题目叫作"旁观者"，文章则是有点"俄罗斯套娃"的意思。由假期朋友询问的新电脑开篇，以"我"的轻声点头结束。朋友问是哪位表哥给"我"买了价格不菲的电脑，"我"还是回答了那个"拿得出手"的表哥。这是第一层。

第二层，作者以十六岁那年目睹表哥被抓为壳子，中途断断续续回忆了"我"与表哥的一些相处，其中的"大事件"便是"我"小学快毕业时表哥的黄色小说事件，那次之后，"我"与表哥的接触更少了，人物关系发生了变化。再之后出现的就是"我"的升学宴，表哥送电脑。

作者写自己并不"待见"的表哥张凯旋，写"我"的别扭，而这个表哥的形象是具有统一性的，那个说着"昂哟莱"的表哥对"我"始终有一份不符合哥哥身份的羞怯和卑微，这个背后是"我"对于一个好哥哥标准的成人化推测，而实际上，作者的书写过程则是对过往自己态度的一种看待，是一份对外界的不理解，以及对自己"妥协"的不甘心。作者态度就显得真实而有趣。

文章最后作者写，"突然间，我回到多年前年画娃娃的那个晚上，我发现我始终没有捞出答案，我的困惑只多不少。世界持续割裂着，就好像我一直叫他浩，但别人都叫他凯旋，纸上写的却是好"。这就切合了文章的题目，"我"一直是哥哥人生的"旁观者"，"我"不了解真实的哥哥，而写作中的"我",又是过往经历中"我"的旁观者。作者写的是自己对世界,对自己的不理解。

文章有几处场面的描写饶有趣味,抓住了其间的有效细节,也注意关注人物关系的变化。文章较长,有些地方过于口语化,描述性的句子也有连篇累牍、过度修饰之感,影响了行文,同时也需注意标点的规范化使用。

此文是大一上的假期散文。《旁观者》的命题散文,也是向小品过渡阶段的最后一篇散文。下学期则需要学生利用此篇散文完成第一篇简单事件小品的写作。就散文成品而言,作者抓住了"旁观者"这一独特视角,人物塑造较为立体,情感真挚。而就散文作业而言,文章中的人物状态很好,因涉及多个场面,也非正常时序,具体完成简单事件小品时可能出现场面以及片段选取的困难。

第三章 小品与短剧

第一节 小品写作

陈斯远

一、教学宗旨与目标

中央戏剧学院戏剧文学系"写作课"所教授的小品写作是从表导演教学借鉴而来,其历史概念可以追溯至斯坦尼斯拉夫斯基在《演员的自我修养》中所提出的"戏剧小品"——其往往只展示出一个情感波澜的起伏,所以小品一般直接模仿生活动作。表导演教学依靠的是对一个生活动作的截取,往往一个生活动作就足以完成一个小品。

在戏剧文学系的小品教学阶段,我们要帮助学生初步建立"作者意识",使作品具有一定的文学意味,能够在剧本中展示作者的独特个人体验与思想,在舞台上展现对人物命运的深刻理解。

小品教学环节发生在本科一年级的下半学期,本科二年级的上半学期以及下半学期的前九周。戏剧文学系所教授的小品写作,要求学生在题材上侧重于现实主义，体量上控制在2500~4000字，排演时长上控制在10~15分钟，在文艺观上向社会主义核心价值观看齐。

小品阶段的教学由本科一年级上半学期的散文教学过渡而来，是学生由散文思维向戏剧思维转换的重要阶段，也是未来向短剧、大戏创作迈进的必经之路。简言之，年轻学子的剧作家生涯就此真正萌发。从这个意义上看，小品阶段的教学工作在戏剧文学系两个创作方向的"写作课"体系中处在至关重要的位置，甚至具有决定性的意义。

在此阶段，我们全部教学工作的重点在于帮助学生巩固散文阶段的训练成果，进一步挖掘个人的体验；帮助学生逐步形成对戏剧动作、戏剧冲突、戏剧悬念、戏剧情境等基本概念的掌握，开始使用剧作家的语言；启发学生意识到剧作家的任务是带着一种诗人的品格与眼光去模仿和展示人物的命运，拥有一颗剧作家的心灵。

二、教学形式与内容

中央戏剧学院戏剧文学系"写作课"小品阶段的教学，在历经了数十年的考验与实践的检验，并在不断与时俱进的调整与改革之中，发展出了一套具有自身特色的教学方法。

在小品教学的第一堂课上，我们的教员往往会跟学生探讨一个抽象的问题：剧作家用以创作的"武器"究竟有哪些形态？这个问题被反复论及，同时在教学相长的过程中最终被归纳为三种形态——技巧、生活与文学，对应并引申为剧作家所仰仗的三种不同形态的世界——剧作法的世界、真实原型的世界与经典原型的世界。

以剧作法为武器的世界，我们视之为初级，是我们在小品阶段教学中希望学生能达到的最基本的训练成果，即在一个完全虚构的情境下，通过构建戏剧动作、制造戏剧冲突等手段进行创作。这个世界保守、机械且麻木不仁，是市面上多数的剧作者赖以生存的世界，也是年轻作者成长的必经之路。

以真实原型为武器的世界，我们视之为中级，是我们在小品阶段教学中希望学生能达到的较高的训练成果，即通过依托真实生活中人与事的原型继而进行创作，力求还原生活本质的面目。这就对年轻的剧作者提出了更高的要求，除了掌握基本的剧作法，还需要展开对真实世界的观察，调动深刻的个人体验，不断地提高对现实生活的看法，从而做到真正的精进。如同能剧大师世阿弥（Zeami）所说：要了解十体，更要牢记年年岁岁去来之花。"十体"固然需要熟练掌握，但"花"却是最重要的。如何令学生在创作中的那朵心灵之花不枯萎且越开越有生命力，是我们教学工作的重中之重。

以经典原型为武器的世界，我们视之为高级，是我们在小品阶段教学中希望学生能达到的一个更高的创作境界，即通过提取经典文学作品中的人物与故事的原型，同时结合个人体验继而进行创作。年轻学子的生活阅历往往有限，如果只寄希望于他们不停挖掘个人的生活，创作就会陷入枯竭，因为生活枯竭了，或者最终雷同了。但是，文学经典却可以引领他们去到人迹罕至之地，收获一个又一个未曾谋面的具体的形象，最终让他们得以站在巨人的肩膀之上，不必真的经历却又能继续加深体验。这种教学方法在某种意义上也是戏剧文学系本科"阅读与鉴赏"课程在中高年级的延续、变形与深入。

在我们实际的教学过程之中，以上三种方式并不是割裂的，而是相互融通、三位一体。阅读替代不了真实的生活，但阅读可以影响人对生活的感知；"死"的剧作法描绘不出生活的质感，但对生活的体悟又能帮助剧作者获得崭新的戏剧形式，从而总结出一套属于剧作者个人的"活"的剧作法。

基于以上种种思考，从20世纪开始，戏剧文学系"写作课"的小品阶段的教学形式在经历了迭代、调整与革新之后，现如今已经逐步发展出了一整套成体系的科学训练方法，具体表现为：

（1）从体量上分为"简单事件小品"训练阶段与"复杂事件小品"训练阶段；

（2）从类型上分为"学生散文改编小品""画面小品""音乐音响小品""新闻事件改编小品""小说改编小品"等训练单元；

（3）在课时量安排上，舞台剧创作方向每周行课两次，每次四课时。电视剧创作方向每周行课两次，每次三课时；

（4）在训练量上，我们要求学生每学期完成四—六轮的小品写作（含修改）；

（5）在具体行课过程中，教员将学生的每轮小品创作分为"谈构思""谈剧本""谈修改"三个过程，对每位学生的每个作品进行逐一点评与指导，同时开展课堂讨论；

（6）在辅助教学方面，舞台剧创作专业配以表导演基础课，电视剧创作专业配以 DV 实践课。

在以上这样一种教学过程中，教师要对学生的习作中出现的带有普遍性的问题，上升到理论的高度进行概括与总结。这就要求教师需要将课堂教学从具体的帮助学生谈作业的过程中抽离出来，转换为一种关于编剧理论与技巧的抽象的讲授与对谈。

一年级下半学期和二年级整个学年，是学生们创作剧本最重要的基础阶段。在这个时期，他们往往具有热情和能量，也往往会出现一些普遍性的问题，比如阅读量不够，对生活的敏感度不够，修养与表达无法对等，某些时期又会出现训练状态的起伏，诸如此类。但同时学生又会呈现出个体化的差异，从小的家庭教育与学习背景使得他们在彻底专业化、职业化之前，拥有不同的作者人格。所以，戏剧文学系一直倡导的"小班教学"和"一对一教学"，某种程度上能够较好地解决这些问题。这就要求教员一方面要保护好学生原有的作者人格，又要在此基础上对其作者人格进行丰富，让他们在写作中既不丢失自我，同时也不必在意自我，最终迈向真正的作者之旅。

第二节 小品作业与点评

复杂事件小品

我

（2012 戏创 满伊凡）

时　间：假期中的一个下午。
地　点：陈玉的家中。
人　物：思雨，女，20岁。父母早亡，寄居在表姐家，受尽欺负。
　　　　陈玉，女，20岁。思雨的同班同学，母亲再婚。
　　　　思琪，女，思雨的表姐。

［幕启——宽敞的客厅里，陈玉一个人悠闲地躺在沙发上看电视，墙边摆了一架钢琴，钢琴上放了大大小小许多相框。这时，一阵敲门声响起，陈玉不耐烦地走到门口打开门。

陈　玉　思雨，是你啊。
思　雨　嗯，是我。
陈　玉　下这么大的雨，你怎么来了？
思　雨　我是专门来找你的。
陈　玉　哦，那你先进来吧。怎么淋这么湿，没带伞啊！
思　雨　嗯，上次和你一起买的那把彩虹色花伞，被我姐借去用了，她说好看。
陈　玉　哼，什么借啊，我看就是抢的吧。你赶紧把这湿漉漉的外套脱了吧，瞧你这狼狈的样子。

思　雨　哦，好。（脱下外套，挂在门边的衣架上）

陈　玉　思雨，不是我说你，你也太好欺负了吧。

思　雨　（小声地辩解）不是的，只是我没有别的办法。

陈　玉　你看看他们家人把你欺负成什么样子了？怎么说也是有血缘关系的吧。你舅舅一家人怎么能这样对你呢？

思　雨　他们能收养我，就已经对我不错了。

陈　玉　你就天生一副受气包的样子。从来不给你零花钱也不给你买新衣服，这也叫不错吗？连把伞都跟你抢，这也叫不错吗？

思　雨　你别生气了。我知道是我的性格太软弱。

陈　玉　真是的，想想都生气，哎对了，你这次来找我是不是出什么事了啊？

思　雨　嗯……他们，要搬家了。

陈　玉　哦，谁啊？你舅舅吗？好事儿啊。去哪里啊？

思　雨　嗯，去上海，我姐姐大学毕业准备留在上海，舅舅和舅妈舍不得离开她，就跟单位申请了工作调动。

陈　玉　哦，果真是溺爱啊。唉，那你怎么办呢？

思　雨　下午舅舅跟我说，让我跟他们一起走。

陈　玉　哦，那你愿意走吗？

思　雨　他的口气是通知，不是商量，根本不会在意我的感受。

陈　玉　那……什么时候走？

思　雨　是今天晚上。晚上走，下午才告诉我，好像料到我没有选择权。

陈　玉　思雨，那你现在怎么办？

思　雨　我不知道，我不想走。所以我才来找你，你是我最好的朋友，最了解我的人。你说我该怎么办？我舍不得你。

陈　玉　我也舍不得你，那你留下来吧。

思　雨　留下来？真的吗？

陈　玉　是啊，你可以搬过来跟我住。

思　雨　那给我点时间，让我想想。

陈　玉　别犹豫了，这里不比你那个所谓的家好吗？咱俩还可以做个伴。

思　雨　那你爸妈呢？

陈　玉　他们只是到日子了就给我卡里打些钱，才没时间回这个家来看我。

思　雨　啊？

陈　玉　我跟你说哦，今天我妈结婚，我都没去。

思　雨　那……你还好吧？

陈　玉　没事啦，他们有各自的家挺好的，付我生活费就行。

思　雨　难道你就不想有个完整的家？

陈　玉　大人的决定我怎么能干涉，只是有时候一个人会孤单啊，那种感觉真讨厌，所以，思雨你就留下来陪我吧。

思　雨　是很讨厌。（紧紧地拉住了陈玉的手）

陈　玉　留下来，咱俩晚上一起睡怎么样？

思　雨　我可怕你睡觉不老实误伤我呢。

陈　玉　那作为补偿，我把电视让给你看，想看什么就看什么。

思　雨　那哪够啊？厨房，厨房也给我吧，反正你也不会做饭，成天不是叫外卖就是吃泡面。

陈　玉　行行行，还挺贪心。还想要什么啊，哎，（指着墙边的钢琴）那个也让给你吧。

思　雨　钢琴？

陈　玉　（拉着思雨到客厅的边上）是啊，之前买了就没怎么弹，学了一阵子就搁下了。你不是最喜欢音乐的吗，自从到了你舅舅家，就没再碰过钢琴吧？

思　雨　是啊，手都生了，不会弹了。（注意到钢琴上摆着的一些相框），哎这里有好多照片啊，上面的人我都不怎么认识。

陈　玉　嗯，都是咱们学校的同学。你平时都不怎么出班门，也不跟别人玩，当然不认识了。

思　雨　你怎么洗那么多他们的照片放在家里啊。

陈　玉　我一个人住，太无聊了呗，偶尔能想想他们。

思　雨　可是你的朋友我却不认识。

陈　玉　谁说不认识啊，这不是有一个吗，赵洁，咱们三个可是初中同学哦。我记得高中那会儿你俩啥都比，比来比去还是考上了同一所大学。

思　雨　哦，我都快把她忘了。

陈　玉　你怎么这么健忘呀？对了，她好像也特别喜欢钢琴，没事的时候还去咱们琴房练琴呢。现在你的技术肯定不如她了，你得抓紧追啊。

思　雨　（盯着照片）我知道了。唉，赵洁旁边这是思远吗？

陈　玉　啊，是啊。你也认识他啊？真难得。看来他还挺出名的吗。

思　雨　（有点慌乱）哦，只是知道，不熟。

陈　玉　他家离你家好像挺近的，我经常看到他放学的时候跟你往同一个方向走。

思　雨　嗯，我们是住一个小区。

陈　玉　是吗，那还真是挺巧的。

思　雨　不过……我最近好像没怎么见过他了。

陈　玉　那是自然的，这家伙最近忙着恋爱呢。

思　雨　（吃惊）什么？他恋爱了？

陈　玉　是啊，怎么了，思雨你好像很失落的样子，你不会是……喜欢他吧？

思　雨　（慌张地掩饰）没有，不是的，我就是觉得最近好像没见他了，有点奇怪。那个……他跟谁在谈恋爱啊？

陈　玉　你不知道吗？跟赵洁啊。很多人都知道啊，我以为你也知道呢。

思　雨　我不知道。我不知道。

陈　玉　思远可是追了赵洁好久呢，好不容易追上的。现在每天放学都先送赵洁回家，跟你反方向啊，自然见不到了。

思　雨　哦。

陈　玉　（兴致勃勃地）哎，我跟你说哦，他俩能在一起可是多亏了我。

思　雨　你？

陈　玉　是啊，我跟思远是哥们儿，我俩经常没事聊聊天什么的。有一次他问我，身边的朋友有没有会弹钢琴的，弹得还很棒的呢？

思　雨　其实，咱们年级会弹钢琴的女生挺多的。

陈　玉　关键是思远也很懂钢琴，他说有一次去老师办公室的时候路过琴房，听见有人弹格林卡的钢琴曲，回来发现人已经不在了。我想在咱们年级，能弹出那种曲子的人，也就只有赵洁了吧。

思　雨　所以，你就告诉思远，那个弹钢琴的人是赵洁了？

陈　玉　是啊，本来赵洁就经常去音乐教室练琴的嘛。于是思远就对赵洁展开了强烈的追求，任哪个女生都抵挡不住这样的攻势嘛。哈哈。

思　雨　（笑了笑，半开玩笑地）你怎么这么肯定就是赵洁啊，说不定我也会弹格林卡的曲子呢。

陈　玉　别逗了，我还不了解你吗，他们那家人会让你练琴吗？你的水平估计不行了吧。

思　雨　（低下头去）是啊，不行了。

陈　玉　看吧，就说我是最了解你的人。哎思雨，你在看手机啊，手机上有什么好玩的？

思　雨　哦，没有啦，我在看表。天都快黑了，都快七点了呢。这会儿，他们应该快向机场出发了吧。

陈　玉　管他们干吗，他们走他们的。你说那事儿我办得不错吧？还牵了个红线。

思　雨　嗯，是啊。

陈　玉　他俩现在都特感谢我，还说过两天请我吃饭呢，到时候咱俩一起去啊。

思　雨　不用了，我去干吗。

陈　玉　咱们是好朋友吗，有福同享喽。

思　雨　谢谢。

陈　玉　干吗这么客气呀，别跟我客气。

　　〔这时，门口传来一阵急促的敲门声。

陈　玉　又是谁呀，我去开门。

　　〔思琪闯了进来，手里拿了把彩虹色的花伞。

思　雨　表姐，你来了。

陈　玉　哦，你就是思雨传说中的表姐。你来干吗？

思　琪　（看了陈玉一眼，没搭理，转头对思雨）思雨，这都临走了，你乱跑什么！

思　雨　对不起，表姐。

思　琪　我以为你不想走了呢。

思　雨　不是的，表姐，我只是来跟朋友告个别。

思　琪　原来你不是躲起来了啊，要不是你刚才给我发短信告诉我地址，让我们来接你，估计这会儿我们都已经到机场了。

陈　玉　思雨，你已经决定要走了？

思　雨　嗯，我想我还是离开这里吧，上海是个大城市，我也想去看看。

陈　玉　哦，那好。

思　琪　哎呀，别啰唆了。快走吧，我爸妈还在楼下等着呢。

思　雨　表姐，那我的行李呢？

思　琪　你能有什么行李啊，你那点东西我都给你装包里了。我爸已经在上海给你联系好了学校，谁叫你是我姑姑的女儿呢。我家对你够好了吧！

思　雨　谢谢表姐。雨还是很大吗？

思　琪　大得很呢，谁叫你不带伞，好了别磨蹭，我先下去了，你快着点啊。

　　　　〔思琪拿起那把彩虹色的花伞出了门，思雨跟着她走到门口，回过头。

思　雨　陈玉。

陈　玉　嗯？

思　雨　我走了，常联系。

陈　玉　好。

思　雨　其实，赵洁从来不弹格林卡的。

　　　　〔思雨拿起衣架上依旧湿漉漉的外套，披在身上，转身出门。

　　　　〔幕落。

教师点评

小品《我》塑造了一个一直在漂泊流浪、寄人篱下的女孩子的形象。剧中的思雨在即将跟随舅妈家去往外地生活前，来见自己最好的朋友陈玉，内心期待陈玉能收留自己，却在这个过程中发现眼前这位好朋友竟无意间促成了自己暗恋的男孩和另一个女孩的恋人关系。更让思雨没想到的是，一直以来被自己视为最好的朋友的陈玉,却并不真正了解自己。最终,思雨选择了与陈玉告别,开始了另一段漂泊的生活。

作者叙事自然平静,熟练掌握剧作家的语言,没有刻意去追求强烈的戏剧性以及外在的矛盾冲突,而是将全部力气集中于描绘人物在一个绝对的生活时刻中的内心波澜与选择。整个小品在构思阶段的顶层设计是极简的。正是因为这种极简,人物的贯穿动作才能被有效地统一,落到剧本阶段的描写才能有空间去展示人物复杂而又细腻的心理活动,而不被必须完成的事件负担所束缚,让叙事在某个瞬间停住,继而进一步深化戏剧场面。

归根到底,作者对戏剧冲突的理解是高级的,剧中那把多次被提及的彩虹色的雨伞足以说明一切。作者有着饱满的个人体验与对人物命运的深刻理解,又将这种体验和理解转化成了有效的人物动作。虽然这个小品只描写了生活中的一个片段、一个时刻,却道出了主人公背后的一种身世感,是个具有感染力的作品。

第三节 短剧写作

一、教学宗旨与目标

在经过一学年半左右的小品写作训练之后,戏剧文学系的学生迎来短剧训练的新天地。要想在舞台上展示更为深刻、成熟的内容,戏剧小品的篇幅还是过于局限了。如果剧作者要表达一个更为复杂的故事、一种更为曲折而完整的人物命运,则需要更大的情节密度与更延绵的情感波澜,仅仅依靠对生活的简单模仿、对戏剧情境的简单构建,就显然不够了,他们需要更长的篇幅与更宽旷的叙事空间,如同亚里士多德在《诗学》中所说的:情节只要有条不紊,则越长越美。

戏剧文学系的老教员黄维若教授曾谈过:短剧不是一个学术概念,而是一个教学概念。也就是说,当短剧创作作为一次帮助学生提高难度系数的训练而存在时,短剧才有被纳入戏剧文学系"写作课"体系的意义,而不能简单地理解为短剧就是把小品撑长。

因此，戏剧文学系的张先教授、杨建教授在《剧本写作初级教程》中曾对"短剧"这一形式的写作训练下了定义：可否在小品与独幕剧之间，选择一种中间尺度的训练模式，它可以使编导演合一的小品教学施展它自身的特长，它不必像独幕剧那么大，又可以容纳比小品更多的内容，时间在25~30分钟，约等于两个小品的总和，我们称之为"短剧"。

在短剧教学阶段，中央戏剧学院戏剧文学系两个创作专业方向的教学进程与安排略有不同，舞台剧创作专业的短剧教学环节，发生在本科二年级下半学期的后九周，以及本科三年级的上半学期；电视剧创作专业的短剧教学环节发生在本科二年级下半学期的后九周。舞台剧创作专业的短剧训练形式仍以写作舞台剧为主，电视剧创作专业的短剧训练形式则逐渐转向写作影视化的短片。

两个创作专业方向的短剧（短片）教学，要求学生恪守现实主义美学精神，在体裁上涵盖悲剧、喜剧与正剧，在故事类型上鼓励学生呈现多元化，在文艺观上向社会主义核心价值观看齐。

短剧阶段的教学由本科二年级的小品教学过渡而来，是学生由戏剧片段创作向更为完整的剧目创作迈进的重要阶段，也是未来向毕业大戏创作挺近的最后一道难关。换言之，年轻学子由此进入到一个要求更高、更成熟的剧本创作领域。

在此阶段，我们全部教学工作的重点在于帮助学生巩固小品阶段的训练成果，进一步熟练地掌握戏剧动作、戏剧冲突、戏剧悬念、戏剧情境等基本概念，强化学生创作时的肌肉记忆；引导学生意识到短剧写作并不是简单地把小品拉长，而是站在一定的思想高度，让剧作具备难度与格局感，引导学生从"作业思维"向"作品思维"转换。

二、教学形式与内容

中央戏剧学院戏剧文学系"写作课"短剧阶段的教学，在历经了数十年时间的考验与实践的检验，并在不断地与时俱进地调整与改革之中，发展出了一套具有自身特色的教学方法。

短剧教学的直接意义在于为学生们将来的大戏创作做铺垫，短剧写作也是对剧本"初级写作"的一次重要总结。学生的短剧训练阶段能否真正过关，很大程度上决定着他们能否顺利转入剧本写作的"高级教程"。

我们在长期的教学过程中发现，处在这一阶段的学生已经基本具备把一个独立的，甚至是有些复杂的戏剧事件呈现出来的信心和能力。具体地说，创作一个四五千字以内的复杂事件小品对此阶段的学生而言，是可以基本达到教学要求的。但当他们要试图写作一部时长更长、情境更复杂、情节密度更大的戏剧时，首先要面临的就是戏剧结构的问题。绝大多数的多幕剧会有较多的人物，会呈现多组人物关系与多条情节线索。教员要让学生在训练中慢慢去领悟，对戏剧情境与戏剧动作的构建方式就是结构，没有对情境与动作的真知灼见就没有结构，而不是简单地向学生抛出"锁闭式""开放式""人像展览式"等剧作结构的概念。所以，短剧写作训练首先是要使学生在戏剧结构方面产生体会，并进行反复练习。

据我们的教员观察发现，此阶段教学的重点和难点在于学生对戏剧结构的统一性的理解与控制。这也是学生未来创作毕业大戏时不能回避，且必须做到位的一种技术动作。

关于这个问题，亚里士多德在《诗学》中曾谈道：悲剧是对一个严肃、完整的行动的模仿。亚氏对悲剧的定义重点不在于"严肃、完整、模仿"等字眼，而在于"一个……动作"。这是亚氏对统一性的一种理解：结构的统一即动作的统一。包括李渔在《闲情偶寄》中所倡导的结构原则——"始终无二事，贯穿只一人"，是对戏剧统一性的一种朴素的理解，与亚里士多德的观点基本一致。然而李渔自己的部分创作却并没有遵循他所提倡的"一人一事"原则。事实上，放眼东西方戏剧巨人，无论是莎士比亚、易卜生、契诃夫、阿瑟·米勒，还是曹禺、老舍，剧作家们在实际创作过程之中并没有完全遵循亚里士多德和李渔的创作原则。对于统一性的理解似乎令我们陷入了一种困境。

戏剧文学系的老前辈谭霈生先生曾有过这样的论断：统一性是大多数样式的文艺作品必须注意的问题，是艺术的标准之一。实现戏剧作品的统一性，是结构的课题，也是戏剧创作的总原则。

因此，谭霈生先生在列举、辨析了前人的理论之后，在其著作《论戏剧性》中对统一性进行了进一步地阐释与总结。他认为，解剖一部剧作，从中可以看到有三条线贯穿着：人物动作的贯穿线、人物性格的发展线与主题思想的贯穿线。外在的、直观的是动作的贯穿线，人物性格的发展线和思想的贯穿线都是潜藏在动作线之中，三者是高度统一的。

这对我们长期以来的短剧教学乃至大戏教学，都有着提纲挈领的指导意义。也就是说，结构的统一性可以在技术层面具体分解为动作的统一与思想的统一。思想的统一影响动作的统一，动作的统一又传达思想的统一。

在此理论基础上，我们可以认为，在作者思想的统一性的覆盖下，剧作中被统一的并非是单一的人物和事件，而是一套完整的情境与动作体系。这种认识可以帮助我们直接检验戏剧作品的结构是否统一，对我们的教学而言也有着重大的理论创新意义。

基于以上种种思考，从21世纪初开始，戏剧文学系"写作课"的短剧训练阶段的教学形式，在经历了迭代、调整与革新之后，已经逐步发展出了一整套成体系的科学训练方法，具体内容如下。

（1）三个训练阶段：15~20分钟短剧（5000~6000字）、20~30分钟短剧（6500~8000字）、30~40分钟短剧（8000~10000字）。

（2）三种训练模式：改编小品——学生将过去已完成的复杂事件小品进行改编、扩大为短剧，使原作品的人物关系更加复杂，人物动作线更加绵长，主题思想更为深刻；改编大戏——学生将一部经典戏剧、电影作品浓缩或截取其中的一幕或一个段落后改编为短剧，让学生在经典剧作中汲取结构意识；原创短剧——进入短剧的正式写作，它应是学生的第一部真正意义上的戏剧作品，在创作素材方面，教员们原则上应该引导学生选择自己所熟悉的生活领域去构想。

（3）在课时量上，舞台剧创作专业方向每周行课两次，每次四课时；电视剧创作专业方向每周行课两次，每次三课时。

（4）在训练量上，我们要求学生在该阶段总共完成三至四轮的短剧写作。

（5）在具体行课过程中，教员们将学生的每轮短剧创作分为"谈构思""谈剧本""谈修改"三个过程，对每位学生的每次习作进行逐一点评与指导，同时组织课堂讨论。

（6）在辅助教学方面，舞台剧创作专业配以戏剧工作室、影视写作等课程，电视剧创作专业配以 DV 实践、电视剧编剧理论等课程。

在这套教学方法的反复运用与推进下，短剧写作的训练过程基本上可以检验学生是否具备了驾驭复杂情境与校准结构统一性的能力。同时，短剧写作训练的过程，也应是教员引导学生对戏剧本质和编剧理论产生进一步的体会和看法的过程。当然，由于每位学生的阅读量、感受力、理解力和意志力不同，最终反映出来的创作质量会有所区别。但是，这种高强度、高难度、高自律度的写作训练往往已经转化为具体的肌肉记忆，时刻触发着他们的作者之力与作者之心，让他们在面对每一次全新的创作契机之时，不再彷徨与恐惧。

第四节　短剧作业与点评

短剧

放学后

（2015 级电视剧创作班　董珍珍）

时　间：放学后。
地　点：教室。
人　物：孟　照——女，17 岁，高三学生。
　　　　温航达——男，17 岁，高三学生。
　　　　马　阳——男，17 岁，高三学生。
　　　　张　顾——男，42 岁，高三教务处主任，数学老师。

〔舞台被设置成教室的样子。教室有前后两个门，门外是走廊。教室课桌上都摆放着厚厚的书，教室后方黑板用彩色粉笔画了几所高校大门的漫画，黑板上方挂着钟表，时间为下午五点一刻。

再右边挂着高考倒计时板，显示距离高考还有二十二天。

〔开场时，孟照坐在教室第二排埋头抄试卷，马阳拿着一叠试卷站在孟照旁边。孟照桌上书和试卷堆得较乱，旁边挂着一大袋零食。桌上摆着一罐巧克力曲奇。

马　阳　你快点啊！我还赶着去打球。（抱怨）一个月好不容易能打这么一会儿。

孟　照　（埋头对着左首边的试卷抄，也着急地）知道了。（费力地对着左首边试卷辨认）我同桌的字怎么这么丑啊！

马　阳　试卷后面有答案，你抄他的干吗！

孟　照　（抬头，吃惊）试卷后面有答案？（低下头，翻试卷）真的哎。（对着答案把试卷翻来翻去地抄，自言自语）现在的老师怎么这样啊？太不负责了。

马　阳　对，太不负责了。让你爸来管管！

〔孟照抬头瞪了马阳一眼，低头继续吃力地把试卷翻来翻去。

〔马阳看着，叹气，伸手把孟照左首边的试卷翻过来，指着那张试卷。

马　阳　你对着这个答案抄不行吗？你脑子是不是真的有问题？

孟　照　（立马拉近马阳翻过来的试卷，对着抄）噢。

马　阳　一下午的自习你不抄，偏偏放学了抄！也不知道你在想什么！

孟　照　那会儿他们也没写完嘛。

马　阳　不是说了有答案吗？

〔孟照抬头还想说话，被马阳打断。

马　阳　快点！

〔孟照低头继续写。温航达从前门上，被马阳看到。

马　阳　（向温航达）你去哪了，怎么现在才回来？（扬扬试卷）交作业了。

温航达　（走近看了一眼马阳手里的试卷）我没写完，不交了。（看看低头奋笔疾书的孟照，又走回自己的座位）

马　阳　这套卷子不交老师会骂人的，他说这套试卷很重要！（对着低头抄作业的孟照用试卷假意扇了几下风）就你跟孟大小姐没交了，你们可真是天造地设的一对，（走过去探头看温航达桌面）你写多少了？

温航达 （低头在抽屉里找东西）他不是让我们自己对答案吗？明天就三模了，收上去干吗？

马　阳 （挠挠头困惑地）哎，我也不知道收上去干吗，他说要收。（拿一份试卷出来摊在温航达桌面上）答案在试卷后面，你快点抄吧。

温航达 （翻找着东西）我懒得抄，我不交了。

马　阳 （拿回温航达桌面上的试卷，把手里的一叠试卷磕在桌上对整齐）那我记你名了哦！

温航达 记呗，也不是第一次了。

〔与此同时孟照放下笔长吁一口气，拿着两份试卷站起来。

孟　照 马阳，我写完了。（走过去递给马阳）

马　阳 （快速接过，兴奋一笑）多谢我们教育局周主任的千金了。

〔马阳匆匆下场。

〔温航达低头在抽屉里找东西，孟照俯身看。

孟　照 你在找什么？

温航达 那个笔水用完了，找换的墨水芯。

〔温航达找到笔芯，拧开钢笔盖替换。

孟　照 （坐到桌子上）你下午去哪了？

温航达 回宿舍拿东西。

孟　照 拿什么？

温航达 （换好笔芯，抬头，轻轻拍了拍孟照的头）拿手机在宿舍看了会儿湖人的球赛，这场有科比。

孟　照 噢噢，你没把手机交上去啊？

温航达 没。我会藏好，不像你。（揉揉孟照的头）

〔孟照坐在半边课桌上，摇摇欲坠。温航达把书本往右推了推，给孟照腾出空间。孟照往右边挪了挪。

温航达 你不回家吗？

孟　照 不回。

温航达 怎么啦？这个月就放这么一晚上的假哦。

孟　照 （拿起钢笔低头玩）我本来就不爱回家。（抬头）你呢，你回家吗？

温航达　当然回了,我家这么近。晚上我再带你去我家隔壁那个店里吃冰吧?

　　〔孟照开心地点点头,刚想说点什么,忽然看见走廊上张顾走了过来。

　　〔孟照迅速跳下桌子,在前一张凳子上坐好。张顾沉着脸进来。

张　顾　放学了怎么还不走?

孟　照　(乖乖的)我作业没写完,在补作业。

张　顾　(冷笑一声)补作业,作业在哪?你在谁的位置上补作业?

　　〔孟照无言,低着头偷偷观察身后站着的张顾。

张　顾　(叹气)孟照,你出来一下。

　　〔张顾走到走廊上,孟照乖乖地跟过去。

　　〔孟照走出去的过程中与温航达对视一眼,孟照作苦脸状。

张　顾　(靠着栏杆)都快高考了,我也不多说了,你自己也清楚,现在是不是谈恋爱的时候。

　　〔孟照低着头。

张　顾　我说一万遍了,应该在正确的时间做正确的事,你过了这道门槛,上了大学,把天谈塌下来也没人管你,为什么就非得现在搞男女关系?你觉得你跟他能有结果吗?(想了想)你不要以为好玩,现在是玩的时候吗?

孟　照　(低着头)没有……我跟他就是好朋友……我问他问题呢。

张　顾　你别把我的话都当耳旁风,现在正是该奋斗的时候,你现在不把该做的事情做好,以后想干什么都干不成。

孟　照　嗯嗯。

张　顾　想想你爸吧,你这样多让他失望啊。(停顿)你爸是那么优秀的人,我相信你也不会差的。你打小就聪明,小学不是还经常考年级第一吗?(停顿)好不容易放个假,怎么不回家啊?

孟　照　我……我想留在学校复习……明天就考试了。

张　顾　唉,(软下口气)我知道你压力大,你爸爸对你是很严厉,但是你要理解他,他就你这么一个女儿,能不想着把你教育好吗?他这么多年来一直一个人,我想也是怕再娶了让你受委屈。

　　　　　［孟照一直尽力忍耐，此时忽然开口。
孟　照　（冷冷地）他不再结婚是因为他工作忙，他自己说的。关我什么事，我巴不得他再娶。
张　顾　（有些生气）你这孩子怎么这样呢？你爸爸他，念着你妈，也不愿意让你受半点委屈，我们认识的人都明白他的心，你怎么就不明白呢？（看孟照表情，语气再次软下来）他忘不了你妈。你妈妈是个非常优秀又要强的人，他对你要求高，也是为了你妈。他不愿意辜负你妈妈，想把唯一留下来的你教育好。你小学的时候，每次拿奖他就很高兴，说你跟你妈很像，都是要强好胜的人尖……
孟　照　（打断，冷冷的）老师，我要回去复习了。我还有很多书没看。
张　顾　（叹气）行吧，你回去吧。
　　　　　［孟照转身走，张顾叫住。
张　顾　你爸最近会来学校吗？
孟　照　（停了一下，转过身看看张顾，故意的）他来好多回了，最近也不知道怎么回事，他时间特别多，来了还要带我吃饭，我都烦得要死。
张　顾　噢噢……（犹豫地）来学校怎么也没跟我说一声……
孟　照　（作不解状）没跟你说吗？他每回来也不赶时间呀。（想了想）他现在可没以前忙了，这两年老是请好多叔叔来家里，一堆人，他朋友可多呢。这个厅长那个部长的，我都不认识，还得挨个叫叔叔好。
张　顾　噢……你爸现在叫人来家里聚了啊？（停顿）那挺好的……以前老说冷清得很，一闲下来就叫我们同学几个去打打牌。
孟　照　是啊，现在也是，老是叫人来家里玩，喝酒打牌。哎，你跟那几个同学叔叔倒是好几年没去了，是不是都越来越忙啦？
张　顾　（偏头躲避视线）是啊，越来越忙了……我带着高三呢，他们也都忙自己的事。
孟　照　那你们可要抽时间再聚啊，你们可是大学就在一块的老朋友啦，跟我爸的那些厅长部长朋友不一样，他们可比不上，我也不喜欢他们。

张　顾　好，好。

　　　　［孟照转身进教室。张顾在外面站了一会儿，长叹一口气后也从后门走进教室。

　　　　［孟照坐回自己的座位低头看书，温航达无所事事地坐着，手里转着钢笔。张顾看了一会儿他。

张　顾　温航达，你也出来一下吧。

　　　　［温航达放下笔，跟着张顾出去。两人站定。

张　顾　今天的作业也没交是吗？为什么呢没交？

温航达　我没做完。

张　顾　（看了看教室里的孟照，缓缓说道）你的话我也没什么好多说的，你也好好想想你现在这样拿什么考大学吧。（停顿）你是个很聪明的孩子，但是光靠聪明没有用，比你聪明又比你勤奋的孩子多的是。以你现在的成绩，撑死了上个二本，你是应该上二本的人吗？

　　　　［温航达面无表情地听着，发现孟照在教室里看着他后，偏过头对孟照轻轻做了个鬼脸。

张　顾　还有二十多天了，紧张起来吧。你是知道自己该干什么的孩子，我相信你加把劲还是能上一本的。就这么几天了，还有什么事非得这几天干？

　　　　［温航达仍然面无表情，无所谓地听着。

张　顾　好了回去吧。

　　　　［温航达转身进教室。

　　　　［张顾到教室里看了看，走出教室，离去。

　　　　［孟照坐了一会儿，低下头小心地向后看，发现张顾走了。

　　　　［孟照起身，准备跑到温航达座位前面的位置。

孟　照　（坐到桌子上）张顾没骂你吧？

温航达　没有。（往后坐一点，靠在座位上）他一个教导主任，这么多人谈恋爱，他怎么老盯着我们啊？

　　　　［孟照跑回自己的座位拿了一罐巧克力曲奇，又跑回来。

孟　照　他跟我爸以前是同学，所以比较关注我。

温航达　这样。(想起来)为什么马阳说你爸姓周,但你姓孟啊?

孟　照　我跟我妈姓。(吃饼干)其实我本来也姓周的,我妈去世之后,我上户口的时候我爸就改了,也可能是上小学的时候改的,我不太记得了。

温航达　你妈去世的时候,你很小吗?

孟　照　我妈去世的时候……我……(想想)三岁吧。

〔温航达有些同情地看着孟照。

孟　照　(吃着饼干)哎呀不要这样看着我啦。我根本就不记得了,要不是家里有照片,我连她长什么样都不知道呢。(想了想)不过很多人都说我跟她长得很像。

温航达　那你妈妈很漂亮吧?

孟　照　(思考一下)不知道算不算漂亮,不过她很厉害。我爸说她有一个什么什么工程师奖,反正就是很厉害的。后来生了我,再后来就去世了。(停顿,忽然补充)中间隔了两年的哦,(笑着)不是因为生我难产才去世的。

〔过了一会儿,孟照收敛笑容,把巧克力饼干放在腿上,剥着包装上的皮。

孟　照　我小时候看一部电视,说一个男的很爱他老婆,后来那个老婆生小孩难产死了,那个男的就对那个小孩特别生气,觉得都是因为他才让他老婆死掉了。(轻轻叹一口气)我就很不明白,我妈又不是因为生我死掉的,我爸为什么对我这样啊?

温航达　你爸爸对你不好吗?

孟　照　(思考着)哎,也不是不好。他现在对我倒是不凶了,我感觉他现在对我已经失望透顶,也不太管我了。小时候他对我特别凶,我不能出去玩,每天都要在家里上课。(抱着巧克力饼干掰着手指)上数学课、英语课、美术课还有钢琴课。(向温航达,高兴夸张地)我小时候拿了很多奖哦,我还经常考年级第一。(嘲笑地)很多客人来家里夸我聪明,我爸高兴了就会对我比较好,夸我跟我妈一样,是个追求完美的人。(剥着罐上的包装纸)其实还不是他轮着给我换老师,我一天比别人多做三份作业,睡觉都凌晨睡,怎么可能考不好？他还以为我很聪明。

温航达 （笑）那你现在怎么考不好了啊？

孟　照 （得意）我初中就报了寄宿制学校，全封闭那种，一个月才回一次家，他再也管不了我了。

　　　　［温航达摸了摸孟照的头。

　　　　［马阳由后门拿着试卷，满头大汗跑上。

　　　　［门未全开，马阳猛地推到全开，抬头看二人。

马　阳 你们俩怎么还在这儿啊？

　　　　［孟照与温航达看着马阳跑回座位。

孟　照 你不是去打球了吗？怎么又上来了？

马　阳 （急匆匆找试卷）太倒霉了！我打到一半到场边喝口水，谁知道英语老师路过，看我没走，叫我把今天的英语作文改一遍交给她。

孟　照 （惊讶）那你就跑上来写啦？打球打到一半？

马　阳 她就这会儿在学校开会，六点就走了。

孟　照 那你可以不交啊。

马　阳 老师都明确说了让我交了。

孟　照 （不以为然）她才没空管你呢，你都说了她一会儿就走，你不交她还来找你吗？你也太怕老师了吧，白长这么大个子了。（吃一口饼干）没见过你这么听老师话的，难怪让你当科代表。

马　阳 （生气地）谁还能像你这么不把老师放在眼里啊？你可是教育局主任的女儿，你不学习那不是理所当然的吗？你哪怕不高考也有大学上，我们可不一样，我们还得天天没命学习、天天跟在老师屁股后面考个好大学呢。

孟　照 （惊讶，有些生气）我上什么大学啊？谁跟你说我能上大学了？

马　阳 （拿起本子和笔站起身）切，你不能上谁能上啊，你可是教育局主任的公主。

　　　　［孟照气急，跳下课桌，还想说点什么，马阳已经拿着东西跑下场。

　　　　［孟照转过身，气呼呼地站了一会儿。温航达走过来，摸摸她的头。

温航达 别生气啦，马阳讲话就是这样，没头没脑的，你不要跟他一般见识。

孟　照 （闷闷的）嗯。

〔温航达又去捏捏孟照的耳朵。

〔孟照走到温航达桌上拿起刚刚放下的曲奇罐，温航达跟过来。

孟　　照　（掏出一块饼干送到嘴边）我没有大学上的，我爸他不会这样的。

温航达　嗯，我知道。

〔孟照叹了口气，把饼干吃进去。

〔两人默默对站了一会儿。

孟　　照　哎，你该回家了吧？我们骑单车一块去你家那边玩吧？

温航达　我不回家了。

孟　　照　为什么不回了？你家这么近。你爸妈不在家吗？

温航达　我爸妈在家呀，明天就考试了，我得今晚之前把试卷错题都整理一遍，拿回家太麻烦了。

〔孟照愣了愣，有些失落地低下头。温航达看着孟照。

温航达　你不高兴啦？（犹犹豫豫地）这样吧，我做完这套题就陪你去玩，你别不高兴了。（看了看桌上的试卷）把今天下午这份试卷做完就走，就一会儿，你先在旁边玩会儿等等我。（哄劝的）这份试卷是为二模出的，再不做就来不及啦。

孟　　照　（低着头，忍耐的）那你做吧。

〔温航达又摸了摸孟照的头，坐了下来，拿出一支钢笔。钢笔沁出些墨水，他拿出纸巾擦了擦。

〔孟照看了一会儿，无聊地走回自己的座位。她把曲奇罐放下，坐了一会儿，想了想，把书包拎出来，稍微收拾了一下桌面上的文具盒、眼镜盒，还有一些课外书，把它们装进书包，拉好拉链。

孟　　照　（面向温航达）我要回家啦。（停顿）刚刚张顾说我爸六点多来接我，我给忘了。我得走啦。

温航达　（抬头，意外地）你不是说你今天不回家了吗？

孟　　照　我回。我爸来接我，我忘了。

温航达　哦，好。

〔孟照把书包拿起来背好，书包上幼稚的挂件叮叮当当响。

孟　　照　（向温航达挥挥手）那我先走了。

〔温航达没有再看孟照,无言地点点头,低头开始做题。

〔孟照临走时顺手抱住那罐巧克力曲奇,看了看罐子又转身放下,走出了教室。

〔幕落。

教师点评

作者写了一个渴望找到同类、渴望被理解,却最终无法被所处的世界接纳的女孩的形象。故事取材于作者过去的生活,有一定的个人体验和感受。

剧中的女孩孟照是不成熟的,她的不成熟是因为她本质上拒绝长大,所以她渴望自己被这个世界理解。她把希望寄托在那个叫温航达的男生身上,渴望跟他建立亲密的关系。但事实上,在这种亲密关系的背后又隐藏着女孩跟她父亲的关系:渴望被父亲看到,渴望得到父亲的关爱。但女孩的父亲其实已经堕落了。女孩只能天天跟男孩腻在一起,以为跟他是同路人。最后,女孩却发现男孩对自由的追求是不彻底的。女孩无法再言说什么,只能留下了一罐原本要和男孩分享的曲奇饼,独自离开了。

全剧的结构是统一的,因为思想被统一。作者做到了从高潮部的动作去统一剧中人物的所有行动:等待——渴望——失落——不再等待。作者通过组织女孩的动作把她的内心层次的变化给传递与外化了出来,写出了人物的心思、人物的念头,最后人物的命运感也就呈现了出来。

全剧的情境是处在不断变化和递进之中的,也是自然的、妥帖的。剧中的张顾和马阳两个角色看似功能化,实则重要。他们是整个剧本叙事路径的组织者,也是作者找到的一种形式。张顾的到来,进一步带出了孟照与父亲的关系,以及她家庭生活的氛围,让温航达渐渐意识到自己与孟照的不同;马阳再次回到教室的这一笔安排得很准确,进一步加剧了孟照与温航达之间关系的变化,使情境得以深化。因为作者完全知道自己想要获得的戏剧效果是什么,这是她对戏剧情境的一种追求。

这个短剧完成于大二下半学期的第三轮训练,且有过两轮修改。该生在反复练习和修改过程中,对结构的统一性、对戏剧情境有了进一步的体会和把握,为三年级的大戏写作打下了良好的基础。

第五节　小品短剧排演

张　端

戏剧工作室是戏剧创作专业学生二三年级的基础课程，是一年级表导演基础课的升级和延展。"原创剧本排演"单元是戏剧工作室三年级下半学期的训练内容，是戏剧创作专业表导演实践课程的结点。通过一年级表导演基础课的表演元素训练和二年级戏剧工作室导演元素的训练，在这个单元教学里学生将所掌握的表导演技能综合运用，来完成20~30分钟片断的舞台呈现。但由于训练要求学生是以自己在写作课上的作业为文学剧本，所以在教学过程中呈现出来与表演专业、导演专业排演剧目不同的特点。

下面，以16级戏剧创作专业韩若邻同学原创剧目《额吉》的排演为例，从戏剧工作室"原创剧目排演"的教学实践所呈现出来的特点，来谈谈原创剧排演教学对戏剧创作专业学生的作用。

一、表导演专业的剧目排演教学要求

1. 完整的舞台人物形象的塑造

在戏剧表演课教学中，要经历表演基础训练、创造舞台人物形象的基本技巧，最终走向创造完整的舞台人物形象三个阶段。完整人物形象的创造是表演教学的终极目标，学生演员则通过排演一个大戏（完整剧目）来完成一个完整的舞台人物形象的塑造，剧目的选择都是经典剧目或者是成熟剧本。为的是要让学生在剧作家所创造出来的文学形象的基础上再创出活生生的人物形象。训练学生演员在剧目排演时进行剧本分析、角色的分析、角色的构思以及完成角色的体现。

2. 创造完整的戏剧舞台演出形象

戏剧导演的艺术是创造完整舞台演出的艺术。它是以文学剧本为依据，以演员表演为主体，运用和组织各种艺术形式进行综合创造的艺术创作，要把文学剧本通过直观的视听形象转化为活生生的演出形象。根据戏剧导

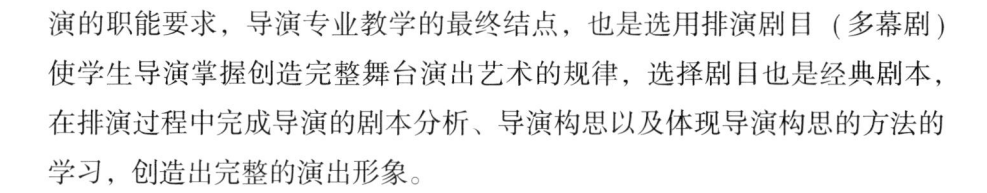

演的职能要求，导演专业教学的最终结点，也是选用排演剧目（多幕剧）使学生导演掌握创造完整舞台演出艺术的规律，选择剧目也是经典剧本，在排演过程中完成导演的剧本分析、导演构思以及体现导演构思的方法的学习，创造出完整的演出形象。

二、戏剧创作专业"原创剧目排演"的教学实践所呈现出的特点

1. 排演过程是反观剧本写作以及修整剧本的过程，是写作课堂的延展

原创剧目排演的剧本必须是学生在写作课上的作业。在排演中，学生通过表演体验角色的心理活动，通过对完整演出形象的构建，反观剧本中的人物行动、场面、冲突以及思想立意等，从适应舞台呈现的角度出发，对剧本进行大胆调整。我们要在排演室里帮助学生，逐步使他们原来含混、平面的文学剧本，变为立体的、较生动鲜活的人物形象和演出形象。

2. 舞台行动替代台词对白

原创剧目排练所呈现出来的另一个特点就是剧本中原来靠台词对白来交代的内容通过排练实践，转化为用舞台行动来交代。

3. 打破编、导创作界限

无论是表演教学还是导演教学的剧目排演都强调以文学剧本（一度创作）为依据，再创造出活生生的人物形象和舞台演出形象。20世纪50年代，我国戏剧导演学全面吸纳了斯坦尼斯拉夫斯基体系学派的创作理论和方法。体系强调文本在演出中的作用，指出导演作为二度创作的艺术必须尊重文本。当年古里也夫来中央戏剧学院讲课的教材中也指出："剧本对剧院来说就是'法律'……"直到现在，中央戏剧学院的导表演教学依然继承了斯氏体系的这一核心。无论完整人物形象的塑造，还是完整演出形象的创造都是以文学剧本为依据的再创作。而戏剧创作专业的原创剧目排演，由于教学的最终目的所呈现出来的教学过程，已经打破了一度二度创作的界限。将舞台构思舞台处理融进剧本创作。

三、"原创剧目排演"的教学对戏剧创作学生综合素质的培养

作为戏剧创作专业的基础辅助教学,"原创剧目排演"在专业技术层面上显现出了专属于本专业的鲜明特质。这种特质对学习写作的学生在综合能力的培养上也是效果明显的。

1. 最终呈现激发学生创作的主动性、磨炼创作意志力

戏剧创作最终完成是需要在观演双方配合下来实现的,不能仅仅是停留在案头上的自我欣赏。但是学生在学习阶段除了写作课上坐排,很难有机会把自己的作品"立起来"。因此,能够通过原创剧目的排演把自己的作品呈现在舞台上,提前进入戏剧创作的最终阶段,对学生来说是新鲜的,是充满挑战的。为了让自己创作的剧本最终成为一个走进剧场的戏剧作品,他们会积极主动地对自己的剧本创作进行思考和创作。在剧目进行排练修改和调整的过程中,需要反思和再创造,也磨炼了创作者面对问题不怕失败,坚定自己的创作信念,培养了创作的意志力。

2. 表导演专业思维的开发,培养创新能力

曾作为联想、大众(中国)、可口可乐等国内外知名企业的资深创意导师王可越认为,当今时代所发生的创新,几乎都是跨界完成的。丰厚的知识储备,超绝的想象力,无疑为这种跨界创新提供了便利,"而人要具备跨界的思维能力,才能够拥有完整的创新力"。当然,在原创剧目教学中,更多的是跨专业的学习。戏剧创作专业的学生通过"原创剧目的排演",运用表导演的专业技能赋予自己的内容以形式。其间表导演舞台行动性形象思维的开发,一方面是对戏剧创作专业的辅助,写作手段与导表演手段通过原创剧目的排演互相补充,达到文学语汇与舞台语汇的交融,形成最后的统一呈现。另一方面也是对创新能力的培养。学生自由灵活地将所学的导表演技能和自己的专业技能综合运用,在排练场摸爬滚打,在身体力行中摸索全新的表达方式。

3. 对集体合作、严谨的创作作风的培养

戏剧文学创作搬上舞台,无论是表演、舞台空间的设置、换景、音乐音效的处理等一切舞台工作,每一个细节都不能疏忽。一个剧目的演出,

一台完整的舞台呈现都必须经过所有人员严格的练习、细致精准的合作。学生在这一单元的教学过程中必须具备管理和组织能力、具备集体协作的能力。通过原创剧目的排演，学习写作的学生在与演出各部门沟通交流的能力、领导能力以及配合能力上都有所提升，他们的行为会更加积极主动，思维与表达更加活跃。

综上所述，这个单元的教学作为戏剧创作专业学生历时三年的表导演课程的最终节点，集中地让学生体验了编导演工作的全过程，最大限度地完成了戏剧工作室和写作课的教学交融，通过原创剧本的二度创作来促进和检验自己在本专业的学习，更重要的是为学生成为戏剧工作者在综合素质上培养提供了一片土壤。

第六节　原创剧目排演与点评

案例：2016级戏剧创作班韩若邻编导作品

敖包相会
（第1稿，节选）

指导教师：张端
编　　剧：韩若邻
导　　演：韩若邻

剧本梗概

20世纪50年代末，"三年经济困难"，上海的孤儿院人满为患。1960年，粮食严重短缺，大批孤儿面临生命危险。于是，三千多名上海及周边地区的幼童，被送往千里之外的内蒙古草原……

苏丽娅是内蒙古一个普通牧民，母亲乌日娜带着她嫁给继父朝克图。她和朝克图的儿子阿其拉一起长大。草原上一直传言，乌日娜家里有一个汉人女孩，苏丽娅怀疑自己的身份，多次向乌日娜求证，却怎么都不相信自己就是她的女儿。

苏丽娅和阿其拉结婚后,阿其拉醉酒斗殴伤了人,被判入狱十年,两人约定,十年后的六月十五日,敖包下相会。阿其拉一入狱,便没了音信,所有的信件,都被乌日娜的干儿子,当年的上海孤儿孙赫偷偷扣了下来。

还有三天就是敖包相会的日子,孙赫要带苏丽娅离开,去上海寻找身世答案。乌日娜为了留住苏丽娅,告诉她一个她会相信的答案:你的确是汉人。此时,一直没有音信的阿其拉突然回来,偷偷见了苏丽娅。几方僵持之中,一个上海女人姜璇来到乌日娜家中,找她的女儿。姜璇见到苏丽娅手臂上的伤疤,以为是胎记,便认定是她的孩子。苏丽娅陷入重重矛盾,在与阿其拉偷偷相会之时,把这一切告诉了他。阿其拉却说,那不是胎记,而是狼咬的伤疤。苏丽娅陷入崩溃,已经不相信任何人说的一切。

孙赫执意带走苏丽娅,在重重压力下,说出是自己扣了十年的往来信件。乌日娜气急去报警,警察却误打误撞抓走了越狱的阿其拉……

最终,姜璇回到了上海,孙赫也离开了这里。苏丽娅守着敖包,等待阿其拉的再次归来。她明白自己还是属于这片草原,但那个疑问却永远扎在心里:我到底是谁?

出场人物:

苏丽娅,女,30岁,牧民。

乌日娜,女,60岁,牧民,苏丽娅的母亲。

孙　赫,男,28岁,收购牛羊的生意人,上海孤儿,乌日娜的干儿子。

阿其拉,男,40岁,牧民,乌日娜的继子,苏丽娅的丈夫。

时　间:1987年,农历六月,一个夜晚。

地　点:内蒙古某牧区,乌日娜的家中。

　　〔乌日娜的家中,蒙古包。
　　〔幕启。苏丽娅一人不安地走来走去,反复把包裹打开合上。
　　〔孙赫探进身子张望了一圈。

孙　赫　苏丽娅！（走进去）收拾好了吗？

［苏丽娅坐下。

苏丽娅　要不……再等等吧。

［孙赫径直走进去，拿起苏丽娅的包裹检查，帮她收拾东西。

孙　赫　还等什么？再等，干妈就回来了！

苏丽娅　（犹豫地）咱们一声不吭就走了，额吉（蒙语：妈妈）回来了，该有多着急？

孙　赫　（拉住她）别想那么多，我带你去上海，咱们离开草原，离开内蒙古……

苏丽娅　（挣开）我没想离开。（稍停）我只是想知道，我到底是蒙古人……还是上海人。

孙　赫　那好！去找你亲生父母。走吧。

［停顿。

苏丽娅　要不，咱们和额吉说一下？

孙　赫　（讽刺地）你想怎么说？难道告诉她：我是汉人，要去上海找亲妈？

苏丽娅　我从来没想过能找到谁，就是想确认一个答案。

孙　赫　你留在这儿是不会有答案的。咱们去城里查过，六〇年，乌日娜领养了一个三岁女孩，这可是有记录的！从小，嘎查（蒙语：村子）里的小孩都说，乌日娜家，有一个汉人女孩。这么多年，你问了多少次，她告诉你了吗？

苏丽娅　可是她说……我就是她的亲生女儿！

孙　赫　她说什么你就信？领养的记录，你也是亲眼看到的！

苏丽娅　（捂着头）我不知道，我……

孙　赫　我爹说了，六〇年的时候，上海没粮食，孤儿院养不活孩子，往内蒙古送了三千多人呢。（稍停）我是其中之一，你也是。

苏丽娅　（纠结）你能确定吗？

孙　赫　还有什么好怀疑的？干妈是顾及你，才一直瞒着。（叹气）但我爹，从小就告诉我了，（苦笑）念书的时候，同学们都叫我"南蛮子""二混子"。我不知道自己属于哪里……苏丽娅，咱们都是上海人，不应该在这儿待一辈子。

苏丽娅　……我再想想。

孙　赫　（着急地）别相信她的那一套了，乌日娜在骗你。

苏丽娅　孙赫！你怎么这样说？别忘了你的命可是她救的！她是你干妈啊！

孙　赫　用不着拿这事儿压我，我不是忘恩负义的人。（稍停）但我不能看着她就这样蒙你。

苏丽娅　没有谁蒙我！

孙　赫　你到底在怕什么？

苏丽娅　我没有怕！

孙　赫　不敢承认的是你自己。你怕这么多年的额吉是假的，怕自己没了着落！不仅她在骗你，你自己也在骗自己。这么多年，你无非是想得到一个又一个安慰。其实，你一直都知道那个答案，不是吗？

苏丽娅　别说了！

〔长停顿。

孙　赫　（温柔地）苏丽娅，自从八岁那年，我认你额吉做干妈，咱们就一直在一块。小的时候，每个星期我都跟着我爹来草原上收羊。他要回镇子上，我就赖在你家不走。有一次，我爹要带我回去。你偷偷骑了马，带着我跑得老远。被他找到以后，我狠狠挨了一顿打。（苦笑）从小我就、我就喜欢跟你在一起。咱们一起长大，二十年了。我还会害你？现在，让我带你走，好吗？

〔沉默。

苏丽娅　（深吸一口气）再过几天，我一定和你去。

孙　赫　（阴郁地）你到底在等什么？

苏丽娅　没什么。

〔孙赫在屋内徘徊一圈，打量着苏丽娅。

孙　赫　你不会是……还在等他吧？

苏丽娅　谁？

孙　赫　你知道我在说谁。

〔停顿。

苏丽娅　是又怎样？

孙　赫　嗬，果然。为了他，连亲妈都能不要。

苏丽娅　他是我丈夫，我等他，理所应当！

孙　赫　可他不仅是你丈夫，更是乌日娜的儿子！虽说不是亲生，但也是乌日娜带大的。他比你大十岁，六〇年你被送来的时候，他是有印象的吧？（逼问）你说，是媳妇亲，还是老娘亲？

苏丽娅　我不知道你在胡说什么！

孙　赫　你知道！他一定清楚你的身世，但没告诉你！

苏丽娅　他不知道！

孙　赫　你还在骗自己……

苏丽娅　（打断）别说了，我不想听！

　　　　［沉默。

苏丽娅　他会回来。

孙　赫　（冷笑）六月十五日，敖包相会？

苏丽娅　（惊）你！

孙　赫　你以为我不知道？还有三天，就是阿其拉刑满释放的日子。你们约好的吧？

　　　　［停顿。

苏丽娅　所以，你就急着带我走？我看，害怕的是你！

孙　赫　十年了！阿其拉入狱已经十年了，一点儿音信都没有。（不屑地）要回来，早就回来了。

　　　　［孙赫拿起苏丽娅的包裹，拉着她。

孙　赫　跟我走。我不想让你在这里耗一辈子。

苏丽娅　他可是为了保护我才进去的。不管他发生什么，我也要等他回来。

孙　赫　（嫉妒）喝二两酒，把人打死，就是保护？

苏丽娅　他没有打死人！

孙　赫　（冷笑）第二天死，和当场死，有区别吗？

苏丽娅　你！（叹气）他是一时冲动。我既然和他结了婚，就得守住这个约定。

孙　赫　（阴郁地）结婚？没有我，他阿其拉还结不了这个婚吧！

苏丽娅　你！

孙　赫　我说得不对吗？一九七七年的夏天！我永远都忘不了……要不是乌日娜把我支走，现在就是我和你……

苏丽娅　（打断）别说了！（稍停）都过去了。

孙　赫　在我这儿，永远过不去。

苏丽娅　可她毕竟是你干妈啊，你、你还想怎么样？

孙　赫　他是救过我的命，也待我不薄，我自然会给她尽孝。可我孙赫拎得清，她做过的事情，我不会忘。

苏丽娅　（叹气）再怎么说，都十年了。

孙　赫　（嘲讽）儿子进了监狱，干儿子给她尽孝，还留一个捡来的汉人给她当儿媳妇，这十年，她过得也不舒坦吧。

〔乌日娜上。

苏丽娅　（看到进来的乌日娜）额吉……

〔乌日娜不慌不忙走进来。

〔孙赫悄悄把苏丽娅的行李放下。

孙　赫　（心虚地）这么早回来了？

乌日娜　嗯……变天了。

〔苏丽娅去倒了一碗奶茶，端给乌日娜。乌日娜接过茶，苏丽娅正要转身，乌日娜一把拉住她的手腕。

乌日娜　昨儿个夜里，我梦到你阿爸了。

苏丽娅　（颤抖着）阿爸？

乌日娜　（对孙赫）还有你爹。

孙　赫　我爹……

乌日娜　过来。

〔苏丽娅走到她身边。

乌日娜　昨儿个，我又梦到六九年的冬天。白毛风刮了两个晚上，你走丢了，怎么都找不回来。朝克图在梦里跟我说，让我看好你，你是他用命找回来的。

苏丽娅　额吉，你是累了，总梦这些过去的事儿。

〔苏丽娅准备出去。

苏丽娅　变天了，我出去拴马。
乌日娜　不用，还没到时候呢。
　　　　［苏丽娅停下。
孙　赫　（岔开）干妈，我明天回镇子，最近羊肉吃香，这批卖得好。（稍停）下周我来送钱，家里还有什么缺的，我再一次性带过来。
乌日娜　你不想知道，你爹跟我说啥了吗？
　　　　［孙赫不说话。
乌日娜　你爹说，他一辈子和草原打交道，没做过对不起蒙古人的事儿。
孙　赫　（干笑）干妈，你说的话，我可越来越听不懂了。
乌日娜　话听不懂，但是事儿做起来，可一点儿都不含糊。
孙　赫　干妈，你想说什么？我自从接了我爹的班，牛羊肉可一直按照他定的价格收购。
乌日娜　我说的，不是钱的事儿。
孙　赫　那我就不明白了……
　　　　［乌日娜不接话，只是默默地喝着茶。
孙　赫　我出去拴马。苏丽娅，让干妈放松一下。她累了。
　　　　［孙赫下。
乌日娜　阿其拉还没有消息吗？
苏丽娅　没有。
乌日娜　我算着呢，还有三天，十年的刑期就该满了。我知道，孙赫一直……惦着你！
苏丽娅　额吉？
乌日娜　当初你们结婚，他就不乐意。
苏丽娅　什么意思……
乌日娜　他这个时候带你走，是怕阿其拉回来。
苏丽娅　走？我不知道你在说什么。
乌日娜　咱们蒙古人，不撒谎。
　　　　［停顿。
苏丽娅　这事儿和阿其拉没有关系。我就是想知道自己的身份。
乌日娜　你就是我的孩子，是我的亲生女儿，要什么身份？

苏丽娅　　不、额吉，我是上海人！

乌日娜　　（冷笑）你怕是魂儿都被孙赫勾了去吧。

苏丽娅　　别管他！你说，我到底是怎么来的？

乌日娜　　怎么来的！你是我生的！

　　　　　〔苏丽娅生气地转过身走开。

乌日娜　　（长叹气）当年我怀了你，五个月的时候，你亲阿爸去世了，那是五七年。后来我带着你，嫁给朝克图。朝克图把他儿子阿其拉从呼盟接来，然后咱们就一直生活在一起……

苏丽娅　　（打断）这番话我听了二十年了！你就不能说点儿别的？

乌日娜　　可事情就是这样！

苏丽娅　　我知道，六〇年的时候……

乌日娜　　（打断）孙赫跟你说了什么？

苏丽娅　　额吉，你真的以为，我什么都不知道吗？

乌日娜　　你阿爸为了救你，已经去了腾格里（蒙语：苍天），你丈夫阿其拉一走就没了消息。不管你知道了什么，你的根，只能留在草原了。

苏丽娅　　不用说这些，我只问一句：我到底是不是汉人？

　　　　　〔停顿。

乌日娜　　我说的从来都是实话，可你就是不信。

苏丽娅　　你要是不愿意告诉我，我就和孙赫去上海，他说可以帮我找亲生父母。

　　　　　〔孙赫上。

孙　赫　　都安顿好了，马也拴了。

苏丽娅　　要下雨吗？

孙　赫　　没有，我看不像要变天。

乌日娜　　还没到时候。

孙　赫　　今年雨小。

苏丽娅　　（烦躁地）旱了好几个月，快下雨吧。

乌日娜　　估计要……满月那天。

苏丽娅　　十六？（不安地）额吉，你怎么……

　　　　　〔三人沉默。苏丽娅浑身不自在。

苏丽娅　太闷了，我出去走走。

　　　　〔苏丽娅下。

乌日娜　你过来。

　　　　〔孙赫慢慢走过去。乌日娜一把抓住他。

孙　赫　干妈……你怎么了？

乌日娜　你干的都是什么事？！

孙　赫　我……

乌日娜　我一直把你当自己家的孩子看。那年你八岁，肺结核治不好，你爹打听到我能治痨病，连夜把你从镇子上送过来。苏丽娅比你大一点儿，你夜里咳嗽睡不着，她半夜出去给你挤羊奶，热热地熬一锅。那个时候，阿其拉已经大了，你忘了吗，你回去的时候，还是他骑马送你的……

孙　赫　（不安地）说这些干什么……

乌日娜　十年了，阿其拉没有音信！你做的事情，对得起他吗？你怎么能在这个时候，带走苏丽娅！

　　　　〔沉默。

乌日娜　你都跟她说什么了？

孙　赫　没说什么。

乌日娜　那你怎么敢说，可以帮她找到亲生父母？

　　　　〔沉默。

乌日娜　你是不是告诉她，那个上海女人的事情了？

孙　赫　没有！

乌日娜　真的？

孙　赫　就算我不告诉她，人家还是会找过来的！

乌日娜　（惊讶）什么意思！

孙　赫　那个叫姜璇的上海女人，又来了。

　　　　〔停顿。

乌日娜　你怎么知道？

孙　赫　我有朋友在城里民政局上班，他给我的消息。你打算怎么办？上次人家找来，你就趁着苏丽娅不在，骗走了她。

乌日娜　我没有骗她！

孙　赫　你说她的女儿已经死了！咱们这儿没有那号人！

乌日娜　这是真话！

孙　赫　我知道你舍不得她。可是，她从小就不知道自己从哪儿来，到底是谁。

乌日娜　照你的意思，既然那个姜璇来了，你让她们母女相认，不就行了。带她去上海？是帮她，还是帮你？

孙　赫　我……

乌日娜　孙赫，做人得讲良心，腾格里看着呢！

［停顿。

孙　赫　干妈，你想跟我讲良心？

乌日娜　什么意思？

孙　赫　丧良心的，未必是我！

乌日娜　你想说什么！

孙　赫　阿其拉蹲监狱十年，是谁在替他尽孝？

乌日娜　你大可以走，没人留你。

孙　赫　（冷笑）走……像十年前那样？

［停顿。

乌日娜　果然，你还记仇呢。

孙　赫　我本来不想提。

乌日娜　我没做错。

孙　赫　你骗我说苏丽娅摔伤了，让我赶紧去通辽拿药！

乌日娜　她是摔了。

孙　赫　擦破皮也叫伤？第二天就好了的事儿，让我一走七天！

乌日娜　怎么，你是觉得亏了？

孙　赫　可我回来，他们就结婚了！

［停顿。

乌日娜　他们情投意合，本来就该结婚！这是理所应当的。

孙　赫　要论理所应当，苏丽娅也不该待在这里！她和我一样，是上海人！不是让我帮她吗？我让她们母女团聚！

〔苏丽娅上。

孙　赫　　苏丽娅，额吉和你有话说。

苏丽娅　额吉，你要跟我说什么？你是不是要告诉我……我的身世？

乌日娜　你就是我的孩子。你叫着蒙古人的名字，吃着草原上的羊肉，喝着马奶酒，骑的是蒙古人的马。你怎么就不是蒙古人了？还有，你的丈夫也是蒙古人，你最喜欢唱那首《敖包相会》，他拉着马头琴，你唱歌。这是改变不了的。

苏丽娅　我知道，这些我都知道！可是，我身上流着的，是不是汉人的血！（稍停）其实……我知道那个答案。可你是我的额吉啊，养了我三十年的额吉，我想听你亲口告诉我！

〔沉默。

乌日娜　（坚定地）我再说一次，你就是我的女儿。

苏丽娅　（崩溃）你要瞒我到什么时候？

〔沉默。

苏丽娅　六〇年你领养的那个三岁女婴，是我，对吧？

乌日娜　（惊）不是！那个孩子死了。

苏丽娅　死了？好，孩子死了，那妈妈呢？难道也死了吗？

乌日娜　孙赫？

孙　赫　　她应该知道。

苏丽娅　装作什么都没发生，是吗？

乌日娜　没有……

苏丽娅　你骗她，说我早就死了。

乌日娜　她的孩子真的死了！你是我的女儿！（绝望地）苏丽娅，我说什么你都不信，是吗？

苏丽娅　你什么都瞒着我，让我怎么信！孙赫，她在哪儿？我们去找她！

〔苏丽娅寻找刚才扔下的包裹。

苏丽娅　孙赫，带我走！你说过，可以帮我找到亲生父母！她叫什么？姜璇……你见过她对吧？

〔苏丽娅拉着孙赫就要走。

乌日娜　等等！

　　　　　　［二人停住。
乌日娜　孩子，别走！
苏丽娅　额吉……我、我就是要去，找到一个答案。
乌日娜　如果我告诉你答案，还走吗？
　　　　　　［二人返回身，愣住。
苏丽娅　我……
乌日娜　（绝望又冷静地）苏丽娅，你就是汉人。
　　　　　　［苏丽娅哭倒。
　　　　　　［孙赫上前，想要扶起苏丽娅。
苏丽娅　你走开！走，都出去！
　　　　　　［孙赫、乌日娜下。
　　　　　　［苏丽娅一个人在屋子里哭泣。
　　　　　　［片刻。
　　　　　　［阿其拉小心翼翼上，蓬头垢面。
　　　　　　［苏丽娅发现，吓了一跳。
苏丽娅　谁？（大喊）额吉！
阿其拉　嘘！
　　　　　　［阿其拉撩开头发。
阿其拉　别出声，是我！
　　　　　　［苏丽娅小心地走过去辨认，发现是阿其拉。
苏丽娅　阿其拉！
　　　　　　［苏丽娅冲上前，和阿其拉紧紧拥抱在一起。
　　　　　　［收光。

教师分析

　　由于单元教学演出时长的限定（20~30分钟），学生从四幕大戏中直接选取了第一幕来进行排演。在排演教室第一次对词大家就发现，剧本人物关系头绪太多，且情境混乱，情节交代不清。剧本对苏丽娅、孙赫、乌日娜三个人物的行为动机揭示是含糊的，孙赫要带苏丽娅回上海是想帮助苏丽娅找到自己的根,还是出于对多年前乌日娜拆散他和苏丽娅婚姻的报复?乌日娜对苏丽娅的挽留是出于对多年养育产生的母女之情,还是为了保住自己儿子的家庭?苏丽娅为什么不走?对丈夫的爱还是对母亲的不舍?她对孙赫是什么样的情感?于是场上的矛盾冲突是生硬的、不可信的。另外,阿其拉这个人物的出场对场上事件的推动作用也没有展现出来。剧本的思想立意不明确。于是,剧本的第二稿做了修改。

敖包相会
(第2稿,节选)

指导教师:张端
编　剧:韩若邻
导　演:韩若邻

出场人物:

　　苏丽娅,女,30岁,牧民。
　　乌日娜,女,60岁,牧民,苏丽娅的母亲。
　　孙　赫,男,28岁,收购牛羊的生意人,上海孤儿,乌日娜的干儿子。

时　间:1987年,农历六月,一个黄昏。
地　点:内蒙古某牧区。

　　〔蒙古包外。
　　〔幕启。孙赫匆忙走出蒙古包,回头。
孙　赫　苏丽娅!快点!
　　〔苏丽娅拿着包裹,犹豫地走出。
孙　赫　都要去上海了,咋还穿着袍子?快脱了!
　　〔孙赫从包里拿出一件衬衫。

孙　赫　穿这个！我从上海买的，真丝的！

　　　　〔苏丽娅犹豫了一会儿，换上衬衫。

孙　赫　真好看！这才是你应该有的样子。

　　　　〔孙赫看到苏丽娅拿出来的马头琴，作势拿开。

孙　赫　还拿这个干什么？

　　　　〔苏丽娅连忙拦住。

苏丽娅　别动！这是他的琴。

　　　　〔苏丽娅拿走琴。

孙　赫　走吧。

　　　　〔孙赫拉着苏丽娅快步走开，苏丽娅突然甩开他。

苏丽娅　要不……再等等吧。

孙　赫　你还要等什么？再等，干妈就回来了！

苏丽娅　（犹豫地）一声不吭就走了，额吉（蒙语：妈妈）回来了，该有多着急？

孙　赫　（拉住地）别想那么多，我带你离开草原，离开内蒙古。你知道吗？现在上海都发展成什么样了……

苏丽娅　（打断）我不管那些。（稍停）我只是想知道，我到底是蒙古人……还是汉人。（稍停）要不，咱们和额吉说一下？

　　　　〔乌日娜从另一侧上。

苏丽娅　（看到进来的乌日娜）额吉……

　　　　〔乌日娜不慌不忙走进来，看到苏丽娅的行李。

孙　赫　这么早回来了？

乌日娜　嗯……变天了。

　　　　〔苏丽娅去倒了一碗奶茶，端给乌日娜。

苏丽娅　（抬头环顾）变天了吗？

乌日娜　还没到时候呢。（对苏丽娅）你怎么把衣服换了？

苏丽娅　我……出趟门。

乌日娜　（对孙赫）昨儿个夜里，我梦到你爹了。

苏丽娅　额吉，你是累了，总梦这些过去的事儿。

孙　赫　（岔开）干妈，我明天回镇上，最近羊肉吃香，这批卖得好。（稍停）

下周我来送钱，家里还有什么缺的，我再一次性带过来。

乌日娜　你不想知道，你爹跟我说啥了吗？

〔孙赫不说话。

乌日娜　你爹说，他一辈子和草原打交道，没做过对不起蒙古人的事儿。

孙　赫　（笑）干妈，你说的话，我可越来越听不懂了。

乌日娜　话听不懂，但是事儿做起来，可一点儿都不含糊。

孙　赫　我自从接了我爹的班，牛羊肉一直按照他定的价格收购。

乌日娜　我说的，不是钱的事儿。

孙　赫　那我就不明白了。

〔停顿。

乌日娜　茶凉了，热一下。

〔苏丽娅拿起壶。

苏丽娅　孙赫，你去。

〔孙赫下。进入蒙古包。

乌日娜　阿其拉还没有消息吗？

苏丽娅　没有。

乌日娜　还有三天，十年的刑期就该满了。我知道，孙赫一直……惦着你！

苏丽娅　额吉！

乌日娜　当初你们结婚，他就一脸不乐意。他这个时候带你走，是怕阿其拉回来。我不知道你在说什么。咱们蒙古人，不撒谎。

教师分析

在第二稿中，出场人物删掉了苏丽娅的丈夫阿其拉。

剧本做了一些文字上的修改，但是人物的行动动机模糊不清的问题依然没有实质性的改变。在排练过程中，演员呈现出来的人物形象编导不满意，她认为自己最想表达女儿苏丽娅对自己身份的质疑和困惑这个主题思想也偏离了轨道，整个剧看起来就是孙赫和母亲乌日娜在争夺苏丽娅，一个为了报复，一个为了自己的家庭。接下来的排演中，我们丢开剧本，深层次地挖掘了创作者最初的创作动机。因为出生成长在内蒙古，韩若邻对那片土地和人都有一种深厚的情感，她选择的创作背景——20世纪50年

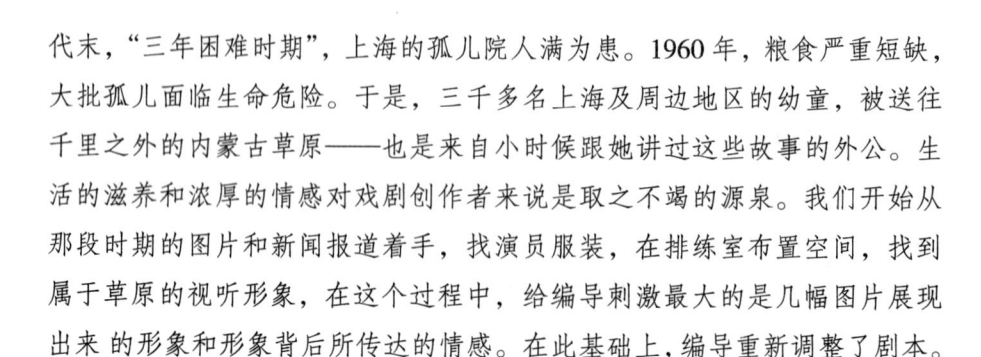

代末,"三年困难时期",上海的孤儿院人满为患。1960 年,粮食严重短缺,大批孤儿面临生命危险。于是,三千多名上海及周边地区的幼童,被送往千里之外的内蒙古草原——也是来自小时候跟她讲过这些故事的外公。生活的滋养和浓厚的情感对戏剧创作者来说是取之不竭的源泉。我们开始从那段时期的图片和新闻报道着手,找演员服装,在排练室布置空间,找到属于草原的视听形象,在这个过程中,给编导刺激最大的是几幅图片展现出来的形象和形象背后所传达的情感。在此基础上,编导重新调整了剧本。

敖包相会
（第 3 稿，节选）

指导教师：张端
编　　剧：韩若邻
导　　演：韩若邻

出场人物：

苏丽娅，女，22 岁，牧民。
乌日娜，女，55 岁，牧民，苏丽娅的养母。
阿其拉，男，25 岁，乌日娜的干儿子，从小和苏丽娅一起长大。
姜　璇，女，50 岁，苏丽娅的生母，来自上海。

教师分析

在第三稿剧本中，出场人物和身份都有了改变，把原剧本中丈夫阿其拉这个角色变成苏丽娅草原上青梅竹马的恋人，把原来没有出场的上海母亲姜璇放到了台前。

时　间：1981 年，农历六月，一个黄昏。
地　点：内蒙古某牧区。

［舞台右侧是乌日娜家的蒙古包，左侧是羊圈围栏。

［投影——

［幕启。蒙古包里传出争吵声。

苏丽娅 你骗了我二十年！

乌日娜 站住！你要去哪儿？

苏丽娅 我去找我妈！

［苏丽娅拿着包裹，从蒙古包里冲出，乌日娜紧跟出来，抓住她。

乌日娜 胡说什么？你是我的孩子！

苏丽娅 不，额吉（蒙语：妈妈）。我是上海人！

乌日娜 上海人？苏丽娅，你叫的是蒙古人的名字，每天吃的是草原上的羊肉，喝着马奶酒，骑的是草原上的马。你却跟我说，你是上海人？

苏丽娅 我说的和这些没关系，我要知道自己的身份！

乌日娜 养大你的是草原，你的身份就是蒙古人！你知道我是怎么把你养活的吗？现在你长大了，就说要找什么亲妈？我告诉你，我就是你亲妈！（稍停）你小的时候差点活不下去，我用羊奶，一点一点喂你……

苏丽娅 （打断）我不想听这些！

乌日娜 那你想听什么？

苏丽娅 我要听你说实话！（稍停）从小，嘎查（蒙语：村子）里的孩子们，都说咱们家有个汉人女孩。还有，阿其拉去念书，学堂里的人，都说咱们家有个"南蛮子"，说我是捡来的孩子。因为我，阿其拉还打了不少架。这么多年，我问了多少次，你从来都不告诉我！

乌日娜 你管他别人说什么？咱们过自己的日子就行了。这二十多年，我乌日娜没有委屈过你。

［停顿。

苏丽娅 那也未必。

乌日娜 我把你拉扯大，没病没灾，没缺你吃，没缺你喝，你还有什么不满意？

苏丽娅 你、（着急地）你没让我上学。

乌日娜 你一个女孩儿，上什么学？家里就这么些钱，让阿其拉上学还不够？再说，等你们俩成亲了，就是夫妻，一个人识字就够了。

苏丽娅　我……

乌日娜　你还想说什么？

［沉默。

苏丽娅　额吉，你是下定决心，要瞒我了？

乌日娜　我没什么好说的，反正你不能走。

［停顿。

苏丽娅　一九六〇年，你领养的那个女孩，是我，对吧？

乌日娜　（惊）不是！（稍停）你怎么……

苏丽娅　我去城里查过，这可是有记录的！

［停顿。

乌日娜　那个孩子死了。

苏丽娅　死了？好，孩子死了，那妈妈呢？

乌日娜　你……

苏丽娅　难道也死了？没有了？

乌日娜　你都知道什么？

苏丽娅　孩子的妈妈叫姜璇，前几天来过，从上海来的。你骗她，说我早就死了。

［停顿。

乌日娜　是阿其拉告诉你的？

［苏丽娅不说话。乌日娜抄起一把扫帚。

乌日娜　这个小子！我白养他了！

［苏丽娅抓住她。

苏丽娅　关他什么事？这是我本来就应该知道的！那我的亲妈啊，你把她骗走了！

乌日娜　什么亲妈？你是我养下来的，就是我的孩子！

教师分析

苏丽娅向乌日娜寻求自己的真实身份，而乌日娜则害怕女儿离去，极力隐瞒。开场的时候这个矛盾就已经展现。

〔阿其拉上。

阿其拉　苏丽娅！（稍停）额吉？怎么了？

〔乌日娜上前拉住阿其拉。

乌日娜　那个上海女人的事儿，是你告诉她的？

〔阿其拉看向苏丽娅。苏丽娅放开手，坐到一边去。

阿其拉　这毕竟是她自己的事情，她应该知道。

乌日娜　哪有什么应该？谁养活就是谁的！

阿其拉　额吉，不能这么说，苏丽娅是你养大的没错，但她也是一个活生生的人，应该让她选择自己的生活。

乌日娜　那她没人要的时候，怎么不知道选择？阿其拉，你也是我养大的。你三岁那年，阿爸死了，没人要你的时候，你怎么不去选择？

〔阿其拉不说话，叹气走开。

〔羊叫。

〔苏丽娅上前拉住阿其拉。

苏丽娅　阿其拉，带我走。

乌日娜　等等！明天是十五，满月的日子，要祭敖包的。

苏丽娅　我管不了这些了。

乌日娜　不行！你吃着草原，喝着草原，骑马放羊，没有这片草原，你活不下去，这都是腾格里（蒙语：苍天）赐给我们的。（稍停）阿其拉！你俩不是约好的吗？明天祭敖包一起去，你不能带她走。

苏丽娅　阿其拉，快走，我不想听。

阿其拉　不用，她已经来了。

苏丽娅　谁？

阿其拉　你妈妈，我把她带来了。

〔沉默。

〔姜璇上。

姜　璇　（对苏丽娅）你……就是苏丽娅吧？

阿其拉　这就是你妈妈。

姜　璇　安安……

〔姜璇上前，想要抱住苏丽娅，苏丽娅本能地躲开。

姜　璇　孩子，我、我是你妈妈呀。我找了你十几年啊！

［姜璇走近苏丽娅。

姜　璇　你看你的脸，怎么这么干，手怎么这么粗啊……安安，快和妈妈回家。

［姜璇拉着苏丽娅想走。

［羊叫。

乌日娜　别走！苏丽娅是我的孩子，谁也别想带走她！

姜　璇　又是你？你怎么还好意思说这种话。之前，你骗我说，她早就夭折了！那这是谁？我活生生的孩子在这儿，你还想骗我？

乌日娜　我没说错。孩子是你不要的，那就是没了。我把她养起来，那就是我的苏丽娅。

苏丽娅　额吉，不是……

乌日娜　（打断）苏丽娅，去喂羊。

［苏丽娅进羊圈。

［沉默。

教师分析

苏丽娅的恋人阿其拉已经决定让苏丽娅离开，把来寻亲的上海母亲姜璇带到苏丽娅和乌日娜面前，但依然没有改变乌日娜不让苏丽娅离开的想法。

姜　璇　（叹气）你说的没错，孩子是我扔的，那就是没了，可我也没办法。（稍停）五八年的时候，我刚怀上安安，她爸被打成右派抓了起来，全家一下子就不行了。五九年她刚出生，又赶上灾害。我吃不上饭，她连奶都没得喝。我一个女人，实在养不活两个孩子。她还有个姐姐，已经五岁，记事儿了……所以只能把她送出去。我原本想着，先把她送到保育院，等以后条件好了，就把她接回来。没想到，才几个月，保育院的孩子就都被送走了。（稍停）两年前，她爸爸终于平反，家里的日子也好了起来。（稍停）过去的事情，是我不应该。但我现在条件好了，能给她更好的生活，我接回自己的孩子，有什么不对？

［停顿。

乌日娜　我不知道你们城里人都是怎么养孩子的。但对我乌日娜来说，就算是一个小羊羔，小马驹，也不会扔下不管。苏丽娅被送来的时候有肺炎，又长期喝不上奶，差点没活过来。是我用羊奶，一点一点喂她，才把她这条命勾回来。为了让她长命百岁，我骑马跑了一夜，去庙里给她求了护身符。我也是一个女人，丈夫早就死了，有过一个女儿，也没活下来。那个时候，阿其拉刚没了阿爸，被送到我这儿，我一个人带着两个孩子，不也都拉扯大了。你说你不容易，可我就容易吗？

［停顿。

姜　璇　不管怎么说，她毕竟是我的亲生骨肉。过去是没办法，现在有条件了，我是不会放弃她的。（稍停）孩子，你说，愿意和妈妈回上海吗？

［沉默。

阿其拉　额吉，让她们母女聊聊吧。

［阿其拉把乌日娜拉进蒙古包。

［沉默。

［姜璇把苏丽娅拉出羊圈，想要拥抱她，苏丽娅本能地躲闪。

苏丽娅　额吉！

姜　璇　别害怕，我是你妈妈。

［姜璇打开包，拿出一件衬衫。

姜　璇　你看，漂亮吗。这是上海最流行的衬衫。

［苏丽娅试探地拿起来看。

姜　璇　来，试一下，好吗？

［苏丽娅犹豫地脱掉袍子，姜璇把她身上戴的护身符摘下来。

苏丽娅　这个不能摘！（稍停）额吉给我求来的，戴上它，白度母会保佑我。

姜　璇　哦……没事的，放在这儿，一会儿再戴上。来，先试试衣服。

［姜璇把护身符放到一边。

姜　璇　有点小了。没关系，等回了上海，再给你买。

［沉默。

姜　璇　你叫我一声"妈妈"。

〔苏丽娅不做反应，姜璇叹了口气，拉着她坐下。

姜　璇　孩子，你本名叫陆安。你爸爸的祖辈世代在上海，咱家就在静安寺旁边，你有个姐姐，叫陆静。我只希望，你们能安安静静地过一辈子，没灾没难。（稍停）我现在都忘不了，五九年夏天的那个晚上，我把你放在保育院门口。我躲在树后面，眼睁睁看着你被抱走，想哭又不敢哭出来，两只手，在树皮上都抓烂了……这些年，我四处找。你被送去保育院以后，编号陈16，看护你的阿姨姓陈，你是她带的第16个孩子。（稍停）六〇年春天，你和一大批孩子一起，被送到包头。接你的护士长姓胡。后来……你被牧民收养，就没了消息。（稍停）对了，你姐姐，去年生了一个男孩，你有外甥了。安安，你现在，也是当小姨的人了。

〔苏丽娅只是木然地听着，没有反应。

姜　璇　你爸爸，你姥姥，还有你姐姐，你的小外甥，都在上海等着你回去呢！

〔乌日娜上。

苏丽娅　额吉……

〔沉默。

乌日娜　你走吧。

姜　璇　你同意了？

苏丽娅　额吉，你真的，让我走？

〔乌日娜不说话，干活，坐下捣药。苏丽娅追着叫她。

苏丽娅　额吉，我……

乌日娜　走吧。

姜　璇　安安，跟妈妈回家吧！

〔羊叫。

苏丽娅　羊还没有喂。

〔苏丽娅准备去干活，又换上袍子。

〔姜璇走到乌日娜身边。

姜　璇　你真的……同意了？

乌日娜　阿其拉说得对，她不是一个小羊羔、小马驹，她也是个人，应该有自己的生活。这种生活，我是给不了她。你带她走，还能让她看书、识字。

　　　　［停顿。

姜　璇　你放心，我会经常带她回来看你的。

　　　　［姜璇走到羊圈旁边。

姜　璇　走吧，安安。

　　　　［阿其拉上，拿着一把马头琴。

阿其拉　苏丽娅！你还回来吗？

　　　　［苏丽娅看着他，不说话。

阿其拉　这把琴，是额吉亲手做的。你拿去吧。

　　　　［苏丽娅接过琴，跟着姜璇从左侧下。

　　　　［沉默。

乌日娜　阿其拉，你看你干的好事。

阿其拉　你是怕苏丽娅走了，就没人管你了？

乌日娜　你就不难受吗？原本今年夏天，你们就该结婚了。

阿其拉　没事，额吉。我养你。

　　　　［停顿。

乌日娜　对了，明天要祭敖包，去准备一下吧。

　　　　［苏丽娅上。姜璇跟在后面。

阿其拉　苏丽娅？你……

苏丽娅　我东西忘带了。

阿其拉　明天……

苏丽娅　你们等着我，敖包相会。

　　　　［苏丽娅走到羊圈旁边，拿起护身符，戴在脖子上。

　　　　［收光。

教师分析

乌日娜被阿其拉说服（幕后的事实），同意让苏丽娅回上海。而苏丽娅真要回上海之时，又对恋人、对草原有些不舍。在这一稿剧本排练过程中，演员提出阿其拉都要和苏丽娅结婚了，为什么轻易就放她走了？乌日娜开始那么不想让苏丽娅离开，可是最后又提出让苏丽娅回上海是为什么？苏丽娅再见到亲生母亲的时候是有些陌生的，但是因为姜璇讲述了当初丢弃她时的不易，她就愿意回上海了？最后达到自己目的的时候她为什么又恋恋不舍？他们觉得找不到人物的心理动机以及情感逻辑，人物的行动线是断的。导演在看完排练后自己也觉得，本想突出阿其拉和苏丽娅这对恋人的矛盾，但现在舞台上的场面基本是草原母亲和女儿，上海母亲和女儿以及两个母亲的对子戏组成，阿其拉和苏丽娅的矛盾没有展现。而且通过排练的呈现反而觉得揭示两个母亲和女儿的内心活动更有意思，会使得整个剧本的主题立意从爱情转到亲情、养育之情。这种情感更能体现大草原的广阔和深沉。于是，学生对剧本进行了一次彻底的修改。

额 吉
（第4稿，节选）

指导教师：张端
编　剧：韩若邻
导　演：韩若邻

时　间：1981年，农历六月，一个黄昏。
地　点：内蒙古某牧区。

〔舞台右侧是乌日娜家的蒙古包，左侧是羊圈围栏。
〔音乐：我该怎么办。
〔画外音：这是1981年内蒙古草原。20世纪50年代末，"三年困难时期"，全国粮食短缺，上海的孤儿院人满为患。到了1960年，大批孤儿面临生命危险。于是，三千多名上海及周边地区的幼童，被送往千里之外的内蒙古草原。我，就是其中之一。我原名叫陆安，1959年出生在上海；1960年，被送到这里，就在这个蒙古包里长大。于是，我有了一个蒙文名字——苏丽娅。

〔幕启。蒙古包里传出争吵声。

乌日娜　苏丽娅！你敢走？
苏丽娅　我就是要走！你为什么要骗我！
〔苏丽娅背着包裹，拿着马鞭冲出蒙古包，乌日娜拽着她。
乌日娜　我骗你什么了？
苏丽娅　阿其拉都告诉我了！（扭头向外）她叫姜璇，昨天来过，从上海来的。你说我不想见她，把她骗走了！
〔停顿。
乌日娜　反正就是不许你走！
苏丽娅　放开我！我就是要走！我不想和骗子生活在一起。我要去找她！
乌日娜　你想找谁？
苏丽娅　我、我、我去找我的额吉！
〔乌日娜松开手，苏丽娅抽出马鞭就要走，乌日娜拦下她，抢过马鞭。
乌日娜　你再说一句！你要找谁？
〔停顿。
苏丽娅　我、我去找我的额吉。我的额吉！我的额吉！
〔乌日娜拿鞭子抽打苏丽娅。
乌日娜　你的额吉！你的额吉！你的额吉！我就是你额吉！
〔苏丽娅抬起头。
苏丽娅　你不是。
〔乌日娜举起鞭子还准备打她，苏丽娅猛地站起来与她对峙。
〔羊叫。
〔停顿。
〔乌日娜扔下马鞭，提桶进去喂羊，苏丽娅瞪着她。
乌日娜　你别这么看着我！六〇年，你被送来的时候，就和这小羊羔差不多，是我用羊奶，一口一口把你喂大的！苏丽娅，你叫的是蒙古人的名字，每天吃的是草原上的羊肉，喝着马奶酒，骑的是草原上的马。养大你的是草原，你就是蒙古人。
苏丽娅　那你也不能骗我！

乌日娜　我骗你什么了？
苏丽娅　小的时候，你骗我，说生我的额吉死了。可是昨天她来了，你又把她骗走，说我不想见她！
乌日娜　有什么好见的？她把你扔了，那就和死了没区别。是我把你救活，拉扯你长大。要是没我，你连命都没了。你现在是我的孩子，你知道吗？她是要把你带走啊！
苏丽娅　我就是想见见她。
乌日娜　不许见。
苏丽娅　反正我已经让阿其拉去找她了！
乌日娜　你、你这个白眼狼！
苏丽娅　你自私！
　　　　［乌日娜拿起扫帚打苏丽娅，苏丽娅绕着羊圈跑。
乌日娜　我自私！我自私！
　　　　［传来阿其拉的声音。

教师分析

苏丽娅执意要去见上海来寻亲的母亲，乌日娜很生气，连打带骂地不允许女儿去。一对个性倔强的母女僵持在了那里。

阿其拉　苏丽娅姐姐！来了来了！苏丽娅姐姐！
　　　　［阿其拉跑上。
阿其拉　你们这是干吗？
　　　　［阿其拉站在中间拉开二人。
乌日娜　那个上海女人的事儿，是你告诉她的？
阿其拉　我、我……
乌日娜　我们家的事儿，用不着你管！
阿其拉　乌日娜大婶，你听我说……
　　　　［乌日娜又去打阿其拉。
苏丽娅　别打了！

［姜璇上。
　　　［停顿。
　　　［姜璇往前走，苏丽娅也往前走。

乌日娜　苏丽娅！
　　　［乌日娜一把把苏丽娅拽回去。
乌日娜　你来干什么？
阿其拉　大婶，是我……
姜　璇　是阿其拉和我说，苏丽娅想见我。
　　　［乌日娜看向阿其拉，阿其拉点头。
　　　［苏丽娅和姜璇走向对方。
　　　［乌日娜对阿其拉。
乌日娜　你这没脑子的东西！
　　　［乌日娜转身往回走。
阿其拉　乌日娜大婶……
　　　［阿其拉追到门口，乌日娜回头又看到她俩。返回去直奔苏丽娅。
　　　［乌日娜扒苏丽娅的袍子。
苏丽娅　额吉你干什么？
乌日娜　你别叫我额吉！你不是要走吗？这袍子是我给你做的，还给我！
　　　［苏丽娅的袍子被扒下来。
　　　［乌日娜把苏丽娅脖子上的长命锁摘下来，摔在地上，珠子散落。
　　　［苏丽娅蹲下要捡，乌日娜一脚踩下去。
乌日娜　这个长命锁，是我给你求来的！
苏丽娅　额吉，你干什么呀。
乌日娜　我不是你额吉。
　　　［苏丽娅蹲在地上哭，姜璇上前想摸苏丽娅，又不敢。
乌日娜　你哭什么哭？我是有多不好？我虐待你了？你赶紧给我走。
　　　［乌日娜扭头进蒙古包，苏丽娅跟过去。乌日娜关上门。
　　　［羊叫。
　　　［停顿。

教师分析

和苏丽娅一起长大的阿其拉受苏丽娅之托,请来了上海母亲姜璇,这激起了乌日娜内心的波澜,她认为女儿不能理解自己对女儿的那份情感,更觉多年的付出不值得,委屈之下,她干脆赶走苏丽娅。

[苏丽娅回头,看了一眼姜璇,低着头返回去捡起长命锁,擦。
[阿其拉拿着袍子走过来,递给她。

阿其拉 苏丽娅姐姐,你是要跟她走吗?

[苏丽娅回头看姜璇。

苏丽娅 我、我……

阿其拉 你什么时候走啊?

苏丽娅 我、我……

阿其拉 可明天是六月十五日,要祭敖包。咱们不是说好的吗,要一起去。

苏丽娅 我、我……

阿其拉 那你还会回来吗?

苏丽娅 (犹豫地)我不知道。

教师分析

阿其拉刚明白他带来的这个上海女人有可能要带走苏丽娅,也不安起来。而刚才在气头上的苏丽娅却因为乌日娜真要赶走自己而不知所措。

[乌日娜"砰"的一声打开门,所有人看她扔出来一个包。

苏丽娅 额吉……

[乌日娜又"砰"地关上门。
[苏丽娅坐到后面草垛,阿其拉追过去。
[姜璇打开包裹看到了一件婴儿的衣服。
[停顿。
[姜璇走过去敲门。

姜　璇 乌日娜大姐,我想和你谈谈。乌日娜大姐……日娜大姐……

［乌日娜"啪"把门推开。

姜　璇　我想和你谈谈。

　　　［乌日娜看了一眼苏丽娅,去喂羊。苏丽娅跟上两步,乌日娜不理她,苏丽娅懊恼地走进蒙古包,阿其拉跟进。

姜　璇　我想和你谈谈。

　　　［乌日娜从另一侧走出羊圈,姜璇去堵她,乌日娜不理她,收拾东西。乌日娜拿起爬犁弄草垛,姜璇过去拉住她。

姜　璇　乌日娜大姐,我也没想到,因为我来,家里弄成这个样子。我是真心想和你谈谈。

　　　［乌日娜坐在羊圈前。

乌日娜　那你说吧。

　　　［姜璇跟过去坐下,不知道该说什么,犹豫,看到地上的包裹。

姜　璇　这是她刚出生的时候,我亲手给她做的。

　　　［姜璇过去捧起衣服。

姜　璇　没想到,你到现在还留着呢。其实,我这次来……

乌日娜　你到底想说什么?

　　　［姜璇停下。

姜　璇　我、我想……

乌日娜　你不就是想带她走嘛。

姜　璇　大姐,刚才我也看见了。(稍停)你们平时都是这么相处的吗?

　　　［乌日娜站起来。

乌日娜　我怎么管孩子,用不着你来说。

　　　［乌日娜要进蒙古包。

姜　璇　大姐,要么我就把她带回去吧。

　　　［乌日娜停住回头。

姜　璇　这样,你们也可以冷静一下。

乌日娜　当年她活不了的时候,你不管。现在孩子长大了,你就来了?你早干吗去了?

姜　璇　你说得没错,孩子是我扔的,可我也没办法。
　　　五八年的时候,我刚怀上安安,她爸被打成右派抓了起来。五九年她刚出生，又赶上自然灾害。我吃不上饭，她连奶都没得喝。我一个女人，实在养不活她，我就……改嫁了。（乌日娜看她一眼）为了划清界限，只能把她送到保育院。我原本想着，等以后条件好了，就把她接回来。没想到，才几个月，保育院的孩子就都被送走了。（稍停，抬起头）过去的事情，是我不应该。但我现在条件好了，能给她更好的生活。

［乌日娜向前一小步。

［羊叫声大起。

［乌日娜犹豫，又坐回去。

乌日娜　我不知道你们城里人都是怎么养孩子的。但对我乌日娜来说，就算是一只小羊羔、小马驹，也不会扔下不管。

［稍停。

乌日娜　一九六〇年春天，她被送来的时候，是一个黄昏，下着雨，被一床褥子裹着，小脸儿上全是雨水，可怜得呀，就像喝不上奶的小羊羔。她又瘦又小，脖子细得连脑袋都撑不起来。手腕儿上系着一根红绳，编号陈16。保育院的护士说，她被镇子上的人收养过，没几天就退回去了，说养不活。我不信，一把就把她抱过来，告诉她们，这草原上，就没有我乌日娜养不活的孩子。家里白天黑夜，都热着羊奶，隔一会儿我就喂几口，就连晚上，我也得起来五六次。就这样，我才把她这条命给勾回来。

姜　璇　我知道你养她不容易，多的话，我也不知道该说什么。这些年，谢谢你了。（稍停）可这十几年，我没有一天睡过好觉。这种感觉，你能明白吗？

［停顿。

乌日娜　我有一个亲生女儿，就叫苏丽娅。

乌日娜　她刚出生，阿爸就死了。（稍停）

［苏丽娅躲在帘子后面看。

乌日娜　这个小苏丽娅送来一个星期，得了麻疹，我的苏丽娅也被传染了。卫生所给了我半瓶药，我想着我的苏丽娅大一点儿，身体也好，就把药给她吃了（指着蒙古包）。苏丽娅没活下来，我就把这个

　　　　　名字给了她。
　　　　　［停顿。
姜　璇　　大姐……
乌日娜　　我怎么能不明白呢？但是我怕，我怕她一走，就不回来了。镇上就有个孩子，跟人家去上海了，再也没回来。（稍停）你也是有孩子的人，你懂吧？
苏丽娅　　（冲出）额吉。
　　　　　［苏丽娅走到乌日娜身边。
苏丽娅　　我十岁那年，就知道自己是捡来的孩子。你记不记得有一天，阿其拉的阿爸去镇子上办事了，你忙着放羊，就让我去学校接他回家。到了学校，所有的孩子都叫我南蛮子，说我是捡来的。那天我跑了好远没回家，你找了我一夜，磨了一脚的泡，还打了我一顿。我一直想问你，可我不敢，怕你听了心里难受。（稍停）额吉，其实我也没想真的走。
　　　　　［苏丽娅回头看着姜璇。
苏丽娅　　我就是想见见她。

教师分析

　　姜璇看到乌日娜与苏丽娅相处并不融洽，借机委婉地提出带走苏丽娅的请求，乌日娜说起为了养育苏丽娅，自己的孩子生病死亡的往事，姜璇被深深震撼。乌日娜袒露了自己害怕女儿离去的真实情感。苏丽娅也向乌日娜表达了自己深深的爱。

　　　　　［画外音：其实，我是爱我的额吉的，她打我骂我，我一点都不怨她。但那天，我是真的生气了，脑子一片空白，也不知道自己在做什么。我没想到，这个在我过去生命里从来没有出现过的妈妈，就这样真实地站在我的面前。
　　　　　［苏丽娅站起来慢慢朝姜璇走过去。
　　　　　［乌日娜一直看着她俩，走进蒙古包。
苏丽娅　　额吉……

姜　璇　安安。

　　　　［苏丽娅不动。

姜　璇　安安。

　　　　［苏丽娅回头。

苏丽娅　我叫苏丽娅。

姜　璇　（无措地）哦哦哦，苏丽娅。你能叫我一声"妈妈"吗？

　　　　［姜璇上前。

苏丽娅　你，别靠我这么近。

　　　　［停顿。

姜　璇　这都是你刚出生的时候，我给你做的衣服……

苏丽娅　（打断）我额吉留下的。

姜　璇　对，你额吉……

　　　　［姜璇慢慢把衣服叠好，放进包裹。

姜　璇　你额吉是个好人。

苏丽娅　嗯。

　　　　［苏丽娅转身要进屋。

姜　璇　安安，和妈妈回上海吧！

　　　　［苏丽娅停住，转身。

　　　　［阿其拉出。

苏丽娅　我……

姜　璇　你知道吗，你还有个弟弟，今年已经考上大学了。你的外公外婆和弟弟，都在上海等着我们回去呢。

　　　　［姜璇朝她伸出手，苏丽娅无意识地向她走去。

阿其拉　苏丽娅姐姐。

　　　　［停顿。

苏丽娅　我……我不能……

　　　　［停顿。

教师分析

可是想要弥补女儿的情感驱使姜璇恳求苏丽娅跟她回上海，苏丽娅面对亲生母亲的亲近和对草原母亲的浓厚的情感,不知道该何去何从。

　　　　〔阿其拉扭头看蒙古包里。
阿其拉　大婶……
　　　　〔乌日娜上,手里捧着一件新袍子,递给她。
苏丽娅　额吉。这、这不是你给我做的新袍子吗?
　　　　〔乌日娜点头,向前转,摸摸袍子。
乌日娜　是的。本来准备明天祭敖包的时候给你穿。可是现在……
　　　　〔乌日娜看看苏丽娅,再看向姜璇。
乌日娜　你把它带走吧。
　　　　〔乌日娜把袍子塞给苏丽娅。苏丽娅推开。
苏丽娅　我、我不走。
　　　　〔乌日娜把袍子给苏丽娅。
乌日娜　你记住,不管你生在哪里,但按照咱们蒙古人的传统,穿上新的蒙古袍,就在草原上有了新的生命。
　　　　〔苏丽娅接过袍子。
苏丽娅　额吉……
　　　　〔乌日娜给她戴上长命锁,把苏丽娅带到姜璇身边,慢慢往后退。
乌日娜　明天我们会替你祈祷平安健康。
　　　　〔阿其拉进屋拿出一碗酒,递给乌日娜。乌日娜伸出手,姜璇走过去,接碗,四手相握。苏丽娅穿袍子。姜璇和乌日娜看着她。
　　　　〔画外音:后来,我的确走了,但还没走一半,我就开始想念草原,想念我的额吉。去了上海以后,我见到了一些亲人,但他们是那么陌生,包括上海的一切,都让我难以适应。最后,我还是回到了草原。
　　　　〔姜璇拉着苏丽娅下。
　　　　〔画外音起。
　　　　〔乌日娜慢慢返回去收拾衣服。阿其拉下。
　　　　〔画外音:其实在草原上,有很多像我一样的孩子,多数人一辈子都不知道自己的身世。有的人知道，但也没有离开，有的人曾经找过自己的亲生父母，但没有结果。而我是幸运的，我有两个额吉。后来，我自己也有了孩子，才知道，当年额吉给我的远不止是——生命。不管结果如何，属于哪里，我们这批从南方来的孩子永远都会记得，在草原上，有一个额吉。

〔收光。

🌸 教师分析

正当苏丽娅情感处于两难的时候，乌日娜为了让女儿有更好的新生活，忍痛送女儿离开了草原。可以看到，通过在教室一次次排练实践，剧本在不断地修改和调整，甚至是大胆推翻重建。到最后一稿的时候，戏剧冲突的双方和矛盾的实质完全改变了。表演时亲身的体验使得剧本创作者更加注重上场人物的贯穿行动和深厚的心理动机，更赋有情感色彩。导演对四个人物形象立体的定位也使得剧本中的人物比原来更加具有典型性，更有生活的质感。通过导演对演出形象种子的寻找，连剧本的题目也从《敖包相会》变为《额吉》。

综上所述，排演室不仅仅是一个二度创作的空间，更是一个写作课的试验田，这里的排练是写作课的另一种表现样态，是写作课堂的延展。接下来的排演，还要进一步去揣摩人物的心理行动，加强台词的动作性，使得台词更洗练。

排演中修改剧本（节选）

苏丽娅　你骗了我二十年！

乌日娜　站住！你要去哪儿？

苏丽娅　我去找我妈！

〔苏丽娅拿着包裹，从蒙古包里冲出，乌日娜紧跟出来，抓住她。

乌日娜　胡说什么？你是我的孩子！

苏丽娅　不，额吉（蒙语：妈妈）。我是上海人！

乌日娜　上海人？苏丽娅，你叫的是蒙古人的名字，每天吃的是草原上的羊肉，喝着马奶酒，骑的是草原上的马。你却跟我说，你是上海人？

苏丽娅　我说的和这些没关系，我要知道自己的身份！

乌日娜　养大你的是草原，你的身份就是蒙古人！你知道我是怎么把你养活的吗？现在你长大了，就说要找什么亲妈？我告诉你，我就是你亲妈！（稍停）你小的时候差点活不下去，我用羊奶，一点一点喂你……

苏丽娅　（打断）我不想听这些！

乌日娜　那你想听什么？

苏丽娅　我要听你说实话！（稍停）从小，嘎查（蒙语：村子）里的孩子们，都说咱们家有个汉人女孩。还有，阿其拉去念书，学堂里的人，都说咱们家有个"南蛮子"，说我是捡来的孩子。因为我，阿其拉还打了不少架。这么多年，我问了多少次，你从来都不告诉我！

乌日娜　你管他别人说什么？咱们过自己的日子就行了。这二十多年，我乌日娜没有委屈过你。

　　〔停顿。

苏丽娅　那也未必。

乌日娜　我把你拉扯大，没病没灾，没缺你吃，没缺你喝，你还有什么不满意？

苏丽娅　你、（着急地）你没让我上学。

乌日娜　你一个女孩儿，上什么学？家里就这么些钱，让阿其拉上学还不够？再说，等你们俩成亲了，就是夫妻，一个人识字就够了。

苏丽娅　我……

乌日娜　你还想说什么？

　　〔沉默。

苏丽娅　额吉，你是下定决心，要瞒我了？

乌日娜　我没什么好说的，反正你不能走。

　　〔停顿。

苏丽娅　一九六〇年，你领养的那个女孩，是我，对吧？

乌日娜　（惊）不是！（稍停）你怎么……

苏丽娅　我去城里查过，这可是有记录的！

　　　　〔停顿。

乌日娜　那个孩子死了。

苏丽娅　死了？好，孩子死了，那妈妈呢？

乌日娜　你……

苏丽娅　难道也死了？没有了？

乌日娜　你都知道什么？

苏丽娅　孩子的妈妈叫姜璇，前几天来过，从上海来的。你骗她，说我早就死了。

　　　　〔停顿。

乌日娜　是阿其拉告诉你的？

　　　　〔苏丽娅不说话。乌日娜抄起一把扫帚。

乌日娜　这个小子！我白养他了！

　　　　〔苏丽娅抓住她。

苏丽娅　关他什么事？这是我本来就应该知道的！那我的亲妈呢，你把她骗走了！

乌日娜　什么亲妈？你是我养下来的，就是我的孩子！

教师分析

这是原剧本开场乌日娜阻止苏丽娅去见姜璇的段落，下面是经过排练后的剧本开场，我们来做一个对比。

乌日娜　苏丽娅！你敢走？

苏丽娅　我就是要走！你为什么要骗我！

　　　　〔苏丽娅背着包裹，拿着马鞭冲出蒙古包，乌日娜拽着她。

乌日娜　我骗你什么了？

苏丽娅　阿其拉都告诉我了！（扭头向外）她叫姜璇，昨天来过，从上海来的。你说我不想见她，把她骗走了！

　　　　〔停顿。

乌日娜　反正就是不许你走！

苏丽娅　放开我！我就是要走！我不想和骗子生活在一起。我要去找她！

乌日娜　你想找谁？

苏丽娅　我、我、我去找我的额吉！

　　　　［乌日娜松开手，苏丽娅抽出马鞭就要走，乌日娜拦下她，抢过马鞭。

乌日娜　你再说一句！你要找谁？

　　　　［停顿。

苏丽娅　我、我去找我的额吉。我的额吉！我的额吉！

　　　　［乌日娜拿鞭子抽打苏丽娅。

乌日娜　你的额吉！你的额吉！你的额吉！

　　　　［苏丽娅抱头蹲在地上。

乌日娜　我就是你额吉！

　　　　［苏丽娅抬起头。

苏丽娅　你不是。

　　　　［乌日娜举起鞭子准备打她，苏丽娅猛地站起来与她对峙。

　　　　［羊叫。

　　　　［停顿。

　　　　［乌日娜扔下马鞭，提桶进去喂羊，苏丽娅瞪着她。

乌日娜　你别这么看着我！六〇年，你被送来的时候，就和这小羊羔差不多，是我用羊奶，一口一口把你喂大的！苏丽娅，你叫的是蒙古人的名字，每天吃的是草原上的羊肉，喝着马奶酒，骑的是草原上的马。养大你的是草原，你就是蒙古人。

苏丽娅　那你也不能骗我！

乌日娜　我骗你什么了？

苏丽娅　小的时候，你骗我，说生我的额吉死了。可是昨天她来了，你又把她骗走，说我不想见她！

乌日娜　有什么好见的？她把你扔了，那就和死了没区别。是我把你救活，拉扯你长大。要是没我，你连命都没了。你现在是我的孩子，你知道吗？她是要把你带走啊！

苏丽娅　我就是想见见她。

乌日娜　不许见。

苏丽娅　反正我已经让阿其拉去找她了！

乌日娜　你、你这个白眼狼！

苏丽娅　你自私！

　　　　［乌日娜拿起扫帚打苏丽娅，苏丽娅绕着羊圈跑。

乌日娜　我自私！我自私！

　　　　［传来阿其拉的声音。

教师分析

在排练后的剧本中，人物的外部行动，譬如羊圈喂羊、马鞭揍人代替了台词对白。这都是在排练实践中，通过组织舞台外部行动来体现人物心理行动所产生的。抓住人物贯穿行动线、抓住剧中人物的心理行动线索，通过外部行动来表现人物的内心活动，使得台词对白更精练，很多需要通过语言来交代的内容，变为通过舞台行动来交代，这是文学语汇向舞台语汇转换的开始。

排演中修改剧本（节选）

　　　　［姜璇跟上前。

　　　　［乌日娜走开，坐到蒙古包前。

乌日娜　五八年的时候，我刚怀上安安，她爸被打成右派抓了起来。（看着手中的小衣服）五九年她刚出生，又赶上"三年困难时期"。我吃不上饭，她连奶都没得喝。我一个女人，实在养不活她，我……改嫁了。（乌日娜看她一眼）为了划清界限，只能把她送到保育院。我原本想着，等以后条件好了，就把她接回来。没想到，才几个月，保育院的孩子就都被送走了。（姜璇低头看着衣服）

　　　　［乌日娜站起来，抬起头。

姜　璇　过去的事情，是我不应该。但我现在条件好了，能给她更好的生活。

　　　　［乌日娜向前一小步。

　　　　［羊叫声大起。

［乌日娜犹豫，又坐回去。

乌日娜　我不知道你们城里人都是怎么养孩子的。但对我乌日娜来说，就算是一只小羊羔、小马驹，也不会扔下不管。

［姜璇双手垂下，走开几步，又回头看。

乌日娜　一九六〇年春天，她被送来的时候，是一个黄昏，下着雨，被一床褥子裹着，小脸儿上全是雨水，可怜得呀，就像喝不上奶的小羊羔。她又瘦又小，脖子细得连脑袋都撑不起来。手腕儿上系着一根红绳，编号陈16。保育院的护士说，她被镇子上的人收养过，没几天就退回去了，说养不活。我不信，一把就把她抱过来，告诉她们，这草原上，就没有我乌日娜养不活的孩子。家里白天黑夜，都热着羊奶，隔一会儿我就喂几口，就连晚上，我也得起来五六次。就这样，我才把她这条命给勾回来。

姜　璇　我知道你养她不容易，多的话，我也不知道该说什么。这些年，谢谢你了。（稍停）可这十几年，我没有一天睡过好觉。这种感觉，你能明白吗？

［停顿。

乌日娜　我有一个亲生女儿，就叫苏丽娅。

［音乐慢起：孤影。

乌日娜　她刚出生，阿爸就死了。（稍停）

［苏丽娅走到门口，躲在帘子后面看。

乌日娜　这个小苏丽娅送来一个星期，得了麻疹，我的苏丽娅也被传染了。卫生所给了我半瓶药，我想着我的苏丽娅大一点儿，身体也好，就把药给她吃了（指着蒙古包）。苏丽娅没活下来，我就把这个名字给了她。

［停顿。

姜　璇　大姐……

乌日娜　我怎么能不明白呢？但是我怕，我怕她一走，就不回来了。

［苏丽娅掀开帘子探出一步。

乌日娜　镇上就有个孩子，跟人家去上海了，再也没回来。（稍停）你也是有孩子的人，你懂吧？

苏丽娅 额吉。

〔乌日娜和姜璇转头看她，苏丽娅走到乌日娜身边，把脸埋在乌日娜手上。姜璇走开，到羊圈旁边。

苏丽娅 我十岁那年，就知道自己是捡来的孩子。你记不记得有一天，阿其拉的阿爸去镇子上办事了，你忙着放羊，就让我去学校接他回家。到了学校，所有的孩子都叫我南蛮子，说我是捡来的。那天我跑了好远没有回家，你找了我一夜，磨了一脚的泡，还打了我一顿。我一直想问你，可我不敢，怕你听了心里难受。（稍停）额吉，其实我也没想真的走。

〔苏丽娅回头看着姜璇。

苏丽娅 我就是想见见她。

〔姜璇回头。

〔画外音：其实，我是爱我的额吉的，她打我骂我，我一点都不怨她。但那天，我是真的生气了，脑子一片空白，也不知道自己在做什么。我没想到，这个在我过去生命里从来没有出现过的妈妈，就这样真实地站在我的面前。

〔画外音播放的时候，苏丽娅站起来慢慢朝姜璇走过去。

〔乌日娜一直看着她俩，走进蒙古包。

〔苏丽娅感觉到乌日娜走了，一回头。

教师分析

以自己的剧本为基础，在舞台实践中形成舞台构思，通过音乐音效、画外音等舞台呈现手段来完善剧本。剧本的完成和舞台演出的完成合二为一，实际是将一、二度创作合一了。学生在这里融合性地完成了编导的创作工作，这是导演意识的增强。对戏剧创作专业的学生来说，这是另一种专业能力的开发。

第四章 多幕剧写作

王亚娜

第一节 多幕剧创作的教学目的

一、多幕剧剧本创作的传统与重要性

传统意义上来说,多幕剧是相对独幕剧而言的,舞台幕布起落两次以上的,故事内容更丰富更庞杂、表现时间跨度更长和演出规模更大的戏剧类型。以欧洲戏剧来说,古希腊和莎士比亚时代的戏剧演出只分场,但伴随着剧场的发展,到17世纪以后开始分幕,幕以下还可分场;以中国古典戏曲来论则分本、折或出。而当今的戏剧演出,尤其是商业演出,基本都属于多幕剧范畴。

无论中外,在戏剧艺术漫长的发展历程中,多幕剧都是位居主流的戏剧形式,由于其剧本创作方面的难度高,因而是最考验剧作家戏剧技巧和功力的。多幕剧剧本的巨大容量与更高的自由度,可以让作者所要表达的文学思想和内容达到前所未有的广度、深度和高度,因而吸引了一代又一代才华横溢的剧作家为之倾心，前仆后继地贡献出一部部风格迥异的经典之作，并形成了异彩纷呈的剧本创作流派。比如，大体以现实主义风格呈现的剧作，无论莎士比亚还是莫里哀，易卜生还是契诃夫，无论尤金·奥尼尔、田纳·西威廉斯、阿瑟·米勒，还是关汉卿、曹禺、老舍……象征主义风格呈现的剧作，从瓦格纳的歌剧到梅特林克的《青鸟》，超现实主义剧作则从阿尔弗雷德雅里到让·柯克托，怪诞剧从皮兰德娄到迪伦马特、马克斯弗里施，存在主义有萨特和加缪，荒诞派从贝克特、尤奈斯库到阿尔比……表现主义剧作，从毕希纳、斯特林堡到托勒、凯泽，从布莱希特的叙事剧到彼得·魏斯的文献剧，从奥凯西、马雅科夫斯基到桑顿·怀尔德……这份名单还可以列很长很长，最后我们会发现，几乎所有这些久负盛名，且各具独特个性的剧作家们，都有一个共同点：即凭借自身在多幕剧剧本创作方面的成就，得以奠定其在当时剧坛和戏剧史上的经典位置。

综上，从戏剧演出实践和剧作家群体创作双方面所反映的情形来看，作为一剧之本，多幕剧剧本创作的重要性不言而喻。

二、教授多幕剧剧本创作技巧的目标

中央戏剧学院戏剧文学系戏剧创作专业的教学目标，首先是为戏剧艺术领域培养合格、专业的编剧，进而为我国和世界戏剧事业孕育、输送优秀的剧作家。

如果说，以"阶梯式训练"为主要教学方式的剧本写作课，是中戏戏剧文学系戏剧创作专业的教学重点与核心课程的话，那么，多幕剧剧本写作就是这种"阶梯式训练"最顶端的一层台阶。

正如著名戏剧编剧、理论家、戏剧教育家乔治·贝克所说，剧作者并不是天生的，他必须勤学苦练。在此之前几年的写作课教学过程中，学生们已经经历了诸如散文、小品、独幕剧等一系列基础写作训练，全面掌握了以现实主义、象征主义、表现主义、超现实主义、荒诞派等为代表的诸多不同风格戏剧剧本的写作技巧，不间断地模拟演练，最终进入多幕剧剧本写作阶段，就是要求学生们使出浑身解数，调动之前所学的所有编剧知识技巧、自身长年累月积攒的文学底蕴，针对之前所取得教学成果进行的一次全面检视，是对戏创专业学生们所具备的剧本编创能力，从量变到质变的一次根本性提升。

只有跨过了多幕剧剧本写作这级台阶的学生，才算是一名戏剧创作专业的合格毕业生。他们将利用所学为毕业创作和未来离校融入社会，进行戏剧剧本创作实践工作夯实基础，提供可靠的"技术"保障。

第二节 多幕剧教学改革与创新

如今的戏剧界和戏剧市场状况，更加复杂，能够看到新时代所释放的新机遇和新的利好，同时也出现了一些前所未有的困难和挑战。说机遇和利好，主要是新时代必然呼唤更多、更优秀的戏剧作品，政府高度重视文化教育工作，实施新政和资金投入、奖励扶植等力度增大，同时视频网络、文旅地产等新的"戏剧舞台"兴起，大众对于戏剧样式的需求多样化，要求戏剧数量与日俱增，质量与时俱进，而以逐利为特性的商业资本也会更多地流入；谈困难和挑战，则主要是由于戏剧市场的繁荣，更多的非专业人士拥入，混淆视听，以各式各样非戏剧手段和噱头来招揽观众，而面对这种喧嚣纷扰且混乱不堪的竞争局面，"学院派"戏剧创作专业的毕业生们却难以有效应对，或屈从于资本的无理要求，或随波逐流一味迎合受众群体的低级趣味。

因此，作为园丁的我们开始不断地思索：如何为一批又一批正在成长的新时代年轻人提供持续有益的养料？如何呼唤起这些致力于学习戏剧创作的年轻人的初心和旺盛斗志？如何使这些本科生在前进的过程中自始至终保持正确的航向，在对戏剧艺术追求的道路上走得更稳，更有韧性？这些思索的结果就是，应着手对多幕剧剧本写作课进行一定量的改革。

首先是要让学生们了解、尊重并继承传统。这个传统，是一代代伟大戏剧家留给后来者弥足珍贵的遗产；这个传统，也是自中戏建院以来戏剧文学系所尊崇的戏剧教育传统，是一代代教育工作者在教学实践中积累和总结的宝贵经验，要让学生们重视戏剧技巧的理论学习与自身创作实践相结合。只有了解并尊重以上这两方面的传统，学生们才能获得强大的内驱力，才能找到人生和创作的正确航标。

教学改革目标中创新的部分，则是在学生们继承传统的基础之上，针对不同的个人与现实情况，更加以人为本，因材施教，因势利导，使学生们戏剧创作的基础更为牢固，所掌握的戏剧技巧更为多样而有效，以应对不断变化的行业和市场，真正增强其作为戏剧创作专业人员的竞争力。

从以上所欲达成的教学目标出发，我们在戏文系戏创专业本科多幕剧写作课教学改革中，采取了以下措施，增加学生们的创作量、改变其创作模式和习惯、将大戏创作过程与戏剧技巧内容次第结合起来制订教学计划、根据学生们的反馈机动灵活地调整授课内容、以不同风格类型的经典剧目范例来持续启发学生创作、结合时下戏剧编剧技巧的前沿发展动态拓宽学生们的眼界和创作思路，以多层次、立体式的教学方法和手段，取得了良好的教学效果和教育成果。

一、增加四年级戏创专业本科生的创作量

要求学生在上下两个学期各完成一部大戏作品的写作，每部多幕剧字数要求两万五千字以上。

著名戏剧教育家乔治·贝克教授认为，剧作家都是勤学苦练出来的，应尽可能多地耐心进行习作。而罗伯特·麦基同样认为，剧作家必须以写作为生，每日持续不断地写作是成功的关键要素之一。经常动笔，让学生们学会在一段时间内保持自己的创作状态，使其从浮躁琐碎的日常生活中解脱出来，更加专注，集中起全部精力来创作作品。

二、四年级上学期要求完成的大戏作品，改变学生过去单独创作的模式

先将学生分为若干创作组，再由每个组的成员协力，联合创作作品。分组采取自由与随机相结合的机制。怀有强烈意愿要求在一起创作的学生自由成组后，其余的同学由教师指定随机组合。

分组集体创作大戏的模式，一是通过改变创作模式和习惯，营造不同以往的创作环境，促进学生之间的相互激发与借鉴；二是为了提早让学生适应毕业后的现实情况：大多数情况下，影视编剧总是要一起合作完成作品；三是通过集体创作的模式，增进学生人际交往的能力，在合作中学会

沟通、谈判、妥协、奉献，培养其口才、领导力、控制力、忍耐力等综合素质，人情练达即文章，所有合作中遇到的问题，无论解决与否，最终都可以形成人生经验反哺至其创作中去。

三、将大戏创作过程与戏剧技巧内容习得次第结合起来制订教学计划，合理分配课时

我们不应该总是在空谈理论，而是要说明在不同国家不同时代，具有高度天才的剧作家所写的成功剧本是什么样貌。而戏剧技巧则是剧作家们为了达到其目的所采用的手段、方法和计划。贝克教授阐述过戏剧技巧的三种类型：第一类是古往今来一切优秀剧本所共有的要素，即使剧本成为剧本的特质。这些是初学者必须加以研究，并且可以加以模仿和训练的一种普遍的戏剧技巧。第二类是过去某些时期或对某些观众起作用的特殊技巧。第三类则是某些伟大剧作家个人独特的技巧。后两类都是只能从中寻求启发，却不能当成模型。学生们必须通过严格的训练，熟练掌握第一类编剧技巧，再从第二类中吸收有益的东西，最终才有可能形成自己个人特殊的"增量"。

因此，在学生多幕剧写作过程中，从提出故事构思、进而确定提纲和人物小传、再到大戏主体写作直至剧本完成，教师需合理地分配课时，将戏剧技巧理论学习内容与之同步，将诸如大戏如何开场、主要人物出场、主要戏剧事件带入、冲突展开与情境激化、高潮和结局的写作让学生领会掌握，并融合运用至其大戏创作的每一步进程当中。

通过对经典剧作的研习，对戏剧理论与技巧的学习，学生们可以从理性的层面，充分理解和学习前人的成果，明白哪些技巧是具有普遍性的，哪些技巧则是不同戏剧家所独具的。而学生们在创作过程中遇到的困难，这些戏剧前辈们又是以何种方式解决的。

四、根据学生们的反馈机动灵活地调整授课内容

在完成所有训练内容的规定动作的基础上，还要使四年级大戏写作课保持一定的开放性。教师通过在创作中每个环节与学生进行一对一的交谈

沟通、集体观摩、讨论，教师课堂点评等教学方式，根据不同学生显现出的性格特质来因材施教，充分观察他们对同样的训练内容的不同反馈和不同的掌握程度，创作过程中产生的种种困惑和疑问，尽可能机动、灵活地调整授课内容，最有效地激发其创作灵感和创作热情，以达成最好的教学效果。

五、以不同风格类型的经典剧目范例来持续启发学生创作

学院派优秀的教学传统之一就是安排学生们深入观察生活，并以此体验为基础进行现实主义风格戏剧的创作。就像爱德华·劳逊在《戏剧电影的剧作理论与技巧》中所说，目的在于探求戏剧创作与社会力量之间的关系，探求在剧场里上演的戏剧与在剧场外面进行着的现实生活之间的关系。而在教学实践中我们年轻的本科生，多半在人生经验与对社会认识的层面上来说是匮乏的、青涩的，因此让他们掌握现实主义创作的风格和技巧难度较大。只有少数学生因为家庭或情感经历的特殊性，才能表现出超出同龄人的成熟度，而这部分学生也不一定愿意以现实主义戏剧风格来展现其内心世界。再加上动漫游戏"二次元"等亚文化受时下年轻人的追捧和青睐，学生们往往试图突破现实主义的戏剧形式。

面对这种全新的情况，我们在大戏写作教学时，既要坚持现实主义戏剧传统，又要针对学生们提出的非现实或超现实主义的构思，灵活地加以引导和启发。

应当让学生们了解，他们脑海中所能想到的构思，在世界戏剧发展史上基本都曾经有过经典剧目或戏剧流派的范例，教师应向他们展示前辈戏剧家曾经采取的解决办法和戏剧技巧。尽管戏剧创作可以说是万花筒，但要让同学们放下不切实际或目空一切的幻想，找到其可以对标的剧目，扎扎实实地从经典出发，唯有先学会走路，才不至于在之后的奔跑中跌倒。

六、结合时下戏剧创作的前沿发展动态，拓宽学生们的眼界和创作思路

如今，世界范围内的戏剧创作，已经随载体和形式的变化呈现出更为

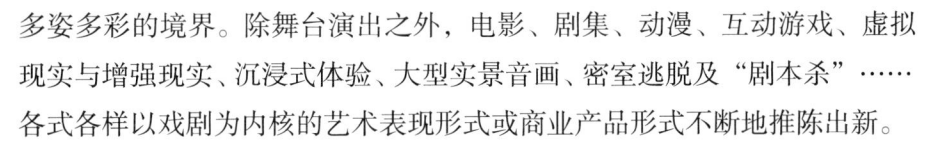

多姿多彩的境界。除舞台演出之外，电影、剧集、动漫、互动游戏、虚拟现实与增强现实、沉浸式体验、大型实景音画、密室逃脱及"剧本杀"……各式各样以戏剧为内核的艺术表现形式或商业产品形式不断地推陈出新。

因此，要让我们的学生在一定程度上，对此有所了解和涉猎。一方面，要让学生理解把握戏剧的假定性特征，在戏剧假定性的基础上，把握不同的戏剧形式。另一方面，经典戏剧的叙事方法与技巧，也在当下一些国外的热门剧集中得到改头换面的更新。一些莎士比亚戏剧的经典内容，也在反映现代政治的戏剧中，甚至表现未来的科幻题材戏剧中再度复活。

教师带领戏剧创作专业的学生去关注戏剧演出前沿的发展动态，不但可以拓宽戏剧创作的边界和思路，更重要的是能让学生从另一个角度体会到尊重和传承戏剧传统的重要，对戏剧形式的创新有所理解，不断增强其应对行业市场变化的能力，不断体味戏剧这门艺术恒久的魅力，不断激发他们持久献身于此的信念。

七、多幕剧教学课程有待提升的空间

首先，是学生们对一个学年中完成两个大戏作品的写作量，以及第一个戏分组合作创编的方式不太适应。前者改变了他们之前相对宽松的学习状态，突然增加了学习任务压力，而后者则暴露出个别同学有着无法与他人进行合作的性格弱点和心理障碍。教师针对这些问题，与学生们逐个沟通，不间断地为他们扫清障碍，并化解由集体创作产生的矛盾，在大家如何分工、如何分配创作量、谁来统稿等具体细节问题上提供帮助和指导。

其次，是针对同学们在大戏构思阶段提出希望除了话剧之外，能够被允许创作不同样式体裁的戏剧剧本，比如，音乐剧、儿童剧，甚至戏曲剧本等。从未来学生们走向市场的角度来看，教师应该尽可能鼓励他们在学习期间广泛涉猎，丰富创作经验，并得到相应的训练。而现实情况是，不同的戏剧样式，编剧理论与技巧存在着差异性。例如音乐剧的创作是有着自身规律的，目前，对教师来说，这还是有待我们探索的学术课题。戏剧创作教研室自2018年开创以来，持续开展了音乐剧教学创作的系列教学改革，包括师生集体观摩商业演出、对演出进行文本分析、出版音乐剧教学研究论文集、邀请多位外国专家来院讲座，取得了一定的教改成效。

再次，参照目前四年级大戏创作课时分配，我们发现留给学生们对自己所创作的作品进行剧本朗读、舞台呈现（坐排）的时间十分不足。通过剧本朗读与坐排，来验证自己当初的创作构思是否合理是十分重要和必要的。因此未来希望能够继续为学生们创造条件，分配出相对充足的时间来进行剧本朗读和舞台呈现，使同学们能够更为直观地感受到自己作品的气息和基本面貌，反过来以此促使他们对剧本进行修改，更有的放矢地适应未来的舞台呈现。

综上所述，在目前学院"双一流"的建设格局下，对专业戏剧教育中写作课程教学体系的坚守，以及对其进行合理有序的建设和发展，尤显必要和迫切多幕剧创作。是戏剧创作专业本科生写作中至关重要的一环，我们在尊重传统的基础之上，针对新的创作环境和市场环境的变化，针对新时代学生们的个性特点，进行一定程度上的教学改革创新，目的就是让学生们能够踏稳脚下的每一步，既熟稔传统的戏剧技巧，又切合实际，懂得变通和发展，理论与实际相结合，理想与现实互为关照，成长为一专多能的、具有国际视野和格局的戏剧创作人才。

第三节 多幕剧与点评

文 夕

编剧：韩若邻　李思睿　祁　晨　许一凡

序　幕

时　间：1938年10月底，某夜。
地　点：胡家大宅旁的小湖边。

　　［景——这是胡家大宅旁的一个小湖，舞台左侧露出胡家大宅的一角，右侧是夜幕下的长沙城，亮着星星灯火，宁静而平和。
　　［幕启。康飞廉站在胡家大宅的围墙下。

康飞廉　（朝围墙上，小声道）跳！

　　　　〔胡小雅不动。

康飞廉　我接着你！

　　　　〔"砰"的一声，胡小雅摔在了地上。发出"哎哟"的叫声，康飞廉连忙去扶。

康飞廉　小姑奶奶，小点声！

胡小雅　（拂开康飞廉）你……你接哪儿去了！

康飞廉　……没事儿吧？小雅。

胡小雅　摔死了才算有事儿？

康飞廉　别嚷嚷，小心你外婆听见！好不容易才跑出来，被她发现逮回去，又不知道猴年马月才能出来。

　　　　〔康飞廉扶着一瘸一拐的胡小雅，到小湖边坐下。

康飞廉　还生气呢？

　　　　〔胡小雅把脸扭到一边。

康飞廉　别生气了。

　　　　〔胡小雅不搭理康飞廉，康扮了个鬼脸，胡小雅没憋住，笑了出来。

胡小雅　傻子！（扭过头）赶紧说，叫我出来啥事儿。

康飞廉　没事儿就不能见你了？胡大掌柜这么忙啊。

胡小雅　切，我对店里的生意没兴趣呢，是我外婆，看我看得严着呢。（稍停）明天是"宝隆源"一百年的庆典，她把城里有头有脸的商号老板都叫来了，就等着明天风光呢。刚才还警告我，这几天不准和你瞎混！

康飞廉　什么叫瞎混？哥们儿干的可都是大事儿。给你看个好东西！

　　　　〔康飞廉站起身，脱掉大衣，露出里面的军装。

胡小雅　（惊讶地）军装？

　　　　〔胡小雅惊讶地抚了抚军装。

康飞廉　小心着点！

胡小雅　看着还挺像回事儿，上哪儿搞来的？

康飞廉　（嘚瑟地）部队发的！

胡小雅　哪门子的部队？

康飞廉　保安队呀,之前不是跟你说了嘛,托了警备司令部的兄弟,在保安队里安排了一官半职。

胡小雅　嘿……(上下打量着他)还以为你说着玩玩呢,可以啊,康大少爷。

康飞廉　(装模作样地)这位小姐,以后请叫我康队长。

〔胡小雅玩闹着打了康飞廉一下,两人嬉笑。

胡小雅　怎么着,不准备当你康家的公子哥儿了?

康飞廉　切,大丈夫志在四方。

胡小雅　那你家布庄的生意怎么办?

康飞廉　不是有我爹嘛,反正我也不是做生意的材料。(稍停)你也知道,从小我就想做军人,现在当了保安队队长,以后保卫长沙城、保卫全中国的责任就落到我头上咯!

〔康飞廉从裤腰里拔出一支枪。

胡小雅　枪!你哪儿来的枪啊?

康飞廉　队里给我配的呀,没有枪还怎么当队长,怎么打日本人?

〔康飞廉拿着枪晃来晃去。

胡小雅　还是赶紧收好吧,别显摆了。金枪刀片最无情了,别哪天鬼子没打着,先把自己人给伤着了。

康飞廉　我的胡大小姐,放心吧。其实这枪啊,是队里看在康家的面子上,拿给我玩儿的,根本没子弹,吓唬吓唬人。

〔康飞廉举起枪,对着天上瞄准,扣动扳机,嘴里发出"啪"的一声。

〔收光。

第一幕

时　间:1939年10月底的一天。

地　点:长沙城老布店宝隆源内。

〔景——舞台前低后高,前面是长沙城百年老店铺"宝隆源",后面是胡家的堂屋。舞台右侧是胡家的天井。

［幕启。店铺前正举行着"宝隆源"一百周年的庆典，全长沙城的商会纷纷前来祝贺，敲锣打鼓、唱戏说书，一片热闹景象。

［沈镜莲站在店铺门口，好不容易得到一个闲空，将胡尔雅拉到身边。

沈镜莲　小雅呢？

［胡尔雅沉默。

沈镜莲　我问你小雅去哪儿了？

［胡尔雅正要答话，前来祝贺的人们从一旁走来。沈镜莲一边寒暄，一边送客人往外走。

商会甲　沈老板，宝隆源百年庆，恭喜恭喜。

商会乙　看看这阵仗，不仅是给胡家长脸，也是给咱们整个长沙城脸上贴金啊。

商会丙　要我说，这可都是沈老板的功劳啊。

沈镜莲　"宝隆源"能有今天，少不了各位的帮忙。

［前来祝贺的三人微微站定。

商会甲　沈老板，留步。我们哥们儿几个便自己喝茶去了。

［沈镜莲不动声色，继续往外走，三人跟上。

沈镜莲　做完我胡家的客，还要自己找茶喝，这不是让别人笑话我沈镜莲吗？

商会甲　沈老板就会开玩笑，这整个长沙城，谁敢笑话宝隆源的大掌柜啊。更何况胡特派员……

商会乙　咳咳！咳！哎哟，你看我这真是到岁数了，小小一个风寒，快半月了也没见好，咳咳！抱歉，抱歉。

沈镜莲　近来天儿变得快，王老板可注意着点。

商会乙　是，是。沈老板，这都到门口了，再送就是我们失礼了。

沈镜莲　到门口了。

［沈镜莲略有些失神地看着远处。

商会乙　沈老板？

沈镜莲　哦，那咱们日后联系。

商会甲　沈老板，我们就不打扰您了。

商会乙　再跟您道一句恭喜。

沈镜莲　好，不送。

　　　　　［三人下。沈镜莲从柜台里取出一个礼盒。

　　　　　［老伙计上。

沈镜莲　老刘，找你半天了，快把这份回礼送到东街王掌柜家。

　　　　　［老伙计接过礼盒，却不走。

沈镜莲　还有什么事儿？

老伙计　掌柜的，今儿是百年庆，怎么没见康家的人？

沈镜莲　（冷着脸）说过多少次了，不要提康家。

老伙计　不是，昨儿个康家掌柜的问我来着，让我带一份贺礼，您看……

沈镜莲　康良？他的东西，扔出去！

老伙计　掌柜的，都这长时间了，您还怪康家掌柜呢。其实大小姐的事儿，不能全怪他，毕竟也是为了保住"宝隆源"的牌匾……

　　　　　［胡小雅偷偷溜上。

沈镜莲　站住。

胡小雅　外婆……

　　　　　［沈镜莲又看了看左右。

沈镜莲　老刘，你先去东街，康家的事儿，不许再提！

　　　　　［老伙计下。

胡小雅　康家？外婆，是飞廉又惹您不高兴了？

　　　　　［沈镜莲拉着胡小雅来到堂屋内，胡小雅跟上。

沈镜莲　小雅，今天是什么日子？

胡小雅　"宝隆源"百年庆。

沈镜莲　你还知道呀。

胡小雅　我……

沈镜莲　你又上街了。

胡小雅　我……我是去给刘家的二少奶奶看料子了，她说她家二少爷要过生日，得裁条新旗袍在生日宴上穿。（拍手）对了！外婆，我给你学学二少奶奶咬着牙那股子狠劲（学腔）"小雅啊，整个长沙城我就信你们宝隆源一家！你可得把这旗袍给我裁得漂漂亮的！得让那个小浪蹄子看看谁才是明媒正娶的夫人！我家那个棒打脑壳的东西，眼睛里也没个美丑！"。

［胡小雅独自一边大笑一边说，气氛有些尴尬。

胡尔雅　不雅不雅！哪有女子像你这般拍手大笑的，我讲过多少次，为什么给你取名为"雅"……

沈镜莲　我是说你从刘家出来以后。

［沉默。

沈镜莲　你以为都是一般般高的学生，我就认不出来？你是我养大的，藏在哪里也藏不出我的眼睛。

胡小雅　以后不会了，外婆，您别生气。

沈镜莲　我不生气。只是你长大了，将来还要承担起宝隆源的生意，必须要有自己的头脑。那些什么游行、示威的事情不要随便跟着去做。你知道什么是对，什么是错？骂完了祖宗骂小日本，骂完了小日本又要开始骂什么，你们一群孩子还是安分做好自己的事。

胡小雅　外婆，话也不能这么说……而且我们这样也是为了支持小姨的工作呀！

沈镜莲　你小姨是国民党军官，是南京来的特派员，她自有分寸，轮不到你这半点大的孩子操心。

胡小雅　（嘟囔）局势本来就没多清白，昨天飞廉哥不还来……

［沈镜莲抬手打断胡小雅的话。

沈镜莲　小雅，你还记得荣兴，荣叔叔吧。

胡小雅　记得，您上次带我去重庆的时候就是荣叔叔招待我们的。

沈镜莲　他有个儿子叫荣鹰，在警察局里做事，很有前途。我昨天给那边挂了电话，说他还没有婚配。

胡小雅　您怎么总惦记着这种事啊，我根本就不想。

沈镜莲　不想？小雅，有些事我睁只眼闭只眼，是看在你舅舅、看在你死去爹娘的分上给康家留些面子，不是让你在大事上犯糊涂！

胡小雅　外婆！

沈镜莲　长沙城越来越乱，已经不好住下去了，我和你舅舅可以回乡下老家，但不能耽误你。跟小日本的这场仗必定是持久战，真要等到

　　　　　　结束的那一天，你早成老姑娘了。
胡小雅　　就是因为大家都想着让自己的孩子躲起来，没有年轻人可以站出来，战争才难以结束。
沈镜莲　　只有你们小孩子会在这种时候露着脑壳子往外跑！日本人的大炮一点道理都没有，你忘了你爸妈是怎么死的？
胡小雅　　外婆，我不躲不行吗？您和舅舅回乡下，那我可以去医院当护士，可以救人命，这样爸爸妈妈也会为我自豪的。
沈镜莲　　你爸妈就是因为不听话才……
胡尔雅　　自古以来就是"父母之命，媒妁之言"，小雅，你身为女子应该听从长辈的安排。
　　　　　〔堂屋外一阵喧嚣，胡小雅赶紧从堂屋走出，沈镜莲、胡尔雅也闻声出来。
　　　　　〔胡青琳身着军装上，身后跟着两个人抬着一块印有金色"宝隆源"三字的牌匾。
胡小雅　　小姨！
　　　　　〔胡小雅亲切地挽住胡青琳，胡青琳停下来望着沈镜莲。
胡青琳　　妈。
　　　　　〔沈镜莲不理睬。
胡青琳　　新牌匾我给您送来了。
胡尔雅　　金丝浮现，幽香阵阵，这该是金丝楠木。
胡小雅　　方正大气，配得上宝隆源百年老店的名号。
　　　　　〔众宾客纷纷点头赞赏。
胡小雅　　外婆……
　　　　　〔沈镜莲默默地走过去，摸着牌匾。
沈镜莲　　（落寞地）牌匾……又是牌匾……
　　　　　〔沈镜莲背过身，众人沉默，沈镜莲迟迟没有发话。
　　　　　〔胡小雅上前挽住沈镜莲，示意她说点什么。
　　　　　〔胡青琳叹气，转身想要离开。
沈镜莲　　挂上。
　　　　　〔收光。

　　　　　［舞台后侧灯光亮起，"宝隆源"的店铺已经挂上了新牌匾。
　　　　　［胡青琳一人在堂屋内，背对着舞台站着，环顾着堂屋四周。片刻，
　　　　　　胡青琳转身，准备离开。
　　　　　［胡小雅急上，头上戴着一顶破旧的护士帽。

胡小雅　（兴奋地）小姨！小姨！怎么你要走了？

胡青琳　是啊，你外婆她……

胡小雅　啊呀，不管她了，小姨你快看，好看吗？
　　　　　［胡小雅用手扶着头上的护士帽，兴奋地在胡青琳面前转圈。

胡青琳　（和善地笑着）哪儿搞的啊？都脏成这样了，上面还有血呢。
　　　　　［胡小雅摘下帽子抱在怀里。

胡小雅　这是我捡的！
　　　　　［此时，沈镜莲从台前的店铺里出来，往堂屋方向走。

胡青琳　捡这玩意儿干什么？喜欢帽子，小姨给你买呀。

胡小雅　不，这是一顶护士帽。

胡青琳　哦……你是想当护士呀。
　　　　　［沈镜莲听到此话，立马站住，在门口偷听。

胡小雅　对，我想当护士，也想当一个救死扶伤的战士！你知道这顶帽子怎么来的吗？昨天晚上，飞廉约我出去，说他当上了保安队队长，我俩可高兴了，谈了好久，他说我可以做护士，保家卫国。可是晚上回家以后，又被外婆骂了一顿。

胡青琳　飞廉？是康大哥的儿子吧。（回忆地）这个小伙子有出息。

胡小雅　对。刚才外婆让我去东街王掌柜家看料子，我路过医院，里面的护士们都忙着给伤兵们包扎、止血、消毒，看着她们忙来忙去，我感觉这样的生活才是有意义的。看了好一会儿，正准备走的时候，我在门口看到了一顶护士帽，就像着了魔一样，勾着我捡了起来。（激动地）小姨！你说这是不是一种命运。

胡青琳　是啊，命运……掌握在自己的手里。
　　　　　［胡尔雅上，正走到堂屋门前，发现沈镜莲，左右看了几眼。

胡尔雅　（大声）妈！

> 剧本写作训练

　　　　　［沈镜莲吓了一跳。
沈镜莲　嘘！
胡尔雅　（小声）您在这儿干吗呢？
　　　　　［胡尔雅朝里看了一眼。
胡尔雅　这真是，马无夜草不肥，掌柜偷听不累。
沈镜莲　说什么呢你！有这么说自己老娘的吗？
　　　　　［堂屋里的胡青琳听到动静，打开门。
　　　　　［沉默。
胡小雅　舅舅，偷听我们的秘密呢？
胡尔雅　嘿，小姑娘还能有什么秘密。
　　　　　［胡尔雅和胡青琳尴尬地笑。
沈镜莲　（故意作态）胡长官，还有什么事儿吗？
胡尔雅　妈，您这是干什么。二姐既然都回来了，这牌匾也挂上了，都是一家人，有什么话，不能坐下来好好谈嘛。什么长官不长官的。
　　　　　［胡小雅上前，拉住沈镜莲的衣袖。
胡小雅　外婆……
沈镜莲　小雅，跟我进来，有话跟你说！把那倒霉帽子给我！
　　　　　［胡小雅反而把抱在怀里的帽子戴在了头上。
胡小雅　我就不！
　　　　　［沈镜莲一把夺走帽子，扔在地上。
胡小雅　外婆！您这是干吗！
胡尔雅　不就是一顶帽子嘛，孩子喜欢就让她玩儿去。
沈镜莲　哼，玩儿？我看，她是想上战场玩儿吧。
胡尔雅　您这就没意思了，她一个小姑娘，上什么战场。
　　　　　［胡尔雅连忙回头给胡小雅递眼色。
胡小雅　不，我就是要上战场。日本鬼子都打到家门口了，我可不想和你们一样，成天就守着个"宝隆源"。长沙城要是没了，这一亩三分地都得完！
　　　　　［沈镜莲暴怒，正欲发作，看到了一直在一旁不说话的胡青琳，又忍了回去。

沈镜莲　胡小雅，你跟我进来。
　　　　［胡小雅不理她。
沈镜莲　（严厉地）再说一次，给我进来。要是不听话，我立马就把你嫁到重庆！
　　　　［胡小雅看向胡尔雅。
胡尔雅　去吧去吧，和你外婆好好说话。
　　　　［沈镜莲下，胡小雅跟下。
胡青琳　哎……看来咱妈还是不愿意认我。
胡尔雅　她呀，就是磨不开面儿，刀子嘴豆腐心。她要是真不认你，能让你把那牌匾挂上吗？
　　　　［康良上，鬼鬼祟祟露出半个身子。
康　良　尔雅！尔雅！
胡尔雅　哎哟，我的老哥哥，怎么找这儿来了。
康　良　（压着声音）你们家老太婆……
　　　　［胡尔雅指着里面。
胡尔雅　进去了，放心吧。
　　　　［康良大摇大摆走进屋子。
康　良　哎？青琳！早听说你回来了，可算见着了。
胡青琳　康大哥，怎么了？进"宝隆源"，还偷摸着？
　　　　［沉默。
胡尔雅　咱妈这几年呀，阴晴不定，谁见着她都得绕着走。
胡青琳　那康大哥也不是别人呀，咱从小一起长大，康家的布号和咱们"宝隆源"也是几十年的交情。
胡尔雅　哎，行了行了，不说这事儿了……
康　良　（打断）尔雅，该说的还是得说。小雅她爹妈的事儿，是怪我，这永远都赖不了。
胡青琳　大姐？他们出事儿，我听说了，不是日本人做的孽吗？
康　良　不！其实……
胡尔雅　不说了！
　　　　［停顿。

〔康良叹了一口气。

康　良　青琳，和老太婆……还好吧？
〔胡青琳叹气摇了摇头。

康　良　你们铺子上的牌匾？
胡尔雅　二姐刚送过来的。
〔康良拍了拍胡青琳的肩膀。

康　良　也别怪老婆子心狠，当年你为了那个男人，一声不吭就跑了。你们家老婆子是什么人，全长沙城都知道，"宝隆源"的沈掌柜，死要面子活受罪。这下可好，亲女儿跟自己翻脸，气得病了好几天呐。

胡青琳　当年，我是太冲动了。

康　良　你也别难受，老婆子既然接了牌匾，就不会真的为难你了。反正你也回来了，日子还长着呢，都是一家人，慢慢来。
〔停顿。

胡青琳　（摇摇头）未必……
胡尔雅　这话是什么意思？
胡青琳　没什么。对了康大哥，听说你们家的铺子也搬到化工厂旁边儿了？
康　良　五年前的事儿，怎么了？
胡青琳　如果还有好的地界儿，能搬就搬走吧。
康　良　当初就是你们"宝隆源"在这儿打出了名号，没几年全长沙的布料生意都集中在这儿了。按理说，这儿是全城最好的地段了。
胡尔雅　二姐，难道要出事儿？
胡青琳　这不是日本鬼子快打过来了嘛，化工厂这种地方肯定是战事集中区域，还是早搬走的好，万一打起来，刀枪无眼。最好搬出长沙城！
康　良　搬出长沙城？！有这个必要吗？
胡青琳　（笑了笑）不用太担心，部队还是有准备，你们过好自己的日子就行。但长沙城是是非之地，不管守不守得住，你们还是要离开。
〔停顿。

胡尔雅　那咱"宝隆源"也得搬？咱妈能同意吗？
康　良　老婆子还生着你的气呢，她能听吗？

胡青琳　这种事儿，不听也得听。
胡尔雅　（小心翼翼地）二姐，有这么严重？长沙城……真的守不住吗？
康　良　武汉和广州都没了，下一个……
　　　　［众人沉默。
胡青琳　其实，武汉和广州，都能守住。
康　良　什么意思？
胡青琳　你们知道拿破仑吗？
康　良　不知道。
胡尔雅　康大哥，拿破仑你也不知道啊？法兰西的一个皇帝。
康　良　没听说过。
胡青琳　法兰西是欧洲的一个国家，离中国很远。拿破仑是法兰西一个非常厉害的皇帝，打过很多胜仗。但是有一次，他在俄国吃了败仗，只是因为一把火。
胡尔雅　我知道了，俄国人放火烧了他们的营地。
胡青琳　不，俄国人放火，烧的是自己的营地。
康　良　这整的是哪出啊？我们唱戏会，也编不出这种戏文。
胡青琳　当年拿破仑打到俄国，占了他们的皇宫。一天晚上，俄国人一把火把整个皇宫烧了。大火从四面八方烧过来，根本扑不灭，法国人只能眼睁睁地看着大火把粮草、大炮和枪械都烧掉。因为这把火，他们被赶出了俄国。
康　良　这俄国人，真够狠啊，自己的城也不放过。
胡青琳　两军对战，成王败寇，连这点儿狠心都下不了，还怎么打仗。
胡尔雅　如果是这样，打来的胜仗还有什么意思？家都没了。
胡青琳　怎么没有意义？对一个军人来说，胜利，就是意义！
　　　　［沉默。
康　良　不说了不说了，这远在天边的事儿，和咱们有啥关系。
胡青琳　可很多时候，远在天边，恰恰意味着近在眼前。
　　　　［沉默。
康　良　青琳，你说这些话，不是只想给我们讲故事吧。
胡青琳　（笑了笑）故事是人编出来的，可事儿也都是人做出来的。部队里还有事情，我就先走了。

［胡青琳下。

［胡尔雅赶紧上前拉着康良到了天井。

胡尔雅　（着急地）咋找到这儿了！被我妈发现，又要骂你了！快，跟我走！

康　良　等等尔雅，我怎么觉得，青琳刚才，话里有话。

胡尔雅　（想了想）你也有这个感觉？刚才我还没多想，你这么一说，是有点儿问题。

康　良　她先是让咱们搬出长沙城，然后又说了俄国人烧城的事儿，这难道是巧合？

胡尔雅　你的意思是，她想烧长沙城？

［康良赶紧捂住胡尔雅的嘴。

康　良　嘘！别声张！

胡尔雅　这……不会吧？

康　良　她先是惋惜武汉和广州的失守，又说到俄国人烧城多么厉害，现在打到长沙了，不就是前车之鉴后事之师吗？

胡尔雅　那怎么办？

康　良　今天找你，就是为了长沙城的事儿。日本鬼子快攻到咱们城门口了，政府的驻军竟然纹丝不动。一开始，我还以为他们是想投诚，现在看来，是准备烧城啊。

胡尔雅　这城一烧，老百姓可怎么办啊？

康　良　本来，唱戏会就准备举办一个活动，发动大家伙一起抗日。现在，不如一石二鸟，排一出戏，把政府这些狗屁馊主意都演出来，让大家伙看清楚状况，能跑的就赶紧跑。

胡尔雅　好主意。那你来联络咱们戏班子的朋友，召集大家编排这出戏。我呢，就号召号召老百姓，再选一个好的地方。

康　良　记住，一定要隐蔽，别让部队的人发现。

胡尔雅　要不再印一些传单，大街小巷一发，不就都知道了。

康　良　别，青琳还在部队里呢。军令如山，很难说她是站在哪头的。还是别给她找麻烦了。

胡尔雅　嗯，有道理。但是这全城都有部队的人把守，选什么地方合适呢？
　　　　〔沉默。
　　　　〔二人思索片刻，同时抬头。
康　良　老郎庙！
胡尔雅　老郎庙！
　　　　〔收光。

　　　　〔舞台右侧灯光亮起，已经到了晚上，胡家的天井一片寂寥。
　　　　〔胡小雅上，张望来张望去。
胡小雅　（小声地）飞廉……飞廉……
　　　　〔康飞廉偷偷从一侧出来，一把蒙上胡小雅的眼睛。胡小雅吓了一跳，叫了一声。
康飞廉　嘘！是我！
　　　　〔胡小雅转过身，看到是康飞廉，生气地打了他一下。
胡小雅　大半夜的，吓唬谁呢！你不是有大事儿要说吗？这就是你的大事儿吗？装神弄鬼。
　　　　〔康飞廉立马让胡小雅坐好。
康飞廉　（严肃地）这次是真的出事儿了！
　　　　〔胡小雅一看康飞廉的态度，也紧张了起来。
胡小雅　快说！
康飞廉　日本人马上就要打到长沙了，这大家都知道。可为什么，城里的驻军就是按兵不动？
胡小雅　（迷茫地摇摇头）不知道，也许部队早有准备吧。
康飞廉　是早有准备，但不是准备打，而是准备……焚城！
　　　　〔胡小雅吓得跳了起来。
胡小雅　焚城？！
康飞廉　嘘！小点儿声！
胡小雅　（傻了）焚城……整个长沙城吗？
康飞廉　这消息是从我爹那儿一言半语偷听来的！他们要烧掉一些建筑，化工厂和医院大楼之类的，还有就是拿不走的物资。起火点都定好了，天心阁！

［停顿。

胡小雅　这……为什么呢？

康飞廉　怕日本鬼子占了便宜呗，这帮当官的，真没骨气！

胡小雅　那为什么不打呢？这么多人还守不住一座城市？

康飞廉　小雅，你太天真了。打？怎么打！广州、武汉都没了，长沙就能守得住吗？看看最近，城里有多少伤兵和难民，全是武汉失守以后，逃过来的！

胡小雅　焚城……那么多的大楼，还有物资，真的要烧吗？

康飞廉　我听说，这叫"焦土政策"。九江失守前，就是因为没有贯彻"焦土作战"政策，大量的物资都被鬼子占了。部队上头的官儿，就是军统的那个戴……戴笠！对，下头的人都叫他戴老板。这个戴老板就给蒋介石打了份电报，汇报了九江的事情。上头就决定了，长沙城，得烧！

［停顿。

胡小雅　飞廉，你当了保安队队长，知道的事情越来越多了。你说的这些，我都听不懂。但我只知道，水火无情，那玩意儿又不像子弹，指哪儿打哪儿。一旦烧起来，指不定会烧死多少人。

康飞廉　我来找你，一是告诉你这个事情，二就是商量一个对策。

胡小雅　快说。

［康飞廉环顾周围。

康飞廉　（小声地）把老百姓都疏散出去。

胡小雅　你有什么办法吗？

康飞廉　（不好意思地笑了笑）要是有办法，还来找你干什么。

胡小雅　在这儿等着我呢。让我想想啊。

［停顿。

胡小雅　对了，最近舅舅好像忙活着什么事儿，和你爹一块儿，你知道吗？

康飞廉　我好几天没回家了，不清楚。

胡小雅　我听到他们说什么"抗日戏"。

康飞廉　（思索地）"抗日戏"……

胡小雅　不如和他们联手，反正都是抗日。他们唱戏会，在长沙有威望，人手也多，干起事儿来，事半功倍。

康飞廉　有道理。

胡小雅　但他们商量的事情，外婆好像特别生气。

康飞廉　保险起见，咱们这个事情，不要告诉你外婆。

胡小雅　我跟她可没话说。那小姨呢？她是军官，这种事情，她不会不知道吧。

〔停顿。

康飞廉　不知道，胡长官是军队的上层，我们这种小角色接触不到。但是，她偏偏这个时候回来……

胡小雅　那天我看到小姨和舅舅，还有你爹，在堂屋说话。他们那个"抗日戏"，小姨不会也参与了吧。

〔康飞廉沉默地摇了摇头。

康飞廉　不懂。（叹气）现在这个世道，什么都看不懂了。中国，本来是咱们中国人的国，可现在快成日本人的天下了。长沙城，本来是长沙人的城，可现在却要烧掉自己的家。

〔停顿。

〔胡小雅拉起康飞廉的手。

胡小雅　飞廉，不管怎样别人怎么做，不管外婆、舅舅、小姨他们怎么想，咱们都不能放弃。

康飞廉　对。一定要把老百姓都疏散出去！

〔胡小雅和康飞廉对视。

胡小雅　（坚定地）好！

〔收光。

第二幕

时　间：1938年10月底的一天。

地　点：老郎庙。

〔景——这里是老郎庙后院的一处戏台子，平日里供唱戏会的成员排练、演出。此时台子上的景搭了一半，各式各样的道具和行头散落各处，可以看出这里正在排演一出戏。

［幕启。戏台上的演员正在排练，胡尔雅在台下"咿咿呀呀"地跟着哼唱，康良则时不时指导下演员的唱腔。

康　良　哎，是这个味儿。

胡尔雅　老哥哥，你这是越来越在行了呀。

康　良　比不得你，比不得你。

胡尔雅　何必谦虚。我成天被老太太管着，怎么也没你快活，有时间去琢磨这里面的学问。唉！只能每天对着院子里那口井来上几句喽。

康　良　你对着井，我对着算盘，这么说的确是我好，最起码算珠子还能给我回个响声。

［两人大笑，自在地喝着茶。

康　良　老弟，你可别小看自己。就说咱今天排这出戏，我是能出钱，能使力，可要是没你这好本子，那就是镜花水月一场空了。

胡尔雅　（笑了）这也是一门学问，学问。你说，咱们这出子抗日戏，它能起上作用吗？

康　良　刚夸了你的学问，这就又开始妄自菲薄了。

胡尔雅　不是这个意思，我的老哥哥。我是说呀，抗日，咱们唱出戏，能对抗日起多大作用？说实在的，我心里真是没谱，平时票上两场那绝对是没问题，但这次咱们办的可是大事。

康　良　这谁敢说呢，但求问心无愧吧。你看看这长沙城，再看看这个国家，多好的地方，让小日本这么糟蹋，不做点什么，我心里过不去啊。

胡尔雅　是这个道理。家里来了外人，谁都不舒服。

［康良不知想起了什么，突然沉默，看起来十分难过。

胡尔雅　这又是怎么了？

康　良　唉，这话虽不该跟你说，但我自己心里憋着实在是难受，我一想起来小雅爹妈因为我……

胡尔雅　哎呀，康大哥，你说说你又提这个干什么？

康　良　老弟，你心善，你不记恨我，但我自己记恨自己。两条人命啊，胡大姐和姐夫还那么年轻，小雅，小雅才多大啊。

胡尔雅　小雅是个懂道理的孩子，这么多年我都看着呢，她一句都没埋怨过你。

康　良　就是这样，我才更愧疚啊。我倒宁愿这孩子怨我恨我，让我干什么都行。你都不知道，每次小雅对着我笑，叫我康伯伯的时候，我这心里面就难受得不行。这么好的孩子，这么懂事，她爹妈愣是一眼都瞧不见了……

胡尔雅　行了。这事能怪谁，说来说去不都是因为小日本吗？咱们把这出抗日戏排好，也算是对得起我大姐和姐夫。

〔康良点头，两人沉默。

胡尔雅　来来来，各位，咱们走一个看看。

〔正在排练的演员演起来。

演员甲　门破，连天战火，看日寇横行霸道，野火燎原。

演员乙　同胞，不做商女……

胡尔雅　这句不好，我回家改改。

沈镜莲　你还记得自己有家呢，没忘了自己姓什么吧。

〔沈镜莲带几个伙计上。

胡尔雅　妈……

康　良　沈……掌柜。来人，沏茶。

沈镜莲　不必了，喝你康家的茶，我怕呛死。

胡尔雅　妈！

沈镜莲　我跟你说过什么，你那耳朵又听进去多少？玩物丧志的东西，非要唱上两句，非要把自己往日本人枪口上送！

胡尔雅　这，这不是玩。我可怎么跟您说才好，这是大事，关乎咱们长沙城的大事。

康　良　是，沈掌柜，尔雅的本子写得特别好，一定能调动大家的情绪。

沈镜莲　你们自己送死不够，还要拉上其他人啊。

胡尔雅　妈，这话说得难听了。

沈镜莲　我说话难听？胡尔雅，我今天不仅说难听话，还要做难看事呢！二子，把这花里胡哨的都给我砸了！

胡尔雅　你这是干什么！

［沈镜莲带来的人开始砸东西，胡尔雅手无缚鸡之力，又怕伤到自己，根本阻拦不住。康良想要阻拦，看见沈镜莲难看的脸色，又站在了原地。

［演员和杂工一时间不知如何是好，康良示意他们离开。

康　　良　沈掌柜，这唱戏会不是我的私产，您要是不愿让尔雅参与，就把他带回去。但是这台子，不能随便砸。

沈镜莲　是吗？那我告诉你，康良，今天人我要带走。这戏台子，也砸定了！

康　　良　您何必如此。大敌当前，咱长沙城的老百姓得联合起来，您现在砸场子算怎么回事啊。

沈镜莲　小子，轮不到你来教训我。给我砸！

胡尔雅　我的妈欸，您就停了吧。

［沈镜莲扇了胡尔雅一个耳光。

沈镜莲　胳膊肘往外拐的逆子！

康　　良　沈掌柜，这还有外人。

沈镜莲　怎么？我教训自己家人，还得让外人先点头同意？

康　　良　我不是这个意思……

胡尔雅　说这个没用，她根本就不讲理！

沈镜莲　我不讲理？

康　　良　话不是这么说的，尔雅他肯定也不是这个意思。

胡尔雅　我不讲理，行了吧。要打要骂咱们回家关起门来说，看看现在闹成什么样了。

康　　良　老弟，少说两句吧。

沈镜莲　我不讲理……

［沈镜莲突然哽咽，用袖子擦眼泪，众人不知所措。

沈镜莲　我不讲理……我女儿女婿无缘无故死在外面，就两捧骨灰送到我手上，连最后一面都没见着，那时候，怎么没人跟我讲理呢？

沈镜莲　我家的人替你们康家去上海谈生意，一个都没回来，结果你们圆圆满满把生意做成了，这又是什么道理啊？

［沈镜莲转向胡尔雅。

沈镜莲　你大姐和姐夫被活活打死啊……他们康家连根汗毛都没伤着，凭什么啊，我胡家人该死吗？

胡尔雅　妈，我不对，我嘴欠，您别这样啊。

沈镜莲　一个不成器的你，一个小雅还是学生，我能怎么办？我得撑着这个家，撑着宝隆源！

康　良　沈掌柜，是我对不起胡家，您怎么怨我都不为过。让尔雅来掺和这件事是我欠考虑了，我知道您心里过不去，我怎么补偿都行。

沈镜莲　补偿？康良，两条人命你打算怎么赔？赔钱？拿我沈镜莲当要饭的呢。

康　良　国难当前，咱们两家又何苦闹成这样。

沈镜莲　你听好了。日本人是我的仇人，你们康家也是。我不喜欢尔雅碰这些个咿咿呀呀的东西，但这唱戏会是长沙城里的商户们合着伙来的，有祖宗传承，大家都必须维护着。今天，我还就破了这个规矩，从现在起，宝隆源退出了。

胡尔雅　妈，不行，这唱戏会说白了不就是咱长沙的商会吗，宝隆源不能退啊。

康　良　是啊，沈掌柜，您有什么冲着我来。宝隆源是老字号，您要是退了，这唱戏会也就办不下去了，眼见日本人就要来，咱们长沙商界不能自己先散了。

沈镜莲　我要的就是办不下去。

康　良　沈掌柜！

沈镜莲　我们宝隆源念惜祖宗的东西，决定亲自出钱，重新修缮老郎庙。明天起，外人就别来了。

胡尔雅　妈，你要封庙？

沈镜莲　胡闹够了，你也该干点正事了。走。

〔沈镜莲带胡尔雅下。

〔康良怅然若失地留在原地。

〔收光。

〔起光。

〔一群伙计正在拆老郎庙的戏台，沈镜莲站在一旁指挥。

沈镜莲　都给我拆干净了。

　　　　　［胡青琳上，一言不发看着他们拆戏台，也不阻止。沈镜莲看到胡青琳来了，略显惊讶，但随即平复下来，转过头不理她。一个老伙计看到了胡青琳。

老伙计　二小姐？您怎么来这儿了？

　　　　　［老伙计跑到沈镜莲身边。

老伙计　掌柜的，二小姐来了。

沈镜莲　我知道。这老郎庙供的是老郎神，谁都可以来。干的都是烧香拜佛的事儿，没什么见不得人的。

胡青琳　那这戏台子搭起来，也是为了烧香拜佛？

沈镜莲　老郎神是戏神，在戏神脚下搭个戏台子，没什么不对吧？

胡青琳　搭台子没什么，可是拆台子又是为了什么？

　　　　　［沈镜莲不说话。

胡青琳　如果我没记错的话，您一直不爱听这些叽叽喳喳的东西。倒是尔雅喜欢得很。哎？尔雅呢？不会在里面排戏吧？还是说，正在排戏，被您给赶走了？

沈镜莲　你到底想干什么？

胡青琳　没什么，就是听说有人在这儿唱戏，唱得全是国破家亡的词儿，所以就来看看。既然尔雅不在，不会就是您吧！

　　　　　［老伙计连忙上前。

老伙计　二小姐，怎么一回来就和掌柜的置气。

沈镜莲　哼！

老伙计　掌柜的，二小姐是当兵的，脾气大了点儿，别往心里去。

沈镜莲　你带着伙计们，先回店里。

老伙计　哎。

沈镜莲　把这个台子，先蒙上吧。

　　　　　［伙计们扯出一块儿大红布，把戏台子蒙上。
　　　　　［伙计们下。

胡青琳　您又是封庙，又是拆台，看来尔雅干的事情，您已经知道了。

沈镜莲　他？他能干什么？不过是狐朋狗友喝多了瞎唱罢了，把这台子拆了，看他还不务正业。

胡青琳 瞎唱？那您听听这个。（模仿着唱戏的腔调）"看日寇横行霸道，国军野火燎原！"

　　　　［沈镜莲听到这两句戏词，大惊。

沈镜莲 你、你唱的什么？

胡青琳 国军野火燎原！

　　　　［沈镜莲惊慌失措抓住胡青琳的手臂。

沈镜莲 没有"国军"啊，没有"国军"！哪儿来的"国军"？他们胡乱唱戏，怎么敢牵扯到部队。

胡青琳 哦？那您说该怎么唱？

　　　　［停顿。

沈镜莲 不，不，我不知道。青琳，尔雅他们真的是瞎唱啊，他可是你弟弟啊，你不能抓他。什么焚城，什么野火燎原，那都是他听来的，不关他的事！

胡青琳 不关他的事，那就是康良了？

沈镜莲 不不，康良没做错什么，你也不能抓他啊。他俩都是听了别人嚼舌根。野火燎原？呸呸呸！我从来都不相信。青琳，你也不能信！

　　　　［停顿。

胡青琳 不，我信。

　　　　［沈镜莲愣住了，后退两步。

沈镜莲 看来，你是铁了心要和胡家为敌。

胡青琳 我信，是因为……这是真的！

沈镜莲 到底什么意思？你说清楚。

胡青琳 焚城，是我透露给尔雅的。

　　　　［沈镜莲大惊，但她很快便稳住了情绪，把最近发生的事情都回想了一遍。

沈镜莲 既然这消息是你告诉他的，那他干的事情也是你愿意看到的了。那你还来干什么。

胡青琳 如果他们能把这出戏演了，带着全家离开长沙，才是我愿意看到的。

沈镜莲 我明白了,是我坏了你们的好事。

胡青琳 焚城是必然的,"宝隆源"自然会受到牵连,我不想你们出事,才把消息透给尔雅。这家里的事情,我不方便出面,让他们搭个台子唱出戏,带大家都走,这不是挺好的嘛!您过来一闹,先是撤资,接着封庙,然后拆台子,哎……

[停顿。

沈镜莲 (狠下心)如果我就是要拆呢?

胡青琳 那就怪不得我了。

沈镜莲 怎么,你还真想抓人?

胡青琳 (严肃地)胡尔雅、康良,未经允许,私唱禁戏,扰乱民心,破坏军纪。您说,能不能抓?

[停顿。

沈镜莲 胡青琳!你一定要这样吗?

胡青琳 决定权在您。只要您让他们唱,我保证尔雅和康良平平安安。

沈镜莲 你都这么有主意了,我一个老婆子根本不知情,还来问我干什么?

胡青琳 有些事儿,不知道,比知道好。

[沈镜莲深深地叹了一口气。

沈镜莲 (落寞地)你们长大了,什么主意也不用问我,更不需要我知道。

胡青琳 怎么问您?难道让我和您说,长沙城要烧了,赶紧把"宝隆源"搬走,您会同意吗?

沈镜莲 当然不会。

胡青琳 这不就得了。(稍停)我决定的事情,您永远都不会同意。

[停顿。

沈镜莲 我就知道,你还在怨我。(落寞地)这么多年你都没个消息,突然回来,我还以为你是……(稍停)看来,是我想多了。

[沈镜莲背过身默默走开。

胡青琳 妈!

[沈镜莲停下。

沈镜莲 当年的事情,是我不对。我给你挑的婆家你不乐意,妈不该逼着你嫁。你有什么怨气,就冲着我来。今天的事情,别为难尔雅和康良。
胡青琳　妈，到现在您还觉得我是和胡家为敌吗？我可是胡家的女儿啊。
　　　　〔沉默。
胡青琳　把"宝隆源"搬走吧，我不想看到你们出事。
沈镜莲　"宝隆源"传了四代，到我这儿，已经是一百年了。你轻飘飘几句话，就想把这百年的根基毁了吗？
胡青琳　难道我就希望"宝隆源"被烧，长沙城被焚吗？女儿是军人，军令如山您不会不知道。焚城马上就成事实，女儿只想尽一点还能尽的责任。这偌大长沙城，无数老字号，能保住一个算一个吧。
沈镜莲　不，"宝隆源"是我的心血，是胡家的命根子。你一走就是十几年，这"宝隆源"，和你没关系。
　　　　〔沈镜莲说完就往外走。
胡青琳　（大声）妈！
　　　　〔胡青琳跪下。
胡青琳　我出生在胡家大宅的后院，在"宝隆源"的牌匾下长大成人。从小在老郎庙听戏，在天心阁下念书，逢年过节和大姐在坡子街上看花灯、吃臭豆腐。（稍停）您还记得吗，"宝隆源"七十五年庆典的牌匾，还是我挂上去的。那年我才十二岁，抢着和大姐挂牌匾，从梯子上摔下来撞破了头，是您抱着我去的医馆，大姐还因为这事儿，被您打了一顿。（稍停）我是长沙人，更是"宝隆源"的人，是胡家的人啊！
沈镜莲　青琳……
胡青琳　长沙城即将被烧，"宝隆源"也危在旦夕，您怎么能说，和我没关系？（稍停）走吧，作为胡家儿女，这是我能想到的，唯一的办法了。
沈镜莲　（哭着）青儿……
　　　　〔沈镜莲向胡青琳走了几步，又停下。沈镜莲静静地看着她，片刻，她走向戏台，把那块蒙着的红布，用力扯了下来。
　　　　〔收光。

［起光。

［老郎庙的戏台已经重新搭建起来，胡尔雅在场上收拾。

［胡小雅急匆匆跑上来。

胡小雅　（哭着）舅舅！

胡尔雅　怎么了，小雅？

胡小雅　舅舅，你还管不管我了？

胡尔雅　谁把你惹哭了？是不是康飞廉那个小子？

［沉默。

胡尔雅　真的是他？我找他算账！

胡小雅　等等！（委屈地）是外婆。（稍停）她让我嫁到重庆……

［沈镜莲冲上来，拉住胡小雅就要走。

沈镜莲　给我回去！

胡小雅　我就不！

沈镜莲　荣家的人下午就到了，跟我回去，没得商量。

［胡小雅挣脱开，躲到胡尔雅身后。

胡小雅　我都不认识他，我才不嫁！

沈镜莲　（气急）你给我过来！

［胡尔雅拦住沈镜莲。

胡尔雅　妈，您这是干什么呢？

沈镜莲　这事儿你别管，走开！

胡尔雅　不是，这好端端的，怎么要把小雅嫁走。

沈镜莲　日本人都打到家门口了，还好端端的？

胡尔雅　那、那也得征求小雅的意见吧！

沈镜莲　征求她的意见？人早就飞到康家去了。

胡小雅　外婆！

沈镜莲　这事儿你求谁都没用。重庆太平，去了那儿安安全全的比什么都重要。你嫁到荣家也不吃亏，下个月就在重庆把分店开起来。长沙要是出了什么事，也好有个退路。

胡小雅　说来说去，还是为了那个店！

沈镜莲　我就是为了店，怎么了？没有"宝隆源"，这一大家子，吃什么，喝什么？

胡尔雅　妈，您想把"宝隆源"迁到重庆，这没问题，可不能拿小雅当垫脚石。

〔听到此话，沈镜莲怒极，伸手就要打胡尔雅，胡尔雅拉着胡小雅就跑。

〔康良上，正好撞上二人。

康　良　怎么了这是？

沈镜莲　闪开！看我不打死这个东西。

康　良　沈掌柜，有话好好说，别动手。

沈镜莲　我们家的事儿，用不着你管。

〔康良站在中间手足无措。

康　良　尔雅，到底怎么了？

胡小雅　外婆要把我嫁到重庆。

沈镜莲　行了，嚷嚷够了，不想去重庆？我看，你就想把自己送到康家！

胡尔雅　妈，话不能这么说。小雅和飞廉，情投意合，俩孩子也都是您看着长大的，这不是挺好的嘛。

沈镜莲　行了，你少掺和。这事儿我已经决定了，长沙城眼见着要遭难，"宝隆源"必须搬走，所以她必须嫁。

〔沉默。

康　良　沈掌柜，您听我说几句。

沈镜莲　打住。（神情冷漠）我让你们在老郎庙继续唱戏，已经是给你们面子了。康良，你见好就收。半年前的事儿，我可没说过既往不咎。

胡尔雅　妈，好端端地您怎么又提大姐。

沈镜莲　哼，你以为我想提？（稍停）小雅，赶紧走！

〔沈镜莲说着就要拉走胡小雅。

〔康良拦了下来。

沈镜莲　（冷脸）什么意思？

康　良　沈掌柜，我只是觉得，婚姻大事，还得看孩子们自己的意思。

沈镜莲　你说这话，是替孩子们着想，还是替你们康家着想？

胡尔雅　妈，康大哥也是一番好意。

沈镜莲 好意？他是怕惦记了这么多年的儿媳妇跑了吧。

康　良 沈掌柜，我绝对没有这个意思。

沈镜莲 别说荣家已经来提亲，就算小雅不嫁，我也绝对不让她和你们姓康的再有什么瓜葛。

胡尔雅 您还没完没了了，大姐他们在上海出事儿，具体的情况谁也不清楚，您怎么能不分青红皂白，全扣在康大哥头上。

沈镜莲 具体情况？能有什么情况！你、你这是在怪我了？你大姐没了，要怪，就只能怪他！

　　〔突然，从一侧台口扔出一块"宝隆源"的旧牌匾，牌匾上还沾着血迹。

　　〔沈镜莲看到，愣住了。

　　〔老伙计上。

沈镜莲 老刘？你这是干什么！

老伙计 掌柜的，醒醒吧！

　　〔停顿。

胡尔雅 老刘，这话是什么意思？这块牌匾……上面怎么还有血？

老伙计 掌柜的，你看看这牌匾吧，看看这上面的血！

康　良 老刘，别说了，你先回去吧。

胡尔雅 康大哥？你们……这牌匾上的血是谁的？

老伙计 三少爷，这血……是大小姐和姑爷的！

　　〔停顿。

　　〔沈镜莲傻站着。

胡小雅 你说什么？是我妈？老刘，到底怎么回事。

老伙计 怎么回事？哎……掌柜的，大小姐和姑爷是替康家少爷做买卖，这没错。可他们为什么招惹了日本人，不都是为了保住"宝隆源"的尊严嘛！

胡小雅 外婆，到底怎么回事？你说呀！

　　〔沈镜莲愣着不说话。

胡尔雅 康大哥，你说，这到底是怎么回事。

康　良 没有。尔雅，你大姐的事情是我的错，都别说了，走吧，回去吧。

老伙计　掌柜的！都什么时候了，您还要装傻吗？

沈镜莲　（缓缓开口）我不是装傻，我是……我是怕呀。

　　　　　［停顿。

老伙计　当时大小姐和姑爷去上海，一是替康家谈生意，二是奉了掌柜的命做一个新牌匾。在上海，鬼子横行霸道，非要砸了"宝隆源"这块新牌匾，大小姐和姑爷为了保护牌匾，这才被鬼子打死的呀。

　　　　　［胡小雅俯身在牌匾上哭了起来。

老伙计　掌柜的，我知道您怨自己，怨"宝隆源"这三个字压死了大小姐，可康家掌柜是无辜的。

胡尔雅　妈，这事儿您怎么不告诉我。

　　　　　［停顿。

　　　　　［沈镜莲慢慢向康良走去。

沈镜莲　（缓缓地）康良，是我对不起你。

康　良　沈姨……

沈镜莲　从小我就告诉她，"宝隆源"是老祖宗的基业，这三个字，比命都大。是我害了她。可是我能怎么办，我可以恨自己，但我……不能恨"宝隆源"。康良，这不是你的错，但我不知道怎么做，自己心里才能好受一点儿。我总是骗自己，这不是我的错。康良，我实在是接受不了，自己害死了女儿啊……

康　良　沈姨，别说了，都过去了。

胡小雅　外婆，所以您讨厌飞廉，不让我见他，也是因为这个了？您怎么能这样！

胡尔雅　妈，那小雅的事儿……

　　　　　［停顿。

沈镜莲　荣家的提亲，我已经答应了。而且，还有"宝隆源"……

老伙计　掌柜的，"宝隆源"您要搬走，我不反对，可我必须留在长沙。

沈镜莲　为什么？

老伙计　大小姐是为什么没的，为了保住咱们长沙老字号的尊严！"宝隆源"是胡家的店没错，可更是长沙商界的颜面。大小姐和姑爷都能拼死保护，咱们就不能吗？

〔沈镜莲缓缓走到牌匾前，抚摸着上面的血迹。片刻，她抬起头看向康良。

沈镜莲　康良，你家也是做生意的，你觉得呢？
康　良　沈姨，其实您教给大小姐的话没错，尊严要比性命更重要。可是尊严，不是靠一味逃避换来的。
胡尔雅　妈，我们早就决定了，和长沙城共存亡。
胡小雅　外婆，我也是！
〔停顿。
〔沈镜莲抱起牌匾，往下走。
老伙计　掌柜的，您哪儿去？
沈镜莲　退亲。
〔收光。

第三幕

时　间：1938年11月12日晚。
地　点：老郎庙。

〔景——这是老郎庙戏台的后台。舞台上凌乱地放着杂七杂八的道具、戏服等。一块儿半透明的幕布隔在舞台后台，幕布上映出前台唱戏人的身影。
〔幕启。康飞廉和胡小雅在台上，在前台咿咿呀呀的唱戏声中，二人分别整理着道具和戏服。

康飞廉　没想到我爸这嗓子还真行！
胡小雅　我舅也是，平时看着吧，蔫儿了吧唧的，没想到这戏写得倒是真不错！
康飞廉　这就叫，不是一家人不进一家门。
胡小雅　去，谁跟你一家人。
康飞廉　嘿，你外婆把重庆荣家的亲都给你退了，咱们还不是一家人了。
胡小雅　去你的。（稍停）不过，咱们两家能重归于好，倒也真是皆大欢喜。
〔前台传来唱戏声："看日寇横行霸道，国军野火燎原！"

〔康飞廉大声叫"好"。

康飞廉　真痛快！（激动地）小雅，好在听了你的，和他们合作，要不然咱俩还真想不到这招儿！

胡小雅　好一个"日军横行霸道，国军野火燎原"！这下大家伙都明白这群人的勾当了，咱也不愁没法子疏散群众了！

康飞廉　真是大快人心！

胡小雅　可是飞廉，咱们这么大张旗鼓，把半个长沙城的老百姓都聚集到这儿了，不会出什么事儿吧？

康飞廉　事儿再大，能大过"野火燎原"？

胡小雅　我还是有点儿害怕。舅舅这唱词要是被国民党的人听见了……

康飞廉　国民党？长沙城的国民党，现在可都归你小姨调配呢，怕什么！

胡小雅　就是小姨我才怕！小姨一走十几年，谁也摸不透她的性子，现在的国民党哪一个不是六亲不认的主儿？她要是急了，谁能拦得住？

康飞廉　（神秘地）这个嘛……你就不用操心了！

胡小雅　怎么，你又想到什么损招儿？

康飞廉　招不在损，有用就行！我呀……（康飞廉从腰间拔出一把枪）把她的枪给换了！

胡小雅　你是说……

康飞廉　记得我那把没子弹的枪吗？

胡小雅　整天嘚瑟，全长沙都知道你有把假枪，我还能不记得？

康飞廉　我昨儿个夜里，偷偷溜进你小姨的办公室，把她的枪，调了个包！

胡小雅　（恍然大悟）真有你的！

〔康飞廉得意地掂了掂手里的枪。

康飞廉　就算他们想来闹事儿，也打不死人，枪里全是我花大价钱买来的麻醉弹！（稍停）这真枪实弹就是不一样，以前那根本没法儿比！

胡小雅　（担心地）小姨原本，是真的想杀人吗？

康飞廉　不是她故意留门，能让我偷走枪吗？一会儿她如果真来了，肯定是有了镇压的任务。她要是拿假枪吓唬人，你可不能露馅儿。咱们唱得差不多了，目的达到了。让她完成任务，两全其美。

　　　　　［康良和胡尔雅穿着戏服上。
胡尔雅　（高兴地哼着唱词）"潇湘洙泗千年扬，屈贾之乡万年长。"过瘾！
　　　　　［胡小雅连忙转身去倒茶。
康　良　刚我瞅着下面，有几个人鬼鬼祟祟的，好像是国民党的探子！
胡尔雅　呸！一帮龟孙子，来一个我打一个！
　　　　　［胡小雅端来一杯茶，递给胡尔雅。
胡小雅　别打不打的了，歇会儿吧，润润嗓子。
康飞廉　咱们这么大阵仗，部队的人肯定会来！只要盯住了，别出乱子就行！
康　良　我的茶呢？
　　　　　［康飞廉也连忙倒了一杯送上前。
康　良　臭小子，在家的时候没见你这么殷勤过。
胡小雅　康叔，你别说他了，他今儿可办了件大好事儿！
康　良　啥好事儿？
　　　　　［康飞廉掏出枪，在手上掂了掂。
康飞廉　看看这个！
胡尔雅　切，假的！全长沙都知道！
康飞廉　今儿这个可不是……
　　　　　［沈镜莲上，看到康飞廉在嘚瑟，连忙快步上前。
沈镜莲　臭小子！收起来！还嫌惹的事儿不多呢？
　　　　　［胡尔雅和康飞廉急忙站起身来。
胡尔雅　妈，您咋来了？
沈镜莲　我来看看戏，怎么，收场了？
康　良　沈姨，看戏去前边儿，您跑后台干吗？这儿乱哄哄的。
沈镜莲　（高兴地）前台看戏，后台点戏呗。
胡尔雅　哟！（惊讶地和众人面面相觑）您不是最烦这些叽叽喳喳的东西吗？
沈镜莲　我那是不爱听你唱！我不爱听的话，这老郎庙今儿能这么热闹？来！给我唱一出《刘海砍樵》！
胡尔雅　小雅，飞廉，你俩上。

　　　　　〔康飞廉和胡小雅不好意思地低下了头。
胡小雅　（害羞地）谁爱唱谁唱。
胡尔雅　还害臊了，重庆荣家的亲都退了，你和飞廉不整天偷着乐嘛。
康　良　人女孩子害臊，飞廉，你主动点儿！
　　　　　〔康飞廉和胡小雅对视一眼，康飞廉拉着胡小雅，做出唱戏的动作来。
康飞廉　（唱）胡大姐！
胡小雅　（唱）欸！
康飞廉　（唱）我的妻！
胡小雅　（唱）啊？
康飞廉　（唱）你把我比作什么人喽！
胡小雅　（唱）我把你比牛郎，不差毫分呐！
康飞廉　（唱）那我就比不上喽！
胡小雅　（唱）你比他还有多喽！
　　　　　〔康飞廉和胡小雅不好意思地停了下来，转过头去。
　　　　　〔众人大笑，鼓掌。
沈镜莲　别停呀！
胡小雅　（娇嗔地）外婆！
康　良　好了好了，今儿咱的主题是抗日，您爱听《刘海砍樵》，等明儿回家，让他们好好儿给您唱！
　　　　　〔康良端一杯茶，递给沈镜莲。
　　　　　〔停顿。
沈镜莲　（接过，喝了一口）切，要没我撑着，你们这抗日活动早歇菜了。
胡尔雅　对对对，都是您撑着行了吧。还有二姐。
沈镜莲　知道是你二姐松口了，就少惹事，别给她添麻烦。（稍停）她也不容易。反正你们的目的也达到了，见好就收，别惹事儿。
　　　　　〔突然，从前台方向发出一声枪响，接着就是一片喧哗。
　　　　　〔众人面面相觑。
胡小雅　出事儿了！
康飞廉　出事儿了！

〔胡小雅和康飞廉连忙跑出去。
〔片刻。
〔胡青琳身着军装,从另一侧进了后台。

胡青琳 快走!

康　良 妹子,这是干啥呀?

胡青琳 什么都别问了,东西也别管了,赶紧回去。

胡尔雅 不是,之前不是说得好好的……

〔胡青琳略有些担忧地望了望门口。

沈镜莲 慌里慌张的,这么些年,性子也没点长进。

胡青琳 我……

沈镜莲 说说,到底怎么了?

胡青琳 先回家,回头我再好好解释。

〔沈镜莲不慌不忙地坐下。

胡青琳 妈!

胡尔雅 哎呀,你又不是不知道咱妈这个性子,你俩真是,比着赛的倔。说吧说吧,不然她真不走啊。

康　良 说说吧,也不能不明不白地就让大家散了,这算怎么回事。

胡青琳 有人举报你们私排抗日戏,上面知道了。

沈镜莲 什么意思?他们现在这出,不是你默许的吗?

胡青琳 是我的个人意志,和上级无关。

胡尔雅 哦,你自作主张,现在纸里包不住火了。

胡青琳 我已经尽力在压了,但是这里动静实在太大,根本防不住一些有心之人。现在上面对我已经有防备了,相关行动也瞒着我,之前一个下属看不过去偷偷送了信来我才知道,但还是太晚了,我出来的时候行动队已经准备就绪,你们再不走就来不及了!

胡尔雅 这可真是,怎么办啊。

康　良 不能走。

胡青琳 康大哥?

康　良 咱们之所以排这出戏,就是为了拿出咱们长沙百姓的态度,他们国民党高层就不是中国人了,就不抗日了吗?我们又不是在偷鸡摸狗，凭什么躲躲藏藏！

胡尔雅 对，让他们看看咱们的风骨！青琳啊，这次是你不厚道，你说你把自己搞得里外不是人，何必呢？

［胡青琳气得有些说不出话来，喘着粗气。

［沈镜莲起身。

胡青琳 妈。

沈镜莲 你们少说两句。

胡尔雅 现在哪还有说话的份儿，人家真枪实弹，让干什么，就得干什么。

沈镜莲 行了！

康　良 沈掌柜，容我说句公道话。最开始排这出抗日戏，是我和尔雅自觉着得为这局势做出点态度，主动挑起来的。结果您要封庙，我康良自知对不起胡家，对不起您，没有二话。再后来，青琳妹子又让继续唱，我乐得再把这台子搭起来。我康良是对不起你们，可这老郎庙也不是我康家的私产，现在这样……这是在耍整个长沙商会啊。

沈镜莲 局势就是这么个局势，谁在这里面都是身不由己。康掌柜，我知道你有火气，但不能丢了脑子。

胡尔雅 妈，你这是什么话？

沈镜莲 什么话？实话！你以为你妹妹是谁，大总统吗？能让戏台子再搭起来已经不错了，被发现了也是命。现在这个世道，要按康掌柜那么说，要脸，要规矩，就别想要命。

胡青琳 妈……谢谢您。

沈镜莲 用不上。

胡青琳 康大哥，我知道你心里不舒服，可我何尝又好受呢？我只是一把枪，指哪打哪罢了，好用的时候被人视作珍宝，日日拿出来执行任务，可一旦出了问题，就会被丢在犄角旮旯里，变成一件废物。

康　良 妹子，我没有怪你的意思，是时局不饶人啊。

胡青琳 我明白。但是军令如山，我穿上这身军装，就只忠于军人这个身份，无论我心中再委屈、再不甘，也会秉从我的职责。可你们都是我的亲人、朋友，我想尽量护你们周全。时间不多了，快走吧。

　　　　　　　［前台喧闹，"国民党打人啦""滚出老郎庙""有本事别打自己人，去打日本人啊"等话。

胡青琳　我的枪擦好了吗？

　　　　　　　［一个小兵上来，左手上拿了一个皮质枪盒，将里面的枪取出呈上。

胡青琳　（意有所指地）这是我那把枪吗？

小　兵　您不是一直只配这把……

胡青琳　我问，是不是昨天让你擦好以后，放在办公室的那把枪。

小　兵　是！

　　　　　　　［未等小兵答话，前台又喧嚷起来，小兵连忙跑出。

胡青琳　等等！先别管前面，替我去天心阁走一趟，看看怎么样了。

　　　　　　　［胡青琳突然拿枪指向了胡尔雅。

沈镜莲　（大喊）青琳！

　　　　　　　［康飞廉和胡小雅听到后台的动静，连忙冲进来。

胡小雅　小姨！您这是干什么！您的兵都在前台闹起来了，您不去管就罢了，怎么还拿枪指着舅舅？

　　　　　　　［胡小雅说着就要冲上去。康飞廉拦住她。

康飞廉　别着急。

　　　　　　　［康飞廉指了指自己腰上别的枪。

康飞廉　（悄声地）没事儿。

胡青琳　尔雅，你去台上发话，让看戏的人都散了。

胡尔雅　二姐，不能啊。如果就这么散了，长沙唱戏会的脸面往哪儿搁。

　　　　　　　［胡青琳点了点手上的枪。

胡青琳　妈，您看怎么办？

沈镜莲　（大喊）别开枪！（着急地）尔雅，尔雅你快去吧，就一句话的事儿。算妈求你了。

胡尔雅　妈，如今国难当头，日本人横行霸道，在咱们中国人的地盘上杀人放火，咱们作为中国人就不应该反抗吗？

沈镜莲　尔雅，打仗是部队的事情，咱们都是平头老百姓啊。

胡尔雅　部队？我呸！您看看现在的政府，干的都是什么事情！日本人都打到家门口了，他们不拿起枪杆子反抗也就罢了，却要烧掉长沙城！这还是人干的事情吗？咱们是平头老百姓，不假。但老百姓也有老百姓的尊严，就算是日本天皇，往上倒一百辈，都他妈是老百姓！

康　良　尔雅！说得好！我康良没认错你这个兄弟。

胡尔雅　康大哥，我窝窝囊囊半辈子，就这件事儿，跟着你，算是干对了！

沈镜莲　你胡说什么！要是知道有今天，我打死也不让你唱戏！你赶紧去，让台下都散了，快！

〔胡尔雅看着眼睛都急红了的沈镜莲，长出一口气，反而冷静了下来。

胡尔雅　妈，我这半辈子，干啥啥不行。读书没考上秀才，生意上的事儿更是学不会。唯一有这么点儿爱好，也没唱成个角儿。妈，您总拦着我唱戏，猫捉耗子似的，和我斗了小半辈子。（稍停）这次，您要输了。

〔沈镜莲崩溃，站立不住，坐倒在地上。

胡尔雅　（语气坚定地）我胡尔雅没本事，我承认。扛枪打仗我腿软，指挥作战更是没那个脑子，就连当个卫生员，我都不会包扎伤口。可这次，我能为长沙城出点儿力，是我八辈子的荣耀。让我低头，绝不可能。

沈镜莲　尔雅！我就你这么一个儿子啊。

〔沈镜莲疯了似的，爬到胡尔雅的身边，去哀求他。

沈镜莲　尔雅，听妈的话，妈不想再失去孩子了。

〔胡尔雅一言不发。沈镜莲又转向旁边的胡青琳。

沈镜莲　青琳，青琳你饶了他，他是你弟弟啊。你饶了他，我们马上搬走，好不好？

〔胡青琳也不说话，沈镜莲绝望地连跌带撞爬向康良。

沈镜莲　你快说句话，劝劝尔雅！说句话啊！

〔沈镜莲逐渐癫狂，爬到康飞廉身边。

沈镜莲　飞廉，你和青琳都是部队的，你能说上话。她是你的长官对不对，你去求求她！等过了今天晚上，咱们都走，好不好，我马上让小雅和你成亲。你是胡家的女婿，你快帮帮忙吧！

　　　　　［胡尔雅看着癫狂的母亲。

胡尔雅　（对胡青琳）二姐，让我和妈谈谈。
　　　　　［胡青琳点点头，放下枪。
　　　　　［胡尔雅走到沈镜莲身边，扶起她。

胡尔雅　妈，您这么做，对得起大姐吗？

沈镜莲　你什么意思？

胡尔雅　大姐是怎么死的，被日本人打死的，是为了保护"宝隆源"的招牌和尊严死的！

沈镜莲　你……

胡尔雅　大姐拼了命保护的东西，现在正被您践踏着。
　　　　　［沈镜莲听到此话，一愣，看向胡尔雅。

胡尔雅　如果大姐还活着，她也不会愿意看到您这副样子吧。
　　　　　［胡尔雅说完，立马回头，绕过幕布，走向戏台子。
　　　　　［胡青琳拿着枪追过去。幕布上映出二人影子。
　　　　　［看到二人离开，胡小雅连忙扶起沈镜莲。

胡小雅　外婆您放心，那把枪是被飞廉换过去的假枪，里面是麻醉弹。小姨要真想杀人，能让他这个新兵蛋子换走枪吗？小姨刚才是想吓唬咱们，好镇压前台看戏的人。别露馅儿，让小姨完成任务，咱们就走。
　　　　　［沈镜莲目光呆滞，像没有听到一样。
　　　　　［从唱戏台子那边传来声音。

胡尔雅　国民党让咱们散场，乡亲们，能同意吗？
　　　　　［传来此起彼伏的声音，让国民党的人滚蛋。
　　　　　［胡青琳举起枪对准胡尔雅。

胡青琳　胡尔雅，未经允许，在老郎庙私唱禁戏，扰乱民心，破坏军纪。你们要是散了，就放他一马。谁还敢闹事，我就不客气了。
　　　　　［众人立马沉默。

胡小雅　飞廉，真的没事儿吧，要不咱们去看看？

康飞廉　放心吧，麻醉弹死不了人，把下面的乡亲们骗走就行了。
　　　　　［这时，戏台上的胡尔雅高喊一声：日寇横行霸道，国军野火燎原！

　　　　立刻，台下人潮呼应，喊着同一句话：日寇横行霸道，国军野火燎原！
　　　［胡青琳的亲兵急忙跑进后台。
小　兵　胡长官呢？
康　良　怎么了？
小　兵　长官的枪，拿错了！
康　良　什……
　　　［突然，一声枪响，一片鲜血溅到幕布上，一个人影倒下。
　　　［康良话音未落，同身旁的众人一起愣住，呆呆地望着台前。
　　　［台前传来胡青琳的声音。
胡青琳　（大喊）尔雅！
　　　［除沈镜莲外，其余众人全部从后台冲了出去。
沈镜莲　（呆呆地看着那片鲜血）尔雅……
　　　［前台一片慌乱，众人的哭喊和观众的慌乱夹杂在一起，只听有人大喊："杀人啦！""国民党杀人了！"
胡小雅　（哭喊着）舅舅！
　　　［后台仅沈镜莲一人，呆坐在一片嘈杂之中，紧盯着那片鲜血，目光呆滞，一言不发。
　　　［灯光逐渐变暗，随后变成红色，越来越红。
　　　［良久，众人大喊："起火啦！""天心阁起火了！"
　　　［收光。

尾　声

时　间：1938年11月17日晚

地　点：胡家大宅旁的小湖边。

　　　［景——这是胡家大宅旁的一个快要干涸的小湖，舞台左侧露出胡家大宅的一角，被大火侵蚀得几乎看不出原来的模样，右侧是夜幕下的长沙城，大火连烧了五天五夜，此时长沙城已是一片废墟。

[幕启。胡小雅从舞台左侧跑上,她身穿的护士服已经满是血迹、污渍,她跪在湖边,双手发抖地捧起湖水泼在脸上。

[康飞廉穿着脏旧的军装从舞台左侧上,站在远处静静地看着胡小雅。

[画外音:护士!护士!快叫护士!

[胡小雅的背影颤抖了一下,她又捧起湖水泼在脸上,喘了口气站起身。

康飞廉　小雅……

[胡小雅停了停,然后继续向前走。康飞廉上前拉住她。

胡小雅　放开。

康飞廉　跟我说说话吧。

胡小雅　我现在很忙。

[康飞廉走到胡小雅面前,胡小雅看到康飞廉身着的军装苦笑一声。

胡小雅　康队长,麻烦让一让,有人在喊我。

康飞廉　你该休息一下了,从你外婆……从那天起你就没正经吃过饭,也没好好睡上一会儿。

胡小雅　不需要。

康飞廉　我去卫生站问过,大夫说你好几次昏倒在手术台前。

胡小雅　我很好,只是晕血。

康飞廉　我爹娘在老家安顿好了,来信提到你,说定要提醒你好好照顾身体。

胡小雅　多谢他们挂念。

康飞廉　你小姨说要带着外婆还有舅舅的骨灰回乡,我刚把他们送走。

[停顿。

胡小雅　也该走了,终究是要入土为安。

康飞廉　等了好久你也没来,你小姨说你……不愿见她。

[停顿。

胡小雅　时间过得真是快,半个月前吧,你也是穿了一身军装来找我,说是今后保卫长沙城、保卫全中国的担子就落到我们年青一代的头

　　　　　上了，还给我看了你的枪。（苦笑）果然金枪刀片最无情，鬼子没打着，自己人呢，都没了。

康飞廉　这不是你的错。

胡小雅　那我能怪谁？怪你们这些穿军装的人吗？

康飞廉　小雅……

胡小雅　我们做了这么多，结果呢，还是这样。

康飞廉　一切都还没有结束。

胡小雅　（苦笑）家都没了，还没结束？那把我的命也拿去吧。

康飞廉　年轻人，命是自己的，不能丢，这是你外婆常说的。

胡小雅　（哽咽）是，可她的命呢，怎么就给丢了？

　　　　〔停顿。

胡小雅　你知道吗，这几日我都不敢合眼，因为只要一闭眼就能看见外婆。儿子死了，女儿成了谋害长沙城的凶手，经营了几十年的宝隆源一把火烧没了。想想就可悲，在她用绳子结束她的生命之前，她的心就已经死了。

　　　　〔一侧画外音：（急切地）护士！护士！

　　　　〔另一侧哨声响，有人在喊：快来人搭把手！

　　　　〔胡小雅胡乱地抹了把眼泪，站起身，康飞廉也跟着站起来，两人皆是紧绷的状态。

胡小雅　每天都有人在死去，先是我的家人，现在是别人的家人。

康飞廉　每次我把伤员送向医院的时候都在祈祷，希望这个生命能留下来。

　　　　〔胡小雅拿下自己的护士帽攥在手里。

胡小雅　几个月前，我多么想拥有一顶自己的护士帽，当护士，成为一名救死扶伤的战士。可现在呢，当战争、死亡真的摆在我面前的时候，我却很害怕。

康飞廉　小雅，你可以躲起来的，没有人会怨你，你已经失去了太多。

胡小雅　不！现在退缩了，我还有什么脸面对外婆。

康飞廉　那也许你该放下，让他们走了。

胡小雅　你在说什么胡话，他们都已经死了。

　　　　〔康飞廉拉起胡小雅的手。

康飞廉　　可是你还没有放手啊,他们又怎么能安心地离开呢?
胡小雅　　每天我都在跟他们道别,可他们怎么就是缠着我不走呢?
康飞廉　　他们也舍不得你,留你一个人在这世上面对这片废墟,但小雅,你不能总留着他们,也不能总停在过去。人啊,眼睛长在前面,就得一直朝前看。
　　　　　［胡小雅落泪。
胡小雅　　这是外婆说的。
　　　　　［停顿。
胡小雅　　过去,外婆、舅舅在的时候,我总把他们的话当耳旁风。现在,等他们不在我身边了,他们说的那些话,哪怕是一句无关紧要的玩笑,却时时刻刻在我脑海里回荡。
康飞廉　　这场战争还没有结束。
　　　　　［康飞廉替胡小雅戴上护士帽。
康飞廉　　还记得吗,小时候,有一次我们俩躲在医院的窗口偷看,我问你为什么医院里那些穿着白衣服的姐姐总是那么平静,像是没有喜怒哀乐。是你跟我说的……
胡小雅　　因为她们戴着白色的护士帽。
康飞廉　　也因为她们知道送走故人,保住剩余的生命是她们的职责。
　　　　　［胡小雅扶正了自己的护士帽。
胡小雅　　这场战争还没有结束,我的家没了那就守住别人的家。
康飞廉　　为了战争胜利的那一天。
胡小雅　　为了战争胜利的那一天。
康飞廉　　保重。
胡小雅　　保重。
　　　　　［两人拥抱,而后交叉向舞台两侧走去。
　　　　　［收光。
　　　　　［幕落。

导师评语

这组大戏由四个同学共同完成，剧本讲述1938年11月由于日寇的进犯，国民党当局决定采用焦土政策，制订了焚烧长沙的计划。长沙城的一间老布店"宝隆源"第四代当家人沈镜莲及其女儿胡青琳、外孙女胡小雅三个女性，在不同的立场、信仰斗争下的戏剧故事。全剧以抗日战争期间中国历史上三大惨案之一的"文夕大火"为背景，聚焦老字号"宝隆源"的命运起伏，体现旧中国民族资产阶级在大时代变革中的浮沉。全剧故事脉络清晰，人物形象立体动人，不足之处是开端发展阶段人物上场的合理性需斟酌，场面之间的连接和转折需更具逻辑性，小道具的运用需合理，高潮场面需由戏剧动作自然推动至顶点。

秋风狂想曲

（2014戏创　李彬伟）

出场人物：

白娴，二十三岁，曾任北京某报社的编辑

白娴（老），七十八岁，曾任北京某报社的编辑

肖勇，二十九岁，对越反击战退伍老兵，云南大山里的护林员

肖勇（老），八十四岁，对越反击战退伍老兵，云南大山里的护林员

朴江的鬼魂，年轻时在云南大山一带做偷猎生意，后来成了护林员

李虎，三十二岁，朴江的徒弟，早年跟随朴江偷猎，后来偷猎被朴江抓获送进监狱

李虎（老），七十四岁，朴江的徒弟，早年跟随朴江偷猎，后来偷猎被朴江抓获送进监狱

高颖，三十六岁，白娴的女儿

士兵，看不清面貌的幽灵

地　　点：医院的病房内；云南中越边境的大山中的护林瞭望塔

时　　间：书中的时间是1989年，中越退兵前夕

第一幕　第一场

［上场口方向舞台前方有着医院病房的一角。病房内铺陈虽然简单，但是显得格外干净。病房内只有一张病床，左边床头柜上整齐地放着水杯和一副老花眼镜，柜头上参差不齐地排着一列图书。病床右边是检测仪器，机器运作的声音微乎其微。病床的侧面墙上一扇窗户微开，正对着舞台后侧一株长势茂盛的桂花树，桂花树旁似乎是一片黑黢黢的丛林，一个高耸的高架木塔印在丛林中。但光线只能让我们看到那株桂花树，上面黄点斑驳，极其诱人，而后面则完全笼罩在阴影中，只能隐约看到一片黑影。

［黑影中的布景是一处护林员的高脚楼，但格局十分简陋甚至感觉容不下三个人。屋顶上盖着几片硕大的芭蕉叶，木材做的脚架已经青苔斑驳，而且并没有完全做到相互垂直，木架歪歪扭扭导致小屋也仿佛斜斜地支在地面上随时会压垮木架一般，当踩在上面吱吱的声音也让人感觉不稳，但这个小屋却一直在风雨中坚持了下来。脚楼的右侧靠前位置是一座用简单木材和油纸搭起来的瞭望塔，塔顶也是用蕉叶看似随意地搭在上面却刚好成了瞭望塔的屋檐，起到了一定遮阳的作用。瞭望塔下面的木架也用串联好的蕉叶围了起来，只露出一个小开口，里面黑洞洞的。桂树后面随意的用石块围起来一处矮坝，石块也都爬满青苔和杂草，看起来和丛林融为一色。但现在，这些都笼罩在黑影中，只有一株桂树明艳夺人，瞭望塔上也只能看到一个笔直身影的轮廓。

［黑暗中，高颖的声音：他站在高塔上瞪着我，手里的枪拽得很紧。那是我第一次见到他。他好像不相信我是个军人。

［一阵逐渐变大的警笛声打断了高颖的声音，高塔上的身影也一

下紧张起来并且消失在黑暗里。医院的这一角病房一下明朗起来。

〔病床上，已经高龄的白娴靠坐在床上，凝望着窗外的桂花树。高颖也站在窗前，手里拿着一本书看着桂树。

高　颖　我还是把窗户关上吧？你刚缓过来还受不得凉。

白　娴　不用，我闻着桂花心里舒服。继续吧。

〔高颖把窗户稍微掩了掩就继续靠在墙上念起手中的书来。

高　颖　"他好像不相信我是个军人，但看到我兜里一直揣着的勋章才没有再深究，不过，对于我的部队编号他倒总是喜欢不经意间故意问起……"

白　娴　念后面吧，往后翻三页，从第二段开始吧。等等，是第三段吗？我有点糊涂了。

高　颖　是"他嘲笑我恐高"那里吗？

白　娴　不是……

高　颖　"我看不到这片林子的尽头……"

白　娴　也不是，再下一段。

高　颖　"我一直在猜他什么时候才会问起我来的原因……"

白　娴　是这了。我以前从来不忘的，在这待久了倒是脑袋先越来越不听我自己使唤了。

高　颖　妈，要不等会儿再念吧，你先休息一会儿吧。

白　娴　（摇头）"我一直在猜他什么时候才会问起我来的原因。"

高　颖　（无奈地）"我一直在猜他什么时候才会问起我来的原因，不过他从来不问我也就干脆不提。现在我后悔了，要是我当时告诉他了呢？再不济总不能一枪崩了我吧？"妈，肖叔当年多大啊？

白　娴　二十七？二十八？那会他一脸胡子我还以为见到个野人呢。

高　颖　你们？

白　娴　继续吧。

高　颖　"我每晚都在他背后坐着，他好像从来不会疲倦。有一次我看着他的背影睡着，被虫子弄醒时他还是那个身影，煤油灯照得他像尊雕塑。那会儿我每次都问自己，值不值得以后一辈子都像他一样？值不值得呢？我也不知道答案。但是等我意识到这个问题没有答案时，我已经习惯他的生活方式了。"

[在高颖念书的同时，背景的黑暗中有一盏煤油灯亮起来。在黑暗中，朴江提着煤油慢慢地爬上了瞭望塔。在瞭望塔上，朴江似乎看到了躺在病床上的白娴，提着油灯努力想看清，观众也只能看到煤油灯微弱光亮下朴江的面容。白娴也看到了朴江，愣愣地出神。

高　颖　"当我为了给他这辈子描个轮廓而去回忆这个人时，我才开始意识到，即使他走了，我的生活轨迹也早已经被他画好了，我变成了他的影子。我不能抱怨，这是我欠他的。"妈，肖叔既然不喜欢这个人，为什么还要帮他写这本传记呢？

白　娴　（愣神）你帮我把窗打开，别挡着他了。

高　颖　妈？

白　娴　把眼镜给我，我看不清。

[高颖将眼镜递给了白娴，白娴努力想起来却被高颖按住了。朴江似乎要准备从瞭望塔下来向白娴走来。但是医院窗户外面一阵呼啸的警笛声划过，朴江手中的煤油灯突然暗淡下来，朴江整个人再次淹没在黑暗里。高颖走到窗口观望了一会儿。

白　娴　你看到了吗？

高　颖　今天已经是第三个了，不知道他们忙不忙得过来。

白　娴　（回神戴上了眼镜）要不你去帮忙吧，你同事看到你在这总不太好……

高　颖　妈，你就别操心我了。我和医院请过假的。

白　娴　嗯。你把书给我。

高　颖　（把书给白娴）妈，肖叔做了什么事对不起这个人啊？

白　娴　他叫朴江。

高　颖　行，是朴江。对了妈，再提醒你一遍，肖叔一会儿到了你别又给他看脸色，上次闹得肖叔生了好久的气，连我都不愿意见。

白　娴　他年纪上去了，脾气倒是越来越臭。（停顿）你觉得他这本书写的怎么样？

高　颖　我有好多地方都不懂……

白　娴　好还是不好？

高　颖　我不知道……

白　娴　你不用给他留面子。这本书很烂，不然也不会一直没有出版。

高　颖　那你还坚持着帮他校对？

白　娴　那时候我也有私心。要不我那时候怎么会千里迢迢专程跑到大山里找他……

高　颖　妈，你就悄悄告诉我。你和肖叔那会儿有没有怎么样嘛？我套了他好多次他都死不张口。反正爸也走了这么多年了，要不？

白　娴　我都是要进土的人了，你还来开我玩笑？

〔高颖捂住了白娴的嘴。

高　颖　妈，这玩笑不能开。

白　娴　我心里有数。

〔静场。

白　娴　我刚又看到他了。

高　颖　谁？

白　娴　朴江，今天他倒来得挺早。

高　颖　妈，你别吓我了。要不我让同事再来帮你看看？

白　娴　不用，我今天精神好着呢。我老了，他看起来倒是一点没变。（发现高颖脸色不好）好了，妈跟你开玩笑呢。笑一个。

高　颖　（高颖勉强笑了一下）我去看看肖叔他们到了没有。

白　娴　你就在这再陪妈一会儿。

〔高颖坐在白娴的床边，干脆就半倚地睡在白娴的身边。白娴安抚着高颖。

白　娴　你守了我一夜了，睡吧。

高　颖　我不困。

白　娴　真像你小时候，感觉什么都没变。那会你总喜欢缠着我不让我睡觉。

高　颖　我真的很累，但是就是睡不着。

白　娴　那妈给你讲故事，说不定你听着听着就睡着了呢。你说讲什么好呢?我看人写了一辈子书,自己突然一下倒是什么都记不起来。

高　颖　我要听你和肖叔的故事。

白　娴　你就惦记着这个。行吧,不过这个故事,我和你肖叔可都不是主角。

高　颖　为什么?

白　娴　（示意高颖噤声）那是89年,边境刚稳定了一点。我一个人抱着这本书从北京跑到了云南,在大山里头,我第一次见到了肖勇。不过迎接我的不是他,是我这辈子第一次亲耳听到的枪声。在大山里头,那声音我一辈子忘不了。

〔舞台后方逐渐传来起伏的鸟鸣和虫鸣,白娴的目光穿过窗户看到了那株桂树。清晨的白光慢慢出现,被舞台后方的瞭望塔挡住。丛林的轮廓浮现,这一角病房也渐渐隐在黑暗中。

第一幕　第二场

〔布景仍同第一场,只是病房一角已经无法看见。

〔晨曦的白光刚刚能打在瞭望塔上,能明显看到一个人影蜷缩在瞭望塔上。他身上裹着一层油布蜷缩在护栏边上,已经昏昏欲睡。丛林里只有依稀传来的几声乌鸦的鸣叫,但整个丛林就像与外界隔绝一样寂静。然而突然惊起一大片急促的鸟鸣,整个丛林好像瞬间活跃起来,紧接着就是一声枪响。

〔瞭望塔上的肖勇瞬间被惊醒弹了起来,拿出望远镜在丛林中搜索。又是一声枪鸣后,整个丛林再一次归于寂静。肖勇赶紧从瞭望塔下来,冲进了一旁的小脚楼内。他挎着一个军用水壶扣着一顶脏兮兮的军帽就匆匆赶了出来,身上披着的油布都没有来得及脱下。他满面胡须几乎看不清正脸,但疲态尽显。

〔肖勇刚冲到桂树旁的矮坝却又犹豫了,他就地缩坐在矮坝旁解下了身上的行装。

肖　勇　（对着矮坝）你说我是不是想多了,说不定又是山下遭野猪了。声音没了。（停顿）你说的对,我不适合这行。

〔丛林里传来一阵悠扬的有节奏的口哨声。

肖　勇　（对着矮坝）你听到了吗?是他吗?

　　　　［肖勇冲回高脚楼拿出了一把猎枪回到矮坝前。

肖　勇　我没法和你一样，我管不了他。

　　　　［口哨的旋律再次响起，并且逐渐变大，离舞台越来越近。肖勇却不自觉地开始后退，他已经看到了有人靠近，并且把猎枪对着黑暗中。

　　　　［李虎吹着口哨慢悠悠地走了上来。他头上被剃得干净，但已经冒出了一截黑茬。虽然李虎被肖勇用猎枪指着，但仍然显得很悠闲，老是情不自禁摩挲自己的头。他好奇地观察着这里的环境，矮坝吸引了他的注意力。白娴背着一个军旅包本来不远不近地跟在李虎的身后，却显然有点被肖勇的枪吓到而缩到了李虎的身边。

李　虎　你把人小姑娘吓着了。放下。

　　　　［肖勇犹豫了一下还是放下了枪。

李　虎　（指着土包）这是老头子？什么时候的事？

肖　勇　（沉默）

　　　　［李虎摸了摸已经长满青苔的矮坝，顺手开始拔起上面的野草。

李　虎　都他妈长草了，不知道你是怎么守得。（对矮坝）我回来了。可惜你没等到我。

肖　勇　她是谁？

白　娴　你是肖勇吧？我是白娴，和你通信的那个出版社编辑。你好。

　　　　［白娴想上去和肖勇握手，肖勇毫无反应。

李　虎　他就是个愣头青。（对肖勇）人我帮你送到了，你欠我一个人情。

肖　勇　什么意思？

李　虎　你就真让这么一姑娘自己在大山里面窜？遇到野猪什么的怎么办？

白　娴　不怪他，是我没联系上他。（对肖勇）我本来在山脚不敢进来，他就好心带我过来了。

李　虎　我就一开路的，举手之劳。（对肖勇）你给老头子立的碑呢？

肖　勇　树上。

　　　　［李虎绕着桂花树走了一圈，摸着上面随着树木生长已经有些斑

驳的刻痕。

李　虎　他自己要求的？

肖　勇　（点头）

李　虎　猜也是，他一直稀奇他这宝贝树得不得了。他走之前说什么没？

肖　勇　（沉默）

李　虎　关于我的？

肖　勇　（沉默）

李　虎　我可是一直惦记着您呢，可惜您比我先走。

肖　勇　那是他的责任，他必须做的。

李　虎　可我也得找碗饭吃，各求所需而已。再说，我感谢他还来不及呢，毕竟这门手艺还是他教我的，你说是吧？（停顿）算了，人都走了。我这几年蹲的牢把欠他的也还清了。

白　娴　他就是朴江吗？

〔李虎跪在矮坝前磕了三个头，就起身准备离开。

李　虎　我下次一定正式来拜祭您！（对白娴）这山里太危险不适合你们姑娘家，没必要来这受罪。

白　娴　我来之前就考虑好了。

李　虎　随你。（对肖勇）他真是白带你这么久。还有，你现在就像这山里的野人。

肖　勇　你这次要待多久？

李　虎　大家都是生活所迫，别难为我，也别难为你自己。

〔李虎毫无留恋地离开了，留下了肖勇和白娴两人。

白　娴　（对离开的李虎）谢谢你！（对肖勇）不好意思，我实在找不到路。

肖　勇　嗯。

白　娴　我叫白娴，是……

肖　勇　我知道。肖勇。

白　娴　也是，我们在信里都说过了。

〔肖勇自顾自地将扔在地上的行装都一一收拾起来。白娴想上去帮忙收拾，肖勇把猎枪塞到白娴怀里就自己抱着一堆东西进了屋。白娴明显被猎枪吓到，十分小心翼翼不敢随便乱动。

白　娴　你回来，枪！

肖　勇　（在屋内）带过来就行。

　　　　［白娴抱着猎枪小心翼翼地走到高脚楼小屋的门前，脚踩在木条上咯吱作响让白娴更加心惊胆跳，只敢小步移动。她到了小屋门口没有再进去。

白　娴　屋里太小了……

肖　勇　（在屋内）递给我就行。一个人待惯了没怎么收拾过。

　　　　［白娴将猎枪还给屋内的肖勇后就快速地跑离了仿佛摇摇欲坠的小屋。她来到桂花树旁，也仔细地观察着树上刻着的名字。

白　娴　朴江墓。

　　　　［白娴拿出自己随身携带的小本，开始涂涂画画，想把这个地方的细节都记录下来。肖勇从屋内出来，明显已经把自己收拾过了，胡子虽然还是满脸都是，但是已经整齐多了，能看到他的脸上满是疲惫。肖勇没有打扰白娴，只是轻轻地来到了白娴的身边看着她。

白　娴　（注意到肖勇）我想记录一下，好提醒我自己。

肖　勇　你会画画？

白　娴　（收起笔记本）只能简单做记录而已。这是你刻的吗？

肖　勇　是。

白　娴　他就是你书里那个朴江？

肖　勇　是。

白　娴　刚才送我过来的那个人叫什么啊？你们好像很熟的样子？你在书里怎么没有提到他啊？还有，我听他说好像那个朴江以前还做过护林员以外其他事情，是什么……

肖　勇　我一下子没法全记住你的问题。

白　娴　不好意思，我只是太好奇了。

肖　勇　我现在脑子有点乱，一下没法说清楚……

白　娴　我理解，我会在这待一段时间，你可以慢慢告诉我。

肖　勇　你要待在这？

白　娴　（把自己的军旅包解下来）太重了，我的包应该先放在哪？

肖　勇　不行！（停顿）不是……
　　　　〔白娴有点愕然，只能先抱着包不知所措。
肖　勇　（接过白娴的包）对不起，我只是突然有点不习惯。你可以住屋里。
　　　　〔肖勇快速把包放回了屋里后，把自己的一些东西顺带全部扔到了瞭望塔下的小棚内。
白　娴　我是不是打扰到你了……
肖　勇　没事，我只是一下子被他突然过来搞晕了。
白　娴　他到底是干吗的？为什么说自己蹲过监狱啊？而且你好像很怕他的样子？
肖　勇　你这么远过来先休息一下吧？
白　娴　对不起，我又没忍住……
肖　勇　是我没考虑周到，我这有很长一段时间没来过客人了。去上面吧，下面湿气太重了。
　　　　〔肖勇带着白娴上了瞭望塔。白娴对周围的景色充满了好奇。
白　娴　那棵桂花树从这看真美，那就是朴江种的那一棵吗？
肖　勇　对。（停顿）其实你应该听他的。
白　娴　谁？
肖　勇　李虎。他叫李虎。这几天这地方不会安稳的。
白　娴　他到底是做什么的？
肖　勇　专门在这一带搞偷猎的，我以为他还要在牢里待几年。
白　娴　那朴江……他说朴江是他师傅。
肖　勇　那是很久以前的事了。总之，他回来了这地方肯定不安全，你……
白　娴　怕什么，你不是在这吗？好歹你也是上过战场的老兵，我相信你。
　　　　〔静场。
肖　勇　是吗？（停顿）他回来了就说明不止有一个人。
白　娴　他送我过来的时候只有他一个人，但是我听到其他地方有枪声……
肖　勇　就和以前一样。
白　娴　我以前做梦的时候还梦到过战场上子弹乱飞的场景，都能感觉得到声音好像在耳朵边炸开了。可是那个声音却像炸豌豆的声音，

"啪"的一声就没了，但直觉告诉我那就是枪声。

肖　勇　你上过前线？

白　娴　没有。

肖　勇　你不害怕？

白　娴　我都没来得及害怕，就已经什么声音都听不到了。前线的人也都是这样吗？

肖　勇　我害怕听到子弹的声音。没人想听到那个声音。

白　娴　我认识一个人也去了前线。

肖　勇　他回来了吗？

白　娴　也许快回来了。

肖　勇　（停顿）能帮我看一会儿林子吗？我有点累。

白　娴　可是李虎？

肖　勇　我了解他，他很有耐心。

　　　　［肖勇下了瞭望台钻进了瞭望塔下的小棚子里。白娴孤零零地倚在瞭望塔上用望远镜随意地看着远处。白娴拿出自己的本子继续画着自己眼中看到的这片丛林，远处传来风吹树梢的沙沙声让一切显得很安详。

第一幕　第三场

［在舞台前侧的病房的一角再次渐渐亮起来，后面的一切归于寂静，只能听到在病房中的白娴和女儿高颖谈话的声音。但是舞台后方瞭望塔上，依然能看到年轻时的白娴倚在护栏上并没有静止不动。

［在病房的一角中，高颖仍然保持着依偎在白娴身边的姿势。

高　颖　妈，那会儿你真的不怕吗？

白　娴　怎么可能不怕？

高　颖　那我要听真的。

白　娴　我总得稍微润色一下吧。（停顿）大体情况其实差不多，这么多年了，哪记得那么清楚。

高　颖　那个李虎和我们认识的是一个人吗？

剧本写作训练

白　娴　是。

高　颖　真的看不出他以前是那样的。

白　娴　谁没有年轻气盛的时候呢？我那会一个人就敢闯到大丛林里不也是不计后果吗？

高　颖　我要是有你一半的决心，说不定现在早把家里那点破事结了。

白　娴　他还是不同意和你离婚吗？

高　颖　是我太瞻前顾后了……（停顿）妈，不提他了，那天然后呢？

〔病床上的白娴望着瞭望塔的方向。

〔舞台后侧的光线开始变化起来，光线越来越暗，瞭望塔上的白娴已经睡着完全没有受到影响。肖勇提着煤油灯从小棚中钻出来慢慢爬上了瞭望塔。肖勇为白娴带去了一件军大衣，两人并坐在一起似乎在交谈，但是观众完全听不到声音。

白　娴　我睡着了。睡得很香。

高　颖　那时候不是才白天吗？

白　娴　我太累了。倒是晚上完全没睡着。

高　颖　那肖叔呢？

白　娴　他值夜，我和他一起守着林子。

高　颖　肖叔是不是见到你特别害羞？

白　娴　他一脸大胡子天又黑谁看得到？

高　颖　那总不能两个人坐着什么话都不说吧？

白　娴　一直是我在说话。他说我那时候跟他团长训他话一样，一句连一句。

高　颖　你小时候对我也是这样。

〔静场。

白　娴　要是妈这次没挺过去怎么办？

高　颖　哪一次你没挺过来，你就别吓我了好不好？

白　娴　（沉默）

高　颖　还是说肖叔吧，那天晚上你们聊了什么？

白　娴　（停顿）忘了。

〔高颖想扶白娴睡下，白娴依然固执地拒绝。

高　颖　妈，他们说的你也听到了，现在最需要的就是休息。

白　娴　我睡不着。

　　　　〔高颖又想去关窗户，还拉上了窗帘。

白　娴　开着。

高　颖　妈！

白　娴　开着。

　　　　〔高颖不再和白娴争执，只是自己坐在病床边上守着白娴。舞台后侧，朴江的鬼魂从黑暗中出现走到了桂花树旁，坐在桂花树下望着上场口的方向。病床上的白娴透过窗户看到了朴江的鬼魂。瞭望塔上的白娴好像也注意到了，站到瞭望塔的边缘也直直地看着朴江的鬼魂。突然舞台后方的丛林中传来了一声枪响，紧接着又是一阵连续的枪响，预告着偷猎的活动已经展开。朴江的鬼魂也在枪响之后消失，舞台后方的声音再一次能听到，全是各种虫兽的声音。

　　　　〔病房中白娴自己下床拉上了窗帘。

高　颖　我来就好。

白　娴　我还能动。（停顿）去把医生叫来。

高　颖　怎么了？

白　娴　我们回家吧。

高　颖　治疗还没……

白　娴　去。

　　　　〔高颖离开了病房，白娴自己回到病床躺下拿起书读起来。舞台后方瞭望塔上的白娴下了高塔跑到了桂花树旁，却什么也没有找到。肖勇也紧紧跟在后面。

白　娴　（老年）"他离开的前一天晚上，他只说他去休息了，什么话也没告诉我。"

肖　勇　你先回屋子里吧。

白　娴　你看到了吗？

肖　勇　看到什么？

白　娴　没什么。我们现在怎么办？

肖　勇　（停顿）等。

白　娴　（老年）"我到山下躲了整整一周，头七回来的时候，我尝试着去做他每天做的事。当我发现我无比熟练的时候，我就知道我走不了了。"

白　娴　他们都这么嚣张了还等什么啊？我们下山去报警吧。

肖　勇　还不行……

白　娴　为什么？你不去我一个人去。

　　　　［白娴准备离开被肖勇拦了下来。病床上的白娴关掉了病房的灯卧床睡下，病房只能看到窗外的光透过窗帘映得屋里暗蒙蒙的。

肖　勇　先不说天黑山里找不到路，就算我们去了大晚上也没人在。

白　娴　那我们就只能在这等着？

肖　勇　（沉默）

白　娴　我听不到声音了。

肖　勇　他们也在等。

白　娴　以前你和朴江在一起的时候也总是面对这些事吗？

肖　勇　这也是我第二次。

白　娴　现在是几点了？

肖　勇　（摇头）我很早就不记时间了。没有意义。

白　娴　你在这待了多久了？

肖　勇　四年。

白　娴　一直一个人？

肖　勇　（指了指朴江的墓）还有他。

白　娴　对不起。

　　　　［肖勇站起身犹豫了一下还是准备离开。

肖　勇　我去山里摸摸情况。

白　娴　我呢？

肖　勇　留在这藏好，别和人起冲突……他们只是打猎，不会对你怎么样的。

白　娴　我和你一起去！

肖　勇　带着你不方便。

白　娴　你觉得我是累赘？

肖　勇　你不熟悉这路，又是晚上……

　　　　［白娴拉住肖勇，执意倔强地跟在肖勇身边。

白　娴　我和你一起去。

肖　勇　这和你们城里人待的环境不一样，你听不懂吗？

白　娴　（停顿）我只是有点害怕……

肖　勇　我还以为你连上战场都不怕。

白　娴　我怕黑。

　　　　［肖勇没有反驳白娴，顺从白娴的意思留下倚靠在瞭望塔上望着朴江墓的方向。

肖　勇　我刚从越南回来的时候晚上宁愿睡在这也不愿意进屋。这片林子老让我想起我驻守的猫耳洞周围那片林子，我一闭眼就好像又被塞到洞里一样。

白　娴　你怀念打仗的时候吗？我一直想去真正的前线看看……

肖　勇　前线就是狗屁，我们永远听着捷报却要没日没夜躲在那个狗屁洞里……

白　娴　可电台里说的是你们势如破竹……

肖　勇　你相信吗？

白　娴　相信，因为我哥哥也跟你们在一起。他经常寄信回来报喜……

肖　勇　我也编过这些，骗家里人安心罢了。

　　　　［白娴沉默。

肖　勇　对不起，他说的也许是真的。我们有很多团分散在几个阵地……

白　娴　我相信他。

肖　勇　你哥现在在哪？

白　娴　前线。

肖　勇　已经结束了，两边都说自己赢了。

白　娴　他还没回来就没有结束。（停顿）哪有和女同志聊这些的，说说你吧。

　　　　［肖勇摇头。

白　娴　要不我帮你把胡子剃了吧，我以前也经常帮我哥剃的。

肖　勇　不用，我习惯了……

　　　［白娴自己兴致勃勃地跑到屋内去拿工具。

白　娴　（在屋内）剃刀在哪啊？

肖　勇　我只有剪刀。

　　　［白娴拿着剪刀回到瞭望塔。她试图一点点帮肖勇剪掉胡子，但是剪刀不顺手白娴总是不方便下手。肖勇虽然略微有点抵触但紧张地不敢乱动，白娴不小心伤到了肖勇，让肖勇一下弹了起来。

白　娴　对不起，太黑了没注意。

肖　勇　没事。

　　　［舞台后方的天空开始出现微光。两人都不再交流，默默地出神。

白　娴　我们在这什么也干不了。

肖　勇　天快亮了。

白　娴　现在是几点了？

肖　勇　等天亮了就到早上了。

　　　［静场。后方丛林里的各种声音此起彼伏。

白　娴　我不该来的。

肖　勇　你本来就没必要过来。

白　娴　你和朴江以前遇到过这种事吗？

肖　勇　（点头）

白　娴　你怕吗？

肖　勇　（沉默）

白　娴　打仗也是这样吗？大家都等着？

肖　勇　对。

白　娴　那我们要等到什么时候？

肖　勇　天亮。

　　　［幕落。

第二幕　第一场

　　　［舞台布景同第一幕。但后面的丛林却完全隐于黑暗中，只有病房的一角在透过窗户的微弱月光下能勉强看清。白娴侧躺在床

上，朴江的鬼魂坐在旁边椅子上几乎整个人藏在阴影中，无法让人看清。

［白娴一直在床上辗转反侧，但是朴江的鬼魂像雕塑一样一动不动。白娴翻身起床想够到床头柜上的水杯，但身体乏力无比，最后只能尽力勉强撑起身子靠坐在床上才拿到水杯喝水。

朴　江　对不起，我帮不上忙。

白　娴　我自己也能行。

朴　江　你总有到不行的时候。

白　娴　我等不到那时候了，我心里清楚得很。

朴　江　（停顿）你没必要把他们都赶走，你不是负担。

白　娴　他们也有自己的事，我不可能把他们全绑在自己身边。

朴　江　这是他们唯一能做的了，至少在你走之前……

白　娴　（沉默）

朴　江　我都记不得我那时候的感觉了，心里模拟了千百遍结果，最后倒是真正经历之后却反而毫无感觉，只能选一个合适的感受去欺骗别人……

白　娴　我没考虑过。（停顿）我倒是记得我爸走之前，把我们所有人都轰出去了。

朴　江　为什么？

白　娴　他说不想让我们看到他走。那会大家都围在门口，谁也没说要进去的话。我们都在等，现在也说不清是等什么，等他走？还是等谁第一个推门进去？

朴　江　你们只是害怕而已。

白　娴　你呢？你等了一辈子，走了都不愿意放弃，你害怕吗？

朴　江　鬼能怕什么？对你们来说我甚至压根不存在。

白　娴　你怕你等不到你要等的人回来。

朴　江　是吗？（停顿）那你呢？

白　娴　我清楚我想等的人永远也不会回来。你还记得我们的约定吗？

朴　江　我早忘了。

白　娴　我知道那天快来了。

〔朴江的鬼魂没有回应白娴,已经消失在黑暗中。白娴将病房的灯打开,病房中空无一人,只有白娴独自坐在病床上。白娴凝视着窗户外的桂花树,朴江的鬼魂悄然坐在树下一直望着上场口的方向在等待什么。白娴默默将病房的灯关掉,让自己再一次埋在黑暗里。病房的一角也渐渐暗下去不被观众看见。

〔朴江的鬼魂望见了有人靠近,便藏在了桂花树后消失了。李虎单手费力地拖着一个鼓囊的大蓝布袋上场,布袋上斑斑驳驳地被染成了淡黑色,另一只手扛着一把脏兮兮的猎枪挪到了桂花树下。李虎虔诚地跪在桂花树下向朴江的墓磕了三个头,久久没有起身。

李　虎　我又来看您了。

〔李虎起身后顺势就坐在了大布袋上歇息,掏出了随身包着的烟草准备卷烟,但将要点火之际却想起了这是朴江的墓前,犹豫了一下把自己整包的叶子小心翼翼地放在了桂花树上。

李　虎　当我孝敬您的。

〔丛林里的天色也逐渐亮了起来,但雨后的乌云仍然遮挡了一部分阳光显得天色有些沉闷。

李　虎　(拍了拍身下的布袋子)看看,您教的我都没忘,一逮一个准。(停顿)我说了我肯定会回来好好拜祭你的,这就当是我的赔罪了。本来我还带了炮仗,可惜全淋湿了,您就先这样将就着,下回再补。

〔肖勇悄悄从瞭望塔下来,自己远远坐着没有想打扰李虎的意思。

李　虎　我才进去几年,您也走得太快了,我是跟不上了。肖勇那崽子说你走之前没惦记我,我是不信的。好歹我也在您手下见过这么多世面……我今天来,除了拜祭你老头子,还有就是专门给您澄清一下。您把我弄进去,我绝对没有一丁点儿怪您的意思,那是你该做的,我懂。(停顿)师傅,这回我终于找着那只瘸腿货了,现在都一小窝了……算了,估计您现在也不爱听。

〔李虎恭敬地把手上的猎枪插在朴江的墓上。

李　虎　这枪您记得吧,我好说歹说给您要回来了。我上次看你这太寒碜,就想着自作主张让你在下面也能壮壮面子。（停顿）您凭良心说话，我对你够好了吧，不像某些人屁都不放一个。

［肖勇不想和李虎做任何争辩准备回到瞭望塔上。

李　虎　你躲什么躲？早看到你在那跟木头一样杵着。

肖　勇　你弄完了就可以走了，别在这瞎晃。

李　虎　走？你不应该把我绑上送山下公安吗？报警没？不会还没报吧？

肖　勇　（沉默）

李　虎　老头子走了你屁都不算。我刚说的话你都听到了？好好学着。

肖　勇　我自己有打算，不用你操心。

李　虎　我劝你快点收拾好去山下备个案，不然等你摸下山人家可就下班了。

肖　勇　我们能送你进去一次就能送你进去第二次。

李　虎　不是全靠老爷子？你？（停顿）那小姑娘呢？送人家下山没？

肖　勇　不关你的事。

李　虎　她还没走？你有本事啊。

［李虎环视了一圈没有白娴的影子，兴趣索然准备离开。

李　虎　我今天过来就是给你透个风，我兄弟找到一窝大货结果给放跑了，这两天你就老实窝屋里，不然不是被那窝老虎撕了就是被我兄弟看错崩了，懂吗？（指着大蓝布袋）我顺手弄的孝敬老头子的一点心意，你就帮他收着，当便宜你了。

［白娴从高脚屋里冲了出来，肖勇马上冲上去护在白娴的身前。

白　娴　等等。

李　虎　你一个姑娘家胆子真是大。又要我带你下山？

白　娴　不是，你和朴江很熟对吧？我想请你帮个忙。

肖　勇　（对白娴）那些小事我就够了，没必要和他纠缠。

李　虎　人家姑娘找我帮忙，你管这么多闲事干吗？

白　娴　（对肖勇）我只是想多了解一点朴江。毕竟我是书的编辑，这也是我来这里的理由。（对李虎）我只是想简单地问一下你对朴江的认识，一点小小的采访，可以吗？

李　虎　老头子？可以。

白　娴　先声明，这不代表我认同你偷猎的行为，这是违法的。

李　虎　我正大光明地打猎也叫偷猎？没这么多婆婆妈妈的，我不懂你们城里人那一套，有问题直接问，我想说的都说。

肖　勇　要不算了吧？

白　娴　（摇头，拿出自己随身带着的小本准备记录）第一个问题，你和朴江怎么认识的？

李　虎　你就准备站在那问？这么远我扯着嗓子也累。你过来省得我费力。

　　　　［白娴犹豫了一下直接就走了过去，肖勇没有说话只是紧紧贴在白娴的身后，不敢让她一个人过去。白娴的注意力却全被李虎身边的大袋子吸引了。

李　虎　（对肖勇）你怎么跟膏药一样？（对白娴）你问吧。

白　娴　（指着布袋子）那是什么？

李　虎　我孝敬老头子的东西。

　　　　［白娴没有理会李虎，自顾自地就拆开了袋子好奇地辨认里面的东西，却被野猪的尸体吓到了，脸色不好地远远躲到了一边。李虎有些幸灾乐祸地重新将袋子系好。

李　虎　成色不错吧，我可是挑过的。

肖　勇　（对白娴）要水吗？

白　娴　（摇头）那里面是什么东西？

肖　勇　估计是偷猎的东西。

李　虎　野猪，刚打的。（对肖勇）山里多着呢，你说是吧？

白　娴　我没事。

李　虎　对嘛，反正要下锅的东西，死活不都一样吗？（对肖勇）你还杵着干吗？给人女娃拿个凳子来啊。

　　　　［肖勇虽然不想离开，在白娴的安抚下还是进了屋为白娴取凳子。李虎坐在袋子上打量着白娴。

李　虎　你刚想问我啥来着？（拍了拍布袋）要不你先坐这？

白　娴　（摇头）你和朴江是怎么认识的。

李　虎　他是我师傅。

白　娴　这我知道。

李　虎　他告诉你的？那他有没有告诉你老头子以前是这片山里最老练的猎人？山下多少卖皮的那会儿指着老头子过活呢。

白　娴　朴江也干过偷猎？

李　虎　我在他手下的日子可忘不了。

　　　　［肖勇没有拿凳子出来，而是提着猎枪就小心地对着李虎走了出来。

肖　勇　你该走了。

李　虎　怎么？你想动手，当年把我弄进去可也算你一份。老头子我不能怎么样，你我可就管不上了。

白　娴　（把肖勇拦住）你干吗？

肖　勇　我们警告过你。

李　虎　我就是看不惯老头子带着你这么个厌货在身边，亏你还是打过仗的人，对上猴子怕不是第一个跑路的人？

　　　　［肖勇对于李虎的侮辱反应激烈，直接越过白娴直直对上了李虎，但是李虎并没有过多的惧色。就在两人僵持的时候，丛林的后方传来几声粗犷的山歌吆喝，整个丛林似乎一下就活了过来。

白　娴　你闹够了吗？

李　虎　（对肖勇）你听到了吗？我兄弟催我呢。

肖　勇　如果我现在就把你崩了，这片林子是不是就安稳了？

李　虎　朴江就是这么教你的？你真是丢了老头子的人。

　　　　［静场。白娴一直拦住肖勇，不希望肖勇犯错，肖勇把枪扔给白娴转身就离开进了高脚屋，白娴呆呆拿着猎枪不知所措。李虎接过白娴的猎枪下了子弹再还给白娴。

李　虎　吓着了？

白　娴　（沉默）

李　虎　他估计也是学得老头子的臭脾气。他就那点破胆能干吗？你还有啥要问的，我得走了。

白　娴　（摇头）我来这只是想知道真实的朴江是什么样一个人，我没想过会遇到这么多……

李　虎　（停顿）爆。我这么多年也没想通按他的性格怎么能在这鸟地方一个人耗这么久。

白　娴　他有告诉你他为什么当护林员吗？

李　虎　（摇头）我没问过他，但他肯定有自己的理由。我再见到他的时候，他就已经和那崽子在一起了，我就是在他们巡山的时候被老头子绑了。

白　娴　你当时没逃？

李　虎　逃什么，我欠他的。

白　娴　（停顿）肖勇为朴江写了一本传记，我就是为了这个才来的山里，我想多了解朴江一点。

李　虎　他替老头子写书？我能看看吗？

白　娴　还没出版呢。

李　虎　那帮我转告肖勇，如果出版了，不管我在哪，我要一本。

白　娴　好。

李　虎　可惜了，老子不识字，也不知道肖勇是夸老头子还是骂老头子。那会儿就该跟着老头子多学点……没想到老头子都走了这么久了。

〔突然山林间传来接连几声人模仿的诡异急促的尖啸。李虎整个人突然兴奋起来，让白娴十分诧异。

李　虎　终于逮到了。

白　娴　逮到什么了？

李　虎　白娴是吧？我现在可以马上送你下山，你下了山就别再回来，山里这两天有得闹了。

白　娴　你们在搜山？你根本不是来拜祭朴江的？

李　虎　（停顿）我说是你相信吗？我该走了，劳烦你一个女娃子听我唠叨这么久。（对着屋里的肖勇大喊）你真不来绑我，你不绑我，我可就走了？

〔肖勇在屋内没有回应李虎，李虎准备离开却被白娴拦下了。

李　虎　你还是想通了要下山？

白　娴　（摇头，指着大布袋）这东西怎么办？

李　虎　你们替老头子收着吧。

　　　　　［李虎用和之前传来的尖啸同样的声调回应着，他渐渐走远消失在丛林里。白娴试着将布袋挪走，却无比费力只好放弃。

白　娴　肖勇！

　　　　　［肖勇从屋内出来接手了布袋，可是拖到朴江的墓前又不动了。他跪在朴江墓前磕了几个头没有说话。

白　娴　我们得马上去报案。

肖　勇　我想先一个人待一会儿。

　　　　　［白娴赌气独自离开想要下山。朴江的鬼魂出现在瞭望塔上看着肖勇方向，视线却慢慢飘向远方。林子里突然再一次陷入一片寂静，人声全然听不到了。

第二幕　第二场

　　　　　［舞台上一片黑暗，什么都看不见了，只能听到心电监护仪微弱平缓的嘀嘀声。但是后方传来一个小孩子轻轻哼唱《摇啊摇，摇到外婆桥》的歌声，显得十分静谧舒缓。

男　孩　摇啊摇，摇到外婆桥

　　　　　外婆好，外婆好，外婆对我嘻嘻笑

　　　　　糖一包，果一包，外婆买条鱼来烧。

　　　　　头勿熟，尾巴焦，盛在碗里吱吱叫，吃拉肚里豁虎跳。

女　人　过来，我们该走了。

男　孩　妈妈，你听我唱，刚才那个护士小姐姐教我的。

　　　　　［舞台上病房的一角再次显露出来，观众在灯光的照耀下独独只能看到心电监护仪，其他地方仍然隐藏在黑暗里。心电监护仪的嘀嘀声由慢变快，声音也逐渐变大扰乱了小孩子哼歌的节奏。

男　孩　跳啊跳……跳啊跳……我忘了……

女　人　乖，妈妈赶时间，回去教你啊。

　　　　　［心电监护仪的声音再次由急变缓，声音也越来越微弱直至消失，舞台上再次陷入了黑暗。随后小孩子哼歌的声音也越来越弱，直至消失。

男　孩　哦。

　　　　摇啊摇，摇到外婆桥。
　　　　外婆对我嘻嘻笑
　　　　外婆对我嘻嘻笑……
　　〔病房的一角逐渐在昏暗的灯光中再次稍微明朗起来，但是可以明显地看到白娴的病床上已经没有人。高颖正在整理病床上凌乱的床单和被子，她看到了白娴放在床头柜上的书，随意翻阅了一下就收了起来，然后关上了病房的灯匆匆离开了。病房的一角也渐渐陷入了黑暗。
　　〔舞台后方的月亮在乌云散开后显露出来，照出来丛林和瞭望塔的轮廓。桂花树下可以隐约看到肖勇靠坐在树下的影子，但也没有任何声音显得极其宁静。但是高脚屋内突然亮起了灯光，白娴披着军大衣出现在高脚屋门口凝视着肖勇的方向，发现没有任何声响就只能靠在门弦上呆呆望着月亮。

肖　勇　睡不着？
白　娴　（吓了一跳）你没睡着？
肖　勇　我不能睡。
白　娴　你两天没休息了，会撑不住的。
肖　勇　（沉默）
白　娴　我陪你吧。
　　〔白娴回身进屋提了煤油灯径直走到肖勇的身边坐下。
白　娴　你冷吗？
肖　勇　（摇头）
白　娴　山里晚上真的挺冷的。
　　〔白娴坐下后就快缩成一团不断紧紧贴着肖勇，肖勇没有任何抗拒好像一直在愣愣发神。
白　娴　今天月亮怎么这么圆？
肖　勇　（沉默）
白　娴　不懂风情。
　　〔静场。两人都缩成一团好像定格了一样。
肖　勇　我是不是特别没种？

白　娴　你指哪方面？

肖　勇　（停顿）你为什么非要来这地方？

白　娴　我说过了，我是编辑，我有责任为……

肖　勇　我不信。我自己写的东西什么样我还是有自知之明的，不可能值得你一个姑娘家冒这么大的风险跨大半个中国来找我。

白　娴　说明我负责呗。

肖　勇　你说你哥哥也在越南？他是哪个团的？

白　娴　（停顿）我不知道。他没说过。

肖　勇　那他现在在哪？

白　娴　（沉默）

肖　勇　对不起。我不知道……

白　娴　我还收到过他的信！他保证过，边境安定下来他就会回家。

肖　勇　猴子不会再和我们打了，已经结束了。

白　娴　还没有，前线的大部队都还没有回来呢。

肖　勇　也是电台说的？我当年跟着大家从这片大山出了境，我们气势昂仰要一路走到猴子老窝……现在我一个人在这守着，没人回来。但是他们都说结束了。

白　娴　你不是回来了？

肖　勇　我们没有输给猴子，输给它了。（肖勇拍了拍地板）我们终究是入侵者，也受到了惩罚。我一直想着再回去，只是没有勇气了……

白　娴　我知道哥哥还在前线坚持……

肖　勇　所以你要来？

白　娴　我想看看他奋战过的地方，我做梦都想去那看看。你是个军人，我相信在你身上一定能看到我哥哥的影子。

肖　勇　我和他不一样！（停顿）你比我勇敢。

　　　　〔肖勇似乎回想起了很多事，没有再说话。瞭望台上，朴江的鬼魂在忽明忽暗的煤油光亮中突然出现，他直直地看着肖勇。肖勇也注意到了朴江的鬼魂，被惊到不敢动弹。

白　娴　你怎么了？

朴　江　（对肖勇）我一直在等。

剧本写作训练

肖　勇　我一直在等。

白　娴　等？

朴　江　可我忘了我为什么要等。

肖　勇　我知道我为什么等。

白　娴　肖勇！

　　　　［肖勇在白娴的帮助下回过了神，有些惊魂未定。瞭望塔上的煤油灯却突然熄灭，朴江的鬼魂瞬间消失不见了。

白　娴　你没事吧？

肖　勇　我看到朴江了。（指着瞭望塔）他刚刚就在那。

白　娴　（停顿）去休息吧，你不能再强撑了。

肖　勇　不行！他们还会再来的。

白　娴　我们现在又能做什么？等？

肖　勇　等。

白　娴　我们什么也做不了！

肖　勇　朴江说得对，我不适合干这行。几年前朴江抓住李虎的时候，我也只是看着，现在他走了。

白　娴　你还在，我也在。

肖　勇　谢谢你。

　　　　［白娴靠近了一些肖勇。

白　娴　我知道你是战场上拼回来的老兵，但你仍然宁愿接下朴江的责任守在这大山里这么多年，我就知道你身上有一些东西，你，我哥哥，你们冲上最前线的人共有的东西！

肖　勇　（沉默）

白　娴　我只是不知道你为什么这么低沉……

肖　勇　你现在很失望吧！

白　娴　（摇头）我相信你总会告诉我原因的。

肖　勇　他们好久都没有动静了。你去休息吧，我一个人守着就行。

白　娴　不行，你去休息。不过明早你得起来接我的班哦！

肖　勇　谢谢。

　　　　［肖勇没有再和白娴争辩，他轻轻拥抱了一下白娴就离开回到了

瞭望塔下的小棚子中。白娴独自窝在桂花树下有些许的害怕，又独自缩了缩自己的身体等待着明天的到来。丛林中隐隐约约传来几声狼嗥叫的声音，白娴只能把油灯向自己身边靠了靠让周围显得更加明亮一点。白娴轻轻哼着旋律不清的国际歌的调子想盖过丛林中不时传来的声音，却又尽量压低自己的音量避免吵到肖勇。

［在白娴哼唱的时候，朴江的鬼魂也敲打着树干合上了白娴的调子，而且越来越清晰。白娴注意到了不对劲的地方，渐渐减弱自己的声音直至消失。但梆梆的敲击声依然清晰地飘荡在白娴的周围。白娴被吓到后用大衣整个盖住了自己的头一动不动。但敲击声戛然而止，周围又恢复了安静。

白　娴　有人在吗？

　　　　［白娴想露头出来看看但仍然拿不出胆子。

白　娴　你还在吗？

朴　江　还在。

白　娴　这一点都不好玩！（停顿）你为什么要吓我？

朴　江　你占了我的位置，我没有地方去了。

白　娴　什么？

朴　江　我每天都在这，可你占了我的位置。

白　娴　你是朴江？

　　　　［白娴快速偷偷露头出来看了一眼又马上缩了回去。她确定周围没有任何异样的时候才放心大胆地露头仔细观察周围，却什么都没有。她紧紧缩在油灯的光亮中探查周围，却什么也没发现。

白　娴　喂？你在哪？

朴　江　这，树后面。

白　娴　为什么不出来让我看看你是不是骗我？

朴　江　我不敢出来。你在。

白　娴　你能走吗？

朴　江　我不知道去哪。

　　　　［白娴试图绕到树后去看看朴江的鬼魂，但是在犹豫中还是放

弃了。

白　娴　那我们就保持这样，谁也不吓唬谁好不好？

　　　　　［白娴和朴江的鬼魂都没有再说话，白娴又缩回了桂树下面，但是极其警惕地观察着周围。朴江的鬼魂又开始有节奏地敲打树干，声音显得极其诡异。

白　娴　你会吵醒肖勇的。（停顿）我姑且相信你是朴江。

朴　江　你认识我？

白　娴　你是这片林子的护林员，生前带着肖勇看着这片大山……你以前还当过偷猎人。而且你死前患了阿兹海默症……

朴　江　我记得一些，你对我很熟？

白　娴　肖勇为你写了一本传记，叫《狂想曲》，我是他的编辑。

朴　江　我能看看吗？（停顿）算了，我看不了。你相信我存在？

白　娴　（沉默）

朴　江　你知道我在这就应该逃走了。

白　娴　如果你没骗我，你能看到其他人吗？和你一样的……人？

朴　江　我没有离开过这。

白　娴　你每天都在这？

朴　江　我尝试过离开，可每天晚上，我总是会走回到这棵树下。

白　娴　你在等谁？

朴　江　忘记了。（停顿）你呢？你为什么要占我的位置？

白　娴　等你徒弟李虎离开。

朴　江　他是我徒弟？难怪专程来见我。

白　娴　你真的什么都不记得了吗？

朴　江　记得又有什么意义呢？（停顿）你呢？为什么你会遇上我？

白　娴　你见过我哥哥吗？如果你没见过也许他还……

朴　江　我说过我没有离开过这。

　　　　　［静场。

白　娴　我从没见过你，却感觉看到了你的大半辈子。

朴　江　我自己都记不得了。

白　娴　我哥哥以前老是说，了解一个人后你总是编造一些不存在的记忆。

就像你，我感觉我们已经不是第一次见面了。

朴　江　你说这些对我没什么意义，我不认识你，也不认识你哥哥，我只是想待在我应该在的地方。

白　娴　我以为你能帮我。

朴　江　我连自己都帮不了。

白　娴　我来就是想知道他的消息，到了这我才开始害怕。（停顿）你出来吧，也许我能帮你记起来？

朴　江　没用的。也许我们都在等一个毫无希望的目标实现。

白　娴　但人总得有一个目标吧？

朴　江　如果连目标是什么都不知道呢？

〔白娴沉默。

〔丛林间又有群鸟被惊起的喧闹声，却马上被死一般的寂静压了过去。白娴的煤油灯也渐渐暗了下去，终于还是熄灭了，只有微弱的月光照下来。

白　娴　你守在这会有寂寞的感觉吗？

〔朴江的鬼魂已经消失，没有人回答白娴。

白　娴　要不我们见一面吧？

〔白娴没有得到朴江鬼魂的答复，终于鼓起勇气绕到了桂花树的后面，可是什么也没有看到。丛林中突然升起一道火红的亮光，然后整个丛林似乎都沸腾了。一声长长的尖啸后，丛林里传出来第一声枪响，所有声音戛然而止。

〔幕落。

第三幕　第一场

〔在黑暗中，舞台上什么都看不见，前两幕的布景都已经消失了。舞台的正中央有着一个高高耸立的瞭望塔。瞭望塔的上半部分是极其现代的石砌钟楼的样式，正对观众的一面还挂着一盏指针歪歪扭扭的椭圆挂钟。而瞭望塔的下半部分却是和前两幕的木架搭起来的瞭望塔一样，木质的框架上用硕大的芭蕉叶遮盖了起来，但是底部用油纸支出了一个小棚子，看起来只能容纳一个人的大小。整个瞭望塔都倾斜着仿佛上面的石块会随时把脆弱的木质框架压得倾倒。

［老年的李虎虽然体形有少许佝偻了，但是仍然健硕。他推着已经坐上轮椅的肖勇走到了舞台前方。肖勇手中捧着一本《狂想曲》默默坐在，两位老年人都没有说话。但舞台后方一阵急促的警笛的声音在黑暗中伴随着光亮一滑而过。

李　虎　快八点了。

肖　勇　她几点进去的？

李　虎　四点。

肖　勇　现在天都快大亮了。（停顿）又麻烦你送我。

李　虎　（摇头）你觉得这次她能挺过来吗？

肖　勇　她每次都挺过来了。

李　虎　你有没有想过如果在里面的是我们呢？

肖　勇　那我宁愿拔了管子两腿一蹬了事。

李　虎　你不怕？

肖　勇　怕什么？这么大岁数了怕顶用？

李　虎　你现在倒是想得通透，搁以前你不得……

肖　勇　行了，破事值得说一辈子？（停顿）多捡了这几十年的命知足了。

　　　　［三声悠扬的钟声从后面的瞭望塔传来打断了两人的交流。

肖　勇　八点了。

李　虎　如果她真没出来……

　　　　［高颖从上场口小快步跑了过来，她手里还捧着两杯牛奶。

高　颖　李叔，肖叔，你们先垫一点吧。

李　虎　谢谢。

肖　勇　你妈情况怎么样了。

高　颖　（摇头）我同事说急没用，只能等着。

李　虎　你也得休息一下。但我们两个实在帮不上什么忙。

高　颖　我还得替妈谢谢你们赶过来。（对肖勇）肖叔，妈在书里写的那些东西你看了吗？

肖　勇　看了。（把书还给高颖）到她这个年纪难免有些臆想，你别放在心上。

高　颖　妈这段时间经常胡言乱语，然后就出了这个事……

肖　勇　也许她说的是真的呢？你可以试着去理解她。

　　　　［静场。

高　颖　我在医院见过太多人来往赴，我以为我早麻木了。可我知道这次不一样。

肖　勇　没事的，不是每一次都过来了吗？

李　虎　（对高颖）带我们回病房吧，你必须休息一会儿。

高　颖　我睡不着。

肖　勇　闭眼躺着也好。听你李叔的话。

　　　　［高颖顺从地帮助李虎推着肖勇往下场口方向走准备离开。两个戴着军帽拿着玩具枪的小男孩突然从他们身边冲过，差点撞到了肖勇的身上。

肖　勇　打仗可得看清楚前面的路，知道吗？

男孩一　（点头）

男孩二　你快点，我要跑了！

　　　　［男孩一急忙整理了一下装备赶了上去，然后举起枪模仿开枪的动作和声音。

男孩一　你中枪了，快倒下！

男孩二　才没有。

男孩一　你又要赖！

　　　　［两个小孩子追进了幕后，后面传来嬉笑的声音。其中一个孩子笑着叫起来："好吧好吧，我死了！我死了！"

李　虎　我们走吧，小孩子打闹而已。

　　　　［高颖没有说话直接推着肖勇离开了舞台。舞台上传来时钟的嘀嗒声，光线也越来越暗只能看到瞭望塔上的挂钟开始倒着转动起来。时钟的嘀嗒声越来越大，但是声音逐渐变成此起彼伏伐木的声音。随着树木在丛林倾倒的声音，舞台的后方传来偷猎者们齐声协力的号子声，显得激昂有力。

　　　　［年轻的肖勇背着白娴快步回到了瞭望塔附近。白娴的脚明显受了伤，肖勇小心翼翼地将白娴放下，急忙钻进小棚为白娴取来一堆瓶瓶罐罐准备为其敷药。肖勇为其上药的时候明显可以看

　　　　　　到白娴极其痛苦,但她咬着自己的衣服没有发出一点声音。
肖　　勇　叫出来就不疼了!
白　　娴　(摇头)
肖　　勇　听我的你怎么会受伤?
　　　　　[肖勇迅速帮助白娴包扎起来,用自己的包将白娴的腿垫了起来。
肖　　勇　以前我班长教过我一点,忍忍痛过就没事了。
白　　娴　(点头)
肖　　勇　你要下山为什么不叫我?
白　　娴　(摇头)
肖　　勇　还是疼?
　　　　　[舞台的后侧传来了一阵阵有规律的尖啸,白娴试图起来但是被肖勇拦下了。
白　　娴　我好了。
肖　　勇　放屁。
白　　娴　再不去就没时间了。
肖　　勇　我说了这不是你该管的事,你为什么不能老老实实待在这?
白　　娴　你怕他们?
肖　　勇　(沉默)
　　　　　[白娴独自站了起来,肖勇虽然想去搀扶但是被白娴推开。高颖推着老年肖勇出现在舞台的前侧。
高　　颖　肖叔,为什么你没有和我妈走到一起?
肖勇(老)　因为那会儿我逃了。
高　　颖　逃?
肖勇(老)　(点头)
白　　娴　朴江能做到的事为什么你做不到?
肖勇(老)　我和她不一样。
白　　娴　你,我哥哥,我相信你们面对过那些事情的人和我们不一样。
高　　颖　不一样?
肖　　勇　你为什么要把你幻想中那个人强加在我身上?

肖勇（老）　我从来不是她以为的那种人。

白　　娴　我幻想了谁？

肖勇（老）　她为了朴江，为了她哥哥，但绝对不是为我而来，我一直很清楚。

高　　颖　她告诉过你？

肖　　勇　你注定会失望，你早就心知肚明。

　　　　　［白娴气愤之中一巴掌扇在了肖勇的脸上。两人都安静了下来。

肖勇（老）　不需要她告诉我。

白　　娴　我什么时候能够走路？

肖　　勇　很快。

　　　　　［白娴没有再理会肖勇自己竭力想坐下但是实在难以办到，肖勇只能帮助白娴坐下。老年的李虎捧着一大束红玫瑰回到了台上。

李　　虎　这怎么样？实在没有其他的了。

肖勇（老）　（笑着）这不合适吧。

李　　虎　我就说你送的，好不容易挺过来，总得让她开心开心吧。

高　　颖　肖叔，没事。妈要是一出来看到估计马上心情就好了。

肖勇（老）　你也学会拿我开玩笑了？我就怕你妈又得气晕过去。

高　　颖　（沉默）

肖勇（老）　会没事的。

高　　颖　我们先上去等着吧。

　　　　　［李虎将手里的一大捧花交给了肖勇，高颖推着李虎离开了。舞台上只剩下了年轻的肖勇和白娴背对坐在瞭望塔旁。

白　　娴　你们在战场上会怕死吗？

肖　　勇　我会。

白　　娴　没有人不怕。

　　　　　［舞台上陷入了一片寂静，好像一切声音都消失了。

白　　娴　好像什么都没发生一样。

肖　　勇　他们已经准备好了。

第三幕　第二场

[舞台上的布景和上一场一模一样,但只有瞭望塔上的大钟能被观众看到。在黑暗中,老年白娴肖勇的声音传了出来:"他好像不相信我是个军人,但看到我兜里一直揣着的勋章才没有再深究。""他是个骗子。"

[在舞台前方靠近下场口方向渐渐亮了起来,有一扇紧闭的手术室大门,门框上一个大大的"手术中"的应急灯散发着绿光格外的显眼。观众现在只能看到稍靠舞台后侧的瞭望塔的上半部分,时钟上弯曲的指针正在走动,但伴随着的声音却是"嘀嘀"的心电监护仪的声音。

[老年的李虎已经靠在手术室门口的长椅上搭着大衣睡着了,身边放着一大束鲜红的玫瑰花。老年的肖勇坐在轮椅上手里正小心翼翼地翻动着那本白娴编辑的《狂想曲》,从中拿出了夹在里面的一封信。他看着书信的同时,又不由自主地念起了书信中的内容,但是尽量压低着自己的声音,好像不希望打扰到任何人。高颖守在肖勇的身边,但注意力全在那扇紧闭的手术室大门里。

肖勇（老） 这是她什么时候写的?

高　颖 （摇头）我也是意外发现的。

肖勇（老） "他是个骗子,昨晚他不愿意承认他已经向我做过的承诺。但是我知道,他肯定根本没有帮我的意思。就算他不说我也知道,那时候我就看到我哥哥了,朴江看到了,肖勇也看到了,他一定还待在某个我不知道的地方……"你看过这个了吗?"不过,对于我的部队编号他倒总是喜欢不经意间故意问起。但我每次都支吾过去,他再也没有问起我,我也再也没有提起过。这件事好像被我们同时遗忘了。"你是不是觉得我写的特别做作?

高　颖 （点头摇头）她出事之后我才发现的。她最近老是提起朴江来见她……我有点害怕。肖叔,你知道这是什么意思吗?

肖勇（老）（摇头）只是她的幻想而已。他哥哥，早就走了。等她出来，你亲自问问她就好了。

肖勇（老） 那会儿她还嘲笑过我呢。（停顿）现在连我们走过的路都比朴江长了，这些事情对我自己来说都只是记在书里的故事了，哪怕是我自己写的……

高　　颖（停顿）肖叔，你是不是没有写完这本书？

肖勇（老） 你为什么这么想？

高　　颖 书里只有你找到了朴江之后的事，那之前呢？我一直不懂，你为什么要找到朴江……

肖勇（老） 她没有告诉你？

高　　颖 她不愿意说。

肖勇（老）（沉默）

高　　颖 没事，我只是随口提一句您别记到心里。

肖勇（老） 你觉得我在书里是一个怎么样的人？老实说就行，不用顾忌我。

高　　颖 执着，勇敢，重感情……

肖勇（老） 都是我自己编的。书里当然有真的，不过大部分是我编的。仅仅是故事而已。

〔外面远远传来一声闷雷，手术室外的灯光都突然闪了几下。

肖勇（老） 书里那个肖勇不是我。（停顿）好久没在秋天听到雷声了，当年我还在越南的时候，我特别害怕这个。不光我们窝着的猫耳洞会被淹，对面也会趁着雷声突击，我永远分不清那些枪声是从哪边传过来，只能祈祷离自己越远越好。

高　　颖 我妈和我说过。

肖勇（老） 你妈可没亲自上过前线，不一样的。（肖勇重新读起了白娴留下的笔记）"他为什么会在那个时候出现？我感觉到我和他身处同一片战场，我害怕，所以他出现了。"

〔外面又是一声闷雷，明显感觉距离更近了。手术室外的灯光又频繁地闪了几下。

肖勇（老） 不会出什么问题吧？电压好像不太稳。

高　　颖　医院有备用线路，没事的。

〔两人仍然有些担忧地看着手术室的方向，这块区域也渐渐暗了下来，只能看到一块显眼的"手术中"的牌子仍然亮着绿光。在黑暗中，能听到老年白娴肖勇的声音："肖勇说过，他窝在猫耳洞里，我听雨砸在棚沿上的声音都像枪声，啪哒，啪哒……"舞台后侧的瞭望塔逐渐显现出来，白娴已经用一根木棍支着自己不让受伤的脚使力，手里提着一杆猎枪守在瞭望塔下面的小棚子门口。

白　　娴　快点。

〔肖勇背着一个军用包从里面钻出来，一言不发就准备离开。但是白娴行动不便，速度远远不如肖勇，肖勇刻意放慢了速度跟在白娴身边。

白　　娴　你不要管我，我会跟着你的。

肖　　勇　你还是留下吧。我一个人去就行。

白　　娴　（摇头）我都已经这样了没理由不做到底。

肖　　勇　你这样只是在拖累我。

〔白娴气愤地支着棍子一蹦一跳地想甩开肖勇，肖勇直接把白娴抱了回来让她靠坐在瞭望塔旁，尽管她有所挣扎但仍然无法反抗。

肖　　勇　现在不是让你耍脾气的时候！你老实待一会儿，我下山报完案马上来找你。

白　　娴　（沉默）

〔白娴没有再反抗，只是将猎枪交给了肖勇。就在肖勇准备离开的时候，舞台后方传来一声枪响，短暂的安静之后就是此起彼伏的人的尖啸声，好像一下沸腾起来。肖勇赶紧冲到了舞台后方去侦察情况。白娴独自一人留在台上有些害怕。

〔黑暗中，依然能听到老年肖勇和高颖的对话。

肖勇（老）那会儿，和我一起窝在一个洞里的人只剩我班长了。他也怕，但总要装成一副老子顶天立地的样子给我看。

高　　颖　那为什么你们不撤退？

肖勇（老）　我们没有接到撤退的命令。他老说，军人就该服从命令，我当然不信那一套，我觉得我们就是被抛弃了。

高　　颖　　后来呢？

肖勇（老）　大家都在僵持，他开始巡逻，我被要求驻守。我一个人的时候只能想着哪怕就维持现状也好，但我们还是遇到了越南人的扫荡。

高　　颖　　那他？

肖勇（老）　死了。

　　　　　〔能够听到又是一声枪响，接着又是一声枪响。能听到一个男人的高声呼喊。白娴明显被枪声吓到，支起身也想去观察到底发生了什么。

男　　人　　这边，我打中了，那崽子跑不远。

　　　　　〔肖勇提着猎枪急忙忙地跑回来，看到白娴连忙扶着她回到瞭望塔。

肖　　勇　　你先进去，别出来。

白　　娴　　怎么了？

肖　　勇　　李虎那伙人堵什么东西追到这片来了，不管怎么样，外面现在不安稳，你先暂时躲这别再瞎动了。

白　　娴　　那你呢？

肖　　勇　　我在周围巡逻一下，你老老实实待在这就是帮我大忙了。

　　　　　〔肖勇正准备离开，犹豫了一下还是把猎枪交给了白娴。

肖　　勇　　你拿着心里也踏实一点。

白　　娴　　那你怎么办？

肖　　勇　　我不会和他们起冲突的。

白　　娴　　可我根本不会用这个。

肖　　勇　　（准备离开）别怕，他们只是打猎而已。

白　　娴　　你别去了吧？

肖　　勇　　（沉默）

白　　娴　　我一个人做不到，求你了。

　　　　　〔外面又是一声枪响，甚至能听到人踩在枯叶上杂乱脚步声不断从舞台后侧飘过。

白　　娴　别让我一个人在这。

〔肖勇感觉到了四周越来越纷杂的声音，也产生了犹豫。

白　　娴　我害怕。

〔肖勇也窝进了小棚内接过白娴手里的猎枪决定守在白娴的身边。但是外面的偷猎人不断发出一阵接着一阵的尖啸，声音越来越大，让白娴和肖勇越来越恐惧。

白　　娴　他们太吵了！

〔肖勇抱住了白娴，帮白娴捂住了耳朵，两个人只能完全蜷缩在小小的棚子里尽量不受外界的干扰。而朴江的鬼魂好像被外界烦扰的声音惊醒，也出现在了瞭望塔上远远看着外面发生的动乱。随着又一阵连续的枪响，能听到一个偷猎人的声音。

男　　人　都他妈的安静，那崽子躲起来了，别吓它。

〔整个舞台好像突然安静下来，肖勇安抚着白娴，两人好像都不敢动弹一下。突然一阵巨大的闷雷声，舞台前方的手术室再次亮了起来，高颖和老年的肖勇仍然守在手术室的门口，甚至能听到老年李虎睡着的鼾声。舞台上的灯光渐渐暗下来，只能看到相互依偎的肖勇和白娴。而站在瞭望塔上的朴江的鬼魂似乎看到了老年的肖勇，老年的肖勇也注意到了朴江，两人远远地凝视着对方。

肖勇（老）　我有时候在想，哪有真正为自己活着的人？你觉得呢？

高　　颖　（沉默）

肖勇（老）　能到这个年纪我们都很幸运了，我，你妈的还有你李叔。你不是好奇为什么我要留在朴江那吗？我欠他的。

高　　颖　我不明白。

肖勇（老）　有时候我也不明白。

〔瞭望塔上朴江的鬼魂看向了肖勇，并且向肖勇招了招手，但肖勇完全没有注意到。

肖勇（老）　年轻的时候我们喊着为家为国到了那块陌生的地方，到底是

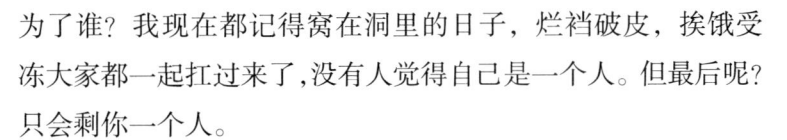

为了谁？我现在都记得窝在洞里的日子，烂裆破皮，挨饿受冻大家都一起扛过来了，没有人觉得自己是一个人。但最后呢？只会剩你一个人。

高　　颖　但是这和朴江又有什么关系？

肖勇（老）　那次扫荡，我偷闲溜去方便，回来的时候我班长正被一群人围着，我头也没回走了。我听到枪声也只是跑得更快而已，回来发现他们早撤了，我因为坚守前线还得了勋章。

［高颖沉默。

肖勇（老）　我班长叫朴汉，是朴江的儿子。

高　　颖　你从来没告诉他？

肖勇（老）（摇头）晚了。

［舞台后方逐渐传来整齐的踏步声，感觉像是部队在行进一样，并且大家都欢快地哼着《义勇军进行曲》，并且声音越来越大。一名士兵穿戴着整齐的装备，脸几乎看不到，他从舞台前方突然出现，路过瞭望塔的时候向瞭望塔敬了一个军礼。朴江的鬼魂也被他所吸引，静静地看着他离开。肖勇似乎也看到了这个突然出现的士兵，他试图去接近这个士兵却又有所犹豫。白娴却似乎被突然出现的士兵镇住了。

肖　　勇　（对白娴）你看到了吗？

朴　　江　我感觉认识你。

［随着突然的一声枪响，士兵消失在黑暗中，朴江的鬼魂也随之消失。黑暗中能听到老年白娴的声音："我再也没有找到过他，用朴江的话说，他蒸发了。"舞台后方传来的脚步声和歌声也一并消失，短暂的宁静之后又是一声枪响。

男　　人　它死了。

［舞台后方混杂着放肆的大笑声和此起彼伏的尖啸声庆祝着李虎一行人狩猎的成功。伴随的声音越来越大，肖勇越来越不安，提着猎枪直接冲了出去。而又一声巨大的闷雷伴随着枪响，手术室门前的灯光突然熄灭，只有一盏惨白的应急光亮着。突然的停电惊吓到了高颖，也吵醒了睡着的老年李虎。

白　　娴　肖勇！

李虎（老）　怎么了？

高　　颖　妈还在里面呢。

肖勇（老）　停电了。

李虎（老）　我进去看看她有没有事。

肖勇（老）　回来，现在更不能打扰手术。

李虎（老）　那我们在这干站着？

肖勇（老）　相信他们。

〔舞台上李虎背着昏厥的肖勇回到了瞭望塔。白娴被吓到躲回了小棚。

白　　娴　你别过来。

李　　虎　他大腿被误伤了，有布吗？

〔白娴沉默。

李　　虎　快！

〔白娴从小棚里取出肖勇为自己准备的简陋布条，帮助李虎替肖勇包扎。

李　　虎　抬着他这条腿。

白　　娴　他会没事吧？

李　　虎　我不马上止血送他下山去医院就会有事了！

白　　娴　他为什么会……

李　　虎　他就是一疯狗。老子本来只打猎，不想把他搭进去！

〔李虎在白娴的帮助下帮助肖勇完成了包扎，整个人仿佛虚脱了一样，白娴却不愿意见到肖勇的血躲避在一旁。手术室的灯再一次亮起来，瞭望塔上的大钟伴随着转动再次嘀嗒嘀嗒地响起来。老年白娴的声音再次出现："现在，我只能自己去找他了。"高颖和众人都紧张地期待着手术室的门打开。但只是"手术中"的牌子跳为了红色，然后熄灭了。老年的李虎捧着那束玫瑰花靠在老年肖勇的身边等待着。

〔在突然闪过的闪电中，随着一声闷雷瞭望塔上的大钟停止了转动，场上陷入了寂静。老年白娴的鬼魂在黑暗中突然出现，

　　　　　　　看着手术室门口紧张地等待消息的三个人。

白娴（老）　一切都像闪电一样。（停顿）我知道自己能等到他，也许只是自以为是……他们不应该为此悲伤。

　　　　　　〔手术室的大门逐渐打开，黑洞洞的什么都看不见。然后一架盖着长长的雪白被单的活动担架从黑洞洞的门内伸出了半截。在无声中，高颖不愿意停留转身离开，消失在黑暗中。老年的李虎捧着那束玫瑰花深深向担架鞠了一躬。老年的肖勇极力想站起来终于在李虎的搀扶下立了起来，他靠着老年李虎的身体吃力地接过李虎手上的大束玫瑰花极具仪式感地竖放在担架的中央。老年的肖勇乏力地坐回轮椅，在老年李虎的陪伴下保持着缄默默哀。整个手术室的布景在舞台上缓缓后退，消失在黑暗中，李虎也推着肖勇离开了舞台，只留下一床雪白的担架和上面鲜红的玫瑰花。

白娴（老）　一切都是按着轨迹进行的，不应该有悲伤。

　　　　　　〔白娴的鬼魂走到担架旁边，将担架缓缓推到了舞台前方，横在了舞台上。白娴的鬼魂捧起那束玫瑰花闻了闻却陷入沉默。朴江鬼魂的声音却从一旁传了出来。

朴　　江　香吗？

白娴（老）　我什么也闻不到。

　　　　　　〔朴江的鬼魂在舞台上出现并且来到了白娴的身边，两人站在担架的一旁观察着。

白娴（老）　我现在也能感受到你所感受到的了。

朴　　江　你遗憾吗？

白娴（老）　（摇头）不重要了。现在我能自己去找他的消息了。

朴　　江　你知道你哥哥早就不在了吧？

白娴（老）　我从来没有等到任何消息。

朴　　江　你要等的人也许永远不会来。

白娴（老）　既然等不来我就自己去找。（停顿）你要等的人回来了吗？

　　　　　　〔朴江沉默。

白娴（老）　你来找我干吗？

朴	江	接你走。

〔瞭望塔下的受伤的肖勇突然苏醒支吾了一声，吸引着两个鬼魂的注意力。

白	娴	你醒了？肖勇？
李	虎	没有，怎么又昏过去了。

〔李虎连忙帮助肖勇检查了一下伤势。

朴	江	你知道这一切都是你幻想出来的吧？
白	娴	也是我记忆中的。

〔李虎连忙掐住肖勇的人中希望帮助他清醒，肖勇终于转醒开始呜呜呼呼。

肖	勇	他们开枪了。
白	娴	没事了没事了，我们马上送你去医院。
肖	勇	疼，疼。

〔白娴开心地抱着了虚弱的肖勇。

白	娴	都结束了，结束了。

〔白娴的鬼魂将手中的红玫瑰花放回了担架上。舞台上的所有灯光都暗了下来，只能看到惨白灯光下的孤零零的担架和上面鲜红的玫瑰花。在黑暗中，能听到白娴的鬼魂和年轻的白娴同时说话。

白　　娴 白娴（老）	我们走吧。

〔幕落。

第四幕

〔布景同第一幕，但是有区别的是医院的一角明显较之第一幕现代化的医院不同，这里的布局更加陈旧，连病床都是简单的方木拼装起来的。病床旁边的木质床头柜明显是刷过一层浅青色的油漆，不过现在已经变得龟裂甚至脱落，都能看到里面的木头。窗户被紧紧关上并且掩上了窗帘，整个病房内都阴沉沉的。

〔病床上肖勇盖着被子已经睡着了。白娴的鬼魂和朴江的鬼魂在阴影中站在病床的两侧看着肖勇，两人好像生怕惊醒肖勇一样，整个病房内甚至能听到肖勇轻微的鼾声。

白娴（老）　我一直很羡慕他。

朴　　江　为什么？

白娴（老）　他一直有着自己的目标，他相信自己做的所有的事是有意义的。（停顿）我们不一样，我们都活在自己的幻想里。

朴　　江　如果我们能够为了某个幻想坚持下去，那不也是有意义的吗？

白娴（老）　我曾经嘲笑过肖勇。他在书里隐瞒事实，仅仅因为他自己的自私就编造了一个看起来很美好的故事。现在发现，这都不过是本能而已，就像我小时候为了多吃一个糖而想象一连串的故事先骗到自己。不是吗？

朴　　江　我也不知道。但如果时间已经不能再束缚我们，那么这些坚持完全就是我们无病呻吟的借口而已。但我们不可能放下，就像你说的，我们都需要一个目标来欺骗自己，哪怕我们早就知道不会有结果……（停顿）我带你去一个地方。

［朴江和白娴的鬼魂离开了病房的一角，直接穿过舞台来到舞台后方的瞭望塔和高脚屋前。朴江从高脚屋内取出一盏煤油灯带在身边，让稍微昏暗的舞台渐渐清晰起来。

朴　　江　对我来说，这个地方从来不会有任何变化。

［朴江带着白娴爬上了瞭望塔，两人看着远方的丛林，丛林中偶尔传来的一两声鸟鸣好像展现着这个地方还有一丝生气。朴江指着丛林中的某个方向。

朴　　江　我每天都望着那个方向。我活着如此，死了也不会有任何改变。我告诉过你，不论我去到哪儿，这永远是我的终点。

白娴（老）　那边只有大山。

朴　　江　不光有山。你说我们都需要一个目标，那就是我的目标。我希望有一天能看到他们回来。

白娴（老）　你儿子？

朴　　江　他们都一个模样，我分不出来……当时他不听我的劝告一意孤行要去前线，知道他偷偷溜走时我甚至想去送他，但是看着一队又一队的人从我面前走过去，我也分不出来谁是他。但我相信他总会回来，可是没有。（停顿）我们两个没有什么区别。

［白娴（老）沉默。

朴　　江　我守在这干脆做了护林员，想着说不定哪天就能看到他们跟离开的时候一样回来……肖勇的出现给了我希望。

白娴（老）　你原谅他了吗……

朴　　江　原不原谅又有什么意义呢？（停顿）我在他身上看到了太多我儿子的影子才留下了他，没想到他就这么留下了。

白娴（老）　他只是为了他自己，他不过在骗自己而已。

［朴江站在瞭望塔上，远远望着躺在病床上的肖勇。

朴　　江　我早就原谅他了。我很幸运，至少在离开之前一直有一个人陪在我身边，哪怕不是我想等的人。

白娴（老）　可我连哪怕一个消息都没有等来过，我以为在我离开前我能知道我哥哥哪怕一点消息……他们都永远留在那片地方了，消失了。

［朴江沉默。

白娴（老）　这就是英雄的下场吗？

［在病房的一角传来了清脆的敲门声，然后病房的灯就被打开了。李虎抱着一大束花进了病房来到肖勇的身边。肖勇竭力想起来，李虎便扶他坐了起来。

李　　虎　你腿怎么样？

肖　　勇　还是没感觉。（发现了花）你来干吗？这是什么？

［肖勇将花束拆开才发现里面只有两朵可怜兮兮的都快萎了的玫瑰花。

李　　虎　这可不是我送的，那小姑娘不好意思给你托我带给你的。

肖　　勇　她人呢？

［白娴有些不好意思地进来。

白　　娴　我找遍了这地方也只有这些了，就只能将就一下了。

肖　　勇　谢谢。

白　　娴　对不起，要不是我……

肖　　勇　和你没关系的。

白　　娴　（停顿）那你继续休息吧，我们就不打扰你了。

肖　　勇　你是不是要回去了？

白　　娴　我没有理由再留在这里了。

肖　　勇　你不是好奇我为什么一定要留在这里吗？

　　　　　〔白娴沉默。

李　　虎　我可以回避。

　　　　　〔李虎见两人没有反应，自觉离开了病房准备离开，但是犹豫了一下仍然选择留在病房外等着。他一个人无聊地吹起了口哨，舞台上安静得几乎只能听到他的口哨声。

白娴（老）你记得我问过你一个问题吗？

朴　　江　什么问题？

白娴（老）你会感到寂寞吗？

朴　　江　（笑）你呢？

白娴（老）现在吗？不会。我什么也感觉不到。

朴　　江　我们没什么区别。

白娴（老）是吗？（停顿）我该走了，我想去那片地方看看。我们一起吗？

　　　　　〔朴江摇头。

白娴（老）你害怕？

　　　　　〔朴江沉默。

　　　　　〔白娴的鬼魂离开了瞭望塔，来到了舞台前方的病房前却犹豫了。病房中的白娴和肖勇拥别后扶肖勇睡下，关了病房就退了出来却发现李虎还在外面等着。白娴的鬼魂回到病房中，来到肖勇的身边默默看着肖勇。

白　　娴　你没走？

李　　虎　你们聊完了？走吧，我送你去车站。

白　　娴　肖勇他……

李　　虎　我会让人看着的。

白　　娴　你们……最后杀了什么东西？

李　　虎　一只瘸腿老虎而已，几年前逃掉的。怎么，你又要教育我不能杀生了？

白　　娴　你应该去自首。

李　　虎　小姑娘你在和我开玩笑吗？（停顿）我也只是混口饭吃而已。

白　　娴　可是还有很多方法……

李　　虎　你知不知道，以前这山下有多少户人等着朴江手里的皮过活？就因为县里扔张纸给我们就把我们吃饭的活路全断了？我这辈子也就跟这山熟了。

　　　　　[白娴沉默。

李　　虎　就算我能自求明路，我手下这么多兄弟可全望着我。（停顿）我们跟不上山外面的变化了，这片大山是我们唯一的指望了。你们管这叫偷猎，可我们就是猎人。

白　　娴　我知道我说不过你。会有更好的办法的。

李　　虎　（停顿）走吧，这路你不熟。

　　　　　[白娴在李虎的带领下离开了舞台，白娴的鬼魂也目送了两人的离开。舞台后方逐渐传来弱弱的杂乱踏步声，随着一声"立正，稍息"一切声音又消失了。白娴的鬼魂和朴江都被声音吸引。一名士兵穿戴着破烂的装备血迹斑斑明显感觉经历了大战的样子，从舞台前方突然出现，路过桂花树的时候体力不支靠在桂花树下就睡着了。

　　　　　[白娴和朴江都来到桂花树下静静看着睡着的士兵，没有打扰他睡觉。

白娴（老）　他们回来了。

朴　　江　是他们吗？

　　　　　[舞台上逐渐暗了下去，逐渐什么都看不到。只有桂花树下的士兵依然睡着，黑暗中还隐隐约约传来欢快的口哨声。

　　　　　[幕落。

尾　声

　　　　　[在第一场的护林员的高脚屋前。多年过去，这个地方已经充满了腐朽的感觉。不论是高脚屋还是瞭望塔都因为年久失修

已经破败不堪。而朴江墓前的那棵桂花树已经几乎干枯，朴江的墓也已经堆满了杂草，完全是一片萧瑟的场景。后面的丛林却和以前没有太大变化，甚至变得更加高大深幽了。

［高颖推着老年的肖勇来到朴江的墓前，李虎握着一个小罐子跟在后面。

高　颖　这就是朴江的墓吗？

［肖勇自己划着轮椅来到桂花树前，在树干上仔细找了好久才看到过去刻在树上的"朴江之墓"。

肖　勇　已经快看不到了，连这棵桂花树都已经死了。

李　虎　（笑）是我们活太长了。

［高颖凑近看了又看才看清树上刻的字。

高　颖　朴……之……墓，肖叔，这就是你过去刻的那个吗？

肖　勇　是的。（停顿）我们开始吧。

［李虎将手中的小罐子交给了高颖，高颖将罐子埋在了桂花树后面。肖勇从怀里拿出一个鲜红的小布包交给了高颖。

肖　勇　把这个挂上吧。我把《狂想曲》补完了，不过有点晚了，对不起。

［高颖将小布包挂在了已经枯败的桂花树上。三人默默向着桂花树鞠了鞠躬后舞台便暗了下来，唯有一棵枯败的桂花树仍然挺立在舞台上。舞台后方传来众多人愉快的欢笑声，他们在欢呼着什么。年轻时候的白娴出现在桂花树下，取下布包拿出了其中的稿纸就坐在桂花树下看了起来。

白　娴　我曾经从那个地方逃开，当所有结束后，我会回到那个地方。我虽然见证了那段故事，却又好像从来没有参与其中，但故事的主角们会永远活在那片土地上。

［剧终。

教师点评

大戏剧本《秋风狂想曲》讲述了一本名叫《狂想曲》的书中所记录的关于守望和赎罪的故事，讲述了云南中越边境的大山中孤零零的护林瞭望塔下的生死交替，是对越反击战中退兵前夕护林员和偷猎者之间的故事。当下，临近生命终点的白娴只能在医院看着《狂想曲》回忆年轻时自己在书中的角色。而故事中，那是1989年中越退兵前夕，千里奔赴边疆守候哥哥凯旋回家的白娴，为前线欠下的血债而赎罪的逃兵肖勇，和永远守望瞭望塔上等候孩子归家的鬼魂朴江。现实中，时光无情，没有人如愿。当白娴走到生命终点之时，在朴江的鬼魂陪伴下，当她送自己的肉体走完生命最后一程后，他们才终于等到了当年远征将士们归来的英魂。全剧以老年的北京某报社编辑白娴的回忆为线索展开，采用了现实与回忆、幻觉交错叙事的手法，展现守林员对这片森林、对战争中牺牲的儿子的浓厚情感，人物塑造细腻真实，剧作主题有深度。

　　剧本不足之处是对于鬼魂和其他人物之间的关系还没有完全梳理清楚，主要原因在于作者对这类创作手法仍然没有熟练地掌握，使得未能将鬼魂这类特殊的角色形象同剧中人物的命运和谐地联系起来。但难能可贵的是，该生能将哲学时空、剧场时空、物理时空、心理时空有机地结合在一起进行创作，已经超越现年级同学的一般创作水平，值得鼓励。

第五章 影视剧本写作

胡 薇

第一节 影视写作教学思路

戏剧文学系影视写作课程的核心教学理念与方法，来源于中央戏剧学院戏文系写作课程体系几十年的教学摸索与实践。70多年来，戏文系写作课程体系一以贯之地以写作课程为核心，同时结合多门课程内容提升学生的艺术素养，培养学生的创作个性和创造性，并将对于本科生实践能力和职业能力培养融入课程体系，强化专业学习中的人文内涵和思想底蕴。课程体系的设计也充分响应社会行业发展需求，在本科整体的学习过程中，适当辅以外出考察、社会调查、艺术实践或教学实践等活动，为学生深入了解专业知识、准备毕业论文，以及进一步从事专业创作与研究做好了准备，从而为更好地完成国家培养德、智、体全面发展的优秀戏剧影视创作人才的目标夯实基础。基于此，学生在毕业后都能顺利从事相关职业，并迅速成为业界的佼佼者。

20世纪50年代以来，戏文系的写作课程经数十年几代教师的教学实践和艰辛探索，已经培养出了众多著名小说家、剧作家、编剧、编辑、记者，以及一批具有广泛影响力的戏剧影视导演，逐渐形成了适合中国国情的创新型编剧人才的培养模式，为中国文艺事业的发展做出了重大贡献。但即便已经取得了如此的成就，戏文系的写作课程并未故步自封，仍是积极推进国际化办学水平，不断引入校内外资源参与办学，通过举办学术论坛、业内知名编剧为学生言传身教、组织演出观摩、鼓励学生参加校外创作实践等多种方式来带动课堂教学，以开放性的学术眼光，培养能够服务国家文化战略的、具有国际视野的新时代高级编剧人才。

影视写作的课程，也正是立足于戏文系写作课程教学几十年积累、历练而获得的大量教学经验和训练方法基础上的一种同源再生，可谓是源于同一根基上生发而出的分支新芽。因此，本课程对于影视写作教学的内在规律、多种训练元素的整合、教学的具体操作方法和实践方式等，都是源起于戏文系基础的写作课程，只是侧重有所不同：课程更为强调影视化的多种元素，并一直切实实施和不断完善着这种教学方式，使之在拥有极强的专业属性的同时，又颇具可操作性，让学生的创作视野不仅仅局限于影视本身——本着面向戏剧文学系戏创专业学生所设置的影视写作课，着眼于"大戏剧"理念，着重融合戏剧创作的诸多手法以扬长避短，因此与其他院校影视文本的教学内容、方法和宗旨等也都不尽相同。

本课程的独特之处，也正是在于：作为针对戏创专业学生而设置的影视写作课程，以戏剧文学系大四本科生为教学对象，因而，影视剧本的创作不仅仅单纯面向影视，而是根据戏剧创作本科班的专业特点，将授课的核心内容置于"大戏剧"视阈内，以戏剧为根基，克绍箕裘，将戏剧创作自身最为重视和擅长的人物塑造、人物情感关系及相互变化、场面的戏剧性营造、情境设置、情节设计铺排等核心创作特点，融会于影视剧本的创作之中，以强化剧本各环节的设计、突显人物形象的塑造、谋划戏剧性场面的铺陈等，以影视语言来呈现内容、彰显个人创作风格的表达。简言之，就是立足课程受众学生群体自身的特点和强项，将创作根植于戏剧母体，再辅以影视化的表达来有效突出作品本身的个性、文学性，从而更好地完成并突出剧作以人物、情感关系以及戏剧性场面为核心脉络的、近似于"作家电影"式的内容表达和叙事。因而，本课程除借鉴传统的戏文系写作课程的教学元素，还加入了与影视相关的训练要素，以便有针对性地培养学生影视语言的表达、独立创作的能力，以及日后加入影视团队时的合作能力等，这些是收到了良好的教学效果。

本课程的教学目的，在于提高学生对影视剧作的叙事能力，通过多种写作训练，培养学生掌握影视剧本的创作能力。但又不仅如此，影视写作课程的教学，以训练为切入口，以剧本的独立完成作为编剧技巧的实现与完善，并以此作为课程实施的终极目标，但归根结底还是以培养学生的艺术素质、健全人格为宗旨，重在培养于国于民有益的艺术工作者、戏剧影视编剧人才，因而课程并非仅仅关注于单纯技艺上的培训。因此，本课程虽然注重剧本最终的写作与呈现，但在完成影视写作教学的过程中，在思想上注重培养学生的健全人格，时刻注重引导创作者正确价值观的形成与输出的方式方法，努力将方法与手段、内容与形式有机地结合在一起。

由此可见，本课程虽然强调教学的技术性、手段性，但是也同样注重对于价值观念的培训，以及健全人格的培养，并以改变学生的创作状态和思维定式为目标，来推进和完成教学观念的整体转变与多方融会，培养具备创作实践能力的编剧创作人才。在指导学生系统学习戏剧编剧理论、熟练掌握戏剧影视编剧技巧的同时，以教师指导为主、理论与实践相结合，利用一切可能，积极引导学生从事编剧创作实践，力图从点到面，结合理念与训练、从理论到实践，贯彻戏文系高层次编剧人才培养模式，侧重培养编剧理论与技巧的系统掌握，同时强调学生的思维能力和创作实践能力，将原创力乃至艺术人格的培育作为整体教学的重中之重，在教学实践中有的放矢地改革、调整并完善课程的整体设计和建设。

几年来，教学实践也充分证明，本课程对于学生影视思维的确立、思想表达的完善、电影剧本写作能力的整体提高、戏剧性场面的影视表达与呈现等各方面，都取得了良好的教学效果；并在构筑、夯实个人创作的基础上，不断强化针对个人价值观表达、叙事方式等方面的训练，以培养创作者严谨的创作习惯、善于沟通合作的团队精神。而且，本课程还通过强化训练，将理论与实践、思考与创作结合得更为紧密，并以专业为根基，试图达成一种师生双方互相负责的理想状态，利于在课堂上形成平等讨论与对话的关系模式，更好地激发学生自身的创作能力，完成薪火相传的继承和发扬。实际上，戏剧影视编剧的培养，需加强训练，其本质就是要以量化的方式来不断改变学生，净化、陶冶他们的性情，激发他们的学习热情，以一种量变来获得最终教学上所寻求的质变。

从教学实际来看，训练方式的实践优势和成效也很明显。本课程提高了学生对于影视剧作的叙事能力，并通过写作训练，辅助学生完成了相应创作阶段的文本创作，使其最终能够独立完成一部完整的电影剧本的创作。按照相应的教学环节，通过课堂讲授和讨论、写作训练、作品观摩、作业及研讨等方式，教师逐步引导学生通过创作构思、人物小传、故事梗概、剧本写作等，不断深入与淬炼，再到剧本完成稿的全过程，教学共计分成了两大步加以推进：第一学期完成相应创作阶段的文本创作，第二学期期末独立完成电影剧本的创作。每学期行课18周，共计36周。第一学期具体安排的训练环节是：第一个段落的训练，是关于电影剧本创作构思的训练，学生需要完成电影剧本的构思、大纲、人物小传等；第二个段落的训练，是关于电影剧本创作的训练，学生需要完成文本构思的写作和修改，确定、修改电影剧本的梗概等；第三个段落的训练，是关于电影剧本创作的训练，学生需要完成确定和整固人物定位与人物关系；第四个段落的训练，是关于电影剧本创作的训练，主要针对剧作起承转合，学生需要完成文本的修改和确定；第五个段落的训练，是关于电影剧本创作的训练，学生需要完成电影剧本主要段落的文本写作、修改和确定，以便在期末按时完成本阶段文本的创作。第二学期具体安排的训练环节是：第一个段落的训练，是关于电影剧本创作的训练，学生需要完成修改、确定电影剧本的开端等部分；第二个段落的训练，是关于电影剧本创作的训练，学生需要完成修改、确定电影剧本的发展等部分；第三个段落的训练，是关于电影剧本创作的训练，学生需要完成修改、确定电影剧本的转折、高潮等部分；第四个段落的训练，是关于电影剧本创作的训练，学生需要完成整合剧本的结构段落，创作和修改电影剧本的初稿；第五个段落的训练，是电影剧本的创作和修改，学生需要完成整合戏剧情境、场面衔接等相关问题，以便在期末按时完成电影剧本的创作和定稿。

这样，通过一学年共计两个学期针对剧本的起承转合等各段落环节的相应写作训练，培养了学生运用文字完成电影剧本的基本能力，并通过课堂练习和课外作业，在戏创四年级本科学生所拥有的戏剧写作基础上，不断进行具体的创作练习、推进剧本创作的打磨与提升，促使学生从基本掌握电影剧本的表现手段、迅速完成从舞台文学思维到电影文学思维的转化。

因本课程重在影视剧本写作的创作实践，从剧作构思到剧本最终完成的不断加码中，教学难点不仅在于构思、分场等的确定过程，也在于培养学生准确捕捉和表述作品中的人物动作，而且还在于如何有效地令学生掌握基本的电影剧本的表现手段、完成从舞台文学思维到电影思维的转化，只有有效地解决这些实际操作中的问题，才能让学生们最终实现个人电影剧本的独立创作。而在这一重要的推进过程中，特别需要的就是教师有的放矢，通过不断深入地一对一细谈、讨论和讲评等方式，因材施教、循循善诱，让学生一步步解决创作中出现的各种困惑和问题，才能顺利地完成从第一阶段的相应创作阶段到第二阶段独立完成电影剧本创作的根本性成长和蜕变。其中，教学的重点和难点，不仅在于让学生从感性上对电影语言与戏剧语言的不同有初步的了解，也在于锻炼学生的独立构思能力及完成构思的能力，进而逐步掌握电影剧本创作的基本技巧，以及循序渐进地培养学生在作品中组织人物的行动线、谋篇布局的结构能力等相对具体的方面，以及如何培养他们的专业精神与能力，奠定坚实的艺术根基等大的方面。

此外，在实施具体课程步骤的过程中，在完成对剧本框架和基础技巧的训练之后，在学生心中埋下未来创作中对于思想内涵和价值观表达等更高层次创作探索的种子，对于文学性的回归做好铺垫，为他们勇于在创作中表现对现实问题的观照、思索与探讨打好基础。因此，教师不仅需要时刻注意针对学生个体的培养，顺势而为——既不全盘否定、轻易臧否，但也不是完全听之任之，而应注重在把控和主导的同时引流入川，不是越俎代庖而是代入学生自己的生活，引导他们感悟和认知，及时进行疏导、引导。而且，教师对于在课程实施流程中常见的一些创作问题，比如，动作、情境、场面、人物、情节与结构等，也要有意识地加以引导和归纳，或是直接放置到具体的场面设计、情节推进中，让学生们自己去发现问题、进行修改。同时，教师引导学生丰富作品内涵、扩充笔下的内容，打开他们的思路，提供多重角度、开拓创作视野，破除创作壁垒和信息茧房，从而打破他们在创作上、思维上的僵化和简单化处理的习惯惰性。而在一些重要段落的写作和训练中，教师则要注意把问题放到具体情境、具体场面中来解决，以便让学生感同身受、切实发现自身的创作问题。

可以说，通过影视写作课程的教学创作实践，不仅要开拓学生的创作观念和视野，训练和要求也要相应地阶梯式上升，以历练提升学生的剧本编剧技巧，从而让学生的艺术天分，通过编剧技术的实践和掌握，得以逐渐娴熟地有效应用，以便步步为营、稳扎稳打地走上职业编剧的道路。而且，因遵循并身体力行着教学与创作实践相结合的原则，教师以自身的创作实践经验，把高水平的创作标准、对于创作的思索与研究等，更好、更为有效地传递和教授给学生，从而保证创作的质量和标准，营造教学相长的良好学习环境。

总之，教师在影视写作课程的教学实践中，不仅要强调对创作素材的收集、整理和再认识，在文本创作过程进行合理的虚构，塑造自身独特的结构意识，还要有意识地拓宽学术视野，将新思路、新方法、新路径灌注于剧本的整体布局和文本创作之中。本课程参考、汲取戏文系几十年来行之有效的写作课教学经验和教学方法，融合国内外优秀的教学手段，在不断地总结、提炼和摸索中最终实施了适合本专业特色的影视编剧创作训练，因而，几年来屡有学生拿本课行课过程中完成的电影剧本作业参加中宣部电影局主办的"扶持青年优秀电影剧作计划"等多种电影剧本的赛事并获得奖励扶持。而这些奖励的获得，不仅极大地激励了学生们的创作热情，成为开启他们影视编剧事业的助力，也为他们未来在业界的生存与成长，以及日后迅速成为中国戏剧影视编剧的中坚力量，打下了良好的基础。

第二节　影视剧本与点评

电影剧本

改　刀[①]

（戏创 15 本科班　刘琳）

时　间：当代。

地　点：海城。

人　物：

胡江远：25 岁，男，外表壮硕内心单纯，杀猪既是他吃饭的本领，也是他热爱的事业。当这项赖以生存的技能被从他身体完全剔除后，几乎等于把他的命夺走了，但海一样神秘的笑笑在他"濒死"的时候出现，在他空洞的心中播下爱的种子又使他复活了。因此，当他发现笑笑的隐瞒时，他才会觉得活不下去，但贾梅的遭遇和霍丁的故事又让他体会到生活的苦。每个人都是拼尽全力地活着，有时候伤害甚至是一种保护，是不得已而为之。

胡钧贵：55 岁，男，年轻时叛逆不羁，在海上是个风云人物。他始终忘不了因为自己的一时冲动，气走了前妻。这么多年他一直坚持汇给贾梅高额的赡养费，却一面也没见过她。他对冯巧玲一家多有照顾，似乎觉得自己多做点好事，也能给贾梅多积点福，他的关怀吸引了冯巧玲。突然有一天贾梅失联了，胡钧贵发现自己患上了美尼尔综合征，他执意要找到贾梅，然而他什么也没打听到，倒是胡江远告诉他贾梅嫁给大款过得好着呢，他就在胡江远善意的谎言中放下了对贾梅的执念，也决定不再辜负冯巧玲。

笑笑：23 岁，女，年轻漂亮，喜欢刺激，她喜欢胡江远的热血和旺盛的精力，但内心却惧怕他的深情和真心，宁愿活在单纯的物质世界。

霍丁：10 岁，男，胡江远的小跟班，提早两年上学，比同班同学瘦小

[①] 该电影剧本获得中宣部电影局主办的 2019 年第十届"扶持青年优秀电影剧作计划"的奖励扶持。

很多。霍丁的父母都是高学历的知识分子，他从小的玩具就是航模、乐高和各种复杂程度超出他年龄的拼图和积木。霍丁对这些和从小学习的大提琴根本不感兴趣，他像完成任务一样去玩这些玩具。他也没有机会和同学一起去打沙包、玩沙子，因为那样会把衣服弄脏，让妈妈不高兴。他就像是不染纤尘的小王子，爸妈给他绝对的、没有一丝喘息的关爱，把他隔离在同龄人的快乐之外。他在学校里也是绝对的乖学生，也是那些混混最爱欺负的对象，他们把他的作业本藏在厕所的卷纸筒里，在他打瞌睡的时候把他的鞋带和桌角绑在一起，霍丁却只能一忍再忍。

1. 日，内景，拘留所

一张旧木桌，一双厚实的手把一件叠得工整的蓝马甲放到桌上。对面的人推过来一个篮子，上面贴着胡江远的名字，里面是个空的破背包，几件衣物，透明袋里是一张少年胡江远和一头绑着红绸的猪合影，两只石膏小猪塑像。

警察递过来一张纸和一盒印泥。

警察：不得擅自离开海城，不得有其他违法犯罪行为，观察期到了再过来办手续，没有问题就在这儿签字按手印。

胡江远：我的刀呢？

警察不明白他在说什么，没有理他。

胡江远的签名遒劲有力，拇指印重重按在他的签名上。

2. 日，外景，拘留所外

胡钧贵的面包车停在大门不远的树荫下，他穿着花汗衫坐在车里叼着一根烟，车门旁已经攒了一小撮烟头。

胡江远蓬头垢面从拘留所出来，走到副驾驶想要开门却被胡钧贵制止，他个子很高，胡钧贵只能看到他的胸口。

胡钧贵：把衣服脱了。

胡江远脱掉衬衫露出里面的T恤。

胡钧贵：再脱！都脱光。

胡江远脱掉T恤露出背心。

胡钧贵：快点！裤子也脱了。

胡江远把衣服脱光，露出精壮的胸膛，表叔从后座拿了提前准备好的衣服给他，是一套和他自己身上差不多的花汗衫短裤。胡江远胸膛挺拔，勉强扣上扣子。

胡钧贵指指他换下来的旧衣服：把晦气的玩意儿都扔了！

胡江远把衣服丢进垃圾桶之后坐进副驾，胡钧贵发动汽车，却发现胡江远还拿着他的破烂背包，他打开窗子用力把包扔出去。胡江远愣了一秒，之后疯了一样开车门，可胡钧贵车已启动并不管他，直到胡江远抢夺方向盘逼他停车。

对面一辆集卡车直朝他们冲来，胡钧贵猛打方向，集卡车呼啸而过，面包车也歪在路边，胡江远跳下车的时候像疯狗一样往回跑，背包和里面的石膏小猪早已经被集卡和其他车辆碾得破碎不堪，那张照片也已随风飘远。

3. 日，外景，利民综合市场——胡记水产

胡江远穿着胶皮围裙正在搬货，货车上满是半人高的塑料桶和一筐筐虾蟹。有其他铺子的伙计也在搬货，但都有意和胡江远保持距离，用畏惧和好奇的眼光偷看他。

胡江远力大无穷，别人要两个人才抬得动的皮皮虾笼，他一个人就可以搬走。他像个机器人，来来回回搬运货物。

客人们七嘴八舌围住他：老板，你这皮皮虾好新鲜，多少钱一斤？

今天有没有大黄鱼啊，什么时候才有黄鱼啊？

母的多不多呀，母的才好吃呀！

胡江远搬着货物一概不理，冯巧玲提着菜筐走到店前。

冯巧玲：老胡，给我来五个扇贝。

胡钧贵称好扇贝，冯巧玲如数把钱递给他，胡钧贵接过钱又在袋子里加了两个进去。

冯巧玲：哎呀，你再这样下次我不来找你买了！

胡钧贵大方地摆摆手，冯巧玲从筐里拿出一个保温桶。

冯巧玲：专门给你炖的鸡，你爱吃甜，我有放一点蜂蜜，比放白糖好！而且用砂锅炖的，比高压锅煮出来的要香好多啊。

胡江远搬着泡沫箱回来，差点撞到冯巧玲，他眼神冷冽，冯巧玲被吓住。

又一名客人靠过来：小师傅，鲍鱼今天还新鲜吧？

胡江远听到这声称呼脚步顿住。

（闪回）

一户农村人家在办喜事，一瓢热水浇在一头白嫩的肥猪身上。

村民们：胡师傅！好手艺！

胡师傅！辛苦你了，猪脚帮我收拾干净一点！

猪鼻子最好吃了！对不对胡师傅！

（闪回结束）

胡江远突然回神，在刚刚搬运过来的筐子里疯狂翻找，差点把整排筐子弄翻。

客人：是不是没有啊，没有就算了吧。

胡钧贵撑着塑料袋在一旁招呼：要不来点花甲吧，都是活的。

客人看着胡江远有点癫狂的样子，摆了摆手走掉了。

刚刚整齐的箱子和篮筐被胡江远翻得乱七八糟，他突然停住手，直起身四下看了看，刚刚的客人早不见了。

4. 日，内景，馒头铺

笼屉的蒸气翻腾，日光洒满狭小的铺子。

冯巧玲脖子上披着一块塑料布，头发湿湿的，笑笑戴着手套正给她涂自制的染发膏。

冯巧玲：你没见到那大块头，差点把我撞倒了。听说他以前是杀猪的，还差点杀了人呢。老胡这个侄子可是个大麻烦！

笑笑把最后一点染发膏涂上去，摘掉了手套洗手。

冯巧玲：你这就弄好了？每个地方都涂到了吗？我这里还有白头发你没弄到吧？把你老妈弄年轻一点啊！

冯巧玲还在对着镜子臭美，远处学校传来放学的音乐声，一群背着书包的小学生冲到摊铺前，叽叽喳喳举着零钱要买馒头。

笑笑掀开蒸笼，蒸气润湿了前排小孩儿的眼镜，笼屉上是排列整齐、专门供孩子吃的小馒头，她把装钱的筐摆在一旁。

笑笑：排好队，一个一个来。

笑笑拣馒头的动作麻利，小孩们一手把钱放进筐里，一手拿着馒头嘴甜道谢，偏有个闷不吭声的小男孩躲在队伍里，轮到他的时候，他头都要埋到衣服里。

笑笑：你要什么呀？

霍丁指了指笼屉里软嫩的馒头，张开五个小指头。

笑笑：五个豆包？钱放到筐里就好了。

霍丁捏着被汗浸湿的纸币把手伸进钱筐，趁人不注意，假装放钱实则偷了几张纸币藏在手心，他接过馒头飞快跑走了。

5.日，内景，胡钧贵家

阁楼

周围的墙壁十分潮湿甚至有水珠泌出，有一把木头刻的屠刀尚未完工。

胡江远胸前的背心被汗浸湿一块，脸上也有细密的汗珠，甚至流进眼睛里。他每一寸肌肉都没有放松，眼前的景象是完全颠倒的。

（闪回）越三儿的养猪场，猪圈里挤着满满当当的猪，它们鼻子拱着屁股、屁股贴着鼻子，在狭窄的空间艰难打转。一大桶猪食被倒进食槽，猪猪们蜂拥而上。几个伙计这时打开圈门，趁它们不注意，把一只只猪扯出圈外。

他们把猪带到院子里，面前有一排铁架，上面挂着铁钩，伙计毫不留情地用铁钩穿过猪下巴，几人嬉笑间不顾猪的哀嚎，拽着铁钩把手指粗的水管捅进猪喉咙里。

（闪回结束）

客厅

胡钧贵从精致的柜子里小心翼翼地拿出一块老茶砖，他一点一点抠到杯子里，热水浇上去香气瞬间散发出来，他美滋滋地抿了一口，又打开一旁冯巧玲送来的保温桶，贪婪地闻了几下，塞了一大口鸡肉进嘴里。

阁楼

房门被打开，一个扫地机器人溜了进来，对着胡江远撑在地上的手臂开始转圈。

胡江远重心不稳，倒贴在墙上的身体也开始摇晃，终于在扫地机器人又一次撞到他的手腕时，摔到地板上。

客厅

胡钧贵吐掉最后一根鸡骨头，旁边的鸡骨头已经攒成一座小山，他拿起茶杯喝茶，楼上却传来一声巨响，他吓得把茶水泼了一身，心疼地吮了吮衣服。

阁楼

胡钧贵跑进来时，正瞧见胡江远像条肉虫子一样窝在地上，汗在脸旁聚了一小摊。床边有碗面一口未动，油花都已经凝固。胡钧贵找到遥控器打开空调，老旧的空调发出嗡嗡的声响。

胡钧贵：发什么疯？想把自己闷死吗？饭也不吃，楼差点被你砸塌了！

胡江远从地上爬起来，头几乎顶到天花板，他走到床边拿起木头继续刻。

胡钧贵冲过来抢他的木头刀，但胡江远手劲很大，胡钧贵使出浑身的劲，整张脸皱在一起，胡江远也纹丝未动。他却突然松手，胡钧贵差点摔倒。

胡钧贵把刀拍在桌上：是不是牢饭没吃够？真该多关你几天！老老实实在店里干活不好吗？人家不让你杀猪啦！搞这些还有什么用？我看你就想给我找麻烦！咱俩现在是绑在一根绳上的蚂蚱，我替警察看着你，别动什么歪心思了！

胡江远放下手里的东西，拿着毛巾绕过表叔出门了。

胡钧贵：用完卫生间把地板擦干净！不要踩得到处都是水！

回应他的只有胡江远"嘭"的关门声。

胡钧贵：真的是——像个野人一样。

6. 日，内景，胡记水产

一位戴着粗金链的男客人来到店里：老板，来条鲤子，这条，这个游得最欢！

他指挥胡江远给他捉鱼，胡江远徒手在池子里捞了半天，结果被扑腾了满身的水，上衣也几乎打湿。

金链男：唉！抓到了抓到了！又跑了又跑了！差一点差一点！

胡江远半个身子扎到鱼池里也没摸到鱼，胡钧贵过来随手一捞就抓住鱼尾巴，把它甩在案板上，鱼扑腾了几下没了动静，他把鱼丢给侄子杀，胡江远顺着鱼头就切了下去。

金链男：唉唉唉！你怎么把鱼头给切下来了！

胡钧贵：对不住！他新来的还不会做事，您再挑一条，我来杀。

金链男：我就看中这一条！

胡钧贵：那这条不收你钱了，白送您。

金链男：这鱼头断了多不吉利啊。

胡钧贵：那这一池里死的活的，有头没头的随便你挑，不收你钱。

金链男：白占人便宜的事我可不干。

胡江远把刀剁在案板上：那你想怎样？

金链男并不畏惧，反倒提起那条断头的鱼对着胡江远。

金链男：我想啊——我想让你把他吃了。

胡江远按捺不住要揍他，胡钧贵拼命拦住：别发疯，你不能惹事！

金链男歪着脑袋挑衅：来啊，打我啊，朝这里打。

看热闹的人越围越多，胡江远盯着金链男稀疏的头顶、油腻的皮肤、他脖子上的金链一晃一晃，肥腻的嘴唇开开合合，胡江远的思绪飘远。

（闪回）

越三的养猪场，铁钩上的一排猪喉咙里都插着管子，它们的肚腹胀大一倍，眼睛鼻子都冒出水来。

胡江远的手里也握着一根水管，有个伙计扯着钩子让猪张开嘴。

伙计：快点啊！发什么愣！

胡江远：你不是找我来杀猪的。

周围人像是听到天大的笑话，捧腹大笑。

越三儿：别废话了，你干不干？

胡江远把水管丢到一边扭头就走，越三儿朝手下使眼色，他们把胡江远摁倒在地，把他背包里的东西统统倒在地上，里面有一套屠宰刀具、一张和猪的合影，两只石膏小猪塑像。

他们看到这些笑得更欢，还把两只小猪一上一下摆出下流的姿势。胡江远脸涨得紫红，突然暴起挣脱了他们，抓起自己的刀要朝越三儿捅去，越三儿灵活避开，胡江远的刀势难止，他被人一撞，屠刀插入了那只无辜的猪身上，它发出惊人的嚎叫。

（闪回结束）

笑笑被聒噪的人群吸引了注意力，她看到是胡记水产出了事，胡钧贵正死命抱着一个壮汉的腰，拦着他的拳头，不怕死的金链男还歪着头挑衅他。

她手里提着刚买的菜，挤过人群，看见正在撒泼的金链男，他后腰皮带上挂着一串好彩KTV的钥匙链，笑笑立刻一副和金链男很熟悉的样子。

笑笑：大哥！你怎么在这儿！好巧！

金链男有些没反应过来：你谁啊。

笑笑：我是笑笑啊，你不记得我了？上次在好彩咱们还一起唱过歌呢，你也来买鱼啊！

笑笑没有化妆，面容清淡素雅，金链男不再耍宝，挠了挠脖子上的金链，正了正大肚子下的腰带。

金链男：啊——笑笑，咳咳，你要买鱼啊，这家东西不行，去别人家买吧。

胡江远：放你妈的屁！

他挥刀正巧剁在鱼头上，鱼头垂在案板边，摇摇欲坠。

金链男：笑笑，我先走了，以后再去好彩叫上我哈！

胡江远：别走！别拦着我！

金链男转身离开，他脑袋还有点发蒙，没想起到底什么时候见过笑笑。人群散去，胡江远坐在箱子上喘着粗气。

胡钧贵：多亏了你，笑笑，你怎么认识他的？

笑笑俏皮一笑：不认识，我骗他的，胡叔，我先回家做饭了！

她和叔侄俩挥手道别，胡江远一直望着她的背影消失在转角。

7. 日，内景，馒头铺

馒头铺是半开放的店面，胡江远站在店前看了很久，笑笑正在案板上揉馒头，她使了不小的力气，脸上红扑扑，揉出来的馒头又白又圆。她端着一案板的馒头转过身，把馒头一个一个放进蒸屉。她的头发散下来几绺，胡江远竟然觉得自己脸庞也痒痒的。

笑笑：要什么？

胡江远：我不是来买馒头的。

笑笑不再搭理他，又回去揉面，胡江远活动了一下嘴巴。

胡江远：你真的叫笑笑吗？

笑笑没什么表情，瞥了他一眼没理他。

胡江远：你真的不认识那个男的？额——要不给我来十个馒头，不，二十个吧。

笑笑：还没熟。

胡江远盯着翻腾的蒸汽和笑笑红润的脸出神，她把二十个馒头递给他。

笑笑：趁热吃。

胡江远连忙拿了一个塞进嘴里，舌头险些被烫掉，囫囵吞下去噎得直翻白眼，笑笑连忙去拿碗给他倒水，大力拍他的背，胡江远骨头都要给她拍断，嘴又被塞满说不出话。

笑笑：好点没有——什么？你要说什么？

胡江远：别、别拍了！骨头！

笑笑停手，有些尴尬地转过身不去看他。

胡江远：今天，谢谢你。

笑笑耸耸肩并不在乎。

胡江远：其实我自己也能把他制服，明明是他胡搅蛮缠！就算闹到警察那里我也不怕。我真后悔没好好教训他一顿，这次不让他长记性，他以为我胡江远是好欺负的。你把他哄走了，他还以为自己多了不起呢！我呸！做人不能这样稀里糊涂的，黑就是黑白就是白。如果都像你这样黑白不分，早就天下大乱了。

他越说越激动，把桌子拍得砰砰响。

笑笑：说完了吗？

胡江远点头。

笑笑：滚吧。

胡江远：喂！我在和你讲道理！我说得不对吗？

笑笑：你杀猪杀坏脑子了？

胡江远：这跟杀猪有什么关系，你看不起杀猪的？我告诉你，整个陈屋村杀猪我排第一！

笑笑不理会他，拿着擀面杖顶着他的背往外推，霍丁背着书包来到铺前，还是上一次那套动作，笑笑直接扯了个塑料袋递过去让他自己装。

霍丁接过袋子，眼睛瞄着笑笑，发现她没在看自己，于是抓了一把钞票放进袋子。他的小爪子再次伸向钱筐时却被一旁的胡江远逮个正着，霍丁拔腿就跑，胡江远甩开膀子追了出去。

8. 日，外景，街道

霍丁的两条腿跑得飞快，他不住回头，胡江远的步子比他大得多，很快就要追上他。

躲在暗处的一群小混混见霍丁被追，趁他不备把他推倒在地，霍丁摔了个狗吃屎，胡江远已经追到面前，他只得放弃抵抗一动不动。胡江远揪着领子把他提溜起来。

9. 日，内景，馒头铺

胡江远扛着霍丁回到铺子，他把霍丁偷拿的钞票还给笑笑。

笑笑：把他放下来啊！

霍丁被放下来，像根棍儿一样立在地上一动不动。胡江远到水龙头边，歪着头猛喝几口，之后开始审问霍丁。

胡江远：为什么偷钱！

霍丁不吭声。

胡江远：你爸妈电话多少，把他们叫过来！

霍丁头低得更深。

胡江远：你是哑巴吗？我找警察来抓你了！

胡江远哐哐捶桌，霍丁整个身子都在抖。

笑笑：桌子坏了要赔的！

笑笑拿了一罐豆奶给霍丁，他这才抬起涨得通红的脸。

笑笑：我什么都不问。

胡江远：这么大点儿就知道偷东西，长大以后还不得杀人放火？

笑笑拿了个馒头塞住他聒噪的嘴巴，她蹲在霍丁面前。

笑笑：以后肚子饿了，可以来找我拿东西吃，但是不可以再偷了哦。不然大猩猩要教训你，我也是拦不住的。

笑笑眼睛亮晶晶的，伸出手和他拉钩，霍丁的眼泪这时才吧嗒吧嗒掉下来。笑笑伸手帮他擦眼泪，碰到他的脸蛋儿却觉得有点不对劲。

笑笑：你的脸好烫，是不是发烧了？

10. 日，内景，医院注射室

霍丁和笑笑坐在长椅上，一名声音纤细的男护士正在配药，手里的工作不停，嘴上也念叨没完。

男护士：现在的家长一个比一个不合格，小孩烧成这样才送到医院来，会出人命的，知不知道，没有一点医疗常识啊，你怎么当妈妈的？

胡江远从远处跑来，气喘吁吁拿着一沓缴费的单子，还没来得及开口，男护士就把单子抢过去。

男护士：你是孩子父亲？现在知道着急了？要我说国家就应该有一个父母资格证的考试，粗心大意的人就不要生小孩了！造孽哇！还愣着干吗！把他裤子脱了——别全脱啊！等下又着凉了，把屁股露出来就好了，你没打过屁股针啊！

胡江远一脸蒙，嘴巴开开合合根本插不上话，他求助地望向笑笑，笑笑却在一旁看好戏。护士手脚麻利地抽出药水，准备给霍丁打针。

男护士：乖仔，忍一忍，不痛的！一下就好了。过来扶着他啊！不要让他看！越看越紧张的！哎呀真的是！这小孩是不是你们亲生的啊！

针头破皮而入的时候，霍丁的嘴张得很大，脸憋得很红，但没有发出任何声响。

护士打完针送了他们一人一个白眼，愤愤离开。

胡江远：为啥不叫他爸妈来！

霍丁疯狂摇头。

笑笑：送你回家好不好？

霍丁还是摇头，他穿好裤子背起自己的书包，一瘸一拐地走了。

胡江远：就这样放他走了？

笑笑不搭理他，跟了上去。

11. 日，外景，公交车站

霍丁在等车。

笑笑坐在一旁的长椅上，西沉的太阳光芒万丈，胡江远不声不响站在她身前帮她挡住强光。

一辆挤满人的公交车驶入站台，笑笑起身走到阳光下，胡江远甚至能看到她面颊上细小的绒毛，车门打开，笑笑跟着霍丁走了上去。

12. 日，内景，公交车上

老旧的公交车摇摇晃晃，楼宇退去，窗外渐渐显露出南方郁郁葱葱的自然风光。胡江远靠在玻璃窗上，远处的天海交接在一起，分不清界限。

（闪回）

陈屋村的雨夜，雨滴细密成串狠狠砸下来。

村民们慌忙逃窜，泥水将脆弱的堤坝击垮，倒灌进村庄，错落有致的房屋被冲成一堆砖头。

胡江远虽然穿着雨衣，可浑身上下都已经被雨水打湿，他抱着父亲的遗像，拉着母亲在雨夜奔逃。

闪电将山体照亮如同白昼，一道惊雷在人们的头顶炸开。

（闪回结束）

13. 傍晚，外景，海边

胡江远惊醒。

公交车停在海边公路的终点站，车上已经空荡荡，霍丁迫不及待地冲下车，笑笑也朝大海奔去。

他下车，被近在咫尺那片幽蓝的海震住。

胡江远追上笑笑：不找他父母算账？要不要我现在就把他绑起来。

笑笑：从现在开始，你再说一个字，我就把你丢到海里去。

胡江远不敢作声摸摸鼻子，脱了自己的衬衣，把霍丁整个裹住。

霍丁蹲在沙滩上挖坑，把挖出来的贝壳一一排序，笑笑坐在他身边望着夕阳。胡江远寻了根木棍，在笑笑面前的沙滩上写：我错了。

笑笑：哪里错了？

胡江远接着写：我恩将仇报，不知好歹。又画了一个箭头打了个问号指向霍丁。笑笑把箭头和问号统统擦掉。

胡江远拍打自己的嘴巴，做出求饶的手势，笑笑这才抬起他的头，把他的嘴模拟拉链解开，胡江远夸张地吐出舌头喘气。

胡江远：咱们回去吧，小孩儿病还没好。

笑笑伸手一指：他喜欢这里，你看！

远处咸蛋黄一样的太阳已经落到了海平面上，霍丁也停止挖沙望向落日，他们看着太阳的身影渐渐消失在海中，四周一下子变暗。

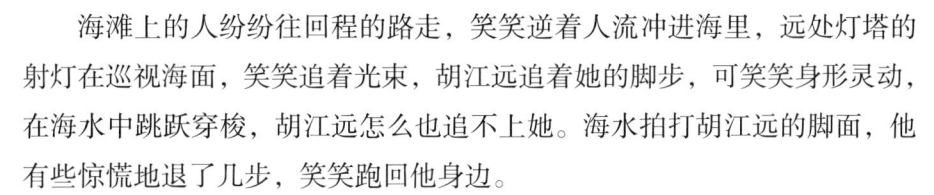

海滩上的人纷纷往回程的路走，笑笑逆着人流冲进海里，远处灯塔的射灯在巡视海面，笑笑追着光束，胡江远追着她的脚步，可笑笑身形灵动，在海水中跳跃穿梭，胡江远怎么也追不上她。海水拍打胡江远的脚面，他有些惊慌地退了几步，笑笑跑回他身边。

胡江远：我从来没见过海。

笑笑：感觉怎么样？

笑笑闭着眼睛做出迎接海风的样子，她的头发被吹散。

胡江远也学着她感受，他脑海中浮现很多画面。

（闪回）陈屋村的雨夜、正在被注水的猪、胡江远被戴上手铐从养猪场抓走。

一套各式各样的屠宰刀具被一一装进透明密封袋中。

警察：根据勘察和群众举报，我们发现你有私宰生猪的行为。即日起，禁止胡江远从事一切与屠宰相关的工作，如有违反，将依法追究刑事责任。

胡江远（O.S.）：很黑，很凉。

鱼池里冰冷的水、滑腻的鱼身在胡江远的手中穿过。

胡江远（O.S.）：很腥，浑身都是滑腻的、冰冷的。

（闪回结束）

笑笑注意到他的不寻常：什么？

胡江远：我没有家了，再也不能杀猪了。他们陷害我，明明不是我的错，受罚的却是我！

笑笑：生活就是这样不讲道理。

她随手捡起一个霍丁挖出来的贝壳丢进海里，半点水花也看不到。

笑笑：我们都太渺小了。

霍丁把所有的贝壳捧过来，笑笑摸他的头，胡江远一把抓起所有的贝壳丢回海里，贝壳瞬间被翻涌的海浪卷走。

笑笑：无声无息。

胡江远发狂地抓起手边一切东西往海里丢，可始终掀不起半点波澜。笑笑上前几步拣回一个被冲上岸的贝壳递给胡江远。

笑笑：你没必要这么纠结，随波逐流，大海会有自己的判断。希望你在海城过得开心，欢迎你。

天已经完全黑了下来,霍丁继续挖沙,胡江远盯着手心的贝壳,远处是暗潮涌动的海,笑笑蹲在原地,这一次她没有追逐,任灯塔的射灯一次又一次把光打到她身上。

14. 日,外景,胡记水产

晨光透过海鲜铺狭小的窗户投射进来,只照亮胡江远面前的一小块地面。

他坐在昏暗中,面前放着一块磨刀石,一把杀鱼用的菜刀,一块案板。旁边是一个养鱼的小池,里面不同种类的鱼混在一起,菜刀的背部有些锈渍和污垢。

胡江远给刀柄缠上一圈一圈的蓝色胶带,直到适合自己的手掌,他握着刀变换不同角度比画下刀的姿势。随后淋了些水在磨刀石上,他厚实的双手抵住刀背来来回回磨动,发出有节奏的声响。

他面上没有一丝表情,停手之后,菜刀的上半部还是那样陈旧,刃上却已经放出幽暗的光。胡江远用指头轻轻碰了一下刀刃,细小的血珠便冒了出来。

胡江远左手戴上棉线手套,把T恤翻到头上蒙住眼睛。双手伸向水盆,他并没有急着去抓那条鲤鱼,而是双手随着鱼身带动的水流游走。突然,他右手使力,把鱼尾扣在戴手套的左手,攥紧鱼尾将其拎出水盆,扬起手臂把鱼头摔在案板上,右手扣在不停挣扎的鱼身上。

胡江远摘掉手套用手指顺着鱼身一寸寸地摸,鲤鱼时不时还会因为神经反射抽动一下。到柔软的腹部时,他的手停下,脑海中涌现出原来杀猪的情景,这双手也曾在猪的颈部流连,感受猪的心跳。

胡江远拿刷子仔细刮净鱼鳞,靠近腮部和尾部的小鳞片他也没有放过,脑海中又是曾经给猪蹄剃毛的景象。

他右手握刀,左手在鱼身上探路,刀尖侧剖开鱼腹,脑中想的是他拿着屠刀缓缓划开猪的胸膛。

左手确定位置之后,右手立起刀身,他腕部用力想把鱼的内脏全部剔除,但是用力过猛,鱼头都被他切断了。

胡江远重复了很多次,直到水盆里的鱼都被他收拾干净,他终于掌握了力道,一刀把鱼的内脏清理干净又不破坏鱼身。

这时铺面的卷闸门被一把掀起,日光猛烈扑了进来,站在门外的胡钧贵正看到造型怪异的胡江远和满地的鱼内脏。

他丢给胡江远一竹篓的河蟹和一大捆棉绳。

胡钧贵:把螃蟹按大小挑出来,用绳子绑好再卖。

胡钧贵腋下夹着个包匆匆出门了。

15. 日,内景,银行柜台

胡钧贵坐在银行柜台前,手里捏着一沓钞票和汇款单拼命想要伸过那个凹陷的入口,他手几乎要抽筋,女员工却不耐烦地拍拍台面让他松手。

女员工:存多少?

胡钧贵:五千。

她把钱放进验钞机过了一遍,有张旧钞发出嘀嘀的声音。她又试了一遍,还是不行。她举起那张钞票对着光看了看,又拿去给隔壁柜台的同事,两人叽叽咕咕半天,胡钧贵隔着玻璃不明所以。

女员工和同事讨论完又坐回位子上,正了正麦克风。

女员工:你这张是假钞,存不了。

胡钧贵:怎么可能?

女员工翻了个白眼,又在机器上过了一遍,还是嘀嘀响个不停。

胡钧贵:那你还我吧。

女员工:那不行,假钞我们要没收的,还存五千吗?

胡钧贵翻了翻口袋发现身上的钱凑不齐:就存四千九吧。

女员工给假币盖章封存,随后在键盘上一顿操作,但又露出奇怪的表情。她把汇款单递回给胡钧贵。

女员工:核对一下收款人姓名和账号。

胡钧贵数着数字核对,收款账户那栏写着:贾梅。

胡钧贵:没错,是这个。

女员工:存不了,这个账号销户了。

16. 日,内景,阁楼

楼下是市场喧闹的叫卖声,胡钧贵跑上楼关紧窗户,外面的声音小了很多。他的手机正在拨打贾梅的电话,但是里面传来机械女声:您所拨打的电话暂时无人接听……

胡钧贵在阁楼翻箱倒柜,在柜子最角落找到一个陈旧的档案袋,里面有结婚证、离婚证,还有一沓书信。胡钧贵找了张字条抄下了书信的地址,档案袋里还有几张文件,他抽出一半又放了回去,隐约能看到某某医院的字样。

17. 日,内景,胡记水产

铺子门口挤满了客人,他们都举着篮筐让胡江远快给自己称螃蟹。胡钧贵这才看见他进回来的螃蟹没有绑绳子,被胡江远按斤卖出去大半。

胡江远刚要把一兜称好的螃蟹递给客人,那客人笑得抬头纹都飞到后脑勺。胡钧贵却一把抢下袋子。

躁动的人群安静下来,胡江远和周围人都疑惑地望着他。

胡钧贵突然一改臭脸吆喝起来:感谢各位捧场!今天胡记水产大酬宾!人人有份,先到先得!人人有份!先到先得!

客人们又一哄而上,胡江远还没明白怎么回事,胡钧贵咬着牙踢他屁股让他给客人服务。

胡钧贵:待会儿再跟你算账!

18. 日,内景,胡记水产

胡钧贵正在清点今天的收入。胡江远在一旁把钱匣里的硬币都倒出来当积木玩,拼出一辆小汽车,对面的胡钧贵飞快按动计算器,他见胡江远就气不打一处来,一巴掌拍飞了他的"小汽车",硬币四散开来。账本盖在胡江远的头上。

胡钧贵:看一下今天的亏损,全部从你工资里扣。

胡江远:不是吧?今天客人这么多。

胡钧贵:客人是挺多,可我一分钱没赚!都怪你做的好事!

胡江远:为什么?我把螃蟹都卖出去了。

胡钧贵:该卖的不是螃蟹!

胡钧贵攥着本该绑在螃蟹身上的棉绳对侄子咆哮,胡江远一脸懵懂。

胡钧贵:还不明白?一斤螃蟹半斤绳你不知道?都像你这么不长脑子,那不叫做生意,叫搬运工,这和你以前卖力气给人杀猪不一样!

胡江远:杀猪不是卖力气。

胡钧贵鼻子喷出不屑的气息。

胡江远：杀猪不是卖力气！怎么下刀怎么褪毛怎么分肉，都得师傅手把手教。（他看着手里的绳子沉默片刻）没那么多骗人的招式！

胡钧贵：你说的对，卖海鲜就是卖骗人的招式。

胡江远：骗人的事我不干。

胡钧贵：那就别再装模作样地练功了！

他一脚踢翻他刚刚练杀鱼的脸盆，血水、死鱼、内脏、刀具、案板四散一地。

胡钧贵从抽屉里拿出一张花花绿绿的宣传单递给胡江远。

胡钧贵：社区让你去参加心理辅导，过了观察期，趁早滚蛋。

19. 夜，内景，阁楼

胡江远仰面朝天躺在床上，空调嗡嗡送进冰冷的风，他把手脚蜷缩在一起。

窗外闪过一道明亮的光和汽车鸣笛的声音，胡江远爬起来趴在窗口，远处一辆黑色的轿车缓缓停下，中年男人开门下车，路边一位身姿曼妙的女人走向他，两人互相依偎，上车的那一瞬，女人的脸暴露在光下，是笑笑。

胡江远打开窗子想要看得远些，但黑色轿车绝尘而去。

20. 日，内景，街道办

街道办大厅已经拉起横幅——"服务社会，传播快乐，让我们的心理更阳光！"

四周都是穿红马甲的志愿者在布置活动现场，贴海报，安置沙盘和巨大的发泄人偶。

胡江远眼下一片乌青，只有他面无表情像座瘟神一样。有个负责吹气球的小姑娘打气筒坏了，满头是汗来找他帮忙。

姑娘：这位大哥，您有空吗？能不能帮我吹几个气球，我的打气筒坏掉了。

胡江远伸手接过一个气球，吸饱了气开始吹。他一口气就把气球吹了起来，脸涨得通红。眼见气球越来越大，小姑娘连忙让他停下。

姑娘：够了够了，再吹要爆炸了！

胡江远看了看她，瞬间又吸回半口气。

姑娘看呆了，她很满意，笑呵呵把气球拿过来打结。

胡江远一个又一个气球吹得起劲，门外一辆橙色的校车停下，志愿者们纷纷出去迎接，校车上下来一溜穿着校服的小学生，有个怏怏缀在队伍末尾的，正是霍丁。

21.日，内景，活动大厅

胡江远坐在咨询台前，眼睛却不住瞟向另一边的霍丁。看他本想去抱那只巨大的熊，但是有其他小孩先一步跳到了熊身上，霍丁的脚步退却了，他又回到角落开始观察，直到一伙同学离开沙盘转战其他项目，霍丁才轻手轻脚移到沙盘边上。

胡江远的注意力被志愿者打断，志愿者拿着一张表格。

志愿者：您好先生，您的情感量表测试结果已经出来了，不过还需要您回答我几个简单的问题，请问您最近的睡眠质量如何？

胡江远：挺好。

志愿者：那最近有什么不开心的事吗？

胡江远：没有。

志愿者：那您最近的身体健康状况如何？

胡江远：健康。

志愿者：测试结果显示您的负面情感占比较大，我们愿意倾听您的烦恼。

胡江远凑上前去，神神秘秘：能不能帮我算算什么时候能娶媳妇儿？

志愿者：对不起，这不在我们的业务范围内。

胡江远：我家被大水淹了，我爸留给我的刀也被没收了，还能不能找回来？医生之前说我有肾结石，也不知道排出去没有。你们怎么不说话？咨询结束了？那我走了？喂！我这辈子还能杀猪吗？

志愿者们脸色很不好看，胡江远拍拍屁股走人，他走到沙盘旁边看到霍丁刚刚摆出来的模型：一座小小的房子，外面围了一圈又一圈的围栏，还有一只大狗守护在门前。

分析师指着这组模型：从这位同学的模型上来看，他选择了最小的房子模型，却在外面围了很多圈围栏，这是一种极度缺乏安全感的心理投射，大狗也是他寻求保护的一种内心想法，我们猜测他可能有过比较深刻的心理创伤，这位同学的带班老师是哪位——

22. 日,外景,活动室外

一个僻静的角落,霍丁蹲在那里看屋檐下一窝麻雀。胡江远走过来,他望了望活动室里刚刚的分析师。

胡江远:咳咳,嗯——听说,听说,听说你很喜欢狗?还是那种很大的狗。

霍丁不吭声。

胡江远:你喜不喜欢武术?我小时候有个少林寺的和尚来村里,每个小孩都跟他学了几招,我学得最好,要不要教你几招?

胡江远像模像样地比画了几下,差点左脚绊右脚摔倒。他挡住了霍丁的视线,霍丁撅起屁股移到能看见雀巢的地方。

小麻雀张着嘴巴叫个不停,胡江远走到巢下,他伸手想把雀巢摘下来给他玩,霍丁突然抱住他的腿阻止他。

胡江远吓了一跳:不想我把它摘下来?

霍丁点头。

胡江远:直接说不就得了。

霍丁不吭声。

胡江远:(指喉咙)这里有问题,(指脑袋)还是这里有问题?

霍丁摇头。

胡江远:你是不跟我说话还是和别人也不说话?

霍丁摇头。

胡江远:所以为什么要偷东西?

霍丁还是不吭声,胡江远拉过他的手掌来看,他的手瘦瘦小小,指甲缝也不是很干净。

胡江远:手掌太薄,指甲也不够干净。

霍丁把手缩回一半又被胡江远揪住。

胡江远:我教你杀猪怎么样?

霍丁仰起头,两道肉虫子一样的眉毛耷拉下来。

胡江远:我可是陈屋村手艺最好的屠夫,谁家杀猪都得先来问问我有没有空!你入了门就是大师兄,后来的徒子徒孙都得听你的话,当然了,我还是老大——什么表情?不愿意?别忘了你的小辫子还在我手里呢,你要是不同意，我就告诉大家你是个小偷！喂！你这是什么表情，我主动教你！光宗耀祖的事！你为啥一脸吃苍蝇的表情？

胡江远一把抓住他头顶的发，霍丁把嘴唇咬了个遍，终于点头。

胡江远：独门秘籍，不可外传啊！

霍丁抬起右手，拇指食指一圈，比出 OK 的手势。胡江远放声大笑，连筑巢的鸟都吓跑了。

23. 日，内景，街道办

活动散场，小学生们陆续被家长接走。胡江远远远见到一个打扮过分精致的女人牵着霍丁正在和老师谈话。那女人有些激动，连连摆手不等老师的话说完就拉着霍丁回家。霍丁跟不上步子，把自己的鞋踩脏了。女人十分火大，用力把他的鞋擦干净还打他的脚，她见霍丁有些委屈，又蹲下来哄他，拉着他快步走了。

胡江远帮志愿者们收拾杂物，志愿者们还有点怵他，只有让他帮忙吹气球的小姑娘跑来他身边。

姑娘：大哥，这都是没用上的气球，都给你了，你吹着玩吧。

她把一大包花花绿绿的气球塞给胡江远，欢快地跑了。

角落里的大熊玩偶已经被踩蹿得不成样子，胡江远把他拎起来靠墙站好，大熊比他还高上不少，胡江远突然使出少林寺老头那儿学来的三脚猫功夫爆锤了玩偶一通，之后和玩偶摔在一起笑得没个人样。

沙盘上霍丁摆出的那个角落，大狗被挪到房顶上，围栏间所有的空格都被摆满了小猪模型。

24. 日，外景，胡钧贵家

胡江远兴冲冲进门，差点被扫地机器人绊了个跟头。路过胡钧贵的房间，发现他手肘压着字典，手里拿着放大镜，好像在写什么东西。

胡江远在门边探头探脑：表叔！

胡钧贵连忙收起手里正在写给贾梅的信，抄起字典向他砸来。

胡江远跑回自己房间，他翻出自己做好的木头屠刀，一片光滑，没有一根倒刺。

他四肢摊开在床上，闭着眼傻乐。

25. 清晨，内景，阁楼

天光尚未完全亮起，一阵捶门声。

门外传来胡钧贵中气十足的吼声：起床！进货！

窗台的鸟都被吓跑。

胡江远（O.S.）：来了！

26. 一组镜头

胡钧贵开一辆灰色面包车，胡江远坐在副驾驶昏昏欲睡，太阳微微升起。

海鲜批发市场来来往往的手推车上摞满了生猛海鲜，人们一箱一箱地卸货搬货。

胡钧贵带着胡江远奔向目标商家，他让胡江远捏皮皮虾的肚子判断海鲜肥不肥，敲大闸蟹的壳看它眼睛是不是还会动。

胡钧贵从怀里掏出红艳艳的钞票递给老板，老板叼着烟给他开了收据，他们迅速付完钱赶往下一家。

胡江远蹲在一个玻璃缸前，里面有许多乌龟，老板滔滔不绝地在说着什么。

27. 日，外景，停车场

胡钧贵边走边整理手里的零钱。胡江远怀里抱着一个探头探脑的小乌龟。

胡钧贵：什么玩意儿。

胡江远：珍珠龟。

一个伙计抱着两个泡沫箱正往他们面包车后备厢里放。

胡江远：小偷！

胡钧贵拦住他，过去和那个伙计打招呼。

伙计：都放好了老板。

胡钧贵递了根烟过去：辛苦了！谢谢了！

伙计：不辛苦，赚的就是卖力气的钱。

胡江远看着后备厢摆放整齐的一箱箱海鲜，他不放心地掀开箱子要看。

伙计：都给您封好了，路上坏不了。

胡江远：是我们要的那些吗？别玩什么花样啊。

伙计面上有些不好看，胡钧贵掏出打火机给他点烟。

胡钧贵：新来的，不会说话，别介意啊。

伙计：明白明白，我先走了，还有好多货要送呢。

伙计转身走了，嘴里的烟没抽几口就丢地上碾灭了。

胡江远：哼，牛什么。老胡，常在河边走，哪有不湿鞋，小心你这老骗子被小骗子挖坑。

胡钧贵：闭会儿嘴，我头晕。

胡江远：那我来开！

胡钧贵瞥他一眼，走下车和他交换位置。

胡江远：安全带。

胡钧贵系好安全带，胡江远一脚油门车就飞了出去，小乌龟吓得头立马缩进壳里。

28. 日，外景，公园

胡江远等得有些不耐烦，霍丁才背着书包从远处走来，他双腿并得很紧，步伐缓慢。

胡江远：磨蹭什么呢！

霍丁小心挪动步子，胡江远这才发现他裤子中间有一摊红色，他把霍丁翻了个面，发现他屁股的位置也是一片红。

胡江远：怎么回事？你受伤了？

胡江远摸了摸他的裤子，手指染上红墨。

胡江远：不是血吧，怎么搞的？

霍丁不吭声，他又把腿并紧，攥紧两边的裤线。

29. 日，内景，童装店

胡江远拉着霍丁来到童装店，霍丁身上围着他的外套遮挡墨水印记。

店主拿了一条深蓝色的裤子比在霍丁身上，胡江远不满意地摇头。

店主又换了一条迷彩的裤子比了比，胡江远摇头。

店主又拿蜘蛛侠的裤子，胡江远还是摇头。

最后，霍丁换上了一个充气恐龙的搞怪裤子，看起来就像他骑着一头绿恐龙。

胡江远和霍丁走出店门，引周围人侧目，胡江远终于忍不住爆笑。

30. 日，内景，馒头铺

一只小"恐龙"从天而降，把冯巧玲吓得大叫一声。

冯巧玲：要死啊！什么东西！

胡江远笑得差点跌倒，霍丁也忍不住扬起嘴角。

胡江远：笑笑在吗？

冯巧玲：不在不在，赶紧走，客人都被你们吓跑了。

31. 傍晚，内景，公园

昏黄的路灯下，胡江远和霍丁对坐，他从口袋里拿出那把木头屠刀递给霍丁。

胡江远：试试。

霍丁的手太小，要两只手才能握住刀柄。

胡江远：杀猪要用的刀不止这一把，这把最重要。小的时候，我爹到哪儿杀猪都会带上我，我每天都和这把刀待在一起。一开始它是我的玩具，后来是吃饭的家伙，再后来就是我身体的一部分，现在被人夺走了。

胡江远凝视自己的右手，霍丁安抚地摸摸他。

胡江远：你要熟悉它，掌握它，也把它变成自己身体的一部分。别看只是一把木头做的，你要记住的是下刀的感觉。

霍丁试着把刀插进泥土里，但刀总是歪歪扭扭，只能擦破土地薄薄的一点皮。

胡江远握住他的手：看准时机，不要犹豫。

他两指微分确定一个缝隙。

胡江远：找到猪的心脏，一刀毙命。

他握着霍丁手起刀落，半个刀身不偏不倚，直直插入那两指宽的泥中。

32. 夜，内景，馒头铺

店里只有冯巧玲一个人，她架了个小砂锅熬中药，专心致志地扇扇子。胡江远抱着珍珠龟走进来，眼神乱飘，在寻找笑笑的影子。有个客人想买馒头，结果步子刚踏过来就被满屋子中药味儿熏跑了。

冯巧玲把锅盖掀开，难闻的味道差点把胡江远熏吐了，他连连咳嗽。冯巧玲瞥了一眼。

冯巧玲：要什么自己装。

胡江远：您生病了？

冯巧玲摆手：给你表叔熬的，他最近总是头晕。

胡江远：哦，这样啊，他可能只是睡得不好，他总熬夜。

冯巧玲把熬好的药倒进保温桶：熬夜？他以为自己还年轻啊！

胡江远：你们认识多久了？

冯巧玲：没多久。

胡江远：为什么没在一起？

冯巧玲：哎呀，你这说的什么话！小胡，你帮我看会儿店，我把这个给他送过去。

胡江远：我给他拿回去就好了！

冯巧玲：我又学了一套健身操，得亲自教他。

胡江远：笑笑怎么不在？

冯巧玲风风火火地出门，头也不回。

冯巧玲（O.S.）：上班去了！

胡江远把冯巧玲留下的"烂摊子"收拾干净，汤锅、灶台、案板也都仔细清洗。

他看到摆在角落的相框，里面是笑笑母女的合照，笑笑笑得八颗牙齿都露了出来。

33. 夜，外景，馒头铺附近

胡江远抱着乌龟站在路口等信号灯，却看到停在红灯后面的奔驰车里，笑笑穿着紧身薄裙，搂着一个男人的脖颈，两人纠缠在一起。胡江远走过去，信号灯却已经变了，车子纷纷起步鸣笛，胡江远只得后退，奔驰绝尘而去，他急忙拦了一辆出租车跟上去。

34. 夜，内景，酒店套房

房间的装修是华贵的欧式，笑笑被人拥入酒店房间，她把男人脱了个精光，男人也急不可耐要扒她的衣服，笑笑却把他赶去洗澡。浴室传来水声。

笑笑趁机翻找男人口袋里的证件，用手机拍照留底。

片刻。

男人从浴室出来，敞着浴袍就向笑笑扑来，笑笑却坐在床边拿着手机拍下了他的丑态，她摇摇手里男人的手机和名片，他的脸色瞬间变了，一把抢过笑笑手里的东西，笑笑并没有与他争。

笑笑：已经备份了，你说，你妻子看到会怎么样？

男人：你想干吗？

笑笑一脸无辜，把手指举到他面前搓了搓。

35. 夜，外景，酒店门口

胡江远蹲在酒店门口的花坛边，他只穿着背心，会所的门童不让他靠近。他就坐在花坛边等待。面前的楼有十几层高，胡江远仰得脖子都痛了也没数明白。

远处有一个摆地摊的老头，摊子上只有几样水果，他面朝胡江远不知道在看什么。

酒店大堂走出一个怒气冲冲的男人，正是和笑笑纠缠不清的那位，胡江远走上前却看到笑笑独自从酒店里出来，他连忙转过身假装在老头的摊位上看水果，笑笑却过来主动拍他的肩。

笑笑：好巧，你怎么在这儿？

胡江远：我——买点水果！

他假装挑那些破破烂烂的水果，老头和笑笑的表情都很怪异，笑笑把他拉起来。

笑笑：你真以为他是卖水果的？

胡江远：不是吗？

笑笑耸了耸肩，老头拉开自己的外套，一面是层层叠叠的黄色光碟，另一面是彩色盒子的安全套。

老头开口带着浓重的口音：要吗？男的和男的，男的和女的，男的和女的和小动物。

胡江远吓了一跳，笑笑失笑，她往家的方向走，胡江远拦住她，把藏在身后的乌龟拿出来，他敲敲龟壳，小乌龟缓缓探出头，又立刻缩了回去。

笑笑：什么东西？

胡江远把乌龟送给她，笑笑有点不知所措。

笑笑：给我？

胡江远：这是珍珠龟，它的壳里有一颗珍珠，你可以许愿，它会帮你实现。

笑笑：哪里来的。

胡江远：买的，店家说这是非常稀有的品种。

笑笑满脸问号，她伸出手贴在胡江远的额头，胡江远的脸瞬间涨红。

笑笑：你是不是发烧了。

胡江远：没有！我身体好得很。

笑笑：你不觉得自己被骗了吗？

胡江远：怎么可能？他为什么要骗我？

胡江远似乎非常震惊，他一脸天真，笑笑反而不追问了。

笑笑：你的脸真的好红。

胡江远：我有点激动可能，我一大声说话就这样。

笑笑：好吧，为什么要送我这个？

胡江远：不为什么，我觉得它很好，它可以吃苹果、黄瓜，少吃一点肉也可以。

笑笑仔细打量手里的乌龟，它的头完全缩进壳里。

笑笑：真的有珍珠吗？真的可以许愿吗？

胡江远：如果它不可以——我还——

两人对视，胡江远的瞳仁很大，映出星星点点的光。

胡江远：我就把它吃了！听到没有！

胡江远威胁似的敲敲它的龟壳，笑笑失笑，胡江远也跟着笑了，他抿抿嘴巴。

胡江远：刚刚，我好像看到——

笑笑用吻堵住了他的疑问，胡江远的脸更红了，他双手无处安放。这个轻巧的吻很快结束，胡江远落荒而逃。

36. 夜，外景，海城的街道

胡江远漫无目的地游荡，他停在一张巨大的广告屏幕前，上面在播放口红广告，胡江远盯着模特放大的红唇出神，有些怯懦地，摸了摸刚刚被笑笑吻过的地方。

37. 日，内景，理发店

一家老旧的理发店，胡钧贵仰躺在椅子上，围着围脖，一位老师傅在给他刮胡子。

一群妇女满头夹子挤在一张掉皮的沙发上叽叽咕咕，冯巧玲坐在隔壁的位子上，她刚洗过头发，头上包着毛巾，腿上摊着造型杂志。

冯巧玲：最近还头晕吗？按时做操了没有？

胡钧贵：做了更晕。

冯巧玲：你得坚持，时间长了才有效果。

胡钧贵：感觉耳朵里老有东西叫唤。

老师傅：等下给你采采耳。

一个婆娘走过来靠在冯巧玲的身上，目光在她和胡钧贵之间逡巡，看到她腿上的杂志停在一个新潮卷发的页面。

婆娘：老冯，选好了没？（拿起杂志，展示给那群妇女）你们看呀，老冯蛮新潮啊，选了个爆炸头呢！

妇女们七嘴八舌：是不是最近有什么情况我们不知道？

脸皮那么松，都快掉到地上。

那怎么了！人家就是要装小姑娘！

冯巧玲一脸尴尬，抢回杂志。

婆娘：老胡，你给我们参谋参谋，现在流行什么样的发型呀，我们也想赶赶潮流哇！

胡钧贵终于睁开眼睛，看着婆娘过于浓密乌黑的头发，他伸手一提把她的假发拎起来打量。

胡钧贵：你这不是假的吗？多买几个换着戴呗。

婆娘哽住，妇女们窃笑。

38. 日，内景，糖水店。

胡钧贵和冯巧玲对坐，服务员端上两杯木瓜牛奶。

冯巧玲尝了一口：好有木瓜味。

她真的烫了个新潮的鬈发，有些羞涩地摸那些小卷卷。

胡钧贵：改天出海转转，你和笑笑一起？

　　冯巧玲点点头，满头的小卷也跟着动。胡钧贵叼着吸管打量她，半晌也忍不住笑了，两个人缩着肩趴在桌子上笑成一团。

39. 日，内景，胡记水产

　　胡江远在给客人杀鱼，他动作专业熟练，几刀就把一条鱼收拾干净。看得买鱼的老太太啧啧称奇。

　　老太太：小伙子，专业！

　　没有客人的时候，他又开始热火朝天地打扫店铺，把捞鱼的网子，装鱼的篮子刷得干干净净。胡钧贵跷着二郎腿喝茶，表情快活似神仙。小灶台上煮着一小锅牛奶。

　　胡江远：好喝吗？

　　胡钧贵：美哉——妙哉——

　　胡江远：给我一点。

　　胡钧贵给他倒了一杯。

　　胡江远：我要茶叶。

　　胡钧贵：做梦！

　　胡江远：一点点就好，从我工资里扣。

　　胡钧贵不情不愿地拿出茶饼，小心翼翼地抠了一点给他。胡江远把茶叶丢进牛奶锅里，窄小的叶子打着旋儿舒展开，牛奶被染成浅浅的褐色。

　　胡钧贵：正宗老同兴啊，你居然煮奶茶！

　　胡江远看了看时间，已近五点，马路上有三三两两背着书包的学生，胡江远脱掉围裙，把奶茶倒进保温杯里。

　　胡江远：我出去一下。

　　胡钧贵端起小锅喝了一口奶茶，咂巴咂巴嘴。

　　胡钧贵：败家啊！真是败家！

　　说着又加了几勺糖进去搅拌，端起锅一股脑喝掉。

40. 日，外景，校门口

　　胡江远等在校门口，学校里的人已经走得差不多了，保安已经把大门关上。他张望半天，掉头往回走，却在旁边的巷子口看到一只学生皮鞋，他捡起皮鞋朝巷子里走去。

41. 日，外景，一棵僻静的大树下

霍丁光着一只脚，被一群混混围住，他们比霍丁大不了多少，扯下他的书包，把所有的东西倒出来翻找，另一个孩子把霍丁的口袋翻了个遍，除了几枚硬币什么也没翻到。

混混头子很不满意，用手里的桌子腿拍拍霍丁的脸。霍丁始终没有反抗，直到他们要拿走他的木头屠刀，他不顾一切想要夺回来，却被混混头子甩到一边。

胡江远见到他们，把手里的鞋飞到混混头上，那几个孩子看到他，立刻顺树而上，离开之前不忘撕碎了霍丁的课本。胡江远想要去追，可他们翻过墙就不见踪迹。

霍丁把那些碎成片的课本都拢到一起，风吹走了一页落到胡江远的脚边，他及时捡了起来。胡江远给他把鞋穿好，拉着他的手。

胡江远：偷钱也是给他们吗？

霍丁点点头。

胡江远：他妈的！你告诉我他们家住哪儿！

霍丁摇头。

胡江远：你不知道他们家住哪儿？还是不相信我能教训他们？

霍丁还是摇头。

胡江远：你是拨浪鼓吗？我今天非要把他们打一顿。

霍丁把书包整理好，校服重新穿得板正，只是沾上了不少灰尘。

胡江远撸起袖子，捶了几下树干，一肚子气只能朝树撒。

霍丁又检查了一遍自己的衣着，两只袜筒高度一致，皮鞋上的污渍也擦干净了。

保温杯在刚刚的追逐中摔坏了盖子，温热的奶茶像一条小溪，蜿蜿蜒蜒。霍丁的鼻子凑上来，嗅嗅保温杯，一脸可惜。

胡江远：洒光了，想喝只能等下个月了。

霍丁用手比画了个问号。

胡江远：因为一个月工资只能换这么一点点正宗老同兴。

他眯着眼把手指挤在一起的样子把霍丁逗笑了。

胡江远：你爸妈知道吗？他们欺负你。

霍丁摇头。

胡江远：老师也不知道？妈的，什么破老师。那以后他们再欺负你怎么办？

霍丁摇头。

胡江远：别摇了，头不晕吗？

霍丁把木头屠刀紧紧攥在手里。

胡江远：你这小鬼，别冲动啊！

霍丁从包里掏出一个图画本，胡江远翻开居然看到一套猪的解剖图，笔触稚嫩可爱。

胡江远一页一页翻看：你画的？太可爱啦！这个是谁？泰山吗？

霍丁偷笑，胡江远才反应过来。

胡江远：这不会是我吧？我的脸有这么长吗？你是不是故意黑我？

42. 日，内景，胡钧贵家

胡江远开门看到表叔正跟着冯巧玲给他的视频做健体操，"爱的魔力转圈圈——"的音乐充斥整个房间。

胡钧贵：明天休息，去三门岛玩一圈。

胡江远：不去。

胡钧贵：笑笑也去。

胡江远：几点出发？

胡钧贵翻了个大白眼。

43. 日，外景，码头

码头边停着大大小小的渔船，胡钧贵叼着烟站在一条带遮阳棚的船上，整理捕鱼的网和工具。胡江远坐在船边蹚水，用小鱼做鱼饵，蓝绿色的水波静静流动。

笑笑衣着简单，和冯巧玲把带来的吃食放在船上。

胡钧贵站在船头：出发！

马达的轰鸣声响，渔船缓缓离岸。

44. 一组镜头

表叔开船的样子十分潇洒，渔网顺着船沿滑入水中。

收网的时候，捞上来一条大墨鱼，胡江远被喷了满脸的墨汁，笑笑笑倒在船上。

胡江远和笑笑一起拽渔网，却没想到渔网的另一段都在对方手里。

三门岛上，胡钧贵随手翻开一块石头竟然就是一只活蹦乱跳的青蟹。

胡江远翻了五六块大石头，却什么也没有。

45.日，外景，三门岛

三门岛周围是石滩，他们寻了个平坦的地方生火，架起烤架，把刚刚抓到的海鲜一股脑倒上去。

笑笑：胡叔也太厉害了吧！

胡钧贵：老了，不行了，渔网都拉不动了！以前出海打鱼，能干一整个通宵！

笑笑：你一个人吗？太酷了吧。

胡钧贵：怎么可能，有好多家，都是相互照应着，女人留在岸上等，男人到海里去拼！

笑笑：你谈过恋爱吗？

胡钧贵：哼哼，你还以为我没断奶啊。

笑笑：我觉得你一定很抢手！

胡钧贵讪讪地笑。

冯巧玲：现在你不用亲自去拼，有好帮手啦！

她抬起下巴颏点了点胡江远。

胡钧贵：比猪还笨。

冯巧玲：我看他蛮好啊，个子那么大，干什么都不会差的。

胡江远正在翻烤海鲜，他拎起半只梭子蟹，烫得直跳脚，他把螃蟹先递给笑笑，笑笑却拿了个大盘子，把烤熟的东西都放上去端给胡钧贵。胡钧贵点了烟摇摇头，示意让冯巧玲先吃。

四人围坐，笑笑仔细把胡江远给她的那半只螃蟹的肉一点点吃光。胡江远吃螃蟹不得要领，一股脑全丢进嘴里嚼碎。

笑笑：你好浪费。

胡江远：没有！壳子我也吃了！

笑笑一脸无奈，她翻翻袋子拿出两罐啤酒，给了胡江远一罐，自己开了一罐喝了大半。

冯巧玲：你收敛一点啊，吓死人了。

胡江远也拉开拉环，他直接一口喝光，把易拉罐倒扣，居然一滴酒也没滴下来。

笑笑：小时候我爸就教我喝酒，从这么小的杯子到这么大的杯子，他都能一口气喝掉。

冯巧玲：你是不是喝醉了？去旁边吹吹风好吧？

笑笑：他喝酒喝死了，有什么不能说的。

胡江远：其实我爸也死了，没什么不能说的。

冯巧玲：好威风你们两个，讲吧，讲个痛快好了。

笑笑：我不，我不要讲给你们听。

笑笑起身，她朝海水走去，胡钧贵踢踢胡江远的屁股，让他跟过去。

冯巧玲拿起笑笑喝剩的酒，她抿了一小口，又喝了一大口，像喝药一样把酒都喝光。

冯巧玲：以前不知道你还会开船。

胡钧贵：不难，比开车还简单。

冯巧玲：以后有机会我想去内地看看，这么大年纪都没离开过这个地方。

胡钧贵：没什么好看的，离海越远的地方越荒凉。

冯巧玲：我一个人会不会走丢？

胡钧贵：你为什么要一个人。

冯巧玲的声音并不大，胡钧贵没有回应。冯巧玲低头看向自己的手，虽然颜色还算白，但是皮肤粗糙，关节突出，干巴巴的，她握拳把这双不好看的手藏在怀里。

46. 日，外景，海边

笑笑朝一望无际的海奔去，她脱掉上衣随意丢在岸上，一边与浪嬉闹，一边放肆大笑。

胡江远匆忙赶来，他站在岸边。海水里的笑笑向他挥手，他憨笑回应。

海浪逐渐汹涌，笑笑被浪拍打，浮浮沉沉，最终消失在海面上。胡江远觉得不对劲，他两下脱掉衣服冲进海里，他并不会游泳，只是个子高不容易被淹没。他张开手臂拨动海水寻找笑笑。

胡江远：笑笑！不要闹了！

他连呼几声都没有得到回应，猛吸一口气钻到了水底，周围的声音一瞬间消失，水下是一片昏暗的墨绿，胡江远胸腔的空气不断被挤压，吐出一连串气泡，他感觉自己不受控制，四肢拼命挣扎，直到被一双手扯出水面，他才得以喘息，对面的笑笑也是一副精疲力竭的样子。

胡江远：怎么回事？我以为你被淹了。

笑笑挣开他的手朝岸上走去。

胡江远：你又在骗我！

47.日，外景，一处僻静的石滩

笑笑和胡江远瘫在一处石头下小憩，旁边是他们被打湿的外衣。

笑笑：好热，我感觉我快被烤熟了。

胡江远换了个位置，帮笑笑挡住太阳，笑笑只穿内衣，胡江远撇过头不去看她，脖颈上很快布满汗珠。

笑笑睁开眼睛，伸手又把他拉回阴凉的地方。

笑笑：你好笨。

胡江远：你太恶劣了！

笑笑语气夸张：哦，乖宝！妈妈以后再也不骗你了。

胡江远嫌恶地推开她。

胡江远：不准再骗我了！

笑笑的脸冷下来，她把未干的衣服套上。

笑笑：你好傻。

胡江远：真的吗？你每次见到我都要说一遍。

笑笑：真的吗？我真的是有感而发。

胡江远：珍珠龟还好吗？

笑笑：天哪，它根本不吃苹果那些，它只吃肉，越肥越好。

胡江远：那它不是长得很肥？

笑笑（悄声）：可是它拉的粑粑也很多！啊！有点恶心。

胡江远：你有对它许愿吗？

笑笑摇摇头。

胡江远：为什么？

笑笑：我没有愿望。

笑笑出了一点汗，她的脸颊都红了。

（闪回）那一晚笑笑吻上胡江远的景象。（闪回结束）

胡江远趁笑笑闭着眼，轻轻靠过去和她并肩躺在一起，他试探地抬起手指碰了碰她的手背。

48. 一组镜头

回程路上，原本晴朗的天忽然阴云密布，海浪变得汹涌，渔船摇摇晃晃。掌舵的胡钧贵努力维持平衡，笑笑和母亲蜷缩在一起。胡江远不断把船里的水舀出去，他抬头朝笑笑露出明朗的笑容。

电视机里循环播放夜间台风预警。

天空乌云密布。

胡江远和表叔正在给铺子的玻璃贴"米"字胶带。胡钧贵站在凳子上去摘挂在高处的咸鱼，他突然感到晕眩捂住额头，胡江远把他扶下椅子。

49. 夜，内景，胡钧贵家

大风呼号，将阁楼的窗户吹得哐哐作响，雨滴像是钢珠一样砸向玻璃，发出噼里啪啦的声音。

胡江远仰面朝天躺在床上，他神经质地瞪着眼睛不睡觉。

窗外一道闪电，他把身子微微蜷起，他想起来陈屋村被洪水吞没那一夜。

（闪回）陈屋村的雨夜，村民们哭号着四处奔逃。泥水将脆弱的堤坝击垮，倒灌进村庄，错落有致的房屋被冲成一堆砖头。

各家各户的牲畜紧张又无助，黄狗已经站在房顶上，公鸡母鸡在啄笼子的门，有几只肥硕的猪已经死去，濒死的还漂在水面做最后的挣扎，它们的眼睛透露着无辜和天真。

胡江远抱着父亲的遗像，拉着母亲在雨夜奔逃。

（闪回结束）

窗外有玻璃碎裂的声音，黑暗中，胡江远的手机亮起，是笑笑打来的电话。

50. 夜，外景，胡记水产店铺外

胡江远冲下楼，发现笑笑一家缩在店铺的屋檐下，浑身被雨水打湿。

他脱下自己的雨衣披在笑笑身上，她倚靠在胡江远的臂弯，怀里还抱着那只珍珠龟。

51. 夜，内景，胡钧贵家

胡钧贵端出一锅姜汤来，冯巧玲穿着胡钧贵的旧衣服，身体还在发抖。

胡江远望着洗手间的方向，一脸担忧。

胡钧贵：怎么这种天气跑出来？太危险了。

冯巧玲有些哭腔：玻璃都被吹烂了——太害怕了——我们没办法了。

胡钧贵把盛好的姜汤递给她：没事了，这里很安全。

52. 夜，内景，阁楼

胡江远在房间翻找，找出一条被子，一件宽大的衬衫，一条床单。

在柜子底部，他发现一个档案袋，正是胡钧贵之前翻看过的，他把里面的东西一股脑倒在床上，有写着贾梅地址的信封，还有一沓贾梅的流产报告。

门外传来敲门的声音，胡江远匆匆看了几眼后把档案袋复原。

他抱着衣被打开门，发现笑笑站在门外，她嘴唇异常的红，让胡江远别过脸不要看她。

53. 日，内景，胡钧贵家

胡钧贵站在窗边打电话：喂？大哥？怎么样啊？台风没受影响吧？那个你和贾梅最近有联系吧？喂？喂喂？

胡钧贵又拨了一个号码：喂？三姐？我是小胡啊，胡钧贵！三姐别挂！别——去他妈的。

胡钧贵把手机狠狠丢在地上，他看到站在一旁的胡江远。

胡钧贵：看什么看！帮我捡一下啊。

笑笑从房间出来，帮他把四散的手机捡起来拼好。

胡钧贵怪不好意思：谢谢啊，小姑娘手就是巧！

胡江远：今天也要去上班？

笑笑：要。

胡江远：我送你吧！

笑笑：不要。

54．夜，内景，馒头铺

整个铺面的玻璃全碎了，笑笑在房间换衣服，她脱下简单的T恤长裤，脊背很薄，能看出肩胛骨的形状。红色的真丝裙从她的头上落下，流畅地包裹着她的身体。她把头发披散下来遮住大半个面容，只能看见艳红的唇。

55．夜，外景，酒店门前

笑笑一身紧身红裙从车上下来，却见到胡江远早早等在门口，他拦住她。

胡江远：我——

刚刚送笑笑的车并没有走远，司机下车点着烟观望她，笑笑和司机眼神交汇，她见胡不开口，接着往酒店走，胡江远拦住她。

胡江远：我有话要说。

笑笑甩开他的手，她像是不认识胡江远一样大步离开，酒店里一个男人走出来拥住她，两人十分亲昵。

胡江远认出那个男人正是越三儿。

胡江远：笑笑！

他几步跑上前扯开两人，越三儿眯眼打量他。

越三儿：哟，这么巧。

胡江远抓着笑笑要带她走，却被越三儿按住手腕，越三儿看着笑笑。

越三儿：老相好？

笑笑把手抽回来：不认识，咱们进去吧！

胡江远：你要和他做什么？

越三儿大笑，他眼睛盯着胡江远，手却在笑笑的腰腹流连。

越三儿：你不知道？

胡江远：把手拿开！

越三儿越发不安分，突然一把抓住笑笑的臀肉。

越三儿：要不你开个价，我可以考虑让给你。

胡江远：开你妈！

他一拳揍过去却被越三儿灵活躲开。

越三儿：我看你是牢饭没吃够，还想进去蹲几天。

胡江远放下拳头，盯着笑笑的眼睛。

胡江远：跟我回去，我有很重要的话要和你说！

越三儿放松表情，一副仗义的样子，勾着胡江远的肩膀，拍拍胸膛。

越三儿：兄弟，看你这副样子，要不，人你带回去玩儿，钱，我帮你出了！

他想把笑笑推过去，笑笑却主动拉着他的手放在自己腰上。

笑笑：老板，你愿意做亏本的买卖，我可不愿意。

越三儿：甜心儿，我逗他的！他就是条狗，越踢越不走。

两人接吻，挽着手向酒店内走去，胡江远被抛在门外，他想进去但被保安拦住。

胡江远：越三儿你这个王八蛋！狗东西！你会遭报应的——

远去的笑笑回头望他，胡江远止住谩骂，他嘴唇颤抖，再也发不出声音。

胡江远掏出手机拨通110：喂，我要报案，富丽酒店，有人卖——有人强奸！他妈的有人强奸！

远处的司机灭掉烟头，悄悄进了酒店。

56. 夜，内景，酒店客房

笑笑和越三儿拥吻进门，笑笑想趁机脱他的衣服，结果自己的裙子却先被撩起来，越三儿的力气很大，她挣扎着发出声音。

笑笑：先去洗个澡吧！

越三儿：等不及了，甜心儿。

笑笑攒足力气一把推开他：去洗澡。

越三儿甩手一巴掌把她打歪在床上，接着把笑笑随身的小包顺窗外丢了出去。

越三儿：他妈的，臭娘们儿，别想耍花样。

他又覆在笑笑身上，撕扯她的裙子。笑笑望着窗外，逐渐放弃抵抗。

57. 夜，内景，酒店

警铃大作，闪烁的红蓝光撕破黑夜。

胡江远带着警察闯入酒店，他们停在一间房门前敲门。

警察：有人吗？例行检查！开门！

门内无人回应，一旁的服务生颤巍巍刷卡开门，警察一拥而入。

胡江远挤进去却看到全身光溜溜的越三儿被自己的裤子绑在椅子上，他又羞又恼不住挣扎，眼里闪着杀人的光，恨不得把胡江远碎尸万段。

58. 夜，外景，胡钧贵家楼下

路灯昏黄，胡江远缓步走来，他的影子被拉得很长，笑笑从角落现身，她站在他的影子里。

胡江远听到声响，转身走近她，笑笑脸上有几块淤青，手腕布满勒痕，他用手去搓她脸上的印记，笑笑觉得痛，脸上却还带着笑。

胡江远：你又骗我。

笑笑：我什么都没有说过。

胡江远：对啊，你什么都不用说，就可以把我耍得团团转！

笑笑：很抱歉，不过——如果我说我和他们什么都没发生，你会不会好受一点。

胡江远：你拿我当傻子吗？

笑笑：真的，你今天也看到了，我怎么可能跟那些人上床。色眯眯的，没一个好东西，我要惩罚他们。

胡江远：你是个疯子！

笑笑：你喜欢疯子，不是吗？

胡江远拥住她，厚实的手掌紧紧扣着她的背。

胡江远：真想看看你的心是什么做的。

笑笑牵过他的手放到自己的胸脯：和你一样。

胡江远：别再靠近越三儿，他不是个好东西。

笑笑：放心，我只不过想从他身上弄点钱花花，没想到他是个难啃的骨头。

胡江远：什么意思？

笑笑：什么什么意思？

胡江远：你说你们什么都没发生。

笑笑：确实什么都没发生，我一毛钱都没赚到。

胡江远：钱？

笑笑：只要把他们好色的样子拍下来，他们就会乖乖把钱包交出来。

胡江远：这是敲诈！

笑笑耸耸肩，胡江远突然抓狂，他一把推开笑笑。

胡江远：你太过分了，你为什么？你简直比——还要过分！

笑笑疑惑地看着他。

胡江远：你可以出卖自己，但是不能骗人。

笑笑：哈？

胡江远：这很下作！

笑笑：哦，原来卖身比骗人高尚。

胡江远：不是这个意思。如果你需要钱，为什么不来找我？

笑笑：找你？

胡江远把口袋里杂七杂八的钱都掏出来塞到她手里。

胡江远：都给你，我还可以去借！还可以想别的办法。

笑笑：去找珍珠龟许愿？

胡江远：我以后会赚钱，我可以去卖肾，还可以回乡下杀猪！到警察不知道的地方去！我赚的钱都给你！只要你别再干骗人的事。

胡江远肌肉鼓胀，他把笑笑困在怀里，却被她连踢带打挣脱，完全没有以前半点温存的样子。

那个藏在暗处的司机想要过来，笑笑却已经挣开胡江远的怀抱。

笑笑：你没必要这样。

59. 一组镜头

胡江远失魂落魄，在街道上游荡。

馒头铺，那个司机把一沓现金分了一半给笑笑，笑笑却把钱推回去。

胡江远在海边疯狂扒开石头翻找。终于发现一只小螃蟹，它活力万丈，细小的腿一刻不停地爬，胡江远跟在后面锲而不舍地追。

馒头店彻夜亮着灯，笑笑趴在桌子上逗弄那只珍珠龟，她把龟背朝下，看着珍珠龟卖力挣扎翻身的样子发笑，突然有泪从她眼中涌出。

胡江远追着螃蟹到了海里，海浪冲击着他，他缓缓跪下任海水淹没他的身体。

片刻，他猛地冒出水面，挣扎着拨开海水上岸，瘫倒在沙滩上。

60. 夜，内景，胡钧贵家

信箱里有一封被邮局退回来的信。

胡江远走进客厅，听见胡钧贵的卧室里传来冯巧玲暧昧的喘息。

他坐在黑暗中读信，浑身都在滴水，把沙发都浸湿一大片，信是寄给邻市一个叫贾梅的人。

梅：

> 展信安。
>
> 最近还好吗？银行说你的账户注销了，钱汇不过去，我打了好多个电话都是无人接听，只好用这种土方法试试能不能找到你，如遇困难务必与我联系。

胡钧贵上身赤裸从房间出来，胡江远把信递给他，表叔看了几眼，拿着信的双手不住发颤，胡江远走下楼看到他佝偻着背。

胡江远：贾梅？你的前妻？还为你掉过一个孩子，难怪你忘不了她，房间里那个滋味儿也不错吧，表叔，你挺有本事的，无论是做生意还是玩女人。

胡钧贵站在窗边，眼神迷离，呼吸突然加快，胡江远说话的声音变得模糊不清，他耳内一阵尖锐的疼痛，逐渐失去了意识。

61. 日，内景，医院

打印机吐出一行一行黑色诊断书。

最后一行诊断结果显示为：美尼尔综合征。

胡钧贵握着检查报告，他盯着医生一开一合的厚嘴唇。

医生（O.S.）：目前美尼尔的病因尚不明确，有可能是他感染了某种病毒，或者是耳道本身有病变，他做什么工作的——呀——每天接触那么多人得有多少细菌啊？——只能排除法查病因——唉，你这什么表情，不要吓人啊，我会叫保安的，现在医闹后果很严重的——你别叫了，你现在跟他说话他也听不见。——不是什么大毛病——好了好了家属都先出去吧。

62. 日，内景，病房

胡钧贵缓缓睁开眼，胡江远伸手在他眼前挥一挥，被他一巴掌打开。

冯巧玲：醒了醒了。

胡钧贵挣扎想要坐起来，一阵眩晕突然令他干呕不止，冯巧玲连忙扶他躺下。

　　冯巧玲：你不要乱动啊，是不是很晕？医生说你得了美美美什么什么综合征，要观察一阵子，说不定还要做手术呢。

　　胡钧贵：我成废人了。

　　冯巧玲：没有啊，会好的，会好的，多亏小胡及时把你背到医院来啊！你只要好好休养，一定会和以前一样的。

　　胡钧贵瞥到角落里坐在小板凳上的胡江远，两人对视。

　　胡钧贵：现在好了，你爱去哪儿去哪儿吧。

　　胡江远：钥匙我收好了，明天我自己去进货。

　　胡钧贵摇头。

　　胡江远：你放心，铺子我一个人也能开起来。

　　胡钧贵摆手。

　　胡江远：你不信我？

　　胡钧贵：你用不着这样，反正以后我也干不动了，我会托人把铺子卖了，你该去哪儿去哪儿。

　　胡江远：谁说我要走了，我一定能干好！

　　胡钧贵招手，胡江远凑到他身边来。

　　胡钧贵：还记得我和你说的那些话吗？——做生意就是卖"猫腻"，你不信这个，就干不成买卖。

　　胡江远：总有人不这么干。

　　胡钧贵：你吃了苦头自然就知道了。

　　胡江远：我最不怕的就是吃苦头。

　　胡钧贵：和你爹一样，倔死驴。

　　胡江远眼神坚定，表叔叹了一口气。

　　胡钧贵挣扎着去拿放在一旁的裤子，冯巧玲连忙把裤子递给他，胡钧贵从里面摸出车钥匙抛给胡江远。

63. 清晨，外景，胡记水产前

　　胡江远在洗车，把轮胎缝隙都擦得锃亮，进货用的篮筐也码放整齐。

　　天还未亮，胡江远坐在驾驶位上，他输入海鲜批发市场的地址，导航发出机械甜美的女声"开始导航,全程21公里,大约需要32分钟,请您系好安全带"。

他把钥匙插进去转了两下,可是面包车太老了,车身抖动半天终于启动。

这时天边已经有些光渗了出来。

胡江远不知道为何感觉有些激动,他踩着离合把一到四档挂了个遍,又把腰包里的现金掏出来再数了一遍。

胡江远一脚油门下去,只听见发动机轰隆隆的转速声,却不见车子移动,他轰了好几脚油门才发现挡位挂错了,重新挂挡终于出发。

64. 日,外景,海鲜批发市场

胡江远又来到之前那个商铺,正巧是上次那个伙计在看店。

胡江远:老板,看看虾。

伙计:没有。

胡江远:大闸蟹,带鱼有没有?

伙计不耐烦地掀开货柜给他看一眼。

胡江远:你照着这个单子给我拿吧,没有的我再去别人家买。

伙计接过单子点了根烟慢悠悠地看。

胡江远:表叔说你们的货他最信得过,你可别蒙我啊。

伙计:他怎么没来?

胡江远:住院了,得了点小毛病。

伙计:换你接班了?

胡江远:我没那么大能耐,还不知道干成什么样呢!

伙计照着单子点了货,把没有的几项勾了出来,用计算器按了个数给胡江远看。

胡江远乖乖数足票子递过去。

伙计:行了,等会儿给你送车里去。

65. 日,外景,停车场

胡江远见车里那些箱子还如上次一样码放整齐,便合上后备厢出发,他甚至拿手机放起了音乐。

"爱的魔力转圈圈,想你想到心花怒放黑夜白天,可是我害怕爱情就是一瞬间,转眼就看不见,我要慢慢冒险——"

66. 日,外景,胡记水产

胡江远将车里的货筐卸下来,他拆开装带鱼的盒子,泡沫箱层层叠叠缠了好多胶带,掀开盖子,裹着带鱼的冰已经化成恶臭的水。

另一箱海白虾也是,虽然箱子里铺了冰,虾却早就死透,虾身已经发白,胡江远一脚踢翻了保鲜箱。

67. 日,外景,海鲜批发市场

店铺的卷闸门半拉,似是已经歇业,胡江远只能弯下腰去叫人。

伙计只把卷闸门拉上来一点,露出够自己身高站的地方,胡江远人高马大只能半弯着腰、姿势怪异地和他对话,胡江远把一箱臭鱼烂虾丢在他面前。

伙计:你有病吧。

胡江远:从你们家进的货,你不记得了?

伙计:你有单子吗。

胡江远掏出拿货的那张清单,上面只写了需要的品种和画的几个勾。

伙计:这他妈哪个字儿证明是我们家的东西了。

胡江远使力把卷闸门推上去,可屋内几个壮汉凑了过来,个个打着赤膊,眼神凶狠。

胡江远愣了几秒转身走了,伙计把泡沫箱一脚踹翻,恶臭的汤水虾蟹甚至砸到胡江远的腿上,他没有回头,只有手掌紧紧蜷着。

他瞥见之前买珍珠龟的铺子,老板从池里拎出一只珍珠龟给客人展示,随后一刀剁掉了它的头,扒下它的壳。

68. 日,内景,胡记水产

胡江远:表叔说他是废人,明明我才是废人,我什么都做不好。骗我,所有人都在骗我!给师傅倒酒啊,你愣着干吗?徒儿,我考考你,去掉猪毛有几种方法?

霍丁的毛虫眉毛又开始不自在了。

胡江远:哦,我忘了,我的小徒弟说不了话。

霍丁掏出图画本，笔尖落在纸上发出沙沙声响，他画了三只小猪，一只被喷枪火烤、一只被放进一口大锅水煮，还有一只被热帆布裹紧，旁边一把刮刀。

胡江远眯着眼睛看：画得真好，画这么好还学什么杀猪啊？谁让你学的！我居然想教一个小学生学杀猪，你连活着的猪都没见过吧。你是不是想知道我为什么逼你学？哈哈哈哈哈哈！我也不知道，我他妈还做梦呢！梦也骗我！我到底为了什么？我想干什么？我什么都干不成！

他把那张图狠狠揉成一团。

霍丁：喜欢杀猪。

他的声音很粗，完全不像一个小孩子。

胡江远：你说什么？你居然说话了？你的声音怎么——不！你的声音很好。再说几句，再多说几句。你叫我什么？

霍丁：师傅。

胡江远：再多叫几声！

霍丁：师傅——我喜欢。

胡江远：喜欢什么？

霍丁把本子捧到他面前。

胡江远：喜欢杀猪？真的吗？

胡江远捏捏他的脸，电话铃响，他接起来里面传来冯巧玲焦急的声音：小胡！你表叔偷偷出院了！好像是去找"梅"了。

69. 一组镜头

胡江远回到阁楼，翻出背包，随意装了几件衣服，找出他曾经看过的装有贾梅资料的文件夹，仔细抄下信件上的地址。

胡钧贵在火车站坐上去邻市陶县的列车。

霍丁在回家的路上又被那几个小混混跟踪。

胡江远匆忙赶到车站，买了一张最快去陶县的车票。

70. 日，外景，火车站

胡江远随着密集的人流缓慢出站，他头发杂乱、个子比周围人高上许多，他被广场上揽客的人团团围住。胡江远看了看手里的地址和公交站牌。

71. 日，内景，霍丁的卧室

窄小的床上鼓起一个小包。

霍母（O.S.）：丁丁，起来上学啦！不要赖床了。

她想掀开被子，霍丁的手却紧紧攥着被角。

霍母：怎么回事？不舒服吗？（她越拽越不耐烦）起来啊！要死了你，小畜生！

她把整个床垫掀翻，霍丁滚落在地上。

霍丁换好校服，偷偷抹眼泪，母亲视若无睹给他背上书包，拉着他出门。

霍母：哭？还哭？午饭钱没有了！

霍丁急忙擦掉眼泪，憋住哭声。

72. 日，外景，胡记水产

店铺落锁，霍丁背着书包趴在玻璃上，用手拢着光往里望，屋内空无一人。

73. 日，内景，学校教室

放学后，霍丁坐在座位上不动，他两腿并得紧紧，不住摩擦，他已经一个下午没有上过厕所了，同学走得七七八八，有一个麻花辫的女同学还和他打招呼。

女同学：霍丁！你还不回家呀！要不要一起走？

霍丁看看外面那几个比他高上许多的混混一下课就在外面守着，他们手里拿着霍丁的作业本一页一页地撕，故意笑得很大声，还朝霍丁挥挥手。

霍丁：你先走吧。

女同学：那拜拜啦！明天见！

霍丁从抽屉里拿出胡江远做的那把木头屠刀藏在裤子口袋里，随即起身走出了教室，混混们狞笑着跟上。

74. 日，内景，校外的公共厕所

霍丁被一把推倒在地，他们把他拎进厕所隔间一边揍一边骂。

混混们的声音混在一起：怎么不躲了？缩头乌龟！不就是找你要几个钱吗，至于这么小气？

你的帮手呢？靠山呢？不理你了？

那个傻大个看着就一脸傻气：操！

越三儿拨开他们，掐住霍丁细小的脖子把他提起来。

越三儿：小同学，问你个事儿，（他把胡江远留在看守所的证件照拿出来）这个人你认识吧。

霍丁点点头。

越三儿：他去哪儿了？

霍丁摇头。

越三儿笑了，他把霍丁被弄乱的衣服仔细整理一番。

越三儿：不知道？还是不想说？

霍丁又摇头。

越三儿给那三个小混混使了个眼色。

他们几个踢向霍丁的膝窝，霍丁毫无防备跪在地上，他们把霍丁的头按在马桶里，按下了冲水键。霍丁满头满脸都是水，上下牙齿不住地打架，脸色变得灰白。

混混：三哥问你人去哪儿了！

霍丁瑟瑟发抖，却不发一声。他们还想把他按进马桶，霍丁不住挣扎，可那两个人力气比他大上许多。终于他挣出一只手来，他摸到口袋里藏着的木刀，用力向身后的人刺去，可刀尖还没碰到那人就被打落，越三儿捡起木头屠刀冷笑一声，轻而易举地将其掰断。

霍丁被死死地压在地上，下身汩汩淌出腥膻的液体。

75. 日，内景，火车站

胡江远往僻静的角落走，迈了一半的步子却猛地停住。

地上有一只死掉的，两脚僵直，白肚皮朝天的麻雀。

76. 日，内景，小区居民楼内

胡江远蹲在楼梯口，小区里只有遛弯儿的几个老太太，并不见胡钧贵的影子。

他爬上破旧的楼梯，敲响那扇门，拖鞋的踢踏声由远及近。

门开了，一个身材瘦小、面色蜡黄的男人探出头来。

男人：你找谁？

胡江远：贾梅住这儿吗？

男人"哐"一声把门关上了，胡江远还想再敲门，那男人又把门打开了。

男人：你找她干什么？

77. 日，内景，破旧的客厅

这个一室一厅的小房子，到处都是烟头和啤酒罐。胡江远四处打量一番，也没有见到胡钧贵。

胡江远：有人来找过你吗？

男人：谁啊？

胡江远：一个老头儿。

男人揉了揉裤裆：爷这玩意儿虽然很抢手，但是老头子可配不上。

胡江远把贾梅和胡钧贵的合照给那个男人看，男人眯起眼睛凑过去看。

男人：这不是我嫂子吗，操，旁边这是哪个杂种？

胡江远：她前夫。

男人：啧，你是谁啊。

胡江远：不用管我是谁，告诉我贾梅在哪儿就行了。

男人：行啊，小兄弟，告诉你没问题，你是不是得给点开口费啊。

胡江远抽出一百块钱用手指压住，男人使出吃奶的力气才把钱从他手下挖出来，对着根本不存在的灯光照了照。

胡江远：现在可以说了吧。

男人：不知道。

胡江远掐住他的脖子把他提溜起来。

男人：真的不知道，我哥被车撞死她就走了，再也没回来过。

胡江远：他们家在哪儿？

男人跺了跺脚。

胡江远：这房子是你哥的？

男人：是我哥的，可我哥死了不就成我的了。

胡江远：你哥哪年死的？

男人：去年。

胡江远：他以前是干什么的？

男人：赌钱啊，赢了就花，输了就借。他手里钱不断的。

胡江远：他们有孩子吗？

男人：你真的认识贾梅吗？她就是个不会下蛋的母鸡，你不知道？

胡江远：什么意思？

男人：她以前给人打过胎，怀不了了。

胡江远：那每个月寄给她的钱——

男人：什么钱？谁寄的？我可没拿。

胡江远环视了一圈这个房子，脏乱差占了个遍，窗帘上满是油污，酱油瓶子早八百年前就干了，破旧的毛巾和内衣裤随意挂在一根铁丝上，摇摇晃晃。

胡江远小心地把那张合照收好，拉开门出去，随后又转身一拳把男人揍倒在地，骑在他身上，夺走一百块钱。

男人：唉唉唉！！！你干什么——

胡江远：你说不说实话？

男人：我说，我说，贾梅就是个臭婊子！天底下女人没一个好东西！

胡江远给他一拳，男人被打得不住地干呕。

胡江远：短信是不是你发的？

男人：不知道，我什么都不知道！饶了我吧。

胡江远更加用力压在他身上，男人不住哀号。

男人：我就是发信息试试！一毛钱都还没拿到呢！

胡江远：你到底知不知道贾梅去哪儿了？

男人：不知道！爷爷！这回我真的不知道了。

胡江远：这一顿是替你哥挨的，以后见了他记得找他算账。

胡江远终于起身，又把那一百块钱塞回他的手里。

胡江远：封口费，如果再有人问你，这些事一个字都不许说，不然就不是挨打这么简单了。

78. 日，内景，火车站售票厅

胡江远站在巨大的电子屏前，上面滚动的票务信息让他看花了眼。周围不断有提着行李的人擦着他的肩膀路过。排队买票的人很多，轮到他的时候票也卖完了。

售票员：到海城还有今晚十点五十四出发的站票，要不要？

胡江远：多长时间？

售票员：八小时。

胡江远抬头看墙上挂着的大钟，用手指在表盘上从十一开始顺着数八个数，正停在七，指针映在他黝黑的瞳孔上。

售票员催促：要不要？不要下一位了，后面还有人排队呢。

胡江远：要！

售票员：身份证。

胡江远把身份证放进那个小铁格子，身份证上的他要比现在更小一点，头发也更短，眼神透着呆滞的憨。

胡江远拿着票离开排队的人，却在等候的座椅上看到胡钧贵，他走过去拍拍他的肩。胡钧贵像是没反应过来，随后突然大哭起来。

胡钧贵：我找不到她，我找不到她！

79. 一组镜头（回忆）

胡钧贵（O.V.）：我每次出海回来都要到她打工的店里吃酱肘子，她每次都能给我挑一个肥的，比船上的鱼和恶心的罐头好吃一百倍。后来我们就结婚了，没有办酒，就是见了她父母一面，一起吃了顿饭。在船上挣得多花得也多，没有攒钱的心思。她一开始连螃蟹都不敢抓的，偏偏每次还闭着眼睛伸手过去，螃蟹不夹她夹谁啊。后来习惯了，单手就能抓住一条大海龙，几刀就能制服它们。

我没给她买过什么，有点钱都自己花了，要不就借别人。我们有过一个小孩，甚至不能叫小孩吧，只在她肚子里待了三个月就没了。我总觉得两个人都年轻，以后再要也不是难事。但她变了，总和我找架吵。后来我也烦了，就离婚了，我也没哄她，我想她能跑哪儿去啊，没准儿过几天就回来了。我不能让她在外面受罪啊，就给她卡里打钱。打了十几年钱，她一个音信都没有。

贾梅在店里切酱肘子，她笑得很甜。胡钧贵拿活龙虾吓唬她。

胡钧贵和贾梅结婚的酒席，只有两三桌客人，胡钧贵喝得头晕眼花，一脸傻笑。

胡钧贵带着贾梅出海，她很害怕地缩在船角，吐得昏天黑地。

深夜，贾梅腹中一阵绞痛，胡钧贵把她送到医院，却换回一沓贾梅流产的检查报告。

胡钧贵夜夜买醉，两人爆发激烈的争吵。

民政局，工作人员将两人的结婚证作废，换发离婚证。

80. 日，内景，一家饭馆

店里生意很好，尽是南来北往的旅客，行李箱占满了过道。店里有一个娃娃脸的小服务员，他几乎脚不沾地，头顶着盘子在各桌间穿梭。不一会儿便把胡江远点的炒菜和馒头送上来了。

胡江远和表叔对坐，他狼吞虎咽地吃。

胡钧贵：你见到她了？

胡江远被馒头噎住，四周没有一口水。他招手示意，服务员却根本没空理会。他猛捶几下胸膛，终于把馒头咽了下去，眼圈却红了。

胡钧贵：是不是？

胡江远：没有，你没找到，我也没有。

胡钧贵：她会去哪儿？

胡江远：可能找到大款过好日子去了。

胡钧贵：那就好，那就好。

81. 日，外景，路边

暮色四合，胡钧贵一支接一支地吸烟，垃圾桶上的烟灰缸被他插成刺猬。胡江远举着水瓶灌水。路边的槐花开了，胡江远凑上去嗅。笑笑曾经的笑脸在他脑海浮现。

胡江远折了一枝花朵最多的槐树枝插进矿泉水瓶，小心地抱在怀里。

82. 夜，内景，候车室

进入候车大厅的时候，门口有个指示牌，南下去往海城的旅客在二楼候车，另一个方向是去胡江远家乡的，他站在指示牌前久久不动。

胡钧贵：回陈屋村的在这边坐车。

工作人员走过来看胡江远手里的票，看是去往海城的，便把他往上楼的扶梯附近推，胡江远还在看那块写着家乡省份的牌子。

（闪回）陈屋村，临时避难所。

洪水虽退去，可陈屋村已经被淹。村民们挤在临时避难所，地上铺满花花绿绿的被褥。

　　胡江远排队在领食物和水，今天的午饭统一吃面条，一大锅拉面在滚烫的水中翻涌、香菜、葱花、腌萝卜一字排开，油泼辣子馥郁的香气似乎让流离失所的村民暂时忘却了烦恼。

　　屋外冲进来一个人号啕大哭：全没了，都淹了，泥汤子把屋顶都掀了。

　　众人听闻家园已失的惨状，也纷纷发出哀号。

　　有个正被家长喂面、不谙世事的小孩被吓哭，刚送进嘴里的面条又溜了出来。

　　村长站在桌子上安慰大家：大伙儿放心，政府和村委会一定不会放弃大家的！我们一定要坚强起来！振作起来！勇敢起来！

　　那人从怀里掏出一个皮项圈递给村长：村长，这是你家傻乐的脖圈儿不？我看到就给拿回来了，呜呜呜。

　　村长：我们一定要不抛弃！不放弃！团结一致！（捧着傻乐的项圈终于忍不住哭出来）万众一心！众志成城！我的傻乐啊！你被冲到哪里去了啊！

　　胡江远稳稳地端着两碗面回到母亲身边，面汤清亮，绿油油的葱花香菜漂在上面，配上一大勺辣子更是香气逼人。

　　母亲：完了，全完了。怎么办，回你外婆家吧。

　　胡江远看了一眼背包里露出一角父亲的遗像，旁边编织袋被铺在地上，摆着他各式各样的屠刀。

　　胡江远：不，我不会放弃，我还要杀猪，我要去海城！

　　（闪回结束）

　　胡钧贵见他迟迟不动，掏出钱包来把所有的钞票掏出来塞到他怀里，还要把胡江远手里的车票抢过来，然而胡江远指头捏得很紧，在这场拉锯中死不放手。

　　终于还是有一滴眼泪偷跑出来，掉在胡江远的手上，但很快被他抹去了，他重新提起行李，脚步坚定地登上了去海城的列车。

　　83. 夜，内景，火车上

　　胡钧贵和人挤在硬座上，拿出贾梅的照片抚摸，他打开车窗，任凭照片被风卷走，消失不见。

胡江远缩在两节车厢的连接处,他尽量把腿缩在一起抵着墙,旁边是和他一样没买到座位票的乘客,他们发出各种旋律的鼾声。

他摇摇晃晃却小心护着怀里的花。

透过狭小的门窗,能看到高悬的明月伴着列车,发出悠悠的光。

84. 日,内景,医院病房

胡钧贵重新躺回病床上,冯巧玲握着他的手,什么话都说不出。给霍丁打过针的男护士推着车进来。

男护士:又是你!老爹住院你不在一边守着,还能让他跑了,有你这么当儿子的吗?一天到晚不知道在想些什么,父母白养你们长大了。

胡江远:他不是我爹。

胡江远起身就走,男护士翻了个大白眼。

胡江远:冯姨,我把他抓回来了,我保证他哪儿也不会去了。

胡钧贵:臭小子,怎么说话呢!

胡江远:拜托你照顾好他。

85. 夜,外景,胡记水产

胡江远远远看到有人凑在铺子门口,他快步走近才发现胡记水产的门面被砸了个稀巴烂。

胡江远:谁干的!

人群后退却没人应声,胡江远随手抓了隔壁搬货的小工。

胡江远:知不知道是谁干的?!

小工摇摇头慌张地跑了。

胡江远又冲进人堆去问,可没人搭理他,各做鸟兽散。

人群中冒出一个声音:有个男的眉头有痣,是他带人砸的!

(闪回)越三儿在酒店前眉飞色舞,眉头正有颗黑痣。(闪回结束)

胡江远从一片狼藉中挖出杀鱼刀剁在木框上:越三儿!

他甩掉行李,提着刀要走。笑笑却在这时跑过来拦住他,她气还没喘匀,卸了胡江远的刀,胡江远还没反应过来,就被她拉着手腕从背面的楼梯上了楼。

86. 夜,内景,胡钧贵的家

胡江远:别拦着我!我非弄死那个狗杂种!

胡江远刚推开门，笑笑就把他手里的钥匙夺下，把门反锁。

胡江远：你干什么？

笑笑：我知道你现在不想见到我，只要过了今天，我就永远不会出现在你面前。

胡江远：嚍，你护着他。

笑笑愣了一下：随你怎么想。

胡江远：真贱啊，勾引我，亲我，转头就和别的男人滚上床。

笑笑：我没有和他们上床。

胡江远：没有上床！比上床还恶心！

笑笑没有回答，楼上的玻璃也被打碎，屋内一片狼藉。笑笑打开扫地机器人。

窗外一声巨响。

越三儿（O.S.）：胡江远，你他妈滚下来！

胡江远去抢笑笑身上的钥匙，笑笑奋力挣脱，可她不是胡江远的对手，寻了个机会把钥匙塞进嘴里。

胡江远：你到底要干什么？你把我折磨得还不够吗？

笑笑：我不会害你。

外面的打砸声音越来越大。

胡江远：我不打他，就是和他谈谈行不行？

笑笑不为所动，胡江远走到门边狠狠踹了几脚。

胡江远：钥匙给我！

胡江远狠狠捏住她的颌骨，笑笑的眼泪一下被逼了出来，她松开牙关，钥匙掉在地上，胡江远弯腰去捡，他还未直起身，一件上衣落在他脚边，是笑笑刚刚脱下的，她避开胡江远的眼神，袒露自己，月光将她的身形勾勒出来。

胡江远：这又是什么新把戏？

笑笑：别走。

胡江远：为了那个狗杂种——你——

笑笑：不是为了他。

她拉过胡江远的手放在自己身上，钥匙重新掉回地上，外面的噪声愈演愈烈，笑笑双手盖住他的耳朵。

笑笑：你忘了，今天是观察期最后一天。

胡江远：是表叔让你来的？

她摇头否认，闭着眼睛凑上他的唇。胡江远却用力把她推开。

笑笑：还是觉得恶心？

胡江远又狠狠把她抱在怀里，咬她的嘴唇，笑笑发出痛吟。

胡江远：我不明白！你救了我又骗了我，给了我希望又不断拿刀捅我的心。到底哪一个才是真正的你。

笑笑：每一个。

胡江远犹豫不决，笑笑急切地把他的衣服剥下来。

胡江远：我可以相信你吗？

笑笑点头。

胡江远再也控制不住自己，与笑笑交缠在一起，他们的胸膛密不可分，连汗水都融在一起。

楼下店铺

越三儿抬头望着那扇透着光的窗户，他身边围着几个拿着棍棒的人。越三儿把嘴里的烟丢向铺子，身边的人会意，几桶汽油浇上去，一把火点燃了店铺招牌，火苗很快吞噬了整间店铺。

胡钧贵家

胡江远满背的汗，在笑笑身上一刻不停，笑笑发现窗外有火苗蹿上来。

笑笑：火——停下来——

胡江远：你怕吗？

他没有停下动作，眼见火势越来越大，笑笑想要推开他，然而胡江远肌肉硬得像石头。

胡江远：我不怕死，我现在什么都不怕了。

笑笑拼命挣扎，扯过衣服要套在他身上：你疯了。

胡江远甩头挣脱：你愿意和我一起死吗？

扫地机器人感觉到异常，疯狂地原地打转。

笑笑盯着他漆黑的眼睛，缩成一团亲近他的下身，胡江远却隔开她。

胡江远：我想要的不是这个。你愿意和我一起死吗？为什么不能把你的想法告诉我？愿意或者不愿意，我不会逼你。

笑笑终于给他穿上衣服：愿意，我愿意！

阁楼的玻璃在炽热的火中发出脆响，炸出一片蛛纹。

楼下的火势阻隔了他们的路，两人转到胡钧贵的房间推开窗，笑笑望着二层的楼高惊慌地摇摇头。

胡江远：抓紧我！快！

笑笑害怕地摇头，她紧紧抓着胡江远的衣服。胡江远将她抱上阳台。

胡江远：不会让你有事的！

笑笑搂住他脖子的手紧了几分，两人站在窗台。

胡江远：三、二、一！

他们纵身一跃，爆炸声响，火光瞬间涌出。

87. 夜，外景，街道

胡江远拉着笑笑穿过窄小的楼群，消防警笛声由远及近。

随着他们的脚步，临街的窗户亮起一盏一盏灯。

就像是两人把光带到这里。

88. 日，内景，病房

电视里正在报道昨夜的火灾。大火不仅吞噬了胡记水产，连整个利民市场都遭了殃。火情已经得到控制，纵火的主谋越三儿趁乱逃脱，政府已经展开善后工作。

胡钧贵面色阴郁地关掉了电视，他看向角落里的胡江远，满头满脸的灰，正在吃一碗清汤面。

冯巧玲把他的早饭端过来，扯了扯他的袖子，胡钧贵却更加来劲儿。

胡钧贵：还跟我打包票说把铺子开起来，这下好了！永绝后患！

冯巧玲：你干吗这样说他，他心里也怪不好受的。

胡钧贵：我看他挺开心的，猪吃食也就这样了。

胡江远不敢吭声，把碗里的鸡蛋戳到笑笑碗里。

胡钧贵：哎哟，恶心得很。

冯巧玲：你胡子好长了，要不要我给你刮一下啊，不比那老师傅差的，我还找他专门学过呢。

胡钧贵对着胡江远咆哮：观察期到了！赶紧滚回你的陈屋村去！不对！

你不能走！家都被你烧光了！你得给我打一辈子工！

胡江远看着笑笑悄声说：我不会走的，我要留在这儿，一直留在这儿。

89. 日，外景，医院门口

胡江远和笑笑走到门口，有一个神色慌张的女人提着保温桶与他们擦肩而过。胡江远突然停住步子回头，望向那个女人的背影快步追了上去。

两人跟踪那个女人来到病房，透过门上的玻璃窗看到躺在病床上，满脸青肿、浑身绷带的正是霍丁。

胡江远的脸色涨得紫红，额头沁出的汗水缓缓滑落。

90. 日，外景，校门口

烈日当头，胡江远身上的背心被汗浸湿大半。

放学铃响，胡江远一直在等的目标终于出来，他悄悄潜到两个小混混的身边，搭住他们的肩膀暗暗使力。他们两个看到胡江远有些腿软，竟然一丝逃跑的力气也不剩了。

91. 日，内景，烂尾楼

空旷的房间有胡江远早已准备好的两个小铁桶，里面是红色浓稠的液体。

那两个小混混被蒙着眼睛，绕着柱子绑在一起，吓得直发抖，胡江远活动了几下手腕，他拿着那把杀鱼刀靠近其中一人，用刀尖从他们的下巴一路划到肚脐，他没有用力，只留下浅浅一道红线。面前的小混混却已经吓尿了裤子。

另一混混：大哥！大爷！爷爷！我错了！别别别！

胡江远边说边用刀在他身上流连。

胡江远：杀猪最讲究的就是要把血放干净，血放不干净，肉就没办法吃。放血的方法很简单，就是把刀捅进猪的大动脉，肥猪的大动脉不好找，能不能一击毙命，就看杀猪师傅的手艺。可惜我那套称手的工具再也找不回来了。

胡江远把手放到那人的左胸。

胡江远：感觉到了吗？你的心。

混混的心跳越来越紧张，胡江远用木头屠刀狠狠划在那人前胸，混混以为自己被伤，疯狂尖叫。

一桶红油漆底部被戳了个洞，红色液体不断滴落在金属盖子上，发出沉闷急促的声响。

混混挣扎片刻，终于吓昏了过去。

92. 夜，外景，越三儿的养猪场

胡江远背着一挂鞭炮来到越三儿的养猪场，他嘴里叼着烟躲在暗处。

那一排铁钩子已经挂上几头正在被注水的猪。

有一个瘦小子正在一口大锅前给其他的猪熬食，他提着桶走到猪圈边上，猪闻到食气纷纷聚拢过来。瘦小子刚打开栅栏，胡江远便扯下一挂鞭用烟点燃丢进猪圈。猪猪们瞬间受惊骚动起来。

瘦小子：操！哪个不要命的！

胡江远又加码，点燃更多鞭炮，把猪纷纷赶出养猪场。

瘦小子：来人啊！猪发疯了！

胡江远不断点燃鞭炮丢进猪圈，瘦小子冲上来要抓住他，胡江远身手矫健，翻下屋顶。他看到有几只肥硕的大猪还没跑出猪圈，又被刚出锅的猪食吸引，用鞭炮抽打它们的屁股，硬是把它们赶了出去。

越三儿带着人冲出来，他一眼望见大闹养猪场的胡江远。

胡江远站在那一排被钩子勾住的猪身边，它们受到刺激，却没法逃脱。胡江远只是握住钩子，猪就已经发出撕心裂肺的号叫，他定了定神，一鼓作气将钩子拔出，一小鼓血注喷洒在他的脸上。

越三儿带着人朝他猛扑过来。

93. 一组镜头

胡江远不要命地狂奔，越三儿等人在后面不住追赶，警笛和警车声响起，特警们冲破夜色向越三儿包抄过去。

那些猪四散开来，有些跑得慢的，很快就被抓回圈里。

有些贪吃的猪跑上了街，寻着小吃摊的气息就拱了过去。

还有些犯懒的猪干脆就摊在树皮粗糙的大树下蹭痒痒。

人们听到声音纷纷走到街上凑热闹，海城的街道热闹非凡。

有两个满身红油漆的混混被绑在一起，有几只猪围着他们不住地拱，两个混混疯狂号叫。

有记者上街报道，却被猪拱倒在地上。

全城的新闻滚动播放越三儿的屠宰场给猪注水的残忍真相，并将解救受难猪的好心人称为"护猪使者"。警方第一时间控制了越三儿，并且发现他同时还是一桩纵火案的嫌疑人。

天色逐渐亮起，胡江远正在海边公路上，他身边围着几只大小不一的猪，笑笑枕在他结实的腿上。

火红的太阳升起，远处是翻涌的大海。

教师点评

从构思阶段到剧本阶段，刘琳始终能够紧跟教学进度，并依据每次给她的指导意见来不断进行剧本的修改、完善对剧情的构建和精修。经过多次修改的电影剧本《改刀》的整体完成度较高，作者对于全剧的情节进展、段落层次的设计与表达、对于事件的铺排等都是清晰、合理、有效的，剧本呈现较之前数稿也更为简洁、画面感较强，兼具生活质感和江湖味道。全剧构思精巧，以一个颇具个人色彩的"杀猪匠改刀"的故事，表现一个固执的年轻人在陌生的新环境中的选择、改变与坚持，并在寻求改化、探求生活真谛的过程中，遭遇一系列的打击后，对生活的幻想虽然破灭，却依然心有所执、拒绝绝望。

剧本的表述富有层次感，采用多线叙事，围绕主线有序铺展：以胡江远的"改刀"为主线，同时兼顾表叔、笑笑和霍丁三条副线，叙事结构和人物关系的架构主次分明，并互相联结、影响。随着主人公外在行动轨迹的推进，通过其他出场人物所在的副线与主人公的主线不断地交织，相斥、共振或是产生刺激和影响，以展现来自不同年龄层次、不同情感层面在生活中多层面的悲喜体验。同时，剧本在剧情的展开和发展过程中，努力将富于动作性的外部事件和人物内心情感逻辑线索进行有机勾连，主线和副线紧密纽结，以便更为有效地完成影片主旨内涵的表达呈现。如胡江远与霍丁的交集，就是作者本着把握两人内心诉求的共鸣点，从而将两人的相遇、相熟、相知进行合理化，并通过一些互动来投射两人的内心世界。

这些对于创作上的设计和考量，都显示出了作者在剧本创作的过程中，在剧本有限的场面容量中:将外部事件与人物内心发展线索有效地扭结、各条叙事线索在全剧所占的比例、结构布局的处理、悬念的营造、必要的铺垫和伏笔及明暗场戏的选择等创作问题上的清晰思路与把控能力。不过,剧本在部分场面、台词和人物塑造上还有一定的提升空间,以避免表现外在冲突的场面过多;闪回叙事也可适当删减或转换为其他方式来表现前史,避免简单化的处理方式。

电影剧本

剧场谋杀之谜[①]

(戏创 2015 本科班　郭梦叶)

时　间:2019 年夏天。
地　点:南方二线城市。
人　物:

导演:男,38 岁,曾在戏剧界小有名气,坚持排演经典莎剧,脾气古怪,酗酒。

编剧:男,32 岁,渴望自己的作品能上演,心思深沉,性格圆滑。

女演员:女,25 岁,热爱舞台的戏疯子,崇拜导演。

男演员:男,27 岁,出生于名演员之家,受过良好的艺术培养,头脑简单,性格暴躁,喜欢性格热烈的女演员。

保险调查员:男,59 岁,精明敏锐,有正义感,相信世事非黑即白。

投资人:男,43 岁,靠高仿生意发家,自诩艺术商人,要迎合商业需要改造剧场。

[①] 该电影剧本获得中宣部电影局主办的 2019 年第十届"扶持青年优秀电影剧作计划"的奖励扶持。

1. 凌晨，内景，剧场舞台

字幕：6月9日 3：00

午夜，镜头随着一个人影的脚步跌跌撞撞，整个剧场只有很微弱的光芒。

他连滚带爬地爬上了舞台，打开了场灯的开关，所有的光聚集在他身上。他凝视着空无一人的观众席，竟然流下泪来。

投资人：老子发达了，这儿就是我的了！什么艺术家，到了钱面前，都是狗屁！发了家，我就能买剧场，就能买艺术！当剧场的主人，当艺术的主人！

2. 晚上，内景，昏暗的房间

房间里一片漆黑，打火机打出一簇火苗，点燃了一根蜡烛，蜡烛随着风摇曳，火光明明灭灭，逐渐熄灭，变成一团模糊的光点。

3. 晚上，内景，剧场化妆间

字幕：6月9日 19：00

叠画，模糊的光点逐渐聚焦变成了一支快要燃到尽头的烟，一阵烟雾喷出来，镜头拉远，男演员年轻、不羁的脸显露出来。

男演员对着镜子整理着自己的妆发，抬手看了一眼名贵的手表估摸着时间，烟快燃完了，手边没有烟灰缸，他直接面无表情地把烟头杵在另一只手的手心熄灭了。

4. 晚上，内景，剧场服装间

女演员有些紧张地走进服装间，锁上门，终于松了口气。

她手里拿着台词本走到窗前，对着空气饱含深情地背诵着台词："时流的明镜、人伦的雅范、举世注目的中心，这样无可挽回地陨落了！我是一切妇女中间最伤心和不幸的……"

她手中的台词本落地，蹲下开始哭泣。

5. 晚上，内景，剧场男厕所

导演站在小便池旁，拉下裤子拉链，镜头越过导演的背影拍墙上的半身镜。导演抬头看着镜子。

几秒后还没有尿出来，他有点着急往下看，再抬头闭眼皱着眉使力，只有一两滴水声。

手机铃声突然响起，在空荡的厕所里有回响的效果，声音尖锐，让人十分焦虑。导演叹了口气提起了裤子。

6.晚上，内景，剧场观众席

编剧站在剧场入场口向观众发节目册，一个观众拿着节目册翻看，编剧连忙上前做自我介绍。

编剧：您好，我是这部戏的编剧，欢迎您来到剧场看我们的戏。

观众点点头，找个前排的位置坐下了。

编剧：请问您是从什么地方了解到我们戏的呢？因为是首场演出，所以我们要做一些情况调查。

观众：单位抽奖送的票。

编剧：嗯……那也是缘分啊，正好是您抽到了票来观看这场演出。

观众：不是我抽到的，我抽到了豆浆机，但家里刚新买了一台，我同事抽到票却想要豆浆机，我就跟他换了。毕竟是同事嘛。

编剧：是，是。不管怎么说，您来了这里，这场演出包您满意！

观众：谢谢。

编剧笑着向观众微微鞠躬转身离开，稍犹豫了两秒，又从兜里掏出一张名片递给观众。

编剧：这是我的名片，我是一名专业编剧，有很多原创剧本还没上演，您要是看了觉得好的话，可以继续关注我以后上演的作品。

观众有些讶异和尴尬，但出于礼貌还是接过了名片。

观众：谢谢，但我是学计算机的，以前没看过也不太懂，我尽量看，尽量看。

编剧再次微微鞠躬，转身，松了一口气。

7.晚上，内景，剧场化妆间

男演员坐在镜子前，透过面前镜面的反射，他凝视着坐在背后化妆的女演员。

女演员面无表情地坐在镜前整理妆容，没有回头，也没有从镜像里看男演员，她的脸色白得有些吓人。

女演员：灭了，剧场不能见火。

男演员无所谓地耸耸肩，但还是听话地把还未熄灭的烟蒂，往另一只手的手掌上一杵，烟灭了。

女演员面前的镜中出现男演员的镜像，他温柔地给女演员戴上花冠。女演员没有拒绝他，只顾着低头看剧本。

男演员：今天居然没有收到投资人的花？

女演员看了看镜子旁的位置，那里有一束已经枯萎了的红玫瑰，金色蕾丝的丝带包装，有些俗气。

女演员：不稀罕。

男演员：肯定是因为昨天咱们惹怒他了，往常这个时候，他早就像一只滥情的公蝴蝶一样，围着你转了。

女演员：乐得清静。

男演员坐在化妆台上，直勾勾地盯着女演员，但女演员仿佛没有感觉到他的目光一样，只小声背着台词。男演员突然笑出声来，女演员不满地看着他。

男演员：我的奥菲利亚看起来柔柔弱弱的，酒瓶子往桌子上一砸的时候也很酷嘛。

男演员把那束枯萎的花拿起来，看都没看直接丢进了垃圾桶。

男演员：我给你订了一束玫瑰，从保加利亚进口的，你上台前会送到。奥菲利亚总是得有束玫瑰的。

女演员：没有演员间互相送花的规矩。

男演员：那么，保加利亚玫瑰节快开始了，如果我邀请奥菲利亚一起去摘玫瑰呢？

男演员想趁机偷偷在她的额头印上一吻。

女演员在余光中将他的举动尽收眼底，她灵活地躲开了，拿起剧本冷着脸离开了。

男演员无所谓地耸耸肩，掏出烟继续点上，烟雾弥漫他的脸，他眼皮垂下，若有所思。

8. 晚上，内景，导演办公室

女演员在导演办公室门前稍停顿，调整好表情，才紧张地敲门。

导演此刻正在办公室偷偷喝酒，有些醉意。听见敲门声响，连忙把酒藏起来去开门。

女演员低着头把剧本给导演，导演斜倚在门框上看着她。

导演：投资人来了吗？

女演员：还没有看到他。

导演：怪事，他很少迟到，上面打电话来，让他今天监督演出情况，尤其是上座率。

女演员：今天上座率怎么样？

导演：不怎么样。还能怎么样？

导演翻看剧本，皱起眉头。女演员鼓起勇气抬起头想跟导演说些什么。

女演员：导……

但导演注意力全在剧本上，直接关上了门。

女演员抬手想再次敲门，手在空中又失落地放下了，眼神暗淡。

9. 晚上，内景，观众席

导演倚在桌边，一边喝光剩下的酒，一边翻看剧本。

他走到观众席，不满地将剧本砸在编剧身上。

导演：你改的什么垃圾？

编剧和工作人员说说笑笑，被导演突然吓了一跳，面色有些尴尬，追上去准备解释。

编剧：导演，我也是没办法，我完全是按投资人的意思去改的，你也知道，他的要求很苛刻，也……有些不合理的地方。

导演转身就走了，不顾编剧解释，独自坐到了第一排。

编剧还想凑到导演身边，剧场的灯却渐渐暗下来，他只能就近坐在导演后面一排。

剧场已经有些破败，几个观众从门口进来，手里拿着《是谁谋杀了哈姆雷特》的宣传册和一张宣传单。

特写宣传单，上面写着"打造戏剧新星计划，实现戏剧行业新纪元"，还有投资人身着西装面带笑容的肖像画。观众稀稀拉拉地坐在观众席，小声耳语，等待着戏开场。

编剧密切注意着观众的反应，他们变得越来越烦躁，用宣传册扇着风。

编剧发现是老旧的空调又坏了，剧场里很闷热，他犹豫了一下，最终还是决定告诉导演。

编剧：导演……空调……坏了……

导演：闭嘴，安静点儿。

导演只是盯着舞台等待演出，无视编剧跟他示意冷气坏了。

10. 夜，内景，剧场舞台

舞台上正在上演《是谁谋杀了哈姆雷特》，灯光聚集在饰演哈姆雷特的男演员和饰演奥菲利亚的女演员身上。

悲伤的哈姆雷特抱着已故的奥菲利亚，缓步走在舞台上。

男演员：谁的心能受得了这样的痛苦，谁哀伤的话语能让星空黯然失色？

舞台灯光渐暗，能从微弱的光影中看到，男演员将女演员放到"棺材里"。

原本安静的舞台上却发出了一些窸窸窣窣的声音。

直到灯光再次亮起，男演员满脸悲伤地跪在爱人的棺材旁，轻抚棺材的边缘，正准备接着念台词。

被放入棺材的女演员意识到棺材里面有异样，摸了摸身下，再轻轻扭头一看。

女演员（从棺材中爆发出尖叫）：啊！！！！

女演员从棺材中跳了出来，跌坐在舞台上，吓得直往后退，惊惧的眼睛死死地盯着棺材。

（cut to）

稀稀拉拉的观众席一片唏嘘声。

坐在第一排的导演气得站了起来，对男演员做手势示意继续演出。

编剧也不明所以地望向舞台。

（cut to）

男演员见戏演不下去了，无所谓地对台下的导演做手势停止演出。男演员轻拍女演员的背，低声询问她发生了什么。

男演员：怎么了？

女演员说不出话来，死死地盯着棺材，手缓缓地向棺材指去。

男演员疑惑，走到齐腰高的棺材旁边，扒着边缘往里一看，也吓得惊慌失色。但他连忙过去抱住女演员，捂住她的眼睛，轻抚她的背安慰她。

11. 夜，内景，剧场舞台

投资人死在舞台中央的棺材里，脸上挂着笑容，嘴角咧出一个很大的弧度，似乎在狂喜中死去。

镜头拉远，整个舞台像是一个祭坛。

出片头：剧场谋杀之谜

12. 清晨，内景，警局审讯室

快镜头。从晚上到清晨，导演、编剧、男女演员经过了通宵审讯，他们一个接着一个（叠画，只需要一直张嘴说，消音，不需要具体台词）地对着镜头回忆、思考着一切信息。

13. 下午，外景，剧场门口

快速倒带，镜头转移定格到利民剧场门口。

字幕：6月8日 16:00

炎热的夏季午后，阳光灼人。老旧的利民剧场门口，几个工人做着简易的装修工作。

投资人背对着镜头，对工人们做着指挥。

一个工人爬到梯子上摘牌子，一个工人扶着梯子。

投资人：左边，左边……牌子摘了！一个字一个字地摘，先把"民"字摘了！对！中间！笨手笨脚，叫你们摘"民"你们摘"利"！

投资人恼怒地踢了工人搭的梯子一脚，另一个工人扶着，梯子摇晃了一下，但没有倒。两位工人敢怒不敢言。

投资人：滚！反正都要拆了，我是这儿的老板了，牌子都给我换了！

投资人走进剧场，工人"呸"吐了一口痰。

门口贴着几张《是谁谋杀了哈姆雷特》的海报。

14. 下午，内景，观众席

导演在和编剧争论剧本，导演已经十分不耐烦，喘着气，有些脸红脖子粗。

导演：这儿不能这么改！

编剧：是，是，我明白您的要求，可是也要兼顾投资人他们的要求，虽然是改编经典《哈姆雷特》，但你我都知道，这次他们的广告是一场悬疑情爱大戏……

导演：狗屁！

编剧还想再做解释，投资人从剧场外面进来看到这一幕。导演收敛了表情，像什么都没发生一样，冲投资人打了个招呼，离开。

投资人见编剧垂头丧气，安慰地拍编剧的肩，编剧勉强扯出一个苦笑。

15. 下午，内景，剧场舞台

灯光突然大开，无人的舞台，镜头上摇到顶部的劣质布景。

男演员和女演员正在排练即将演出的改编戏剧《是谁谋杀了哈姆雷特》。

舞台上的装置非常简单，只有一具棺材和堆成"坟墓"的景片。

此刻饰演奥菲利亚的女演员正安静地躺在棺材里，"已故"的她脸色苍白，却并不是灰白的死人相，只是有些病态，像是睡着了一般。棺材上装饰着纯白的玫瑰和一些雪柳，鲜绿的枝叶和星星点点的白色花瓣围绕着她。

饰演哈姆雷特的男演员跪在爱人的坟墓旁，他强壮有力的手温柔轻抚着棺材的边缘，痴望着棺材中的女演员，大声念着台词。

男演员：哪一个人的心里装载得下这样沉重的悲伤？哪一个人的哀恸的词句，可以使天上的行星惊疑止步？那是我，丹麦王子哈姆雷特！

16. 同时，内景，剧场观众席

剧场的墙壁隐隐有脱落褪色的痕迹，连观众席的椅子都还是十几年前的老旧样式，扶手的地方已经有一些锈迹。

导演、编剧和投资人在观众席坐着观看排练，导演的一只手在座位旁锈迹斑斑的扶手上抚摸。这是他在思考时候的习惯性动作，他有意无意地盯着舞台。

编剧与投资人小声耳语，投资人大力地挥手指着舞台做了几个手势，编剧连连点头在剧本上做着修改，又笑着转头想询问导演的意见，后者只是默默盯着舞台，根本没有注意到他。

当男演员念到"那是我，丹麦王子哈姆雷特！"时，投资人突然站了起来，正对着舞台。

投资人：停！

导演：这场还没排完。

投资人：这句太文绉绉，编剧改改，收工！

女演员（从齐腰高的棺材里露出头来，对着投资人远去的背影出声反驳）：还没排完呢！

男演员把女演员拉出来，示意她别再说话。女演员有些愤怒，看向导演，导演却默不作声地离开了。

17. 夜，内景，新新大饭店的包间

字幕：6月8日 20：00

快镜头，迷幻感。

一家高级饭店的包间，贴着淡金色暗纹的墙纸，天花板上吊着炫目的水晶灯，把整个包间都照得十分亮堂。

酒倒入倾斜的酒杯中，溢了一些出来。

导演、编剧、投资人、女演员、男演员围坐着。镜头迅速地在每个人的笑脸上切换，大家堆着笑脸举杯，预祝演出成功。

18. 夜，内景，饭店的包间

投资人：你们看看菜单，多点点儿菜，今天都算我的。

导演：你当老板了，现在是我们上司，没有老板请下属的。我们埋单。

编剧：导演说的是，您先看菜单，我继续改改剧本。

编剧把菜单递给投资人，投资人接过。

编剧（嘟囔）："哪一个人的心里装载得下这样沉重的悲伤……"太长了，"谁的心能受得了这样的痛苦……"

投资人没打开菜单，转而递给了旁边的女演员。

投资人：女士优先。你们太没有绅士风度了，我上次出国开会，看人家老外从来都是非常谦让女人的。

编剧（自顾自地嘟囔）："哪一个人的哀恸的词句……可以使天上的行

星惊疑止步？"太不口语化了，不像说话，像是在念诗。

导演：这老版的翻译就是因为有诗性才精妙，你不要瞎改。

女演员：我天天在剧场里摸爬滚打，他们没把我当女人。

男演员（举起双手做投降状）：我可没这么想过。

投资人：你很有风采，又有咱们中国女人的矜持。那些洋妞啊……外国女士，反而没多顾礼节，冲着我抛媚眼，眼神直勾勾的。你快点菜呀。

编剧：说得我都心痒痒了，我还没出过国呢，外国怎么样？

投资人：就那样，饭都吃不惯。就汉堡还能凑合当肉饼，有次我想就着葱吃，我就好这一口嘛，啊，女演员，记得把葱点上。外国可不好找大葱！

编剧：我爱吃辣，要是出国，得带辣酱去。导演，去年你也出国了，是去哪儿玩了？

导演：斯特拉特福。

投资人：这是哪个国家？从来没听说过。

女演员：莎士比亚故居在那儿，一定是导演的 dreamland 了。

编剧："那是我，丹麦王子哈姆雷特！"谁会用"那是我"出场啊，丹麦国土内也不必强调丹麦，应该是"我正是哈姆雷特王子！"。

导演：原本那样对象化的处理才更好。瞎改！

男演员：在伦敦西边儿，180公里吧，我高中的时候就去过，开车大老远呢。

女演员：你哪儿来的驾照？

男演员：当然不是我开，我爸妈学校组织的，带家属就把我带上了。

编剧：厉害啊，我都三十了还没踏出过国门。投胎也真是门学问，我要是能像你这样投到一个名演员之家……

投资人：这话我不同意，你看我，农村来的，做点儿小生意发了家，在激流勇进的时代一样能成功，不一定非得靠家里，只要自己能抓住机遇。

男演员：我没有靠家里。

投资人：当然不是那个意思，我还是很看好你这样的年轻人的！上次的戏剧节上碰到你父母了，一块儿吃了个饭，他们对戏剧行业的发展很有见地，我还夸了你。

女演员把菜单放在桌子上。

投资人：看完了？想吃什么？

女演员：你们点吧，我减肥。

男演员：你不胖，把你举起来的时候，轻飘飘的。

编剧：要我说啊，女演员也太敬业了，你已经很瘦很美了，不用对自己那么严格。

女演员（突然转向导演）：你嫌我胖吗？

导演：文艺复兴时期女性的理想身材是很丰满的，一直到了维多利亚时代才开始流行束腰。你要是真的为了敬业要演好莎士比亚的女主角，就多吃多锻炼。

女演员：你也觉得我太瘦了？

导演：准确地说，你太干瘪了。

投资人：这话说的！哪有这么跟女人说话的！我给女演员多点点儿好的补补，你们有什么想吃的？

男演员：这家的鲍鱼还行。

投资人听了不怀好意地笑。

男演员：真的很不错，我看过他们的做法。他们会把挖出来的鲍鱼肉切出花刀，再放进鲍鱼壳里，先大火蒸三到五分钟，再用蚝汁之类的调料烧热制汁，把汁淋在鲍鱼上……

投资人大笑，编剧反应过来也跟着偷笑。

投资人：有女士在，点这道菜有点儿太下流了吧！

男演员：怎么下流了？

女演员：这都听不懂？不入流的荤段子。

投资人听了脸色不太好，站起来准备叫服务员点菜，掩饰尴尬。

投资人：加个鲍鱼，咱几个大老爷们儿，别的我就随便点点儿硬菜了。服务员！

投资人冲着门外大喊，男演员指了指门边的按铃。

男演员：这种包厢一般是按铃就会有人来服务。

投资人按了一下，没响，看向男演员。

男演员走过去使劲按了一下，响了等待的音乐声，男演员回到自己位置。

投资人打开门往外探头看,没见有服务员过来,再按了一次,音乐声再次响起,依旧没人来。

投资人手捏成拳使劲往按铃上一锤。

投资人:什么破烂玩意儿!这种高级包房应该一个房间配一个服务员,那么多钱白花的吗?来了得让她罚酒三杯!

19.夜,内景,饭店的包间

(闪回)

字幕:6月8日 22:00

酒过三巡,男人们的脸上都有些醉意,停下了酒杯。只有导演坐在离他们稍远的地方,还拿着酒瓶,时不时地往自己的酒杯里添一些。

投资人:明天……

投资人故意把话说到一半,摇晃了一下高脚杯,直到众人都把目光投到他身上。他已经有些醉了,手不稳,杯中的酒险些晃了出来。

投资人:明天你们那个戏,都好好演!编剧改得很好,要是这次上座率可观的话,剧团的事儿,就有着落!

编剧笑着给投资人添酒,被投资人一摆手拒绝了。导演终于抬起头来。

导演:上头怎么说?

投资人:上头怎么说?今天我们开会已经一致通过,由我接管了这个剧场的运营,我就是上头!我怎么说,上头就怎么说!

导演:那你怎么说?

投资人:我说,要保留剧团不被解散,也不是不可以,上头……当然也包括我,只是不同意你再导那些旧戏。

导演:我可以改。

投资人:这话你说了多少年?要么你像这次一样,乖乖换成更有利于剧场经营的演出形式,要么,我们就把你换了。

导演:得,知道了。

导演不怒反笑,举杯敬了投资人一杯。

投资人:别以为我故意为难你。谁还不知道哈姆雷特怎么回事儿,咱们旧瓶装新酒,就能有新看头、新观众!嗨,我知道,你不同意这么搞艺术,可是搞艺术嘛,多少要做牺牲的……你看编剧,不就牺牲原创做改编,得了个两全吗？

编剧表情有些不自然地点头，导演倒酒的手顿了一下，嗤笑一声。

20. 夜，内景，饭店的包间

字幕：6月9日 00：00

饭吃完了，杯盘狼藉。投资人醉得有些厉害，满意地擦着嘴。

男演员递了一张纸巾给女演员，女演员顺手接过。她瞥到导演又添了一杯酒，不动声色地把酒瓶拿了过来，收回的时候手无意间碰倒了投资人的杯子。

女演员（连忙起身摆正杯子）：抱歉！

杯子里本就只残余了一点威士忌酒，黄色的液体流了出来，迅速地浸没在了白色的桌布上，形成了一块斑。

投资人猛然握住了女演员扶正杯子的手，粗壮的手指还不怀好意地摩挲了几下。

投资人：没关系……都是小事儿……

女演员被吓了一跳，继而十分恼怒，使劲想抽回自己的手，却被投资人死死捏住。

编剧在一旁不敢多言，男演员、导演正要劝阻，女演员另一只手直接拿起手边的酒瓶往投资人头上浇去。

投资人没有意料到，被浇了一头一脸，还带着些醉意，难以置信地看着一脸轻蔑的女演员。

女演员：看来我没什么可抱歉的。

投资人反应过来，直接伸手要去打女演员，男演员连忙把女演员护在身后，投资人反应不及，拳头落在了男演员的身上。

男演员挨了他一拳，非常生气，转过身正准备动手，编剧连忙劝架，要拉开二人。

一声玻璃碎裂的声音，女演员将空酒瓶在桌子上敲碎，握着瓶口对准投资人。

（cut to ）

导演有些无奈地看着还在对峙着的几人，悄悄地把头埋在桌下，狠狠地抠了几下自己的喉咙，催吐。

他一脸痛苦地装醉，晃到了投资人那边，往后拉扯着他。

导演：别，别打啦，别……哇……

导演吐了投资人一身，投资人身上的白衬衫被汗水和呕吐物打湿了，隔着衬衫都能看到他的肉在起起伏伏。

导演：对……对不起啊……我拿去给你洗洗。

投资人一把推开导演，愤怒地擦着自己的衣服。

投资人：滚你妈的！知道这衣服多贵吗？还洗？穷酸货！

投资人有些害怕女演员一脸拼命的表情和手里锋利的破玻璃瓶，他看了他们一眼。

投资人：都觉得自己是冰清玉洁、高高在上的艺术家？对我不满？我呸！酸腐的臭文人和臭婊……娘们罢了！

投资人一说完，连忙往门口走。打开门，又想起公文包和钱包没拿，硬着头皮折回，顶着男女演员的怒视警惕地拿上了包，连忙离开了。

21. 清晨，内景，剧场化妆间

字幕：6月10日 7：00

剧场后台化妆间，由于前一晚的戏使用过的各种化妆用品还四处摆放着，布置得十分杂乱。

男演员早已换下了演戏的服装，穿着便装正在独自收拾东西准备离开，突然怒骂一声，猛地踢了一脚道具，颓然坐在地上。

门口立刻有敲门声响起。

男演员：谁？

门外没有应声。

男演员警惕地拿起一把道具剑背手置于身后，壮着胆子走到门前，用另一只手开了门。

编剧走进房间，看着满地狼藉，轻声叹气。

男演员松了一口气，悄悄地把剑丢在了旁边。

男演员：全完了。

编剧轻拍男演员的肩以示安慰，坐在男演员旁边。

男演员掏出一包烟和一个打火机来，递给编剧。

男演员：来一根？

编剧（连忙摆手）：剧场不让见火。

男演员：还他妈见血了呢！

男演员不由分说地将烟塞到编剧手里，编剧只好接过，把烟别到耳后，没抽。

男演员见状不屑地哼了一声，自顾自地点燃了烟，又突然凑近编剧放低音量。

男演员：你说……这事儿是不是也挺邪门的？

编剧：谁说不是呢！这前一天晚上还一块儿喝酒的人，尸体就在那舞台正中心的棺材里横着……你当时在台上可能不觉着，我在台下坐着看戏呢，那舞台看着就像个……

男演员：像什么？

编剧：我说了你可别害怕。

男演员：就你胆儿小！到底像什么！

编剧往四周看了看，又做了个祈祷的动作，才慢慢靠到一脸不耐烦的男演员耳边，神神秘秘地悄声耳语。

编剧：像个祭坛……阿弥陀佛阿弥陀佛。

男演员：呸！哪有什么神神鬼鬼的，无非是有人……别有用心。

编剧：你可别瞎说！警察初步判定的死亡时间，经过排查嫌疑人只会是咱们剧团内部人员，这怎么可能，我看还不如闹鬼可信呢。

男演员嗤笑一声，猛地吸了一口烟，将烟圈往编剧脸上一吐，呛得编剧直咳嗽，才缓缓开口。

男演员：闹鬼？说不定就有内鬼呢！你想想，这投资人死了，对谁能有利？

编剧：他死了对谁都没利！谁不知道这剧团快完了，谁不想换换血呢？他在酒局上宣布得清清楚楚，这场戏要是还不卖座，他就要解散、重组剧团，搞戏剧新星计划了！

男演员笑着看向编剧，示意他继续说。

编剧：当，当然了，我也舍不得剧团被解散……但平心而论，你难道不期待这个新的机会？

男演员：所以要我说啊，咱们俩倒是没嫌疑，要是他死了，像咱们俩这样对现在的剧团不抱希望的人，就全完了！

编剧：那倒不见得，你跟我们不一样，你还有的是路子嘛。

男演员：你也觉得我是靠家里的关系混到现在的？

编剧：别误会，我是说你毕竟出生在名演员之家，人脉广，又年轻有为。我一个无名小辈，剧团就要被解散，投资人居然死了，明天还不知道去哪儿呢。

22. 清晨，内景，剧场化妆间

房间里男演员烦躁地抽烟，一根接着一根，狭小的空间内很快就烟雾弥漫了。

导演开门进入房间，经过通宵审讯，未完全消退的酒劲儿和疲倦让他的步子稍有些不平稳，一进门就被烟雾呛得直咳嗽。

导演：你怎么又在剧场里抽烟？我说了多少遍剧场不能见火！

编剧心虚地站起来，把别在耳后没抽的烟拿下来揣到口袋里，男演员面无表情地继续坐在地上，没有看向导演。

男演员：观众都被清场了，演给谁看呢？

导演：什么情况都不能见火，给我熄了！

男演员：大导演，你这身上的酒味儿还没散呢。当心别让你的破酒瓶遇到我的火儿，把这个破剧场给点着了！

男演员走到导演面前，面带挑衅，一只手拿着烟直接杵在另一只手掌上，熄灭了。

导演无视男演员动作里的一股狠劲儿，一把把他推开，面带嘲讽。

导演：这剧场再破，也不应该轮到你这样没才华没规矩的混子上舞台，可惜这光景也没几个有才华又有规矩的了，说起来，还真不如一把火点了！

编剧：您可别这么说啊，那么多剧团成员都为了追名逐利走了，咱们留下的也是一心一意的，不过……就是少了点儿机会和舞台。

男演员：得了吧，人家可是很年轻就成了名的大导演，哪会给你我机会舞台？你辛辛苦苦写那么多剧本他让演吗？

编剧低下头，隐忍着默不作声。

男演员：天天就捧着些莎士比亚当《圣经》来来回回演，可惜不懂推陈出新，观众谁还没个看腻的时候？没人看喽！男主角都跑了，哈哈，连我这个哈姆雷特都是替补的!

导演听了男演员的冷嘲热讽也没生气,只是平静地笑了,坐在一面化妆镜前,看着镜子中映照着的男演员。

导演:我看你是早就不想在我的剧团里了,正好出了这档子事儿。我们剧团和剧场的合约到期了,投资人又死了,明天剧场跟不跟我们续约还指不定呢,我这儿也供不下你,另谋出路吧。早死的早超生,早走的早发达!

镜中的男演员突然激动起来,冲向导演。

男演员:和你不对付的,死的死了,走的走了,那倒还真是都合了你的心意了!喏,编剧,这下你难道还不明白我所说的,有人"别有用心"吗?

编剧连忙把他往后拉,示意他噤声。

23. 清晨,内景,剧场化妆间

女演员提着裙摆和一包东西,突然开门走进房间,三人听到响声后都静站看着她。

女演员还穿着奥菲利亚的服装,在便装的几个人里面显得有些奇怪。她不知道房间里有人,身形不稳吓得往后退了一步,看清之后又高声笑了起来。

男演员看见女演员,连忙收敛了刚才剑拔弩张的气势,关切地去接女演员手里的东西,扶住她。

男演员:你没事吧?我看你昨晚吓得不轻,衣服怎么都还没换?

女演员:我没事,就是通宵审讯,头有点晕罢了。

导演:累了吧,赶紧收拾完东西,我开车送你回家。

女演员:一点儿都不累,我甚至非常兴奋!我现在满脑子都还是那个画面……

编剧:什么画面?

女演员:坟墓的布景一挪开,我被放进棺材里,在黑暗中,我最先感知到了他已经僵硬的尸体!灯逐渐亮起的时候,我看见身下的投资人就这样仰躺在舞台正中间的棺材里,被哈姆雷特拿着把玩、调侃的"骷髅",就在尸体周围散落着……真是应景啊!

女演员兴奋之极,带着表演的腔调描述着种种细节,编剧被吓得面带恐惧，导演和男演员的脸色都不太好看。

　　导演：不管怎么说，剧场里死了人总不是什么好事，哪有什么应景不应景的。

　　女演员：你怎么能觉得这不是件好事呢？坟墓，就应该是给那个投资人准备的！他只知道往剧场里砸钱搞一些低劣的商业戏剧，一身铜臭味还自鸣得意地宣布要解散剧团，最可笑的是，前一晚的酒局上，居然把那双肥腻的手往我身上伸……庸俗、贪婪、猥亵正应该被放进坟墓，该躺在里面的，根本不是饱受摧残的奥菲利亚！

　　一阵沉默。导演在镜中皱着眉头，看着镜像中表情激动的女演员。男演员有些担忧，编剧满脸尴尬。

　　编剧：我看她是太敬业了，还没出戏吧？

　　男演员：什么戏不戏的，那么大个死人突然摆在面前，无非是被吓坏了，净说胡话。快把衣服换了，我送你回去。

　　男演员安慰地微笑着轻拍女演员的肩膀，带着点痞气地半开玩笑。

　　男演员：要是你害怕也可以住我家里去，我守着你。放心……保证安全。

　　女演员无视男演员有些轻浮暗示的话语，不动声色地避开了男演员的手。男演员的手僵在了空中。

　　女演员：不必了，我搭导演的车回家。其实我一点儿都不害怕，只是心里高兴！那个画面……血，还有墓碑上的十字架！

　　编剧：你说得我心里直发毛，跟闹了鬼似的不得安宁。

　　女演员：什么话！这怎么能是闹了鬼？要我看来，可是跟天神显了灵一般……

　　女演员渐渐走向导演，导演望着镜像中痴迷地看着自己的女演员，站起身。

　　导演：走吧，再这么说下去，有人又要污蔑我是那个"别有用心"的人了。

　　男演员冷哼一声，导演拿起车钥匙往外走，女演员紧随其后，编剧有些害怕似的急忙拉住女演员。

　　编剧：你说什么天神显了灵，神神秘秘的……

　　导演走到门口，背对着等着女演员，女演员任由编剧拉扯着自己，深情地看着导演的背影。

女演员：也许是天神降下报应，也许是人间的英雄做出一番壮举……

男演员：呸，什么英雄！这事儿谁干的谁就是凶手！谋杀犯！

编剧：也别这么早下定论，警方还在调查呢。作为嫌疑人，也为了剧团的未来考虑，我们当务之急还是留下来好好捋一捋，也算是一种配合，不然我这心里总是不安生。

男演员：谋杀犯要真在我们中间，可没法心平气和地跟咱们待这儿，这会儿当然是逃得越远越好了！

导演：警局也去了，该做的审讯也做了，剩下的事情交给警察就行了。跟你们在这儿耗着疑神疑鬼的，我还不如回去喝瓶好酒睡个好觉呢。

24. 清晨，内景，剧场走廊

导演开门走到走廊上，外面响起清脆的脚步声，一双皮鞋映入眼帘。众人疑惑着，面面相觑。

保险员上场，他年纪偏大，头发也有点花白了，手里还拿着些文件，穿着却十分随便。他细细地将惊诧的众人看了一遍，报以随和的微笑。

导演：您是哪位？剧场今天出了些事，已经清场，既没有演出，也不便接待来客。

保险员：早上好啊各位，不必紧张，我是保险公司派来了解这次事故情况的调查员。

导演：保险公司？出事的并不是我们剧团的人，甚至不能算是剧场的工作人员。

保险员：没错，但是这位死者在我公司投了人身意外事故保险，如今不幸已经发生，保额巨大，公司挺重视的，所以派我来对现场情况和相关人员做一些事故调查。

男演员：有什么事儿问警察去吧，审了一晚上了，累得要命。

保险员：打扰您实在是抱歉了，但警方结案之前暂时是不会对外公布侦查情况的，您知道，警方的效率可没个准儿，所以这种甚至可能成为悬案的命案，保险公司往往要先做调查。

编剧：没问题，我们一定配合您的工作！

编剧急忙表态，男演员不满地看着他。编剧马上又询问保险员。

编剧：不过我们都比较累了……请问调查需要多长时间呢？

保险员：哦，这个不必担心，只是例行提问而已，半小时足够了，出这么大事儿各位就当聊聊天倾吐一下。来，您抽根烟，歇一歇。

保险员掏出一包烟，正准备打开递给编剧，编剧难堪地看了导演一眼，摆手正欲拒绝。导演没有出手制止，只是淡淡地提醒保险员。

导演：剧场不能见火。

保险员：抱歉抱歉，是我不懂规矩，接下来还烦请大家配合我工作了！说起来这年头什么工作也都不容易啊，我年纪大了，这最后一桩忙完就打算退休了，不像您们，做艺术行业总还是前途无量的哟。

一阵沉默。剧团成员们一时有些局促，环顾四周已经有些破败之感的剧场和还未收拾的满地狼藉。

导演率先打破沉默，自嘲地笑了笑。

导演：好个前途无量。

女演员闻言用热切的目光注视着导演，回到化妆间开始兴奋地收拾化妆间的杂物。

女演员：好个前途无量……

男演员随意踢翻椅子上的一件道具，坐下。

男演员：都是些没了正经事儿的闲人，有的是时间，爱问什么就问吧！

25. 清晨，内景，剧场化妆间

化妆间经过收拾整理变得干净整洁许多，四周全是化妆镜包围着，剧团成员和保险员共五个人坐在化妆镜前的凳子上，能在镜像中看到彼此的影像。

屋内环境本来是很暗的，但打开了暖黄色的灯光，光在镜子中不断反射，有种光怪陆离的感觉。

保险员拿着笔，开始在本子上记录着什么。

保险员：请问各位，最后一次见到这位投资人是什么时候？

导演：前天晚上有一个酒局，我们和投资人都在场。

因为才接受过审讯，众人的状态都有些疲惫，但也回答得很快，只当是把在警局里说过的话流畅地重复一遍。

保险员：喝的什么酒啊？

编剧：什么酒？

保险员：噢，别误会，我只是平时没事儿的时候也喜欢整两盅，随便问问。

保险员有点不好意思地笑了，众人闻言状态却放松了许多。

男演员：又来了个酒鬼！你们公司也真够放心的，派你这样的人来了！

保险员：见笑了，个人爱好，不影响工作。

导演：喝的威士忌，阿德贝哥十年，很不错的单一麦芽威士忌。

保险员：苏格兰艾雷岛产区的！

导演：没错！可惜喝的人也不怎么懂，跟着牛饮，附庸风雅罢了。

男演员：我十点有电视剧的试镜，还有两个多小时，要是你们只聊这些有的没的我就先走了。

男演员站起来要走，保险员赔着笑脸连忙拉住他。

保险员：实在抱歉！一定抓紧时间调查完，还请各位配合啊！

男演员：一个例行公事的保险调查工作有什么重要的，你又赚不上什么业绩，还不如去卖保险挣得多，净耽误事儿！

保险员：不瞒您说啊，这是我在公司被分配的最后一单工作了，做完我就退休了。我身体不好，估计也活不上多少年了……今天无非想最后一单不出任何差错，带着肯定和认同离开岗位，希望您能理解。

保险员诚恳地对着男演员鞠了一躬，久久未起。

男演员虽然蛮横，但也有点于心不忍，勉强回到了刚才的位置。

男演员：哼，最后的一次工作，跟我们状况也差不多了。赶紧问了完事儿吧。

保险员：感谢！请问，大家在昨晚的酒局上，是否和投资人单独相处过？

26. 夜，内景，饭店的厕所

（闪回）导演的回忆

字幕：6月9日 23：00

导演在小便池旁小便，但尿不出来，只有滴滴答答的声音。

投资人走进来，有些摇晃地走到导演旁边的小便池，开始顺畅地小便。

投资人：我明白你。被人拒绝、被人否定……这些滋味，我那些年受得比你少?

　　导演站着,怎么也尿不出来,投资人往下看了他一眼,偷笑。

　　投资人:说起来,当年我想进剧场,还是你把我拒之门外的……可是你看看我现在?

　　导演默不作声地穿好裤子离开。

27. 清晨,内景,剧场化妆间

　　男演员(嘲讽地):那可真是心理和生理上的双重打击啊,这下你算是跟投资人结了大仇了。

　　导演对男演员的嘲讽毫不在意,只是自嘲着继续喝酒。

　　保险员:那么,男演员是否和投资人单独相处过呢?

　　男演员:有,饭间的时候,我在饭店门口抽烟,他来建议我加入他的戏剧新星计划。不过很快女演员就出来了,我们碰了面。

　　女演员:没错,我记得。

28. 夜,外景,饭店门口

(闪回)女演员的回忆

　　"新新大饭店"几个大字映在饭店门口,霓虹灯不断闪烁,整栋建筑装修得有些浮夸。

　　男演员点燃了一根烟,女演员低头想着心事。男演员递给她一根,她接过,又还回去了。

　　女演员:明天演出,不抽了。你也少抽,嗓子别倒了。

　　男演员:你关心我?

　　女演员:我关心演出效果。

　　男演员笑一声,冲女演员吐出一个烟圈。女演员面无表情地抬手散了散眼前的烟雾。

　　男演员:别散,雾里看你才好看。

　　女演员:你叫我出来到底想说什么?

　　男演员:留下来。要是剧团解散了,我们一块儿留在剧场里。

　　女演员:我们?就我和你?

　　男演员:我们可以加入投资人的戏剧新星计划,你很有天赋,我也有实力，他一定会留下我们。

女演员：那导演呢？他去哪儿我就去哪儿。

女演员说完，转身往饭店里走。

男演员：你不会后悔吗？

女演员（背对着他继续走）：从来不会。

女演员走进大厅，正好碰见编剧，编剧似乎已经在这儿站了一会儿了。编剧冲她笑笑打个招呼，走出了饭店。

女演员略有疑惑地看着编剧走出饭店，到男演员面前和他商量着什么。

29. 清晨，内景，剧场化妆间

保险员以非常认真甚至是恭敬的态度倾听着，偶尔在本子上做着记录。

保险员：那么大家在酒局上有发生什么奇怪的事情吗？

女演员：投资人借着酒意，当着所有人的面摸了我。

女演员察觉到众人不自然的神色，环顾众人，略微停顿，挺直了身体。

女演员：你们不用有什么尴尬的，我不认为我该为此羞愧。

保险员：当然。

保险员连忙提起笔在纸上飞快地画动着，一边下结论一边观察着众人的反应。

保险员：看来这位死者生前品行不端，还在遭遇不测前和这位女演员有着直接的冲突。

男演员不满保险员意有所指的怀疑，想出言替女演员辩解洗清嫌疑，女演员却毫不犹豫地对保险员点点头，态度非常坚定。

女演员：实不相瞒，我当然希望他死。要不是因为我只是个手无缚鸡之力的女人，我今天就能骄傲地站起来告诉在座的男人们，投资人是我杀的！

保险员有些吃惊，甚至忘了做记录，但很快恢复了神色。

保险员：你希望他死？可以理解。不过如果投资人在酒会上喝得烂醉，我想……即便是一位女士，也可以轻易地杀死他。

男演员：别瞎说，你要是觉得女演员能为了这事儿杀了他，那我嫌疑更大，因为投资人在酒会上欺负女演员的时候，我为了女演员直接给了投资人一拳，差点儿打在他的脸上！

保险员又继续在本子上飞快地记录着。

保险员：也就是说你们在案发的前一天发生了肢体冲突？

男演员：你不必那么兴奋地在那儿写写写，我不过是那天晚上想打他一拳罢了。我还没来得及动手呢，导演当时可能是被那架势吓坏了吧，直接吐了投资人一身……啧啧，那味道，投资人只顾着擦他的高级衬衫，酒局就那么不欢而散了。

保险员突然转向一直沉默的编剧，编剧被他突然射来的目光吓得一激灵。

保险员：他表述的有什么问题吗？

编剧：没有问题！哦，不过只有一点，我看到当时导演呕吐是因为他悄悄抠了抠喉咙，我想他应该是为了给男女演员解围吧，是在保护咱们剧团的人。对吧，导演？

导演：我只是喝太多想吐吐不出来，抠喉咙催吐而已，没注意你们那边在搞些什么。

保险员：对死者呕吐，保护剧团成员。

男演员不屑地哼了一声，不让保险员继续写。

男演员：什么保护？谁需要他保护！编剧这个职业就是能胡说八道，只是他自己的臆想罢了，这你也记！

保险员：好的，那为了严谨，我加上"编剧认为"这一句。话说回来，编剧倒是个很有意思的职业，他们对人的分析和洞察能给我很多启发啊！请问编剧，你觉得在座各位谁最有嫌疑呢？

保险员突如其来的提问让气氛有一些微妙的变化，所有人都盯着一直很低调的编剧，想知道他的答案。他被盯得有些局促不安，只好难堪地笑了一笑。

编剧：我还以为……你会先了解我的杀人动机。

30. 清晨，内景，剧场化妆间

两分钟后，导演和男女演员都看着编剧，编剧有些尴尬地笑着摆手。

编剧：我当然相信各位。

保险员从室外走进来，拿着本来贴在剧场门口宣传《是谁谋杀了哈姆雷特》的海报，递到编剧面前。

保险员：我在门口看见了这张海报，昨晚这出戏《是谁谋杀了哈姆雷特》是你由《哈姆雷特》改编的，我还了解到这是你写的戏第一次登场，想来你应该十分期待，不会希望舞台上出任何差错。

编剧：说起来，我的问题就出在这出戏上。看来，你也是做了些了解才来的。

保险员不置可否地微笑。编剧拿起这张海报看了看，手指在海报上"悬疑情爱伦理大戏"的宣传语上画了一个圈。

编剧：那你应该也知道，导演一直是坚持排演经典戏剧的，咱们剧团曾经因为排演莎剧而辉煌，近年来观众却越来越少。投资人赚不了钱，不干了，非要我这个编剧改，我只能按照他的要求改了，好好的《哈姆雷特》被改成了一出悬疑情爱伦理大戏，平心而论，我很恨他，这就是我的动机。

导演：哼，你们总觉得是我顽固、只愿意排经典戏剧？倒是拿出点儿好的原创作品来啊。只是这个时代看经典的人少了，写原创剧本的人又没有才华去成就经典！

编剧稍愣几秒，隐忍着微微点点头。

编剧：是我才疏学浅。

女演员：正因为如此，我同意导演继续排演经典。但编剧也是个勤奋努力的人，只要我们把剧团坚持下去，不断磨砺，总能有好的作品问世。

女演员不愿导演和编剧起冲突，温柔地拍了拍编剧以示安慰，编剧勉强挤出一个笑脸。

保险员：听你的意思，剧团已经很难维持下去了？我对戏剧这个行业还略有所知，现在本应是很受欢迎的啊。

男演员：他们要做梦，你就让他们做！还什么经典不经典的，戏剧行业这几年是发展得很好，尤其是在大城市里，但剧场是一个纯粹造梦的地方吗？

导演脸色很不好，男演员烦躁地在房间里踱来踱去。

男演员：造梦需不需要钱？这么多人是不是得吃饭？靠什么，靠卖票，靠上座率！酒会上投资人说得很清楚，要是这次的戏还没有观众，剧团就会因为和剧场的合约到期又卖不了座而解散！我不管你们天天做什么梦，反正我是要走的，尤其是我昨晚站在台上数着台下只有七个观众的时候！

男演员走到长久未装修的破旧墙壁旁，手在墙壁上一揭，一块已经翻了边儿的墙纸被他硬生生地撕了下来，又被狠狠地扔在了地上。

（cut to）

一阵沉默后，保险员合上本子，站了起来，略微颔首以示歉意。

保险员：不好意思，我不知道原来你们面临着解散的危机。

导演没有生气，甚至没有一丝尴尬，反而大笑起来，对保险员摆摆手。

导演：哈哈，你看看我们，一个一边演戏、一边数观众的男演员，一个空有热情却并不专业的女演员，一个没有才华又被投资人控制的编剧，还有我，一个守旧的、天天靠酗酒打混度日的过气导演！这样的剧团怎么可能不被解散！

导演的言行彻底激怒了男演员，他拿起了自己收拾好的东西准备离开。

男演员：所以说，保险员，你要真想调查凶手就从这方面下手吧，剧团解散在即，想留在剧团的人才是最急迫的。我反正是没什么嫌疑，累了，能走了吗？

保险员：请稍等，别误会，我说了探案的工作有警察做，我并不是想把各位当作犯人一样审问，只是调查一下死者生平，提供材料给公司研究是他杀还是意外的可能性，从而提前准备理赔事务而已。

男演员置若罔闻，继续往外走。

女演员：男演员要是觉得自己不是我们中的一分子，铁了心要离开剧团去奔他的前程，那咱们也就不勉强了，走了也就别回来了。

男演员脚步顿住，几秒后转身，冲女演员笑。

男演员：别啊，剧团还没真被剧场勒令解散，我也还没被剧团除名嘛。就是真解散了，要走，我也会带你一起走。

保险员：好了，咱们不聊那些不愉快的了，聊聊平时你们和死者共同工作的情况吧，聊完您就可以离开，我也好回去交个差。

31. 下午，内景，剧场舞台

（闪回）

剧团人员的共同回忆。大家在紧张地排练。

舞台上男演员和女演员在对《罗密欧与朱丽叶》的台词，阳台相会一场，两人在戏里都深情款款。

导演在观众席前面多次打断排练，处理调度，女演员配合地重新调整，男演员指着位置和导演商量，得到导演点头认可。

导演嗓子都喊哑了，编剧在一旁记录，一边头也不抬地递给导演一瓶水，合作得十分默契。

32. 清晨，内景，剧场化妆间

男演员百无聊赖地看着手表上的时间，编剧开始认真地回想。

编剧：投资人也是去年年底才来到我们剧场的，是作为领导直接来带动我们剧团。毕竟剧团里原来的成员都因为效益太差离开了，除了导演，我们仨都是从替补、打杂的位置顶上来的。

女演员：我很热爱自己的工作，不论是当替补还是站在舞台中心……从我两年前第一次在这个剧场看了导演的《罗密欧与朱丽叶》，就迷恋上了这个充满浪漫的地方。

女演员旁若无人地看向导演。

女演员：也迷恋上了浪漫的……

导演连忙避讳地打断她。

导演：说到《罗密欧与朱丽叶》，倒是有一件有意思的事儿。

保险员：关于死者的？

编剧：别叫死者了，还叫投资人吧，一天前还好好活着的人，突然就没了，再怎么说还是有点儿不好受。

导演："死了，睡着了，什么都完了；要是在这一种睡眠之中，我们心头的创痛都可以消失，那正是我们求之不得的结局……"

导演突然忘情地背诵《哈姆雷特》台词，忍不住拿旁边的酒瓶要喝一口，突然发现酒瓶空了，所有人都无言地看着他。

导演：抱歉，刚才扯远了。几个月前，我们复排了一次《罗密欧与朱丽叶》，投资人非要要求自己来和女演员对戏。你敢信吗，他，180斤，要演罗密欧！

男演员：还不是为了那场吻戏！

说起好笑的事，气氛不再那么僵硬，大家窃窃地笑了。

保险员：可是剧团里不是有男演员吗？

男演员：那时候我还是个配角呢，男主演是一个很有声望的演员，投资人想插手，自己上，天天找他事儿，把人给气跑了。

女演员：说起来还挺可惜，那是我第一次有上台机会。原来的女主演追名逐利，被一个更大的剧团挖去了，我作为替补救场，演上了这场戏。本以为能和前辈合作，没想到被投资人这样的色鬼给耽误了。

女演员有些咬牙切齿，但又觉得有些滑稽，竟然气得笑了出来。

保险员：最后真让投资人上场了？

导演：当然没有！我虽然碍于工作，不能明面上直接拒绝他的无理要求，但我的戏也不能给他糟蹋。我给他录了一段，直接拿去做宣传了，被骂得呀，他再厚的脸皮也自惭形秽了！

女演员（捂着嘴笑）：他被骂惨了，我这个名不见经传的反而得了好处，都反衬得我没那么差了！不过话说回来，我当时是竭力反对你拿他的版本做宣传的，这对剧团非常不利。

编剧：也不能这么说，或许反而是很好的营销手段，那段时间剧团受到了关注，即便是差评比较多，好歹是有了些话题度，我倒觉得导演的做法有英明之处。

导演：什么英明，我可没你想的有这么多手段。横竖是没什么人看了，拿谁去宣传有什么区别呢？没有观众是因为观众都跑去看那些炒得火热的商业戏剧啦，自以为高雅一点的就去看什么肢体剧，净是些牛鬼神蛇，谁还看经典呢？投资人觉得只要有钱，连他那样的都能演罗密欧，那就让他爽一把，我发出去让他挨挨骂，就图个乐呵。

男演员：那你最后让我演，也是想让我挨骂？

导演：让你演是想着你再怎么的，不会比投资人差吧！

男演员因为得到了导演的一点儿肯定而笑了，马上变得有些得意。

男演员：那当然了，我好歹是从小就受过演员父母很好的教育，又是名校出身，他一个卖高仿奢侈品发家的暴发户，怎么比得上我？

导演：哎哟得了，你少得意了，能用上你，还得亏投资人把以前的罗密欧气跑了。这不没人了吗。

男演员：你天天骂我们演得烂，排个《哈姆雷特》里拔剑的动作，你跟我示范了85次，怎么不干脆自己上呢？

导演：我在那儿跟你示范动作，你不好好学，忙着在旁边数我演了多少遍？

编剧：不，那是我在一旁数的，后来导演就有了个外号，叫"拔剑的哈姆雷特"。

33. 下午，内景，剧场舞台

（闪回）

导演在向男演员示范哈姆雷特拔剑的动作，一遍又一遍。男演员本在认真看着，模仿学习，却无意中看到了女演员。

女演员躲在景片后面痴望导演，导演没发现，男演员看到后脸色不好地夺过剑。

34. 清晨，内景，剧场化妆间

保险员拿过《是谁谋杀了哈姆雷特》的海报细细观察。

海报上的哈姆雷特死去了，趴在地面上，身旁都是鲜血，只有一把剑竖着插在地上，像他拔出的剑，又像是为他建造的坟墓上的十字架。

保险员：拔剑的哈姆雷特……

编剧：当然，这个外号是褒义的。我想，像哈姆雷特这样的角色，是没有人比导演更合适的。

导演：对于莎剧，所有的演绎都是矮化。我不能演绎，只能作为导演去体验他、靠近他。

导演动情地说起这样的话，他在众人的注视下有些不好意思，连忙又拿起空酒瓶准备灌。

女演员：我知道自己演技的不足，也一直没有获得你的认可，但我很感激你对我的指导，为了一句台词的表现我们一直谈到凌晨两三点，我只希望……总有一天能得到你的认可。

编剧：我觉得你演得很好了，你的敬业我们都看在眼里。但导演确实十分严厉，在艺术上有一些吹毛求疵了。哦，这个"吹毛求疵"并没有贬义，只是说导演是一个完美主义者。

保险员：一个在艺术上不允许有任何差错的、彻头彻尾的完美主义者……

保险员拿起笔开始记，女演员猛地站了起来，很局促地捏着裙角，看着保险员。

女演员：编剧没有说"不允许有任何差错、彻头彻尾"之类的话，你这样添油加醋的记录让我有点儿紧张。

保险员：抱歉，我删去"不允许有任何差错"这一句。

保险员在纸上一画，女演员点头，坐了下去。导演对此却自始至终没有任何反应。

保险员：那么在做了基本的了解后，我有问题想请问一下导演。老实说，连我这个外人，都对品行不端的投资人都有些看不上，作为剧团领袖的你，能接受工作上这位"不完美"的投资人吗？

导演：我看不上他是事实，但接不接受都算是我上司，没什么好说的，就像你上司派你大清早来工作一样。我活得很自在，在排戏之外，并没有什么完美主义。

男演员：什么完美主义，不过是拿咱们做消遣找存在感罢了，除了咱们，谁还搭理这位曾经的名导演？观众不来，还受投资人欺负，除了喝点儿酒，就只剩骂骂咱们找乐子了。

编剧：你要是说别的，我从不反驳你，但这话我不能同意。你们还记得上个月排《奥赛罗》的时候吗？投资人那么抠门，连布景都偷工减料，排练的时候就出了舞台事故，咱们的苔丝狄蒙娜都受伤了……

保险员打断他转头关切地询问女演员。

保险员：你的伤势好些了吗？

女演员：不是什么大伤，就是脚被轻微地砸了一下，第二天就完全好了。说起来也要感谢导演，后来他自掏腰包买了新布景，我才能安全演出。

导演：这没什么可感谢的，我只是不想演出的时候出什么舞台事故而已，毕竟那时候我已经听到剧团要被解散的风声了，估计也是我们最后的一次莎剧排演了，不想留什么遗憾。

编剧：正因为如此我才说导演是艺术上的完美主义者，那个布景也许我们再也不会用到了……原布景做了修补也是可以用的，但他执意要花钱买新的，对剧团人员和戏剧演出都非常负责！

保险员：这么说来，投资人在平时的工作和生活中，有着各种性格或人格上的缺点，甚至是污点，和在座各位……也都有不少矛盾。

保险员环顾众人，观察他们或警惕的、或淡漠的表情。

保险员：在基本的了解后，我想请各位和我一起看看舞台，也就是尸体被发现的地点。

男演员：都聊这么久了还不能走？我十点还有试镜要参加！

保险员：因为公司向剧场管理层了解的时候，听说尸体现场有些玄机，所以需要各位目击者向我讲解一下。

保险员一改之前随和甚至是有点讨好的态度，拿出一副公事公办的样子，不容商量地做出"请"的手势。

保险员：另外，保险公司和剧场的高管交涉过了，剧场方面也希望各位在这件事情上能协助我，毕竟，各位身上仍有嫌疑，我想各位配合积极与否，也会影响剧场和剧团之后的合作。辛苦各位了。

男演员对这样的威胁无可奈何，只能骂骂咧咧地开门离开，走的时候重重地摔了一下门。

导演开门走了，女演员紧随其后。

唯独编剧留了下来，拉住保险员，示意有话想单独和他谈。

35. 清晨，剧场化妆间，内景

编剧：您的调查有什么眉目了吗？

保险员：我不太明白你的意思。

编剧：我是说，您对谁是凶手有什么想法了吗？

保险员：我再重申，我来的目的不是在审问各位，只是出于理赔事务在探讨有无他杀的可能性。

保险员略有些不满地避开编剧拉住他的手，一脸严肃。编剧却露出了一个"理解"的笑容。

编剧：他们可能不清楚您的目的，但我对人身意外保险还算有点了解的。只要查出死者是他杀，保险公司就不需要赔偿，如果死者死于意外的话，则需要赔偿。

保险员的目的被编剧说中，稍沉默两秒，却很快巧妙地避开了话题。

保险员：我记得你刚才说不想用"死者"来称呼他，想用"投资人"，否则心里还总有点难受？

编剧：这不是重点，重点是我有一些想法想跟您分享一下。我在剧团里待的时间比男女演员都长，知道的总是多一点的，也许会对您的工作有帮助。

保险员：那你说吧。

编剧：您一开始也了解了每个人的杀人动机，但以我对他们的了解，我心目中已经有一个答案了。

保险员：哦？我对你的答案并不感兴趣，倒是想问你这样一个问题：你觉得投资人该不该死？

编剧对保险员的话始料未及，略微思考后，他在保险员的注视下拿起了旁边的道具剑，背对着保险员，坐在镜子前摩挲着剑柄，细细观察。

编剧：该不该死？这话怎么说啊，我没法做这样的评判，毕竟死者为大嘛。

保险员听到这样油滑虚伪的回答，不屑地嗤笑一声。

编剧看向镜中，突然一改之前油滑、胆怯的面貌，表情变得越来越兴奋。

编剧：不过，如果这不是一场意外？而是一个完美主义者，一个"拔剑的哈姆雷特"，出于对艺术的崇高追求，而精心策划的谋杀，那我会觉得，投资人的死，比他的活更有价值！

保险员：但凶手就是凶手，黑白应该分明！

保险员猛地一拍桌子，编剧却根本没有看他一眼，不以为意地笑了。

保险员：你为了说出这个疯狂的猜想，刚才也做了不少铺垫。你以一个老好人的形象一直在维护、夸奖剧团里的每一个人，原来也不是出于客观公正的啊。

编剧：难不成……你怀疑我是凶手？

保险员：我不怀疑任何人，但你隐藏多时、却又突然在我面前暴露出的某些狂热的意图，确实令人不适！坦白说吧，我只是例行公事，完成这一单我就能退休了，明天我就在某个海滩上度假了，谁是凶手都跟我没关系。

编剧：你把自己说得那么置身事外，也是在装作超脱吧？谁是凶手跟你没关系，但是否存在凶手却是你做调查的最终目的！如果我能给你提供一些伟大的构想，你就能完成证明他杀而不赔保的工作任务，这难道不是对你大有利益的吗？

保险员：那么总是有着唯利是图的思维的你，想从中获得的利益是什么呢?

编剧闻言大为震怒,拿起保险员先前做记录的一沓纸举在手上,再往空中一撒。

在空中翻飞的纸张,竟然全是空白的。

编剧:我早就观察你,看似在奋笔疾书,实际上纸上一片空白!你对真相不关心,不过是想获得工作上的好处而已。导演说的都是对的,这是一个最糟糕的时代,连一个保险员都能骂编剧唯利是图!利益?我告诉你,作为一个真正的艺术家,我只是在做出一个构想,一场关于真实的、当代的英雄悲剧构想!

36. 同时,内景,剧场的导演办公室

导演的办公室里,桌子上摆着一些书和酒瓶,有几个纸箱子装着这些年的奖杯、证书,都蒙了灰。

墙上挂着一些已经装裱好的演出照,还有一些褪色的演出海报。

女演员着急地拉着导演开门上场,连忙锁上了门。

导演知道女演员想说些什么,但只是冷眼看着她,女演员有些手足无措,连忙拿起酒瓶倒了些酒递给他。

女演员:你要喝点儿吗?

导演:你不是一向反对我在剧场喝酒吗?

导演虽然这么说,但还是连忙接过了酒杯。

女演员:工作的时候别喝就是了。我就是怕你紧张。

导演:我紧张什么?

女演员:也不是紧张……但喝酒总是能放松心情的……毕竟出了这样的事。

导演猛喝一口,喝光了杯中的酒,毫不介意地直接用袖口擦掉了嘴边的酒渍。

导演:出了什么事都跟我没关系,演出前我就把东西都收拾好了,反正剧团也会被解散,大家各奔前程,我也该走了。

女演员:你昨天晚上就打算好要逃跑了?也好,也好,我还担心你没有谋算……我愿意跟你一起逃走!

女演员很兴奋地看着一脸莫名其妙的导演,连忙要去搬导演的行李,被导演一把拉住。

导演：什么逃不逃的，我又没干坏事，为什么要逃！

女演员：当然，当然不是坏事。不过，总是麻烦的事情。你要是想走的话，我愿意和你一起走。

女演员恳求地看向导演，导演冷了脸，推开她的手。

导演：你把我拉到这儿来就是想悄悄告诉我，你也怀疑我是杀人凶手？

女演员谨慎地走到门前观察了一下，再锁上门。

女演员：我想，你应该是信任我的，就像我信任你那样。

导演：你对我的信任就是把我视作杀人犯？

女演员：我相信，只有你才能做出这么伟大的事。

导演：别给我戴高帽子。

女演员：你不相信我？你认为我会把你当成罪犯，然后告发你？

导演懒得回答她的问题，不愿纠缠，开门欲离开。

导演：你要这样想也可以，就当我是想畏罪潜逃，不相信你。

女演员：我知道你不是懦夫！

导演顿住。

女演员：我知道你总是在保护着这个剧团，也在保护着我！

导演：你想的未必是对的。也许我就是个懦夫，我下不了手。杀人……总归是不对的。

（cut to）

女演员走到一幅《奥赛罗》的海报前，这幅海报明显比别的已经色彩斑驳的演出海报要新很多，海报上只有她扮演的苔丝狄蒙娜一人，女演员有些惊喜。

女演员：你已经两年没贴演出海报了，这是我第一次当女主角的海报，你却贴了起来……

导演：别误会，我想着这可能是最后一次在这个剧场排莎剧了，贴起来只是做个纪念。

女演员：嗯……其实我不喜欢《奥赛罗》，也不喜欢苔丝狄蒙娜。

导演：那为什么要出演？

女演员：因为我想知道，你为什么要排这出戏。老实说，最后一出莎剧，我以为你会排《暴风雨》。那是莎士比亚的绝笔，昏聩世事中，他所寄托的最后的理想。

导演听了有些震惊，连忙转过头，死死地盯着女演员。

导演：理想！理想！你当真这么想？我真是没想到……毕竟你没有受过什么专业的训练……是我眼拙了！

女演员：我当真这么想。我最不喜欢的就是《奥赛罗》，充斥着嫉妒、阴谋、软弱……一方手帕的悲剧，苔丝狄蒙娜的死卑微得简直是有些荒唐，毫无价值，毫无意义……

导演和女演员都站在《奥赛罗》的海报前，静静凝视着。

导演：我最讨厌的也是《奥赛罗》。

女演员：我听说，这是你第一次排这出戏。

导演：没错，我以前不信，但现在我绝望了。嫉妒、阴谋、软弱，这才是真实的，是这个世道的核心，是通行证。说出来你可能会觉得好笑，我甚至想过用艺术、用戏剧去洗涤人心，净化这向来只认钱的市场。我努力了二十年，但理想……总归是理想。

女演员：所以你不排《暴风雨》，却排了《奥赛罗》？

导演：我已经用《奥赛罗》投了降。这下你明白了吗？我不会去杀投资人。

女演员（稍有愣怔，但随即又更加坚定）：你说谎！你没有投降！排《奥赛罗》的时候，投资人用了劣质的布景，害得我被砸伤，你跟他大吵一架差点打起来，还自掏腰包买了新的布景，我不信一个投降的人会这么做！

导演：那不过是为了……

女演员：为了做个最后的纪念？这起码说明你心里还有理想，也还在抗争！

导演：可我的抗争，也就到这一步了。保不住剧团、选择排《奥赛罗》却和投资人争论布景问题；看他猥亵你却不敢揍他、只能抠喉咙吐他一身！离开旋涡中心吧，我不想你成为被污浊世事所杀害的苔丝狄蒙娜！

导演情绪激动地指着墙上的《奥赛罗》海报。

海报上的女演员身着红裙睡得安详，面前却是一把明晃晃的、染血的刀。

女演员揭下海报，三两下就撕成了碎片往空中一撒。

导演呆滞地看着她的动作，张着嘴却说不出一句话。

女演员：我永远不会是软弱的苔丝狄蒙娜！把阴谋和软弱撕得粉碎，就是理想！

导演：你疯了……

37. 清晨，内景，剧场走廊

导演像是受到了极大的震撼，转身逃出办公室，女演员一路跟随他，甚至鼓起勇气拉住他。

女演员：你还记得五天前的晚上吗？我们为了一句台词讨论到凌晨两点，你喝了些酒，对我说了很多话，说起了你当年是怎么年少有为，凭借着排演经典戏剧打出一片天地，意气风发地渴望着能在这里建立自己的艺术王国！

导演：都是年少轻狂。算是我自己酒后失言，也不能埋怨你误会了我，以为我现在还能有点什么理想，什么壮举。

女演员：不，我始终相信你、爱慕你，因为你和我是一样的人。只可惜君生我未生，我多想看看你年少轻狂的时候，是怎么在舞台下运筹帷幄，把投资人那样没有才华的追随者赶走，矜贵地坐在你的位置上，保护着我们热爱的一切……

导演：我明白你，但真的不是我！

女演员：我求你！

女演员声泪俱下，紧紧地抱住导演，导演沉浸在她的话中，为之动容，而后又庄重地推开了她。

导演：我尊重理想主义者，即便我已经不是了。但不要再把你的理想放在我的身上了，我不想你失望。谋杀犯的污名也好，英雄的头衔也罢，我都担不起。

女演员：难道你余生都想扮演一个，像福斯塔夫那样得过且过的酒囊饭袋吗？

导演："什么是荣誉？两个字。那两个字荣誉又是什么？一阵空气。好聪明的算计！谁得到荣誉？星期三死去的人。他感觉到荣誉没有？不。

他听见荣誉没有？不。"

导演喃喃念着福斯塔夫的台词，转身背对女演员。

导演：我恐怕不是在，"扮演"福斯塔夫。

在女演员的注视中离开，导演的声音渐行渐远。

导演："我不要什么荣誉；荣誉不过是一块铭旌。"

38. 清晨，内景，剧场舞台

舞台上，尸体被发现的区域被围了起来，旁边是几块被扒开的坟墓的布景石，中间有一口道具棺材孤零零地横在舞台上，尸体已经被抬走。

保险员仔细地观察着这块区域，剧团成员也都相继到场了，男演员焦急地盯着手表，不断张望着，女演员由于和导演谈话，最后一个到。

男演员：你去哪儿了？是不是有什么不舒服？

女演员：没事，本来准备换衣服，在那儿睡着了。

保险员：辛苦各位了。我们尽快进行完调查，大家就可以去休息了。

男演员：还有一小时整，我在剧组的面试就要开始了，你还有什么要问的赶紧的吧。

保险员：那就请各位原谅我的直言不讳了。投资人死于头部受到重击，显然不是自杀。从尸体发现现场的情况来看，各位认为投资人是死于意外还是他杀？

大家都沉默着不说话。

保险员：大家如果不愿意，可以先不急着回答，我也只是出于工作需要做一些猜测而已。

保险员走到警戒线边缘仔细观察，盯着那口棺材。

保险员：坟墓，这个场景出现在《哈姆雷特》第五幕，也就是最后一幕，这个是奥菲利亚的坟墓？

导演：你倒是做过一些功课了。

保险员：都是为了工作嘛。

编剧：本来是在第五幕，但这场戏是倒着演的，毕竟是改编版。

导演：是瞎改编版。

保险员：导演对编剧改编的戏不满意？

导演：倒不是我针对他，本来他做出的改编版，没有这么烂，好歹还算有点自己的想法。当然，我是说，本来也挺烂的。只是投资人看了后还嫌不够卖座，给改成了一出悬疑情爱大戏！

保险员：谁最先发现藏在坟墓里的尸体的？

女演员：我。按照改编后的剧本，本来到这个场景的时候，我得被放进坟墓里，装一具"艳尸"，身上铺满花瓣，头戴着花环……可我被放进来的时候，里面倒是已经有一具尸体了！

保险员：尸体看起来是什么样的？

男演员：你别让她说了，又不是什么好的记忆！

女演员：不，是挺好的记忆！

女演员无视众人异样的目光，跑到围着现场的警戒线旁边，指着里面。

女演员：就在那儿，他躺着，双臂张开，眼睛瞪得大大的。不过最奇怪的是他的嘴……

编剧：别说了，别说了！

编剧一脸害怕，甚至堵着耳朵。保险员却一步步逼近女演员。

保险员：嘴怎么了？

男演员：别再问下去了！

导演（沉默良久，终于幽幽开口）：你们让她说吧！

女演员：他的嘴咧得很开，他在笑！

女演员咧开了嘴，以一个夸张的表情笑着，模仿投资人的死状，除了保险员惊讶地盯着她看以外，其他人都别开脸去不发一言。

保险员：好的，我知道了。真是出乎我的意料……据女演员的描述，投资人的死状确实很奇怪。那么回到刚才的问题，请问各位认为这是他杀还是意外呢？

男演员（扫了一眼沉默的其他人）：都不说？我可没时间在这儿耗，反正瞎猜又不犯法，我就觉得是他杀！

保险员：为什么认为是他杀呢？

男演员：这不明摆着吗？谁会大半夜一个人躺在剧场的坟墓里傻笑，然后头部意外受撞击身亡啊？

保险员：当然，仅凭这些不能完全说明，只是说更倾向于他杀。

男演员：得了，我知道你是希望能通过我们出个调查报告，证明投资人是他杀，你好向公司交差。反正也都是推论，哈，我不妨帮你到底，我不仅猜是他杀，还猜这个杀人犯就是坐在你面前的某个人！

编剧：大家也共事这么久了，可不能这么无凭无据地污蔑人。你要指控谁是杀人犯，得拿出证据来！

女演员：不能用杀人犯来形容他！

保险员："他"是谁？

所有人都很激动，只有导演沉默地坐在角落里，仿佛没有听到他们在说什么。所有人都看向他。

导演：我。

39. 清晨，内景，剧场观众席

导演：所有人都在等我认领这个杀人凶手的罪名？哈，让你们失望了，不是我。指不定他就是喝醉了自己一个人跑到剧场里的坟墓里睡着，头磕到了就死这儿了。你们的推断没有意义。

男演员：你这说法比我们的推断听起来更不可信！倒像是一个杀人犯在做脱罪的洗白！

编剧：我都说了，凡事得讲证据，哪怕是推断性的证据。你不能这样信口开河！

编剧看似在为导演辩护，却不断暗示着男演员说一些对导演不利的证据。保险员看在眼里，有些不满。

保险员：证据是提交给警方的，我，只是代表公司来了解情况的，如果有他杀的嫌疑的话，我们可以只讨论动机。

男演员：动机？那就只能是导演了！谁不知道他跟投资人仇最深。

保险员：可是据我刚才的调查，你是唯一和投资人有肢体冲突的人。

男演员：我？我是很看不惯他这个人，可是投资人有一个"戏剧新星计划"，我是很认可的，专门准备扶持我这样被那些守旧导演所打压的戏剧新星，简单说来就是将制作人的模式引入戏剧行业，将戏剧演员按照明星艺人的方式去培养！

导演：媚俗！

保险员（喃喃道）：一个艺术上的完美主义者……

男演员：什么狗屁完美主义者！不过是一个堕落、酗酒、被时代淘汰又见不得新事物、新人发展的人罢了！实话说吧，我和编剧都报名参加了这个戏剧新星计划，剧团马上就要被解散，我们就指着留下来的这条出路呢，从这个角度说，我和编剧是没有动机的！

男演员与编剧站在一起，编剧却渐渐走开，示意与男演员"划清界限"。

编剧：我完全不认同投资人的艺术观和价值观，但报名戏剧新星计划好歹有机会能留在剧场里，我仅仅是为了还能有工作的机会才报名的。

保险员：女演员有没有报名这个戏剧新星计划？

女演员：戏剧新星？制作人？艺人？哈！我恐怕不敢苟同！不过是把这个剧场当成个卖笑场，不伦不类、扭捏作态地去卖笑罢了！

男演员：你怎么会这样想？我放弃家里提供的一切，靠着自己的努力，抓住所有的机会想干出一番事业，只是为了向你证明自己，你却认为这是在卖笑？

女演员：我永远不会爱一个投机取巧、没有信仰的人。

保险员：那么，女演员其实是很有动机的。

女演员：当然，我动机明确，尤其是当晚他当着这么多人借酒猥亵了我。他以为他的生殖器只要镀了层金就能伸向我、伸向剧场，我们所有人都得在他的金钱诱惑下委身！当然，也确实有人这么做了。但我不会，我知道导演也不会！

保险员：你的意思是，你和导演都有动机？

导演：越说越离谱。你哪只耳朵听到她说我有动机了？

女演员：我的意思正是如此！可惜我是个女人，在投资人马上就要毁掉我们的剧场的时候，我却没有动手，我理应为此感到羞愧，也不敢冒认英雄的名号！"脆弱啊，你的名字是女人！"

40. 清晨，内景，剧场舞台

保险员终于忍无可忍，把手里的纸笔往地上一砸，站在舞台中间，严厉的目光扫过每一个剧团成员，表明自己工作任务以外的人格立场。

保险员：我必须严正地提醒各位，无论死者生前有什么过错，但凡涉及谋杀，都是犯罪！我工作这么多年，见过多少自杀骗保、杀人取保、利益纠葛！人黑暗龌龊的那一面，不比各位在戏剧作品里见得少！但世间万事，黑白应当分明，但凡是犯罪，黑的就是黑的，加上多少英雄光环也洗不白！

一直沉默坐着的导演突然站起身来，在众人的注视下竟然笑着，为保险员刚才说过的话鼓起了掌。

导演：说得好！犯罪就是犯罪，洗不白！可是只有白刀子进红刀子出的犯罪才叫犯罪吗？当演员被投资人偷工减料、节省成本的劣质布景砸伤的时候，他是不是在犯罪？当他用潜规则去明目张胆地猥亵女性的时候，他是不是在犯罪？当他拿着几个臭钱乘着唯利是图的市场风气随意地践踏、收买这么多人一辈子努力的艺术事业的时候，他是不是在犯罪？他犯罪的时候，你这样的正义卫士，又在哪里呢？

女演员（激动地甚至是带有表演性质地高呼）："哈姆雷特"拔剑了！

编剧："默然忍受命运的暴虐的毒箭，或是挺身反抗人世的无涯的苦难，通过斗争把它们扫清，这两种行为，哪一种更高尚？"我们的"拔剑的哈姆雷特"选择了后者！

导演：不是"高尚"，是"高贵"，你记错了一个字。

编剧面部特写，他尽力地按捺住得意，微笑了一下，夸张甚至是带有表演性质地张开手臂指向导演。

编剧：艺术上的完美主义者！

41. 清晨，内景，剧场观众席

导演看着激动的女演员和编剧，在他们崇拜的目光下，导演有些发蒙，又重新坐下。

导演：你们误会了，我只是就事论事。投资人的罪也不轻，只是动手的人确实不是我而已。

男演员：没错，我不相信是导演动的手。

保险员：刚才难道不是你第一个把矛头指向他吗？

男演员：导演是最有动机没错，但他没有那个胆儿，他就是个厌包！杀一个大男人？他那胆子恐怕杀只鸡都会晕过去！

女演员：那是因为鸡是无罪的，而投资人是有罪的，如果杀了投资人能阻止他继续肆意妄为地犯罪，那动手的人就会被赋予高贵的勇气！

男演员：你是真的糊涂了？你是个很勇敢的女人，有理想主义，又受到了侵犯，都没有动手。你还记得当时是我在为你出头，要揍投资人吗？

导演给吓得在旁边呕吐！你真要给人扣英雄帽子，也该扣我头上！

编剧：我必须纠正你，导演不是吓得呕吐，我看到他在故意催吐为你们解围。

导演：我就是……醉了而已。

男演员：那又如何？一个自甘堕落的醉鬼，他敢对投资人伸出他的拳头吗？他只敢趁醉吐投资人一身！

女演员气得浑身发抖，颤抖的手指指向男演员。

女演员：你太没有涵养了！

男演员：你醒醒吧！你以为的那个英雄哪怕是我，都不可能是他！嘿，导演，老实说现在我反倒愿意为你辩护了，因为你怂到连杀人犯都当不上。

导演：我不需要你这样一个——为了名利——出卖自己受到的这么多年优良教育、艺术熏陶的渣滓来为我辩护！

女演员：天性中的高贵正是你最好的辩护人！

编剧：我们一向敬畏、信任你悲剧英雄的灵魂！

导演（沉默良久，压抑住自己的情绪，叹了一口气）：谢谢。

42. 清晨，内景，剧场舞台

保险员：我这么多年，见过很多案例里"该死的人"，最好笑的便是你们这一桩了，若真是他杀，看来这个杀人犯还能顶着个"英雄"名号入狱了。

保险员显然已经非常恼怒，眼前的一切，动摇了他一直以来非黑即白的观念。他抬手看了看手表，决定尽快结束这里的工作。

保险员：我无意再跟你们这群戏疯子纠缠，该做的调查和问答都做了，只要投票表决一致，我的工作就算圆满完成了。认为这个案件是他杀而非意外的人请举手。

女演员毫不犹豫地举起了手，编剧也跟着举手了。导演沉默。

男演员（又抬手看了看表）：还有半小时面试开始，现在走还赶得上。是不是投票一致你就不用再继续浪费我时间了？要是如此，我就也举手了。

保险员：请你不要如此草率。

男演员松松为了面试系好的领带，无奈地笑了笑，又压抑着怒火，把领带解下往地上一扔。

男演员：看来是我的面试要泡汤了！不过是瞎蒙乱猜罢了，你真以为自己做民意调查来了？还投票表决！我告诉你了，是不是他杀我不知道，但肯定不会是导演杀的，因为他就是个尿包！什么戏剧梦想、悲剧英雄，在现实里存在吗？都是些戏疯子，回那些虚假的戏里才找得到你们要的！光是看这个投票表决也该知道，女演员和编剧是不切实际的，我和导演反而是同一类实实在在活在现实里的人！

（cut to）

导演在女演员和编剧鼓励的目光下缓缓站起来，看着他们，导演像是得到了支持一般，小声而坚定地开口。

导演：我跟你，不是同一类人。

男演员：我知道你看不上我，觉得我太现实了，可是奔自己的前程有什么不对？剧团解散了，我指望戏剧新星计划，投资人死了，我准备新工作的面试。我对舞台没有你们这种痴狂的爱，但我也认真工作了。现在你跟他们站在一起指责我，无非是因为你多年前运气好，让你占有了足够的资源取得了名望，这些年工作上不如意的时候，你不是也一样妥协、堕落了吗？你以为你跟我又有什么区别？

导演：区别是我再落魄也永远有信仰和追求，而你更像投资人，为了个人利益可以没有底线。我成功过，年轻气盛的时候，也有过用戏剧、用艺术去洗涤污浊世事的理想，后来我失败了，我开始成了一个像福斯塔夫那样的人，靠酗酒麻痹自己，一度认为污浊世事里恐怕只有灌醉自己才是正经事！

导演站起来，表演成福斯塔夫醉醺醺的样子，念着台词。

导演："什么是荣誉？两个字。那两个字荣誉又是什么？一阵空气。好聪明的算计！谁得到荣誉？星期三死去的人。他感觉到荣誉没有？不。他听见荣誉没有？不……我不要什么荣誉；荣誉不过是一块铭旌。"

导演眼里含着泪水，很快从戏中走出来，冷静地看着众人。

导演：我不是一个只顾追求个人荣光的人，可是我如果动手杀了投资人，各位，我不是为了个人的荣誉，而是背负着所有人的戏剧理想。

43. 清晨，内景，剧场舞台

编剧激动地打开舞台的灯光，光束打在导演的身上。

导演被突如其来的灯光晃得连忙用手挡住眼睛。

女演员：他承认了！

男演员：他没有承认！你这个疯子！

导演：这些年来，我经历了大起大落，但一直坚持在排演经典戏剧。我早知道这一天的到来，面临这一天，我应该"默然忍受命运的暴虐的毒箭，或是挺身反抗人世的无涯的苦难"？没有任何人能给我答案的时候，哈姆雷特拔剑了。男演员这样认为戏剧是虚假的，不切实际的人是无法理解的，我在他这样年轻的时候，除了你们知道的那些虚名以外，有着多少理想的光辉？当投资人玷污了这个我辛苦建立起来的王国的床榻，哈姆雷特动手了，你们也可以说，是我动手了。

编剧：真实、精彩绝伦的当代悲剧！

男演员：我不相信！

导演：如果这个时代需要站出来一个悲剧英雄，去支撑和延续更多人的戏剧理想，那么我站出来了！复仇的哈姆雷特拔剑杀了妄图篡位的麦克白，我杀了投资人，用他的血来祭奠被他玷污的剧场，但我无罪！

导演看向保险员，缓缓地举起了手。

保险员愣怔了几秒，终于反应过来，艰难地开口，重复刚才的话。

保险员：各位……认为这个案件是他杀而非意外的，请举手。

女演员和编剧都举起了手，除了导演外的所有人都看向男演员，男演员泄了气一般，嘲弄地笑了一声，也举起了手。

保险员：我代表保险公司对此次事故进行调查，在警方破案前给予死者人身意外险赔保意见：根据多名目击者和死者生前同事等人的证词……基本判断死者死于他杀概率远大于意外，根据规定，对于这类刑事案件保险公司无须进行人身意外险的赔保工作……

编剧：精彩绝伦！精彩绝伦！比《哈姆雷特》更伟大！比《麦克白》更不朽！

女演员："学者的辩舌、时流的明镜、人伦的典范,举世瞩目的中心……"我是一切妇女中最幸运的奥菲利亚，因为哈姆雷特那颗高尚的心从未陨落！

导演：谢谢你……奥菲利亚！

44. 清晨，外景，剧场门口

一名警察掀开剧场门口的布，往里探头。

外界突如其来的阳光让众人十分不适应，他们纷纷用手遮住了眼睛。

警察看着众人站在舞台上，就在舞台上那片被圈起来的警戒区域旁边，女演员还穿着戏服。警察有些惊讶地走近他们。

警察：都这样了，你们还在演戏啊？

众人还没从感动的泪水和震撼中走出来，呆呆地看着突然闯入的警察。

警察：请问各位谁是剧场的负责人？

导演恢复了往日的神气，精神饱满地站了出来，还很正式地与警察握了握手。

导演：我是剧场的负责人。

警察：先生您好，昨晚发生在这个剧场的命案，经过现场取证和连夜侦破，已经结案了。

一片死寂，大家都期待地看向警察，只有导演面色僵硬。

警察：死者死于意外，剧团的嫌疑人都已经洗脱嫌疑，剧场也可以休整一番继续运营了。

45. 清晨，内景，剧场舞台

一片沉默，剧团成员和保险员都盯着导演，导演却激动地死死抓住了警察。

导演：你们搞错了。他不是死于意外，而是死于他杀。

警察奇怪地看了他一眼，又看了看泪痕未干的女演员、编剧等人，露出了然的表情。

警察：各位是死者生前的同事吧？你们的心情我可以理解，但死者确实是由于非常不幸的意外，头部受到坠落物撞击而死。现在唯一有疑问的地方在于，他为什么会出现在坟墓布景里，因为那里面显然不是第一现场。不过这些都不影响最后案件的判定，他确实死于意外。

导演：那是我杀了他后给他搭起的祭坛！把我抓起来！我就是亲手杀了他的人！我在昨天晚上尾随他，趁他酒醉拿东西砸了他的后脑勺，他不是死于意外！

警察难以置信地看着导演，又莫名其妙地看向表情各异的众人，明知已经结案，但出于对职业的尊重，还是勉强地询问了一句。

警察：你拿的什么凶器？砸的是左侧还是右侧？

导演：随便捡的砖头……砸的是右侧！

警察：他的伤口在头顶。

警察用更奇怪的眼神打量着导演，又把众人看了一圈。导演慌张地正准备反驳他。

警察：他头部正上方的伤口是由于坠落物所伤，一击致命，我们也找到了坠落物，整个侦破过程比一般的案件顺利很多，我也全程参与了，错不了。没什么事儿的话，我就走了。

警察指着还没换衣服的女演员和导演。

警察：你们排戏呢吧？我是真警察，谈正事儿呢，怎么跟我也演啊？

说完，警察莫名其妙地离开了剧场。掀开剧场门口的帘布时，又是一阵炫目的光芒。

（cut to）

所有人的目光都集中在导演身上，导演焦急地在舞台上踱来踱去。

导演：搞错了，一定是他们哪儿搞错了！哪儿错了呢……

底幕被遥控器操控着合了起来，投影也不知道被谁遥控着运转了起来，开始播放一段监控视频。剧场里的人都惊异地看着突然播放起来的视频，导演却慌张地搬着梯子想去关掉投影仪，可是投影仪太高，他无法阻止视频的播放。

46. 凌晨三点，内景，剧场舞台

监控视频是黑白的，声音和影像都非常清晰。

烂醉的投资人回到剧场，一个人在昏暗的剧院里跌跌撞撞地走着。剧场已经有些凌乱破败，过道中还堆着一些杂物。他几次险些摔倒，终于找到了观众席中的一个位置。

投资人：六排九号……七号……九号……九！

投资人心满意足地想坐下，衣角却被旁边的座位挂住，他扯了两下没扯动，踢了一脚旁边的座位，然后坐到了六排九号的位置。

投资人：就是这儿。我坐在这儿看了《麦克白》，十几年前！我现在都还记得，杀邓肯王的时候舞台上的灯光，明晃晃的……还有那个演麦克白

夫人的娘们，泼辣，够劲儿！

投资人站起来，哼着小曲儿往舞台上摇摇晃晃地走，肥胖的身躯从舞台底下艰难地爬了上去。

投资人：十几年啦！我当时紧紧地攥着票去找导演，请求他让我跟着他工作，哪怕是打杂我也愿意，我太喜欢这个地方了！但他连一句话都没跟我说，只是让他的助理把门关了！

投资人瘫在舞台上，竟然自顾自地流下了眼泪。

47. 清晨，内景，剧场舞台

导演够不着投影仪，开始拼命地撕扯幕布，可是好不容易扯开幕布，后面又是一面白墙，视频依旧在放映着。

众人默默地看着他的行为。

女演员本来带着期待看着视频，看到导演的举动，突然有不好的预感，变得不安起来，捂住眼睛开始尖叫。

女演员：是谁！是谁在放这些！

48. 凌晨三点，内景，剧场舞台

黑白的监控视频。

投资人：老子发达了，这儿就是我的了！什么艺术家，到了钱面前，都是狗屁！发了家，我就能买剧场，就能买艺术！当剧场的主人，当艺术的主人！

投资人艰难地爬起来，指着台下空无一人的观众席。

投资人：你们都给我等着，都给我好好看，不要小看任何一个年轻人的艺术梦想。所有受轻视的、被打压的年轻人，我要为他们缔造一个戏剧新星计划，所有人！所有人都有机会，在我的包装和操作下实现自己的艺术理想！我就是这个艺术王国的国王！

一声巨响，可以看到正开怀大笑的投资人被头顶上方的一块布景砸中，倒了下去。

49. 清晨，内景，剧场舞台

视频戛然而止。

导演也倒在了白墙面前。

编剧：那块砸下来的……是当初排《奥赛罗》投资人为节省成本买的那块劣质布景，砸伤过女演员。他竟然把这块废弃的东西捡起来用到这场戏来了……

女演员（尖叫）：不！

男演员：我都跟你说了，绝不可能是导演杀的……算了，当我什么都没说，我的面试是迟到了，不过也许还能去碰碰运气。你要跟我一起去剧组面试吗？不管怎么说，也得为自己的明天打算一下吧？

女演员：明天……还会有明天吗？再也不会有明天了！

女演员失魂落魄地穿着戏服走出了剧场。

男演员对着倒在地上趴着的导演"呸"了一声，追着女演员离开了。

导演依旧倒地不起，编剧默默地看着，保险员走过去把导演扶起来。

保险员：我……对不起，我刚才也把你当成杀人凶手了……现在我的工作任务失败了，哈，这些警察，怎么这次破案就这么快，这是我遇到过最快的一次，奇了怪了。这样也好，你早早地……洗清了嫌疑……这也算是，好事。

导演终于转过身来，呆滞地笑着，脸上还挂着泪痕。

导演：命运暴虐的毒箭……涂了致命毒药的阴谋的剑……原来在这里……

导演一遍又一遍地重复着"命运暴虐的毒箭"，蹒跚着离开了剧场。

50. 清晨，内景，剧场舞台

只有编剧和保险员还留在舞台上。

保险员拿出根烟点上，也递给编剧一根。编剧沉默着接过了烟，点燃了，却没有抽，只是默默看着它燃烧着。

保险员：我干这行这么多年了，头一次遇到这样的事。悲哀中又有些玄妙，哈，你怎么看呢？

编剧：您始终是看客，是观众，而我们才是真的动了感情也伤了心的。

保险员：自编自导了这一切的大编剧，也会像被耍得团团转的导演那样，入戏这么深吗？

保险员犀利的眼光直直盯向编剧，编剧本能地想辩解，但随即停住，与保险员对视着，几秒后竟控制不住地发出了一阵怪异的大笑。

编剧：没想到，最后识破这一出好戏的，竟然是最不懂剧作法的外行人！你确实是个敏锐的人，比起他们，我很欣赏你，也为之前攻击你的言语表示歉意。

保险员：识破你不需要懂什么剧作法，只要见惯人心险恶即可。话说回来，我还是很好奇，你是什么时候开始谋划这一切的？还是说，这场意外死亡也有你的策划？

编剧（得意扬扬地开始自白）：这我可不承认，他确实就是意外身亡。监控器，是我偷偷装的。

编剧指着剧场的一个位置，保险员随着他的手看去，发现那里有一个微型的监控器。

编剧：编剧是一种研究人的工作，我平时就用监控来了解身边的人我所看不到的那一面。昨天我的戏第一次上演，我本来是想着偷录这个戏的制作过程、上演情况和观众反应的，我早早地来准备，却看到投资人的尸体已经在那儿了！

51. 清晨，内景，剧场舞台

闪回。编剧的回忆，黑白色，旁白是编剧的讲述。

编剧大清早独自来到剧场想做准备，看见了舞台上投资人的尸体，吓得掉头要跑，却又突然顿住，找到了自己偷录的监控视频。

编剧（旁白）：我本想报警，却鬼使神差地先看了自己的偷录监控……

编剧在监控视频上，看到了投资人由于劣质道具掉落被砸的全过程，惊异之余，也露出解气的表情，甚至趁没人想踢投资人的尸体一脚，怕留下脚印，才停住了。

编剧（旁白）：我也确实很恨投资人，他乱改我的剧本，让我在导演面前更抬不起头来，他死得罪有应得！

编剧突然想到了什么，露出得意的笑容，连忙在本子上记录、编写着什么，表情越来越兴奋。

编剧（旁白）：可是电光火石之间，我突然想到，这出讨好导演和投资人的改编烂戏不演也罢！这样经典的素材，我为何不利用起来在舞台上创作一个真正的悲剧呢！

编剧戴着手套，将投资人的尸体拖到了坟墓布景的棺材里，又对现场进行了布置，抹去了痕迹。

编剧（旁白）：我把他搬到了坟墓里，然后装作什么都没发生似的静静等待着好戏开场……天知道这是一个怎样的过程啊！

52. 清晨，内景，剧场舞台

编剧讲述完整个过程，脸上已经是狂喜的表情，保险员无法理解地看着他，随即叹了一口气。

保险员：我自以为见过了那么多阴暗丑陋，自己也愈加黑白分明。导演的几番话却启发了我，白刀子进红刀子出的杀人是犯罪，可是掠夺、猥亵就不是犯罪吗？袖手旁观就不是犯罪吗？在整个罪恶链条里，我又是哪一环？

编剧：你能有这样的感悟，说明我创作的悲剧成功了！感谢你！他们都不赏识我，我太需要你这样的观众了！

编剧激动地跑到保险员面前握住他的手，保险员却顺势从编剧的袖子里抽出了一个微型的遥控器，他对着投影仪一按，投影仪关闭了。

保险员：这不是你创作的悲剧，自始至终，你只会玩这样的一些小把戏而已！导演是一个真正的悲剧英雄，我发自真心地钦佩他！而你，只是一个彻头彻尾的庸才！你仅仅是利用、陷害了在现实泥潭里苦苦挣扎的悲剧英雄，像一只悄悄躲在阴沟里的耗子，搞了一出无聊、低劣的恶作剧！

保险员将遥控器砸到了编剧脸上，愤然离去。

53. 清晨，外景，剧场门口

编剧摇摇晃晃地走出剧场，清晨的阳光并不是那么亮，但他突然有些恍惚地拿手护住眼睛，缓缓地回头望向剧场。

剧场的牌子被装修工人摘下，"轰隆"一声砸到了地上。

完

教师评语

从构思阶段到剧本成形阶段，郭梦叶先是迅速搭建出整体的故事框架，然后又能够紧跟教学进度、依据指导意见不断对剧本进行修改，不仅在人物定位和故事讲述方式、线索脉络等方面进行了多次调整，还逐渐提炼、完善了剧中各主要角色的行动线索，对于作品整体内容的呈现也有所深入和丰富。电影剧本《剧场谋杀之谜》的整体完成度较高，作者的构思点选得较为巧妙，对于全剧的谋篇布局思路清晰，以一个颇具戏剧性的"假戏真做、借戏杀人"的故事外壳，在讲述一个发生在剧院中的谋杀案来吸引观众一步步探究隐藏其后的真相的同时，创作的重点实际上在于探讨艺术的真谛、表现现实对人心的考验，并在对整体艺术生态问题的展现中，表达出作者个人的创作观念与深入的思考。

全剧的情节脉络清楚，故事段落的衔接和叙事表述清晰，颇具艺术质感。从表面看来，全剧的剧情主要是在表现谁杀害了投资人，但观众只要深入到作品内部稍作探究，就会发现在寻找真凶的表层故事之下，实际上剧本想要表达的是——剧院之所以逐渐破败、每个人都难辞其咎。为此，作者充分利用剧场舞台的假定性和戏中戏的戏剧结构，借助戏中戏、悬疑凶杀等较为吸引眼球的外在手段，借莎士比亚悲剧的一些设定，在特殊的剧场环境中、在剧院及至艺术由盛而衰的轨迹中，勾勒出具有荒诞意味的现代悲剧，从而引导观众通过作品中所表现的对于艺术与生活的不同认知与坚持等，直面现实中艺术家、艺术创作所面临的严峻考验。

不过，本片对于情节、场景等的设计还稍显紧凑和集中，不妨加以整合和分割，以便剧本有更多空间对于人物心理活动弧线、人物情感关系的进一步梳理、人物转变的节点和外在表现、必要的铺陈和发展段落等的体现更为充分，对于人物之间线索的交织、人物前史的展现方式及其行为模式、剧院生态的表现等，也可以再加以强化或是丰富。

电影剧本

微小战争 [1]

（戏创 2015 本科班　杨雅茜）

时　间：当代。

地　点：中国某城市。

人　物：

陈丽梅：六十七岁，外婆。陈丽梅从来就是一个要强的女人，年轻的时候被丈夫抛弃，她也不愿意向王嘉敏吐露半分真相，只是一味地把王嘉敏拉扯长大。这在一定程度上造成了陈丽梅对于王嘉敏的管教中存在着控制欲极强的特点。直到王嘉敏离家，不久后又把刚出生的潘瑶瑶送回来，陈丽梅的世界发生了巨变。她开始意识到，自己寄予了无限希望的女儿，好像也会随时地、毫不犹豫地离自己而去。陈丽梅开始与邻居老王走得很近，逐渐关注到了自我。然而随着女儿的回归，陈丽梅再次在陪伴女儿与决定度过最后晚年时光的老伴之间产生纠结，她不明白自己究竟属于哪个家庭，然而生活也不会给她一个标准答案。

王嘉敏：四十二岁，母亲。王嘉敏从小就一直生活在控制欲极强的陈丽梅的管教之下，所以她的青春时期是一个非常听话的女孩。甚至当陈丽梅要求她和自己深爱的男孩分手的时候，王嘉敏也照样去做了，可是这样的后果就是让王嘉敏报复性地嫁给了一个可以把她带去东城、远离母亲身边的男人。这样的婚姻当然是要走到尽头的。当王嘉敏从东城回归西城的时候，她感到了极大的落差，由此产生的空虚和寂寞使得她将所有的女性魅力寄托在唯一能够接触到的男性——年轻的小马身上，或许只有在这个时候她才能真正感觉到自己是一个女人。然而她的希望终究是要落空的，当她发现，自己一直以来都误以为坚强的母亲，实际上早就有了自己的依

---

[1]　该电影剧本获得中宣部电影局主办的 2019 年第十届"扶持青年优秀电影剧作计划"的奖励扶持。

靠，而小马也永远不会属于她的时候，王嘉敏再次陷入了彷徨和无助。

潘瑶瑶：十七岁，女儿。潘瑶瑶是漂亮而自傲的，她的内心柔软而敏感，她总认为自己不属于西城这个地方，进而等待着母亲能够带她离开这里，到城市的东边去。在潘瑶瑶破灭掉了内心对于母亲的幻想，近乎报复性地来到城市的东边之后，她却意识到了自己身上的稚嫩，以及与东边的格格不入。潘瑶瑶这才发现，当她失去了心中的那一份希冀之后，她开始变得不知道属于哪一边，也不知道自己是谁，更无法确定，阿豪爱的是自己的外表，还是爱着自己心中隐藏的那颗复杂多变、多愁善感、迷茫无助的内心。

老王：七十五岁，陈丽梅的丈夫。说是丈夫，实际上是有名无实的。老王从来没有和陈丽梅真正地生活在一起过，他们晚年的结合似乎与爱没有太大关系，只是出于习惯，以及希望在晚年的日子里，能够有个互相取暖的伴而已。所以老王是温柔的，对于陈丽梅的一切都非常宽容。或许在这个年纪，老王经历了无数的坎坷之后，他唯一希望的只是能够在身后住进一座双人坟墓里。

小马：二十八岁，煤气搬运工。小马和别的卖力气的人不太一样，他白白净净的，还总是戴着一副黑框眼镜，笑起来憨憨的，对于王嘉敏一些暧昧的撩拨显得非常迟钝。对小马来说，钱是极其重要的，可是由于他憨厚的外表，使得他并不显得那么势利。他相信凭借着自己踏踏实实的努力——实际上就是在搬运煤气之余，帮着周围的住户修理、搬扛一些什么东西，总之，只要是能挣到钱的事情，他都是任劳任怨的。因为攒到钱，就可以回老家娶青梅竹马为妻。若是还能攒得更多一点，他就能到东城贷款买套房子，安安稳稳地生活，做一个普通人，这就是小马的全部愿望。

阿豪：十九岁，小混混，潘瑶瑶的男朋友。阿豪从小学习不好，也没有人管教。小的时候，阿豪总是被学校里的孩子欺负，不喜欢上学，可是自从他发现跟着大哥混，就不再会被欺负之后，阿豪便义无反顾地跟着他了。阿豪忠心地喜欢着潘瑶瑶，虽然他也常常无法理解潘瑶瑶的内心世界，甚至听不懂潘瑶瑶在说些什么，可是正是因为如此，潘瑶瑶在阿豪的心中才有独一无二的美丽。

剧　本：

1. 日，外景，城市空镜

一条长长的河流贯穿着这座城市，将城市分成了东西两半。在城市的上空俯瞰，河流中间架起了一条跨河大桥，巨大且洁白无瑕。河流东边的建筑高大雄伟、错落有致，普遍采用银色、白色的外观，整体看上去充满现代时髦的气息；而在河流的西边，则是低矮的老旧城区，楼房普遍低矮分散，好像无时无刻不被一种昏黄的色调笼罩着。

2. 日，外景，跨河大桥

跨河大桥上，来往的人们行色匆匆。

王嘉敏骑着电动车从桥上经过，目不斜视地直视前方的路。王嘉敏骑车的时候，喜欢压着地上用油漆画过的白线，笔直地前往西边。

与王嘉敏擦肩而过的是一辆公交车，公交车的车体上画的是一家即将在东城开张的游乐园广告，车体广告的色彩饱和度很高，上面用醒目的字体写着巨大的标语：冒险家的乐园，敬请期待。

透过公交车的车窗可以看到，陈丽梅依偎在老王的肩膀上，宛若一个情窦初开的少女。

3. 日，外景，河边

桥下，一颗石头被扔进水中，泛起一圈又一圈的涟漪。

阿豪转过头，看着背后的潘瑶瑶。潘瑶瑶仰着头认真地数着眼前的高楼大厦。

阿豪一边走到潘瑶瑶的身边，一边开玩笑地说：每次来都数一遍，难不成那些楼还能一夜之间长出好几层来？

潘瑶瑶没有看阿豪，只是自顾自地看着面前的高楼，说：我今天要数的是柳沙大厦上的窗户。

潘瑶瑶转过头看阿豪，宣布：一共有 207 扇窗。

说完，潘瑶瑶又转过头去看大厦。

阿豪坐到潘瑶瑶的身边，顺着潘瑶瑶的目光看到对面的柳沙大厦。他的手慢慢移动，想要覆盖上潘瑶瑶的手，在即将要触碰到的时候，潘瑶瑶抽出手，指着大厦的一个窗户。

潘瑶瑶：你说，如果那扇窗户里有人，会不会看到我们？

阿豪：不会吧。

潘瑶瑶：那多没劲啊。

阿豪习以为常，摇摇头：瑶瑶，你又在说我听不懂的话了。

4. 夜，外景，小巷

一只黄色流浪狗在小巷中行走，巷子里路灯昏黄。流浪狗经过电线杆，抬起腿尿完尿，舒服地打了个战，然后跑远。镜头摇上，电线杆上贴满了低价招租和重金求子的小广告。

镜头向侧面摇上，旁边居民楼的三楼，有两个身影在窗边。

5. 夜，内景，窗边

陈丽梅和潘瑶瑶倚靠在窗边，潘瑶瑶借着光在给陈丽梅染头发。

陈丽梅叮嘱潘瑶瑶：瑶，你看着说明书上，知道吧！

潘瑶瑶在一旁挤出染发膏，挤完就放在一边，说：知道，你别啰唆。

陈丽梅又拿过染发膏继续挤，被潘瑶瑶拦住。

潘瑶瑶：说明书没让挤这么多的，外婆！

潘瑶瑶拿起说明书给陈丽梅看，说：你看，人家都是要1∶1混合的好不好，等下颜色不对，你又得说我。

陈丽梅按着染发膏的瓶子，使劲挤出最后一点，说：你不知道，我大老远跑到东边去买，贵得很呢，一滴都别浪费。

潘瑶瑶用梳子把染发膏涂抹到陈丽梅的头发上，打趣道：你噢，我就没见过别人家的外婆到现在还染头发的。是我妈要回来，又不是什么别人，不知道的还以为你要去见哪个帅老头呢！

陈丽梅右手绕后，轻轻掐了一下潘瑶瑶的屁股，潘瑶瑶疼得"嘶嘶"叫。

陈丽梅说：一把年纪怎么啦？你别瞧不起我们老年人。

镜头拉远。

只听见潘瑶瑶一边叫唤一边说：外婆你别动，你再动我给你染脸上了。

6. 夜，内景，家里

陈丽梅的脑袋上套着一顶浴帽，身上还罩着染发附赠的围兜。她在屋子里走来走去，经过家里的储物柜的时候可以看到，储物柜上放满了梳子、瓶子和一些其他的杂物。不少杂物上面还印着酒店的名字或者是厂家的名字，可以看出来，都是一些不怎么值钱的赠品。储物柜的下层还摆放着许多盒子，有装曲奇的铁盒、装鞋子的纸盒还有一些塑料袋。整个储物柜泛着老旧的黄色，东西异常的多，但是都被码得整整齐齐、满满当当。

7. 夜，内景，厨房

陈丽梅拿着沾满染发剂的梳子来到洗手池边上洗，双手搓着梳子的齿儿，摩擦发出清脆的响声。

潘瑶瑶跟着进来，看到陈丽梅手上的动作，想伸手去抢梳子，却被陈丽梅的手肘挡着。

潘瑶瑶：外婆，我们家的梳子已经够多了，咱们不差这一把，丢了吧。

陈丽梅：唉，你懂什么，以后都用得上的。

潘瑶瑶：我看你有这时间来洗梳子，还不如把这屋子都好好扫一下。不然等我妈回来了，肯定觉得这儿挤得慌。

陈丽梅：多一把梳子而已，挤不着她。

潘瑶瑶撇撇嘴，不说话。

忽然，陈丽梅好像想到了什么，问：还有多久？

潘瑶瑶：不是应该后天回来吗？

陈丽梅：我是问这浴帽我还得戴多久，闷死我了。

潘瑶瑶侧头看看外面墙上的时钟，时钟旁挂着的是一个年轻男人的遗像，以及一个简易的神台和香炉。遗像上的年轻男人，眉眼之间长得与王嘉敏有几分相似。

潘瑶瑶：差不多半小时以后你去洗掉就好。

陈丽梅：（心不在焉地）嗯。

潘瑶瑶放心地点点头，回身走向房间。

8. 夜，内景，潘瑶瑶的房间

潘瑶瑶面对衣柜坐在窗边，慢慢地拉开衣柜的门。潘瑶瑶站起身，取下一件黄色的连衣裙。她拿着连衣裙，对着衣柜附带的镜子比画着。

黄色的连衣裙很明艳，看上去应该是丝之类的顺滑材质，但是到了裙摆却出乎意料地坚挺有型，领口低低的，还有一些蕾丝边。

潘瑶瑶羞涩地看着镜中的自己，并没有穿上它，比画完之后，又心满意足地把黄色的连衣裙挂进衣柜里，然后关上了衣柜门。

9. 夜，内景，王嘉敏的房间里

一堆衣服被随意地卷了两卷，然后一股脑扔进了行李箱里。一双腿在行李厢前焦虑地踱步。随后，脚的主人停下脚步，她在箱子前蹲下。女人重重地叹出一口气，随后又拿着箱子站起来，将箱子里的衣物尽数倒在床上。

王嘉敏侧身坐在床边，将黑压压的衬衫、裤子等仔仔细细地叠好，整整齐齐地放进行李箱里。最后，一本深红色的离婚证被轻轻地丢在黑压压的衣服上面，显得格外显眼。王嘉敏看着离婚证短暂地发呆，最后毅然决然地合上了箱子。

片头音乐起

10. 日，外景，公交车上

王嘉敏坐在公交车的最后一排，风从窗户吹进来，吹起她额头的发丝，但是她却并不在意。

王嘉敏从包包中拿出一个看起来有些岁月的烟盒和一包烟丝。她抽出一张卷烟纸，平摊在膝盖上，然后将烟丝小心翼翼地倒出来。忽然，公交车一个颠簸，烟丝全都撒了，卷烟纸却还垫在膝盖上纹丝不动，只是上面的烟丝瞬间所剩无几了。王嘉敏看着膝盖上七零八落的烟丝和卷烟纸，有些晃神，随后她拿起卷烟纸，任卷烟纸上剩下的几根烟丝掉落。车窗进来的风将卷烟纸彻底刮出窗外。

王嘉敏跟随着卷烟纸飘走的方向，把头探出了公交车窗。

公交车逐渐往西城的方向开，王嘉敏趴在车窗上回望着卷烟纸在空中越飘越远。

最后，王嘉敏疲惫地将头靠在座椅背上，紧闭双眼。

公交车继续颠簸着，驶入西城。

出字幕:《微小战争》

11. 日,内景,教室

一把学生美术剪刀的刀刃顺着一块明黄色的布料,流利地划开,伴随着剪刀锋利的声音还有女同学李依伊的尖叫声。

潘瑶瑶站在讲台上,将已经被剪破的黄色连衣裙扔在李依伊的面前。

桌子后面的李依伊面带泪痕,愤怒地瞪着潘瑶瑶,被两个女同学搀扶着。潘瑶瑶并不在乎,走出教室。

透过窗户可以看到,走廊上的潘瑶瑶昂首挺胸。

教室里响起窃窃私语。

12. 日,外景,公交车站

王嘉敏搬着行李下车,一大箱行李对她来说似乎有些沉重。

此时,王嘉敏的手机响起,她停住脚步,掏出手机,手机屏幕上显示的,是一串没有备注的号码。

13. 日,内景,老师办公室内

老师侧着头看着站在身旁的潘瑶瑶,似乎在等待她给出一个答案。可是潘瑶瑶只是低着头,不说话。老师叹出一口气,将目光移回到自己的工作上。

此时,有人敲门,老师头也不抬,喊道:请进。

潘瑶瑶只是站着,低垂着眼睛,不为所动。

一个脑袋探头探脑地伸进来,小心翼翼地问:请问,是周老师的办公室吗?

潘瑶瑶惊讶地转头看门口,看到了王嘉敏的脸,王嘉敏对着潘瑶瑶点点头,然后有些笨拙地拉着行李箱走进老师办公室。

周老师:你就是潘瑶瑶的家长?

王嘉敏:是,我是瑶瑶的妈妈。

周老师:之前家长会都没有见过你,但是家长联络簿上确实是你这个号码……

王嘉敏:来的那位应该是外婆,平时她和外婆住。

周老师点点头。

周老师：手续都办好了吧？

王嘉敏：办好了……可是老师，真的不能再宽容一下吗？停课还要记大过，会不会……

周老师：学校有学校的规定，你们要庆幸对方同学没有追究。要是人家告到了派出所，留下案底，（瞥了一眼潘瑶瑶）就不是现在学校处分这么简单的事情了。

王嘉敏：是，是，老师说的是。

周老师：还是个女孩子，心思，得多用在学习上。

潘瑶瑶低头看着脚尖，身体有一点点前后晃动着。

王嘉敏：是，是。

14. 日，外景，街道

王嘉敏拖着箱子走在小路上，潘瑶瑶低着头跟在身后。王嘉敏走着走着，忽然停下来转过头看潘瑶瑶，似乎想要说些什么。

潘瑶瑶也停下来。

王嘉敏犹豫了一阵，又说不出什么。

潘瑶瑶眼神闪躲，最后没话找话，试探地：你…想要喝点什么吗？

15. 日，内景，凉茶甜品店

王嘉敏和潘瑶瑶来到小店，王嘉敏找了位置，潘瑶瑶径直来到柜台前。高高的柜台挡住了坐着的店员，店员背后悬挂在墙上的是一个巨大的菜单。

潘瑶瑶熟练地点着单：两份槐花粉，多放槐花，加糖。

潘瑶瑶坐到了王嘉敏的对面，看到王嘉敏正在环顾。

王嘉敏没有看潘瑶瑶，自顾自地说：要是没记错的话，这家店的年纪和我一样大了。

潘瑶瑶：是吗？

两人的对话陷入沉默，气氛有些尴尬。

许久，王嘉敏试探性地开口：你为什么要这么做？

潘瑶瑶耸耸肩：反正，就这样啦。

王嘉敏握住潘瑶瑶的手，哄她：瑶瑶，跟我说。

潘瑶瑶咬着嘴唇。

王嘉敏：你要知道，在这个世界上，你可以对任何人保守秘密，但是瑶瑶，你不要把妈妈排除在外。

潘瑶瑶怯怯地抬眼看她。

王嘉敏：瑶瑶，你想妈妈吗？

潘瑶瑶点点头。

王嘉敏：那你告诉妈妈，为什么要弄坏同学的连衣裙？

潘瑶瑶低垂着眼睛，店员端上甜品，熟练地将甜品摆放在桌上，隔开了母女两人的视线。

此时，潘瑶瑶张口说：她说，我那件和她一模一样的连衣裙，是因为……我被包养了。

店员离开，潘瑶瑶抬头直视王嘉敏。王嘉敏脸上依然还是温柔的笑，但是却稍显僵硬。王嘉敏没有说话，想伸手从旁边拿塑料勺子。

潘瑶瑶见状，抢先一步拿了一个勺子递给王嘉敏，说：你也觉得很可笑对不对，说什么我被包养的话，幼稚。

潘瑶瑶说出了秘密，似乎开始放松下来，喝起了槐花粉，边喝边说：我总觉得她们都没见过世面，好像别人有点什么就大惊小怪的……

王嘉敏打断潘瑶瑶：所以，你有没有被包养啊？

潘瑶瑶动作慢下来，诧异地说：什么？

王嘉敏脸上强行挤出一点笑容，说：妈妈的意思是，你有任何事情，嗯……都可以对妈妈说的。

潘瑶瑶：那条裙子不是你寄回来，送给我的礼物吗？

王嘉敏：（尴尬地）是吗？那个……瑶瑶，妈妈只是想说，你现在的年纪还不适合交男朋友。妈妈没有什么别的意思。

潘瑶瑶放下勺子，王嘉敏的手覆上潘瑶瑶的手。

王嘉敏：瑶瑶，你要记住，妈妈是世界上最爱你的人。

16. 日，内景，家

（闪回）

单车的铃声响起，一个女人的声音在叫着"敏敏"，此时的陈丽梅只有大约三十岁，而王嘉敏才十七岁。

纱窗被打开，王嘉敏从窗户探出头来。

一根用废弃的被单拼接而成的绳子吊着一个彩色的编织篮,从三楼的窗户一点点伸下来。

陈丽梅将午餐放在篮子里——一个画着梅花的带盖子和手柄的瓷饭碗,还有一根棒冰。

王嘉敏站在楼上拉着篮子,陈丽梅站在楼下,手遮着眼前的太阳光。

陈丽梅:今天赶紧把作业写完,不要跑出去玩,知道了没?

王嘉敏:知道了。

17. 傍晚,内景,家

同样的窗户前。

陈丽梅从窗户探头往下看,流浪狗在冲着窗户吠。陈丽梅熟练地从碗中往楼下丢下一块骨头。小狗吃得很欢快,不时还发出"啧啧"的声音。陈丽梅微笑着看着楼下的小狗,不自觉地哼出一个调子,像是摇篮曲,但却又不太成调子,却也算不上难听。

忽然,高压锅响起冒出蒸气的声音,陈丽梅瞥向墙上的时钟,时针指向 6:29。透过厨房开向客厅的门,看到陈丽梅关了火,将汤和骨头仔仔细细地舀进碗里。

18. 傍晚,内景,家

陈丽梅把碗端出来。碗边很烫,陈丽梅迅速放下碗,双手揉搓着身上的衣角。最后,陈丽梅左看右看,把桌上的饭菜摆来摆去,摆好之后又左右欣赏着,仿佛是一个杰作。

忽然,陈丽梅想起什么,又转身看墙上,然后又将目光转移到了旁边的遗像上。陈丽梅从餐桌旁搬过一把椅子,站上去,从神台上取出三根香,点燃,插上,然后双手合十,紧闭双眼。

陈丽梅嘴里念念有词:保佑我们一家顺顺利利,保佑女儿敏敏,保佑孙女瑶瑶……

此时,敲门声响起,陈丽梅停住,又看了一眼遗像,然后爬下椅子。

陈丽梅搬着椅子放回餐桌前,对着门口喊:来啦!

陈丽梅整整身上的衣服,走向门。

19. 夜,内景,家

王嘉敏拖着箱子进家门,环顾着家里的环境——这个家比起印象中好像又昏黄了不少。茶几底下、储物柜等，只要是能放东西的地方都被陈丽梅的东西塞得满满当当的，甚至还有的柜子会露出塑料袋的一角。

潘瑶瑶跟在王嘉敏的身后，陈丽梅看了看潘瑶瑶，看着她，几乎不可见地用下巴指了指王嘉敏，潘瑶瑶抿着嘴，耸耸肩。

陈丽梅：过来给你爸磕个头。

王嘉敏点点头，将行李箱靠边，随手放下包包，跪在了遗像前面，重重地磕了三个响头。

20．夜，内景，餐桌上

陈丽梅、王嘉敏、潘瑶瑶沉默地吃着饭，但是三人吃饭的样子确实一模一样，这是一种从小培养到大的习惯——夹菜，用碗接着菜，放在嘴边，然后扒一口进嘴里。即使是这样的动作一致，但是还是能看出祖孙三人细微的差别，陈丽梅因为年纪大了而稍微有些驼背，扒起饭来似乎也更费劲一些。而潘瑶瑶嚼得速度很快，常常会把嘴巴塞得鼓鼓的。只有王嘉敏不太一样，她的背永远笔直，椅子只坐前面三分之一的位置，认认真真地夹菜，然后就着饭吃，坐在陈丽梅和潘瑶瑶的身边显得有些格格不入。

忽然，王嘉敏和潘瑶瑶同时夹到了同一块牛肉，王嘉敏撤下筷子。

王嘉敏：你吃。

潘瑶瑶也撤下筷子：你先吃。

陈丽梅瞥眼看她俩，最后干脆地舀了一大勺牛肉放进潘瑶瑶的碗里。

陈丽梅：假客气。

三人经历一段小小的插曲，又重新陷入沉默。只有潘瑶瑶不时用余光偷瞄着王嘉敏，悄悄地学着她的坐姿，挺直腰杆，屁股挪到椅子三分之一的位置。

21．夜，内景，房间

潘瑶瑶坐在书桌前，面前摊开着物理练习册，但是眼神和心思却并不在书上，眼神的余光时常飘到背后的王嘉敏身上。

王嘉敏在潘瑶瑶的身后整理着自己的行李，潘瑶瑶早就把衣柜腾出一半给王嘉敏了，但是可以看见，属于潘瑶瑶的那一半明显是匆忙整理过后才挤出来的空间。王嘉敏将一件件衣服整齐地摆放进衣柜里，唯独只有离婚证被随意地放在床上。

潘瑶瑶看到离婚证，转过头：妈，为什么这离婚证也是红色的呢？

王嘉敏：难道离婚了，不是一件喜事吗？

潘瑶瑶：（天真地）你不爱……他？

王嘉敏：说不上爱，那个时候只有他能救我，所以我就跟他走了。

忽然，王嘉敏似乎想起，抬起头问潘瑶瑶：你应该还没见过他吧？

潘瑶瑶摇摇头。

王嘉敏：你不像别的孩子，你一点都不好奇吗？

潘瑶瑶：外婆说，不要对不爱自己的男人好奇。

王嘉敏笑着：你哪里懂什么叫爱。

潘瑶瑶：我懂，你对以前那个在街角开面包店的师傅，那种叫作爱。

王嘉敏：那也不叫作爱，那叫年少无知。（稍停一下）外婆都跟你说这些？

潘瑶瑶点点头：嗯，外婆说，当初她让你离开那个面包师傅是对的。

王嘉敏：她无论遇到什么事情，都会觉得自己是对的。

潘瑶瑶：可是这一次，她也说你做得对。

王嘉敏苦笑：那我总算对了一次了。

潘瑶瑶趴在椅子上，仰头看着王嘉敏，王嘉敏随意地穿着素色的紧身上衣，但领子很宽大，露出好看的锁骨。

潘瑶瑶：对了，我给你看个东西。

潘瑶瑶跳下椅子来到衣柜前，从衣服堆中扒出一个曲奇饼干的盒子，然后坐到王嘉敏的身边。

潘瑶瑶：这里面装着的都是我的宝贝。

王嘉敏拿起一个美少女的手表，对着潘瑶瑶说：这个，当时东边的孩子们人手一只这手表。

潘瑶瑶：对啊，当时我戴到学校去，大家都没有，她们说这是西城菜市买的冒牌货。

王嘉敏又拿出一个别在头上的小皇冠，小皇冠早就已经褪去了光泽，但是王嘉敏却也还是看得津津有味。

王嘉敏：我记得这个是你十岁，还是九岁……总之是你生日的时候寄回来的，对吗？

潘瑶瑶：好像是圣诞节？（停顿）不过无所谓，反正在这边也没有人流行过圣诞的。

王嘉敏顺手想要将皇冠戴到潘瑶瑶的头上，潘瑶瑶却躲开，拿过皇冠，在手上左右转动，看着那些已经失去光泽的假钻石。

潘瑶瑶：我记得元旦之后，我戴着它去上学，大家都在说。

王嘉敏：说很好看？

潘瑶瑶：她们说我以为自己是个公主。

潘瑶瑶做了个鬼脸，夸张地学着那些同学的话："以为自己是公主？"（吐舌头，尴尬地笑）好恶心。

王嘉敏：没关系，他们只是没有见过，所以才这样大惊小怪，你知道，这边的人……就是这样。

潘瑶瑶耸耸肩：（安慰地）我早就习惯了，（看向衣柜）对了，还有这条裙子。

王嘉敏看着潘瑶瑶的侧脸，下颌的线条柔美好看，已经稍微脱离了一点小女孩的稚气，但是身上还是充满了未经世事的天真。

王嘉敏：对不起，瑶瑶，我不知道这些礼物都会让你……这么……（在努力寻找词汇）不开心。

潘瑶瑶依然看着衣柜，说：不会啊，我都很喜欢这些。

王嘉敏：只是瑶瑶，你要记住，千万千万，（支吾着，仿佛有些难以启齿）不要和男生一起，做一些这个年纪不该做的事情，不要……幻想，你懂吗？

潘瑶瑶转头（诧异地）：那如果他对我很好呢？他说我们可以一起去东城。

王嘉敏转头看向衣柜里：当初你爸也是这么对我说的。

22. 日，内景，学校走廊

潘瑶瑶穿着校服走在走廊上，她看上去有些没睡好。

女同学们看到潘瑶瑶，纷纷拉过身边的同伴，三三两两地聚集在一起，开始交头接耳、议论纷纷。

23. 日，内景，教室

潘瑶瑶来到座位前面，看到桌上刚刚发下来的试卷，分数栏上写着32分，潘瑶瑶再看一眼姓名，自己的名字被人故意画掉，写上了阿豪的名字。

潘瑶瑶嗤笑一声，瞪着李依伊的脸，李依伊双手抱胸趾高气昂地也瞪着潘瑶瑶。潘瑶瑶一点一点把试卷抓成球，然后扔到了李依伊的脚下。

24. 日，外景，公园

陈丽梅和老王在公园里做着运动，两人一前一后地走着，走的同时，前后甩着双手做击掌的动作。

25. 日，外景，公园的一隅

老王和陈丽梅熟门熟路地拐进一条石子小路，穿过小路来到公园僻静的一隅，这里看上去什么都没有，隔着一条小小的人造河，对面是即将开放的游乐场。游乐场的整体还被建筑材料包围着，只有摩天轮露出了一半。

老王从树丛中拉开了一个纸板，里面藏了一窝小小的流浪猫。

陈丽梅撑着膝盖蹲下，嘴上碎碎念着：你们这些小玩意儿，啊，老太婆我都已经快七十岁了，还个个星期都来服侍你们。

老王：不然下辈子你们就当奶奶的小孩，都来孝敬她。

陈丽梅把混着剩饭菜和猫粮的猫食倒进塑料瓶改造成的简易饭盆：去去去，要报恩呢，也是当我爸妈养我，不然我这辈子一个孩子都没照顾得了，下辈子得照顾四个，（眼睛看着小猫们吃东西，伸出手对老王摆摆）算了算了，真是造孽。

老王笑着，扶陈丽梅站起来。

老王：嘉敏回来了吧？

陈丽梅：回了，昨天晚上到的家。

老王：还好吧？孩子刚离婚，你别老在她面前提什么以前的事，省得孩子心里难过。

陈丽梅：我可一句没说啊。

老王叹一口气：嘉敏这孩子我从小看着长大。她呀，表面上听你的话，心里叛逆得很。

陈丽梅：我知道，当年我让她和做面包的那小子分手，她二话没说就断干净了。可是后来呢，我知道他和瑶她爸在一起，就是为了去东城，离开我。

老王叹气，转身又用纸板盖住小猫的窝。

陈丽梅叹气：可是吧，她能报复我，也可以不爱那个男的，可是她不能连自己的孩子都不爱。瑶瑶这么大了，直到昨天她们才见了第二次面。

老王握着陈丽梅的手，安抚：现在都回来了，回来就好了。

老王拉着陈丽梅，两人一边说一边走着。

26. 日，外景，公园的长椅

老王和陈丽梅坐在公园的长椅上，旁边是一对年轻的小情侣亲密地依偎在一起。

老王：既然嘉敏已经回来了，你看……咱们俩的事情……

陈丽梅：过一阵子再看看吧。

老王：咱们证都已经领了，我和嘉敏也不是第一天认识，孩子长大了，都会理解的。

陈丽梅：我知道，可是孩子不才刚刚回来，心里都乱着呢。

老王：可是……哎，行吧。

陈丽梅：对了，这阵子晚上就少给我打电话吧，有什么事买菜的时候都可以说，不然敏敏都在家，听到了也不太好。

老王赌气般地不说话。

陈丽梅拍拍老王的大腿：老王头，王老头，喂……

老王：（嘟囔）也不知道说点好听的哄哄我。

陈丽梅笑：都一把年纪喽。

两人笑起来。

27. 日，内景，家

王嘉敏穿着黑色的紧身针织上衣和黑色的家居棉裤，跪在地上擦着地板。碎发垂下来，但王嘉敏并不在意，只是用力地跟地板上的污渍搏斗。可以看到，王嘉敏的周围已经摆放了很多看似已经整理过的箱子和袋子，看起来都是一些即将要被扔掉的垃圾。

28. 日，内景，浴室

王嘉敏在浴室里冲澡，浴室内水汽氤氲，只看得见王嘉敏在搓着头上的泡沫。忽然，王嘉敏关掉了水，然后又打开，又关掉。王嘉敏顶着头顶上的泡沫，从墙上取下浴巾围在身上，走出来检查煤气。煤气的指针指向零。

29. 日，内景，客厅

王嘉敏来到客厅，坐在沙发上，头上依然顶着白色的泡沫。她从座机底下抽出一沓名片开始翻找，找了好一会儿才翻到。她拿起座机的听筒，按照名片上面的电话拨着号码。名片上面写着：隆盛天然气有限公司，小马，配送员。

30. 日，内景，窗边

王嘉敏倚靠在窗边，头发上依然还是顶着白色的泡沫。王嘉敏把卷烟纸放在窗台上，平摊烟丝，轻轻将卷烟纸卷起来，包裹好烟丝，然后稍稍昂起头，伸出舌尖的一点点，舔了舔卷烟纸的边缘。忽然，王嘉敏的动作被远处一个扛着煤气的工人身影打断了。

小马看起来很年轻，但是非常强壮有力，穿着煤气公司的工作服，但是却不像那种寻常的打工仔看起来那么黝黑，整个人白白净净的，还戴着一副黑框眼镜。

小马抬起头，对上了王嘉敏的眼叫道：三楼，是你叫的煤气？

王嘉敏：你上来吧。

31. 日，内景，客厅

王嘉敏倚靠在门边，早就已经换上了刚刚穿的那身紧身的黑色针织上衣和家居裤。

小马利落地装好煤气，然后转过头对着王嘉敏说：九十七块。

王嘉敏不理会小马，径直走进浴室，打开花洒，然后从浴室探出头来对着小马说：还是打不着啊。

小马：你家没电，肯定打不着。

王嘉敏走出浴室，想要去看电表，边走边说：没看到说今天要停电的。

小马：小区没停电，是你家停电了。

王嘉敏停下脚步，转过头看小马，说：能修吗？

小马憨憨地说：要加钱。

王嘉敏：加多少？

小马：加上煤气的话，一百二十元。

王嘉敏走向小马，在路过小马身边的时候用手背拍了他一下，说：你怎么不上街去抢。

然后王嘉敏走进潘瑶瑶的房间里。

小马看着王嘉敏走进房间，有些蒙，然后垂下头，刚好看到了王嘉敏放在桌上的烟丝。

32. 日，内景，潘瑶瑶的房间里

房间里有些暗，王嘉敏有些夜盲，她摸索着来到衣柜前，伸出手在衣柜里翻找，但是撅着屁股以免让自己头发的泡沫碰到干净的衣服。

摸索中，王嘉敏找到了钱包，刚想要走出去，却踢到了床脚，她有些吃痛，发出"嘶嘶"的叫声。但还是一瘸一拐地走出去。

33. 日，内景，客厅

小马依然傻呆呆地站在客厅里，他想要把手伸向烟丝，但是一转头，透过门缝看到王嘉敏一瘸一拐地走出来，小马又胆怯地把手缩回去了。

王嘉敏走出来，正巧与小马四目相对。

小马：你……

王嘉敏：干吗？

小马：我是说，如果你有多两块零的话，我就找一张五块给你。

王嘉敏从钱包里抽出一张一百和一张二十的纸钞塞给小马。

王嘉敏：你还修不修了？

34. 日，内景，楼道里

小马爬高检查着电路，王嘉敏拿着一把椅子坐在门边，一边看着他一边拿药酒揉脚。王嘉敏跷着二郎腿，附身下去揉，不时抬头看看小马。

小马手上一边忙活着一边说：你们家是不是老停电来着？

王嘉敏：我不知道啊。

小马：我知道，我之前老来修。你们这电路太老了，电线撑不住，动不动就得坏。你们家里那个老的经常叫我来换。

王嘉敏：我妈这么抠的人，也舍得给你加钱啊？

小马：你比她还抠呢。

王嘉敏：喊。

过了一会儿，小马转头看了看王嘉敏，王嘉敏还在揉脚，他只看到了王嘉敏的头顶。

小马：以前从来没有见过你，面生得很。

王嘉敏：不经常回来。

小马：在东边上班？

王嘉敏：你怎么知道？

小马跳下来，来到王嘉敏身边。

小马：你那包生的烟丝不好搞吧？西边的人不喜欢这么些弯弯绕绕的，净爱抽那些个又浓又烈的烤烟，难抽得很。

王嘉敏从口袋中掏出烟盒，里面已经卷好了两三根烟。

王嘉敏：也没有多好，主要是这边买不到。

小马：（讨好的）三楼，我跟你商量个事儿呗。

王嘉敏瞟了小马一眼。

小马：姐，这次我给你免费，还有以后那些个什么搬搬扛扛的重活儿你都找我，我算你便宜，你下次回来给我带一包呗，让我也试试。

王嘉敏想了想，递了一根烟给小马，说：我不回去了。

说完，王嘉敏忽然有些出神。

35.日，外景，校门口

潘瑶瑶从校门口走出来远远地看到，阿豪站在校门口，身旁还跟随着几个小混混，他们一起在抽着烟。

潘瑶瑶的背后跟着李依伊，李依伊身边还站着两个伙伴，她们看着潘瑶瑶昂首挺胸的背影。

小混混们看到潘瑶瑶，哄笑着叫着潘瑶瑶"嫂子"，潘瑶瑶没有理会只是走近阿豪。小混混们纷纷和阿豪告别然后散开。

阿豪正准备灭掉手上的烟扔到地上，却被潘瑶瑶接过。潘瑶瑶转过身，看着李依伊，手拉上阿豪，对着李依伊吐了一口烟，然后拉着阿豪转身走了。

36. 日，外景，转角处

潘瑶瑶拉着阿豪跑过转角，嘴里憋着的烟一口气吐了好多出来。两人看着满天的烟，开始尽情大笑，笑到累了之后，两人都有些喘。

阿豪：喂，烟不是这么抽的好吗！

潘瑶瑶：我管他的呢，你有没有看到，李依伊的眼睛都快要掉下来了。

阿豪逐渐平静下来，看着潘瑶瑶依然拉着自己的手。

阿豪：这，是我们的第一次牵手吧？

潘瑶瑶赶紧甩开阿豪的手，说：有……吗？

阿豪：没有吗？

潘瑶瑶赶紧转身往前走。

阿豪：喂，你，不是说，我是你的……那个什么？

阿豪跑上去追上潘瑶瑶，再次牵起她的手。

潘瑶瑶忍住笑意，说：好啦好啦。

两人沉默地走了一阵，只有紧握的双手在感受着对方的温度，偶尔指节因为紧张且长久保持着同一个姿势而条件反射地颤动一下。

忽然，潘瑶瑶像是想到什么，停下脚步看着阿豪：嗯……那个什么，我是说，你已经是我的那个什么了，所以……你不可以和别人（举起两人牵着的手）……那个什么噢！不然，不然我就会……（表情扮作发狠）我就会那个什么了。

阿豪笑出来：你在说什么啊，我不会和别人，那个什么的。

潘瑶瑶嘴角上扬，不看阿豪，闷头往前走：最好是。

阿豪追上潘瑶瑶，说：你昨天被你妈接走之后还好吗？我在校门口等你半天才逮到你们班那个笨蛋，他说你被你妈妈接走了。

潘瑶瑶：对啊。

阿豪再次牵起潘瑶瑶的手，说：感觉怎么样？

潘瑶瑶：就那样啊，就好像一样东西从来没有过，突然有了的时候，反而又觉得有点怪怪的。

阿豪摇摇头：我听不懂。不过，你是不是可以马上就和她搬到东城去了？

潘瑶瑶脚步放慢，低着头，说：应该不去了吧。

阿豪：为什么？

潘瑶瑶：她是因为离婚才回家的。

阿豪思索着安慰的话：那也挺好的啊，这样我们就可以一直待在西边，一直在一起了。

潘瑶瑶低下头，一边走路一边看着自己和阿豪迈着左右相反的步子。

潘瑶瑶：是吗？可是我还是很想去那边看看啊。

阿豪：那我带你去。

两人渐渐走远，声音渐渐变小。

潘瑶瑶：不要。

阿豪：你不要我也带你去。

潘瑶瑶：我想坐飞机去。

阿豪：明明公交车就可以到。

潘瑶瑶：可是我还没有坐过飞机……

两人的声音随着背影消失在转角，慢慢地听不见了。

37. 傍晚，内景，楼道

陈丽梅爬上楼，不时要咳嗽两声楼道里的声控灯才会打开。楼道里的灯因为上了年纪，也并不能照亮多少地方，可是陈丽梅顺着昏暗的灯光看到了自己那些熟悉的宝贝像垃圾一样被摆在楼道里。

陈丽梅一边向上走，一边顺手拿起几个可以提起来的带走往三楼走去。

38. 傍晚，内景，家

陈丽梅推开门，看到王嘉敏正在抠着茶几上陈丽梅用旧日历粘起来的茶几桌面。

陈丽梅：敏敏，你在干吗？

王嘉敏：打扫卫生啊。

陈丽梅看着王嘉敏撕日历的动作，赶紧走过来想要制止她。

陈丽梅：干吗撕掉——

陈丽梅心疼地按住已经被王嘉敏抠起来的一角，又急急忙忙转身想找透明胶再粘上。

陈丽梅：好不容易才贴上的，你一撕下来茶几很快就得脏掉了。

王嘉敏：这些东西买回来就是用的啊，用到脏了旧了就说明它们的寿命到了，应该丢掉了。

陈丽梅转头看着自己被王嘉敏像垃圾一样丢掉的"宝贝"，气得团团打转。

陈丽梅：丢掉丢掉，什么东西你就只会丢掉。旧日历丢掉就没有东西拿来粘茶几了，还有这些铁盒子，等你真正想找点什么来装东西的时候，你就一样都没有。还有那些塑料袋，都是好好的，还可以拿来装垃圾，拿来丢掉，简直浪费。

王嘉敏：就算我们有一辈子都用不完的垃圾袋又能怎么样？（看着周遭有些凌乱的环境）我们的生活会变得好一点吗？这个家已经看起来够旧的了。

王嘉敏说着，从房间里拿出崭新的沙发套放在椅子上，就要掀开旧的沙发套。陈丽梅按住沙发套的一角不肯让步。

陈丽梅：这只是看起来有点旧，沙发套是你回来之前我刚刚洗干净换上的。洗多了不都是这样嘛。

王嘉敏不说话，只是发狠了一般，要掀起沙发套。

陈丽梅的力气拗不过王嘉敏，站起身，狠狠地拍了拍沙发的背部，气急败坏地说：你能不能不要这么自以为是？

王嘉敏：我自以为是？如果我真的自以为是，我当初就不会听你的话，嫁给一个我根本不爱的人！

陈丽梅：爱能当饭吃吗？

陈丽梅看着墙上挂着的丈夫的遗像，说着：从来没有人是真心相爱的。

王嘉敏顺着陈丽梅的视线看向父亲的遗像。

39. 夜，内景，家

陈丽梅踩着椅子爬上高高的神台，从香炉底下抽出一沓信，让站在一旁的王嘉敏拿着，自己又颤颤巍巍地爬下椅子。

王嘉敏翻看着信，惊讶地问：我爸还没死？（抬头看着陈丽梅）你不是说，他在我上小学之前就出车祸死掉了。

陈丽梅：一年前才走的。

王嘉敏举着信问陈丽梅：所以这些年，你们一直都在通信？

陈丽梅苦笑：每次都只会写"安好，勿念"附带几百一千块的生活费而已，这种信，我宁愿他不寄。

王嘉敏低着头，不知道该说些什么，许久，陈丽梅慢悠悠地开口。

陈丽梅：那个时候，我还在村子里，所有人都告诉我他已经死了，我也是真的这么以为的。直到几年以后，大家陆陆续续搬来这里我才知道，他早就去了东边，和别人结婚了，听说那个女的他爸是个公务员。那个时候大家的日子都难得很，东边才刚刚开始建起来，可能是后来他们抓住了什么机会，发了家。我也听说他在到处打听我们的消息，我以为让他知道，兴许他还会回来看看。（苦笑）可是直到他死了，也只有这么些封信寄回来过。

王嘉敏的手抚摸着信上的地址，说：这地方离我上班那里不远，要是早一点知道，说不定还能带你去看看他。

陈丽梅：看他干吗，他肯定老得都不成样子了，看到人我也不一定认得出来。

陈丽梅抬头看着墙上的遗照，遗照上的男人似乎也还是二十岁出头的年轻样子。

陈丽梅：还是记着他年轻时候的样子比较好。

王嘉敏看着陈丽梅也开始松弛的脸部，忽然笑着说：你这头发染得还挺好，现在看起来也还和我小时候长得差不多。

陈丽梅：老喽。这两年老得更快。

陈丽梅微笑着摇摇头，叹出一口气，站起身，走向房间。

陈丽梅背对着王嘉敏，说：敏敏，记住，那个时候你还太小了。

王嘉敏看着陈丽梅有些佝偻的背影，也垂下了眼眸。

40. 日，内景，家

（闪回）

依然是王嘉敏拉着绳子，将篮子提到了家中。陈丽梅站在楼下叮嘱，可是王嘉敏却迅速把篮子放在窗边的地上，然后弓着腰走向家门口。

自行车的铃铛声音越来越远，王嘉敏打开木门，那时的木门外还有一道铁纱网门，门外的阶梯上坐着的是一个与17岁的王嘉敏年纪差不多的男孩。

王嘉敏靠着鞋柜也坐在地上，两个人隔着一道半透明的铁纱网门相对而坐。

男孩：你妈妈走了吧？

王嘉敏：走了，我听着呢。

男孩那边响起一个"噗"的声音，随后一个已经拍扁的菠萝包从门缝下塞进来给了王嘉敏。

男孩：我刚刚从烤房里顺出来的，你快趁热吃。

王嘉敏轻车熟路地接过，打开来吃。

王嘉敏：你说，菠萝包为什么都是做成鼓鼓的啊？

男孩：它一烤出来不就是这样了吗？

王嘉敏：可是明明菠萝包要拍扁了才能同时吃到面包和脆皮不是吗？否则的话，咬一口脆皮就要往下掉，很难吃啊。

男孩笑：你觉得扁的菠萝包比较好吃？

王嘉敏：当然。

男孩：可能是因为你没吃过那种刚刚烤出来的，鼓鼓的菠萝包。我下次带你去店里吃，好吗？

王嘉敏忽然停住咬菠萝包的动作，许久才说：那就下一次吧。

41. 夜，外景，家楼下

家楼下的巷子有些昏暗，只有被路灯照耀的地方稍显明亮。不时从巷子深处传来狗吠的声音。

阿豪站在摩托车前，潘瑶瑶从摩托车上下来，取下头盔递给阿豪。

潘瑶瑶一边整理着自己的头发一边说：不过，我还是觉得她到了这个年纪，也还挺好看的。

阿豪：她哪里好看了？

潘瑶瑶：哪里都好看，我觉得，她就像，就像一个真正的女人。

阿豪笑：哪有当妈的不是个女人。

潘瑶瑶：你不懂。

阿豪耸耸肩：既然她这么好，那你爸为什么还要离婚？

潘瑶瑶耸耸肩：不知道，所以我外婆总说长得漂亮最没有用处。

潘瑶瑶靠在摩托车上，说着：不过这么想想，这下我们家里全都是女的了。

阿豪：对啊，会不会有点……

潘瑶瑶：有点什么？

阿豪：我不知道怎么说。

潘瑶瑶：我外婆会换电灯泡也会通厕所，电线烧断了就打电话给小区门口那个送煤气的人叫他来修。基本上我觉得男性角色在我家也不是很重要。

阿豪："男性角色"？你说话总是怪怪的，像电影里的人。

潘瑶瑶：电影里的人就不是人了吗？

阿豪涨红了脸想要反驳，但却说不出一句反驳的话。

许久，阿豪才说：我说不过你。

潘瑶瑶直勾勾地盯着阿豪：说不过我还喜欢我呀？

阿豪：喜欢！

潘瑶瑶有些得意地翘起头，问：为什么？

阿豪：你好看，声音又好听，能听你说话，我就很开心了。

潘瑶瑶：我哪里好看啊？

阿豪：你……

此时，三楼窗户的灯亮了。

潘瑶瑶：嘘！

阿豪看着窗户的亮灯，用气音说：明天见。

潘瑶瑶用气音回应道：明天见。

潘瑶瑶转身走，嘴角隐含着笑。

42. *夜，内景，家*

潘瑶瑶推开门的时候，王嘉敏穿着全黑的真丝睡裙坐在沙发上，双脚悠闲地搭在茶几上，茶几上的旧日历已经被撕了下来。王嘉敏的脸上敷了面膜，一动不动。

潘瑶瑶看了一眼王嘉敏，低着头想往房间走。

此时王嘉敏却保持着面部纹丝不动，只是用喉咙问道：你回来啦？

潘瑶瑶点点头：嗯。

王嘉敏坐直，脸上的面膜掉到了地上。王嘉敏弯腰去捡，露出白花花的胸脯，潘瑶瑶看着王嘉敏的动作，眼神离不开她，机械一般地回答着王嘉敏的话。

　　王嘉敏：去哪儿了这么晚？

　　潘瑶瑶：去同学家写作业了。

　　王嘉敏：都写完了吗？

　　潘瑶瑶：写完了。

　　王嘉敏：男同学女同学？

　　王嘉敏捡面膜的动作完成得行云流水，就在这个时候王嘉敏抬头看着潘瑶瑶的眼睛。

　　潘瑶瑶：女的。

43. 夜，内景，潘瑶瑶的房间里

　　夜晚，床头插着小夜灯，王嘉敏和潘瑶瑶相背而睡。

　　潘瑶瑶睁着眼睛，看着眼前的小夜灯，毫无睡意。她抬眼看到窗外，窗外是星星点点的灯，潘瑶瑶回忆起阿豪的话。

　　阿豪（O.S.）：你既好看，声音又好听，能听你说话，我就已经很开心了。

　　潘瑶瑶嘴角上扬，她悄悄侧了侧头，余光瞥到身后熟睡的王嘉敏。潘瑶瑶大胆地翻了身，看着王嘉敏的背部。

　　王嘉敏穿着吊带真丝的黑色睡裙，身上盖着薄薄的被子。在昏黄的小夜灯的光线下，王嘉敏的身体线条起伏优美，从散落在肩膀的头发，到手部的线条，到隐隐约约凸出去的胸部，到臀部，无一不在显示王嘉敏是一个丰满而成熟的女人。

　　潘瑶瑶咬着嘴唇，转了个身，平躺在床上。忽然，她掀开自己的被子，低头看着被子中，自己胸前还是一片软塌塌的平原。

　　此时，王嘉敏翻了一个身，也平躺着。潘瑶瑶又侧过头去看王嘉敏。王嘉敏的嘴角好像被一缕头发粘住了，潘瑶瑶正想伸出手去帮她把头发拨开的时候，王嘉敏却轻轻地打出一个呼噜。

　　潘瑶瑶慢慢缩回自己的手，然后整个人迅速地缩进被子里。最后，她又慢慢把手伸出来，一把关掉了小夜灯。房间顿时进入了黑暗。

44. 夜，内景，陈丽梅的房间

　　陈丽梅戴着老花镜，手上拿着一沓宠物医院的广告，手臂伸得老远，在认认真真地看着广告。

45.日，外景，小区里

老旧的小区里通常是热闹非凡、吵吵嚷嚷的，有支起棚子推销牛奶的，有推销小家电的，还有卖水果的。

一些老人家聚在树下打牌或者下棋，不远处则是他们的老伴儿在另一处树荫底下圈出一份领地，悠闲地随意交谈，他们的孙子孙女就在不远处的空地上玩耍打闹。

老太太甲：最近这个拆迁的事儿怎么又传起来了。

老太太乙：这消息我都听了两三年了，拆不了。

老太太丙：随便他们爱拆不拆，我三个儿子在东边都有房。

老太太乙皱着眉，连忙摆手：不好，跟他们年轻的住，至少得折寿个三五年。

另两位老太太看着老太太乙话里有话、挤眉弄眼的表情，纷纷笑起来。

陈丽梅从三位老太太的面前匆匆走过。

老太太丙：丽梅，出去啊？

陈丽梅礼貌地对着三位老太太点头示意，指指大门的方向。

老太太甲：丽梅比咱们都大上个几岁，没想到看起来还比咱们有力气多了，果然到老了还——

三位老太太又纷纷掩嘴笑。

老太太乙：那可不嘛，人家到老了还跟老王开出朵花儿呢，（意有所指地指着不远处一位下着棋的老大爷）不然，你跟你家老赵也开来试试看。

老太太们被这样的话羞得不行，互相调笑起来。

46.日，外景，公交车站

陈丽梅匆匆忙忙赶到公交车站，老王已经背着手站在那里等候多时了。

远远地看过去，陈丽梅似乎在说抱歉，老王摆摆手。正巧公交车到站，两人站在车前等着开门。随后，老王搀扶着陈丽梅，陈丽梅迈上公交车的台阶。

公交车驶远，车体背后换成了房地产的广告。

47.日，内景，公交车上

陈丽梅和老王并坐在公交车上，两人正在看一个男人的照片，男人看上去四十多岁，并不算太年轻，只能说得上相貌平平但五官端正。

老王：这男的，我们一般都叫他呆子，人不傻，就是反应有点慢。是以前我战友的儿子，现在在做出租车司机，每个月也都能存下那么一两千块钱，手上有存款，房子也有，嘉敏和他过，不会受委屈的。

陈丽梅：不行不行，他还有个儿子要养，比瑶瑶小五岁呢，正是难管的时候，让我们家敏敏去给人当后妈，不行。

老王叹气：哎，这把年纪的，不当后妈很难的。

陈丽梅：敏敏条件好，虽然已经四十二了，但还是跟那些三十岁出头的看上去差不多，何必找个呆子。哎，再看看别的吧。

老王：得嘞，有你一句话，我回头再去找找看。

陈丽梅点点头。

老王：不过，我还是觉得，都到了这年纪，四十岁好几，也不小了，能嫁就赶紧嫁了得了，不然过了两年，年纪再大些，又赶上拆迁，以后怕是更难的。

陈丽梅：知道。

陈丽梅扭头看窗外，老王正想把照片收起来，陈丽梅却转过头，又拿过呆子的照片，多看了两眼。

48. 日，外景，公园

老王和陈丽梅正在健身区域做着运动，两人站在一架健身器械上，不断左右迈开双腿交替着，看上去悠然自得。

陈丽梅：我最近看了几家医院，咱们找个时间，把那窝小猫崽都带去做绝育吧。

老王：它们才多大，都不到五个月。

陈丽梅：我都问好了，6~8个月的时候做最好。

老王停下来，来到陈丽梅的面前，看着陈丽梅说：唉，流浪猫而已，各有各的命。

陈丽梅：再怎么流浪好歹也是一条命，一只流浪猫生四个，四个生十六个，永远都有流浪猫。更怕这种就留下一窝猫崽的，都不知道那只母猫现在是活的还是死的。亏得上次我们路过听到那些有气没力的叫唤，不然这窝猫崽子也是活不成的，造孽啊。

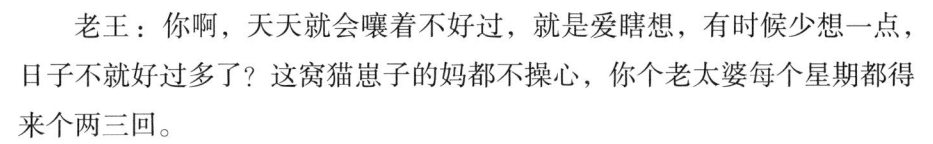

老王：你啊，天天就会嚷着不好过，就是爱瞎想，有时候少想一点，日子不就好过多了？这窝猫崽子的妈都不操心，你个老太婆每个星期都得来个两三回。

陈丽梅：我倒是希望猫崽子的妈现在能在别些个地方过得好点，孩子有什么好的，反正到了老，还不都是一个人。

老王握着陈丽梅的手，说：不还有我呢吗？

陈丽梅顺势走下健身器械，慢悠悠地往不远处的树荫走，说：我知道。

老王：可现在不像话，领了证跟没领也没什么两样。依我看，这种事情还是早点跟嘉敏还有瑶瑶说清楚比较好。

陈丽梅：不行，现在还不行。

老王无奈地摇摇头，叹出一口气，说：丽梅，我今年就要七十五岁了。

陈丽梅停下脚步，转过头看老王。她想靠近老王，老王却背过身，陈丽梅看到他的背影，感觉老王的背更驼了，他的手掌反过来，轻轻划过脸。

49. 日，内景，家

王嘉敏穿着黑色的中袖上衣，依然包裹出她的好身材，但此时却像一个强迫症一样趴在灶台上，用钢丝球狠狠地擦拭着灶台。随着水流一冲，黄黑色的陈年污垢被冲刷下来。

有人敲门，王嘉敏随意将钢丝球放在一边，用水龙头冲洗了手，走向门，还一边说着：来啦。

王嘉敏打开门，来人是小马，穿着煤气公司的工作服，肩上扛着一袋米。

王嘉敏先行转身想要进厨房，边走边说：进来吧，帮我扛进厨房里。钱在桌上，自己去拿。

小马：米买了八十块，跑腿再加十块。

王嘉敏：（嘟囔）上街抢不更快点。

小马憨憨地笑起来，说：抢犯法的，还是卖力气比较适合我，挣的钱也踏实。

王嘉敏听着，笑，转过身，屁股靠在厨房的操作台上。

王嘉敏直勾勾地看着小马：你这人怎么满脑子都是挣钱挣钱，挣这么多，打算回家娶老婆啊？

小马有些不好意思地抓抓后脑勺：有个青梅竹马，在老家。

王嘉敏挑眉，轻轻点头，从口袋里摸出烟盒，也分给小马一根：那就趁没回老家之前多抽两根吧，不然回到家让女人管着，你连喘气儿的机会都不一定有呢。

　　小马接过，还是憨憨地笑，一边笑一边摸出打火机想要点烟：娶了老婆，不喘气儿我也开心。

　　王嘉敏用手拍他脑袋，小马看着她有些蒙，过了一会儿，王嘉敏说：去，窗户边儿抽去，在家里抽味道大，老的小的都受不了。

　　小马走到窗边点烟，王嘉敏却把烟收回烟盒，不打算抽了，只是拿出卷烟纸一边卷着烟，一边跟小马说话。

　　小马抽了口烟，胆子也变得大了一些，问道：三楼，我啥事儿都跟你说，你也说说呗，你怎么就突然回这儿了？

　　王嘉敏：离婚了呗，没地方去。

　　小马：你啊？

　　王嘉敏：啊，怎么啦？

　　小马：也有男的舍得跟你离啊？

　　王嘉敏笑，顺势用舌尖舔了舔卷烟纸的边：怎么就不能跟我离？

　　小马看着王嘉敏，有些呆：要是我，我舍不得的。

　　王嘉敏笑得更欢快：男人都一样，任你再好看，结婚之后都还是有更年轻更好看的。

　　小马还想说些什么，但是好像烟卡在了他的嘴里，他憋了半天才说：反正我不会。

　　王嘉敏耸耸肩，把刚刚包好的烟塞进烟盒里，小马看着她行云流水的动作，目不转睛。

　　小马：对了，你知道吗，听说这一片马上就要拆了。

　　王嘉敏：（漫不经心地）拆什么？

　　小马：拆房子啊。

　　王嘉敏有些不可置信，说：怎么可能？我们都还住着呢。

　　小马：居委会说是会分配安置房，但也都是这么说着，谁知道呢，不过不给房子也行，多给点拆迁费，我回老家一样能住。我打算这边拆了就去东边找找工作看看……

王嘉敏打断：不可能。

小马：怎么不可能，这消息都传了好几年了，居委会可能打算这阵子就开始动员了，我这可都是小道消息，靠谱的。

王嘉敏摇摇头：应该不太可能，不会的。

50. 日，外景，跨河大桥边上

透过阿豪的镜头，我们能够看到今天的潘瑶瑶换下了平时常穿的校服或是连帽衫和牛仔裤，今天的潘瑶瑶穿上了一条及膝的半身裙。潘瑶瑶笑着躲避着镜头。

潘瑶瑶：干吗啦，不要拍。

阿豪追着潘瑶瑶。

阿豪：你看我一眼嘛，求你。

潘瑶瑶一边笑一边躲：你上哪里弄来的这相机啊？

阿豪：大哥叫我帮他保管一阵子。

潘瑶瑶用手挡着镜头：你不要拍我啊，留在别人的相机不好的。

阿豪：没关系啊，瑶瑶，瑶瑶你看着我。

潘瑶瑶稍稍移动手，看了看镜头，又大笑出来。

阿豪：（一本正经）潘瑶瑶，请问……嗯……你最喜欢的人是谁？

潘瑶瑶笑。

阿豪：是不是我？

潘瑶瑶：是是是。

阿豪：那最讨厌的呢？

潘瑶瑶：我最讨厌李依伊。

潘瑶瑶对着镜头夸张地笑，说：她很烦啊，就只会说我被男的包养，烦死了。

阿豪思考着，继续在镜头后面提问：嗯……那……今天天气怎么样？

潘瑶瑶开始放松下来，闭着眼睛行走着，说：今天有点凉凉的，风刮过我的腿，我也觉得腿有点凉凉的。啊，早知道我今天就穿裤子好了。

阿豪：是河边比较冷。

潘瑶瑶依然闭着眼睛，摸索着坐下：是吗？

潘瑶瑶不说话了，好像睡着了一般，阿豪轻轻问：你在想什么呢？

潘瑶瑶：我妈。我觉得……她好性感。

忽然潘瑶瑶睁开眼睛，看着镜头，认真地说：她真的很性感。

阿豪在镜头后面痴痴地说，阿豪：你也很……性感。

两人透过镜头对视，笑起来。忽然，潘瑶瑶躺下来，阿豪从上往下拍她的脸，潘瑶瑶直勾勾地盯着镜头：我哪里性感？

阿豪：哪里……哪里都性感。

潘瑶瑶：你具体一点呀。

阿豪：就每个地方都……

潘瑶瑶：每个地方是哪个地方啊？

相机倒在一旁凌乱的杂草上，我们只能看见相机拍出来的，模糊的杂草丛生的画面。

阿豪：每个地方就是全身上下……

两人的声音渐渐变小，因为矜持和紧张而产生的呼吸的声音却渐渐大起来，最后，潘瑶瑶用气音问阿豪：我们去东边看看，好不好？

51. 夜，内景，家

祖孙三人坐在餐桌前吃着晚饭，三菜一汤的简单晚餐。三个人依然保持着沉默，和同样的节奏——夹菜，用碗接着菜，放在嘴边，然后扒一口进嘴里。只是这一次明显能看到，潘瑶瑶的姿态越来越像王嘉敏了，腰杆直挺挺的，只坐在椅子的前三分之一。

陈丽梅放下碗筷，似是已经吃饱了的样子，她问王嘉敏：敏敏，回家也有段时间了吧？有没有出去走走看看？咱们这虽然老店关了不少，但新店也开了很多。

王嘉敏：不了，在东边转了这么久，好不容易回到家，我想好好休息。

陈丽梅：出去散个步，又不是叫你出去干活，有空的时候到小区楼下跟旧时的街坊邻居打个招呼也好啊。连家门口都没有走出去过一步，再这样下去，人迟早要坏掉的。

王嘉敏：知道了，过两天再说吧。

陈丽梅忽然想到什么，推开椅子，撑着膝盖站起来，她回到房间拿出呆子的照片，有些讨好状地递给王嘉敏。

王嘉敏：这谁？

陈丽梅：你王伯伯战友的儿子？

王嘉敏看着陈丽梅，一下子就明白了她想要做什么。

王嘉敏：我不相亲。

潘瑶瑶接过照片，看着照片上的男人，说：我知道他，他不是后面那栋楼开出租车的那个呆子吗？

陈丽梅：只是反应有点慢，人不傻的。

王嘉敏冷笑：妈，你放心，以后我就算孤独终老，找个山洞自己待着，也不会拖累你和瑶瑶的。

陈丽梅：我用得着你拖累，我死得比你还早。（苦口婆心地）只是叫你交个朋友，没有说以后就必须和他过。再说了，如果你出去认识到了什么你看得对眼的，人也踏实的，妈肯定是同意的，老了，有时候就是需要个伴儿。

王嘉敏看看潘瑶瑶，潘瑶瑶也看着王嘉敏，潘瑶瑶低下头扒饭，眼观口，口观心。

王嘉敏：妈，你能别在孩子面前说吗？

潘瑶瑶：没事啊。

王嘉敏瞪了一眼潘瑶瑶，潘瑶瑶闭嘴吃饭。

陈丽梅：瑶瑶也大了，她能理解。再说了，咱们一家三口，也有她一份儿，家里的大事小事，咱们都应该心里有个数。

王嘉敏叹出一口气，说：我听说，这一带可能会被拆掉？

陈丽梅：传了多少年了，现在都没拆，不可能的。

潘瑶瑶：可是我听说，连安置房都已经有了，就在东边。

陈丽梅：谁说的？

潘瑶瑶：我同学啊。

王嘉敏：男同学女同学？

潘瑶瑶撇撇嘴：女的。

陈丽梅：搬到东边其实也是不错的，那边生活条件比咱们这边好。

潘瑶瑶：真的吗？

王嘉敏：没什么好的，要想好好生活，还是西边舒服。

陈丽梅摆摆手：总之是福不是祸，是祸躲不过。

52. 夜，内景，窗边

王嘉敏一个人躲在窗边偷偷抽烟，从王嘉敏的角度透过厨房的门看着客厅里正在闲聊着，似乎很开心的祖孙俩，王嘉敏又转过头，吐出一口烟圈。

王嘉敏仔仔细细地抚摸过这老旧的窗台，上面的灰尘已经被她擦拭干净，但是随着王嘉敏的手轻轻地抚摸过去，白色的墙皮又掉落了几片。王嘉敏把掉落的墙皮抓在手心里，用大拇指和食指、中指揉搓，直到王嘉敏再次张开手掌心的时候，墙皮已经变成了更细微的粉末。

王嘉敏叹出一口气，将手伸出阳台，把粉末弹走了。

53. 夜，内景，陈丽梅的房间

陈丽梅推开房间门，径直来到抽屉前。她拉开抽屉，里面的杂物依然很多，但是都被码得整整齐齐，其中不乏老旧的手表、即将褪色的一寸老证件照等。陈丽梅从抽屉的最深处拿出一个小铁盒，铁盒里装着许多钥匙，陈丽梅拿出其中一串，来到衣柜前。陈丽梅拉开衣柜，又从衣柜里拿出另一个铁盒，这一个铁盒的外面还带着一把小小的锁头。

陈丽梅用钥匙打开锁头，可以看到在最上方，放的是一本崭新的结婚证。陈丽梅拿出结婚证，随意地放在桌子上，下面还垫着一张纸，拿出来一打开，又是一张结婚证，上面写着发证日是1972年，结婚人是王建国和陈丽梅。

陈丽梅抚摸着王建国的名字，叹出一口气，忽然陈丽梅听到了潘瑶瑶的尖叫声，她把两份结婚证压在盒子底下，就放在桌上，跑出去。

54. 夜，内景，客厅

潘瑶瑶尖叫着跑出浴室，身上围着浴巾，头顶上戴着浴帽。陈丽梅跑到大厅的时候，王嘉敏已经穿着黑色的真丝睡裙站在客厅里了。

潘瑶瑶：浴室堵住了！

55. 夜，内景，浴室

三个女人一脚深一脚浅地踩进浴室里，浴室很小，水已经没过了脚踝。
潘瑶瑶：我洗到一半才发现，水根本流不出去。
王嘉敏走进浴室最里面的地方，但实际上三个人在浴室里非常拥挤。
王嘉敏：只是水漏堵住了，别那么大惊小怪的。

陈丽梅凑上去看到，水漏上面漂浮着许多头发丝，死死地堵住水流的出口，还有一些漂在水上，浮动着。

陈丽梅恨铁不成钢地拍拍王嘉敏的肩膀，蹲下说，认真地看着水漏上面的头发：就你回来之后，这头发掉的，你看吧，终于堵住了吧。

王嘉敏蹲在陈丽梅的身边，也认真看着水漏上面的头发：你怎么就知道是我的了？怎么不是你的？不是瑶瑶的？

潘瑶瑶也蹲下来：这头发这么长，我短头发，肯定不是我的啊。

陈丽梅：那更加不可能是我的了，我是棕色的头发，再不济也是白的。

王嘉敏：就这灯的颜色，棕色的也得看成是黑色。反正不是我的。

陈丽梅：我和瑶瑶住在这里这么久都没事，要我说，肯定就是你的。

王嘉敏：你别什么都怪在我头上好不好，你自己在外面堆这么多垃圾，要是这房子哪天塌了，你该不会也要怪我带了个行李箱回来吧？

潘瑶瑶：外婆，说真的，你该好好整理一下你的那些盒子和塑料袋了。

陈丽梅：我都已经搬到房间里了，还要我怎么样啊。当初我东拼西凑才借钱买到这房子，我还不能放点东西啦？

王嘉敏：不是说不能放，那些垃圾你要来干吗……

祖孙三人一边争吵着，忽然，头顶上巨大的莲蓬头花洒将水喷泻出来，三个被淋成落汤鸡的女人一瞬间噤了声。许久，才爆发出尖叫。

56. 夜，内景，家

三个女人裹着厚厚的毛巾，头发都是湿漉漉的，齐刷刷地坐在客厅里。

王嘉敏倒进沙发深处：我真的是受够这里了。

陈丽梅：(疲惫地) 这房子只是太老了，你有多大，这房子就有多大了。

王嘉敏坐直起来，仿佛坚定信心：我不管，我会去找房子的。

潘瑶瑶侧身靠近王嘉敏：妈，我听说东边现在有很多廉租房，都很便宜的。

王嘉敏：东边不好，物价贵，生活节奏也快。咱们就在西边找。

潘瑶瑶：(嘟囔) 反正最好是找个三室的，你要开着小夜灯，我总睡不好。

陈丽梅皱起眉：你这当妈的怎么回事？

王嘉敏：你也从来没告诉过我啊。

潘瑶瑶耸耸肩：不过我觉得我们可以再等等，如果抽签抽到东边的安置房，再加上补贴，我们用不着出多少钱的。

王嘉敏：你又听谁说的？

潘瑶瑶：同学啊。

王嘉敏：男同学女同学？

潘瑶瑶泄下气来，扁扁嘴：女的。

陈丽梅：你别对她整天像审问犯人一样行不行？

王嘉敏：你以前不也一样么问我？

陈丽梅：以前是以前，现在我老了，我只希望咱们都安安稳稳的，少些折腾。

三个女人仿佛又要展开无休止的争吵，她们这一系列的争论似乎是越来越激烈，但是声音却渐渐远去，从这栋楼的外面看来，三楼的灯，今夜格外明亮。

57. 清晨，外景，小区

天刚蒙蒙亮的时候，小区里的电线杆上，正式的拆迁通知覆盖在了小广告之上。

58. 日，内景，家

王嘉敏把脚搭在茶几上，一页一页地认真翻看着租房中介的广告。忽然，家里又停电了。王嘉敏已经开始变得习以为常，慢腾腾地挪到了座机的旁边，熟练地拨通小马的电话。

59. 日，内景，甜品凉茶店

阿豪和潘瑶瑶并排坐在小店内，潘瑶瑶喝着烧仙草奶茶，阿豪看着她，抚上了她的手。潘瑶瑶看了一眼阿豪。

阿豪：瑶瑶，我大哥说，他想见见你。

潘瑶瑶皱眉：你大哥？他怎么知道我？

阿豪：大家都知道我交了女朋友啊。那天大哥看到相机里的照片，他说你很漂亮。

潘瑶瑶把自己的手从阿豪的掌心中抽出来。

潘瑶瑶：我不是说了，不要把我的照片留在那里面。

阿豪：没有，只不过那天大哥着急要相机，我还没来得及洗出来，大哥就拿回去了。

潘瑶瑶：（赌气地）我不喜欢你大哥。

阿豪：你又没见过他。

潘瑶瑶：大家都在说，你大哥只会欺负学生，收保护费，他们说……这是抢劫。（苦口婆心地）如果你也和他们一样，我，我就要……和你那个什么了。

阿豪：不会，瑶瑶，你要相信我。大哥从来不叫我干这个。

潘瑶瑶：那他怎么愿意带着你？

阿豪：他只需要我帮他跑跑腿而已。瑶瑶，你要相信我。

潘瑶瑶把头扭过一边，并不说话。阿豪也无奈地叹出一口气。

60. 日，外景，小巷

阿豪推着车跟在潘瑶瑶的后面，潘瑶瑶在前面低着头走。

61. 日，内景，家

王嘉敏倚靠在门边看着小马在修电路，天气已经渐渐开始热了起来，小马的额头冒出细密的汗珠。

王嘉敏直勾勾地看着小马：几天不见，怎么感觉你又变壮了一点。

小马：这几天公司加菜，吃得好。

王嘉敏笑：能吃你就多吃点，说不定还能再长长身体，你看你这个子，没比我高多少，还跟个小孩儿似的。

小马：我哪儿小了。

王嘉敏意味深长地笑：你说呢？

小马似乎意识到什么，害羞地不说话，王嘉敏看着小马，风情万种。

小马忽然想到什么，扯开话题：对了，三楼。

王嘉敏：嗯？

小马：这几天你看看你还需要点什么，随时叫我给你搬过来。下个星期我可能得请上一个星期的假。

王嘉敏：回老家看小女朋友呀？

小马用手背擦了擦汗珠：这不快要拆迁了嘛，我想去东边，找个大点的房子，趁着手头上有积蓄，把首付付了，这样也能安定下来。

王嘉敏：我看啊，你这首付里，有我不少功劳呢。

小马憨憨地对着王嘉敏笑：三楼，谢谢你。

王嘉敏：叫姐，别成天三楼三楼的，不知道的还以为我家是什么地方。

小马：（爽快地）唉，姐。

62. 日，内景，楼道

潘瑶瑶没有和阿豪打招呼，径直走进了单元楼内。

潘瑶瑶在一楼的时候就听见了小马和王嘉敏的声音，但是听得并不真切。当她轻手轻脚地，再往上走到二楼的转角，抬头就看到了倚靠在门口的王嘉敏和爬高的小马。

王嘉敏叹气：哎，以后可就没人让我这么随叫随到了。

小马：不会啊，你要是还有什么解决不了的，随时给我打电话就行，我一有空就过来。

王嘉敏：我才不要，我不喜欢求助还没断奶的小孩子。

小马：姐……

潘瑶瑶掉头转身，冲下楼。

63. 日，外景，楼下

潘瑶瑶冲下来的时候，阿豪正准备打着车骑走。潘瑶瑶跑出来，拿起阿豪挂在脚前的头盔往头上戴。

阿豪：瑶瑶，你怎么了？

潘瑶瑶抓着阿豪的腰，跨上了摩托车的后座。

潘瑶瑶：走吧。

阿豪：去哪儿？

潘瑶瑶：东边。

64. 日，外景，街道

阿豪骑着摩托车，带着潘瑶瑶穿越西城的大街小巷。

潘瑶瑶的手一如往常地撑在自己的膝盖上。

65. 日，外景，跨河大桥

阿豪的摩托车来到了跨河大桥上，潘瑶瑶的腰杆直挺挺的，风吹起她额前的碎发，她认真地看着她和阿豪平时经常去的那个岸边，从高处往下看，那里杂草丛生，显得隐蔽而安全。

恍惚之间，阿豪拉着潘瑶瑶的左手，放进了自己的外衣口袋。潘瑶瑶的注意力被拉了回来，犹豫之中，潘瑶瑶把自己的另一只手也塞进了阿豪另一边的外衣口袋。

阿豪迎着风，大声地说：我跟着大哥，就不会再有人像以前那样把我关在厕所里了。

潘瑶瑶低垂着眼眸，没有说话。片刻，她轻轻把脸倚靠在阿豪的后背。她轻轻闭上双眼，好像是睡着了。

66. 日，内景，家

王嘉敏送走小马，轻轻关上门，叹出一口气，然后强打起精神，嘴边碎碎念道：找点事做，找点事做……

王嘉敏在家中找来找去，最后还是走到洗手池边拧了一条湿毛巾又走出来。王嘉敏拿着湿毛巾在家里东张西望，这边擦擦那边擦擦，可是这个家里都已经被她擦得差不多了。

忽然王嘉敏看到了父亲的遗像，学着母亲的样子搬了把椅子，踩高爬上去。王嘉敏细心地擦拭着香炉边上掉落的香灰，然后看着遗像上年轻男子的脸，她将湿毛巾小心翻面，然后用食指顶着湿毛巾的一角在年轻男子的脸上轻轻地打转。

王嘉敏对着相片说：其实，好像没有你，也没有什么所谓的，对不对？我妈也挺厉害的，一个人从以前到现在，（对着遗像扁扁嘴，摇着头）男人嘛，也没什么大不了的。

王嘉敏说着，想起小马，把自己逗笑了，随后轻盈地跳下椅子。

王嘉敏把陈丽梅和潘瑶瑶的房间门一下子全打开了，光线穿透过这整个家，家中变得前所未有的明亮。

67. 日，内景，陈丽梅的房间

王嘉敏来到陈丽梅的房间里，撩起衣袖，环顾着房间，开始准备打扫。王嘉敏看到，自从上一次争吵之后，陈丽梅开始把她的那些"宝贝"都转移到了自己的房间，她的房间看起来很满，但是却也是整洁的，王嘉敏无奈地摇摇头，也就随着她去。

王嘉敏拿起她的毛巾，开始选择着首先开始擦拭的地方，她看到了陈丽梅的桌子，走过去，把毛巾放在一边，想要先整理整理。可就在这时，王嘉敏注意到了陈丽梅的铁盒子，以及铁盒子底下露出一角的结婚证。

王嘉敏犹豫着，最终把盒子轻轻拿开，手却有些轻微颤抖，鲜红色的封面以及烫金的"结婚证"字样映入王嘉敏的眼帘。王嘉敏翻开一看，老王和陈丽梅并肩站立，满脸的笑容。

68. 日，外景，菜市场

老王和陈丽梅来到菜市场，陈丽梅挽着老王，老王的另一只手拎着菜篮子，两个人同那些过着幸福晚年生活的老两口没什么两样。

老王：刚刚卖生禽那摊的老板打电话来，说今天店里来了几只不错的鸽子，等会儿我买个两只，今晚去我家炖汤怎么样？

陈丽梅：两只？太多了吧？你这身子哪里禁得住这样补。

老王：你和嘉敏和瑶瑶一块儿来，不就刚刚好了嘛。

陈丽梅：又来了又来了。

老王：好好好，我不说了，不买了不买了，买把挂面我今晚回家自己煮就成了。

陈丽梅停下脚步，看着老王的样子，心里也十分委屈。

陈丽梅：我又不是这个意思。

老王不说话。

陈丽梅：我只是，还没有想好要怎么开口。你知道的，都这把年纪的人了，突然说什么结婚，挺奇怪的。

老王：怎么奇怪，正儿八经地结了婚娶了老婆，却活得跟那些老鳏夫没什么区别，我才觉得奇怪呢。

陈丽梅面露难色，又看看老王。许久她说：等会儿到了家，你在楼下等我。

陈丽梅见老王没有反应，又说：走吧，先去把鸽子买了，晚了可就没了。

69. 夜，外景，东城的闹市

阿豪骑着车带着潘瑶瑶，来到东城最繁华的闹市区，夜幕才刚刚降临。但这边却早已亮起了五彩斑斓的霓虹灯，各色的广告招牌不断地吸引着潘瑶瑶的眼球。

　　阿豪慢慢地跟随着车流和人流，双脚垫底，轻轻转动油门把车往前挪，然后又回过头对潘瑶瑶说：这是你第一次来东城吧！

　　潘瑶瑶：我来过。

　　阿豪：你以前还说你没来过的。

　　潘瑶瑶：我在梦里来过。我每天晚上睡觉前都会想一想，这边的街长什么样，这边的人又长什么样。

　　阿豪：那跟你想的样子像吗？

　　潘瑶瑶：像，嗯……其实也不像。不过我觉得很熟悉，总感觉我来过。

　　阿豪笑：又开始了。喏，你看前面，那边就是马上要开业的东城最大的游乐场，等到营业了，我再带你来。

　　潘瑶瑶被露出一半的摩天轮吸引着，甚至在后座站起来，目不转睛地看着，直到绿灯亮起，阿豪把摩托车驶远，而潘瑶瑶就这样一直扭着头，看着那半座摩天轮。

　　70. 夜，外景，小酒吧门前

　　阿豪最后将摩托车停在小酒吧门口，潘瑶瑶下了车，把头盔递给阿豪，然后对着摩托车的后视镜整理着自己的头发，后视镜映照出潘瑶瑶的脸，稚嫩而美丽。

　　阿豪：没事的，我刚刚不是都跟你说了，大哥是个很好的人。

　　潘瑶瑶：我知道，我只是有点紧张。

　　阿豪笑：不用紧张，有我在。

　　潘瑶瑶点点头，阿豪自然而然地牵起潘瑶瑶的手，往小酒吧里走。

　　71. 夜，内景，小酒吧门前

　　阿豪带着潘瑶瑶来到了小酒吧的二楼卡座，一楼有驻唱歌手在唱着地下乐队的歌，一种舒缓、迷幻、让人情不自禁想要把眼睛闭上的靡靡之音。忽然，气氛开始变得火热，灯光开始快速地闪烁，一瞬间，楼下的舞池聚集了年轻的男女，大家开始尽情地跳舞。

　　大哥远远看到阿豪，举起手挥了挥，阿豪拉着瑶瑶来到大哥的身边。

　　大哥：你就是瑶瑶？

潘瑶瑶礼貌地点头微笑，大哥握住瑶瑶另一只没有被阿豪牵着的手，把潘瑶瑶半拉半拽地拉到了自己身边。

大哥：果然很漂亮啊。

潘瑶瑶有些惊慌失措地看着阿豪，没想到阿豪只是顺势放开了手，任由大哥拉走了潘瑶瑶，同时还给了潘瑶瑶一个"放心，没事"的眼神。然后对大哥微微鞠了一躬，走到桌前倒酒。

潘瑶瑶在大哥身边坐立不安，大哥的手有意无意在潘瑶瑶的半身短裙下游走。潘瑶瑶想躲，这时，阿豪却递来了两杯酒。大哥对着潘瑶瑶举起酒杯。

大哥：先给我们的小美女敬一杯，一会儿我们一起下去跳舞。

随后大哥一口干掉酒，潘瑶瑶拿着酒杯看向阿豪，阿豪在嘈杂的音乐声之中举起一根食指，示意潘瑶瑶喝一点点就好。潘瑶瑶用嘴唇轻轻抿了一口酒，却被酒浓烈的气味熏得不行。

大哥对着阿豪说：不愧是你小子啊，眼光不错。

阿豪：多亏了大哥的照顾。

大哥又忽然看向潘瑶瑶：唉，这就喝完啦？你是来这儿养金鱼的是不是？

阿豪看大哥脸色不对，蹲到了潘瑶瑶身边，在阿豪半强迫的状态下，潘瑶瑶喝下了整整一杯酒。

潘瑶瑶感觉有点上头，恍惚之间，她只看得到漫天闪的迪斯科灯光，耳边朦朦胧胧传来"真漂亮""在东城也能算是个大美女""完全看不出来是西城人"这样的恭维话。

等到潘瑶瑶再有意识的时候，她已经被拉到了舞池里。潘瑶瑶跟着阿豪一起跳舞，起初她也害羞，不太会，动作有些僵硬。阿豪从潘瑶瑶的身后抱着她，两人渐渐随着音乐开始摆动的时候，潘瑶瑶似乎开始慢慢打开自己。直到最后，潘瑶瑶推开阿豪，沉醉在音乐里，疯狂地在舞池里跳着舞。

72. 夜，外景，街道上

走出小酒吧的时候，潘瑶瑶的脚步有些飘忽，脸上红红的，话开始变得多起来，但并不是像喝醉一般大声说着疯言疯语，潘瑶瑶还在尽力地克制自己一如往常那样子说话，只是不自觉地开始愿意多说一些什么。街上的行人已经比刚刚少了很多。

潘瑶瑶：东城也太好玩了吧！在西边哪儿有这样的地方啊。

阿豪：有也是有的啦，不过这边店里的环境比较好。

潘瑶瑶：怎么可能有，我都不知道。我不知道的东西就是没有，没有的东西就是不存在！

阿豪：好好好，你说什么就是什么。

忽然潘瑶瑶看到了前方有一间亮亮的商店，潘瑶瑶甩开阿豪的手跑过去，趴在橱窗前看。

她兴奋地对着不远处的阿豪说：你看！

阿豪走过来，和潘瑶瑶一起站在橱窗前看。橱窗里是一条精致的、明黄色的连衣裙。

潘瑶瑶不知是醉了还是累了，就趴在橱窗前，不说话，也不动，仅仅只是把头靠在橱窗上，笑着。

潘瑶瑶：阿豪。

阿豪有些害羞而不自然地看着潘瑶瑶：干吗突然这样看我？

潘瑶瑶伸出手，抚摸阿豪的脸，好像一个盲人在摸着盲文认字的样子，慢慢地、一字一句地说：你，是我的，男朋友，（笑）对吗？

阿豪握住潘瑶瑶放在自己脸上的手，温柔地说：对。

两人相对而笑。潘瑶瑶转过头，看着橱窗里明黄色的连衣裙，说：我可以进去试试它吗？

阿豪说：我买给你，我最近挣了点钱。

潘瑶瑶只是笑，说：我只是想试试看。

正当潘瑶瑶起身，准备走进商店的时候，忽然之间，商店里的灯一瞬间关了。阿豪和潘瑶瑶看着瞬间变成一片漆黑的商店里，连衣裙还是那样的明黄色，只是变得很暗了。

店员从旁边的门内走出来，锁上了门，钥匙叮叮当当地响。潘瑶瑶看着店员走远，阿豪揽着她的肩膀，潘瑶瑶好像一下子失去了力气。

73. 夜，外景，天桥上

阿豪和潘瑶瑶在天桥的地上席地而坐，车流已经慢慢地减少了很多。潘瑶瑶的酒似乎醒了，只是不发一语地坐着。阿豪和潘瑶瑶的身后，那些巨大的商场和饭店的招牌、店名、霓虹灯一盏一盏地熄灭，这个城市似乎即将陷入睡眠。

阿豪：瑶瑶，明天早上一开门，我们就来买那条裙子。

潘瑶瑶摇摇头：其实我也没有那么想要。

阿豪：可是你刚刚明明……

潘瑶瑶打断他：我给你讲一个黄色连衣裙的故事，好吗？

74. 傍晚，内景，潘瑶瑶的房间

（闪回）

十四岁的潘瑶瑶躲在门的背后，怯生生地看到门外，这是她第一次见到王嘉敏。躲在门后的潘瑶瑶扎着一高一低的双马尾，穿着运动校服，背着一个老旧的书包，土里土气。

门外的王嘉敏将所有头发绾到脑后，穿着一条天蓝色的连衣裙，优雅精致。王嘉敏将一大袋礼物随手放在沙发边上，然后自己用纸巾擦拭着茶杯。陈丽梅将礼物一件一件地掏出来，掏到最底下的黄色连衣裙的时候，陈丽梅还在空中抖了两抖，似乎是想把连衣裙上的褶皱抚平。

王嘉敏看着潘瑶瑶，脸上也尽是好奇。

陈丽梅对着露出小小脑袋的潘瑶瑶说：瑶瑶，来看看妈妈给你带了什么好东西。

潘瑶瑶却一下把门关上了。

75. 夜，内景，潘瑶瑶的房间里

（闪回）

床边的小夜灯开着，王嘉敏侧身坐在潘瑶瑶的身侧。潘瑶瑶背对着王嘉敏，假装已经睡着了，可是眼皮却因为用力闭着，而忍不住有些抖动。

忽然，王嘉敏的嘴边轻轻哼起一个调子，像是一首摇篮曲，但好像又不太成调（同17场，陈丽梅在床边哼的调子），眼睛看向窗外。潘瑶瑶似乎一下子就放松了，她半睁开眼，看着窗外星星点点的光。

76. 几组镜头

（梦境）

潘瑶瑶做了一个梦，梦中，她穿起了黄色的洋装，走在西城的路上，路上还有好多穿着运动校服的女生，其中还有潘瑶瑶最讨厌的李依伊。潘

瑶瑶骄傲地抬头挺胸，就像每一次她在李依伊面前走过时的样子。她逆着人流，格格不入，但是美得不可方物。

潘瑶瑶走着走着，走过了跨河大桥，来到了车流汹涌的东城马路上，她走在五彩斑斓的霓虹灯下，依然穿着黄色的连衣裙。场景一下变换到了小酒吧里，小酒吧里的音乐不再是吵闹的电音，而是轻柔舒缓的，像是芭蕾舞曲的音乐，潘瑶瑶轻轻踮起脚尖，优雅地跳起了舞，明黄色的裙摆飞扬，直到整个世界都变成了纯净的白色。

77. 夜，内景，家

陈丽梅推开门，看到此时的王嘉敏正卧在沙发上，好像是睡着了。陈丽梅推门进来，王嘉敏翻了个身。

陈丽梅看着四周，并没有像开过火的样子，她往房间里张望了一眼，潘瑶瑶也不在家。陈丽梅看着在沙发上动来动去的王嘉敏，茶几上还有吃剩下的外卖，她轻轻地开口问：敏敏，吃过了吗？

王嘉敏懒懒地哼出一声：嗯。

陈丽梅：瑶瑶哪儿去了？都八点了，还没回来呢？

王嘉敏不说话，只是坐起来。

陈丽梅一边提着手中的菜放进厨房里一边说：你这当妈的也不知道看着点孩子，不回来了也不知道想办法去找，自己也是，我不在家就一天到晚吃外卖了事。

王嘉敏不接话，侧着头，往厨房：你今天上哪儿去了？

陈丽梅忽然被问到，有些措手不及却有些虚张声势：还不是跟平时一样，去公园锻炼，然后去买菜。

王嘉敏：和王志生吗？

陈丽梅愣住，过了一会儿才说：对。（稍停）那个什么……你王伯伯说，说他想见见你。

王嘉敏：我爸那辈的孩子都带个"俊"字，我爸排行老二叫作王俊仲，还有个大哥，三十几岁就去世了，叫作王俊伯，合着我出生的时候，老王家只有我爸一个独子，我没有伯伯。

陈丽梅：敏敏，其实我早就打算和你说的，只不过还没有找到合适的时机……

王嘉敏：难不成非得等到这家拆了，最后我发现只有我得带着瑶瑶四处漂泊的时候，才合适告诉我吗？

陈丽梅：不是，老王本身就是打算来给你做顿饭，今天就要说的，只是回来的时候跨河大桥上不知道出了什么事故，堵车堵到现在，我们本来，本来就是打算今天说的。

王嘉敏：妈，该不会是因为这王志生，你才一直没有去找我爸，也没有告诉我们的打算，对吗？

陈丽梅：你说什么？

陈丽梅因为突然一下的激动，血液纷纷涌上头，一下子喘不上气，呼吸急促。

此时，敲门声响。

王嘉敏一拉开门，就看到了老王。陈丽梅坐在沙发上，手撑着头。王嘉敏见来人是老王，什么也不说，坐到沙发的另一边。老王走进来，路过陈丽梅的身边，拍了拍她的肩膀，然后径直走向了王父的遗像前。他恭敬地给王父点上了一炷香，然后转头打量着这个家。

一边打量，老王一边说：嘉敏，你去过墓地吗？

王嘉敏没有说话。

老王：我和你妈妈在决定领证之前，去了趟公墓，那里埋着我孩子的妈，你应该见过，就是当时那个胖胖的，总是做一大碗鸭血酱的那个阿姨。你还没有出嫁的时候，孩子他妈就死了，那个时候我也年轻，差不多才五十岁出头。她走之前嘱咐过我，要以后有个人能够照顾我，我也能照顾她，那就给彼此一个名分。后来她出殡，我看上了一座双人墓，那风水好啊，依山傍水的，我打算一半先埋她，另一半等我死了以后也埋进去。但那个时候没有钱，买不起。后来我看着你出嫁，又看着你们家里多了一个小娃娃，可是我呢，我儿子娶了妻子到了东城，孙子也在东城上学，我睡了那张双人床差不多二十年了。嘉敏，你知道的，我们这边一到回南天，外面又潮又闷，但是被子里却又湿又冷的。二十年里我都很害怕，我怕我到了坟墓还得忍着这湿冷。

王嘉敏攥着的拳渐渐松动。

老王：嘉敏，你妈妈她，很担心你。她说呆子配不上你，可是她也很怕，等到回南天的时候,你一个人该怎么办。

王嘉敏的一只手捂着眼睛,陈丽梅默默垂着泪。老王搀扶起陈丽梅,走到王嘉敏的面前。王嘉敏抬头看他,他却脱下帽子看着王嘉敏,欲言又止,最后扶着陈丽梅的肩,陈丽梅回头看着王嘉敏,然后也随着老王走远。

王嘉敏看着两个老人的背影,佝偻,但是相互依偎着。

78. 夜,内景,浴室

王嘉敏在浴室里疯狂地用泡沫清洗着自己的头发,慢慢地,由于动作太快太猛,她感觉到有些累了。忽然,她打了一个寒战,她感到有些冷。王嘉敏打开花洒,水瞬间喷涌而出,热水的蒸汽一下子氤氲了整个浴室。

79. 夜,内景,客厅

客厅里的座机一直在响,然而王嘉敏浴室里的水流声盖过了电话铃声。

80. 夜,内景,宾馆的浴室里

此时的潘瑶瑶同样在洗着澡,阿豪靠在床头拨着电话。

潘瑶瑶关水,围着浴巾,从浴室走到洗手台前。隔着酒店洗手间那层透明磨砂玻璃,潘瑶瑶问阿豪:电话还没打通吗?

阿豪:没有,我等会儿再试一下。

潘瑶瑶:一会儿接通了你千万别出声,不然被我妈和外婆知道了,我就死定了。

阿豪在外面笑:我就说。

潘瑶瑶:你敢!

阿豪在浴室门外想要推门,可是却发现潘瑶瑶锁住了。他靠在浴室的门上说:还锁门干吗呀?

潘瑶瑶笑:你再等等。

潘瑶瑶隔着玻璃,看着阿豪走回床上躺着的轮廓,然后又转过头,看着镜子中的自己,审视着。

潘瑶瑶说:阿豪,上次还有一个问题你没有回答我呢。

阿豪:什么?

潘瑶瑶:我到底,是哪里好看啊?

阿豪:哪里都好看啊。

潘瑶瑶：哪里都，是哪里？

阿豪：嗯……你的脸很好看啊，眼睛大大的，鼻子也高高的。

潘瑶瑶随着阿豪的话，摸着自己的脸。

潘瑶瑶：还有呢？

阿豪：腿也不错，很直，很长，今天大哥也这么说。

潘瑶瑶摸到脖子。

阿豪：还有……还有……手指也细细的，像那种弹钢琴的手。

潘瑶瑶的手划过胸，浴巾只盖住了胸的一半，还有一半的胸露在外面。然后看着镜中的自己。在与阿豪接下来的问答中，潘瑶瑶注意到，在她白嫩的胸旁岔出了几根黑色的毛发。

潘瑶瑶：你见过弹钢琴的手？

阿豪：没有，不过大家都说弹钢琴的手比我们一般的手要细长很多。

潘瑶瑶有些犹豫，最后她举起手，腋下浓密的腋毛一瞬间全部暴露了出来。潘瑶瑶看着腋毛，说：阿豪，你知道吗，我总是在想，等到跨河大桥边上的草越长越高的时候，会不会就把东边的一切盖住了。如果真的能盖住，那一定很好看。

阿豪：什么啊？现在不是在说你很好看吗？瑶瑶，我总是听不懂你在说什么。

潘瑶瑶：听不懂你也喜欢我吗？

阿豪：喜欢，你怎么样我都喜欢你。你好了吗？

81. 几组镜头

（梦境）

密密麻麻的草丛被风一吹，摇摇晃晃的，在空隙的中间偶尔还会露出东边的跨河大桥、公交车，还有那遥远的半个摩天轮的样子。

潘瑶瑶穿着黄色的连衣裙在草丛中行走，无论她怎么抬头，眼前始终是一望无际的草。她一边走一边哼起了母亲在她睡前哼着的那个不成调子的调调。

潘瑶瑶（O.S.）：我不知道自己是谁，因为我觉得我不属于西边，可是长大之后，我才发现，我也同样不属于东边。其实我也不知道我自己长得到底好不好看，但是我想，那不重要。

82. 清晨，内景，客厅

王嘉敏一个人睡在客厅的沙发上，身上的真丝吊带裙变得有些皱皱巴巴的。客厅里的灯全部都关掉了，只有电视一闪一闪的光亮投在王嘉敏的脸上，王嘉敏裹着厚厚的被子，但看起来还是瑟瑟发抖的样子。

早晨六点的报时之后，开始播报天气预报，主持人：今天是属于二十四节气里的立夏，最低气温二十二摄氏度，最高气温二十八摄氏度，气温升高，请注意减少衣物，今年的夏天来得有点早，但还是祝愿电视机前的观众朋友们，夏天快乐。

83. 日，内景，公交车

王嘉敏还是穿着长袖的厚重的黑色外套，戴着黑色墨镜。车外阳光明媚，一群穿着短裙的女孩子从跨河大桥的人行道上，与公交车擦肩而过。

84. 日，外景，街道上

王嘉敏下了公交车，手中拿着租房中介的广告。王嘉敏对着路牌开始寻找中介公司的地址。

王嘉敏逆着人潮行走，人们都穿着夏天的、色彩明艳的衣裳，与包裹厚重的王嘉敏显得格格不入。王嘉敏有些急躁地脱下黑色外套。

王嘉敏不停地张望寻找，在人潮中显得格外彷徨。

85. 日，内景，租房中介

王嘉敏来到租房中介，这里的人更是多，密密麻麻的人挤人，让王嘉敏有一点感到胸闷。

王嘉敏取了号码牌，号码牌上显示她排在72号，前面还需等待60个人，王嘉敏想找一个椅子坐下，却不小心碰到了拿着空调遥控器前来开空调的、穿着制服短裙的女工作人员。王嘉敏坐在椅子上，不时能听见前后左右的人在说话。

路人甲：今年真的太热了。

路人乙：我只想在更热之前，租个好点的房子，不想再住那种一开空调就会跳闸的老房子了。

空调的扇叶不时地上下左右移动，从头到脚把王嘉敏吹了个遍，她感觉冷，又穿上了厚外套。

86. 日，外景，公园里

今天是公园里的游乐场开业的第一天，游客繁多，玩偶穿插在游客中间，整个公园显得前所未有的热闹。

87. 日，外景，公园的一隅

陈丽梅和老王依旧像老样子来到公园的这个角落，可是这里已经不再安静。远处游乐场的喧闹声和音乐声不绝于耳。

老王掀开流浪猫的小窝，招呼陈丽梅过来：丽梅，你过来看。

两人弓着腰，看到了空空如也的小窝。

88. 日，外景，公园的长椅

陈丽梅和老王坐在长椅上，这里已经不会再有年轻人来了，所以另外一张长椅显得空空荡荡。

陈丽梅有些失落地坐着，可以看到，在阳光底下，陈丽梅新长出来的白发闪着银光。

陈丽梅叹气：哎，猫崽都不见了，以后也不需要经常来东边了。

老王：没有猫崽也可以来啊。

陈丽梅：不来了，每次来都要坐一个多小时的公交车，累得慌。

老王：你还在怪我和嘉敏说的那些话？

陈丽梅摇摇头：猫崽长大了会跑，她，知不知道那些话，到了时候，也照样会离开的。我只是觉得有些累了。

老王点点头。许久，他开口说：那以后，我们还见面吗？

陈丽梅低下头。

陈丽梅（O.S.）：我总是不知道，我究竟属于哪里。是属于我没有出嫁前的爸爸妈妈的那个家，还是属于结了婚就离开我的那个男人的家，或是属于和我女儿、孙女一起生活的家，又或是属于如今这个被年龄逼迫着互相取暖的家呢？我不知道我到底该去哪里，所以我没有办法回答出他的问题。

89. 日，内景，租房中介

王嘉敏身边的人来来往往，时间分分秒秒地过去，周遭的人也就越来越少。

时钟精确地走到五点半的位置,一声铃响,工作人员纷纷站起身,走出柜台,王嘉敏也被拉回了神。

王嘉敏看着自己手上的号码牌,再看看屏幕上,今天只叫到了68号。王嘉敏跑到柜台前,拦住要走出来的工作人员,说:你好,不好意思,我是从西城来的,我很需要租一个房子,拜托,能不能给我五分钟的时间,我……

工作人员摆摆手:不好意思,我们已经下班了,周末休假,不办理业务。你下周一再来吧。

工作人员径直走远,只留下王嘉敏一个人,王嘉敏低垂着头,看不出她的表情。

90. 日,外景,公园门口

王嘉敏穿着她的外套,沮丧地走在路上,路过公园门口的时候,她并没有注意到前方有许多游客。直到王嘉敏站住,她才回过神,发现自己已经被一群旅游团的游客包围了。

摄影师:喂,那个穿黑色衣服的,看过来啊,快点快点。

王嘉敏怔住,看看周围的游客们,身后的导游还拿着一面旗帜,上面写着:朝阳旅游团。

摄影师:穿黑衣服的,你还拍不拍,不拍不要浪费大家的时间,酒店已经马上要开饭了!

王嘉敏看看自己周遭已经被包围着,走不出去了,她只好学着周围游客的样子,看着镜头,挤出一丝微笑。

照片在摄影师的镜头之中定格。

拍完照之后,王嘉敏想溜走,不料却被几个看起来上了年纪的大妈围了起来。

大妈甲:唉,刚刚在玩项目的时候怎么都没有见到你啊?

王嘉敏客气地笑笑,心不在焉地回答道:是,是……

大妈乙:是吧,我都说了,报这个团不会后悔的。这游乐园今天第一天开业,旅游团都有优惠的。

大妈丙摆摆手:项目我是玩不动,不过这票这么便宜,带我那孙子来玩,小孩子嘛倒是开心得很,也算是值了。

王嘉敏这才注意到，原来公园的游乐场已经开张了，她看着公园的牌匾旁边添加了几个彩色的大字：冒险家乐园。一瞬间，王嘉敏感觉有点陌生，三位大妈在背后看着王嘉敏呆呆的背影，流露出奇怪的眼神。

　　王嘉敏毫无知觉，她只想走得再近一点看看，可就在这时候，王嘉敏看到了老王和陈丽梅从公园里走出来。

　　王嘉敏惊慌失措地跑走。

91. 日，外景，跨河大桥
　　王嘉敏不断地奔跑着，她的额头满是汗珠，大汗淋漓。

92. 日，内景，家
　　跑回家的王嘉敏跌跌撞撞地来到冰箱前，她气喘吁吁，满脸通红。打开冰箱，拿出一瓶矿泉水，咕嘟咕嘟地往下灌，喝下了整整一瓶。但她还是感觉非常燥热。

　　王嘉敏一边喘着气，一边在茶几底下找到了空调遥控器，对着空调按了半天也打不开。她一把把空调遥控器摔在沙发上。疯狂地按着电灯的开关按钮，灯也打不开，王嘉敏知道，家里又没电了。她脚软地滑落在地上。地上的冰凉反而使得王嘉敏平静下来。

　　王嘉敏抬手，从座机上取下听筒，熟练地拨着电话号码，嘟声之后，听筒对面的声音响起。

　　王嘉敏：小马……

　　男声（O.S.）：小马已经不做了。要煤气吗？送哪里的？

　　王嘉敏坐起来，猛地挂掉电话，怔住。

　　她又滑落到了地板上，体力不支，眼前逐渐模糊。

93. 几组镜头
（梦境）

　　王嘉敏恍惚之中睁开眼，眼前还是模糊一片，但是可以看到一个熟悉的男人的身影，是小马。小马换上了夏天的工作制服。

　　王嘉敏看到自己倚靠在门边，用舌头舔了舔卷烟纸的边，然后放进嘴里，点燃打火机，抽了一口，然后递给小马。

　　小马就着她的手也抽了一口，随后离她越来越近，最后她感受到了小马湿湿的、热热的吻。

王嘉敏闭上双眼去感受小马的吻，她陷入一片黑暗，只有喘息的声音在她的耳边回响着。

王嘉敏（O.S.）：我不知道作为一个女人，究竟需要一个怎样的男人？爱她的，还是她爱的，还是说，新鲜刺激的也不错？我不知道，我甚至都不知道一个女人，到底需不需要一个男人。

94. 傍晚，内景，客厅

傍晚时分，太阳还没有下山，家里被晚霞映照着，这个家甚至比起平时来，还要更加明亮。

陈丽梅、王嘉敏、潘瑶瑶三个人坐在餐桌前，每个人的手中是半个西瓜和一把勺子。三个人吃着西瓜，但是却已经不像平时吃饭时动作那样相似。

陈丽梅：热死人的天气，还碰上停电，连口饭都吃不上，这都什么事儿啊。这个家实在是太老了，电线动不动就得烧一次，你不在的时候，我没少换过那根线。

王嘉敏：没事，我都已经打听过了，这次不是我们家的问题。夏天来得太快了，整个小区的电路都来不及维护，大家同时开空调，电路就得瘫痪。我打电话去的时候，物业说已经在紧急抢修了，再等等吧。对了瑶瑶，你昨天上哪儿去了？

潘瑶瑶：去同学家写作业，写到太晚，错过了公交车，就住在同学那里了。我原本想打电话回来，可是家里没人接电话。

王嘉敏再问：没事，昨晚去的是男同学家里还是女同学？

潘瑶瑶：女的。

王嘉敏：那就好。

就在此时，电来了。电灯一瞬间明亮了起来，电视也自动打开了。

新闻播报：据本台最新消息。我市有史以来最大的城市建设项目——"西城复兴"计划已经启动。本次，首批设计搬迁的住户和商户的安置房将统一安排在东城。迁移工作计划将在下月开展，预计迁移人口达到三万人次。

三个人没有说话，默默吃着西瓜，听着电视的声音。

许久，潘瑶瑶小声地说：我们，真的要离开这里了吗？

陈丽梅叹气：不搬还能怎么办呢？

王嘉敏：可是我们有这么多东西。

陈丽梅：我知道，把那些该扔的都扔了吧。

三人再次陷入沉默。

潘瑶瑶：我觉得，东城其实也没那么好。

95. 日，外景，西城

巨大的爆炸声后，尘埃渐渐飘落。露出一个巨大的挖土机。镜头拉远，然后是第二台、第三台、第四台……越来越多的，数不清的挖土机出现了，它们同时作业。

西城变成了一片废墟。

96. 日，内景，公交车

公交车驶向东边，祖孙三人坐在公交车里，她们坐在最后一排，大包小包的行李堆放在身边，使得最后一排显得极其拥挤。

她们转过头，潘瑶瑶趴在椅子上，陈丽梅和王嘉敏都揽着潘瑶瑶。从公交车的后车窗往外看，她们只能看见西城被无限的黄色的粉尘笼罩着，除此之外，就再也看不见什么了。

出字幕、片尾曲

完

教师点评

电影剧本《微小战争》是一部情感细腻的女性题材作品，全剧紧紧围绕祖孙三代的三个女性角色开展，以三人既彼此依存又难以融合的情感矛盾为主轴，伴随着三人在各自生活当中所遭遇的困境，来投射现代社会在新旧交替之际的人文生态，在刻画富于烟火气的真情实感的同时跃动着时代的脉搏。

剧本在创作中采取开放式结构，整体设计上将戏剧冲突和人物情感相互扭结，具体展现则如涓涓细流般娓娓道来。剧中三个人物虽是至亲，但因成长轨迹的不同，在她们身上个性和共性并存、暗自较劲和互相依赖同在，因而作者让笔下的人物努力地在充满落差和变数的生活大潮中寻找立足之地，并在与生活中的种种困境进行无数场微小的战争后，终于逐渐明白彼此间才是真正的依靠。为此，作者有意识地紧紧围绕祖孙三代三个女性角色的情感主轴，并为相关场面在结构上提供了有力的支撑，因此尽管影片整体叙事节奏较为舒缓，且有多条支线同时并行展开，却能尽力保持整体节奏和行动线索有条不紊地推进，并在支线情节与主线人物的情感关系的有机互动中，有效地推动剧情的发展。而随着剧情的不断开展，作者通过一些细腻的场景展示，在表现人物之间的矛盾冲突的同时，有层次地揭示出三个人物除血缘关系外在情感和心理上的共性，从而进一步丰富人物的形象，使之在彼此冲突的过程中各自的性格特征更为立体，展现出作者对于人物塑造的重视与用心。

在根据指导意见不断修改剧本的过程中，作者对于整体构架的设置、情感关系的表达、人物的行动线等方面愈加清晰，对于角色在不同时期内心的情感波澜、人物内心情感的探讨与挖掘及其对所面对的外部压力的认知与展现，也都有一定力度的表现。不过，全剧在对于主要事件的选择与展现、人物心理状态的起伏与变化、一些重要场面的设计如高潮场面的情感浓度与有效表现等方面，还可进一步深入和加强。

电影剧本

青草地[①]

（戏创 2015 本科班　喻汀芷）

时　间：当代。

地　点：中国的某个一线城市。

人　物：

张广：爸爸，地铁站的维修工，后来调到宁波成了小领导。

刘娟：故去的妈妈。

张小小：张广的女儿。

张山：张广的父亲。

慧子：刘娟的中学同学，两个人是很好的朋友。

剧本：

1. 一组生活镜头交叉进行

妻子刘娟正在裁缝店里，和裁缝商量如何修改衣服。

张广带着自己的维修包，从 2 号线跑到 10 号线。

妻子刘娟来到省医院，排队等着交费拿药。又急匆匆地去三楼拿老父亲张广的检查报告。天气很热，她一边扇风，一边挤着电梯。

刘娟：（冲开人群）谢谢，谢谢。

张广从办公室里走出来，深深地叹气。

刘娟推着车，购物车里装着大包小包。她在水果商区前对比着价格。

2. 傍晚，内景，张广家

张广跷着腿坐在沙发上。刘娟在忙活，交代生活事务。

刘娟：爸的中药，一天三次，煎药器一定要用完就洗。

[①] 该电影剧本获得中宣部电影局主办的 2019 年第十届"扶持青年优秀电影剧作计划"的奖励扶持。

张广没有回声。

刘娟：她的功课，你一定要签字检查。（走出来，拍掉张广跷着的腿）说了多少次了，袜子不要放在茶几上。（一边把茶几上的垃圾丢入垃圾桶，一边把遥控器归回原位）

张广：（在看着文件）

刘娟：还有……家里的洗衣机……

张广：（开始拨通电话）别说了。

刘娟：我等下就要出去了……洗衣机的排水容易漏……

张广：喂，张处长。对对对——啊，我的事，嗯，现在11号不是缺……

刘娟：（看见张广不想听，住嘴了）

张广挂断电话，叹气。

刘娟：升上去有戏了？

张广：鬼知道，领导的心思一天一个样子。说了多少次不要在我忙的时候说说的……

刘娟：我走了。

张广：哦。

刘娟：两天就回来。

张广：（不耐烦地）知道了知道了。不就是要我送你吗？大热天的，你先去，我马上下去。（张广还在看自己的东西）

刘娟离开。张广在她走后，立刻打开了自己的述职报告看起来。

3. 屏幕黑

叮叮哐哐的响声。汽车撞到树上的画面。一个正在玩着滑板的小男孩跑过去。

4. 日，女儿张小小的补习班，同时

她正在奥数课堂上，对着白板算出自己的新方法。周围的老师和同学都频频点头，小小也开心地笑了，老师拿着奥数课本朝她走过去，小小的动作忽然停住。

5. 日，长笛比赛后的采访，小小坐在镜头前

小小：这次拿到省里的奖，希望他们也能为我骄傲。

记者：今天爸爸妈妈来了吗？

小小：爸爸来了。

记者：妈妈呢？

小小：妈妈去世了。（停顿）

记者：对不起。（焦急地四处看）采访前没有跟我提过这些。

小小：没关系。如果妈妈在这里，她将会是这个比赛上最开心的人。

6. 日，内景，张广家

张广在打包妻子的东西：衣服、妻子爱看的诗歌集、妻子的洗衣卡、电话卡、超市卡、健身卡，等等。

床头上，是一家三口的合影。张广轻轻抚摸着妻子的脸，本来想把照片也扔到纸箱里。忍住了，只是把照片倒扣着，放在床头桌上。

7. 早晨，内景，洗衣店

洗衣店刚刚开始营业。

老父亲张山起床后，还是迷迷糊糊的。他习惯性地打开了所有的开关、电闸。洗衣机一个接一个地发出轰鸣的声音。

其中有几台机器有"刺啦——刺啦——"的怪声。张山用手拍了几下，还是毫无反应。张山急了，用脚踹，机器稍微好了一些。

张山刚一回头，准备做点别的，洗衣机又开始制造出怪声。张山刚准备去维修，洗衣机彻底熄火了。

8. 日，内景，张广工作的地铁站公示

新的任免通知上，根本没有张广的名字。他沉默地离开，路上看见答应了会帮助自己的领导，张广只能勉强挤出笑容。

领导：小张啊，下一次肯定是你。明年就推选你。

9. 日，内景，洗衣店内

老父亲蹲在洗衣机旁边，打着手电筒在看洗衣机内部的情况，工具在旁边散落一地，老父亲微微探出头。

张山：保险的钱，要多久才能到？

张广：还不知道。等下再去一趟公司。

张山：到底给了没？

张广：哪有那么快？

张山：人都走了——还不愿意给我们赔偿？（声音越来越大）我真是受够了——

张广：（制止张山的大声说话）因为车是我开的，所以他们怀疑我谋财害命，要骗保，行了吧！（很快地声音低下来）

门口"欢迎光临"的铃声响起来。

张广：我会处理好的。

10. 日，外景，公交车

张广靠在公交车的玻璃窗上，到医院拆掉了石膏。

在医院的镜子里，张广看着自己额头上车祸时候划伤的疤已经渐渐愈合。

11. 日，内景，保险公司

张广无聊地靠在柜台上等着前台叫他。

前台服务员走过来，引导张广走进了保险公司里面。张广坐在沙发上，保险员走过来。

员工：刘娟，您的妻子吗？

张广：对。

员工：购买了我公司五年的保险。抱歉，我想问一句，她走前，穿的什么衣服？

张广：欸欸……欸，黑色。

保险员面露难色，明显张广说了个非常离谱的答案。

员工：那她有没有告诉你，她要去哪里？

张广：和朋友，一起去 BBQ。

员工：是和谁？

张广：嗯？

员工：是黄慧子小姐吗？

张广：黄？……

员工：黄慧子，您妻子的高中同学，一起 BBQ 的朋友。事后就是黄慧子小姐发现异常，报警以后，我们才联络上了交通事故的。

张广：哦，我有印象。（但明显是一句假话）

停顿。

员工：（微笑着想缓解尴尬）没事，一样的。我和我老婆结婚二十多年了，早就不想说话了，觉得没什么可说，也没什么值得汇报的了……

渐隐。

12. 傍晚，内景，女儿的学校门口

学校门口被老师划分好了区域，一年级、二年级、三年级——1班，2班，3班……有几个老师，把学生一个一个地送上校车，张广在门口，不知道站在哪个地方比较合适。

天渐渐黑了。张广看见女儿还没有出来。

张广掏出手机，不知道要打给谁才能联系到女儿的老师、同学。手机通讯录在"刘娟"那里停住。张广急急忙忙地把手机塞回口袋。

小小走出来，看见爸爸在门口，根本不搭理，径直往前走。

13. 晚上，内景，家中

张广不会操作家里新买的智能电饭煲。电饭煲的灯一闪一闪的，就是没法开始工作。

14. 晚餐时间，内景，稍晚时候

塑料餐盒，一次性的餐具摆在餐桌上。

祖孙三人在饭桌上吃着外卖。

剩下的被张广收好，一团乱地塞到冰箱里，中间冰箱旁边的易拉罐还掉出来砸到了他。

张山：（走到儿子附近）保险一个子儿都没给？

张广：基本是。

张山：你那工作的奖金呢？

张广不说话。

张山：没拿到？

15. 夜，外景，垃圾堆

张广拖着几个大编织袋，放到了垃圾堆旁边。他头也不回地往家里走。

脑海中浮现今天在保险公司的时候对妻子的生疏，妻子走前想跟自己

说话，自己不搭理的场景。

垃圾车在旁边停下，一阵灰尘，几个清洁工下来。

张广飞速跑回去，把几个编织袋"拯救"回来。

张广：对不起，对不起。

张广抱着编织袋一路狂奔回家。

16. 夜，内景，卧室

张广把那些本来准备再也不打开的东西，重新看了起来。

织了一半的围巾，安排好每周要送上门花的卡片、日记本、画册、相册。相册里是刚恋爱的时候，怀孕的时候，生孩子的时候，小小刚学会骑自行车的时候……

张广发现柜子上已经枯萎的花，他把旧花扔掉，倒上新水。打电话，看着明天是周四，用妻子的花店卡片，约了新的花配送。

张广在看妻子的日记。

"不爱了，一点都不爱了。还爱吗？这样的生活，在我买了金鱼带回家逗女儿开心，只会说我乱花钱。不爱了，一点都不爱了。如果不是因为孩子，我早就离开这里了。"

张广沉默，合上了日记本。塞到抽屉的最低层。又想不开，掏出日记本，扔到垃圾堆里。

回到床上，翻来覆去睡不着。打开抽屉里妻子的相册。

特写相册，妻子念书时候的照片，念高中和同学的合影，穿着学士服在草坪上躺着的照片。

17. 夜，内景，地铁站

张广戴着工作头盔，拿着工具，靠着微弱的光在维修地铁的下方。他平躺在铁轨上，四周很安静，只能听见仪器细微的电流声。

张广的脑海里一直在回荡妻子的"不爱了，一点都不爱了"。

他关掉头上的探照灯，颓然地坐起来。

张广主动拨通了慧子的电话。

张广：喂，您好。是黄慧子小姐吗，我是刘娟的丈夫。

慧子：你好。

张广：嗯。（电流声）

慧子：我一直在等着接这个电话。

18. 日，外景，郊区的小路上

整条路上，基本没什么人。树荫葱葱，偶尔有一辆公交车飞驰而过。有儿子儿媳搀扶着老太太，一家人带着水果、花篮慢慢地往公墓走去。

张广：因为保险基本没怎么给我们钱，嗯，准确地说是比预期少了太多。现在墓地又太贵……所以娟儿只能委屈在一个边边的地方了。

慧子：这里挺好的，她喜欢安静。

19. 日，外景，高速路旁的快餐店

天气很热，快餐店的空调开得不是很足。两个人刚刚从墓地回来，似乎还没完全从忧郁的气氛里走出来。

慧子：至少喝点什么吧。

张广：哦，喝点啤酒吧。太热了——你呢？

慧子：柠檬水。

张广：吃的话——（环顾四周，发现要去前台点餐）我去那边点。

张广再次走回来的时候，端来了饮料和食物。

张广：可以吗？

慧子：嗯，谢谢。

两个人再度陷入沉默，张广一直打量着慧子。四周只有空调缓缓运行的声音，像无声电影里的杂音一样。

慧子：你想问点什么？

张广：（难以启齿）嗯，我知道她有这样一个不错的朋友，是以前的同学，也知道你们经常见面……你们会聊起我吗？

慧子：会。

张广：说些什么？说我不好，说我不关注这个家庭，说我不懂她的花花草草，说我笑她矫情，浪费钱……

慧子：都没有。她说你是个好人，只是工作很忙而已。

张广：是吗？

慧子：如果她那么想，她早就离开你了，毅然决然的。

张广：但她现在用这样的方式离开了我。

张广的手机忽然响了。好像情况很紧急，张广一直频频点头，嘴里说：好好，我马上就到。

20. 日，外景，小小的学校

慧子牵着小小站在老师办公室的门口，张广在老师办公室里面。

老师：孩子怎么能跟老师顶嘴呢？平时通知了太多次你们父母了，所有的电子产品，一律不准进入学校。

张广：是，是。

老师：我都没和您说——孩子是很聪明的，但是最近心思好像完全不在学习上。

（老师说这段话的时候，画面是小小在课堂上玩学习机的样子。周围的同学都在认真听讲，做题，她从抽屉里偷偷取出学习机，在写着什么，脸上是非常开心的表情。老师走过来，没收了她的电子学习机）

老师：你们家里的事情，我也听说了……我很抱歉提起这个，节哀。但我是她班主任，孩子的心结——和她学习上的事情，我们谁也帮不了她。

21. 日，外景，公交车站

张广从公交车上下来，他提前了两站下车。慧子牵着小小跟在后面。慧子一开始没反应过来。看见张广下车了，急急忙忙牵着小小也下来。

慧子：这站吗？

张广：没，这边有个大超市。

慧子：哦。

22. 日，内景，超市的食物区

张广走在前面，一直不断地往篓子里塞着冷冻饺子，冷冻包子，冷冻比萨，速食面汤之类的半成品。

张广拿起一箱牛奶往篓子里放。

小小：（在父亲的手推车后面小声地）我不要喝。

张广：（没听见）？

小小：我不要喝。

张广：（一手在看着手机上的篮球新闻，一手在拿着货架上的东西）

慧子：我来吧。

慧子把那箱牛奶放回货架上去，蹲下来问小女孩。

慧子：想喝什么？

小小：那个。（小小的手指着货架上一排花花绿绿的饮料。）

慧子：只能喝一种。

小小想了想，自己走过去，挑了一排饮料，递到慧子面前，慧子点点头，把饮料放到手推车里。

23. 夜，内景，张广家

这一段是很快的几个镜头。

慧子打开冰箱，看见乱七八糟的快餐盒。下层是吃剩的加工食品。

慧子看见电饭煲里的夹生饭。

慧子开始做饭，很简单的三菜一汤，慧子做起饭来很娴熟，来这边只是简单地照顾几个"没什么自主能力的人"，就像做回了自己做饭的老本行。

24. 晚餐时间，内景，餐厅，

没人动筷子，都在等着张山吃饭，张山先吃了一口，没说话。

慧子向张广投去疑惑的眼神。

张广：咱们吃吧。

这是有些沉默的晚餐。

张广：爸，你以后别再吃那些剩饭剩菜了。你年纪大了，吃那些不好。

张山：嗯。

张广：新的烘干机，这个月底就给您买。

张山：嗯。（不苟言笑）

张广：您这几天腿还痛吗？

张山：嗯，好点了。

张广：哦。

小小大口地扒了几口饭。

小小：我走了。

张广：嗯。

小小：我回去写作业了！

张广：（面对小女儿又像是要引起注意的撒娇，又像是要赌气一样的试探，张广不知道如何回应。）好好学习，马上考试了。

（慧子和张广两个人都处于自责之中，慧子在短短的照顾几个人的时间里，找到了自己稍稍存在的个人价值。）

25. 夜，内景，厨房

慧子在厨房收拾碗筷。

张广：今天真是太感谢你了。

慧子：没有。只是——啊，也能理解，娟儿平时一定是把你们一家人安排得妥妥当当的，她是个很棒的妻子吧。

张广：嗯，她很能忍耐。

张广想到妻子的日记，有些出神，一直盯着地板看。慧子以为是张广不想聊到妻子，主动换了话题。

慧子：小小长大了好多。我上一次见她，她还是个短头发的小娃娃一样，后来还只看过照片呢。

张广：娟儿给你看的吧。

慧子：嗯。

张广：小小不怎么爱搭理我。

慧子：你需要给孩子时间。（放下手里的碗筷）在出了这样的事情以后。

张广：那天，开车的人怎么就会是我呢——那天，我怎么非要开车送她去呢？我给她叫个车——或者我给她——

慧子：问题是无解的。我也一直在追问我自己，为什么我要找她那天去BBQ呢？为什么我那天还打电话催过她一次呢？为什么我就是选了那一天？如果没有这一次约会，什么都不会发生。

张广：这和你没什么关系。

慧子：你这么说，是因为你已经认定了是你的错。就像我跟你说，"她的离开和你没什么关系一样"。没用的，我已经做好准备了。当死亡就发生得离你那么那么近，愧疚、遗憾是要伴随我这一辈子的。我想好了。

26. 夜，内景，张山的卧室

老父亲张山忽然有些头痛，他想看会儿电视机，结果发现自己的手怎么也拿不起遥控器。他试了很多次，都没有什么办法控制自己的双手，他放弃了，开始叫儿子的名字。

27. 夜，内景，厨房

张广看了看表，又看了看自己的微信。

张广：今天太感谢你——我不知道怎么说。

慧子：以后别给老人、小孩再吃那些半成品了，特别不好。

张广：嗯。我得去上夜班了……这段时间已经请了太多假，都要慢慢补。你回去吧！

慧子解开围裙，洗洗手，一副要走的样子。

张广：车也没了……也没法带你一程。

慧子：没事。

张广：七点多了，你还能回城郊那边吗？

慧子：能，有直达公交呢。

两人已经走到门口，张广听见老父亲在大叫自己的名字。

28. 夜，内景，医院的走廊

张山在病床上打着点滴，半眯半醒的样子。慧子坐在外面，给张广编辑消息："放心，没什么大问题，只是年纪大了，一些肢体无力的急性表现而已，要住三天院，观察一下。"

张广回："好，谢谢，我早上五点下班。"

29. 夜，内景，张广家

慧子悄悄地进门。

慧子在帮小小洗澡。小小趴在浴缸里，吹着沐浴露的泡泡玩。

小小：慧子阿姨，谢谢你今天做饭给我们吃。

慧子：这有什么。

小小：你做饭还是那么好吃，妈妈老夸你心灵手巧。

慧子：哈哈。

小小：本来说，季节到了，妈妈带我去你那里摘草莓的。

慧子：（赶紧接住了小朋友这个话茬）没事，到了季节，我把新鲜的草莓第一个送过来给你吃。

慧子把沐浴球的泡泡点在小小的鼻子上。两人一笑，小小一头扎进浴缸里。

30.内景，张广家，晚

慧子在小小的房间，给小小吹干头发。

小小用学习机点开，发送信息，妈妈的 ipad 就会亮起来。ipad 的界面上还有很多推送，邮件、视频、各大 APP 的宣传消息。小小一直看着那个 ipad，把它放在床头柜上自己才能入睡。

31.早，外景，张广家门口

小小的校服被慧子整理好，手上拎着自己的长笛。

慧子：要比赛了吧。

小小：嗯！所以最近训练的时间很长。

小小走出家门，慧子在后面挥挥手。

32.早，内景，张广家

慧子瘫坐在沙发上，头微微侧着靠在沙发扶手上。张广下了夜班回来，声响太大了，吵醒了慧子。

张广：啊——我回来了。

慧子：啊，几点了。（自己看了看时间）啊，楼下洗衣店忘记开门了。老爷子嘱咐了的。

张广：(打住她)没事没事。你看，都这个点儿了，也没客人来。她上学去了？

慧子：嗯，说是晚点回来。

张广往厨房走去，准备去冰箱里拿两瓶冰水出来喝。张广打开冰箱，有些微微地怔住。特写冰箱里面：从上到下都被慧子整理过，里面有做好的饭菜，都用饭盒装好了。水果也被切好，变成了直接就可以吃的果盒。

张广走到客厅。

张广：你昨天就在这里休息的吗？

慧子：没事没事，就这儿，挺好的，我稍微休息了会儿。

张广：谢谢你。我是真心的。昨晚真是乱了套了……我的工作，就是老被他们嘲笑的，又忙又没什么晋升空间。

慧子：没有。

张广：我不会有什么好机会了——维修这行的，熟能生巧，熟也能生错，人年纪大了，体力、视力、反应都跟不上年轻人了。哎……当年学技工……还是老爷子教的，现在又觉得这工作不行、没有做律师，做医生体面。反正最后就什么都栽我脑袋上。（张广猛喝一口水）新来的小伙子，年轻力壮，干了两年，我都得听他使唤。夜班，说叫我去上，我就得去。西城跑东城，东城跑西城，发个微信就得说好。当面也是虚伪地叫"哥，辛苦你"，对领导又是一副面孔。没法说，怎么说。

慧子：会好的。娟儿以前就常说，会好的。

张广：你后来就没有再婚的打算？

慧子：（惊）你怎么知道的。

张广：很可笑吧……在之前，我都要想很久，我老婆最好的朋友是谁，我老婆平常最爱去的地方是哪里。连送花上门的师傅都知道，我老婆喜欢订向日葵和黄玫瑰，我都不知道。全世界都好像在怀疑我：你真的爱你老婆吗？

慧子：哪里的话。

张广：结果最后是我老婆抛弃了我。

张广沉默了许久。

张广：我看了我老婆留下来的日记。——我才对黄慧子这个人，有了很多片段接起来的印象。很多以前老婆跟我提过的痕迹就都浮现出来了。你还来我家做过客，还带小小去过植物园玩……那个打你的男人——不是个东西，居然还敢回来找你。

张广说这些话的时候，很多慧子和刘娟念书时候的画面，两个人一起带着小小去公园；娟陪着慧子去医院，搀扶着她；慧子离婚；慧子在农家乐的工作，慧子的生活片段很快地闪过。

张广：就这样过下去？一个人。

慧子：一个人。

张广：没有任何试试看的想法？

慧子：不会了，不想再接受任何人了。那些来自他人的，虚妄的爱，虚妄的保护和虚妄的道歉与关心，会让人心碎的。

33. 日，小小的学校门口，放学时间，一周后

小小哭丧着脸走出来，张广迎上去。

张广：怎么了？

小小拿着自己的长笛，什么也没说。

张广：爸爸今天没有迟到哦。

小小忽然一句话都不想说，慧子熟练地操持着这个家的家务，连平时脾气古怪的老父亲，对慧子的态度都很热情。张广一方面陷入深深的恐惧，一方面怀疑自己从前对这个家到底忽视到了何等境界。

34. 日，内景，张广家，第二天

慧子来了，拎着大包小包，熟练地给老爷子轮椅的轮子上了油，给老爷子制作了一个可以伸缩的长棍子。老爷子即使坐在轮椅上，也可以用这个去开整个洗衣店的电闸。

张广：这孩子从昨晚到现在一句话都没说。

慧子：怎么了？

张广：我不是跟你说了吗，一句话都没说！

慧子：你先别急。

张广：她妈妈走了以后，她对我就总是这个样子，要怕不怕的——什么都不说，她该不会是得了什么心理疾病吧？

慧子：别瞎扯。（顿）你知道她的ipad吗？

张广：什么？

慧子：她还在给娟儿的ipad充电……每天。给娟儿的邮箱写邮件，ipad的屏幕每次亮起，每天都有推送，她就总觉得妈妈还在。

画面震动了一下，邮箱提醒的声音，屏幕亮起的ipad。

35. 傍晚，内景，张广家

老爷子今天去下了象棋，回来得有些晚，轮椅的后面还塞了东西。洗衣店门口的电子"欢迎光临"不是很灵活，自动门没有打开。老爷子不知道怎么触动感应器，正好张广回来了。

张山：（非常热情地，具有亲和力地）慧子！！我今天买了咱们仨都爱吃的那个红豆酥，还是热乎的。

慧子在卫生间里拎着一个水桶。

36. 夜，内景，张广家客厅，即刻

张山被儿子推进了门，迫不及待地叫慧子尝尝。

张山：怎么样？

慧子：嗯。好吃。

张山：我一路揣着装回来的。生怕风吹了，生怕掉了给我碎了……哎哟哟。小小回来了吗？

慧子：在里屋练琴呢。

张山吃得有点掉在衣服上，慧子熟练地抽出手帕给老爷子微微地掸去。

张山：怎么样，开口说话没？

慧子：说了。一回来看着我就跟我说了。没啥大事，明早上要比赛了，她紧张，昨天又刚被乐团的老师批评，心里难过死了。（随意地）

张山和慧子非常生活化的对话，张广没有任何插进去的机会。

张广：我去洗个手。

慧子：唉——先别去卫生间，地上都是水，我还没拖地呢。

张广不听，嘭的一声重重地把门关上了。

37. 晚饭时分，内景，餐厅

小小没有来吃饭。传来悠扬的长笛声。

张山：吹得不错呀！咱们小小准能拿奖。

张广：不好好学习，净整这些。

张广冲到小小房间门口敲门。

张广：别吹了，出来吃饭。（有点凶的）快点！

慧子：干吗呀？

张广：别在那儿装聋作哑的，出来吃饭。

慧子：她明天早上7点就要去比赛了，你别打扰她。

张广：这么早，谁送她去？

停顿。

慧子：我。

38. 夜，内景，张广家客房

张广抱着新的床单被套，跟着慧子一起走到客房门口。

张广：你可以住在这里。

张广开门，开灯。

张广：这里你都很熟悉了，没什么要说的。

张广把床单被套扔在床上。

张广：好好休息，明天你还要早起。

慧子：你今天没夜班？

张广：没有。怎么，希望我去上班？

慧子：（体味到话里的刺）没有，你明天几点上班？

张广：很早。

张广准备离开，慧子目送他。

39.夜，内景，张广家客房，即刻

慧子清了清嗓子，张广没有停住的意思。

慧子：我犯什么错了吗？

张广：到目前为止，绝对没有任何错误。

张广非常响亮的，像是带着怒气的，把门关上。

40.日，内景，长笛比赛现场

小小在场上吹着长笛，底下坐满了一些父母，有一些带上了爷爷奶奶。父母们给自己的孩子拍照的拍照，录像的录像。

在悠扬的音乐里，小小幻想妈妈也坐在底下看着自己。

41.闪回

母亲送女儿去学长笛的时候，要骑着自行车经过一个上坡。妈妈每次都奋力地往前骑，小小就在后面喊："加油！加油！"

小小和老师一对一上长笛课，母亲在外面的窗户里看着小小跟着节奏吹起了笛子。

张广不在家，妈妈的生日。刘娟带着小小做手工的生日帽，小小画的一家三口的画，小小用长笛吹着《生日快乐歌》送给妈妈。

小小：为什么爸爸不回来呢？

刘娟：因为他有工作要忙，赚钱养我们呀。

小小：有工作就可以不和我们在一起了吗？我也要上学，还是每天和

你在一起呀。

刘娟：（亲了亲孩子）因为你是小孩子。

母女二人切蛋糕。

42. 日，内景，长笛比赛现场

小小幻想妈妈坐在底下，跟着旋律为女儿鼓掌。爸爸也在旁边，搂着妈妈的肩。

一晃神，那里空着位子，旁边只有冰冷的摄像机。

43. 日，内景，长笛比赛现场

张广偷偷地在幕布一侧看着女儿吹长笛，没敢到位子上坐着。慧子在他旁边，耸耸他。

慧子：真的不去？

张广：不去。

画面的背景声是主持人慷慨激昂的主持词：下面我们的评委正在紧张地计算分数中……本次比赛我们将会选出最佳个人、最佳团体、最佳乐手，最佳……

慧子：为什么？

张广：怕吓到她，她都不跟我说这些的。——说出来有点好笑，我都是在孩子他妈走了以后，要去接她放学，才知道她学的是什么乐器……真的很好笑吧，我以前好像一直记得她在学萨克斯。

慧子无奈地笑笑。

张广：我闺女台风真好，一点都不紧张。

小小在掌声之中上场。

张广：你说，以前都是娟儿见证这些时刻吗？

慧子：是吧。

张广：她什么感觉？

慧子：开心吧，骄傲。她当初非常支持小小学长笛的，说小女孩学乐器好，以后静得下心来。

张广：她做母亲的时候是什么感觉呢？是不是比做妻子的时候要开心得多？

慧子：我不知道。

张广：在她离开以后……我好像有了更多的时间去想她。去想她会怎么看，如果今天是她来参加小小的比赛，她肯定带着 DV 就开始拍，母女俩回家插着电视就开始看今天的录像带……不管成绩是什么，她还是会很开心。

画面渐隐。

44. 日，长笛比赛的采访

小小获得了亚军。小小和一群小朋友，还有他们的老师、父母站在场外接受采访。

记者：平时大概怎么练琴？

小小：天天练，一天不练就很难受。

记者：对这个比赛成绩满意吗？

小小：满意又不满意……谁不想拿第一呢……（小小一瞥，看见了匆匆离开的张广，在人群里躲躲闪闪的）

45. 日，外景，礼堂大门外长笛比赛的采访

张广跟着比赛结束后的人群走出去。

记者：下一次我市这样的比赛还会积极参加吗？——那时候就是高年级组，还有什么更多的惊喜带给老师们吗？

小小已经出神，没有回答记者的问题，她的目光看着在人群里的爸爸。

张广也意识到有人在看着自己。他看见了女儿，脖子上挂着奖牌，手上拎着证书，呆呆地站在那里。

46. 日，外景，街道／冰激凌店旁边

父女二人一同走回家。

不一样的是，这次是张广拿着女儿的长笛盒，小书包。

小小：还是有点不甘心，如果最后一段吹得好的话，我一定能拿冠军的。

张广：当然啦。

小小：为什么不坐下来看？

张广：怕你看到我来，会不开心。

小小：不会。

经过冰激凌店，小小的眼睛都直了。

张广：吃一个吧，要什么口味的？

小小：巧克力。

父女俩走过那个长长的坡，有一对父子也要经过。爸爸骑着自行车，载着儿子，书包挂在自行车篓子里。这位爸爸骑不动了，下来推着自行车走，一边推车一边擦汗。

骑车的爸爸：太陡了——太陡了。

儿子：（看见小小拿着的冰激凌）爸！我也要。

骑车的爸爸：什么？

儿子：冰棍！

骑车的爸爸：不行，一吃又要牙疼。

骑自行车的爸爸又重新跨上了自行车，非常艰难地上坡。

儿子：加油！加油！老爸，加油！

父子的声音渐渐远去。

小小：（一边吃冰激凌一边说）以前妈妈就可以骑上这个坡去。

张广：（吃惊）妈妈？

小小：嗯！她带着我，还有这个长笛。

张广：（难以置信）真的吗？

小小：真的，妈妈很强壮的。

47. 日，内景，小小的卧室

小小走回自己的房间，示意爸爸把长笛放进柜子里就好。张广站在小小的卧室门口，有些手足无措。

张广：可以吗？

小小：（疑惑）

张广：（小心翼翼地敲了敲门）我可以进来吗？

小小：当然！长笛就放在柜子这层。（说着打开了柜门）喏！

张广照做。柜子上摆了一些照片，相框都是手工做的，一看就是妻子爱弄的那些东西，照片上多是母女二人的合照。

照片旁边，就是慧子曾经提到的妈妈的ipad，正在充着电。

张广：我还怕你不想搭理我。

小小想把自己的奖状和荣誉证书挂起来，放在墙上。张广上去搭把手。

张广：你今天拿奖，我很替你骄傲，真的，小小，好像是这么久以来，第一次有了亲眼见证女儿的骄傲。——以前这种感觉都是妈妈独享吧！

小小：（挂起奖状以后，随意地拍拍手）明年我肯定能拿冠军！

张广：那爸爸能去给你加油吗？

小小：当然。

48. 日，内景，领导的办公室

张广毕恭毕敬地敲门。

领导：进！

张广站在门边。

领导：来，坐下就行。

张广坐下。

领导：干了几年了？维修队。

张广：快十年了。

领导放下手上的文件，对着张广。

领导：赵大勇出事了，你知道吗？

张广：听说了。但不是没什么大事吗？

领导：赵队长眼睛上次伤了……本来送到医院，说是轻伤，休息两三个月就能恢复，我们都松了一口气。结果上周，值夜班修13号线的时候，眼睛忽然什么都看不见——送去医院，说他们也没解决办法。

张广：啊？那现在环线地铁怎么办？

领导：（郑重地，摘下眼镜，看着张广）你行吗？

49. 日，外景，街道／公交车

张广一个人靠在车上，有人上车下车，公交车播放：下一站中山公园，您可以在此换乘地铁13号线，去往海湾广场、人民医院的乘客请注意……

公交车司机用方言喊：坐地铁的有没得，有没得，有没得？没得我走了！

一个老太太慢慢地挪动，嘴里一边说，等等，等等。张广站起来，扶了她一把。

公交车开过去，张广的眼前是刚刚翻修过的大大的13号线，中山公园的牌子。

50. 日，内景，商场

老父亲张山心情很不错，小小走在前面。

张山给儿子挑了好几件正式的衬衫，张广从试衣间里进了出，出了进。张山一直很开心，结账的时候，硬要给儿子付钱。

51. 傍晚，外景，街边，8个月后

张广看见马路对面的慧子，招招手，一路跑过来。张广穿着短袖衬衫，身上出了很多汗，一看就是狂奔而来的。慧子示意他慢一点。

张广跑到慧子身边。

张广：对不起，来晚了。

慧子：没事，搞什么搞成这样？

张广：13号线要做延长——规划了好几年了。上一个，趁着大病，都想让他下了，莫名其妙选我——我看透了，觉得我没在这种场合混过，摸爬滚打过，觉得我单纯，说啥是啥。（张广一股脑的气）我偏不。

慧子：当上领导以后啥感觉？

张广：累，没别的。几点了？

慧子：来得及。

52. 傍晚，外景，小小补习机构的门口

张广和慧子在等小小出来。

慧子：怎么样，朝九晚五的生活还不错吧？

张广：哎。没夜班，忽然有好觉睡，反而不习惯了。——你最近怎么样？快一年了吧，好像就见到你两三次。前几次还都是匆匆忙忙的。

慧子：在医院给老爷子交接的时候吧！

小小走出来。小小身上的东西都有了变化：书包买了一直想买的樱桃小丸子的，衣服也穿得很时尚，手上还拿着之前嚷嚷的礼盒水彩笔。慧子迎上去，递过自己准备的粉色小纸袋。

慧子：小小，生日快乐！

53. 晚，内景，张广家

生日结束后，慧子给家里做了一个大扫除，连老父亲的轮椅、拐杖，她都用抹布擦得干干净净。

张广：最近他的病好多了。

慧子：那就好。小的呢？你俩好点没？

张广：变了不少，爱说话了，也不怎么爱抱着那个ipad了……现在也是多才多艺的小女孩——也没逼她怎么样，就是自己要去学这些。（顺手拿起柜子上小小画的画）她搞的。

画上是一个小女孩，抱着一个月亮，旁边还有很多星星，一闪一闪，银河系都像是把这个小女孩环绕着。

慧子：很不错啊！

张广：就是数学不太行，也琢磨着给她搞个奥数班什么的。可能是有了新的事要做，感觉孩子和我都在慢慢走出来。

慧子：嗯……

张广：（忽然沉寂下来）但有时候还是会想，如果娟儿还在就好了。她能看到我现在这样就好了，她能知道这些就好了。

慧子：她会替你开心，非常开心。

张广：嗯？

慧子：是因为你的振作而开心，不是因为你的职位，你的薪水。

张广：我知道。

慧子：她是那么那么善良的一个人。

张广：我知道，虽然已经不爱我了。

慧子十分吃惊。

慧子：不会的。

张广：我亲眼看见的。她写的日记。只是为了不伤害孩子，仅此而已。

停顿。

慧子：她是那么那么善良的一个人。

张广：我有时候在想，我当领导主持会议的时候在想，老父亲生命去医院复查的时候我在想，送女儿上学放学帮她洗衣服的时候我还是在想……我想我已经慢慢学会了如何扮演一个合格的父亲和丈夫……甚至有时候我也在想？娟儿呢，如果娟儿在，她那么聪明，她一定知道要怎么做，但是偏偏她不在。

慧子：她会知道的。

张广：她不会，我花了这么长的时间去接受这个事实。（忽然转变语气和态度）以后在 a 市，有要帮忙的地方尽管提，（阔气地）你不用操心。

慧子：嗯。

54. 日，内景，张广的工作单位

张广穿越几个办公桌，一直打着电话，一边看表，一边有些生气。

张广：我说了——不行。我们没有这样的条件，不能这样。

电话那头：这不是你说了算。

张广：怎么不是我说了算？

电话被挂断，张广愤怒地：喂？喂？周围的同事都看着他。

张广：看什么！都赶紧忙自己的去。

55. 日，内景，张广的工作单位

同事们都在窃窃私语。

同事1：怎么回事。

同事2：我听说是咱们13号线延长线的事——具体不清楚。

同事3：吼——该不会是有贪钱吧。一进家里，连床底下都是人民币的那种！！！

同事1：瞎说。

56. 晚上8点，内景，地铁办公室外

张广拦住了加班准备下班的领导。张广依然是一副拒绝的态度，领导生气地把文件拍在桌子上。旁边的水杯被震倒了，里面的茶水，泼到了张广的衬衫上，衬衫的下半部分，被染成了深棕色。

小小背着书包，在外面看到了爸爸被训成这个样子。

57. 晚上8点，内景，办公室

张广：我说了——这真的不行，这个公司有不良记录，我们不能把项目给它。

领导：给不给不是你说了算，你签字就行。

张广：（震惊）

领导：你真以为自己是个什么？维修出身的，凭什么坐到这儿？要不是我当时拉你上来！你还在西城区那里的地铁下面上机油吧？

停顿。

领导：我想让你来就来，想让你离开，也可以让你滚。

张广傻愣愣地签了字。

58. 即刻，内景，工作单位的楼梯

同事1：咱们张领导，可真把自己当回事啦？

同事2：就是。要不是赵哥突发疾病，谁选他啊。

同事3：一个九品芝麻官，还觉得自己特能耐。

同事2：小点声，人家可还没走呢。

同事1：算了，人家赚的比咱们多……一个月多拿好多呢。

同事2：对啊对啊，咱们到底什么时候涨工资啊？

同事4：那可不！！（对着镜子补妆）我连娃的奶粉都快买不起了——

小小默默走过，站在楼梯下面默默看着这几个人离开。

59. 夜，内景，地铁站

小小背着书包在站台无聊地用脚画圈，看着爸爸走出来。爸爸挎着包，衣服上棕色的茶水渍很显眼，小小走过去，带着自己的伞。

小小：外面下雨了。

张广：哦——办公室有伞。

小小：爷爷在家发脾气了……他腿一点感觉都没有，让我把你叫回去。

张广：什么时候来的。

小小：刚刚。

60. 日，外景，地铁站

因为雨季到了，整个城市都很潮湿。地铁站也不例外，今天外面又下着雨，地铁站里也有点漏雨，地下的铁轨上也有水漫出来。由于这里是终点站，一边有车，一边没车。

特写，雨天铁轨旁有一株冒出来的水草。

61. 夜，外景，地铁站

张广和背着书包的小小蹲在铁轨旁边看着水草，小小好奇地用手指戳戳它，张广明显有些心不在焉。

小小：怎么长出来的呢——

张广：有水，有空气，有土。

小小一直看着青草地。

张广：回家吧。

小小不肯走。

张广：想要？

小小：想养起来。

62. 夜，外景，街道

小小抱着用矿泉水瓶装起来的青草地，张广打着伞，两个人也不说话。

张广：你对爸爸失望过吗？

小小：（不解）

张广：在妈妈离开以后。

小小不说话。

张广：我总是让你和妈妈失望吧——你们总是等待我的肯定，我的加入，等待和我一起吃的很多顿晚餐，等待着和我一起种的花……好像基本都没实现吧。

停顿。

张广：最后就是我这样——让妈妈离开了我们。

女儿什么话也没有说，她主动地牵起了爸爸的手。张广感受到女儿递过来的手，握紧了。

63. 日，内景，废弃的滚筒洗衣机里

青草地被父女二人养起来，旁边被张广摆好了照顾花花草草的工具。花铲、喷水壶、肥料等，应有尽有。

64. 日，内景，周末的下午

张广在打扫家里的卫生。一个大男人，穿着围裙，拎着水桶，挂着抹布，样子有些滑稽。他熟练地喷上洗洁剂，用抹布擦着书柜。

吸尘器的各项功能，各种模式，他也很熟悉了。

但洗到老父亲的病人穿的功能裤，他不知道怎么洗。拍照下来，发信息给慧子。

慧子：（回复）手洗，温水。有两层，要注意。

张广：OK，多谢。

擦到小小的书柜，张广又看见了那个妈妈的 ipad，他试着摁了好多次。ipad 由于长期没有充电的缘故，怎么都摁不开。

65. 日，内景，办公室

张广把自己的个人物品都打包，放进纸箱里带走。

因为地铁管理的原因，张广要么选择离职失业，要么选择去宁波工作。张广一声不吭地离开了办公室。关了灯，锁上门，把钥匙挂在了门上。

66. 傍晚，宁波外景，站台

小小和慧子刚刚下车。慧子手上拎着行李，小小在后面，两人跟着人流往外走。

小小：咱们待两天就走？

慧子：嗯。

小小：说好了啊，我学校只请了这么两天假。

慧子：（四处在找张广的身影）

在熙熙攘攘的集合点，慧子找到了张广。他匆匆跑过来。

张广：嗨——原来是这儿，我以为是南边那个口。（看见小小）哎——平时怎么也不多跟爸爸打打电话呢。

小小：我要学习嘛。

张广：走！吃顿好的去。

67. 傍晚，外景，地铁上，稍后

张广和慧子牵着小小，三个人在地铁上，地铁的玻璃窗上，是三个人在地铁里拥挤的样子。

张广默默地看着自己的女儿，一边在心里感叹，只是一段时间不见，女儿好像又长大了。

68. 夜，内景，地铁上，

有乘客买了一大束玫瑰花，大概是要送人还是庆祝什么的。乘客抱着花从他们三人身边经过，慧子下意识地从包里掏出口罩给小小捂着。

张广：怎么了，怎么了？

慧子在包里急着找药，没搭理张广。

但不幸的是，没过一会儿，小小开始狂流鼻涕，一直吸气，呼气。吸气，呼气，慧子把药喷在她鼻子里之后，才稍稍缓和一点。接下来频率很低的一直打着喷嚏，老半天才喘过气来。

慧子：好点了吗？

慧子耐心地用手帕给小小擦着鼻涕、口水。

小小：嗯。

地铁上有一对好心夫妇站起来让座给慧子和小小。

好心夫妇：你们娘俩坐吧，我们这一站就下了。（下车）

慧子带着小小坐下，一抬头，发现张广在看着自己。她知道她和小小并不是娘俩。

慧子：在地铁上经常这样的。

张广：怎么了，刚刚？

慧子：没事。（看着小小涨红的脸）花粉过敏。

张广：什么时候搞的？以前没有的啊。

慧子：这个春天——忽然犯了鼻炎——主要是空气太差了，对什么都很敏感。

69. 晚上，内景，张广家

小小坐在沙发上，看着电视里的卡通片。她戴着口罩，镜头转向餐厅，张广正在收拾他摆好的花，制作成的 happy birthday。张广把它们揉烂，扔进了垃圾桶。

70. 晚餐时间，内景，张广家

特写拍摄，张广一个一个端上来摆好了的晚餐。

张广：牛排、水果沙拉、巧克力蛋糕——

小小：真好。

小小没有开动。

张广：怎么了？

小小：慧子阿姨怎么还没回来？

张广：先吃吧。

小小一直喝着西瓜汁,吃着牛排里的土豆泥。

张广:多吃一点,都是给你买的。

小小:嗯嗯。

张广:冰箱里还有火龙果,等下切了吃。酸奶也是,都是昨天晚上就准备好的,你来了——(喋喋不休)

小小:嗯嗯。

停顿。

张广:你喜欢吗?小小,生日快乐。

小小:很喜欢。

再次陷入沉默,张广率先放下了餐具。

张广:你不喜欢。——以前你对我有什么不满意,不想和我说话,你就直接不理我,甩脸色,很直接。

小小:怎么了?

张广:你在骗我,你在假装。

小小走到电视旁边,关掉了动画片,房间里安静下来。

小小:你知道妈妈以前喜欢养花种花,你就买花给我准备生日。回来路上,发现我花粉过敏,又只能拆掉它们。很贵吧!这些花,这些气球。但我喜欢花,并不是因为我真的那么喜欢花,而是因为我喜欢和妈妈在一起,喜欢和妈妈一起过生日,你懂吗?

我默默吃饭,因为我没什么别的办法能表示,我在表达感谢。

张广:别搞得这么苦大仇深。

小小:你不用做什么事情都好像在寻求我的认可。

张广:(把盘子往前一推)我根本不该搞这个生日晚餐。

小小:是你根本不该让慧子阿姨离开。

张广:为什么?我在宁波工作了,很少能见到你,我只是想单独和我的女儿过一次生日,我想看看她长大了多少,高了没,胖了瘦了,有什么心事?我想关心她,我想离她更近一点。

小小:都不是,你是想为妈妈的离开在我身上赎罪。

停顿。

张广起身,把蛋糕倒进垃圾桶里。

特写，奶油蛋糕倒扣在垃圾桶里的样子。

张广：我们父女之间总隔着东西。

小小：有什么？

张广：嗯，总有东西。

小小：什么？

张广：伤害，距离之类的，大概是因为我害死了妈妈以后。对，我害死了。（说这些话的时候忽然直接了起来，再也不会磕磕巴巴）你还记得调走之前，你鼓励爸爸吗？爸爸在工作上受气了。

小小：但当面对这些的时候，你还是放弃了我，放弃了爷爷，放弃了洗衣店。

张广：我没有。

小小：那你为什么会在宁波？为什么明明在宁波还在做最辛苦、钱最少的修理工，为什么还要假装自己赚得很多，过得很好的样子？为什么爷爷病了也不愿意回去，就是要在宁波？

停顿。

张广：（非常吃惊）你怎么知道的？

小小：我一进门就看见你的工牌了。

71. 夜，内景，张广的房间

张广背靠着门，缓缓地坐下来，一动不动，双眼紧闭。

张广出门买酒，喝得烂醉，躺在浴室的地板上，用矿泉水给自己浇水。他拍拍自己，清醒之后半靠在瓷砖上。

摁亮了手机屏幕，是一家三口，小小在中间的三人合照。

72. 日，外景，游乐场的户外餐厅，第二天

小小端着餐过来。

慧子：小小无论是到哪里都喜欢吃炸鸡可乐啊——

小小：（咬一口，满足地）嗯——！

慧子：好吃吗？

小小：好吃！

73. 日，外景，游乐场的过山车

过山车在慢慢地向上爬。晴空万里，周围的人都或多或少地在议论过山车。小小却比较冷静，但当快到顶点的时候，她闭上了眼。

小小：他今天为什么不来？

慧子：（害怕地）啊？

小小：他今天为什么不来？

慧子：叫爸爸。

小小：既然是爸爸，为什么不来？

慧子：啊——（尖叫）过山车过了一个坎。

小小：（大声地）为什么没来——啊——

74. 日，外景，过山车旁边

慧子正在抱着垃圾袋吐。

小小：（拍拍她）没事吧。

慧子：（吐）没——

小小：咱们晚上一定得回去了。

慧子：（吐）嗯。

75. 日，外景，游乐场的卡丁车

小小在里面玩卡丁车，慧子在外面看着小小开心的样子，还帮小小照相。张广找了一个靠角落的长椅，坐下来，他远远地看着慧子和小小亲昵的互动，他打电话给慧子。

76. 日，外景，游乐场的长椅

慧子看着手机的消息，四处探头探脑，然后跑过来。

慧子：等了多久？

张广：一小会儿。

慧子：不去跟她打个招呼吗？

张广：不去了，在这里看就可以了。

两个人看着小小在里面开卡丁车。

慧子：她刚刚还问我你为什么不来。

张广：你怎么说的？

慧子：我说你在忙。

张广：哦。

停顿。

慧子：你们昨天怎么了？生日晚餐不愉快吗？

张广：没什么。

慧子：你不说，她也不说——

张广：老爷子还骂骂咧咧的吗？

慧子：好很多了——我指的是脾气上。

张广：身体呢——

慧子：不是很乐观。

77. 日，外景，游乐场的卡丁车

张广看着慧子给小小倒水喝，用湿纸巾给她擦汗，给她开下一局的卡丁车。两个人讨价还价地找硬币。

慧子跑过来。

78. 日，外景，游乐场的长椅

张广：以前我们一家三口也来过游乐场。她对这些项目是完全不感兴趣的，她喜欢玩那个打地鼠的游戏。投几个硬币进去，然后就开始拉着我打地鼠，输了就假哭，耍无赖。（想起那个样子笑起来）一定要把她妈妈身上所有的零钱都玩光，她才舍得走。在游乐园绕了一圈回来，还想玩打地鼠，就抱着我的大腿叫"爸爸——爸爸——"。

79. 日，外景，游乐场

游乐场的爆米花商店。

有小孩子在撒娇，要买爆米花吃。

也有一群朋友来游乐场，在商店买了可乐薯条，边吃边跑过去。

张广看着一堆孩子吃着零食走过去。

张广：现在小学高年级的孩子，都喜欢什么东西了？

慧子：现在的小孩都太早熟了。攀比的心也真是——哎，他们那些孩子，个个什么智能手表，智能电脑，还有大几千块的鞋。

张广：啊，这样啊。

慧子：这孩子还好——她就是有时候也想买买阿迪耐克的鞋。跟她爷爷撒娇，实在不行就发脾气，考了几次高分才给买了双鞋。

张广：(从凳子底下掏出一个塑料袋)幸好今天我还是来了，不然这个可能要作废了。我给她买的。我可能——不会亲手给她了。

慧子：什么啊。

张广：要不扔掉吧，她肯定不喜欢。

慧子：怎么行！要给她的。

张广：扔掉吧，太傻了。

慧子：不，我肯定会收好，等下回去就给她。

80. 日，外景，游乐场的走道上

一对情侣在跟摩天轮自拍。

女孩：再来一张！

摆出幸福的表情。

拍了好多次，女孩都不是很满意。

女孩：这样这样，这样我们都能塞进去。(嫌弃地)哎呀，你就不能摆出亲我的表情吗！

81. 日，外景，游乐场的长椅

女孩：(走近张广和慧子两个人)那个，可以帮我们拍张照片吗？

张广：嗯。

张广接过女孩的手机。

女孩和男孩靠在一起，两个人都有点僵硬。

张广：这这这——哎呀，稍等。(张广不太会用)

慧子：(接过来)我来。

慧子稍稍蹲下来，换好了角度。

慧子：来，没事，微笑就可以。哈哈哈哈靠近一些。准备，1，2，3！多来几次，1，2，3！1，2，3！

慧子把手机递过去。

慧子：怎么样？

女孩：好看，喜欢。(幸福地)你们要照吗？我帮你们拍。难得天气这么舒服，这里阳光很好的。

慧子：不用了，不用了。

女孩和男孩走过去的背影,两个人搂在一起,一路上一边看着照片,一边不停地傻笑。

82. 日,外景,游乐场的长椅

慧子:卡丁车要结束了吧。

张广:你去吧,我回单位了。

慧子:真的不去打个招呼吗?

张广:不去了。(张广从口袋里掏出一把硬币)特意带来的,这个等下给她打地鼠吧,不知道她还玩不玩。

慧子:好。

张广:我撤了,你们别搞得太累。

慧子:嗯。(停顿)真的没什么要说的?

张广:真的没有。

天上的云在移动,他们站的长椅一边忽然特别晒,一边忽然暗下去。

张广:今天天气是真的挺好的,难得。(一手插着口袋)

慧子:大晴天。

张广:嗯,挺好的。

慧子:宁波气候怎么样?

张广:一般挺好的。

慧子:下雨多吗?

张广:多——但挺好的。

旁边的大摆锤荡过来,荡过去,伴随着人群的尖叫。

张广:天气挺好的吧。

慧子:对,晴天,挺好的。

83. 夜,内景,张广家浴室的地板

爷爷上半身赤裸着,旁边的水盆倒在他身上,沐浴露的泡泡围绕在他的脚边。爷爷洗澡的时候滑倒了,但是再也爬不起来。

爷爷一个人用脚踢着水盆发出声音,一边嘴里喃喃自语,但收效甚微。

84. 夜,外景,宁波街道

慧子接到紧急电话,爷爷是被来洗衣店取衣服的顾客发现的。现在已经送到医院了。

慧子：好，好，我立刻回。

85.夜，内景，宁波车站售票大厅

慧子拉着小小一路狂奔。

慧子对着售票窗口。

慧子：改签一张最快的票——谢谢。（紧张地）

慧子紧紧搂着小小。

86.夜，内景，回程的火车上

慧子和小小两个人气喘吁吁。

慧子一直在打电话和人沟通。

慧子：好——好——马上回。

挂断。

慧子：现在各项情况都稳定下来了吧？嗯，我们晚上就到，回来补交。谢谢，谢谢。

挂断。

慧子：啊！不好意思——王婆婆是吧。洗衣店这两天都关门了，你明天来取，或者我给您送过去……对不起。

小小一直看着慧子。

终于安静下来，慧子看着窗外，又看着小小。

慧子把张广送的礼物给小小。

张广送了一个玩具熊一样的书包，娃娃熊的手上还被张广别了一张心形卡片，卡片上写着：给小小。

87.夜，内景，医院，爷爷的病房

慧子和小小急匆匆地赶过来。

医生：老人家本来身体就不好——你们怎么还把他一个人放在家里。这一摔……老人受了凉了，引发了肺炎、水肿……现在一堆并发症。你们做孩子的怎么搞得？

慧子：对不起，对不起。

医生：老人家说腿疼，已经打了镇定剂。现在睡着了。

慧子：好的，好的。

医生：先去一楼把钱交了吧。（把爷爷的住院卡递给慧子）

88.夜，内景，走廊外

慧子在焦急地联络张广。只能听到断断续续的声音，慧子的音调慢慢地提高，但是无济于事。小小坐在走廊尽头的椅子上，抱着小熊书包打瞌睡。

慧子：那我真的劝你，有种别回来。（慧子生气地摁掉电话）

慧子走到小小身边。

小小：爷爷还好吧？

慧子：没什么大事。

小小：不愿意回来吗？

89.日，外景，家门口

小小背着书包已经骑上了自行车，慧子拎着保温桶往公交站走去。

慧子下了公交车，在人群中都护着保温桶，走进医院大门的时候，手机响，他打开看。

是张广汇过来的一笔医药费。

慧子把手机丢回包中。

90.中午，内景，宁波地铁的食堂

张广跟工友们打招呼。

张广点点头。

工友：一起吃啊。

张广：哦，好。

餐桌旁边有水果、酸奶等，张广根本没拿。

工友：唉——你傻啊，白送的你不拿。（工友一把抓，多拿了很多，放到张广的餐盘上）

张广：哦，谢谢。

工友开始吃起来。

张广的手机界面一直停留在拨打电话。

工友：有心事啊？分居太久和老婆闹别扭了？哎哟嗬——我们这些打工的大老爷们儿，老婆在家带孩子太不容易了！上有老下有小，有什么

事情是我们不可原谅的哦！她要什么就给她买什么哦！万事都依着他的哦——

张广还在出神，工友晃晃他。

工友：喂——喂——喂——

张广：哦，怎了？

工友：哎哟，和老婆有什么好闹别扭的嘛……实在不行，床头吵架床尾和，都是一家人，实在有什么，我们这些常年在外的。唉——兄弟，我没记错你也是从外地调过来的吧？

张广：哦，对。

工友：（带着口音，但又亲切地）是不咯！我也是。我跟你说，上次我跟我老婆吵得女儿骂我，我的亲爹妈骂我，岳父岳母骂我。我急了，一气之下买了张票周日就回家了。一回家他们抱着我就是想啊，念啊，爱啊，疼我疼得不得了。兄弟哦——有什么好吵的哦，大不了回家看看他们……都是一家人哦。

工友的声音减弱。

画面渐隐。

91. 日，内景，宁波的公寓里

张广一个人对着一团乱麻的宿舍，发自内心地叹息。

他一次又一次重复地把衣服收拾到一起，但总是失败。

92. 夜，内景，医院，爷爷的病房

老父亲躺在病床上熟睡着，张广带着花，偷偷进来了。

张广：爸，您怎么病成这样了？……爸——不是说只是肺炎，马上就能好起来吗？

沉默。

张广：爸，你还记不记得我小时候你带我去我们家后面几条街的东坡酒楼啊。那里的红烧鲶鱼和红糖酱饼……我们都好喜欢吃的。

镜头一晃过年轻时候的父子，变成了酒楼里靠窗的座位，父亲带着儿子点了很多菜，最后叫服务员上了一份冰沙。

张广：爸，那时候我们就说每年家里聚会，都一定要来东坡酒楼聚会啊。结果现在酒楼越做越好，环境也越来越好，我们却好多年都没去吃过了呢……

镜头晃回现在的父子。

张广：爸，我好没出息的……爸，你病了我不敢回来……我真的不知道怎么回来……爸，我刚升职的时候，我想到处跟人说，我发现我变得厉害，我发现我有出息了。结果老婆也不在身边了——我那天绝望到只能对着窗户外面，自己跟自己说话。女儿参加比赛，我都只敢默默地躲在侧面看……爸，你记不记得我小时候你去参加我的家长会，班主任告密说我上课看漫画啊？

镜头转到年轻的父亲正在追着淘气的儿子，在家中暴打。

张广：爸，你该站起来狠狠抽我一顿的。不管是做丈夫，做父亲，还是做你的儿子，我都太不合格了……我像一个垃圾堆里爬出来的人，什么都没学会。爸，我真希望那天晚上我没送娟儿，真的……那现在一切都不会是这样；爸，我也不会和女儿变成这样，我一定会多花时间去了解你们；我也不会遇见黄慧子的……爸，我不敢回来的很大原因是我不敢见到她。我们一家人欠她太多了，我知道她不会想要钱的，可是除了打钱，我不知道还能给她什么。

镜头接过，张广在宁波的工作，他走入银行看着自己的余额，办手续的画面。

张广：但是爸，我也有了很多的。我的工资涨了好多，你以前老说我没出息没钱给你买洗衣机……老爸……

张广连夜离开了，他站在医院的楼下，一直看着爸爸病房的窗户。

93. *夜，内景，病房*

慧子带着小小走进病房。

慧子：还是昏迷？

医生：（摇摇头）不乐观。

慧子：我进去看看。

慧子拉着小小一进门，看见了床头那束鲜花，慧子呆呆地愣住了，两人对视了一眼。

小小：咱们把花养起来吧。

94. 日,外景,葬礼

(以下的画面都没有声音)

老父亲一病不起,去世了。葬礼上来了很多亲朋好友,都在跟张广握手。

面对爷爷的离开,小小冷静了很多。小小身上开始有了早熟的气质,她给宾客们送上白色的花,学会了带着礼貌的表情和宾客握手。

95. 日,吃饭时间,内景,吃饭的会厅

宾客 A:好惨哦,这两年一连走了两个。

宾客 B:最可怜的是孩子吧……我看那个小女孩一点都不像现在这个年龄的孩子的样子哦。

宾客 A:那旁边那个女的,是他家保姆还是新欢哦?

宾客 B:谁知道呢。

宾客 C:我说真的哦——小孩子不懂事算了,这个张广怎么回事,自己亲爹死了,一滴眼泪都不流的,什么意思啊?

……

镜头转向正在和爷爷生前的朋友交谈着的张广。

96. 日,吃饭时间,外景,餐厅的外面

张广一个人坐在餐厅的外面。有餐车、服务员来来回回地经过,张广的手机通信页面是和妻子的聊天。

页面停留在妻子的最后一句话:我到了,老地方等你。

97. 日,内景,吃饭的会厅

张广冲回会厅,开始大口大口地狼吞虎咽起来,近乎绝望地吃着东西,周围的宾客都被他的举动吓到了。

他的脑海中回忆起很多画面,电影画面也随之变化:刚刚相识的时候,结婚的时候,生了孩子之后,慧子和妻子两个人一同郊游的时候,小小说最喜欢一家三口在一起的时候,张广躺在沙发上等着妻子给他剪鼻毛的时候,妈妈陪着女儿练长笛的时候……这些记忆呼啸而过。

张广还在狼吞虎咽。

慧子在一旁轻轻拍着他的后背。小小看着爸爸,她不知道说些什么才好,流下了近似于委屈和心疼的眼泪。

98. 一组生活画面

新一届长笛比赛的前夕。

张广熟练地做好了晚餐，切好了水果。

他把客厅打扫干净，把被小小放乱的电视机遥控器放回收纳盒里。茶几上的零食袋和垃圾，也被他清理干净。

回到沙发上，他学着用柔软的湿布给小小擦琴，然后把它放进琴盒里。

小小：老妈做起这些事来真是100分，就是老是用这一套要求我。什么东西要放在该放的位子，打扫卫生，水杯每天要洗这样的……有时候挺烦的。

张广：嗯，她也老骂我不叠被子。

小小：是吧，妈妈现在还会记得我们吗？

张广：不知道。

小小：我觉得会。

张广愣了一下。

小小拿出那个旧旧的 ipad，ipad 已经很久没有充过电了，按了好多次开机键，都摁不开。

小小：那时候天天拿那个学习机打字，给妈妈写邮件。妈妈的邮箱还在这上面，只要有新邮件，桌面就会有推送。只要屏幕一亮，就老觉得妈妈还在身边。放学的时候，经过洗衣店的拐弯，一闭眼就会看见拎着菜篮子站在路口的她。剪刀和做了一半的手工，原封不动地摆在那里——好像妈妈只是出去旅了个游，马上就回来。

沉默。

小小：妈妈肯定还记得我们，永远记得。

99. 傍晚，外景，电器修理店的门外

（闪回）

慧子：怎么会修不好呢？我们去别家看看。

小小捧着那个坏掉的学习机，屏幕已经碎掉，电池盖也不见了。

小小：没事。

慧子：肯定能修好的嘛。

小小：再买个新的吧，这个四年级买的，用了快两年了。

慧子：别这样。

小小：再买新的吧，里面的东西只要我自己知道就好了。

100. 夜，内景，张广家的客厅

小小：那天我就想明白了，记下来的东西，只要脑子里记下来了，就会一直记得的。妈妈带着所有关于我、关于爸爸的记忆都会一直在的。我再写给她什么，她都是接收不到的，就像那个坏掉的学习机，即使碎成那样了……我也还记得里面写的东西，还有加入的什么奥数题啊、玩过的小游戏啊之类的。

张广轻轻地摸着这个旧 ipad。

小小：妈妈会成为我们身体的一部分的，非常缓慢——非常亲密，非常坚定的一部分，爷爷也是。

小小看着爸爸，张广在出神。

小小：我早就原谅你了，你不需要再做任何伤害自己的事，爸。

101. 夜，内景，滚筒洗衣机

画面晃到滚筒里的青草地。

青草地已经长得更为茂盛了，和几年前还在地铁铁轨里的样子截然不同，旁边甚至还有小小给它买的肥料。

每一小包肥料上，小小用便利贴写了使用方法和频次。

102. 日，外景，洗衣店的门口

小小特意背着张广在宁波买的那个小熊书包，带着长笛去参加比赛了。

张广看着女儿背着自己买的书包的背影。

张广：我还以为你会觉得有点幼稚。

小小：爸——你真的没必要这样。事情已经慢慢过去，你不用总是觉得自己做什么都是错。

沉默。

小小：我会努力闯入决赛的。

张广：当然！

沉默。

小小在等着张广说些什么。

小小：决赛是下周五，早上十点开始。

张广：嗯。

小小还在等着张广说些什么。

张广：我一定到场，一定的。

103. 日，外景，咖啡厅

慧子和一个阳光的大男孩对坐着，看见张广来了，一副没找到人的样子。慧子热情地挥挥手。

张广疑惑地跑过来。

张广：我以为是你呢——就没注意有两个人坐的桌。

慧子：介绍一下，我男朋友。

张广和男孩互相点头示意。

张广：啊——什么时候在一起的？

慧子：上个星期刚确定的关系。

两个人互相看着对方，有点不好意思地笑了。

张广：啊——祝福。（忽然想起来约慧子的目的）那个，长笛比赛——小小今年拿了冠军，你没去，她挺遗憾的。这是参赛乐手留存的碟，（张广把用红色丝绒盒包装好的DVD，递到慧子的手上）她一定叫我送过来。

慧子：啊，谢谢。小小呢？

张广：（不好意思地挠挠头）因为是冠军，所以去参加全省的排练了。这周都不在。

慧子：太好了太好了。

沉默。

张广：我可能该走了。（站起来，鞠躬）真诚地祝福你们，真的，也一直谢谢你对我们家的帮助——我——

慧子：喝点什么？

张广：啊？

慧子：喝点什么？（召来服务员）坐下吧！

服务员点完单，离开。

慧子：说说吧，今后的打算——调回来以后的。

张广：至少没有再从最基层做起了，工资还可以，养家糊口自力更生，没有问题。

慧子：没必要勉强你自己忘记什么。

张广：嗯。

慧子：我到现在也没有重新站起来。（停顿）你也没有必要勉强自己弥补什么的，你始终是她的父亲。

张广：嗯。

慧子：重新站起来很难，但重新换一个方式比较简单一点。

张广：你这么说是因为你毕竟不是跟我一样深切的当事人——所以你可以这样甩手离开，所以你可以这样劝我不要意志消沉。我可能要花一辈子的时间去给我的女儿赎罪——我做什么都是错的。

沉默。

张广：慧子，人的昨天、今天、明天都是完全不一样的。你不能拿你现在的幸福来衡量我。不可能！你是娟儿的朋友，我没什么好多说的——可是，那个人，她其实一点都不爱我，对我没有感情，于是她就在这种"不想要这个废物做我的丈夫"的不想要中，死掉了。

张广快速地站起来，椅子发出很响亮的声音。

张广：真心祝福你们，是吧？恋爱顺利——我走了。

张广又折返回来。

张广：这顿我来埋单。

张广叫来服务员付钱。

104. 日，外景，公交车

张广看着外面的街景回家，他昏昏欲睡，忽然看见窗外有一个摔倒的老人。张广忽然醒过来，立刻在下一站下了车。

105. 夜，内景，关门的洗衣店

工人们正在改造洗衣店，门上已经贴了出租的标语。

张广在和女儿打电话。

张广：对啊，在那边吃得好吗？蚊子很多？哦！一定点蚊香。嗯——明天下午我去车站接你。拜拜。

106. 夜，内景，小小的房间

张广拿了女儿房间里书架上的旧 ipad，给许久没有打开过的 ipad 充上了电。

张广也在编辑邮件：

冰箱里的饭都吃了，除螨仪也修好了，床单都是刚刚换洗过的。长笛比赛也拿了奖，附上小小演奏时的照片。

张广给 ipad 写邮件，屏幕会忽然亮起来。张广看着亮起来的屏幕。

张广：我和妻子什么时候认识的呢——我老婆啊——很土很俗，总觉得红色的东西能带来好运。我们第一次见面的时候，在我工作的地铁站，雨天，她呆呆地拿着一把小红伞。

张广闭上眼睛。

张广的梦里，是一家人去公园玩，公园的景色也就是很常见的绿叶红花、风车、放风筝的一家老小。

女儿捧着一把小草皮，和在地铁站的时候一样，撒娇求爸爸能把这块青草地带回家。

张广：我老婆啊——总觉得红色的东西能带来好运——

完

教师点评

电影剧本《青草地》的完成度较高，情感细腻，具有生活气息。全剧围绕着一户平凡市民的家庭生活展开，作者关注整体情境的营造，在创作中能够有意识地侧重于对人物情感的捕捉，削减激烈的外部冲突、出场人物也不多，努力探究的是人物之间关系微妙的变化。全剧以一个有些压抑的普通家庭的故事为背景，作者想要通过张广丧妻之后的逃避行为来展示、呈现当下社会普通人在平静之下内在撕裂的痛苦，表达作者对于人生的一些思考——当意外改变了所有人的生活状态，被挤压的人生和不为人所接纳的痛苦等一切问题的根源，实际还是在于自己内心的想法和态度。

总体而言，作者在创作中对于剧中人物及其相互关系的设置较为讨巧，比如，让死去的刘娟在影片的主体部分作为一个隐藏角色存在，却始终是牵动着出场人物的情感和行动轨迹的枢纽，影响着其他人物的行动及关系的发展变化。原本张广一家夫妻之间、父子之间、父女之间的情感矛盾都是隐而不发的，妻子刘娟之死使主人公张广第一次对原有的生活有了审视，而作为"闯入者"的慧子的到来，则给这汪已有波澜的死水豁开了新的缺口，让原有的被压抑的情感得到了宣泄和疏导，全剧的戏剧性也由此不断生发开来。

全剧在叙事的同时，注重对于剧中人物的塑造刻画，令每个人物怀揣自己的心结不断行动并与其他人物产生情感纠葛的过程中，人物的内心随着剧情的发展逐渐展开和深入，并在根据指导意见不断修改剧本的过程中，对于剧情推进的各种铺垫、伏笔等的设计不断精修，并能够把握适当的时机加以运用调配。不过，剧本中部分场面的影视化处理还有待加强；对于人物自身的情感弧线以及与其他人物的联系的把握上还需加力，如张广与慧子的关系问题、慧子如何使这个家庭发生改变等在处理上还不够充分，而张广和慧子的冲突、张广父女之间的矛盾爆发等，也可适当增加铺垫并强化外在的呈现。

第六章 文献剧创作

第一节 文献剧的概念与历史

李亦男　张岩

在德语中，文献剧（dokumentarisches Theater，Dokumentartheater，也译作"纪实剧场""纪录剧场"）指的是以"现实"或者"事实"（Fakt）为戏剧构作出发点的剧场艺术创作形式。关于"现实"与"事实"这两个概念，在文献剧的历史发展过程中一直有所争议。在20世纪六七十年代之后，随着媒体学（Medienwissenschaft）作为一个独立学科的逐渐成熟，这些关于到底何谓"现实"的争论更是愈演愈烈。在20世纪80年代之后，德语中也出现了对于这种剧场体例的其他一些称谓，如"现场艺术"（Live Art）、"媒介剧场"（Medientheater）、"历史剧场"（Geschichtstheater）、"活历史"（Living History）等。

文献剧的核心，是生活在当下的人们对于历史（曾发生过的事件）的认识与再现。德国当代文献剧戏剧构作凯·图赫曼（Kai Tuchmann）将文献剧理解为一种"对于历史的另类书写"方式，这是与社会权力结构紧密相连的主流历史叙事（如学校历史课本、电视等主流媒体中播放的历史纪录片等）相对而言的。文献剧多由非职业表演者出演，在公开或半公开的社会空间中，用剧场手段（如人物扮演、排演等）对历史事件、过程、人物等进行呈现。这种剧场形式与传统意义上的"历史剧"之间的重要区别是：不是要演出（Enactment）某种历史材料本身，而是对发生的事情进行重演（Re-enactment）。文献剧所意图展现的并不是一个故事（故事性的历史剧因其追求统一性的手法，往往不能脱离主流历史叙事），而旨在将社会讨论（"话语"，Discourse）搬上舞台。文献剧所要展现的是当下的社会和政治状况，而并不是要用历史故事或真实人物构建戏剧性的舞台事件。

在德语国家，文献剧的发展大致经历了三个历史阶段。一、20世纪20年代，以皮斯卡托（Erwin Piscator, 1893—1966）作为核心代表人物，皮斯卡托希望将他的政治剧场建立在科学引证的基础之上。皮斯卡托认为，政治剧场的创作基础不是对作为陈词滥调的世界观的重复，而是从真实生活中找出论据、材料，并且用科学的方法、材料做出对观念的论证[1]。在20世纪60年代，霍赫胡特（Rolf Hochhuth, 1931—2020)、基帕德（Heinar Kipphardt, 1922—1982）、魏斯（Peter Weiss, 1916—1982）等基于当时的政治讨论，用文献剧的形式对欧洲纳粹时代的历史进行反思。魏斯认为："文献剧是一种报告式的剧场。记录、档案、信件、统计表格、股市消息、银行和企业的结算报告、政府报告、讲话、采访、名人名言、报纸广播报导、照片、纪录片，以及其他的当代见证是文献剧演出的基础。文献剧包含各种各样的述说角度，它把真实的材料拿过来，不改变其内容，只在形式上做加工，将这些材料在舞台上呈现出来。文献剧与每天从四面八方向我们袭来的新闻消息的无秩序特点是不一样的，它在舞台上呈现出某种选择性。这种选择的基础是以特定的社会政治主题为中心点的。恰是这种批判性的选择和原则保证了文献剧的质量。"[2]

在20世纪90年代后期，德语国家涌现出了文献剧的第三次潮流，以里米尼记录（Rimini Protokoll）、她她波普（She She Pop）等团体和克罗辛格（Hans-Werner Kroesinger）等导演为代表。这次文献剧新潮是与后现代

---

[1] 欧文·皮斯卡托：《政治戏剧》，聂晶译，文化艺术出版社1985年。
[2] Weiss, Peter, "Das Material und die Modelle. Notizen zum dokumentarischen Theater." In: Theater heute 3 (1968), S.32。

主义、后戏剧剧场息息相关的。欧洲启蒙主义时期，黑格尔将"历史"视为一个"整体"，理性主义的历史叙事成为一种宏大叙事，"历史"在"绝对理性"的时间中展开，人们坚信"元历史"及其规律性。而在20世纪70年代之后的西方后现代主义思潮中，福柯、巴特、鲍德里亚、德里达等理论家对启蒙理性提出了质疑，着力分析历史文本的修辞与结构方式。历史在解构的过程中走下神坛。德国剧场艺术理论家雷曼将"真实地闯入"作为后戏剧剧场的主要特征之一。剧场不再展示完整、具有统一性的历史叙事，不再试图对历史材料做一览全貌的把握，而将各种视角的文献材料直接在舞台上加以呈现。

20世纪90年代以来的这次文献剧新潮主要以对事件亲历者的访谈为创作的材料来源，有些作品类似于当代历史研究中的口述史。第三次潮流的主要代表性演出团体"里米尼记录"，将生活中的普通人称为"日常生活的专家"，让他们站在舞台上讲述自己的亲身生活经历与体验。2002年，曾在吉森大学应用戏剧学系学习的几名学生，赫尔嘉德·豪格（Helgard Haug）、丹尼尔·魏策尔（Daniel Wetzel）、斯蒂芬·凯吉（Stefan Kaegi）建立了这个文献剧团体。豪格在解释他们的创作宗旨时说："从一开始我们就讲，这是一种纪实剧场。就像纪录片与通常的电影有所区别一样，我们的形式与使用演员、角色、文本的机构性剧场是不一样的。"[1] 他们的最初作品之一《德国之二》（Deutschland 2，2007）的表演者是200多位波恩市民，他们要原文复述柏林议会代表们的讨论、模拟讨论的现场，旨在探讨什么才是联邦德国"民主"的实质。2005年的《加尔各答电话》（Call Cutta，2005）中，印度加尔各答某个电话中心的电话员通过手机导引柏林的观众穿过自己的城市，该作品探讨全球化大潮中的种种问题。2006年的《索菲亚-X货车》（Cargo X，2006）的主角则是两个保加利亚的卡车司机，他们到处巡演，拉着改装成看台的一整个集装箱的观众，开车驶过每日的生活场景：公路、加油站、仓库……作品的目的，是让欧洲观众认识到自己习以为常的舒适生活是怎样建立在被忽视的劳动的基础之上的。2008年的《宣礼员广播》（Radio Muezzin，2008）中，来自开罗的宣礼员和观众

---

[1] https://www.rimini-protokoll.de。

分享了他们的仪式和信仰。这个作品把欧洲观众通常感到陌生的，甚至常怀有敌意的伊斯兰世界呈现在观众面前……在这些剧场作品里，"里米尼记录"把在舞台上自己展现自己的表演者叫作"专家"。这透露出主创者的想法：艺术不应该凌驾于普通人的生活之上；正相反，艺术家应该向生活里的专家请教。豪格说："我们把剧场创作看作是一种相遇。我们的作品是认识他人、观察生活的一种方式。"[1] 里米尼记录创作作品的开始阶段有些类似于社会学或人类学的田野调查。豪格解释说："我们创作的开始不存在文本，我们从学究式的调查研究开始，对一个地点、一个系统、一种仪式感兴趣。我们的想法经常从日常生活里来，在穿过城市的路上，在旅途中，在阅读报纸的时候，在看电视的时候，在跟人谈话的时候。如果我们对一个主题感兴趣，就会开始寻找这方面的专家。查电话簿，登报纸广告，去特定的场所。演出的文本是在很长时间之后的排演中才产生的。是和我们的'日常生活专家'一起创作的。这些专家对我们的知识进行指导。"[2] 很明显，"里米尼记录"感兴趣的不是被社会上层阶级加以"亘古价值"光环的文学，而是我们生活的当下世界，是人类社会，是普通民众。他们使用"dokumentarisch"（纪实/文献）来形容自己的作品，却不愿陷入所谓以戏剧创作"追求真实"的伪命题之中。实际上，一切艺术创作和记录都包含主观性。在剧场的另类空间环境中，观众（通常是西欧城市有产阶级）被创作者引导，以平等性、共通性为原则，重新审视在日常生活中为统治者话语所构架的"现实"。"在共通语言和创制对象、故事和论点的共通能力的平等性中，人们不得不重新铭写它们。"[3] 通过"里米尼记录"的剧场作品，观众的美学能力得到了培养。可以说，这是另一种形式的教育剧场。

克罗辛格（Hans-Werner Kroesinger）是德国文献剧第三次潮流的主要代表人物之一。和里米尼记录的小组成员一样，他同样毕业于吉森大学应用剧场艺术学院，从20世纪90年代开始做文献剧，通过大量的书籍、档案阅读来寻找剧场文本资料。克罗辛格感兴趣的话题包括1977年"德意

---

[1] https://www.rimini-protokoll.de.
[2] 同上。
[3] 同上。

志之秋"恐怖主义袭击、1961年耶路撒冷的艾希曼审判、1994年卢旺达种族屠杀等。克罗辛格将自己视为德国20世纪六七十年代第二波文献剧的继承者，将舞台看作是"信息传播媒介"（Informationsmedium）与"分析的工具"（Analyse-Instrument）。而作为后戏剧剧场的代表，克罗辛格和德国文献剧第二波的剧场作者们有着明显的区别——他坚持在舞台上展现多重视角，反对任何形式的偏袒一方（Parteilichkeit）。德国第二波文献剧代表人物之一彼得·魏斯认为："文献剧是有所偏袒的，它代表一种另类的方式（eine Alternative）。现实无论多么显而易见，文献剧也可以深入每个细节处，对现实进行解释。"[①]魏斯强调的"另类"视角，是针对主流历史叙事而言的。而在克罗辛格看来，魏斯对另类视角的强调，只是以另一种宏大叙事代替了主流社会普遍接受的宏大叙事而已。克罗辛格试图通过作品反对任何形式的一致性。他拒绝"立场"，而旨在展现历史事件、政治决策的复杂背景，从而"让人看穿自己在其中行动的机制"。在舞台上，他把不同视角的文本（如历史文献、文学文本、统计数据、亲历者的讲述等）拼贴在一起，使用各种媒体（如演员的现场表演、视频转播等），让它们交互补充、批注，甚至互相解构。

第二节　文献剧的戏剧构作

李亦男　张岩

在文献剧里，带有真实社会历史生活痕迹的文献材料进入剧场中。通过这些材料，虽然并不能把剧场等同于日常生活，然而由于历史性等特征，它们却能将剧场中的讨论带入到真实的生活中。在文献剧中，关于历史真实的表意往往是多重的，是区别于经典叙述中表述的唯一性的。文献，作为公共社会生活的产物，同时作为记录载体的材料是具有符号意义的。例如，现代公民社会中个体身份认定，依靠的是作为文件的身份证件；奢侈

[①] Weiss, Peter, "Das Material und die Modelle. Notizen zum dokumentarischen Theater." In: Theater heute 3 (1968), S.32.

品的名牌标志具有的不仅有市场营销学中的识别功能，更有附加的消费主义的品牌文化价值；身体也是文献，社会历史等公共文化往往在社会中个人的身体中找到鲜明的痕迹。换句话说，文献作为有记录功能的载体，它的真实性不仅在于它记录内容的真假，还在于它对现实的介入，这一介入是具有历史性的。

在当代文献剧的戏剧构作中，文献并非以信息交流的方式直接给出——像美国20世纪30年代的"活报剧"（Living newspapers）中那样将社会事件用在场的演员表演出来，而是创作者从其个体角度出发对于文献本身的历史性的展现。这种展现不是还原事实，而是关于文献的反思。如同阿尔杜塞（Louis Althusser，1918—1990）对于布莱希特的史诗剧的观察一般，唯物主义的史诗剧中存在历史时间和寓言剧时间的并存；只有在历史时间内才可能进行唯物主义的反思。这意味着在文献剧构作中，文献本身并非戏剧构作的起点，针对文献的反思才是。文献作为公共历史时间的产物，其本身是带有时代特点和主观性的。而恰恰在将文献与其当时的社会背景联系起来之后，它可以在现时时间内体现出其历史性的特征，而文献剧同样是关于现时性存在（presence）的艺术。这种现时展现的历史性正为剧场内的观众提供反思的材料，并且这个反思是即刻的。从而，如何完成文献材料的距离化和反思的当下化，是文献剧戏剧构作的重要任务。

米洛·劳（Milo Rau）也将他的文献剧戏剧构作工作方法叫作重演效应，即真实的历史文献材料在现实存在的剧场当中的效应的重新发挥。在米洛·劳的文献剧中，对于具体真实事件的调查是他创作的起点，这些研究所产生的材料同时成为他的剧场中的展演材料。然而，对于这些真实事件的调查和介绍，并非是通过简单地将事件在剧场中重新演绎出来进行的，而是通过文献的历史性和剧场空间的现时性的互动与合作。在他的文献剧《再度上演：剧场的故事》（*La Reprise：histoire(s) du théâtre (I)*，2018）中，真实发生在比利时列日市（Liège）的谋杀案再次上演，信息给出的方式是案件调查式的。一个剧组来到列日市，想要获得2012年伊桑·扎尔菲（Ihsane Jarfi，1980—2012）被谋杀案的信息，并将其排演成剧场作品。开场时，该剧组的演员首先分别对自己的生平和经历进行了介绍，这些讲述都是三位演员真实的自白；而后，剧组开始招募列日市的居民作为演员。

三位应聘的居民在接受剧组提问时也讲述了自己在列日市的生平,其中两位是真实的列日市居民,另外一位是演员扮演的列日市居民。在这些自白中,列日市的失业问题、移民问题、工业转型中遭遇的困难等一一被揭示出来。随着演出的进行,三位演员开始为扮演谋杀案中的角色而试演。通过由失业青年扮演的谋杀犯,北非移民扮演的被害人和独身女性扮演的被害人母亲的虚构独白,真实的谋杀案被以口语的方式重新讲述出来。并且,在一些谋杀场景的重现中,身体的展演和影像媒体的使用都成为案件再现的方法。在这部作品的最后,剧中扮演被害人的演员在被杀害后从地上爬起,开始直接对观众说话,向观众提问这种悲剧应当如何解决。从这部戏看来,米洛·劳所谓的"重演"的过程,是发生在作为历史材料的文献和作为现实能动的个体——在场的演员和观众,两者之间的反应。剧场中的表述关于历史事实,更针对当下的现实提问:口语的讲述、身体的展演和特写镜头的使用,这些剧场的表述方式在向演员和观众观看态度提出疑问;面对无辜的受害人和失业的凶手,面对这一真实发生在列日市的事件,演员如何处理,观众如何观看。这些提问和现实信息传递共同为文献剧的表达起效,这就是米洛·劳所说的他在试图寻找的在剧场中生产真实的形式。

在文献剧的创作中,戏剧构作的工作内容不仅包括对信息的收集,还包括对收集到的信息的分析和认识。文献剧的资料的收集是调查式的。由社会调研形成舞台本,成为中央戏剧学院《戏剧构作实践工作坊》课程的常见做法。在2015—2016年的文献剧项目《家》(*HOME*, 2016)中,2013级戏剧文学系35名年龄在二十岁左右的年轻人,对与自己年龄相仿的、性别相同,并来自同一省份的在京外来务工人员进行了跟踪调查。这长达一年的调研是舞台演出本的基础。在2018级戏剧策划与应用专业同学所做的《北京地貌》项目中,同学们对各组调研的公共场所的文献资料的收集、调查同样是研究工作的第一步。这一工作包括对历史资料、新闻报道等文本的收集,还包括田野调查。调查所得的这些材料是下一步同学们进行剧场创作的素材。比如,有三位同学的研究区域是北京郊区的一个村庄。这个村庄由于在二十年前离某音乐学院近、房租低廉,聚集了很多北京地下摇滚乐手。今天,这个村庄正在被改造成公共绿地。而当年住在这里的乐手有许多已经成为音乐偶像,并获得了商业上的成功。这个组的同学想要反思这样一个问题：当边缘文化在主流文化中获得成功的时候，它是否也从而丧失了它的特质？带着这个问题，这个组的同学首先对与这一村庄相关的新闻报道和书籍进行了收集，其中包括二十年前某当地作家对于该村的描述，以及在当下的新闻中关于村庄改造的报道。其次，这个组的同学还收集到一些影像资料，其中包括一个拍摄于 2000 年年初的关于在该村居住的乐手们的纪录片，和近期网络媒体对于已经在商业上获得巨大成功的乐队访谈。与此同时，该组同学还进行了多次对比考察。在对该村的历史和地理情况有了清楚的理解后，同学们联系到当年曾居住在该村的乐手，对他们进行面对面的访谈。此时该组同学手里已经有了大量可以丰富和加深反思的一手材料。同时，这组同学阅读了阿多诺（Theodor W. Adorno，1903—1969）、布尔迪厄（Pierre Bourdieu，1930—2002）和戈夫曼（Erving Goffman，1922—1982）等社会科学类作家的书籍。这些阅读和考察都是他们对于自己关心的问题进行反思以及进行文献剧创作的基础。

虽然文献往往具有强烈的公共性、历史性，但是文献剧戏剧构作的讨论并非一定要指向公开事件的讨论，它还可以作为对于私人经验的反思。在由戏剧策划与应用专业的同学集体创作演出的文献剧《赢得尊冷》（2016）当中，创作者进行的文献资料收集工作实际上就是对三名演出者个人经验的收集和研究。值得注意的是，这样关于个人经验的研究并非要探究所谓的心理真实，而是将这三位二十出头的年轻人的大量梦境作为研究材料和样本，放置在社会生活的公共语境下进行讨论。文献剧戏剧构作的工作虽然是针对过去的材料进行研究，但是它始终面对当下。这一工作要考察的是文献所承载的历史是如何在当下的时代背景中，如何在当下的观众的观看行为中被讲述出来的，历史是如何和现实产生联系的。在文献剧《黑寺》（2017）当中，创作者对白庙——北京市昌平区的一个城中村展开调研，包括对于村中设施的观察和探访，对于生活废弃物的收集和对村民的走访等。经过选择的调研材料（包括录制的声音、收集的垃圾、访谈手记及昌平区政府网页文字等）以拼贴方式展现在舞台上，促使观众对"黑寺"村的现状进行反思。

如同皮斯卡托在 20 世纪 20 年代的意图，文献剧的戏剧构作是政治的、介入现实的。并且，因为文献剧中历史和现实共存的矛盾的时空，文献剧甚至比现实本身更具有政治性。通过对于剧场中的集体的观照，文献剧几乎可以直接在剧场空间中重构历史，因为戏剧构作、表演者和观众都是历史的参与者。

第三节　文献剧戏剧构作作为创作方法在 2017 级戏剧策划与应用专业"戏剧构作实践工作坊（四）：文献剧工作坊"中的教学与应用

李亦男　张岩

由于全球新冠疫情暴发，中央戏剧学院 2017 级戏剧文学系戏剧策划与应用专业的同学们在大学三年级的下学期无法返回学校，教学在微信、腾讯会议等网络平台以线上的形式展开。由戏剧文学系彭涛教授、李亦男教授和德国文献剧戏剧构作塞巴斯蒂安·凯泽尔（Sebastien Kaiser）共同主持的"戏剧构作实践工作坊（四）：文献剧工作坊"在这学期展开。在这个工作坊中，文献剧的戏剧构作作为文本的创作方法是教授的重点。在疫情期间，在排练室、剧场等公共场所关闭的情况下，经过三位老师的指导，在学期末，2017 级戏剧策划与应用专业的同学们每人完成了一篇文献剧文本的创作。在这些文本中可以看出，通过对于文字素材的拼贴、结构，文字同样可以像音乐、服装、灯光等剧场元素一样起效。

在文献剧文本的创作中，以戏剧构作作为创作方法，第一步要做的是确定创作主题。在这次"文献剧工作坊"中，创作主题的确认来自同学们对于生活当下的外部世界的关照，即从 2020 年 1 月起全球新冠疫情的暴发。这次几乎属于全人类的健康、医疗危机，不但为文献剧的创作提供了丰富的资料和素材，也使同样经历其中的创作者——2017 级戏剧策划与应用专业的同学们面临这次巨大的全球公共危机，对当下自己所经历的生活产生深刻的反思。彭涛老师在课堂上指出，第一步就是要确立创作主题，然后再根据主题收集资料、挑选素材。课后，同学们对创作主题进行了构思，其中包括"被称作家的空间""谣言与事实""恐惧"和"网上恋爱"等。

根据这些主题，同学们进行了材料的收集。

在对同学们材料的选择和收集进行了阅读之后，戏剧构作凯泽尔提出了一个重要反思——这个问题也涉及文献剧剧本创作的下一步工作，那就是戏剧文本不等于科学报告。凯泽尔认为，同学们收集的资料虽然非常详尽，并且以时间顺序排列起来，但是将这些科学报告呈现在戏剧舞台上并不合适。同学们选择的素材应该以剧场艺术演出的逻辑重新结构。这就涉及文献剧文本创作中的一个重要手法——拼贴（collage）。课堂上，拼贴手法的教学伴随着对两个文本的读解，这两个文本就是由李亦男老师和凯泽尔共同挑选的薄伽丘（Giovanni Boccaccio，1313—1375）的《十日谈》（*Decameron*，1349—1353）和阿尔托（Antoine Artaud，1896—1948）的《剧场与瘟疫》（*Le Théâtre et la Peste*，1934）。

在对《十日谈》和《戏剧与瘟疫》这两个文本的研究中，凯泽尔将重点放在了文本中体现出的思想所引起的对当下生活的反思上。在凯泽尔的文本讲解中，《十日谈》虽是几个世纪以前逃往乡村躲避瘟疫的意大利贵族青年男女讲的情爱故事，但是小说开篇却描绘了佛罗伦萨深受瘟疫之害的图景："话说基督降世之后过了硕果累累的一千三百四十八年，意大利最美丽的城市，出类拔萃的佛罗伦萨，竟然发生了一场要命的瘟疫。不只是由于天体星辰的影响，还是因为我们多行不义，天主大发雷霆，降罚于世人……"[①] 在对文本的读解中，凯泽尔并不倾向对文本做内部研究，不是思考这样一个开篇如何对随后的情节进行了铺垫，而是将对文本的解读指向外部。关于这段话，凯泽尔启发同学们注意的问题是：在薄伽丘时代的人看来，瘟疫发生的原因是当时的佛罗伦萨社会中太多的不义和罪恶。同时，凯泽尔指出，在《十日谈》中，薄伽丘对于瘟疫时期的处理实际上是带有抵抗性的，就像小说中的青年男女为躲避瘟疫来到乡村寻欢作乐。凯泽尔认为，在薄伽丘这里，笑和作乐是对瘟疫的抵抗手段。在讲解之后，凯泽尔要求同学们从《十日谈》的文本中挑出5~8段内容，这些内容要和同学们的创作主题、积累的材料等产生有趣的关系。

同样，在对阿尔托的《剧场与瘟疫》的阅读中，凯泽尔建议同学们在

---

① 薄伽丘：《十日谈》，王永年译，人民文学出版社2015年，第43页。

文本中找到对于文献剧创作具有启发性的句子。凯泽尔举了一个例子,他在《剧场与瘟疫》中找到瘟疫与舞台展演的共同点,比如,两者都有巨大的感染力,一场展演可以扰乱感官的宁静,可以释放被压制的无意识,这一过程可以推动一种潜在的抵抗。凯泽尔认为,在阿尔托对于展演和瘟疫的对比中产生了这样的结论:就像在剧场中一样,瘟疫开始的时候,人们会做一些他们通常不会去做的事。凯泽尔将这一结论引入同学们的文献剧创作中。他启发大家,虽然拼贴通常是理性思考的结果,在拼贴背后有思维、语言逻辑的运行,但是拼贴也可以以非理性的方法进行,比如以随机的方式将材料进行关联。

在同学们进行文献剧资料收集和对上述两个文本的读解过程中,文本的拼贴作为文献剧戏剧构作的重要结构方法,在彭涛老师、李亦男老师和凯泽尔的共同指导下,同学们将"拼贴"作为最主要的工作方法加以运用。文本拼贴虽然主要是对文献剧文本的创作加工,但是如同在阿尔托的残酷剧场当中,文字同样具有作用于剧场元素的力量。比如,在同学们的文本拼贴中,出现了对音乐的描绘、由句子长短构成的文本节奏、由叙述唤起的不同联想等。像剧场元素一样,拼贴文本同样可以引发观者、读者身体的反应。同学们在文献剧工作坊中学到的拼贴方法,并非是唯一的——可以是引发理性思考的语句连接,也可以是随机的、达达主义的创作方法。在凯泽尔的讲解中,文本拼贴的主要手法首先是由不同文本构成演出脚本的具有层次的文本,而层次间体现出的感知原则由同学们自己把握。

凯泽尔举例说,如果要讨论全球新冠疫情和剧场的关系,那么就可以选择《剧场与瘟疫》的文本片段作为一层,而创作者自己的日记、创作者个人化的讲述可以作为下一层。这样做并不是仅仅为了破坏原文本的意义,而是在打破原有文本秩序的情况下,在原文本含义的基础上生发新的意义。而这样的拼贴仅是最机械的办法,更好的方式是有意识地编译文本的各个部分,并将它们彼此联系起来;在拼贴文本中制造语义的冲突,然后尝试解决。创作者不需要过多地试图控制这种联系,这样会破坏观者、读者的联想;文本拼贴在语义上应该总有着一种不可预测性。因此,在工作坊的最后,2017级戏剧策划与应用专业的同学们完成的文本拼贴作品应满足三个要求:第一,要有标题和摘要:摘要要求学生清晰地表达作品的主题;第二，戏剧构作：文献剧的文本应该依照戏剧构作方法建立起来，反思整个拼贴文本的结构以及如何构成有趣的舞台呈现；第三，拼贴文本中要有不同层次的对抗：要尝试使用将文本分层的技术，并在不同的材料和叙述之间建立相互对照的联系。

在工作坊的最后，同学们出色地完成了文本拼贴的任务。这些作品将同学们面对全球新冠疫情这一公共事件时的个人经验与思考当作创作素材，以拼贴的手法滋养文献剧的创作。作为素材的这一个人化的反思是指向外部公共经验的，它意味着在公共历史事件中的个体经验被以历史资料的角度保留下来，成为可见、可读的历史的一部分。

附："戏剧构作实践工作坊（四）：文献剧工作坊"实录

拼贴：结构与历史[①]

塞巴斯蒂安·凯泽尔

2020 年 4 月 10 日

如何构造拼贴、如何安排材料将是我们今天和下周课程的主题。

我知道，大家在彭涛教授和李亦男教授的指导下，选择了一个非常严肃的文献剧主题：新冠疫情。我根据你们已经收集的资料总结了一些标题和方向：（1）我们湖北的同学的日记；（2）新冠疫情主要事件的时间线；（3）来自湖北志愿者和基层活动的报道；（4）以流行病为主题的电影（《传染病》《极度恐慌》等）；（5）与瘟疫暴发有关的艺术作品和文学作品（薄伽丘、加缪的小说）；（6）心理调查问卷；（7）新闻、演讲、媒体报道、官方声明；（8）关于新病毒的科学知识。另外，你们都选择了一个个人的

[①] 摘自新冠疫情期间，中央戏剧学院 2019—2020 学年第二学期线上"戏剧构作实践工作坊（四）：文献剧工作坊"课程塞巴斯蒂安·凯泽尔发言记录。

话题并收集与之相关的材料，包括文学文本、日记、社交媒体上的聊天、歌曲、诗、朋友的报告、新冠疫情下的某些个人经历，等等。你们选择的所有话题和材料都是与疫情相关的，并且很有创作文献剧的价值！

当然，这些严肃的话题需要被非常精确、认真地处理。你们还应该意识到新闻报道（或者是科学报告）与舞台创作之间的本质区别，你当然可以像在科学报告中那样罗列事实和材料。但是，如果你仅仅用科学的论证和理性的方法来安排材料，那么科学报告和剧场艺术的不同在哪里？你又为什么需要剧场？答案如下：是的，我们剧场是一种宣传或教育的手段，而我们要用理性和论证方法来构建材料。剧场提供了可能，它让现实或科学报告的结果展示给观众。剧院可以比科学专家的圈子有更多的观众，有非专业的观众，这是科学界所没有的。

我想教给你们的方法是很不同的。没错，让科学的文字、科学的成果走进剧场！让我们不要害怕剧场舞台上复杂、困难的文本。让我们不要害怕用难理解的内容挑战观众，甚至是用专业的科学知识。但是，让我们也意识到科学研究和剧场艺术的区别，让我们在剧场中使用剧场艺术的可能性！剧场艺术创作中的可能性与科学、事件报道是不同的。剧场艺术中会有矛盾的状态，会引起对立的想法，能激发联想。所以我的建议不仅是一个简单的"是"，而是双重的"是"：第一，让我们在舞台上使用事实和科学论证，让我们用非常精确的态度来对待材料内容和我们的研究；第二，是的，让我们把这些事件和严肃的话题做成剧场艺术，让我们利用舞台的可能性！

制造剧场效果的一个简单要素就是对抗。例如，两种不同文本的形式的对抗，两种不同内容的对抗。不同文本之间的对抗是剧场艺术的拼贴里非常重要的元素！

2020年4月17日

目前柏林、德国和欧洲的所有剧院都关闭了，不允许排练。然而，政治家们对下一步的计划仍然没有任何看法。这使得这样一个问题比以往任何时候都显得更加紧迫：什么是与剧场相关的？在疫情过后，我们在剧场能做些什么？我们应该思考哪些只有剧场才能给出答案的问题？这是一个宽泛的问题，我们不太容易回答，但是我们应该记住这些问题，因为我们在未来将必须要面对它们。

再次感谢彭涛教授和李亦男教授。也许拼贴有助于回答相关问题：对当前的发展做出快速反应，并以我们现在拥有的可能性尽可能地去反映它们。我们没有剧场，没有排练场所，但我们有时间、电脑、数字化的连接。我认为你们为文献剧所做的材料收集就是对现状的一种快速反应。

今天，基于你们准备的材料，我打算和你们谈谈构建拼贴的方法，以及思考经典文学如何在其中发挥作用。

经典文学的一个优势是，它们有着庞大的复杂性。例如，在薄迦丘的《十日谈》中，你可以找到大量的动机、连接和暗示，文本非常高明。对我来说，那些经典文本常常与一般的当代文本形成对比，而后者试图降低特定信息的复杂性，从而具有容易被人理解的信息，甚至一个卖点。对我来说，精读经典文本并从中发现问题、主题、启迪和复杂性是一件重要的事。找到精读文本的目的也是我想教你们的……

回到拼贴。请记住，拼贴就像拼图，你不自己写任何东西，除了你的日记，只是编辑材料，把材料放在一起。把材料放在一起的一种方法是：对抗。让我们把你的个人日记称为第一层，让我们将某个经典文本，在我们的例子中是《十日谈》称为第二层。把第一层和第二层放在一起最简单的方法是机械的，比如，你日记中的第一天加上你在《十日谈》中的第一个引用片段，再加上你日记中的第二天，再加上你在《十日谈》中的第二个引用片段……这是一种严肃、机械的做法。当然，更好的方法是有意识地编辑片段，并使它们相互关联。像一个画家，慢慢来，尝试让两个文本产生对抗且让对抗的效果吸引到你。调解文本，调解冲突，不断尝试。

片段一到片段二应该有某种联系，但是不要试图过多地控制联系，因为可能会破坏联想的效果，它应该保持总是不可预测的一部分。

两层文本的对抗是最简单的拼贴方法。当然，还有无数的选择和可能性，可以是一些其他的东西，而不仅仅是一篇经典文学作品或一本日记，就像我们上周说的，它可以是一首诗，一首歌，一段电影里的台词等。当然，一个拼贴不能只有一层，而是要有三层、四层、更多层，这样才能对某一主题有不同而复杂的视角。我们的主题是新冠疫情危机。冯陶婧创造并发现了各种材料，在这个主题上找到了多重角度：一个叫作家的空间；罗逸凡找到了很多关于普通人在隔离时期奋斗挣扎的励志材料，以及非常美好、感人的故事，并且还有查尔斯·狄更斯的一首诗。但在你们深入拼贴内容之前，我想在你们收集的材料的基础上，继续谈谈拼贴的结构。

阅读你们收集材料时，我看到了以许多不同的方式构造拼贴的潜力。例如，齐子悦选择了卡夫卡的文本《变形记》。该文本用于构建拼贴会是非常有效果的，将卡夫卡的短篇故事删减成特定的片段并添加其他材料，直接与疫情的情况相联系，这在舞台上会很有说服力。它有一个很大的优势：小说有一个叙述者，以第三人称的叙述可以改成第一人称叙述者。比如，我醒了，我变成了一只虫子，我听到了父亲的声音、母亲的声音，等等。用第一人称叙述使演员很容易说出小说的文本，观众们听到马上就会觉得很有趣。我很喜欢阅读冯陶婧的资料收集，其中提到了电脑游戏"动物之森"，我可以想象以那个电脑游戏为基础来构建拼贴（当然其他的选择也是可能的），例如，（1）空岛；（2）两只动物和一个兵营；（3）五十只动物，房子，学校等。你可以继续玩这个游戏，看看可以达到什么样的水平，然后你可以在你的拼贴里描述这些发展，接着放入第二层、第三层等其他材料，这将会是一出有趣的戏剧构作。隋小萌讲述了社交媒体上一个男人的故事，一个又老又穷的男人，他总是重复着："感谢你点击爱心。"我认为可以通过重复这句话来构建拼贴，这可能很有实验性，但为什么不呢？也许是有效的。"感谢你点击爱心" + 材料1+"感谢你点击爱心" + 材料2+"感谢你点击爱心" + 材料3……

2020年4月24日

上节课我们讨论了像拼图一样做拼贴以及使不同文本形成对抗的方法。

拼图是二维的，只存在于空间中，但是剧场艺术总是发生在空间和时间里，所以在逻辑上它有开始和结束。在开头和结尾之间，你应该考虑到戏剧构作的各方面，就像传统戏剧的戏剧构作一样。要注意的是，你的拼贴从哪里开始，到哪里是中间，要到哪里结束，编辑和构建你的拼贴时请时刻记住这些。

这里有一个构建拼贴的简单方法。例如使用新冠疫情暴发的时间表，你们的资料收集中有它，你们从第一天开始，关注中间发生的事件——继续进行隔离，最后结束于我们目前的世界的情况。然后你可以把你个人的主题，你个人的材料或者你想表达的每一个东西都融入这个结构中。这是一个很容易被看出来的结构：首先是开端，中间是戏剧构作的部分，第三是结局。这些都是显而易见且微不足道的，我明白，我只是提出来对这一点的关注，因为你们收集的资料仍然是原样，我希望你们更进一步。下一步是，将它们做成带有特定主题的，以及戏剧构作的真正的拼贴，因此，你应该考虑采取以下步骤发展你的拼贴：

1. 你想表达的是什么？你想处理的中心主题是什么？
2. 你从哪里开始你的主题？又去往哪里？中间是什么？
3. 什么是建立对比和激起联想的好材料？

另一种有趣而又简单的构建拼贴的方法是使用短篇小说。短篇小说有开头和结尾。所以我喜欢齐子悦的想法，她建议使用卡夫卡的《变形记》。以这部小说为基础构建拼贴的一种方法是：格里高尔·萨姆沙醒来，他变成了一只虫子，进入监狱/隔离区，最后结束于萨姆沙先生的死。所有不同的发展步骤都可以用来添加在你已经准备好的、与新冠疫情有关的其他材料。因此，卡夫卡的短篇小说永远伴随着、面对着另一种材料来源和另一种叙事。我认为这些不同材料的冲突可能会产生有趣的效果，正如林丹所建议的，说唱歌曲也是如此，让特定的歌曲独立，一首歌曲（作为文本和歌词）也可能是一种构建拼贴的方式。

许力为她的拼贴起了一个很好的标题，《一个月前，我背叛了反网恋团体拥有了网恋，一个月后，我和那个家伙分手了，因为他给我发了那个表情符号》，我喜欢这无止尽的标题。这和卡夫卡的情况是一样的，首先，有人以第一人称叙述者的身份说话，这很好——我醒来，我背叛了，我分手了，因此趣味集中在第一人称叙述者上。故事有了发展——背叛反网恋组织，与此同时，网恋关系变得问题重重，麻烦不断。许力这个话题其实很好地反映了我们的现状，因为除了那些与我们隔离在一起的人之外，目前还不可能有比网恋更好的恋爱方式，我们现在都是网恋者。

2020 年 5 月 8 日

在讲完如何构造拼贴的方法后，今天和下周我想给你们讲一些艺术史上拼贴的例子。我相信有些电影和美术史中的例子，你们已经了解过并且很熟悉了，因此，我想重点讲一些你们可能不太熟悉的例子。

但首先是一些初步的备注：拼贴总是将分离的、独特的元素进行汇编，你也可以说，语言是独特元素的汇编。书面语言的最小单位是字母。在拉丁语中是：a, b, c……在汉语中是不同的，因为用以表意的文字数以千计。因此我只谈拉丁文写作，我想我能把自己的意思讲清楚。书写系统的最小单位是一个字母。（在电子音乐中，最小的单位是样本；在数码图片中，最小的单位是像素。）在这种背景下，你可以说，每个单词都是字母的拼贴，句子可以看作是单词的拼贴。构造这些句子拼贴的规则是由语言科学，即语言学来描述的，这是几千年的文化传播形成的语言规则，比如，语法。

有些人研究已经有几百年历史的单词和句子的拼贴，我们称这些人为：作家，诗人或者科学家。我们不把书、散文或戏剧看作是由单个和分开的字母组成的拼贴，因为我们习惯于在阅读、听这些文本时带着特定的内容或特定的意义去理解它，当我们在课堂上讨论一篇文章时，你自然会等待被教授这些特定的内容或意义。

当我们把语言作为一种文化交流工具时，我们总是会忘记语言的复杂规则，忘记了帮助我们进行"有意义"交流的语言基础。或者更好的说法是：我们使用复杂的语言规则，却总是意识不到它的存在。但是纯粹的书写系统本身并没有意义，正如伟大的法国语言学家费迪南德·索绪尔（Ferdinand Saussure）所描述的那样，它是一种任意的符号系统。

在20世纪初，艺术家们才开始处理语言超越意义的维度。围绕在库尔特·施维特斯（Kurt Schwitters）或雨果·鲍尔（Hugo Ball）身边的，来自德国或瑞士的达达主义者们开始创作诗歌，这些诗歌只包含一些字母和本身毫无意义的单词。这些诗人把他们的诗歌作为一种声乐杂技，在俱乐部、综艺节目和剧院里表演，作为一种声音的表演。这是语言和它的最小单位——字母在没有含义的初级水平上的研究开端。达达主义者的这些实验附带证明了，当可被操纵的语言变得有意义会产生怎样的结果。在政治和意识形态方面，在世界上的每个社会中，语言的可被操纵的潜力都是一个深远的话题。

继续讲达达主义。达达主义的文字拼贴是模拟的艺术，是对手写文本或者用机械打字机在纸上写文本的模拟。但仅仅几十年后，由独特符号组成的语言技术就被应用在了20世纪的主流机器和主流媒体设备上——计算机！这种数字机器只能读取和计算独特的符号，因此它保留了那些电脉冲on/off或者0/1的标志。

第一次尝试用数字机器编辑诗歌，是在传奇的Zuse Z22上实现的，后来拥有第一个控制计算机的程序的模型一般被认为是Zuse Z3，由开拓者康拉德·宙斯（Konrad Zuse）创造。（如你们所知，计算机的发明与军事发明密切相关，尤其是原子弹的试验。）1959年，马克斯·本斯（Max Bense）使用了这台电脑来编撰诗歌，他称他的计算机试验为：人造诗歌，那时编撰的规则很简单。这台机器本身非常大，很遗憾，我现在不在家，因为我家里有一个1959年的视频，显示本斯在电脑前生成诗歌，这台电脑有整个房间那么大。

大约在20年前，大多数人刚出生的时候，当个人电脑便宜到每个人都可以买得起时，基于电脑的文本编辑的试验也增加了。注意：你们必须记住这一点，你们都是伴随着电脑长大的，电脑和芯片就在我们身边，但比如彭涛教授，李亦男教授和我，我们仍然了解一个没有电脑的时代，或者计算机只专门用于军事或非常非常专业的工业、实验室或工厂的时代。20世纪80年代发明了第一台个人电脑的IBM，康懋达（Commodore）、雅达利（Atari）把电脑带到了每个人的家里。我们现在正坐在起居室里，或者一些人躺在床上使用电脑进行交流和教学，这些都是20世纪80年代以来计算机在日常生活中的突破。

无论如何，大约在2000年，由于使用计算机变得正常和自然，使用计算机编写文本的尝试增加了。我记得有个引擎可以模仿哲学家，被称为哲学发电机。还有一个功能是所有学生的梦想——为学生写家庭作业。你只需键入你的任务，按下一个按钮，你为下一课要写的家庭作业就完成了。不是很棒吗？

我和一个朋友在2001年也参与了这些试验，并开发了一个被期望于写诗的媒体艺术项目：一种诗歌机器，或者说是一种基于电脑做出来的可以被认作是诗歌的词汇拼贴。为此，我们从歌德、席勒、荷尔德林等人的德国经典著作中挑选了约10000首诗。我们分析了这些诗歌，并编写了一个算法，也应用了一些语法规则和韵律规则。这个引擎可以在网上下载，点击几下，你就可以编辑包含一些特定的主题的诗，比如，爱，渴望，忧郁，死亡……

　　幸运的是，那台诗歌机不太好用。

　　所以在未来还是需要真正的诗人，计算机不能代替个人写作或创作过程。但我想告诉你们下面的故事：我们送了一首电脑生成的诗去参加德国的一个诗歌比赛。我告诉比赛的组织者，我是这首诗的作者，从比赛的评委那里得到的反馈是，我是一个很有天赋的诗人！一种恭维！并以我的名义在大赛组织者的年度选集上发表了这首计算机诗。

　　当然，现在你已经知道了图灵测试的所有含义。谁在写作：人还是机器？或者是否可以说：谁是机器，谁是作者？

　　但是我们的诗歌机的失败表明了两件事：（1）语法和句法的规则仍然太复杂，计算机无法模拟；（2）至少在那个时候，计算机是不可能模拟内容，它只能复制那些愚蠢而毫无意义的符号、字母……就像达达主义者的拼贴一样。

　　通常这里有一个"但是"。我认为在未来，人工智能会改变这种情况，事情会变得非常非常复杂。20世纪80年代，世界从模拟世界变成了数字世界，从一个日常生活几乎没有电脑的世界到一个日常生活被电脑主宰的世界。我认为，我们正在经历的新冠危机将我们与数字设备捆绑在一起，加快了我们的日常生活不能没有人工智能的进程。我们仍然可以说出文本、绘画、诗歌、歌曲等是由人还是机器制造的。但现在我们已经在word或微信等程序中使用了自动书写支持、自动翻译、图像的某些智能过滤器……一个特定的内容由人还是机器创造，我认为这只需要几年的时间，非常难说。人工智能将成为我们生活的一部分，让我们记住这一点。

2020年5月15日

　　上周我给你们讲了两个非常极端的文本拼贴例子，它们处理了书写语言中任意的、本身毫无意义的字符、属性、性质，达达主义者对字母和单词的排列和用计算机进行诗歌的数字计算，用算法编程。我想向你们展示，拼贴技术可以走多远，对于这样一个普通的拼贴任务来说，你可以进行得多深入，关于语言的基础，语言学，计算机科学……

　　拼贴随处可见。我相信你们都已经在电脑或手机上对视频进行过简单的编辑。电影的诞生就是把现实切割成碎片，然后用现实的碎片拼贴起来，再把它们在电视屏幕或电影中连接起来，剪辑，剪辑，剪辑，然后把它们放在一起。

今天我想首先告诉你们两个关于拼贴的例子，在上面提到的拼贴的两极之间：模拟和数字的极点，无意义与有意义的极点。

单词的随机排列和机器书写文本的潜力是一个历史悠久的话题和幻想，你可以在18世纪早期的书籍和小说中找到它。例如，在《格列佛游记》中的乔纳森·斯威夫特。1777年，在德国哥廷根市，第一次尝试建立自动编写诗歌的系统，这种自动化被称为"写诗的骡子"。它使用飞行器作为引擎。"骡子"由一定数量的轮子组成，这些轮子可以扭曲，每个轮子包含一定数量的小轮子和随机的单词。

如果你转动轮子，可以将这些单词组合成新的单词组合，可能性是有限的，非常简单、随机。当然，新文本与它的随机单词组合不能超越只存在于特定轮子上的有限的词汇。

我认为第一次尝试用电脑生成诗歌使用了简单的机制，随机排列一定数量的单词，但生成这些诗的程序没有考虑语法或句法。这到现在都很复杂，正如我们上周讨论的那样，通过人工智能的支持，计算机实现的文本仿真变得越来越复杂，也越来越能自我学习。例如，词典并不限制机器在开始时"输入"的特定数量的单词。有了人工智能，文本编辑在我们的解释中将变得越来越有意义，这使得"人工操纵"这一话题变得越来越紧迫。

另一方面，从创造性和模拟写作的角度来看，著名作家威廉·巴勒斯（William Burroughs）提出了一种非常激进的文本拼贴技术，你们都知道他是《裸体午餐》（Naked Lunch）的作者。巴勒斯发明了这种技术，他称之为：剪切（cut up）。这是什么意思呢？剪切技术的一个例子：巴勒斯使用不同来源的技术来创造拼贴，他拿一些现存的诗歌为例，也拿报纸为例。他用剪刀或者只是用手将报纸撕成特定的碎片，然后把不同的碎片机械地放在一起，这是单词和文本的一种随机而新的联系，巴勒斯开始阅读和表演这些新编写的文本，他还添加了其他来自流行文化的文本和片段到这种拼贴法中。如果你把报纸剪成碎片，编辑成新的，结果要么是废话，要么是意想不到的内容和意义。一种意义——是由严格的正式的，而不是有意玩弄语言的单位而产生的。

　　与达达主义相反,巴勒斯的目标不仅仅是破坏文本通常的意义,他还想要打破书写有意义文本的惯例。巴勒斯有了一种新意识,就像旅行一样,将不同内容和不同文本组合在一起,通过随机对抗产生随机效果可以被剪切技术所激发。

　　有趣的是,巴勒斯认为语言是一种病毒。欢迎来到另一种和疫情的联系!以下是巴勒斯在1970年的文章"电子革命"中的一段话:

　　"口头文字是以形象化序列为参照对象的口语单位。那么当它被书写出来的时候是什么?我的基本理论是,书面文字实际上是一种病毒,它使口头文字成为可能。口头文字还没有被认为是一种病毒,因为它已经达到了与宿主稳定共生的状态……"

　　也许这篇小文章或者巴勒斯对你们的拼贴来说很有趣?例如作为一种元评论?

　　所以你看,我们越来越回到历史。从计算机到拼贴模拟技术,到再次与我们的任务——文献剧/拼贴相关的技术。巴勒斯用诗歌和报纸作为他的剪切技巧。他将这两种元素随机地结合在一起,试图以此来激发一种新的意义,通过这样做,巴勒斯尝试用诗歌和报纸这两个元素来做一些事情,我们之前的教学单元说过分层:第一层和第二层的对峙……

　　与达达主义平行的是,拼贴法在其他艺术流派中也得到了发展。例如,在美术领域,苏联先锋派艺术家亚历山大·罗申科(Alexander Rodchenko)和卡齐米尔·马列维奇(Kazimir Malevich)以他们的拼贴画而闻名。1937年沃尔特·鲁特曼(Walther Ruttmann)的电影《大都市交响曲》就是一个很好的例子,就是拼贴在电影中的运用。这部电影展示了柏林一天的生活,柏林是主角。影片中没有其他的叙事,没有演员,没有主角……只有来自柏林的独特的纪录片镜头,第一个清晨,最后的深夜。独特的视频镜头拼贴构成了电影。

　　同时,剧场也采用了拼贴的方法。我甚至可以说,就我所观察的历史情况而言,是埃尔文·皮斯卡托(Erwin Piscator)发明了文献剧场!我们知道皮斯卡托是先锋派的戏剧制作人,20世纪20年代柏林人民剧场的艺术总监,他在戏剧中大量使用视频。他在柏林人民剧院编辑了几个节目,例如"Trotz Alledem",在里面使用了历史材料;例如1917年的革命,列宁、罗莎·卢森堡(Rosa Luxemberg)和卡尔·李卜克内西(Karl Liebknecht)的演讲。他在剧院放映的视频,展现了柏林工人阶级的生活状况。这是真实意义上的文献剧场!

我想以一种区别结束今天的教学单元——拼贴与蒙太奇的区别。当然,这不仅仅是一种突破,而是在拼贴和蒙太奇之间的过渡,这种过渡是流畅的或平滑的。我认为拼贴和蒙太奇之间的区别是可以被命名和描述的。我想用另一位非常著名的德国艺术家来说明这一点,他和柏林人民剧院有着很深的联系——约翰·哈特菲尔德(John Heartfield)。作为埃尔文·皮斯卡托的第一阶段的设计师,哈特菲尔德是位优秀的艺术家,但首先,哈特菲尔德是一名摄影师,为报纸和杂志创作插图。哈特菲尔德参与了政治活动,用他的蒙太奇镜头直接进行政治宣传,政治宣传是他为柏林人民剧院创作的艺术作品的一部分,直到20世纪60年代。顺便说一下,他为柏林人民剧院创作了海报,我在剧院的档案里找到了他的一些作品。此外,哈特菲尔德还将"元素"或"层"用于相互对抗。但是,与巴勒斯的拼贴最大的不同是,在哈特菲尔德的作品中有一种强烈的意图,反对战争,反对法西斯主义等。他用两层来表现一个震撼的时刻,用挑衅的效果来表现他的激越。达达主义者试图破坏语言的惯例,并展示了写作结构的无意义维度。哈特菲尔德在他的蒙太奇中使用了不同的层来达到激发行动的目的。

我们只讨论了拼贴的随机效果和两种材料的对抗,第一层和第二层,或者巴勒斯的剪切技术。这种对抗也可以是有意的。我认为两种方式都可以:用拼贴来表达一种强烈的信念,或专注于某种苦难,或者用拼贴制造一个具有多角度和随机的意义效果的文字广场。我很好奇你们的拼贴会怎么样!鼓动,对抗,自由联合,或者你们每个人都找到了一个更为不同的选择?我很好奇……

第四节 文献剧学生作业与点评

你好，不存在的骑士

（2017级戏剧策划与应用专业 林丹）

主　题：疫情隔离中的自我是如何存在的。

角　色：主人公A、主人公B、赶鸭人、打鱼人、果园看守人。

材　料：王者荣耀（一款在年轻人中很流行的游戏）、卡尔维诺《不存在的骑士》、疫情日记。

〔王者荣耀音效：敌军还有五秒到达战场，全军出击！

主人公A身着盔甲，手执武器，作骑马状。

〔背景音效："Double kill！""Triple kill！""Quadra kill！""Penta kill！"

主人公A：在这场经年不息的战争中，每个人的任何一句言语，任何一个举动，以至一切作为，别人都可以预料得到，每一场战斗，每一次拼杀，也总是按着那么些常规进行，因而今天大家就已知明日谁将克敌制胜，谁将一败涂地，谁是英雄，谁是懦夫，谁可能被刺穿腑脏，谁可能坠马落地而逃。

〔河南村长广播喊话音效：喂，这个全体乡亲注意了啊！咱村里的人就是不自觉！出门戴上口罩是害你吗？论大脸，龇大牙，就你脸蛋子白呀！就你脸蛋香！就你脸蛋子上抹了个护手霜！搁家坐不住，非得站大街！不过了，活够了，嫌命够长也！东家长李家短，磕着瓜子到处皮，搁家里安稳地喝点茶水吃点瓜子，能憋死个人吗？一天天闲的，叫你朝东你朝西，叫你赶狗你撵鸡，你咋就不要脸？电视广播天天放就全当成耳旁风？动不动就去扎人堆，你知道谁有没有病？你知道谁传染谁？你上人家去你就知道人家欢迎你？人家是不好意思撵你别太拿自己当回事！明天谁要是再乱跑乱逛拉家常打电话把他逮起来！

主人公 B 着日常装上场，在舞台上的位置与主人公 A 形成对称关系。

主人公 B：学校不开学，在家待了快半年，没有生活费，天天挨骂受罪，爸妈零距离，毛病真要命，两人对付我一人，我只能忍一时风平浪静。唉，人生苦短，可我又懒，今年大三，计划全完蛋，真操蛋。

〔主人公 B 对着主人公 A

主人公 B：你为什么不揭开头盔，露出你的脸来？

〔主人公 A 没有理会。

主人公 B：我对你说话呢，喂，骑士！你为什么不露脸给我看？

主人公 A：因为我不存在。

主人公 B：哦，原来是这样，还有不存在的骑士吗？我不信，除非你让我看看。

〔主人公 B 正准备揭开 A 的头盔，突然停下。音效：TIMI（打开王者荣耀的声音）

主人公 B：先不了不了，游戏开了，回聊！

〔主人公 A 拿出一个日记本，开始朗读。

主人公 A：主人公日记 3月28日 晴 最近每天都在抖音、王者荣耀、soul 这三个软件上浪费时间，我太无聊了，开学的日子遥遥无期，也不能自由出门，只能打打游戏看看视频跟陌生人聊聊天这样子排遣孤独，虽然我不是一个人住，但是跟爸妈在一起待久了，我觉得比一个人住还要孤独，好像也没有什么可以努力的目标，也失去斗志，真的不知道自己在干什么。

主人公 B：既然你不存在，你如何履行职责呢？

主人公 A：凭借意志的力量，以及对我们神圣事业的忠诚。

〔夜晚，主人公 B 还在打游戏，只有手机的光照在脸上。

游戏里的音效：不断的"defeat"。

大屏幕放着特朗普不戴口罩向媒体辩解的新闻视频：

当地时间21日美国总统特朗普视察密歇根州福特工厂时，被媒体拍到仍未佩戴口罩。而此前，不管是福特公司还是该州官员都提出了希望他戴口罩的要求。当被记者问及为何不戴口罩，特朗普自称在镜头外曾戴口罩。

记者：总统先生，大家都很关心你最终到底会不会戴口罩，你能告诉我们，你为啥决定不戴口罩吗？

特朗普：我戴了啊，之前戴了一个，之前在后台的时候戴来着，但我就是不想让媒体享受看到我戴口罩的乐趣。

记者：那你护目镜戴了吗？总统先生。

特朗普：戴了啊，我在后边，护目镜和口罩都戴了。

记者：那你为啥不……

特朗普：你看，这还有一个呢，给你。（掏出护目镜递给记者）

记者：那你又为啥不戴上呢？

特朗普：在这儿没必要，这儿所有人都接受检测了，我也是。

字幕：就在特朗普准备前往工厂前，一段关于检测结果的回答把记者们都说蒙了。

特朗普：我最近一次病毒检测结果非常"阳性"，换种方式来说的话，对没错，就是今早，我的检测结果是"阳性的阴性"，好吧，其实我想说我的检测结果很完美，意思就是我的检测结果是阴性，这是我的新说法，非常"阳性的阴性"。

字幕：到底阳性还是阴性，啥叫"阳性的阴性"？

记者：但是福特高管都戴了啊。

特朗普：那是他们自己的事，我可以选择自己不戴。（随后给记者们展示自己的口罩）这是我的口罩，我非常喜欢这口罩，讲真话，我觉得我戴着口罩更漂亮，真的非常好，我戴口罩更帅，但我要发表演讲了，所以我现在就不戴了，但我在这儿确实戴了的，我猜你们应该有人拍到了吧，（特朗普后台戴口罩图）非常感谢大家。

记者：福特先生，你确定告诉过总统在这个区域不戴口罩是可以的吗？

福特：（无奈抬手）这取决于总统。

主人公 A：出什么事情啦？你为什么哭呀？

主人公 B：也许是太疲惫了。我一整夜没有合眼，现在我觉得心烦意乱，如果能打一会儿盹也好……可是已经天亮了……而你也早醒了，你是怎么啦？

主人公 A：如果我打瞌睡，哪怕只是一瞬间，我就会神志消散，失去我自己。因此,我必须清醒地度过白天和黑夜里的每一分每一秒。

主人公B:那一定很难熬。

主人公A:不……

主人公A:你从不脱下身上的铠甲吗?

主人公A:我没有身体。脱和穿对我没有意义。

主人公B:这是怎么回事呢?

主人公A:不这样,又该怎么样呢?

〔河南村长喊话音效:别看这种战争没有硝烟,但是也要命啊!如果你还乱跑,你不是自杀,就是去杀人!

〔一群鸭子沿着路旁的草地蹒跚而行。鸭群中有一个人(主人公B扮演),他蹲着身子走路,两手反剪在背后,像蹼足动物一样跷起脚底板,伸长脖颈,叫唤着:"嘎……嘎……嘎……"那些鸭子对他也毫不介意,似乎已把他视为自己的同类,因为他身上穿的那件看起来像是用麻袋片连缀而成的,土棕色的东西上染着一大片一大片恰似鸭子羽毛的灰绿色斑点,还有一些各种颜色的补丁、烂布条和污秽,如同飞禽身上的彩色斑纹。

主人公A:(对B)喂,你以为这样就是向皇上鞠躬吗?(对赶鸭人)他是放鸭的吗?那家伙?

赶鸭人:不是,鸭子是我看着的,是我的。不关他的事,他叫干将莫邪……

主人公A:他同你的鸭子在一起干什么?

赶鸭人:什么也不干,他经常这样。他看见它们,就发蒙,以为他是……

主人公A:以为他自己也是鸭子吗?

赶鸭人:他自以为是鸭群……你们可知道,"干将莫邪"是这么回事,他不在乎……

主人公A:现在他走到哪里去了?

〔古尔杜鲁不见了。鸭群已游过如镜的水面,又迈开带蹼的脚掌穿行于草丛中。水塘的周围,从蕨丛中升起青蛙的合唱。突然间,那人从水面露出头来,仿佛此时才想起应当吸点空气。他茫然地望着,好像不明白离他的鼻尖很近的那些在水中照镜的蕨草是什么东西。在每片蕨草的叶子上都趴着一只小小的滑溜溜的绿色动物,盯着他拼尽全身力气叫:呱!呱!呱!

"呱！呱！呱"古尔杜鲁高兴地应和。随着他的叫喊声，叶片上所有的青蛙都一下子跳入水中，而水里的青蛙都跳上岸。古尔杜鲁大声一叫："呱！"纵身跳起，跳到了岸上。他像一只青蛙那样趴下身子，又大叫一声"呱"，重新扑入水中。

主人公A：他不会淹死吗？

打鱼人：嘿，元歌有时忘事，有时糊涂……淹死倒不会……麻烦的是他同鱼儿一起落进网里来……有一天，他捕鱼的时候就出了这么回事……他把网撒到水里，看见一条差不多要游进去的鱼，他就把自己当成了那条鱼，跳下水去，钻进网里……你们不知道他就是这样，元歌……

主人公A：元歌？他不是叫干将莫邪吗？

打鱼人：我们叫他元歌。

主人公A：可是那赶鸭人……

打鱼人：噢，他不是我们本地的人，没准儿在他们那儿是那样叫他吧。

主人公A：他是什么地方的人哪？

打鱼人：嗯，他到处流浪……

〔挨着一片梨树林走。主人公A看见了干将莫邪——元歌。他像树枝似的弯弯曲曲地举着两只胳臂，手上、嘴上、头上和衣服的破洞里都有梨子。

主人公A：看哪，他变梨树了！我来摇一摇他！

〔干将莫邪——元歌让身上所有的梨子一齐跌落下来，在斜坡的草地上往下滚，看着梨子滚动，他也情不自禁地像一个梨子那样沿着草坡顺势滚起来，一直滚到观众的视线外，消失了。

果园看守人：请陛下宽恕他吧！百里玄策有时不明白他不应当与青草或无灵魂的果木为伍，而应当生活在陛下您的忠实的臣民之中！

主人公A：你们叫他百里玄策的这个疯子，他想些什么？我觉得他也不清楚自己脑子里有些什么！

果园看守人：我们又如何晓得呢？也许不能说他是疯子，他只是一个活着但不知道自己存在的人。

主人公A：真巧呀！这位平民活着而不知道自己的存在，而我自以为活着而我并不存在。我们真是天生一对！

主人公A：**主人公日记　4月27日　多云**　昨晚一个社交软件上的陌生

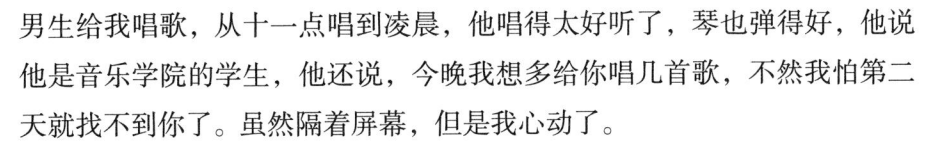

男生给我唱歌,从十一点唱到凌晨,他唱得太好听了,琴也弹得好,他说他是音乐学院的学生,他还说,今晚我想多给你唱几首歌,不然我怕第二天就找不到你了。虽然隔着屏幕,但是我心动了。

主人公B:自从瑶瑶公主迷上了百里守约,可算倒了霉,日夜不得安宁……

主人公A:什么?你说什么?

主人公A:喂,少年郎,你心急火燎地追求我们的瑶瑶公主!她如今只爱那件里里外外都很干净的铠甲哩!你不知道她迷上了百里守约吗?

主人公B:怎么可能是……百里守约……是怎么回事?

主人公A:当一个女人对所有的存在的男人都失去兴趣之后,唯一给她留下希望的就只能是一个根本不存在的男人……喂,瑶瑶,他躺上床,不是太轻飘飘没有分量了吧?你说呀,如果你把他的衣服脱光,随后你能摸着什么呢?

主人公B:**主人公日记 5月2日 小雨** 我玩《王者荣耀》这款游戏已经一年了,可我的段位还是很低,于是最近我就经常打游戏练技术。但是我也不是不学习,奇怪的是,我学习的时候我爸妈看不见,一打游戏就被看见,然后就要挨骂,说我一天到晚都在打游戏,我知道也许我该干点其他的事,可是一直待在家里,确切地说,一直待在我的房间里,我什么也干不下去。什么新闻也不想看,我的难过和开心,或者愤怒,现在又有什么用呢,没有人想了解,没有人会了解,我什么也不关心。

〔主人公A演唱RAP歌曲《都走了》,主人公B朗诵。

歌词:

当爱你的人不再爱你了,你该怎么走下去,当在意的人不再在意了,当他(她)们都走了,当卖力的人不想卖力了,你该怎么走下去,但怀疑的人还在怀疑着,当他(她)们都走了,你也长大了,再也不是那个小孩子,我只希望你能像个大人一样考虑问题,总问你"将来想要过什么样的生活",但你的回答统统不靠谱。我让你继续斟酌,当初为了你,我和你爸都换了工作,从成都搬到深圳,为了维持你国外的功课,住在出租的房子里,孤独地让自己忍受着,这把年纪本不应该承受的痛和苦。你抱怨眼前的障碍没法冲破,那你有没有读懂过,我们生活里的窘迫呢?给你自由,不是为了看你下落，现在你给我的压迫，让我觉得心都快被戳破了。但无论如何你都听不进去，我像你耳边苍蝇的境遇，遵循这定律，但在心底我早就已经问心无愧，因为毕竟，不堪疲惫的我，已经尽力了。当爱你的人不再爱你了，你该怎么走下去，当在意的人不再在意了，当他(她)们都走了，当卖力的人不想卖力了，你该怎么走下去。但怀疑的人还在怀疑着，当他(她)们都走了，有时我也在想，到底要不要放弃：从十八楼跳下去，或走得更有创意。但是老实讲，我才不会有那么大的勇气，我想象这结局，只是为了也许把自己麻痹，好忘记他们对我无休止的抗议。向上帝祷告，虽然这无异于在放屁，我承认，我前面或许真的是一堵墙壁。因为我抗拒的东西，它叫作不可抗力。但只有在音乐里，我才能找到一丝平静，所以我沉浸其中，俯瞰过去的曾经，我真心感谢你们留下的美好声音，在我脑海里不停回荡，和现实难以分清。但最对不起你的是，在我的内心深处，我最害怕的事情，是对不起我自己，所以无论如何表达或怎么跟你们吵架，最让我心痛的人，他从来都不是你，而是我自己。当爱你的人不再爱你了，你该怎么走下去，当在意的人不再在意了，当他(她)们都走了，当卖力的人不想卖力了，你该怎么走下去，但怀疑的人还在怀疑着，当他(她)们都走了，都走了，当他们都走了，都走了，当他们都走了。

朗诵词：

在这个故事发生的时代，世事尚为混乱。名不副实的事情并不罕见，名字、思想、形式和制度莫不如此。而另一方面，在这个世界上又充斥着许多既无名称又无特征的东西、现象和人。生存的自觉意识、顽强追求个人影响以及同一切现存事物相抵触的思想在那个时代还没有普遍流行开来，由于许多人无所事事——因为贫穷或无知，或者因为他们很知足——因此相当一部分的意志消散在空气里。那么，也可能在某一处这种稀薄的意志和自我意识浓缩，凝结成块，就像微小的水珠汇聚成一片片云雾那样。这种块状物，出于偶然或者出于自愿，遇上一个空缺的名字和姓氏，在当时虚位以待的姓氏宗族经常可见，遇上一个军衔，遇上一项责任明确的职务，而且——特别是——遇上一副空的铠甲，因为没有铠甲，一个存在着的人随着光阴流逝也有消失的危险，我们想得到一个不存在的人将如何……

教师点评

从林丹的拼贴中我们可以了解到娱乐在戏剧中是多么重要,而戏剧的基础正如我们所知是基于文本的。林丹的拼贴是我们所有作品都应该具备的:娱乐性,我们从她的作品中看到,拼贴应该包含意想不到的原创想法。林丹拼贴的标题是《你好,不存在的骑士》,主题是在隔离中自我如何存在。她选择了流行和电脑文化的元素作为她拼贴的框架,流行电脑游戏:王者荣耀。林丹已经在文本中添加了角色,除此之外,她首先使用了对话的风格元素——两个人之间的对话。这些对话来自卡尔维诺的小说。林丹在她的拼贴中使用了除了这些视频/歌曲之外的以下材料:伊塔洛·卡尔维诺的小说、手机游戏王者荣耀、疫情的日记、河南村长的通告。林丹作品的几个优点:第一,开头很好,是游戏的音效,主角的介绍也做得很好;第二,说唱出现得很晚,它的尾部看起来有点像阑尾,林丹可以让说唱出现得更早,并且在拼贴里多次使用它,这有助于构建拼贴,像一条时间线;第三,把日记、河南村长公告和电脑游戏的层次融合在一起,会做得更好!第四,舞台上的鸭子和青蛙,舞台上的动物总是会有很好的娱乐效果。